张光年/著
严 辉/主编

张光年全集

第三卷 剧本 剧论

华中师范大学出版社

新出图证(鄂)字 10 号
图书在版编目(CIP)数据

张光年全集. 第三卷 / 张光年著；严辉主编. —武汉：华中师范大学出版社，2022.7
ISBN 978-7-5622-9823-6

Ⅰ.①张… Ⅱ.①张… ②严… Ⅲ.①张光年(1913—2002)—全集 ②中国文学—当代文学—作品综合集 Ⅳ.①I217.2

中国版本图书馆 CIP 数据核字(2022)第 103705 号

张光年全集　第三卷
张光年　著　严　辉　主编

编辑室:学术出版中心	电话:027-67867792/3280
责任编辑:陈良军	责任校对:王　胜
出版发行:华中师范大学出版社	封面设计:罗明波
社址:湖北省武汉市洪山区珞喻路 152 号	邮编:430079
电话:027-67863426(发行部)　027-67861321(邮购)	
网址:http://press.ccnu.edu.cn	电子信箱:press@mail.ccnu.edu.cn
印刷:湖北新华印务有限公司	督印:刘　敏
开本:710mm×1000mm　1/16	字数:638 千字
版次:2022 年 9 月第 1 版	印次:2022 年 9 月第 1 次印刷
印张:41　　插页:8	定价:224.00 元

欢迎上网查询、购书

敬告读者：欢迎举报盗版，请打举报电话 027-67867353

作者在武汉(1935年)

作者在成都(1939年)

作者在延安(1939年)

作者在北京(1950年代初)

作者与黄叶绿合影(1950年代初)

作者与抗敌演剧三队队员合影，前排正中为作者（1938年）

抗敌演剧三队在西安晨练，前方讲话者为作者（1938年）

参观中国革命博物馆主办的"抗敌演剧队、抗敌宣传队、孩子剧团史料展览"，前排左四为作者（1989年4月）

作者与中央戏剧学院创作室同事合影,前排右四为作者(1950年代初)

作者(右一)与欧阳予倩、曹禺(左一)合影(1950年代初)

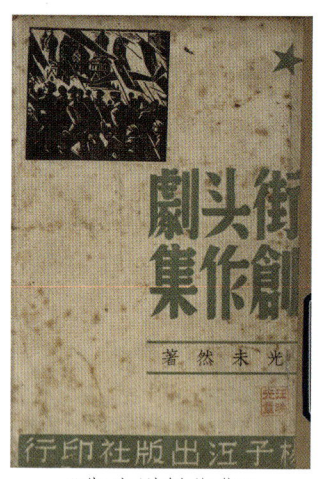

《街头剧创作集》
（扬子江出版社 1938 年版）

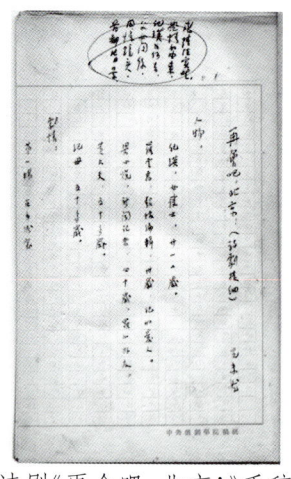

诗剧《再会吧，北京！》手稿
（1951 年作）

《戏剧的现实主义问题》
（中国戏剧出版社 1957 年版）

《光未然戏剧文选》
（中国文联出版公司 1994 年版）

出版说明

《张光年全集》收张光年从1934年起至2001年创作的各类著述，按文体内容分类，以创作时间编年，计划编辑9卷，是一部完备的张光年文学著作总集。

《张光年全集》汇集编入了作者创作的所有文学作品，包括散见于报刊，作者生前未曾编选入集的诗歌、剧本、文论、散文等著述，以及由编者整理的没有发表过的手稿、书信等。

为避免篇目的重复，便于读者查阅，《张光年全集》各卷按文体分类，采用编年体例，以作品的创作时间或初刊时间为序编入。在版本校勘方面，曾收入《张光年文集》（人民文学出版社2002年出版）的作品，如不同时期的版本差别不大，则以《张光年文集》为底本，如内容差别较大，则以初刊为底本，并加以注明；未曾收入《张光年文集》的作品，据最初发表的报刊或手稿进行整理后编入。所收作品中的文字和标点符号，一般依照初刊或手稿原文，最大程度保留作品原貌，如属明显古今异文或讹误之处则加以改正。

本书除保留作者的原注外，适当增加了一些必要的注释，尤其对每篇作品的发表情况和编集情况进行了说明，卷末还附有作家各个时期自编作品集的目录，以增强本书的实用性和学术性。

限于我们的水平和经验，在编辑、注释或校勘等方面，粗疏错漏之处可能在所难免，希望得到广大读者的批评和指正。

编者

2021年10月30日

本卷说明

本卷收入作者各个时期创作的剧本和戏剧理论与评论作品。这些作品中的部分篇目曾收入作者的作品集《街头剧创作集》(扬子江出版社 1938 年版)、《戏剧的现实主义问题》(中国戏剧出版社 1957 年版)以及《张光年文集》(人民文学出版社 2002 年版)。还有部分篇目来自最初发表的报刊或作者的手稿,系首次编集。

本卷分为"剧本"和"戏剧理论与评论"两辑,每辑的篇目排列,均按创作时间先后为序,如创作时间不明的篇目,则以发表或出版时间先后排序。如系作者未曾编集的作品,则据初刊或手稿进行整理校订后编入。每篇作品都注释说明该作品的发表情况、署名情况和后来的编集情况,以备研究者查考。

目　录

剧　本

一九三六年

诗人的受骗（独幕剧） …………………………………… 3
胜利的微笑（独幕剧） …………………………………… 14
阿银姑娘（独幕剧） ……………………………………… 25

一九三七年

难民曲（街头剧） ………………………………………… 35
沦亡以后（街头剧） ……………………………………… 48
"亲善"（战区宣传剧） …………………………………… 59

一九三八年

武装宣传（独幕剧） ……………………………………… 64

一九三九年

黄花曲（歌表演） ………………………………………… 73

一九四三年

唐·吉诃德冒险记（广场剧） …………………………… 77

一九五一年

再会吧，北京！（诗剧提纲） …………………………… 90

　附录：张光年剧本集书目目次 ………………………… 98

戏剧理论与评论

一九三五年

女青年会演剧与无名剧社公演 ………………………………… 103
游艺会中的话剧 …………………………………………………… 104
戏剧教育 …………………………………………………………… 106
当做革命事业看的戏剧运动 ……………………………………… 108
当做传教事业看的戏剧运动 ……………………………………… 109
什么是戏剧运动？ ………………………………………………… 110
戏剧的二元性 ……………………………………………………… 111
从联合公演到戏剧学会 …………………………………………… 115
除三害 ……………………………………………………………… 121
十字军之东征——看过《十字军英雄记》后写 ………………… 123
剪三蠹 ……………………………………………………………… 127
小剧院问题 ………………………………………………………… 129
演什么戏？——戏剧座谈会第三次会谈记 ……………………… 134
动的艺术 …………………………………………………………… 137
圣嘉纳女中的《第五号病室》 …………………………………… 139
戏剧的原始形态 …………………………………………………… 141
从发动到公演 ……………………………………………………… 144

一九三六年

怎样鉴赏话剧 ……………………………………………………… 146
让我们来一个戏剧救国运动——为"鸽的"第三次公演写 …… 151
评《回春之曲》 …………………………………………………… 153
《戏剧座》揭幕词 ………………………………………………… 156
写给武汉的学生界——劝组织学校剧团 ………………………… 157
论选择剧本及其他 ………………………………………………… 159

怎样组织学校剧团？ …………………………………… 162
组织星期剧团的动议 …………………………………… 168
组织武汉文艺工作者协会的动议 ……………………… 170
抗议！ …………………………………………………… 172
民众剧场和民众剧团 …………………………………… 173
为"雷雨"剧团公演作 …………………………………… 178
怎样写作国防剧 ………………………………………… 179
上演《洪水》的意义 …………………………………… 182
《雷雨》我评 …………………………………………… 184
国庆日谈国防戏剧 ……………………………………… 186

一九三七年

戏剧运动在武汉 ………………………………………… 190
庸俗的戏剧运动批判 …………………………………… 192
《爱与恨》漫评 ………………………………………… 200
关于《爱与恨》的意见 ………………………………… 203
"战时戏剧"引论 ………………………………………… 205
论"街头剧" ……………………………………………… 208
"街头剧"的演出方法 …………………………………… 213
抗战时期中的戏剧运动（节选） ……………………… 216
历史剧的语言问题（节选） …………………………… 218
一年来的戏剧运动 ……………………………………… 219

一九三八年

旧剧改进问题座谈会 …………………………………… 222

一九三九年

展开第二战区的戏剧战线 ……………………………… 225
试评《包得行》 ………………………………………… 227

一九四〇年

介绍山药旦先生的新作《杀家哭庙》 ………………………………… 229
沟通前后方与巩固全国剧协 …………………………………………… 231

一九四五年

诚实的作家,诚实的导演——评《离离草》的演出兼论大后方戏剧运动
　……………………………………………………………………… 233

一九四六年

表现民众忧思的剧人们——评剧宣二队的戏 ………………………… 236

一九四七年

为伤病员服务——北大剧团在军区后方医院 ………………………… 238

一九四九年

谈剧本创作的几个问题——华北大学三部剧作组的成绩和缺点 …… 245

一九五〇年

大力组织剧本创作 ……………………………………………………… 252
秧歌舞和秧歌剧如何提高 ……………………………………………… 257
方言剧与地方形式——新区戏剧工作中的新问题 …………………… 261
谈舞剧《和平鸽》的演出 ……………………………………………… 269
谈学校戏剧活动 ………………………………………………………… 271
谈《俄罗斯问题》的演出 ……………………………………………… 279

一九五一年

与老舍先生谈《方珍珠》 ……………………………………………… 284
介绍几个爱国主义的独幕剧 …………………………………………… 288
人民爱国主义的新高潮 ………………………………………………… 294
拥护戏曲的改革政策 …………………………………………………… 296
迎接全国文工团工作会议 ……………………………………………… 298

祝贺中国戏曲研究院成立 ………………………………………… 300
祝全国文工团工作会议开幕 ……………………………………… 302
戏剧界应当展开《武训传》的讨论 ……………………………… 307
正确地表现党的领导 ……………………………………………… 310
加强文艺工作团，发展人民新艺术 ……………………………… 312
我国影片的国际荣誉 ……………………………………………… 315
巩固成绩、克服缺点 ……………………………………………… 317
中央戏剧学院创作室的经验教训 ………………………………… 321
历史唯物论与历史剧、神话剧问题——评杨绍萱同志反历史主义的倾向
　　………………………………………………………………… 329
《人民戏剧》停刊告读者 ………………………………………… 340

一九五二年

《剧本》发刊词 …………………………………………………… 343
坚持戏剧创作的群众路线——纪念毛主席《在延安文艺座谈会上的讲话》
　　发表十周年 …………………………………………………… 346
重视戏曲上演节目的审定工作——祝贺第一届全国戏曲观摩演出大会
　　开幕 …………………………………………………………… 350
戏曲遗产中的现实主义 …………………………………………… 352
滇剧《闯宫》中的人物描写 ……………………………………… 361

一九五三年

沿着戏曲的现实主义轨道前进——关于戏曲的民间传说与历史题材的创作
　　与改编问题 …………………………………………………… 364
评老舍作话剧《春华秋实》 ……………………………………… 376
戏剧创作的概念化倾向——1949年下半年到1953年上半年创作情况的
　　总结 …………………………………………………………… 380
改进京剧剧目的整理与审定工作 ………………………………… 392

一九五四年

总路线指引着新中国戏剧艺术前进的道路 …………………………… 396
给安波同志的信 ……………………………………………………………… 408
谈独幕剧 ……………………………………………………………………… 411
和苏联朋友们谈新中国的戏剧 …………………………………………… 417
访问全俄戏剧协会 ………………………………………………………… 424
为社会主义现实主义而奋斗的中国话剧 ………………………………… 429
学习苏联戏剧工作的先进经验 …………………………………………… 434
从《文艺报》的错误吸取教训，切实检查并改进我们的编辑工作——十二
　　月九日在中国戏剧家协会编辑出版部扩大会议上的报告 ………… 443

一九五五年

排除戏剧界的庸俗空气 …………………………………………………… 452
曹禺的创作生活的新进展——评话剧《明朗的天》…………………… 454
和戏曲作者们谈社会主义现实主义 ……………………………………… 463
给《巴音敖拉之歌》作者的信 …………………………………………… 477

一九五六年

话剧的节日 …………………………………………………………………… 481
为了在舞台上创造社会主义新人的典型性格而奋斗 …………………… 486

一九五七年

片面性的论断——评《电影的锣鼓》一文 ……………………………… 505
和吴祖光同志辩论 ………………………………………………………… 510
杨角的个性是怎样解放的？ ……………………………………………… 519
关于剧本《茶馆》的即兴发言 …………………………………………… 525

一九五九年

新的高度——在电影《风暴》座谈会上的发言 ………………………… 527

一九六〇年

从一个人表现一个时代——《文艺报》座谈彩色故事片《聂耳》 …… 530
《甲午海战》气魄大 《红珊瑚》时有警句——在《戏剧报》座谈会上的
　　发言 ……………………………………………………………… 550
昨天，今天，明天——剧本《以革命的名义》中译本题记 ………… 555

一九六一年

《胆剑篇》的思想性 ……………………………………………………… 560
《胆剑篇》枝谈 …………………………………………………………… 565

一九六二年

关于戏剧语言的杂感 …………………………………………………… 576

一九六三年

关于电影创新的几个问题 ……………………………………………… 579
一定要做戏曲改革的促进派 …………………………………………… 595
现代修正主义的艺术标本——评格利高里·丘赫莱依的影片及其言论
　　……………………………………………………………………… 599
一面镜子　三种人物　两条道路——漫谈话剧《三人行》 ………… 627

一九六四年

咒骂也是枉然——驳斥帝国主义者、现代修正主义者对我国戏剧工作的
　　诽谤 ………………………………………………………………… 631

一九九三年

《钟惦棐文集》序言 ……………………………………………………… 639

一九九七年

谢晋巨片回归——祝贺影片《鸦片战争》问世 ………………………… 643

剧 本

❋一九三六年❋

诗人的受骗[①]（独幕剧）

人物： 马经理　四十五岁

　　　　马太太　二十五岁

　　　　青年诗人　二十五岁

　　　　便衣侦探　三十岁

布景： 马经理私人住宅的会客室。室内设长沙发一只，小圆桌一个，桌上置花瓶一只，茶具一套，此外台左置小沙发或椅子两把：一切布置得像一个精致舒适的小客厅。

　　　　开幕时马经理坐在台右的长沙发上，口里含着雪茄，手上拿了一本新出版的诗集，在那儿很得意地默读着。其妻站在桌侧，正很出神地阅读当天出版的报纸。圆桌上除报纸外，还放着几本整齐的同样的新书，那也是新出版的马先生的诗集。

马太太　（指着手上的报纸）你看，亲爱的，报纸上用挺大的字替你登着广告哩。（念着）"革命诗人马蒙德先生的又一力作——《血钟》，第三版出书了。……站在时代的尖端，替劳苦大众呐喊。……"哼，得了吧，干脆说替自个儿呐喊就是了。买别人的稿子，冒充自个儿的作品，还在报纸上自吹自捧咧！

马经理　你看，你——你这曼丽！你这不懂事的孩子！你只知道要钱花，全不想想钱是从哪儿来的。"买别人的稿子"！怎么样？如今呢，有几个大作家的稿子呢，是自己写的？请人代笔是常事哩。况且呢，咱们

[①] 本篇最初发表于1936年《一般》周刊第1卷第16—17期，曾收入《张光年文集》（第二卷）。

开书店的呢，还能管得这些吗？

马太太　真的，亲爱的，你倒挺聪明！自个儿一个字儿也不动笔，倒落得革命诗人的头衔咧。奇怪，书又是这么销得，不到五个月，已经再版三版了。——你倒是名利双收了，啊？可是你还没有给他——写这书的人的稿费哩。你真忍心！

马经理　忍心！你问我要钱的时候，才够忍心哩。昨天晚上呢，打牌输了几十块，还要我呢，替他做什么新大衣，这些钱都是从哪儿来的？

马太太　不是的，我看那位青年怪可怜了的，天这么冷了，他还穿着一套挺单薄的制服。我看还是随便给他几块钱吧，写这么一本厚书，也费了不少的心血咧。

马经理　哦，曼丽，你可怜他吗？那么你就干脆的呢，去做他们的同志去吧。——你懂吗？同志！（这两字说得很重）他们得"共你的妻"，你得呢，做他们大伙儿的老婆！

马太太　真的，这里面都写些什么呀？（翻开一页念着）"血钟响了，震惊了沉睡中的奴隶；这不是你们沉睡的时候啊，快拼命争夺你们的自由去！"真的，这有点儿不大妥当吧？可是，为什么人们还那么欢喜买这本书呢？

马经理　这个道理呢，是这么的：写这书的人是疯子，买这书的人呢，也是疯子。如今这世界呢，就偏多着这种疯狂的人！咱们开书店的呢，就要懂得呢，社会的心理——就要懂得投机！哈哈哈……

马太太　对，投机，你就是一个投机分子！

马经理　哈哈，投机分子，投机分子！

马太太　（走近长沙发，和他并肩坐着）那么，亲爱的，你的生意又那么好，书又那么销得，我那件新的皮大氅啊，可是准得做了？你看，陈太太、刘小姐她们都做了，穿起来挺漂亮的——她们说它是一九三六年式的。昨天她们穿得整整齐齐地，来约我一同上舞场，你看，我怎么好意思跟她们走在一道儿呢？哼，说起来还是新华书局马经理的太太哩，怕不把人羞死了！

马经理　我看羞不死你吧。去年做的那件，样子不也挺摩登吗？你要知道啊，咱们现在的享受呢，不能太奢侈了！要知道这世界上还有无数的人，现在正过着饥寒交迫的生活哩。（翻着书）在这诗集的第十三页上，有《奴隶的颂歌》这一首，正描写着这件事。（念着）"饥寒交迫的奴隶呵，起来吧！你们——"

马太太　算了吧，你满嘴倒是仁义道德，但是为什么还要克扣那穷作家的稿费呢？我真失悔，不该嫁给你这样的人！

马经理　怎样？你嫁给一个有名的诗人，还不够荣幸吗？你得要记着，你现在是一个革命诗人的太太啦。一个革命诗人的太太哩，应该穿得朴素一点。你说，不是吗？

马太太　哼！革命诗人！只怕是投机分子吧！

马经理　（搂着她）怎么？你这淘气的孩子！你敢说我是投机分子吗？那我一定不给你买皮大氅了。

马太太　（推着他）好，好！你不是投机分子！你是道地的革命文学家！——这该要依了我的吧？

马经理　但是你也得依我的？

马太太　我不是依了你的吗？

马经理　还有——

马太太　什么？

马经理　（以嘴示意）

马太太　（娇声地）嗯～～～～～

　　　　马俯身去吻她，她挣扎着。正在这个时候，一个面色苍黄的青年推门入。他形容虽然憔悴，而英气现于眉宇。马夫妇见有人来，被惊起；青年睹状，面现鄙夷之色。

青　年　对不起，惊扰你们了！

马经理　没关系，没关系，杜先生从哪儿来？

青　年　我吗？我是从书局来的。我到书局去找你几次都落了空，所以我才很冒昧地跑到贵公馆来了。我很妨碍你们二位的工作吧？

马经理　哪里话！杜先生太会开玩笑了。嗳，怎么不请坐呢？曼丽，拿烟来呀！——怎么，你这孩子！干吗老是呆望着？难道你不认识杜先生吗？

马太太　（不好意思地）我——我认识的，杜先生上个月不还来过吗？（她

从烟匣里抽出纸烟一支，自己吸燃了，然后一只手架着膀儿，一只手把烟递到青年的嘴旁。青年厌恶地拨开她的手）

马经理　（笑了）曼丽，杜先生不吸烟的；拿来，给我！（向青年）咱们还是坐着——坐着谈吧。

马太太　杜先生，为什么不常来这儿玩玩呢？我和慕德刚才还正谈起你咧。

青　年　谢谢。可是太太，我不像你们一样，吃饱了饭没事干，专门到各处去寻开心的呀！（向马经理）并且像我这样的人，走到你们贵公馆来，不会受什么欢迎的吧。

马经理　哪里话哪里话，我们真是非常欢迎你哩。——不是吗，曼丽？

马太太　我们愿意杜先生天天和我们在一块儿。

青　年　哈哈，可惜咱们的事情太忙了，不然的话，我正好一天到晚来陪陪我们的马太太咧。（向马经理）很得意吧，啊？名利双收了！

马经理　你——你是指的今天报上的？报上的话呢，常常是靠不住的；你知道，报纸的第一件本事，就是造谣。

青　年　（忍住他的愤怒）不，我说的是今天报上的广告呵！（取桌上的报略一翻阅，掷在马的面前）"革命诗人马慕德先生的又一力作《血钟》，第三版出书了"。怎么，你难道没看见你自个儿登的广告吗？

马经理　对，我自个儿登的广告——我知道你是误会了。你要知道呢，那究竟是广告；况且呢，又是我自个儿登的。卖瓜的谁不说自个儿的瓜甜呢？其实呢……

青　年　放干脆些吧，朋友。当初我卖这诗集的版权给你，你好像在百货公司里选货色似的，什么内容啦，技巧啦，给你批评得一钱不值。最后是连姓名也卖给你了。自然，这个我们是不在乎的；可是，凭什么我应该白白地便宜了你？自从稿子卖给你差不离半年了。你出版不到五个月，居然再版三版。怎么样，财还没有发够吗？

马经理　发财的话呢，嗳，你老弟真是误会了。不瞒你说，我的确是倒霉哩。不告诉你了吗？广告是商人的骗术，你大概常看见某某大公司特别大减价的广告吧？什么不顾血本啦，忍痛牺牲啦……花样真多着哩，可是你得要当心一点儿啊，杜先生，一不留神的时候，你准会上当的；前天我们的曼丽……

青　年　马经理，对不起得很，我可没工夫同你闲谈天。肚子饿了，这个比什么都要紧。我出卖了我的脑汁，我的心血，甚至还出卖了我的姓名，我当然需要代价，这里没有什么客气可讲的。——依你说的，难道你的诗集，不，我的诗集，简直就没卖出一本吗？

马经理　唔，不会的，不会的，我的这部诗集呢——唔，是你的诗集，初版印行的一千本，卖是卖了两本，其余还送了些人情，剩下的大部分呢，简直销行不动……

马太太　（着急的）真是这样了吗？慕德。

马经理　（以目止之）所以我这一次呢，就异想天开了。我请了一个画家，重新替它换了一个封面，在报纸上大登其广告，又请人在各杂志副刊上写点鼓吹的文字。嗳，这理由还用得我多说吗？

马太太　那么，杜先生，你就等几天再来拿吧，刚才慕德说过，以后这书的销路一定会好的。

马经理　傻孩子，你懂得什么？这次我的异想天开，不过是尽一尽人事罢了，说不定又得白贴一笔装帧费和广告费哩。（向青年）杜先生，你老弟一向是明白人，你知道如今的市面呢，是非常地不景气，我们做书业的呢，实在是走上了末路！就以你老弟这部诗集说，我赔下了很多的纸费，印刷费，还有月息——如今三分利人家都不肯借咧。可是我看呢，咱们都是自己人，就是我这方面吃点亏呢，也没有多大关系。请杜先生不必介意好了。

青　年　（站起来，忍无可忍）对，马老板，说话真够漂亮。这样看来，我不但不能讨稿费，倒还得赔你的纸张，印刷费，对吧？可是，马老板，不用这么狡猾了吧。把稿费丢在一边，我还有权利向你要求——记着，是要求！我费尽心血替你挣得文学家的地位，替你挣得革命诗人的头衔，难道你不应该谢谢我吗？

马经理　（狡猾地）唔，是的，我得谢谢你。可是请留个尊寓的地址给我吧，回头警察局找麻烦的时候，也免得我去坐冤枉牢。依我说啊，你还得谢谢我哩，我白贴了纸张，白贴了油墨，白贴了人工盘缠，为的是替你们宣传主义。（青年咬牙切齿地瞪着他，他觉得非转圜不可了）

可是呢，不过呢，话又得说回来了。把生意的话丢在一边，咱们究竟是朋友。你知道，我老马一向是爱朋友的。朋友患难相顾，用不着分什么彼此。你老弟近来生活很困难，这个我很知道。可惜近来生意清淡，要不然的话啊……（青年又对他鼓着眼）可是我总得替朋友想想办法。可惜身边又没带多少钱，要不然的话啊……（青年仍鼓着眼）噢噢，可是没关系，我到隔壁朱老板那里去张罗去吧，我老马一向是爱朋友的。杜先生等一等；曼丽，你陪陪杜先生啊！我去去就来。（下）

马太太　（青年在房内踱来踱去，心中若有所思）我不相信杜先生是真的不吸烟。

青　年　不吸。

马太太　吸烟可以解除人的寂寞咧。

青　年　也许。

马太太　那么来一支吧？

青　年　不。

马太太　（自己吸了，走近长沙发，指长沙发的彼端）请坐一会吧。

青　年　好。（在对面的小沙发上坐下）

马太太　（坐在长沙发上，吸着烟，无耻地翘起她的大腿）杜先生挺辛苦吧。

青　年　唔。

马太太　我最爱读杜先生的诗。

青　年　哦。

马太太　听说杜先生那里女同志很多。

青　年　有是有的。

马太太　她们都长得挺漂亮吗？

青　年　唔，（调侃地）和马太太差不多。

马太太　哦，那杜先生真是……

青　年　（着急）现在几点了？

马太太　还早着哩。（看表）四点还不到。（站起来，走到青年的身侧，把手臂放在他的肩上）不信，你看。

青　年　（急忙站起来，在房内低头踱着）

马太太　（坐在青年所坐的沙发上）杜先生，听慕德说，谁要是做了你们的女同志啊，就得做你们大伙儿的老婆。可是？

青　年　鬼话！（在对面长沙发上坐下了）

马太太　不过那也没有什么关系呀！

青　年　唔。

马太太　要是我做了你们的女同志啊……

青　年　（望着门）马老板怎么还不回哩？

马太太　（望着天花板，笑着）他那人啦就那么的，话永远说不完，说不定现在又到哪个窑子那里谈天去了，也许到明早上才得回来。（青年现出将信将疑的样子，她站起来走近长沙发）你挺恨慕德吧，杜先生？

青　年　我恨的人多着哩。

马太太　我也恨他。告诉你呀……（她移近青年）

青　年　（笑了）你也恨他？！

马太太　是的。他克扣别人的稿费，拿去抽大烟，嫖窑子，常常一去几夜不回家，（以下吞吞吐吐地）把一个年轻的女人丢在家里不管。

青　年　哦！（把头转过去）

马太太　我告诉你呀，（更挤近些）你的那部诗集，销路真是再好没有了。（青年掉过头去）你不愿意听我的话吧，那我就不说了！

青　年　（笑了）说呀，你说下去呀！

马太太　你那部诗集——《血钟》，销路非常好，慕德赚了很多的钱，可是他还说你坏话哩。

青　年　（站起来）唔，他说我什么坏话？

马太太　你站着我怎么好给你说呢？

青　年　（又坐下）

马太太　（更挤近他些，把头放在他的肩上）他说啊写这书的人是疯子，买这书的人也是疯子，这世界就多着疯狂的人！你看，这不是岂有此理？

青　年　不，他这话很对啊……是的，这世界就多着疯狂的人；可是人们马上要占有这世界了。他们将要怒吼起来，使一切最聪明的人失却他的存在！（说这话的时候，用力伸高他的右手，马太太乘势倒在他的怀里）

青　年　（厌恶地）去吧，你这妖怪！

马太太　（挣扎着，双手抓紧他的领子）不，我要做你们的女同志，我要做你的……（在这时，马经理推门入。睹状始而大惊继而微笑，最终变成狡猾的凶狠的面孔）

马经理　哦。我很妨碍你们二位的工作吧。啊？

青　年　（站起来，恶狠狠地对着马经理）好厉害，你这狡猾的老板，你这无耻的女人！你敢诬赖我吗？你问问她！

马太太　（俯在长沙发的里边，假哭）这……杜先生……太……不老实了！

青　年　（躁急地）你——你这贱货！

马经理　（凶狠地）怎么，你这不识好歹的东西，你还敢发横吗？我问你，你是什么人？你是干什么的？这是什么时候？这是什么地方？你好大胆，敢在青天白日之下，跑到一个绅士人家的公馆里，调戏别人的太太吗？快给我滚蛋！不然的话我马上就对不起你！

青　年　（惨笑）对，马老板，你的手段真够我佩服！这个时候——，这个地方——，这是你们的世界！……可是瞧吧（突以手击碎桌上的花瓶，马太太应声而呼）旧世界将要粉碎了，寄生在旧世界的残骸之上的虫仔们！这花瓶便象征着你们的命运！马老板，今天你是胜利了！我佩服你，同时我又可怜你！我听从你的话，我得走！我没工夫再和你噜苏。（欲去，又转身来）可是让我们最后握一次手吧！（马经理迟疑地伸出他的手，青年握着，用力地带了两下，马经理几给他带倒了）再会了，马老板，再会了，马太太，祝你们幸福！（下）

马经理　（吐一口气，从容地坐下）

马太太　（望望她的丈夫，想说话，但又吞了下去）

　　　　（舞台上静默片刻）

马太太　（瞥见有纸包一个，里面包着一本书，她翻开了）他还丢一本书在这里呢。

马经理　（走去翻着书）嗯，这是一本很重要的书，也许马上他又得转回来拿哩。

马太太　（畏缩地）那怎样办？

马经理　怕什么，再来了我一定得给他点苦头儿吃吃。

　　　　（外面有急遽的敲门声）

马经理　（摆好了架势骂着）混蛋！不识好歹的东西！你敢进来！

　　　　（门开，一衣冠楚楚之青年绅士入。绅士无端被骂，面现惊异之色。马大愕，急鞠躬赔笑，趋前握手）

马经理　哦，是这位先生，我真混蛋极了！刚才呢，有一个无赖呢，来这儿胡闹，被我呢，把他赶走了。此刻呢，我以为他又回来了，可是不是的。——请先生别见怪吧！

绅　士　没关系。

马太太　（对马）你真太冒失了，（转向绅士）你别见怪，先生。他是神经病。你知道，天下的诗人多半都是神经病。

马经理　我的太太的话不错，我近来实在有些神经错乱了。

绅　士　没关系，没关系。据德国科学家的研究，天才多半是神经质的。譬如拜伦，雪莱，卢梭他们——唔，也许这譬喻是不大确当的吧。他们都是资产阶级的作家，哈哈。可是反正都是天才。

马经理　哪里话，哪里话，不敢当，不敢当。先生是……

绅　士　唔，我忘了告诉你。我是《大众日报》的编辑，因为久仰先生的大名，特来拜访的。

马经理　不敢当。曼丽，你怎么忘了招待客人啦？不必一定要等到老妈子回来呀。难道诗人的太太也染上神经病了吗？

绅　士　是啊，哈哈！天才的气息的确是挺容易传染的啊。（马太太笑着，替客人倒茶拿烟，擦火柴替他点着。客人吸烟的时候，忽然瞧见地上的花瓶碎片）怎么？干吗把花瓶打碎了呢？

马经理　这就是刚才那个青年无赖干的，他借钱未遂，竟然发起脾气来。这世界啊……

绅　士　大概是小瘪三之类的吧；他们一定是厉害的。

马经理　是啊。——可是咱们最好不要谈这个吧。

绅　士　唔，那最好。（吸着烟）马先生的新诗集《血钟》我已经拜读过几次了，的确是站在时代的尖端，替不幸的人们呐喊的，我尤其爱读的是《血钟响了》《奴隶的呼声》《光明到来的时候》……那几篇。前天咱们报上的一篇鼓吹推荐的文字，就是我示意要一个朋友写的。

马经理　哦，那真是感谢不尽了。其实呢，我不大会写诗，我简直呢，就没有学过。我不过呢，站在一个作家的地位，尽一尽个人的责任罢了。中国目前的出版界啊……

绅　　士　是的，中国目前的出版，简直是黑漆一团！能于说话而敢于说话的人，实在太少。大多数的诗人，都只在象牙塔中沉迷着，他们的眼光永远是那么短！

马经理　是的是的。所以呢敝局出版的书籍呢，多半是偏于革命文学方面的。

绅　　士　对啊。中国目前的出版家只知道印行麻醉青年大众的教科书，只知道剥削穷苦作家的脑汁和血汗，能像马先生这样，多多联络几个革命作家，给他们一点同情，一点救济，实在是很难得的。

马太太　我们马先生对于穷苦的作家一向是挺客气的。（马以目止之）

马经理　这般革命的青年啦，论到他们的生活呢，的确是挺痛苦的。他们能在极不安定的生活下，努力写作，这种精神，的确是值得敬佩的。我不明白那些狠心的出版家，为什么还常常克扣他们的稿费。真是岂有此理，岂有此理！

绅　　士　马先生直接帮助了革命青年，间接，也就是帮助了中国革命的成长；马先生这功绩是不小啊。兄弟今天回去，预备在本报上写一篇"革命诗人马慕德先生访问记"，马先生可不可以送一张相片给我？

马经理　如果需要的话，（向其妻）曼丽，我的相片……

马太太　我知道，早上还见它压在床上大烟盘子底下哩。

马经理　你——岂有此理！快上楼去把它拿来好了。（妻下）不过呢，我看没有登在报上的必要吧。

绅　　士　像马先生这样宣扬文化同情革命的人物，还应该让大家认识认识的。

马经理　如果先生一定——真的，我真神经病，我忘了您的尊姓台甫哩。——咱们真是太一见如故了。可以给一张名片吗？

绅　士　（绅士两手伸进衣袋里，许久才掏出来）可以，可惜不是名片，而是右手一只手枪，左手一副手铐！（他用枪对准他）别动！乖乖地戴上！

马经理　这这这——这是怎么一回事呢？先生，您别开玩笑啊！

绅　士　开玩笑？对，我的确是给你开了个很大的玩笑了！对你说，我并不是什么报馆的编辑，我是警备司令部的便衣侦探！喝，你的胆子真大！你不想一想：（以下加重语气）你是什么人？你是干什么的？这是什么时候？这是什么地方？你竟敢在青天白日之下，向一个一面不相识的青年绅士宣传主义吗？戴上！咱们再不用客气了。

马经理　但是，凭什么——这这这——这是为什么呢？

绅　士　自个儿做的事情还不明白吗？喝，革命诗人！你的革命文学的力作，什么《血钟》，反动分子的狂叫！你一向写这些反动的文章，又和那些革命的叛徒们往来；你通匪！

马经理　不，先生，那诗集不是我写的呀……

绅　士　（笑了）什么？不是你写的？没种的东西！戴上！（把手铐戴上了）

马太太　（从后台上，边走边说）亲爱的，你把那相片放在哪儿去了？烟盘子底下……（睹状大惊，发出尖锐的叫声）咦呀！

绅　士　（对妻）不要动！不干你的事！（对马）快走，汽车在门口等着哩。

马经理　（战抖着）曼丽，我——我去去就来，不不——不要紧的。

马太太　（哭着，拉着她的男人，但是被侦探一手推倒地下了）天啦！我怎么办啦！怎么办啦！

　　　　（侦探监视马下，妻仍哭着。少顷，台后隐约听见汽车喇叭声）

　　　　　　　　　　　　　　　　　　　　　　　——幕下

胜利的微笑[①]（独幕剧）

人物：李大个子（简称李）
　　　　刘连长（简称刘）
　　　　小白龙（简称老、小）

布景：一同破旧的农舍，屋内显得空廓而且单调。屋的正中放着一张旧的方桌，桌上杂置着酒壶，茶壶，茶碗等。屋的右方放着一张木炕，其实正确地说来，应该是一个木柜，然而现在，却被当做床了。自然，床的上面，简单而朴实的棉被枕头之类是不可少的。屋的左方，开着一个双扇门，门的上首是一个不很小的花格窗子，窗上糊着红纸，现在已被风雨剥蚀成淡红色的了，而且有些地方，还破成大洞，风吹来的时候，震动得沙沙地响。推开窗子，可以看到窗前翠绿的树枝，随风飘摇，几乎要爬进窗内，这大概要算是这农舍惟一的生趣了。

　　开幕时，本屋主人青年农夫李大个子，坐在舞台正中的桌子旁，面对着观众。他看来刚到三十岁的样子，从他的面貌和神情上，可以看出他是一个有着忠厚，勇敢，倔强的个性的家伙。不错，他不是本地的土著，他来到此地不过四五年，但是谁也不把他当做外乡人看待，相反地，附近的青年农民，都把他当做自己的兄弟般地信任着。据说他不是一个安分的人，人们都知道他是东北人民革命军的首脑小白龙的坐探，但谁也不肯去报告他，倒反而接受他的鼓吹，听从他的指挥，而渐渐在附近一带酝酿成一个不可侮的势力了。这时他正据案

[①] 本篇最初发表于1936年《一般》周刊第1卷第19期，曾收入《张光年文集》（第二卷）。这里内容据初刊。

而坐，眉头深皱着，心头像有重大的心事。他不住地斟着酒，自酌自饮，似乎以此为解愁的手段。舞台后面隐隐听得着密密的枪炮声，像新年的爆竹；自然，这其间，他是倾耳谛听着的。忽然，一阵轰然的大炮声，把他从沉思中惊醒了。

李　（放下了酒杯沉住气）他妈的！……弟兄们又在跟鬼子们厮杀了。……这两天的消息很不好，人民革命军节节败退，小白龙他们恐怕会向这里溃窜……（转为笑容）他妈要真的窜到这儿来，倒是我李大个儿显本事的机会了。……小白龙那家伙总像不信服我，他妈一向都没把我李大个儿瞧在眼下……哼！这回再让他瞧瞧！王家屯附近的小伙子们全给鼓动了，一吆喝千把人是不算什么的！……（得意地）这都是我李大个儿的"工作"，哈哈，他妈的"工作"！

　　　李端起酒杯，刚预备喝，外面忽有急遽敲门声。"谁呀？"没等他问到第二句的时候，门已经被"啪"地敲开了。进来的是一个军官，嘴上蓄着小胡子，眼角里包含着阴险，嘴角上充满着狠毒。人们都知道他本来是农民出身的，但现在专以欺侮农民为愉快；本来是因为受不了鬼子们的压迫才吃粮的，但此刻却专以效忠鬼子为光荣。但他也不是全然没有良心的，偶然被人提到自己的遭遇和身世的时候，常常免不了咬紧着嘴唇而深深痛苦着。"怎么办呢？反正要吃饭！"对了，这就是他的哲学。他此刻正闯进门来，装出很凶的样子，用手枪对准着惊愕失措的李大个子。

刘　手举起来！妈那巴子！早听说你们这村子是土匪窝，你一定不是好东西！告诉我，小白龙藏在什么地方？……妈的，明明看着是对你们这里窜过来了，还敢狡辩吗？

李　老爷我——我是好人啦，我实在不知道。

刘　（走上去劈脸一个嘴巴）哼，好人！他妈王家屯有好人吗？（用手突然抓住老李的领口）快说，不说就揍死你！

李　（惊愕地逼视他）我——我……你——你……？

　　　老李认出了他，他也好像认出了老李，大家在五年前原是拜把的兄弟，"九一八"事变以后，便劳燕分飞了。于是军官怀疑地放下了他的手。

刘　你——你是……

李　我是李大个子，你——你不是刘金山吗？

刘　哦，老李，你怎么在这里？

李　是啊，咱们老弟兄么，还犯得着这样吗？（抚摸着被打的面部，他颓然地坐下了）

刘　好吧，不说了吧，快告诉我你是怎么到这儿来的。

李　你不说了，我总得要说！你瞧，怎么自个儿人倒打起自个儿人来了。

刘　（拍拍他的肩膀）得了吧，我赔罪好了。幸而我还没开枪，要不然白白地打死了自个儿人，才够冤枉啦。

李　哼，有什么冤枉？你们每天不都在打死自个儿人吗？

刘　得了，谈点正经话吧。你究竟是怎样到这儿来的？

李　这还用得问吗？自从"九一八"那年，鬼子们打进了关东，乡下闹得乱七八糟的，田地不能种，家里不能呆，不愿意在乡下等死，从那时候起，我就舍弃了我的老妈，像游魂鬼样地四处飘荡着，一直到现在，——咦！你问我咧！你不是比我先跑出来的吗？

刘　是啊，也是家里呆不住，想出来混口饭吃。还算运气好，一出来就吃上了粮，去年上头说我打义勇军有功劳，从排长升到了连长。管他妈的，反正为了吃饭。怎么样，老李？境况还好吗？

李　难道你还看不出来吗？自从去年秋下来到此地，得着一个同乡的帮忙，佃下几亩田，盖起一座破棚子，就这么住下来了；一天忙到晚，还填不饱肚皮！——好？你倒是好了！发了财，当了官大爷，有钱有势，随随便便地可以揍人！

刘　嗳，何必咧？反正都是自己弟兄。老弟，你要是想干的话，我准可以帮忙。在队伍里，刘连长还有点小小的名声。你要知道，我们是从小在一块长大的，可以说是几十年的老弟兄了，难道今天我有饭吃，还能瞧着你老弟挨饿吗？

李　我吗？要我跟你一样地去当汉奸吗？去跟鬼子们当走狗吗？去自个儿人打死自个儿人吗？哼，这种丢人丧德，辱没祖宗八辈的事儿，打死我我也不干！

刘　（大怒，突然抓住老李的领口）老李，你疯了吗？

李　谁知道是哪个王八羔子疯了！
刘　老李，我看你一定不大妥。别忙，咱们朋友是朋友，公事是公事，你站着别动，让我在房里搜查一下。

　　房子是空空地，他没什么可搜，四下墙角里望了一望，床下木柜里翻了一翻，但是什么也没发现，终于他含笑地走了转来。

刘　（拉住老李的手）老弟，对不起得很，为了自己的责任，我不能不这样；上头的命令很严，我也只得公事公办，为了要吃饭，这是没有法子的。……爱国的心思，人人都有的，况且我小时候也曾在高等小学念过书，自问也是知识分子。可是自从鬼子们打进关东来，我们的房子被人烧掉，老婆被人强奸，没见国家替我们申冤，田地不能耕种，孩子白白饿死，没见国家替我们报仇！老实说，国家已经忘掉了我们，我们又干吗苦苦地来爱这个国家！老李，别太傻了，我们是几十年的老朋友，从小在一块儿长大的，相信我，跟我去，马上是有办法的。管它，有一口饭吃，把老妈接出来住着，自己娶个媳妇，生它一男半女的，也可以安慰安慰老年人的心。你纵然不为自己着想，难道不为老母亲着想吗？男子汉大丈夫，生来既不能为国家尽忠，起码也得为父母尽孝，你想想看。

李　（冷笑）谢谢你的好意，我倒是没什么可想的。说到吃饭的话，我们准可以用自己的手，自己的拳头，还有自己的性命，来换一口饭吃；要是这个世界容不下我们，我们还可以用自己铁一般的拳头打出一个世界来！这不是为国家尽忠，这是为自己拼命！去吧，我不会受你的骗，加入你们的一伙儿，自个儿人杀死自个人！

刘　（气了）我是为你好，你要是不受抬举的话，瞧着吧，将来准有你吃亏的时候！算了吧，你这人真是……（态度转为和悦）嗳，我且问你，你可知道小白龙的下落吗？

李　你问他干吗？全关东谁不知道他是最厉害的家伙？谁不知道他是东北人民革命军的首脑？谁不知他是鬼子们和汉奸们的死对头？当心些，要是碰在他的手下，你准会没有性命的。

刘　什么人民革命军？共产党，土匪就是了。他们喊着非法的口号，打着反叛的旗帜，到处破坏骚扰，一样地杀人不眨眼睛！小白龙这家伙，是里面最坏的一个，关东军联合会剿，包围了好几个月，也没把他打下来，现在可好了，他们已经筋疲力尽，向这一带溃败下来。现在关东军司令部正悬着赏号，缉拿小白龙这家伙，赏格不少啦，"生擒者两万块"。老李，这是一个发财的机会，要是你有办法的话，咱们马上可以发一笔大财，愿意升官还可以升官，不愿意，也可以拿着这一笔大洋钱舒舒服服地过他妈一辈子。

李　别做梦吧，朋友，你知道小白龙的厉害吗？

刘　是啊，我听说来着，这家伙凶是挺凶的。别看他小小的个儿，白白的脸子，打起仗来百个也抵不了他一个，杀起人来更像家常便饭一样。他妈又行踪诡秘，神出鬼没地，简直没法擒住他。人家给他取名叫小白龙，他真像龙王爷一样地凶恶。

李　你既然知道他的厉害，又何必在老虎头上搔痒呢？

刘　厉是厉害，这回可是不行了。关东军司令这回下决心剿灭他，又新从高丽调来了一支精兵，四面包围，像铁箍一样，而且上有飞机，下有大炮，就算他龙王爷武艺儿高，单骑冲了出来，可是虾兵蟹将，却被解决了不少。这回我们瞧定了他是向王家屯跑来了的，我们已经派了不少人来包围搜捕他了，我的一连士兵便是在今早赶到，扎在屯上的小学校里的。说不定龙王爷运气低，碰在我刘连长的手下，那么，我老刘是发财了，你李大个子不用说也沾光了，两万块钱的赏号发下来的时候，嗳，大个儿，我首先就给你娶一个老婆。

李　好吧，瞧瞧你的本事吧。说不定碰在你眼面前又给跑掉了，说不定没等你揍他他已经把你揍死了。

刘　（骄傲地）他吗？别人怕他，我刘连长可不怕他；别人认不出他，我刘连长可认得出他！——在队伍里，谁不佩服刘连长的眼睛毒？不错，小白龙是会化装的，他学会了孙猴子的七十二变，可是在刘连长的面前，任他变成了八十岁的老太婆，也是逃不过去的！

　　外面有叩门声，好像是一个老年人喊着："李大哥在家吗？"老李走上去把门轻轻地打开了，走进来的是一个白发长须的老头儿，满脸的皱纹，屈着背，挂着一支拐杖。这使老李微微地惊怔了一下；但只是一下，马上他便会意过来了，于是态度安闲地扶着老头儿就座。

李　哦，我还得介绍一下：这是刘连长，这是隔壁的王老伯。

刘　（微微地欠了一下身子）老伯请坐。

老　（看见桌上的酒具）哦，你们还在这儿喝酒！？义勇军快打到这儿来了哩；你听，这么密的枪声！

李　不要紧的，王老伯，我们这儿有刘连长，他的军队就扎在这村子里，专门保护我们的哩。

老　哦，难得刘连长到这儿来保护我们，怪不得村子里的人心还这么镇定哩。

刘　是的，我是奉上头的命令驻扎此地，专门维持后方的秩序的；——听说义勇军的头目小白龙，只身隐藏在这一带，老伯可知道吗？

老　小白龙？就是那个自称为东北人民革命军的司令的小白龙？就是那个诡计多端，杀人不眨眼的家伙吗？他隐藏在这一带？他躲在咱们的村子里吗？啊！我听着这个名字就够害怕了！（抱头作恐惧状，少顷）要是这回能靠连长的威风，把这家伙抓住了，我起码得先咬下他一口肉！

刘　怎么？老伯也和他有什么仇恨吗？

李　是啊，我还没告诉你：王老伯的大儿子王黑子，也是吃上了粮，……也是打义勇军有功劳，……也是升到了连长，……有一天，王连长带……带着他新娶的媳妇回到家里来看王老伯，这消息被小白龙知道了，便在当天半夜里，亲自带人闯进村子来，把小两口活活地给揍死了。

刘　（吃惊地）怎么？村子里没驻军队吗？

李　驻是驻了军队，可是他们一直等到第二天早上王老伯哭哭啼啼地上营盘报告的时候，才知道这件事，那还有什么用呢？……况且军队里面的长官，多半是怕着小白龙的，他们怕得罪了他，……将来也落得王黑子一样的下场！

刘　这真岂有此理！老伯，请您不必悲伤，这回我一定要替您老人家报仇！——老伯就只有这一个儿子吗？

老　（沉吟了半晌）唉，连长何必一定要追问下去？好吧，我就索性告诉了您吧：我本来有三个儿子，老大在"满洲国"当连长，被义勇军打死了；老二也吃上了粮，打起仗来很勇敢；老三最聪明，可是最不安分，后来不知怎的，竟混到义勇军里面去了。今年正月，老二的队伍，和义勇军打仗，老二为的升官心切，拼命地向敌人厮杀，义勇军那次因为兵力单薄，被打得一败涂地，老二更瞄准了一个正在逃跑的义勇军的首领，一枪便打倒了，他正准备切下头来到司令部去报功，哪知道仔细一看，却是自己的弟弟，自己的亲骨肉……从那天以后，老二便脑筋错乱，像失掉了魂魄似的，加之我那时候因为悲伤过度，天天抓住他要和他拼命，他自己更觉得很难过，便在一个大风大雪的深夜里，独自跑到一个黑暗的树林子里面吊死了……从这以后，我就变成一个孤苦无靠的老头子了！……（他沉痛地低下头来）

刘　（同情地）老伯，您不必过于悲伤。人已经死了，是没有法子挽回的事。再说，他们弟兄俩，谁也没有过错！（替老伯斟酒）来吧，老伯请喝杯酒润润喉咙吧。

李　哦，酒不多了，我出去打一点儿吧。老伯陪连长在这儿谈谈。（携酒壶下）

老　（取酒一饮而尽，然后感慨地）是啊，他们谁都没有过错，过错在老大、老二不该替鬼子们当走狗，落得这样的下场；所以我恨鬼子们！

刘　嘘，轻一点，您不怕外人听着了吗？

老　（惨笑）听着了怎么样？我痴长到七十多岁了，到现在无依无靠，我还怕什么？抓去了大不了是一死，我这个快要入土的人已经不在乎那些了。（望着军官）我只可怜你们这些年轻人——唉，请连长不必多心。——为了少数的钱把身子卖给鬼子们，掉转枪头来杀死自己的兄弟，自己的亲骨肉，想起来真太不值得！

刘　（痛苦地搔着头发）是啊，为了吃饭，也是没有办法。

老　（兴奋地）为什么没办法？只消大家把枪杆再掉转过去就得了。我刚才说我恨小白龙，那是一时的气话，他们究竟是对的。鬼子们从我们手里把饭碗抢去了，为什么我们不该再抢回来呢？我们老年人是没用了，你们年富力强的小伙子，有的是气力，有的是心眼，你们还怕什么？再说一句不怕您见怪的话，只消把你们自个儿人打死自个儿人的勇气拿出来就成了。

刘　（痛苦地，想阻止他的话）老伯！

老　（越说越兴奋起来）我想将来总有一天，说不定这一天马上就到了，被压迫的小伙子们一齐联合起来，用自己的犁耙和锄头，把鬼子们赶回老家去！那时候，遍地插满反叛的义旗，那时候，每人夺回自己的饭碗，那时候，替鬼子们做走狗的家伙们，也可以伸起腰来，只用后面的双脚，像"人"一样地走路！（笑了）哈，哈，哈，哈，哈……

　　"王老伯"纵声狂笑，为了过度的兴奋，下意识地不断地摸弄自己的胡须，可是，不幸得很，这些胡子是没有生根的，经不起几下的拨弄，便突然应手而脱落了。对了，这是假须呀！

刘　（见状大骇，急抽出手枪，对准冒牌的王老伯）啊！你是什么人？

老　（望着手上的假须，知道自己是在怎样一个危险的境地了）唔——唔——唔——唔……

　　老泰然地斟酒满杯，一饮而尽，自己把假须，发套等很快地去掉，又从容地脱掉他的外衣，现出东北人民革命军的制服，然后用手掌揩去了脸上的皱纹和油彩，现在是个英俊勇武的青年，和前判若两人了。他又换上大碗，斟满了一碗酒，一口喝干了，跟着又斟满第二碗，这其间，他全然不理会刘连长，这使端着枪的刘连长也看得目瞪口呆而莫知所措了。跟着，他忽然乘军官不备，把已经送在嘴边上的酒碗，向军官迎面泼去，跟着扑上前去，夺军官的枪，军官放枪，未中，于是两人便就地撕成一团，最后小白龙终于把枪夺来了。

小　（虎视眈眈地对着他，脸上有胜利的微笑）刘连长，今天对不起得很。怎么样？送我到关东军司令部里去吧？告诉你，我正是你要捉的人，这儿（骄傲地拍着胸）有两万块的大洋摆在你的面前！

　　刘连长懊丧地垂下头来，当小白龙转身到台右的时候，他乘机想开门逃出去，但是却被小白龙发觉了。

小　（转身来，用枪对着他，厉声地）不许动！（指里面墙角）在那乖乖地跪下！

　　刘虽满脸愤恨，但终于照样做了。

　　小白龙走回桌前，连续地自酌自饮，脸上有胜利的微笑。

李 （推门上，手里提着酒壶，睹状惊喜交集）咦！这是怎么一回事儿？（嘲弄地）王老伯，您老人家怎么能侮慢我的客人哩？（他放下酒壶，趋前与小白龙密语）

　　后台隐隐闻号角声和马蹄声，三人同为之一惊。

小 （镇定地，走向刘的面前）刘连长，你不用怕，我不会在这儿揍死你的。听：东北人民革命军的大队已经开到了，我将要把你交给我们的士兵，我们的老百姓，让他们想出最有趣的方法来处置你这无耻的汉奸。

李 是啊，刘连长，今天真是对不住得很。

刘 （恐怖地向他俩哀求）白——白司令，请您——请您饶我一条狗命吧！当汉奸实在不是我的本心。我也实在是被逼得没办法啊。（声泪俱下地）您杀了我一人不足惜，可怜我的妻子儿女，我的老年的爹娘，他们并没有什么罪过，可是也将要白白地饿死了！大个儿老弟，念在我们是多年的拜把兄弟，从小一块儿长大的，您救救我，救救我可怜的家小吧！

李 （做好做歹地）好吧，白司令，看在李大个子的面上，暂时让他躲开一下吧。革命军已经开到附近来了，回头士兵们发现有汉奸躲在这儿的时候，那可就没有法子了。

　　小白龙没有回答。

李 （自作主张）好吧，爬起来，赶快把狗皮剥下来吧。你听：大队已经开到村子里来了。（他代刘把制服、军帽、皮靴之类都脱下了）

李 这样也不行呀，老百姓们还是会认得出你的，（张皇地）这怎么办呢？

小 （揭开木柜的盖子）来吧，赶快躲在这个木柜里吧！

　　刘迟疑地望着他俩的脸。

小 进去吧？（两手抱起刘，摔进木柜里，发出"通"的一响）无论外面有天大的事，在没有得着我的允许的时候，不许动，更不许叫喊，听着没有？

刘 （疑惧地）是——是——是……

　　小白龙把他的头按了下去，把柜门盖紧，又从李大个子的手里拿到锁，把柜门锁紧了，这时后台已有清晰的马蹄声和脚步声。小白龙赶紧披上他进门时所穿的外衣，准备去粘胡须，但显然已经来不及了，这时他一眼望见了刘的制服，马上情急智生，改变主意，很匆忙地把军服穿上，皮带扣好；又在嘴唇上按上了两撇小胡子，这样便俨然是一个中年军官了。他正预备走向桌前去斟酒，而门前已有了嘈杂的人声，跟着窗子被推开，伸进了几个"满洲国"伪军的头来。

众　（看见屋内有一个军官，赶快举手为礼）唔！这里没躲藏歹人吗？

小　（赶快答礼）没有，各位很辛苦了！进来坐坐吧？

众　不必，再会了。（敬礼，小白龙还礼。众下）

跟着有一队马蹄声越过了窗前，向另一端飞去了。

小白龙嘘了一口长气，如释重负，退到台的中央，仍自去喝他的酒。李大个子，凝神注视着窗外，舞台上静默了片刻。少顷，后台忽然起了一阵枪声和厮杀声，跟着一阵锣声也在远远狂乱地响了起来，台上的两人同为之一惊。

李　（兴奋地）司令，老百姓们已经干起来了。

小　（惊疑地）有人在这儿指挥他们吗？

李　（不好意思地）是啊，这是我李大个子的"工作"了。

小　哦！那么，你刚才是去告诉他们了？

李　是的。

小　好极了，同志！（他热烈地握他的手）

这时候，后台忽然有巨大的爆炸声，跟着一阵火光照在窗前的他俩的脸上，把两个兴奋着的脸更映成通红的了。

李　（紧张地）你瞧，两个老百姓正在跟一个矮子军官厮杀着哩！……唔，王麻子受伤了！……好了好了！矮子被揍死了！老百姓胜利了！（胜利的微笑浮在两人的脸上）

后台的枪声，厮杀声，锣声，小儿的啼哭声，构成了一个伟大的交响乐。

小　（脱掉了他的军服和假发）走吧，老百姓已经怒吼起来了，我们还不赶快去帮助他们吗？

李　对，杀到敌人的老巢子里去！（他微笑地跳到木柜的后边，从柜子底下抽出了一只长枪，顺便狠狠地对木柜踢了一脚）滚你的吧，无耻的汉奸!

  在胜利的微笑中他俩跑了出去。

  刘连长在柜子里面拼命地敲打木柜,幕在通、通、通的响声中徐徐地合上。

——剧终

阿银姑娘[①]（独幕剧）

人物： 阿银（简称银）
　　　　春哥（简称春）
　　　　阿银父（简称父）
　　　　金大爷（简称金）
　　　　马团长（简称马）

布景： 东北某农村的一个农舍的前面。靠舞台里面是一间茅屋，有绿树掩映着。屋前甚宽敞，在一个适当的地方，安放着一个长条形的矮石凳和竹制的圈椅。屋的左右两边都有竹子编成的短篱，从篱缝里透出一片碧绿色的原野。

　　这正是夕阳西下的时候，血红色的太阳被远山吞下了半边，但它仍放射着朱红色的晚霞，足以使有情人为之醉迷。开幕时阿银和春哥同坐在屋前的矮石凳上，背对背地偎靠着，合唱当时在义勇军里很流行的歌曲《五月的鲜花》。开始唱的时候，两人手拉着手，头也微微地摆动着，后来越唱越兴奋起来。

银、春　（合唱）
　　　　五月的鲜花开遍了原野，
　　　　鲜花掩盖着志士的鲜血，
　　　　为了挽救这垂危的民族，
　　　　他们曾顽强地抗战不歇。

[①] 本篇最初发表于1936年《一般》周刊第1卷第20期，曾收入《张光年文集》（第二卷）。这里内容据初刊。

如今东北已沦亡了五年，
　　我们天天在痛苦中熬煎，
　　失掉自由更失掉了饭碗，
　　屈辱地忍受那无情皮鞭！

　　敌人的铁蹄越过了长城，
　　中原同胞依然歌舞升平，
　　"亲善"，"睦邻"，啊！卑污的投降！
　　忘掉国家更忘掉了我们！

　　再也忍不住满腔的愤怒，
　　我们期待着这一声怒吼，
　　吼声惊起这不幸的一群，
　　被压迫者一齐挥动拳头！

　　震天的吼声惊起这不幸的一群，
　　千百万被压迫者一齐挥动拳头！

春　阿银，你真聪明，这样难唱的歌，教给你几遍就学会了。他们教我的时候，我学了半个月才学会哩。

银　这样的歌，我还是初次学着唱，不过唱起来心里真舒服。我更喜欢最后两句：（唱着）"震天的吼声惊起这不幸的一群，千百万被压迫者一齐挥动拳头！"

春　（叹息）唉，咱们再不怒吼，可真没有活路了。

银　是啊，这些时候鬼子对咱们压迫得更加厉害了，每天不是来收捐，就是来抓人，我爸爸简直急得没有办法……唉，以后总许会好一点儿。

春　（笑了）好一点儿？你想他们会变得好一点儿吗？

银　我是说咱们现在什么都被搜刮干净了，什么也没有了，没有东西可抢，没有粮食可捐，咱们还怕什么呢？

春　唔，还怕什么？阿银，像你这样漂亮的大姑娘，他们也是不会放过的呀。

银　（停了一下）对了，春哥，我还没有告诉你，前天两个鬼子兵，喝得醉醺醺地，在村子里横冲直撞。我那时正在井上洗衣服，没提防被他们捉住了……

春　唔。

银　我拼命地挣脱，但是他们一些也不肯放松，一齐挤眉弄眼地，做出那种鬼样子，嘴里叽里咕噜，不知说些什么。后来不知怎的，他们两人忽然吵起架来了。我趁他们不防备，在一个鬼子的背上狠狠地打了一拳，就飞一般地逃脱了。

春　对呀，要想保全自己，非得磨炼自己的拳头！

银　这也不过是碰巧罢了，究竟说起来，单是拳头又有什么用呢？

春　一个拳头自然算不了什么，可是几千万的拳头一齐挥动起来，可就够鬼子们受的了。如今东北几千万的农民正在摩拳擦掌，准备跟鬼子们大干一下了。

银　唉！我看这也不是办法；春哥，咱们要能想法子逃进关内去就好了。

春　别做梦吧，别说没有钱逃走，就是逃进关内去了，又有什么好处？

银　（不相信地）嗯!?

春　敌人的势力已经踏遍了全中国，关内正同关外一样。现在关内有志气的青年都嚷着要上东北来，咱们东北青年还有脸再逃进关内去吗？

银　真的吗？当真还有人想到东北来吗？

春　谁还骗你不成？几千万的青年已经团结起来了，他们早晚是要来东北和敌人拼一下子的；只是现在有人不让他们来就是了。

银　（脸掉转来，兴奋地）什么人这么混蛋？帝国主义吧？再不然就是汉奸了？

春　反正是那些不讲良心的王八羔子们。

银　那怎么办呢？咱们进不能进，退不能退，可真活该受罪了？

春　为什么活该？咱们村子里有志气的小伙子，全都加入到东北义勇军里面去了，赵全哥，李大个子他们不全都加入了吗！……我本来早就要去的，只是，唉……

银　怎么呢？

春　（深深地望着她）我就是舍不得一个人……

银　（故意地）谁呀？

春　（叹息似的）天知道！

　　　　舞台上沉默半晌。

春　（突然抓住她的肩膀）阿银，你是真心爱我吗？

银　你怎么说这话？

春　倘使你是真心爱我的，你便应该和我走上一条路。

银　（惊疑地望着他）

春　我现在决定去了，决定和赵全哥他们一道儿干；你愿意和我一同去吗？

银　我吗？一个女人？

春　女人怕什么？女人难道是生来没用的吗？为了活命，女人应该和男人一样地去挣世界！

银　但是我的爸爸……

春　当然，你爸爸是不愿意的；我听说了，你爸爸预备把你嫁给一个卖吗啡的老板做姨太太……

银　（抢着说）不，你错了，爸爸固然欠那人一笔债，可是并不愿意把我嫁给他；（要哭的样子）我告诉你，这事情本不应该瞒着你的。爸爸预备把我嫁给一个"满洲国"的团长，因为他有钱有势，爸爸可以靠着他养老。

春　团长？就是那个常到这儿的马团长吗？

银　（点点头）

春　你呢？你答应了？答应替一个汉奸做姨太太？

银　（哭了）春哥，你别冤枉人，我已经反对过一千次了！（她伏在春哥的膝上抽咽着）

春　那么，假定你的爸爸一定要你去，那团长仗着他的势力一定要娶你呢？

银　我不干，我不干，我愿意跟你一道儿去和敌人拼命去！

　　　　她倒在春哥的膝上，春哥抚弄着她的头发。这时阿银父上，睹状怒形于色。

父 （厉声地）阿银！

　　阿银被惊起，用泪眼望望他的父亲，又望望春哥，呆呆地退在一旁。春哥无法，仍坐在凳上，用眼睛呆呆地望着前面。

父 （对春哥）你还待在这儿干什么？

春 （起来，走近阿银父）伯父，您不能这样。阿银是爱我的，我也爱着阿银，她已经决心嫁我了，我发誓要给她幸福的；现在就是老伯不答应，也没有法子了。

父 啊，你怎么说的？你这坏蛋，你这不安分的东西！你竟敢勾引我的女儿，和你一道儿私逃吗？（春哥欲辩，他不理，回头对女儿）阿银，你竟敢做这种丧尽廉耻的事情吗？你是规矩人家的女儿啊！

银 （含泪）爸爸！

父 （对春哥）我对你说，我的女儿是听我的话的，我早已给她许配了人家，她也决不愿意嫁给一个乡下汉子的。你不用在她身上起什么糊涂心思了。从今天起，不要再到这里来！（春哥欲说话，他阻止他）去！

　　春哥望了阿银一眼，愤愤地去了。阿银伏在窗上，痛苦地抽咽着。

父 阿银，来，爸爸和你说话。

银 （哭着）爸爸要把我卖掉，爸爸要把我嫁给一个下贱的军官，我是万万不能答应的，万万不能答应的！

父 蠢孩子，做爸爸的谁不心疼他的女儿！哪有卖掉自己女儿的事儿？你的事情，爸爸日夜在心里盘算着，总想把你嫁到一个享福的地方；这不是为我自个儿，为的是我的女儿。

银 那么，爸爸把我嫁给一个下贱的军官做小老婆，也算是心疼他的女儿，也算是为女儿着想吗？爸爸要是疼女儿的，就不该把女儿送到这么一个火坑里去。

父 不要这样说，不要误会了爸爸的意思，不要故意戳伤一个老年人的心。自从你母亲死后，爸爸一手把你抚养成人，爸爸疼你，胜过自己的性命，爸爸不会让自己的亲生女儿受委屈的。……不过，你看，自从鬼子们打进了关东，乡下完全变了一个世界，咱们庄稼人，一天一天地活不下去了。就譬如咱们欠了那位债主几块钱，这几天简直像逼命似的，要想还呢又没钱，要不还呢，那皮球利钱滚得着实怕人……

银　那么爸爸就预备把自己的亲生女儿拿去抵债了？

父　孩子，为什么你老说这种傻话？……现在就说那位马团长吧，他也是知书识礼的人，年纪固然大一点儿，可是年纪大的人总比年轻人可靠得多；就说给他做姨太太吧，也没有什么下贱；况且现在也讲不得那些了。孩子，只怪你的命苦，只怪你生错了人家，只怪你是一个穷人家的女儿！

银　穷人家的女儿便应该卖掉，便是生来替有钱人家做小老婆的吗？爸爸，您不能这样，您不能这样。

父　孩子，爸爸疼你，爸爸爱你，但是你也得替爸爸想一想：一年以来，爸爸是在怎样受罪，你是知道的；债主天天上门，逼得无路可走，你也是知道的；现在怎么办？今后怎么办？你也不是不知道啊？爸爸老了，无依无靠，就只有你一个女儿……阿银，你是一个孝顺孩子，你向来是疼你爸爸的，你忍心望着爸爸去坐牢，去上吊吗？……春哥那孩子，聪明倒挺聪明，可是太不安分，早晚是落不着好下场的。我的女儿，万万不能嫁给这种人。

银　爸爸，您不能随便糟踏一个有志气的青年。

父　不是我糟踏他，早几天已经有人在马团长那儿报告了，说他和义勇军有勾结，在乡下煽动农民；是我在马团长那儿讲情，要不然早就抓去枪毙了。

银　爸爸，鬼子们把我们压迫得不能翻身了，农民们起来反抗是应该的；我正因为佩服他这一点才爱他的。现在爸爸讨厌一个有志气有作为的青年，却答应把自己的女儿嫁给一个汉奸做小老婆，这是再糊涂没有的事儿！我虽然是爸爸的亲生女儿，可是决不能够答应这一笔糊涂买卖的！（哀求）爸爸，咱们宁可饿死，也不能做这种丧尽廉耻的事情！

父　阿银，不要再说下去，爸爸心里难过得很……你是爸爸的好孩子，爸爸决不会害你的；只是咱们现在太穷了，你爸爸也是没有办法！孩子，你可怜你的爸爸，救救你的爸爸吧！（泪下）

银　（大哭）不，爸爸……

　　　阿银伏在爸爸的肩上，放声大哭，爸爸老泪纵横，泣不成声。父女对泣约一分钟。忽闻有犬吠声甚急,跟着金大爷气喘喘地上场。

金　老家伙,你这是什么话?该钱不给,还喂着恶狗来对付债主吗?

父　金大爷,您弄错了,不是我家的狗。可怜,人都没有吃的,哪儿还有东西来喂狗?

金　不管它,你欠我的那笔款子,今天总得有个交代,害我天天跑路,究竟不是个事儿,回头债没讨着,反被恶狗给吃掉了,那才见鬼哩。

父　金大爷,您原谅一下,稍微迟——迟两天,对了,两天。

金　得了吧,你这么两天两天地,推了他妈几百个两天了,谁还相信你那些鬼话。金大爷不是好惹的,金大爷不是好欺负的,这个你总知道。

父　是的是的,不过今天实在没有法子。

金　对了,我也知道你想不出什么法子的,欠我的这几十块钱,利上滚利,你一辈子也还不清楚的。这么好了,你自己想不出法子,金大爷代你想个法子。

父　(连连作揖)嗳,那您真是救命的恩人,我们父女两人真是感激不尽了。

金　依我看,你是有法子不想,自己活该受罪。

父　唔。

金　(走近阿银)瞧,你有这么漂亮的一个大姑娘,还怕没有饭吃吗?

父　嗳,大爷,您说到哪儿去了?

金　我看,你这位大姑娘,跟着你也够受罪了。我想带她到城里去见识见识。当然啰,你欠我的那笔款子,也就算拉倒了,我再另外给你几块钱去零用。(说着便从袋子里取出一卷钞票来)

父　(怒)金大爷,您说的什么话?欠您的钱,我明天就给,说不定今天晚上就给您送过去……这——这是什么话呢?

金　得了吧,我不跟你说了,我来问问你的大姑娘。(把脸靠近她)阿银姑娘,你是愿意跟着爸爸饿死呢?还是愿意跟着我去享福呢?(回答的是一个嘴巴子)

金　啊!这还了得!欠钱不给,反倒行起凶来了!好话不听,是得给点厉害你们瞧瞧!

他上前去抓阿银,被其父挡住。

父 （不断地作揖）金大爷，金大爷，她年轻不懂事，有什么过错，都在我老头儿身上。

金 （抓住阿银父）对，就是你这不懂事的老头子，养出这种不懂事的女儿！（还他一个嘴巴）妈的，你这不知好歹的东西！跟我走！

　　阿银惊呼，其父挣扎着，马团长上。

马 放手！（对金）你是干什么的？

金 对了，马团长，您是讲理的；您瞧，他们欠钱不给，倒还行起凶来了，这——这还得了吗？

马 得了，去你的吧！——他欠你多少钱？

金 连本带利有七八十块了，半年以来，就没还过一个。

马 好吧，不论多少，都算在我的名下，改天到团部算账好了。

　　金大爷鄙夷地望了马团长一眼，终于走了。阿银父一面望着阿银，一面苦笑地招呼马团长。

父 团长，您坐，您坐。

马 这孩子，哭什么呢？这点儿事情，用不着发愁。

父 （窘态毕露）来，来，阿银，陪马团长坐坐。

　　阿银把身子一扭，跑进屋子里去，把门关上了。

　　这里两人苦笑地对望了一下。

父 这……这孩子！

　　他一面说，一面走近屋前，把门推开了。少顷，听见屋内的争吵声，阿银的哭声和父亲的叹息声。马团长在外面干着急。终于父亲扶着满面泪容的阿银出来了。

父 马团长是知书明理的人，有什么可怕呢？（对马）这孩子，脾气怪得很，请团长开导开导她。（他扶阿银坐在团长旁边）

马 好的，好的。我和大姑娘谈谈，……（向其父示意）请您进去给咱们烧点茶来吧。

父 唔，是的。（他抓抓脸，进去了）

马 （移进她）阿银姑娘，唉，哭什么呢？……对了，咱们阿银姑娘也的确受够了委屈了，她好比含苞未放的鲜花，失掉了雨露的滋润啊。（这时春哥轻轻地上，站在舞台的里角，并没有惊动他们）过来，别害羞,你爸爸已经把你许配给我了,我今天就要接你进城享福去。(取下自己的戒指,拉她的手)来,这是今天在城里银楼里刚打好的金戒指,我给你戴上。(她让他戴上了)对,这里是二十块钱,拿给你零花的。(他塞在她的衣袋里)可怜,乡下孩子,还没有见过世面的,今天我带你进城去,换几件漂亮的衣服,买一双高跟的皮鞋,头发烫得蓬蓬儿的,嘴唇涂得红红儿的,好好地打扮一下,谁不说咱们阿银是一个顶漂亮的摩登姑娘呢?(他搬转她的头)你瞧这么一个美丽的姑娘,要是随随便便地嫁给一个乡下汉子,可真像一朵鲜花落在粪坑里了。哎,又哭什么呢?(用自己的手帕替她揩干了)别怕,别害羞,团长喜欢你,团长爱你,来,和团长亲热一下。(他搂着她,她挣扎着;春哥这时再也忍不住了,他愤恨地走近阿银)

银　啊!春哥!(俯在他肩上哭泣)

马　(站起来,鼓着眼)你是什么人?

春　我是他的未婚夫;你是什么人?

马　她的未婚夫?你叫什么名字?

春　我叫赵春哥,怎么样?

马　唔,赵春哥,好漂亮的名字,我倒是久仰了。(从衣袋里掏出手枪来)不许动!今天是你运气低,自己找来送死。我早得着报告,你在乡下鼓动农民,准备造反,我早就要抓你了,哈哈哈哈!(厉声地)跪下来!

　　　春哥气愤已极,抓起跟前的竹椅,准备向对方掷过去,却被马团长先发制人,一枪给打倒了。

春　啊呀!(倒下去)

银　(惊呼)咦呀!爹爹!春哥!天啦!

　　　阿银扶住春哥,泪如雨下,其父应声出,但是已经吓呆了。

春　(低声地)阿银,你骗了我!(死去)

银　(大哭)不,春哥,是他们骗了我,他们要我那样做的;我是相信你的,我是爱你的。(发狂似地摇他)醒来吧,春哥,千百万被压迫的农民正在等着你哩!春哥!春哥!啊!

　　　(伏尸痛哭)

马　（上去拉她）得了，哭什么呢？他是乱党，自己找来送死的。起来，车子在前面等着你，快准备到城里去享福去吧。

银　（狠狠地打了他一个嘴巴）你这汉奸，你这混蛋，你这吃人的兽类！（取下戒指掷给他；掏出钞票，当面撕成片片）滚你的吧！（大声喊）现在是被压迫的人起来抗争的时候了！现在是被出卖的人争夺他的自由的时候了！

　　　说毕抽身欲遁。

马　（抓住她把她抱了起来）自由也好，压迫也好，跟我去了再说吧！

　　　阿银死命地挣扎，但终于被团长抱走，一路哭闹着出场。

　　　阿银父吓呆了，不住地发抖，在他们离开之后，低微地叫了两声"阿银！"就颓然倒下了。

——幕合

❋一九三七年❋

难民曲[①]（街头剧）

人物：女工A、B
　　　　胡老板
　　　　赵大爷
　　　　巡警
　　　　游民A、B
　　　　乡民A、B
　　　　宣传队员A、B
　　　　宣传队员
　　　　群众
地点：故事发生的地点不限定；表演的地点无论在街头墙角或乡村的空地上都可以。

　　墙角下坐着两个衣履朴素的少女，年俱在十六七岁左右，打扮得像女工模样。她们身边带着几件简单而破旧的行李包袱，一望而知其为远处逃来的难民。一群人麇集在她们周围，成半圆形的圈子，用好奇的眼光注视着她们，像看把戏一样。
游民A　唱啊，唱啊！不唱谁给钱呢？
游民B　别吹牛皮！他妈你有钱吗！
游民A　笑话！你大爷有的是大洋钱，欢喜听的是唱小曲，谁唱马上就赏给谁钱。

[①] 本篇最初发表于1937年9月29—30日《大公报》（汉口）《战线》副刊，曾收入《街头剧创作集》和《张光年文集》（第二卷）。

游民 B　得了，得了！别开玩笑了！人家是从上海逃离出来的难民，人家还不够可怜吗！

游民 A　我知道可怜！我问你：可怜能当饭吃吗？咱们自己还不够可怜吗？可是有谁来可怜咱们呢？

游民 B　才叫怪啦！刚才说了自己有的是大洋钱，现在忽然间又说自己可怜起来了！

游民 A　（不好意思地）开玩笑！

群　众　哈哈哈！

游民 B　你懂吗？现在只有穷人才可怜穷人。

女工 A　（感慨地）可是穷人又不能帮助穷人！

女工 B　咱们用不着向人摇尾乞怜！

游民 B　嗳，对啦，咱们只好同病相怜啰！

游民 A　对了，好姑娘。既是这样，就请你可怜可怜咱们，随便唱一支小曲儿给大家听听吧。

女工 B　什么！咱们又不是唱小曲的！

女工 A　妹妹，别管他吧。咱们就把在上海学来的《难民曲》，唱给大家听听，算是可怜可怜他们。不过你们各位先生听了以后，也请可怜可怜咱们，随便赏几枚铜板买大饼吧。

群　众　好！行行！

　　　　　一片热烈的鼓掌声。

　　　　　女工 A、B 合唱《难民曲》，用《锄头歌》谱，声凄越动人。

八月十三那一天啊
黄浦江中起狼烟啊
咦呀海　呀呼海
黄浦江中起狼烟啊
呀呼海　咦呀海

日本强盗的大兵船啊
对着上海开炮弹啊

难民曲（街头剧）

咦呀海　呀呼海
对着上海开炮弹啊
呀呼海　咦呀海

飞机在天空呜呜叫啊
丢下的炸弹真不少啊
咦呀海　呀呼海
丢下的炸弹真不少啊
呀呼海　咦呀海

浦东闸北一片红啊
百姓的血汗都成空啊
咦呀海　呀呼海
百姓的血汗都成空啊
呀呼海　咦呀海

中国出动了陆空军啊
誓和敌人拼性命啊
咦呀海　呀呼海
誓和敌人拼性命啊
呀呼海　咦呀海

敌人抵不住中国兵啊
拼命乱杀老百姓啊
咦呀海　呀呼海
拼命乱杀老百姓啊
呀呼海　咦呀海

百姓赤手又空拳啊
冲出战区来逃难啊

咦呀海　呀呼海
冲出战区来逃难啊
呀呼海　咦呀海

丢掉了爹娘丢掉家啊
我们的心中乱如麻啊
咦呀海　呀呼海
我们的心中乱如麻啊
呀呼海　咦呀海

难民好比是丧家犬啊
街头巷尾好安眠啊
咦呀海　呀呼海
街头巷尾好安眠啊
呀呼海　咦呀海

风吹雨打烈日烧啊
肚中饥饿真难熬啊
咦呀海　呀呼海
肚中饥饿真难熬啊
呀呼海　咦呀海

中国决心在抗战啊
我们吃苦不抱怨啊
咦呀海　呀呼海
我们吃苦不抱怨啊
呀呼海　咦呀海

我们的敌人是日本啊
打倒日本好安身啊

　　　　咦呀海　呀呼海

　　　　打倒日本好安身啊

　　　　呀呼海　咦呀海

　　唱的时候，有复述句辞的，有补充语意的，有发问的，有代答的，但大多数人都禁止发言，观众担任了维持秩序的责任。

　　正唱的时候，赵大爷排众而入，捋须微笑，很感兴趣的样子。

　　唱毕，又是一片狂热的鼓掌声。

　　小孩们得意地学着唱"咦呀海呀呼海"。

　　大人们纷纷议论并发问。

游民 A　你这歌是在哪儿学来的？

游民 B　你这歌是说的上海打仗的事！

乡民 A　你们是怎么逃出来的？

乡民 B　喂！上海的仗打得怎么样了？

群　众　喂！我问你啊！

　　　　喂！喂！

　　　　喂！喂！喂！

女工 A　（站起来，大声说）嗳，我说你们这些人真不知足，听了歌还不够过瘾，又来问七问八的；你们是吃饱了饭没事干，不想想看，别人有两三天没吃饭了！（说毕负气坐下）

游民 A　哟！这大姑娘的脾气可真大！

游民 B　妈的，真不讲良心！人家饿着肚子唱歌给咱们听，还要怎么样？（自告奋勇地走进场内，高声向观众说）诸位先生，老爷，小姐，太太们！这两位大姑娘本来在上海纱厂做工，上海一打仗啊，厂里关了门，家里闹得乱七八糟，没办法，就逃到咱们这地方来。在这儿没亲没故，告贷无门，因此，所以，已经有两三天没吃饭了。咱们都是中国人，都是吃了东洋人的亏，常言道："同病相怜。"可是姑娘们很害臊，因此，所以，兄弟出来，请各位帮帮忙，无多有少，凑合几个大饼钱。（取下自己的破帽，准备向观众收钱）

游民 A　喂，你算老几？凭什么你来收钱？我瞧你这人没存着好心眼！

乡民A　对，对，钱不能给你。

游民B　这什么话？好心反变做恶意了！我老鲍虽然穷，还不会做这种丢脸的事！这什么话呢？（使气地把帽子戴回头上）

乡民B　咱们顶好问问这两位大姑娘，看她们的意思怎样。

女工A　不要紧，就请这位先生代收好了。

群　众　不行，不行，咱们不相信这家伙！咱们要把钱亲自交到大姑娘手里！

　　　　你亲自来收钱！

　　　　非亲自出来不可！

　　　　女工A没法推诿，只好走出来，准备收钱。这时赵大爷昂然走进场内，一手挡住她的去路。

赵大爷　等一等，我有话问你。

女工A　您有话待会儿再问吧，我们已经有两天没吃饭了。

赵大爷　不要紧，我给钱让你们吃饭。

女工A　（投以怀疑的眼光）

乡民A　放心吧，大姑娘，这是赵大爷，是咱们这地方顶有钱，心肠顶好的绅士。

　　　　观众对这事的发展很感兴趣，为了赵大爷是这地方的要人。于是人挤得更拢，圈子挤得更小些了。

赵大爷　你们是几时离开上海的？

女工A　我们是九月初离开上海的，上海救济会把我们一批难民送到苏州，从苏州一路逃到此地的。

赵大爷　你们是亲姊妹两个吗？

女工B　是的！

女工A　不，我们是结拜的姊妹。我姓唐，她姓李，不过我们同在一个地方长大的，同在一个地方做工，又是一同逃出来的，我们彼此照顾，谁也离不了谁，说起来我们比亲姐妹还要亲热些。

赵大爷　唔。不是亲姐妹。那么就你们两个女孩子，孤零零地到处流浪，你们的胆儿真不算小啊！

女工B　不，还有我们的老板在一道儿，他刚上街找朋友去了。

难民曲（街头剧）

赵大爷　什么？你们厂里的老板还跟着你们一道儿逃难吗？
女工B　不，是我们烧饭的老板。
赵大爷　烧饭的老板？
游民B　（刚才受辱之后快快地退出来的，此刻又来大逞其喉舌了）赵大爷，是这样的：她们这几个女孩子，都是包身工，她们是由包工老板的荐引，才到厂里做工的。她们住在老板家里，吃的，穿的，用的，全是老板的。
乡民A　有这样好的老板吗？
游民B　你们懂得什么？一个女孩子，吃饭，穿衣服，零用，能要多少钱？算起来一月有六七块钱也就足够了。可是姑娘们在厂里做工，一月起码可以赚十二块钱，多的十五块二十块都没准儿；这笔工钱全是老板的。
乡民A　那这老板倒可以发财了。
游民B　可不是发财了！女孩子从乡下出来，家里和老板订下合同，少的三年五年，多的十年八年，反正期限越长，老板越合算。有些有钱的老板，一家便有几十个包身工，一个月便有几百块的进账，还能不发财吗？
赵大爷　老板是将本求利，赚几个钱也是应该的。
游民B　是的大爷，能客客气气地赚几个钱也是好的，可是他们还要摆起老板的臭架子，动不动就打她们，骂她们，有些家伙，还在这些女孩子身上起坏心眼，强奸，拐卖的事儿都是常有的。
赵大爷　你这话是真的吗？
游民B　这还有什么假？不信您去问问这两位大姑娘。
女工A　我们不知道，我们不是包身工，刚才上街去的也不是老板，是咱们的亲戚，（对女工B）阿珍，你又在多嘴瞎说，回头又得挨打了。
游民B　你瞧，真可怜，她们连老板不在这儿的时候也不敢说真话。
赵大爷　好，去你的去你的！你还是少管闲事的好。（把他推在一旁）姑娘，我问你，你的家在什么地方？你干吗不回家去呢？
女工B　老爷，别提我们的家了，我们两个的家，都在上海附近的罗店，这回那地方已经被万恶的东洋鬼子炸光了！家里的父亲母亲，也不知

是死是活！就算勉强逃出了性命，又谁也不知道谁的消息，看来这一辈子也见不着面了！（痛哭失声）

赵大爷　你们就没有别的亲戚朋友在这一块儿住吗？

女工B　我有一个大哥，听说在××省（作者按：戏在哪一省演，便可填上哪一省的名字）做警察，几年也没有通信，也不知道究竟在什么地方！

群　众　啧啧！

　　　　可怜！

赵大爷　我看你们俩也不必哭了，反正哭也没用。我赵大爷一向作慈善事业，他们大家都知道的。（群众中有人骂着："我们不知道，我们只知道你是个老色鬼！"）我看我可以帮帮你俩的忙，我想收你们俩做我的干女儿，或者做我的弟媳妇也可以。（有人骂着："妈的！什么干女儿，弟媳妇，给他做小老婆就是了！"）要是你俩愿意的话，现在就跟我走。

群　众　不要跟他去！

　　　　他是个老色鬼！

　　　　他是个坏家伙！

赵大爷　（怒）谁呀！谁呀！想吃官司吗？妈的！都不是好东西！一起抓到局子里去！

　　　　群众哑然无声。

女工A　赵大爷，谢谢你的好意。等老板回来了再说吧，咱们的事，咱们自己还不能做主哩。

女工B　咱们也不知道你是不是好人。

　　　　女工A以身止之。

游民A　喽，你们的胡老板回来了。

　　　　胡老板很失意的样子，排众进场。

女工A　老板，这位是赵大爷，是这地方的大善士，他刚才说瞧着咱们可怜，要收留咱们俩做他的干女儿哩。

　　　　群众中有人愤恨地说："什么干女儿不干女儿！他是坏家伙，他瞧你们俩长得漂亮，他想打你们俩的主意！"群众大笑。

赵大爷　谁呀谁呀！给我滚出去！

胡老板　真笑话！管你们的屁事！

赵大爷　是这样的，胡老板：我是瞧着你这两位大姑娘都很聪明伶俐，这样每天在街头流浪，受这些混蛋流氓们的欺侮，心里很是难过。我好心好意想收留她们做我的干女儿，或者弟媳妇也可以！（群众中有人说："说得漂亮！""这叫'说的是仁义道德，做的是男盗女娼'！"）这样一方面呢，也算是救了她们姊妹俩；一方面呢，这个这个这个……咳咳咳……（群众中有人骂着："一方面也算救了你这个老色鬼！"众大笑）

胡老板　（恭敬地）是的是的。

赵大爷　（涨红了脸）因此呢，胡老板，咱们痛痛快快吧！你说，干脆说要多少钱？

女工A　这是什么话呢？赵大爷，咱们也不是卖的！

女工B　妈的！这老家伙一定没存着好心眼儿！

群　众　大白天买卖人口啊！

　　　　别卖给他，他不是好家伙！

　　　　老混蛋！

　　　　老色鬼！

胡老板　这样吧，赵大爷，您府上住在什么地方？

赵大爷　就离这儿不远。

胡老板　那很好，咱们就到府上去谈谈吧，这儿不是谈话的地方。

赵大爷　很好很好，就去吧！

胡老板　阿英阿珍，快把东西收拾起来，一道儿到赵大爷府上去坐坐吧。

女工A　（为难状）

女工B　咱们不去！

胡老板　（厉声大叫）什么？

　　　　两女无法，只得含泪收拾被包，准备同去。

　　　　观众群中情绪激昂，秩序大乱。

乡民A　他们到他家去商量买卖了！

乡民B　不能去啊，大姑娘！一去就完蛋了！

群　众　咱们不放他们走！
　　　　不能走！
　　　　不能走！
　　　　我去报局子去！
　　　　一巡警从前面不远的地方急驰而来，为了弹压这块儿的骚乱，他手上拿着一条皮鞭，走近时举鞭向观众群挥舞，并高呼"散开""散开"！"不要停在这儿"！群众有些遵令散去，但大多数仍然不肯散去，不过离开几步，站在稍远的地方，静观事态的发展。巡警为了除掉这场骚乱的根源，便举鞭向女工A、B打去。女受鞭，发出尖锐而凄厉的叫声。赵大爷上前解劝，亦无结果。

巡　警　（挥鞭向女工B打去）滚开！滚开！
胡老板　不要打不要打！咱们是从上海逃出来的难民！
女工B　（率性睡在地上）你打你打！我反正是活不了了！
巡　警　（听她说话的声音很熟，深知有异。赶紧走上前去，扶起她，仔细审视）啊！你是谁？你是谁？
女工B　我是上海大新纱厂的女工，逃难逃到这儿来的，你要打就打死我吧！
巡　警　我问你姓什么叫什么，你的家原来在什么地方？
女工B　这个你不用管！（抽咽）
女工A　先生，她是好人。她姓李，名叫阿珍。她们家在罗店，家里早就给东洋鬼子打光了。
巡　警　呵！三妹！是你吗？你怎么到这儿来了？
女工B　（惊）你是谁？我不认识你！
巡　警　我是你的大哥，咱们分手才两三年，你连我都不认识了吗？
女工B　（惊呼）啊！大哥！救救我吧！救救我们俩吧！我们从上海逃到这儿来，一路忍饥受饿，现在咱们的包工老板，正商量要把咱们俩卖给那个赵大爷哩。
赵大爷　嗳！哪里哪里！这是什么话！
胡老板　不不，先生，简直就没有这事！
　　　　群众又围拢来了，巡警也不再干涉他们，他们窃窃私语着，大概

难民曲（街头剧）

不外取笑巡警打了自己的妹妹，并期待胡老板和赵大爷受一点应得的惩罚之类。

巡　警　你是她们的包工老板吗？你赚她们的钱总该不少了！

胡老板　不，不对，我是她们的亲戚！

巡　警　（怒）放屁！亲戚！我才离开家里两三年，我倒不认识你这个不讲良心的亲戚！

　　　　众大笑。

巡　警　阿珍，告诉我，究竟是怎么一回事？

女工A　李大哥，是这样的：我们俩在去年上季，被人介绍到胡老板那里做包身工，说定包期五年，这次上海打仗，厂里停了工，咱们跟着胡老板，从炮火里面逃了出来。在上海难民收容所里住了一个礼拜，后来被救济会把咱们送到南京，从南京搭难民船跑到此地的。

女工B　咱们不知道你在此地，要不然的话，也不会无故受胡老板的这种折磨了！

胡老板　嗳！小姐，凭良心说吧，我姓胡的什么时候折磨你了？

女工B　你没有折磨我？你一路上打咱们，骂咱们，现在又要找主顾卖掉咱们。咱们吃你的亏已经吃够了！

　　　　赵大爷欲走，巡警扯住他。

巡　警　你别忙走，这件买卖人口的案子，咱们还得问个清楚。

赵大爷　笑话！这干我什么事！我赵大爷是此地的慈善家（群众作声叱之）还会做这种事吗？

　　　　远处有一队男女青年，打着"救亡宣传队"的旗子，唱着歌，走近这堆人群。领队的那位，挤进人丛中来，探问究竟。赵大爷乘大家目光转移的时候，偷偷溜走。

宣传员A　我请问哪一位，这里发生了什么事情了？

　　　　久无人应。

游民B　（挺身而出）我告诉你吧：这两位大姑娘，原来在上海纱厂做女工，一路逃难逃到这儿来的。她俩都是包身工，这位是她们的老板。刚才老板起了坏心眼，想把这两个姑娘卖给一位——卖给一位——（四顾无所见）唔，他走了。这位先生是她（指女工B）的哥哥，出门多年,刚才也是命中注定,忽然在这儿碰着了,他正要找这位老板算账呢。对了,就是这么回事。

游民A （逞强地）说掉了,这位老板一路上还打她俩,骂她俩,折磨她俩的。

宣传员A 哦,这两位小姐原来是从上海逃到这儿来的,那么,请告诉我,你们曾经吃过日本鬼子的苦头吗?

女工A 那还消说!日本鬼子把咱们的工厂炸坏了,多少工友都被炸死了。要不是咱们逃得快,咱们早就没命了!

女工B 就是咱们从杨树浦逃出来的时候,日本鬼子还从背后开起机关枪来。走在后面的工友,都被活活地打死了。

女工A 东洋鬼子把咱们年轻力壮的工友,剥光了衣服,反缚在铁丝网上。然后用刺刀乱戳。工友越叫得凄惨,他们越笑得厉害!鬼子们见着咱们女工,就抓去随便糟踏,咱们一块住的几个工友,就这样被他们白白地糟踏死了的。

女工B 鬼子们把咱们老家也占去了,家里房子也炸平了,什么也烧光了!家庭的父亲母亲,也不知是死是活!（哭）

巡　警 什么?三妹!你说的是真的吗?

女工B 谁还骗你不成!咱们这一辈子恐怕再难见着父母老人家了!
　　　　巡警凄然低首,不胜伤悲。

游民A 妈的,咱们跟东洋鬼子拼了它!

游民B 日本鬼子是咱们的死对头!

乡民A 咱们四万万人还能怕了他!

乡民B 只要咱们齐心,咱们准可以打倒他!

宣传员 （兴奋地）是的,只要咱们中国人大家联合起来,团结起来,咱们准可以打倒那万恶的日本帝国主义!日本帝国主义是咱们中国人的死对头!这些日子,他们对中国压迫得更凶,中国也对他们反抗得更厉害了。各位要知道这一个礼拜来打仗的情形吗?我们请另一位先生来向各位报告一下。（宣传员B在群众欢迎的掌声中入场,把预备好了的时事报告和演说词向观众作了简赅而有力的报告。报告毕,有提出疑问的,立即予以解答)

宣传员A　各位，这里的两位小姐，从帝国主义的炮火中逃出来：一路上受了不少的委屈。现在我们请她们到××街的救济会里先委屈一下，以后再想更好的办法。（指巡警）这位先生，也可以常来照应照应。至于这位老板，专门剥削工友，现在又有了贩卖人口的嫌疑，还是就请你带到局子里去严加查办吧。兄弟提出这个办法，大家赞成不赞成！

群　　众　赞成！赞成！

宣传员A　好了，现在咱们就暂时和各位告别了，下礼拜再会吧。

　　　　　群众颇有恋恋不舍之意，久久不愿散去。有人轻声叫着："唱个歌再走啊！"

宣传员A　对，刚才有人提议唱个歌再走，很好。咱们唱个什么呢？

游民A　刚才这两位小姐曾经唱过一出很好听的歌，叫做——叫做——

游民B　《难民曲》。

宣传员A　哦！《难民曲》（对女工A、B）你们是在上海难民收容所里学会的吧？

女工A、B　是的。不过咱们唱得不好。

宣传员A　别客气了，来吧，咱们来一个合唱吧。

　　　　　女工A、B领唱，全体宣传队员合唱《难民曲》，且唱且走，群众渐渐散去。于是这一队演员，又找到另一个适当的场所，重新扮演起这一出似真实假，似假实真的战时街头剧。

——剧终

沦亡以后[①]（街头剧）

登场人物：

说明者——剧团的负责人

桂　英——农家女

李全哥——农村青年，桂英的爱人

桂英母——年六十岁

贾二爷——乡绅，汉奸

敌兵甲、乙

流亡青年——剧场中的观众

时期地点：

现在。任何一个农村的农舍前面的广场上。

某演剧队下乡来演剧了，他们择定了一个农家前面的稻场上，当做他们的天然舞台；现成的竹篱茅舍，当做他们的天然布景。观众围绕着这个稻场，成半圆形，戏便要在这三面围绕着的空地上上演了。

观众等得有些躁急，在这个当儿，作为剧情说明者的演剧队负责人，便上场来说几句开场白。

说明者　各位朋友，请稍微等一等，戏马上就要开演了。现在趁演员化装的时间，由兄弟上来，预先把这出戏的情节向各位报告一下。这出戏名叫《沦亡以后》，写的是河北省大名府的一件真事。各位要知道，日本鬼子自从占了我们的北平、天津，便步步向南进逼，我们的大名府，便在去年十一月间，被敌人占去了。大名府本来是个好地方，人民安居乐业，各得其所，可是自从日本鬼子占去了以后，到处杀人放

[①] 本篇作于1937年秋，曾收入《街头剧创作集》和《张光年文集》（第二卷）。

火，抢劫财物，年轻的女人，更被他们糟踏不堪！把很好的一个大名府，闹得天昏地暗，鬼哭神号！这出戏里面，就是写的大名府乡下的一对青年男女，被日本鬼子残杀蹂躏的事实。看了以后，各位就可以知道亡国奴的悲惨，可以知道北方同胞的痛苦，可以知道日本鬼子和汉奸的可恶，因此引起各位的愤怒，大家伙儿一齐团结起来，打倒日本鬼子！泄除我们的仇恨！闲话少说，现在请各位看戏好了。（他退入旁边的观众丛中）

剧中人桂英登场，她是一个正在发育期中的农家女子，脸上带着快乐的表情，虽然在那快乐后面未尝不包含着忧郁的暗影。她从屋里面走出来，手里拿着两件刚洗好的衣服，准备搭在屋前的绳子上晒。她一面搭衣服，一面唱着山歌《想情郎》。

桂　英　（唱）

好花也要蜂蝶儿采，
好树也要黄莺儿憩。
我的情郎啊，
你为什么还不到我这儿来？

莫不是疯狗把你的腿儿伤？
莫不是蝎子把你的脚儿坏？
莫不是东洋鬼子，
把你的性命儿来加害？
情郎啊，
你快来！
你我二人要把主意早安排：
大家团结在一起，
打走鬼子才能过得好日月！
打走鬼子才能过得好日月！

李全哥——体格壮健的农村青年，从屋旁的篱边上场，蹑步走到桂英的背后，用双手蒙住她的眼睛。

桂　英　（挣扎）谁啊？谁啊？

全　哥　（放手）是我，你的情郎来了！

桂　英　放规矩点。怕不把人吓死了。

全　哥　这才怪啦！你刚才不是还唱着要我快来吗？不是还唱着"你我二人要把主意早安排"吗？桂英，告诉我，你是怎么安排的？

桂　英　这还用问吗？全哥，我早就安排定了。这年头，拼了也是死，不拼还是死，我愿意跟你一道去和鬼子们拼了它！

全　哥　那好极了，桂英。我的主意也是早就安排定了的，我打算明天就走。

桂　英　走？到哪儿去？

全　哥　到邯郸县加入游击队去。

桂　英　游击队？什么叫游击队？

全　哥　就是老百姓自己组织的一种军队，专门和东洋鬼子捣乱的。平常埋伏在山里面，一遇着敌人势力空虚，措手不及的时候，便出来跟他们干一下。敌人追来了，咱们又埋伏起来。有的时候，还要抢夺他们的粮饷、枪械，破坏他们的桥梁、铁道，总之，专门给鬼子们捣麻烦。

桂　英　（笑）那才怪啦，鬼子们连咱们军队都不怕，还能怕游击队吗？我看迟早总会被他们消灭了的。

全　哥　不会的。游击队的巧妙，就是不跟他们硬拼，专跟他们捣乱。他没准备的时候，咱们去打，他准备好了的时候，咱们不去打了；他打来的时候，咱们埋伏着，他走掉了的时候，咱们又起来了！这样一来，就一天到晚，使鬼子们慌慌张张，忙忙碌碌，哭也不是，笑也不是，总之不使他有一天安闲的日子过。你看这好不好？

桂　英　（喜得跳起来）哈哈哈！那好极了！那好极了！你明天就去吗？我一定跟你一道儿去。

全　哥　真的？你真的肯去吗？

桂　英　谁还骗你不成？我早就打定主意了；再说，我也舍不得和你离开的。

全　哥　那么,你的妈妈呢?你舍得离开你的妈妈吗?

桂　英　是啊,最难的就是妈妈,她老人家老了,穿衣,吃饭,走路,什么都全靠我伺候,要是我再跑掉了,她老人家真是活不了了。

全　哥　那当然。不过我还听说……

桂　英　听说什么呀?

全　哥　(支吾)唔,也没有什么。

桂　英　这才怪啦。什么事用得着这么吞吞吐吐地?

全　哥　没什么。不过我好像听说你妈妈预备把你嫁出去,预备让你去伺候一位阔老爷。

桂　英　(不自然地)你说什么?你听谁说的?

全　哥　你不用管这个;我只问你:有没有这事?

桂　英　你说的是贾二爷。他亲自来逼我妈妈,已经逼过十几次了。他说:要是不答应的话,就要赶咱们搬家,还要把咱们送到县衙门去,再不然就把我送到鬼子们手里去。

全　哥　(怒)他妈的!那么,因此你就答应了吗?

桂　英　(哭)全哥!你怎么老冤枉人!我难道能嫁一个老汉奸吗?你看我是那样下贱的东西吗?(大哭)

全　哥　(安慰她)不,我是怕伯母老人家随随便便答应了,那不是很糟糕!

桂　英　告诉你,我妈妈不但没答应,还为着这事情气病了哩!全哥!你看这事怎么办?

全　哥　(咬牙切齿)他妈的!这是什么鬼世界!这是什么鬼地方!鬼子,汉奸,到处横行霸道,都是些杀人不眨眼的魔鬼!啊!我受不了!我受不了!我马上要走!我要跟他们拼命去!(欲走)

桂　英　(拉住他)全哥,你等一等,你一个人去了吗?你不管我了吗?(哭)

全　哥　(抱着她也哭起来)啊,桂英,你教我怎么办呢?你教我怎么办呢?

　　　　桂英母扶杖自屋内出。咳嗽的声音,惊醒了这两位年轻人,于是他俩便迎上去扶她就座。

桂　母　（坐定）你们的话我都听见了。全哥儿，你是一个有志气的孩子，不枉得我的女儿看上了你。现在你要到邯郸去，你就得快去，不要耽搁。

全　哥　是的，我一定照您老人家的意思做去！只是桂英……

桂英母　（向女）桂英！跟全哥儿一道儿去！你们年轻人，前程远大，老待在家里干什么？况且现在兵荒马乱地，乡下不太平得很，就是想待在家里也待不住了。

桂　英　妈，我怎么能去呢？妈妈老了，总得要人扶持。

桂英母　孩子，我又怎么舍得你？只是，唉，我想留也留不住了。现在日本鬼子横行霸道，到处糟踏女人。孩子，你的年纪，不大也不小了，做妈妈的每天替你担惊，受怕，万一有了差错，教我做妈妈的怎么对得起你死了的爸爸！现在倒不如狠一狠心，让你们早些逃开，妈妈倒还放心些。好在全哥是个好孩子，他不会亏待你的。快去吧！爸爸会在地下保佑你们的。

桂　英　不，那怎么能够呢？

全　哥　伯母，您太好了，我们都不愿意离开您老人家。

桂英母　孩子们，不要说傻话了。妈妈活到六十多岁了，还怕什么！只是你们一天不离开这儿，妈妈一天就不能放心！妈妈心里很难过，你们既是孝顺孩子，就应该听妈妈的话。

桂　英　妈！

全　哥　（同时）伯母！

　　　　正在他们犹豫不决的时候，乡绅贾二爷上。他身穿绸袍马褂，头戴瓜皮小帽，胸前还悬挂着一把骨质的小胡梳。一副铜框眼镜，很低地挂在鼻梁上。他刚喝酒，满脸通红，他的光临，使在场的人为之一怔。

桂英母　哦，贾二爷，您又来了吗？

贾二爷　是——是啊，我——我来看——看看你们的。

桂英母　嗳哟，那真不敢当。桂英，搬个椅子让贾二爷坐。

　　　　桂英在跟前搬了一个椅子，放在贾二爷面前。贾坐下，望着桂英傻笑。

桂　英　（不耐烦）对不起，少陪了，我到隔壁赵大嫂那儿有点事儿。（返身欲走）

贾二爷　（抓住她的臂膀，不放她走）什——什么赵大嫂！你——你的贾二爷来——来了，还——还——还能不陪陪吗？

桂　英　（挣脱）二爷，您老人家得放规矩点！

贾二爷　（追上去）什——什么老人家不老人家，你——你嫌我我——我老了吗？不要紧，我人老心不老，你妈妈已——已经答应了，你——你马上就——就要做我的太太了，嘻嘻嘻，我——我的太太！

　　　　贾忘乎其形，张开两臂去抱她，桂英逃到全哥的背后，贾追上去，扑了空，误把全哥抱住了。全哥迎胸一拳，把他打倒在地上。

贾二爷　（大呼）啊！这——这还得了！你——你是什么人？

全　哥　你不用管！你赶快给我滚蛋！要不走我就揍死你这个老王八蛋！

贾二爷　什么？你——你敢揍我？你——你知道我是谁？

全　哥　（咬牙切齿）我知道你是个老汉奸！是日本鬼子的狗！（又是一脚踢上去）

桂英母　算了，全哥，让他滚开好了，不要再惹祸了！

贾二爷　（从地上爬起来）好好好，你们好——好大胆！敢打我！等一会儿，给——给点厉害你们瞧瞧！（他狼狈不堪而去）

全　哥　（大喜鼓掌）他妈的，这老家伙自己找来挨揍！

桂　英　哈哈哈，这家伙太不自量，今天总算吃亏了。

桂英母　（叹息）你们别太高兴，咱们已经闯下大祸了！

桂　英　什么？咱们还能怕了他？

桂英母　你们都是要走的人，自然可以不怕他。但是你们既然把他打了，骂了，他肯甘休吗？回头他一定会狗仗人势，带几个鬼子兵来找麻烦的。

全　哥　那怎么办呢？咱们不能单瞧着您老人家受这些王八蛋们的欺侮。伯母，您还是跟咱们一道儿走吧。

桂英母　不必了。我活到六十多岁，吃苦，受罪，也很够了，我反正是快要入土的人，我还怕什么？让他们来吧！你们闯出来的祸，就让我这老年人一人担当了吧！

全　哥　哎，伯母，那怎么能够？您还是跟咱们一道儿去吧！

桂　英　妈，您答应了吧！

桂英母　孩子们，放心好了，不要紧的，我可以到姨母家去躲一躲；再说，你们去的地方，也是要拿命拼的，我老了，也不会有什么用处，反而碍手碍脚，何苦来呢？

桂　英　（同时跪下）妈妈，好吧，我们去了，您老人家要当心！（哭泣）
全　哥　　　　　　　伯母，

桂英母　（哭泣）孩子，你们好好地去吧，我们总有再见的一天。

　　　　近处听着贾二爷的声音。

贾二爷　对了，就——就在这儿，就在这儿，这次可——可——可不能饶了他们！

桂英母　哎呀！不好了！他来了，你们赶快躲进屋里去！

　　　　桂英和全哥，且惊且疑地走到屋前，刚准备推门进去的时候，贾二爷和两个敌兵已经上场。敌兵甲见他们在准备逃走，急发枪一响，警戒他们。

贾二爷　（指全哥）对对了，就就是他！要造——造反的就是他！

敌兵甲　（以枪对准全哥）你是坏人？你是共产党？你要造反？快说！快说！

贾二爷　（迎上前去）老——老爷，您——您要当心，他身——身上有——有枪！

敌兵甲　啊！你身上有枪？

　　　　全哥怒形于色。

敌兵乙　他不是好人，把他打死了！

　　　　敌兵甲开枪，击中全哥胸部，他挣扎半晌，终于倒地。——上部倒在门内，下部倒在门外。桂英大惊而呼，但敌兵乙以枪对准她，不许她逃走。

桂英母　（用尽全身力量，向前去争论）贾二爷，老爷们，你们不能行凶！你们不能行凶！

敌兵乙　滚开！老婆子！（照她腹部狠狠地踢了一脚，桂英母随即倒地死去）

"他妈的！"观众丛中有人大骂起来。

桂英疯狂般地扑到前面，伏尸大哭。

桂　英　妈！全哥！妈呀！

敌兵甲　这个女人很好，很好！

敌兵乙　很好，很好！我要这个女人！

敌兵甲　不行！女人是我的！

敌兵乙　八格牙路！我要这个女人！

敌兵甲　八格牙路！（他对准乙的太阳穴，狠狠打了一拳，乙随即昏倒地上，不省人事）

敌兵甲　来！支那女人！到房子里去！

贾二爷　（见大势已去，力谋挽救，乃向敌兵甲连连作揖）老——老爷，您——您放——放了她吧！她是我——我的太太！

敌兵甲　（迎面一个嘴巴）八格牙路！支那人！亡国奴！（贾二爷退立一旁，不敢说话。敌兵上前去拉着桂英的一只臂膀，就地拖着便走）

桂　英　（尖锐而凄厉的叫声）救命啦！救命啦！救命啦！

但终于敌不过鬼子的力气大，把她拖到门跟前了。

尖锐而凄厉的呼救声，激起了刚才在台下大骂着的那个青年观众的同情，他深深地被剧情所感动，深深地关怀着剧中女主人公的命运，立意要助她一臂之力，帮忙她解救这千钧一发的危机。他忘了自身的地位，不顾一切地跳进剧场，一拳打倒了汉奸贾二爷。更猛扑到敌兵甲的身上，夺下了他的枪，把他揶到广场的中央，然后毫不客气地拳打脚踢了一顿。

观众丛中，掌声雷动。

敌兵甲　（被打得实在吃不消了，失声而呼）救命啦！救命啦！救命啦！

说明者登场，剧中演员连已经打死了的李全哥，敌兵乙，桂英母，统统爬了起来，大家面面相觑，莫知所措。

青　年　他妈的！你也知道喊救命！我今天非揍死你不可！（继续打下去）

说明者　先生，你打错人了！

青　年　什么？打错人了？他明明是日本鬼子，他侵占我们的土地，杀死我们的同胞，奸淫我们的妇女！这种万恶的东洋强盗，难道不应当揍死吗？

说明者　对！应当的！但是，先生，您弄错了，他们不是日本人。

青　　年　什么？不是日本人？

说明者　他是我们××演剧队演员，我们为了唤起民众，鼓动大家的爱国心，才编了这个剧本，才让他演这个角色的。

　　　　青年将信将疑。

饰敌兵甲者　是剧本上要我这样干，我才这样干的；我早说了，我不愿意演这种反派角色。

说明者　不，你演得很好，要不然这位先生也不会弄假成真的。先生，您看，这的确是在演戏。瞧，李全哥，桂英的妈，还有这位日本鬼子（指敌兵乙），刚才不都已经被打死了吗？可是现在都活了。

　　　　复活了的三位，都顾青年而笑。

桂　　英　（用矫捷的身手，拿张纸走到敌兵甲面前，揩去他脸上凶恶的化装，现出他的本来面目）先生，您瞧，他的确是中国人啊！（又走到桂英母的面前，揩去了她面部的皱纹）先生，您瞧，我的妈妈，原来也是一位年轻的小姐哩。（又走到贾二爷面前，抓去了他的胡须，揩干了他的皱纹，脱去了他的瓜皮小帽）先生，您瞧，这位演汉奸的，他的爱国心肠，恐怕比谁都更热烈哩。

　　　　观众拍掌大笑，青年恍然大悟之后，现出非常局促的样子。

青　　年　这么看来，我是打错人了。（对饰敌兵甲者）先生，对不起得很，您能够原谅我吗？

饰敌兵甲者　我当然可以原谅你的。因为你爱国的热心，因为你对于日本鬼子的仇恨，所以戏看到悲惨的时候，忍不住便怒火中烧起来。这种仇恨，是你的仇恨，是我们的仇恨，也是全中国四万万同胞共同的仇恨！先生，要是全中国的同胞，都能像您这样的仇恨东洋鬼子，中国也就有救了。

青　　年　各位先生，今天我这种鲁莽的举动，几乎惹成了一场大祸，也难怪看戏的各位先生，都要捧着肚子大笑了。但是，我不是疯子，我没有神经病，我也不是无缘无故才这么干的。（要哭的样子）我是东北人，我的家在吉林省的乡下，我有一个爱人，和这位桂英小姐同样地年轻,同样地活泼,同样地美丽,她的妈妈,和刚才戏里面的那位老太太,同样地慈祥,同样地和蔼。她把她的女儿许配给我,我们彼此相爱,谁也离不了谁。我满以为我俩结婚以后,美满快乐的日子,就在眼前。可是六年以前,日本鬼子打到了东三省,汉奸和鬼子们勾结起来,我们老百姓就倒霉了!他们说我和义勇军有勾结,要抓去枪毙,我总算逃脱了,可是我的爱人,我的岳母,都被日本鬼子活活地糟踏死了!六年以来,我漂流到北平,漂流到济南,漂流到南京,上海,现在这些地方统统被日本鬼子强占去了。在这些地方,有无数的同胞被屠杀,无数的妇女被奸掳,我听到了很多,也看到了很多,每一回都使我回想到自己的亲爱的人所遭受的命运,每一回都使我心痛得像刀子绞一样!刚才又看到贵剧团演的戏,这一对青年男女全哥和桂英的遭遇,和我们的遭遇太相像了!太相像了!戏从开演时候起,一直到后来,我的全身都在不住地战抖着!我怕得很!因此,戏一演到紧张的时候,我已经忘掉了是在做戏了。我好像亲眼看到自己的爱人被人奸污,好像亲耳听到自己的爱人在对我叫着:"救命啊!救命啊!"先生!我怎么能不去救她呢?我怎么能不去救她呢?可是,这样一来,我就打错人了,而且惹得看戏的各位先生哄堂大笑。我现在后悔自己的鲁莽,我现在向各位演戏的先生和各位看戏的先生们求情,请你们原谅我!啊!我现在心里难过得很,我说不出什么话来。各位,你们能够原谅我吗?(泣下)

说明者　这位先生请不必难过,我想在这里看戏的各位,一定都能原谅你的;至于我们演戏的同志们,对于你的遭遇,更是非常同情。我们中间,也有不少是流亡的孩子,李全哥和桂英的悲哀,是你的悲哀,也是我们的悲哀,同时也可以说是我们全中国青年的悲哀!因此我们才把这故事编成剧本,演给大家看,想激起大家的悲哀和愤怒,共同起来打倒日本帝国主义!现在在上演这出戏的时候,竟然感动了这位先生,感动了在场看戏的各位观众,这足见我们的工作,已经收到相当的效果,我们心里非常高兴。以后我们一是要更加努力,多多宣传日本帝国主义的罪恶,使演戏的人和看戏的人,大家打成一片,共同团结起来,打走日本鬼子!保全我们的国家!

　　　　台下一片掌声。
　　现在时间也不早了，戏也演完了，让我们全体演员，合唱一首歌给大家听听，歌的名字，叫《戏剧抗战》。

全体演员　（合唱）
　　　　我们是青年的演剧队员，
　　　　我们用戏剧从事宣传；
　　　　舞台是我们的堡垒，
　　　　街头是我们的营盘。
　　　　台上台下，
　　　　打成一片；
　　　　演员观众，
　　　　一致抗战！
　　　　打倒日本强盗！
　　　　收复大好河山！
　　　　努力吧，
　　　　青年的演剧队员！
　　　　前进吧，
　　　　青年的演剧队员！

"亲善"① （战区宣传剧）

街头上，一队宣传员正在向着周围的群众宣传日本帝国主义的罪恶。他们用种种方式宣传，始而歌唱，继而演说，继而上演"街头剧"，最后是一段具有充分刺激性和煽动性的时事报告（这些程序可以自由颠倒或更动）。群众的情绪都被鼓动起来了，大家深深地感觉到日本鬼子的可恶，和亡国以后的可怕。正在大家兴奋激动的当儿，一阵悠扬的军乐声远远传来了。

这是"皇军"的宣传车。一辆载重的摩托车上，高高的搭成舞台模样，上面点缀着许多布条和鲜花，车顶插着一面太阳旗。汽车慢慢地行进，旗子随风飘展着，车里的军乐声（是军乐队也许是留声机）也听得有些噪耳了。车走进人群跟前，倨傲地停下。群众莫名其妙，大家都用好奇的眼光注视它。"他妈的！日本鬼子的宣传车！"宣传队长愤恨地提醒了大家。

军乐停止，幕轻轻地拉开了。一个穿着长袍马褂蓄着鼠尾须的满面狡猾的中年人，向观众轻轻地点点头，然后说话了："你们都好吧！都好吧！我们今天到这里来没有别的意思，无非想和你们联络联络，亲热亲热。现在演给你们看看，很好的戏，还要请一位老爷对你们讲讲道理，也是很好很好的。你们要仔细地看，用心地听。你们都懂了吧？都懂了吧？"他望望下面，下面没有一个人回答。他退入后台。

怀娥铃奏着柔和的调子，导引一位年轻美貌的中国女子登场。她的后面紧紧地跟着一个穿着木屐和服的东洋男子，张着口，想要吃她，张着臂膀，想要攫取她。她满脸是恐怖的表情，全身惊慌失措，不住地战抖。她一步步地向后退，他一步步地向前进。步伐始而慢，继而快。表演的速

---

① 本篇作于 1937 年秋，曾收入《街头剧创作集》。

度,配合着音乐的节拍。他穷追不已,在绕台三周之后,她终于被他攫在手中了。他,一阵疯狂的笑声,她,一阵厉凄的叫声,她在他的手中昏倒了。

他放下她,失望的表情。

青年应声登场。见状大惊。他扶起她,抚抚她的额头,探探她的胸口,听听她的呼吸。"啊!"他大叫一声,飓风般地立起,攥紧了拳头,准备为她复仇。他(东洋人)赶快掏出手枪恶狠狠地对着他。他进一步,青年退一步,两下虎视眈眈,各不放松,最后,青年趁他不防备的时候,把他拦腰抱起,掷在地上。枪"砰"地一响,放空了。两人就地撕成一团,搏斗约数分钟。到底鬼子的力气大,占了上风,他骑在青年身上,用手枪对准他的胸口,一枪结果了他的性命。

枪声惊醒了昏倒的她,她在开始呻吟了。他抱起她,想和她"亲善"。她挣扎,同时看到死去的他,大惊而呼,向旁奔逃。他开枪一声,警戒她,她绝望地站住。他走上前去,一手拿着枪,一手围在她的腰间,强迫她跳舞。怀娥铃奏着疯狂而野蛮的哭声,绝望的调子,痛苦的表情,和着疯狂的节拍,被拖进后台去。

舞曲停,台下引起一阵骚乱。但是很迅速地被一阵强烈的军队乐声压下去了。跟着,鼠须人导引一个胸前挂满了勋章的矮子军官上场。鼠须人致辞"戏你们已经看过了吧?这戏又好看又不要你们的钱,你看多么好!多么好!现在这位老爷这位田中老爷,还要对你们讲讲道理,都是对你们有好处的。要好好地听着,好好地记着!你们都懂了吧?(向田中鞠躬)田中老爷!"

田中走上一步,整理一下皮带,骄横地,操着不纯正的中国话,向群众发言了:"我们是大日本帝国的皇军,我们是奉天皇的命令,来到中国讲'亲善'的。什么叫'亲善'?你们懂不懂?'亲善'就是交朋友,讲交情。大日本和你们中国人,一向都很'亲善',可是你们中国人,有很多坏人,专门要'反日''抗日',所以现在,又弄得不'亲善'了。现在我们大日本天皇派皇军来,专门和中国人讲亲善,交朋友。你们要帮我们的忙,把中国的坏人赶走,很好!很好!……"

群众忍不住了,高声大叫起来:"放你妈的屁!""打倒日本帝国主义!""打死东洋鬼子!"

"是谁?是谁?是坏人!是坏人!"田中气愤地说:"你们不听话!你们看见刚才的戏没?有刚才那个中国姑娘,不肯和日本人讲亲善,几乎送了命,后来她想明白了,又和日本人讲亲善,你看他们笑着,跳着,多么快乐!多么快乐!那个年轻人,不肯和日本讲亲善,就打死了!打死了!你看多么可怜!多么可怜!你们中国人,要是学那个女人,就可以活;要是学那个青年,就要死!"说着他掏出手枪来。

群众愤愤地离开。

"不许走!不许走!!"他用手枪制止大家。"走的是坏人!"可是仍然有一部分离开,特别是宣传队员,大部分都走开了。"你们中国人都是坏人!都是坏人!所以我们大日本的皇军,专门来打中国人。现在你们的京城——南京,已经被我们打平了;你们的北平,天津,上海,苏州,杭州,太原,济南,统统被我们打平了!你们怎么办?你们还不明白吗?"

"我们要打倒日本帝国主义!打死东洋鬼子!"更多的人叫起来了。

同时,后台大乱,宣传队率领群众从后台突然闯上,宣传队长猛扑到田中的背后,把他掷倒在地上,夺下他的枪,鼠须人惊慌失措,抽身欲逃,被群众抓住了。刚才演戏的东洋鬼子,也被抓了出来,一齐用绳子五花大绑起来。

群众兴奋到极度,台下起了雷一般的掌声。

"打倒日本鬼子!"

"杀死东洋强盗!"

"干掉他!"

"干掉他!"

田中老爷,鼠须人,演戏的东洋鬼子,一齐跪地求饶,叩头不止。

群众有人拿着锄头,铁铲和棍棒的,就要向台上打去。有的甚至跳上台去了。

但是宣传队长赶紧制止他们,并保护着这三个俘虏。他提高了喉咙,向群众讲说:"各位朋友,请等一等,听我说几句话。我们这个地方,已经危险得很,可见我们这个地方,已经有了汉奸!汉奸骗我们说:日本人到中国来,是为的和我们联络联络,亲热亲热;可是他们抢掉了我们的东北四省,抢掉了我们华北五省,抢掉了我们的南京,上海,苏州,杭州,难道这也是为的和我们联络联络,亲热亲热吗?日本鬼子骗我们说:他们派军队到中国来,是为的讲'亲善'交朋友的;难道他抢去了我们无数的土地,杀死了我们无数的同胞,奸淫了我们无数的姊妹,烧光了我们无数的房屋,这也算是讲亲善,这也算是交朋友吗?"

"都是鬼话!日本鬼子是杀人的强盗!""打死日本鬼子!"台下大叫起来。

"是的,日本鬼子是杀人的强盗!他们骗我们的话,我们再也不要信了,我们会后要团结一致,打倒日本鬼子,把他们赶出中国去!"他的话稍停,台下掌声雷动。

"各位同胞,我们今天已经很值得高兴了。因为我们亲手捉到两个日本鬼子,还有一个罪该万死的汉奸!你瞧他们多么可笑!他们跪在地下,要求饶了他们!各位,对于这种杀人放火的日本强盗,对于这种罪该万死的汉奸,你们愿意饶了他们吗?"

"不能饶他!要揍死他们!"群众说,有人又举起锄头来了。

"对啊!我们不能轻轻饶过他们!那么,现在你们应该听我的盼咐,大家不要乱动。因为既然有东洋鬼子到这里,就一定不止他们两个,既然有汉奸,也不止这一个汉奸。我们现在应该把他们三个交到县政府去,详细审问,如果案情重大,说不定还要押解到省政府去。如果现在就打死他们,不但是太便宜了他们,而且太便宜了日本帝国主义。各位赞成这个办法吧?"

"赞成!赞成!"大家高喊着。

"好了,现在我们宣传队全体就负责押解他们去了。我们走了之后,各位还要多多小心,如果看到东洋鬼子和汉奸,切别受他们的骗,最好也把他抓起来,送到政府里去审判。我们不要怕他们,你看,他们除了下跪,磕头,作揖以外,别的还有什么厉害?"

"哈哈哈哈!"群众大笑起来。

军乐重新奏起来,宣传队员们高唱着,汽车开动了,群众高呼着口号,欢送他们。

"亲善"（战区宣传剧）

（附本剧演出方法：作者曾经将"街头剧"分为三类，其中第三类是利用"卡车舞台"，在街头作轮回公演之用的。其法是将载货汽车搭成舞台模样，上附极简单的布景，车到一个地方，便将车的边缘撑放下来，成功一个临时舞台，戏便在车上开演起来。这种办法，苏联的集体广场中经常使用着，在中国还很少人提倡。然而在今天的宣传工作中，如果借用这种方式，一定可收事半功倍之效，这是可以断言的。因此我很希望力量雄厚的剧团，特别是政府的宣传机关或军队中的政治宣传部，应该尽量采用这种新的轮回演剧方法。至于剧本方面。本剧只是活用法的一例。此外有很多简单的剧本，都可在车上公演。歌咏、杂耍之类也可与演剧配合起来运用。又：本剧最好在战区上演，比较合乎情理。又：本剧写法较为特殊，盖因动作较多，对话较少，其中又插进了一段"默舞剧"，纯为写作上的便利，没有其他意思。又：本剧如在正规的舞台上演，也很可能。就是，从鼠须人上场时起，到宣传员演说毕为止，也首尾完整，自成段落，可以当成一个新型的独幕剧看。——未然附记。一九三七年末尾。）

❋一九三八年❋

武装宣传[①]（独幕剧）

时： 现在

地： 已经沦陷的某县城附近一个小村落

人： 农民甲乙丙丁戊己　敌宣抚员甲乙丙丁

　　　游击队员甲乙　中村大尉

景： 广场，大树下

　　树枝上悬着"大日本宣抚班"的旗帜，树下的方桌上，堆积着大袋的面粉，大堆的馒头，大捆的布匹，此外还有些钞票，糖果画片之类，宣抚员甲正在整理桌上的东西，让他们陈列得更加富于诱惑性；宣抚员乙已经在大树上贴好了"一人护路，万民幸福"的标语，跟着又在树后的墙上张挂着大幅《劝人护路》的宣传画，他们无精打采地干着这些工作。

甲　（不耐烦）他妈的，干这些工作，真没意思！

乙　自然——啰！还是回家里靠靠烟灯有意思得多，可是不干这些工作，大烟就抽不上手，日子就没法过。唉！这年头还管他甚么有意思没意思。

甲　你他妈的老是靠烟灯，抽白面儿把几支鱼骨头都烧干了，我不懂得有什么鸟意思！

乙　那你不用管——君子各有所好啊！（少顷）咦！老百姓怎么还不来呀！

甲　他们来干什么？

[①] 本篇作于1938年秋西北游击区，未曾收入自编作品集和文集。

乙　干什么？来听咱们的宣传啊。
甲　哼！别他妈做梦了！老百姓老早就逃光了，剩下的躲在山沟里面，提心吊胆的！还来听咱们的宣传啦。
乙　中村大尉不是带着枪到山沟里去搜他们去了吗？多少也得抓几个老百姓来听听讲才对，要不然咱们宣抚班未免太太塌台了！
甲　真笑话！开天辟地以来从来没听过这样的稀奇事！带着枪到山沟里面去抓人来听宣传！这叫他妈的宣传！
乙　唉！中村大尉不是说过吗？这叫"武装宣传"哪！
甲　我看不出这样的宣传有他妈鸟用处！
乙　你也别说来听咱们宣传的全没有好处，听完了讲，可以分得一些布匹，还有糖果、馒头，这样便宜事，到哪儿去找。
甲　得了吧，我要是老百姓总得这么的想一想，他妈的抢了我们的东西，杀了我们的人，烧了我们的房子，奸淫了我们的妻子儿女，到后来拿着枪把咱们抓回来，说两声"对不起"，发几块糖，给几个馒头咱们吃吃……
乙　（抢着）不光是馒头，馒头里面还包着彩骰，中了彩的可以兑换钞票，十块八块的都说不定哩。
甲　去你的吧，甚么鸟钞票，十块钱当不了一角钱用，骗骗乡下人罢了，谁不懂得日本鬼子的鸟戏法！
乙　（很反感的。）你别老跟我抬杠子，这样也不好，那样也不行，我问你，你吃的哪一国的饭哦？
甲　这有甚么稀奇的，他妈的日本鬼子不强迫着我来，我会吃他们这碗鸟饭吗？
乙　嘘！别瞎说！瞧那边中村大尉来了。瞧他不是还带了七八个老百姓来了吗？
甲　哪儿来的这些老百姓，真他妈傻瓜一群。
　　　（中村率被捆成一串的农民七八人上，其后跟着宣抚丙、丁，各持短枪威逼着他们）
中村　（气极了）混蛋！这些支那人！简直不知道好歹，简直该杀！要你们来听宣讲，也不是要你们的命，为甚么那么害怕都不愿意来？（举鞭向农民甲打去）就是你拼命也不肯来，鞭子打断了也不肯来！可是你能不来么，手枪和绳子跟你不客气，八格！（拍拍游击队员甲的肩膀）你很好，很好，一说就来了，要大大地奖赏你，（对大家）混蛋！我要你们听宣传，还要发很多很多的东西给你们：布匹、白面、糖果、馒头，馒头里面还包得大洋钱，甚么？这些好东西都不愿意要？八格！（一阵脾气发过以后，渐渐感觉到自己的责任是宣传不是"宣抚"，似乎后悔自己的鲁莽，态度渐渐转为和悦）我的确是一番好意思，你们不要怕，（看到宣抚员丙、丁，还在用枪对准着大家）八格！把枪放下来，赶快把他们绳子解一解，不，我自己来。（他和丙、丁，忙着解去这一串俘虏的绳子）对不起，对不起，你们不要误会我的意思。

农甲 （怕极跪下来）日本老爷，请你饶了我吧，我不能死，我不能死！老婆孩子都靠着我养活，我不能死！

丙 真奇怪，谁要你死？日本老爷是请你们吃东西来的。

农甲 不，我不能死，我不能死！

乙 你这个人这么糊涂，我们是县里的宣抚班，今天是来开宣传大会，不是来开杀人大会的，你怕甚么呢？起来，起来，待会儿还要发很多好东西给你们的。

游甲 老乡，别这么啰啰嗦嗦的，人家是一番好心请咱们的客，咱们就得高高兴兴地做一个好客人，别那么不识抬举了。（他帮着搀起他，他挣扎地站起来）。

中村 （大喜）很好很好！这个支那年轻人很好，很多的懂得我的意思。（他走上广场的中央，开始宣传了，）各位亲爱的支那朋友，我们都是很好的朋友。你们都是很好的支那人，不是游击队、土匪！我现在给你们宣传、宣传，宣完了以后，还要发很好的布匹、白面、糖果、馒头给你们，馒头里面还有彩，中了彩的就要发大洋钱。我给你们看看。（他选择了一个最大的馒头递给游击队员甲）来，这个的给你，你弄开看看。（游甲接过馒头，吃了一大口，咬出一个红纸条来）给我给我，我来看看，啊！头彩啊的，头彩的！十块钱！

甲 是的，是的。

（宣抚员甲拿出十块钱的钞票，交给中村，中村很郑重地送给游击队员甲）

中村　你们都看见了吧。大日本皇军是很好的。皇军跟支那老百姓是一家人，皇军是支那老百姓的好朋友。只有那些游击队土匪，才是顶坏顶坏的人，皇军专打游击队土匪，不打中国的老百姓。那些游击队土匪专门跟皇军捣乱，破坏我们的公路，使皇军的火车、汽车、坦克车不能通过，真是混蛋混蛋！你们都是好支那人，都是皇军的好朋友，你们都住在这条铁路的附近，你们要帮助皇军保护这条铁路，要是看见游击队土匪来破坏这条铁路，你们马上把他抓住，送到皇军那里，皇军一定要大大地赏你们的钱。你们看这个树上的标语：这上面的字"一人护路，万民幸福"保护铁路就可以得到幸福，可以发财，并且，这铁路是你们中国的，你们中国人为甚么不保护中国的铁路？对不对？对不对？（众不应）我们大日本皇军是很好的，皇军帮助你们中国保护中国的铁路，帮助你们中国打破坏铁路的游击队土匪，所以皇军是你们的好朋友，你们要好好地帮皇军的忙对不对？对不对？（众不应）皇军是世界上顶好的顶讲道理的军队，皇军不像那些游击队土匪，专门抢老百姓的东西，杀人，烧房子，奸淫支那女人。皇军顶讲道理，皇军从来不抢老百姓的东西，从来不奸淫女人。

（后台发出一阵凄厉的妇人惨叫："救命啦！日本老爷，你饶了我吧！日本老爷放我走吧！救命呐！"）（全场惊愕）

农甲　（大惊失色）啊！这是我的女人！这是我的女人！（他向外跑去，被汉奸抓住，但他还是死命挣脱了）

中村　甚么事情？八格！（走出去）

（宣抚员丙、丁跟着出）

农乙　糟了，刘二的老婆给日本老爷拉去了。

农丙　他还是今年三月间才娶过来的新娘子哩。

乙　这真是太不凑巧了，这简直是给咱们宣抚班丢脸！

甲　这简直是给大日本皇军丢脸！中村大尉刚刚正在夸他们皇军不奸淫支那女人哩。

农丁　请问这位先生，日本老爷真的不会杀我们吧？

甲　不会的，他今天是给点小恩给你们尝尝。

农乙　日本人真的还要发大洋票给我们吗？

甲　得了，老实告诉你们吧，甚么头彩，大洋票，全是骗人的把戏，这大洋票，好看不好用，十块钱抵不了一个钱，我也是中国人，也是没办法才当这个差事的，我告诉你们，日本人讲的话都是骗人的，你们千万别听。

乙　老王，别胡说，中村转来了。

农乙　（望游击队员带嘲讽地）这么说来，老乡，你刚才中的头彩，不是空欢喜一场吗？

（游甲报以微笑）

（中村狼狈上，丙、丁强拖农民甲上）

中村　没有甚么，没有甚么，抓你女人的不是皇军，是支那的游击队土匪。

农甲　不，他明明是你们日本军队，穿着跟你一样的衣服，叽里咕噜地讲着外国话。我知道，他明明是你们日本军队，老爷，请你做做好事，劝劝他把老婆放回来吧，啊！没有她我就活不成了。

中村　混蛋！那一定的不是皇军，皇军从来不奸淫支那女人。你现在好好地听宣传，不要吵闹，吵闹的我就打死你！

农甲　（疯狂地）你打吧，你打死我吧！你们这些日本鬼子！你们强占我的田地，拉走了我的牲口，烧毁了我的房子，现在又把我的老婆抢去了！好！我反正活不成了，我跟你拼了！（扑向前去）

中村　八格！（一枪打死了他）

（众惊怒形于色）

中村　这个支那人是疯子，完全是胡说八道，污辱皇军。大日本皇军是全世界顶文明，顶讲道理的军队，皇军从来不杀死支那的老百姓，从来不奸淫支那女人，好，现在停止宣传了，现在发很多很多的好东西给你们（用手拿起一搭布给农民乙）来，这个的给你，（老农迟疑了半晌，用着颤巍巍的两手接下了。）（又拿起一搭布和一袋面粉给农民丙）这个的给你。（农民丙半晌迟疑不前）（怒）甚么？你不要我的东西？

农丙　（恐惧）老爷，我不敢！我不敢！

中村　甚么的不敢？

农丙　老爷，我不敢，我不敢不要！

中村　支那猪！（将东西掷在他的面前，他马上拾起它？）（向游击队员甲）你是好人，这个送给你。

游甲　（接着）谢谢大日本皇军的恩典。

中村　啊！你真是好人，我再给你一些东西。（游甲再领谢）（向游击队员乙）这个的给你。

游乙　谢谢大尉！（接下）

中村　你也很好，（随手又抓一把糖果给他）

　　　（大尉依次将其他零星的东西发给其他的人）

中村　好了好了，现在要发馒头给你们了。刘，你来发给他们，告诉他们这馒头里还有甚么东西。（拭汗休息）

乙　现在各位老乡们，听我说，大尉老爷要我发馒头给你们，因为今天你们来听我们的宣传，都听得辛苦了，所以现在每人发两个馒头慰劳慰劳你们，算是我们大尉老爷的一点小意思，（拿起一个馒头）这馒头虽然一样，各有巧妙不同。刚才大尉老爷已经跟各位报告了，这里有的是彩，现在撕开这个馒头，里面就是一张彩票，分头彩、二彩、三彩，中头彩的赏十块钱，中二彩的赏五块，中三彩的赏一块，这馒头里面，个个有彩，包不落空。好，我现在发馒头给你们，每人两个，试试大家的运气，我希望你们每人都中头彩，这算是福星高照，财运亨通。好，现在发馒头了。

　　　（他开始发馒头给大家，可是刚刚发了两三个人的时候，大尉突然歇斯底里跳起来，大声喝住他们）

中村　嗳，先不要发，现在把刚才送给他们的东西统统收回来。

乙　统统收回来？

中村　（怒）我的命令！统统收回米。（宣抚员乙只好依照他的命令把刚才送给大家的东西统统收回来，众敢怒而不敢言）现在，现在我要同你们在一起照一张相，来，我们大家都站好。（他走得太急，撞着地下的死尸，一跤跌在地下。）八格牙路！把这个死人抬出去！（丙、丁抬农民甲死尸下）我现在同你们在一起照一张相，在照相的时候，我还要把刚才收回来的东西再送给你们，你们要装出很高兴的样子，很喜欢的样子，我可以把张相片带回日本去，送给我们的天皇，让天皇陛下也知道支那的老百姓是很好的，皇军和支那老百姓是很好的朋友，我们还可以把这张相片印在报纸上，用飞机散发到中国别的地方去，使别的地方的老百姓看到了，也可以知道我们大日本皇军是很好的，皇军不但不杀中国老百姓，还和中国老百姓是很好的朋友。你们想想看，这不是很好很好的吗？（这时宣抚员甲已经把照相机架起来了）李，把那些东西再照样给他们，你们要装出很高兴的样子，我们就可以照了。

    （乙把东西依次散发，现在发到农民丙的面前了。）

农丙 老爷，我不敢照相，我不会照，我没有照过，请你放我回去吧，这些东西我也不要了（欲走）。

中村 不行不行，一定要照相，照过了相还要宣传，还要演戏给你们看——很好很好的戏。

农丙 我也不想看戏了，老爷，请你放我回去吧！

中村 （厉声地）为甚么你不喜欢看我们的戏？为甚么的不愿意听宣传？八格！

农丙 （恐怖地连连作揖）我看我看，老爷，我听。

中村 为甚么的不愿意照相？

农丙 我照我照，老爷。

中村 现在大家都要装出很高兴的样子，很欢喜的样子。（他去一一很仔细地校正每人的面部表情）（对游击队员甲）现在我和你的坐在一起，我们要装出很亲热的样子。（他拉着他坐在大家的中央，相互偎依好像一对情人）现在准备好了吧？

甲 （对大家姿势端详了半天）好了，大家别动！

游甲 真的好了吗？

甲 别动别动好了。

游甲 （大声一叫）好了！（他把中村按在地下，从怀里抽出短刀，一刀结果了他的性命。）

武装宣传（独幕剧）

游乙 〔（同时掏出短枪）对着宣抚员甲乙〕不许动，一动就揍死你们！
　　（甲乙安然就范）
游甲 还有两个汉奸，瞧，他们来了，（游乙隐身在适当的处所）
丙丁 （同时）报告！尸首已经……
游乙 手举起来，不许动！
　　（惊愕地举起手来）
　　（他们同时就范）
游甲 老乡们，大家不要惊惶，我们是住在黄河那边游击第四支队的队员，听说敌人的宣抚班到这里来做武装宣传，我们俩特为赶来听讲的，老乡们，现在敌人在咱们中国，到处挨打，他的杀人放火的行为，激起了老百姓的愤怒，老百姓到处组织起来，武装起来，跟敌人拼命，现在敌人已经走到穷途末路了，不得不改变办法，想法欺骗老百姓，给咱们老百姓一点小便宜，但是咱们老百姓能受他的骗，上他的当吗？
农民 不愿意！
农丙 龟孙子才愿意上他们的当！
农丁 我本来不愿意来的，他（指丙）拿枪托子打我，把我用绳子捆着拉来的（拾起地下的枪，照丙的腿上打去）。
游甲 好了，现在不要打了，现在日本鬼子不是已经被咱们杀死了，这几个汉奸不是也已经被咱们捆起来了吗？我看这几个家伙也都是中国人，也不一定个个都是诚心愿意做汉奸的，咱们现在也不必打他们了，张同志待会儿你就把他们带到村子里去，回头咱们还要仔细地审问一下。
乙 请你特别恩典，咱们也是没办法才给鬼子当差的。
游甲 好了，我知道，待会再说吧！现在这里还有很多的东西，都是承蒙中村大尉的"恩典"送给咱们的，反正这些东西也都是他从咱们中国老百姓手里抢去的，咱们还是把它们拿回去罢，来，老乡们，咱们动手把这些东西搬回去。（众动手搬回去）现在你们大家看看这树上的标语，看看这桥上的图画，这是他们宣传的重要思想。
农民 把它撕了，他奶奶的！

游甲　别忙，我要问问你们，日本鬼子为甚么要拼命地宣传，要老百姓帮忙保护他们的铁路？

农乙　因为他们怕咱们游击队去破坏他。

游甲　咱们游击队为甚么一定要破坏他们的铁路、公路？

农丙　那当然啦，鬼子从铁路，从公路运兵，运子弹，打咱们中国人。

游甲　对，鬼子用铁路、公路来打咱们中国人，咱们就得破坏他们的路，让他们来不成，鬼子拼命地宣传，要咱们老百姓保护他们的铁路，咱们偏偏要破坏它，老乡们，现在我提议：咱们现在马上回去，到山沟里面找更多的老百姓，趁着今天太阳落山，月亮上升的时候，大家带着铁锹、锄头，把附近的铁路破坏它一个痛痛快快，老乡们！用我们的武装反抗来回答敌人的武装宣传吧！

农民　对，咱们干它一个痛快！

（他们走出去）

（完）

❋一九三九年❋

黄花曲[①]（歌表演）

人物：甲，乙，男，女。
地点：郊外，山旁，大树下。
时间：抗战期间。

第一场

（幕启，台上空无一人）
（流亡者甲乙负行装上）
（合唱）　　三月里来好春光，
　　　　　　野花遍地香。
（甲唱）　　你也没心赏，
　　　　　　我也没心赏，
　　　　　　可怜我一家大小遭灾殃。
（合唱）　　遭灾殃，遭灾殃，
　　　　　　可恨那日本鬼子小东洋。
（乙唱）　　你也没家乡，
　　　　　　我也没家乡，
　　　　　　可怜我妻离子散多凄凉
（合唱）　　山花黄，野花香，
　　　　　　我在这黄花堆里躺一躺。
（刚欲躺下，瞥见前面有人来，乃向前张望）

[①] 本篇作于1939年3月延安，田冲配曲，同年由生活书店（重庆）出版。曾收入《张光年文集》（第一卷）。

（甲唱）　嘿！你看那前面来了一个男子汉！
　　　　　嘿！你看那后面跟着一个大姑娘！
　　　　　嘿！你看那小伙子，身个儿多精壮！
　　　　　嘿！你看那小娘们模样儿多悲伤！
（甲唱）　莫不是那小伙子离家上战场？
　　　　　莫不是小娘们含泪送情郎？
（合唱）　（小声）你也别声张，
　　　　　我也别声张。
　　　　　咱歇在这大树底下听端详。

（甲乙同匿于大树之后）

第二场

（男，女上场）

（女唱）　送郎送到大道旁，
　　　　　小妹妹心里好凄凉！
　　　　　今日离家投军去，
　　　　　何时才能回家乡？
（男唱）　叫声妹妹别悲伤，
　　　　　我去投军打东洋；
　　　　　要把鬼子打回去，
　　　　　看他那鬼子敢猖狂！
　　　　　看他那鬼子敢猖狂！
（女唱）　送郎送到十里亭，
　　　　　三月的东风多寒冷！
　　　　　早晚穿衣要留意，
　　　　　一路饮食要当心。
（男唱）　三月春风多温存，
　　　　　野花开放笑盈盈，
　　　　　我今投军杀敌去，
　　　　　你在家中把地耕。

（女唱）　送郎送到十里坡，
　　　　叫声哥哥你听我说，
　　　　此去多杀日本鬼，
　　　　别让鬼子渡黄河！
（男唱）　黄河滚滚起洪波，
　　　　百万健儿守黄河，
　　　　两岸展开游击战，
　　　　不让鬼子渡黄河！
（女唱）　送郎送到西山西，
　　　　手拉着手儿舍不得！
　　　　盼你打走日本鬼，
　　　　早日打胜早日回！
（男唱）　太阳已落西山西，
　　　　我去投军你且回！
　　　　我妹在家多努力，
　　　　救国不分男和女。
（男女相互劝勉毕，分道而下）

第三场

（甲乙从树后蹑步走出，相视而笑）
（甲唱）　哈哈哈哈！好个男儿上战场！
（乙唱）　好一个情妹送情郎！
（甲唱）　你瞧那娘儿说话有情又有理，
（乙唱）　你瞧那男儿模样不悲也不伤。
（甲唱）　这才是中华民族的好儿女！
（乙唱）　这才是抗敌救国的好榜样！
（甲唱）　对！咱也要报国投军去！
（乙唱）　对！咱也要杀敌保家乡！
（甲唱）　你也上战场，
（乙唱）　我也上战场，

（合唱）　　杀尽鬼子回家去，
　　　　　　不到他乡再流亡。
　　　　　　杀鬼子，保家乡，
　　　　　　就趁这三月花暖好春光；
　　　　　　打游击，上战场，
　　　　　　就趁这满山遍地野花黄！
　　　　　　野花黄！

（歌将完时闭幕）

❋一九四三年❋

唐·吉诃德冒险记[①]（广场剧）

人：唐·吉诃德
　　桑科
　　店老板
　　老板女儿
　　女侍
　　贵妇人
　　扈从之一
　　扈从之二
　　保卫团丁之一
　　保卫团丁之二

景：广场中设简陋的小客店之门景，其斜对面有风磨一座，上有大风车，上有四翼可旋转。

　　　　开幕时场上阒无一人，少顷二女自广场之一角仓皇奔入，且奔且呼。

二女　爸爸！爸爸！爸爸……！
　　　　店老板自门内出，惊惶地迎接她们。
二女　爸爸！不得了！疯子来了！
老板　（不解）什么？
女儿　是真的！疯子骑着驴子，来了！爸爸，怎么办？我们赶快躲起

[①] 本篇作于1943年。曾收入《张光年文集》（第二卷）。

来吧!

老板　什么疯子啊,这样大惊小怪的!

女侍　是这样的,老爸爸:"我们刚才在树林里玩,看见隔壁的财主老约翰正在打他的顽皮的牧童安德列斯……"

女儿　是吊在树上,用鞭子打哩!

女侍　是的,用鞭子打,那是他太不小心,丢了老约翰的一只羊。这时候,来了一个疯疯癫癫的怪人……

女儿　骑在一匹又瘦又小的驴子上!

女侍　是的,骑在一匹驴子上,穿着古代骑士的盔甲,一手拿着盾牌,一手拿着长矛,那副打扮,完全就和您老人家常和我们讲起的古代火剑骑士的装扮一模一样。

女儿　(笑)对了,完全就是那画上的火剑骑士!只是他那驴子……(笑不可仰)

老板　算了,我的好女儿,你还是让玛丽讲下去吧!

女侍　就是这个又高又瘦的怪人,骑在一匹又瘦又小的驴子上,后面还跟着一位又矮又胖的乡下佬,一看见老约翰在打那孩子,即刻从驴子上吆喝一声,把长矛对准老约翰的心窝,说自己是英武盖世的骑士,要替安德列斯打抱不平,非要和老约翰决斗不可。

老板　那老财主为富不仁,也是活该!但是他俩决斗了吗?

女侍　自然是老约翰跪地求饶,那疯子才放了他。但他一转身看见我们,即刻就"公主"啊"美人"啊什么的,说了一大堆疯疯癫癫的话,我们一句也听不懂,就赶快跑回来了。

女儿　那疯子已经向这边走来了,我好像听见他的驴子在叫。爸爸,我们赶快到屋里去躲起来吧!

老板　真有这样的事!难道是火剑骑士复活了吗?——但是火剑骑士明明是骑着一匹红马的呀!——也许是什么人读骑士小说读迷了的吧!那些书本来是容易迷人的,我听说有一位自称为"拉曼却的唐·吉诃德"的绅士,就是读这些武侠小说读迷了的。那么,孩子们,我们还是回到店里去比较妥当些。——而且玛丽,客人还等着你打洗脚水哩!

他的女儿还在东张西望，但被老板一齐拉进客店去了。

　　唐·吉诃德和他的仆从桑科登场。

吉　我的好桑科，这是你亲眼看到的，你的主人——英勇的，伟大的，举世闻名的骑士，盖世无双的英雄，拉曼却的唐·吉诃德，初次出马，就建立了这样光辉无比的功劳，战胜了一位穷凶极恶的横行霸道的老骑士；这一件赫赫的武功是值得后代的历史家们大书特书的。

桑　老爷，我看您是弄错了！那明明不是一位骑士，不过是一位可怜的老财主罢了！

吉　胡说，你这木头！这都是你读书太少的缘故。那明明是一位无礼的骑士，违背了骑士的法律，专在山林间横行霸道，欺凌弱小；或者是一位穷凶极恶的绿林大盗，盘踞山林，伤害过路的旅客；或者是一位可怕的妖怪或巨人，化身为乡下的老财主，伤害无辜的生灵；但是不管怎样，站在我骑士的职位，都要路见不平，拔刀相助的。你看不久以后，这赫赫的功劳传播开去，那时各地的王侯公爵人人称颂，四方的公主美人个个赞美，那时你才晓得你的主人已经建立了一件惊天动地的功勋哩。

桑　这么说起来，我的好老爷，您既然已经建立了这样大的功勋，要是得到了一个王国的时候，可千万别忘了您允许了我的那块海岛。——只要它不太大的话，我准可以管理得下来的。

吉　桑科，我的好朋友，你得知道，这是游侠骑士自古以来的习惯，要是得到了海岛和王国，总是叫他们的侍从去管理的。好朋友，你相信吧，照今天这样顺利的情形看来，包管不要六天工夫，我就可以得到一个王国，说不定就是丹麦王国，那时候，我就派你做一国的国王，包管它像一个戒指戴在你指头上那样的合适！

桑　啊！圣母圣子！那真是要感谢上帝了！

吉　而且要感谢我那最神圣，最美丽，最纯洁的情人，拉曼却的皇后，绝代佳人托波左的达西尼亚。

桑　请饶恕我，我的高贵的骑士，我真是十分糊涂了。我跟您老人家认识了这么多年，却从来不知道您有一位高贵的情人叫做达西尼亚的；那么，她难道也只是写在书上的人物吗？

吉　住嘴，乡下佬！一个侍从应该忠于他的主人，正如同一个骑士应该忠于他的情人一样，这些事情是不许多问的。——你看，前面来的是什么人；我相信是一桩新的冒险又在迎接着我了。

　　　　主仆二人向前探望。前面来了一辆华贵的马车，一位贵妇人坐在车上，旁边跟随着两个扈从。

贵妇人　（掀开车帘）是吗？我相信前面是一家旅店。

扈从之一　是的，夫人，那明明是一家旅店，我们今晚可以在那里投宿了。

贵妇人　但是，那前面骑在马上的是什么人？我看他的样子怪可怕的。

扈从之一　没有什么，夫人，我想大概是神圣保卫团的人来到乡间巡查的。

扈从之二　不，我觉得那人的样子很怪，而且似乎骑在一匹驴子上哩。

　　　　这边主仆二人正紧张地谈论着。

吉　好桑科，要是我没有看错的话，那么这里就有一桩空前未有的最可以出名的冒险了；因为那边来的那两个黑家伙，一定无疑的是两个妖怪或巨盗，不知从哪里盗了一位公主来，装在那马车里带走的；我现在义不容辞，非要尽我的力量去伸张正义不可！

桑　请您留神点，先生，那也许是一位旅行的贵人带着两个仆从，要从这儿过路的。请您听我的劝告，别让魔鬼欺骗了！

吉　桑科，我已经跟你说过了，你对于冒险的事情是不大内行的；我的话错不了，你马上就会看见了。

　　　　唐·吉诃德策驴迎上去，大声喝住来人。

吉　全世界的人都站住！因为这里是举世无双的骑士，绝代佳人达西尼亚的俘虏，伟大的英雄唐·吉诃德和他的忠实的侍从桑科·判扎！

　　　　车居然停住了，车内的妇人惊极而呼，两个仆从也呆住了。

吉　不管你们是妖怪还是巨人，你们将那高贵的公主在马车里劫了来，现在立刻将她放了，要不就立刻预备死，因为这是你们这种横行霸道的行为应有的惩罚！

　　说着他策驴向前，把长矛对准了扈从之一。

扈从之一　你这是什么话！在这青天白日之下，你就是神圣保卫团的老爷，也得要讲道理的呀！我们既不是什么妖怪，也不是什么巨人，我们是西班牙的比斯开人，护送我们的太太到塞维尔去见我们的老爷去的。

扈从之二　而且我们的老爷和太太即刻要坐船到印度去就一个很体面的差使去的。

吉　哼！对我说好话是没有用的，因为我认识你们，你们这些不信不义的魔鬼！

扈从之一　（怒，随手抓住他的矛子）走开，你这疯子，去找你的魔鬼去吧！我现在对天赌咒，要是你不离开这辆马车，我就一准送掉你的命，教你知道我们比斯开不是好惹的！（他随手把唐·吉诃德的长矛扯下来，掷在地上）

吉　（几乎被扯下了驴子）啊！我的女神，我的达西尼亚，一切美的花呀！来救护你的骑士吧！他如今为了你的荣誉，已经陷入万分的危急中了！（说着，跳下驴子，左手持盾牌，右手随身抽出一把长刀，直向对方劈去）

　　扈从之一也即刻抽出长刀，并随手抓了马车上的坐垫当做盾牌，和唐·吉诃德厮斗起来。

　　桑科在后面大叫"老爷，老爷！"扈从之二惊惶地避开了几步，车上的贵妇人大叫一声昏迷过去了。

　　唐·吉诃德奋力地向前刺去，最后把比斯开人击倒在地上。

吉　（长吁一声，插上刀子，拾起地上的长矛，走近昏厥了的马车上的贵妇人的身旁，吻了丢在车外的妇人的手）亲爱的美人，您现在可以放心了。您那暴客现在躺在地上，被我这无敌的臂膀打倒了。如今我救了您，您将来总要想起我的名字来，那么请听着，我就是拉曼却的唐·吉诃德，游侠骑士和冒险家，绝世无双的美人托波左的达西尼亚的俘虏。你倘使要报答我这番恩德,我也不望别的,只望您回到托波左去,自投到那位美人面前,用我的名义去把我此番使您恢复自由的事告诉她。

　　这期间比斯开人已被另一扈从从地上扶起来,然后走过去合力把唐·吉诃德掷倒在地上,并且把可怜的桑科一并击倒,然后用绳子把他俩的四只手和四条腿紧紧地捆绑起来。

扈从之一　再会吧,勇敢的骑士,这回我饶了你一条狗命,让你到魔鬼那里冒险去吧。

　　他俩唤醒了昏迷中的贵妇人,大笑而去。

桑　（挣扎着,大呼）救命啦!救命啦!
吉　住嘴,我的好桑科,你叫什么呢?
桑　什么?我的可怜的主人,你难道不希望有人来救你吗?
吉　听我说,一个骑士的职责,是救人不是求救。这回我们是遭了魔鬼的暗算了,这是一个骑士的冒险生活中常有的事;就是古代的太阳骑士也曾受到巨怪的暗算。听我说,只要我们心向着上帝,心向着绝世无双的美人达西尼亚,自然有天神来帮助我们的。
桑　对不起,我的高贵的主人,我是等不及天神的援救了。（喊着）救命啦!救命啦!
吉　（制止地）桑科!

　　客店之二女应声出,见状大惊,胆怯地走近他们。
桑　好小姐,救命啦,请您把绳子替我们解掉吧!
女侍　这是怎么回事呀?
桑　我们刚才碰见了一群魔鬼,他用魔法把我们捆紧起来了。
女儿　啊!魔鬼?在哪里?
桑　自然是跑开了。但是,请替我们把绳子解掉吧!
吉　我说对了吧,桑科,我想是天国的女神来援助我这可怜的骑士了。
桑　唉!（长叹一声）

　　　　二女替他们解开了绳索。

吉　（从地上爬起来，向二女行礼）亲爱的美人，这回你们搭救了一位盖世无双的骑士，你们的功劳是不可埋没的。告诉我，你们是哪一位爵爷的公主？你们的城堡在什么地方？好教我改天有效劳的机会。

　　　　二女大笑而去，站在客店的门前，好奇地望着他们。

吉　不要逃，我的公主，不用怕我有什么无礼，因为我谨守骑士的法律，专门保护弱小的。何况你们是高贵的公主，我是很愿为二位效劳的。——那么，好桑科，如果我的眼睛没有看错，前面一定就是那两位公主所住的城堡了，我仿佛看到了那城堡上面的银光灿烂的尖塔。

桑　请原谅我，主人，我想您的眼睛一定看错了，那分明是一间破烂的小客店。

吉　胡说！你这流氓！你看那尖塔，你看那角楼和吊桥！你看那城垛上的矮人，正在吹起号筒，报告一位游侠骑士的到来。——而且，如果我没有猜错，刚才的那两位公主，一定是对我发生了浓厚的感情，所以站在城堡的门前等待着我哩！

桑　（无可奈何地）老爷，我想您一定猜错了。

吉　（没有听见的样子）好吧，我的朋友，拍拍你身上的泥土，扶我上马，准备去接受侯爵夫人的欢宴吧！

桑　就骑着这可怜的驴子去见侯爵夫人吗？

吉　蠢东西，这有什么丢脸的？我曾经从希腊神话上读到过，当初快乐酒神的师傅进入百门城的时候，就是得意洋洋地骑着一匹极美丽的驴子进去的。

　　　　桑科扶他骑上了驴子，主仆二人向着小店门口进发。

吉　（在门口停下，走向二女）二位高贵的公主，我这位可怜的骑士，刚才蒙公主搭救，此刻又蒙公主垂爱，此恩真如大海。可惜命不由人，使我无福享受这千载一时的良缘，就因为我对于那天下无双的托波左的达西尼亚，我那私心向往的惟一的情人，是立誓没有二心的。就因了这个苦衷，使我无法接受二位美人以身相许的好意，这是要请高贵的公主特别原谅的。

女儿　（恐惧不安地）爸爸！

吉　哦！要惊动侯爵大人亲自出来迎接，真是十分不敢当！
　　　　店老板应声而出，见状大惊。
吉　（向老板）刚才蒙公主厚爱，此刻又蒙侯爵大人亲自出来迎接，此恩不知如何报答。只希望他日能得到向大人效劳的机会，虽赴汤蹈火，在所不辞。
老板　（大惑）这位是——？
桑　这位是我的主人，是自古以来世界上顶顶好顶顶勇敢的一位游侠骑士，拉曼却的唐·吉诃德。
老板　（大悟）啊！唐·吉诃德！（忍俊不禁）
吉　您似乎已经熟悉我的名字，那是由于当世的王公大人，凡夫俗子乃至好事的诗人们专喜欢到处替我传名的缘故。我如今所以不称赞自己，由于我认为谦虚是一位骑士的最高的美德。现在我的侍从已向您报告了我的为人，就使我无法隐瞒了。
老板　（不住地搔头）如果您老人家是要来敝店找住处的，本主人自然非常欢迎，不过敝店小本经营，床位已满，这是要请特别原谅的。
吉　侯爵大人，我是什么都可以的；因为，"武装就是我的装饰，战斗就是我的休息"。
老板　既然您是无床也可睡觉，站着就是休息，那么就请宽恕小店的招待不周了。
吉　不敢当！兄弟的声名超过了兄弟应得的荣誉；在兄弟还没有替侯爵大人建立旷古未有的功勋以前，实在不敢接受大人的招待。
老板　出门人彼此一样，不必说这些客套话了。（指门外的桌椅）这儿很风凉，就请先在这儿休息一下吧！二位想必饿了，小店有的是便菜便饭，价廉物美。——二位要酒吗？
桑　（忍不住了）要的要的，今天渴了一天了。
老板　玛丽，臊婆娘，有什么好笑的？赶快招呼生意呀！
　　　　女侍玛丽退场。
女儿　（抹桌子）老爷，我看把您那铁帽子脱一脱吧，要不怎样吃东西呀！（说着替他把头盔很费力地取了下来，露出这位骑士的愁惨的面孔来）
吉　（飘飘然地歌唱起来）

　　　　天下骑士莫如我

　　　　谁得美人服侍过

　　　　只有我唐·吉诃德

　　　　享受艳福何其多

　　　　美人亲来服侍我

　　　　公主替我把头盔脱

　　　　　女侍端上酒菜，二人放怀大嚼。

　　　　　少顷，店老板出。

老板　我看您这匹驴子也饿了，我牵它去喂喂料吧。

吉　　不敢惊动大人；如果方便的话，那么就分外打搅了。

老板　客人要方便方便吗？那么跟我到后园来。其实在乡下，到处都很方便的。

吉　　那么，好桑科，你一人在这儿享受吧。现在我承蒙侯爵大人的恩典，要带我到后花园中去拜见侯爵夫人，这在我是不能失礼的。（他郑重地带上头盔，与老板退场）

　　　　　店女儿与桑科互视作怪笑。

　　　　　神圣保卫团的二团丁由广场之一角快步奔入，来到旅店门口。

团丁之一　老板！老板！老板在哪里？

团丁之二　老板在哪里？

女儿　让我叫他去！爸爸！爸爸！（入）

团丁之一　（对桑）朋友，你可看到一个穿着古代骑士武装的疯子打这儿走过吗？

桑　　什么？

团丁之一　一个古古怪怪的疯子，自称为拉曼却的唐·吉诃德的。

桑　　您问他干什么？

团丁之一　干什么！他到处闯祸，扰乱社会治安，上峰有命令，要我们把他抓到神圣保卫团去，听候审办的。

团丁之二　还有他那傻头傻脑的仆人桑科·判扎。

桑　　（大惊失声）啊！

团丁之一　那么，您是知道的了！

桑　（摇头）

团丁之二　告诉我们，他俩逃到哪里去了？是不是顺这条路逃走了？（指着贵妇人马车所去的方向）

桑　哎，哎，是的。您快些去追吧！说不定在月亮落山以前您会追上他们的。

　　　　二团丁向着那方向飞奔而去。

　　　　桑科大大地松了一口气。

　　　　老板，唐·吉诃德及二女仓皇出场。

老板　什么！什么事啊！

女儿　咦！那两个保卫团的老爷呢？

桑　去了，忙他们不相干的事情去了。

老板　所以，我常说啊，你这鬼孩子，总是大惊小怪的！去啊，把桌上的杯盘收拾收拾；我还要照料驴子的草料去。

　　　　老板及二女相继退场。

桑　听我的劝告，我的好主人，咱们赶快逃走吧！迟了会坐牢的。

吉　什么？

桑　刚才有两位神圣保卫团的兵大爷，来这儿查问老爷和桑科的下落，说是奉了上峰的命令，要把我俩抓去坐牢的……

吉　（大笑不止）哈哈哈哈！桑科，我早说过，你这乡下佬，什么也不懂的！你几曾看见过一位举世闻名的骑士，会被保卫团的小兵抓去坐牢的？你看见过吗？书上告诉过你吗？哈哈哈哈！

桑　但是……

吉　放心吧，我的好桑科。你要知道，你现在已经不是一个乡下佬，而是一位人人敬仰的举世无双的骑士——拉曼却的唐·吉诃德的光荣的侍从！而且不久以后，说不定就在明天，由于你的主人的赏赐，你自己将要变成一个海岛上的侯爵或者一个王国的国王，那时你将要管理着，而且指挥着无数的神圣保卫团，他们的数目将要像蚂蚁一样多！

　　　　风起，客店对面的风车随风旋转，呼呼作响。

桑　但是……
吉　（阻止他）嘘！不要响！啊！命运的安排，往往超过我们的愿望；不必等到明天，你的海岛就要到手了。你瞧，那边看，桑科朋友，你就会看见一个可怕的巨人，张牙舞爪地，正在等待着他悲惨的命运。我要把这妖怪从地上清出去，把他的性命结束了，把他的财宝抢过来；因为这是正义而且合法的战争。
桑　（莫名其妙）什么巨人？
吉　（指风车）你看他那长长的臂膀，差不多要长到两海里哩！
桑　您仔细点儿，先生，那不是什么巨人，是风车；那些好像臂膀的东西就是帆，让风转着叫磨石走动的。
吉　嗨！这么看来，可见你对于冒险的事是不内行的了：他们确实是巨人；要是你害怕的话，你就站开一边祷告去吧，我决计要和他来一场单人匹马的决斗！

　　　　店老板牵驴出场。

吉　（抢过驴子骑上去）对了，让我跨上战马，和那巨人比一比高低吧！（策驴而前，祷告着）不朽的情人，圣洁而美丽的皇后，托波左的达西尼亚啊，请保护你的仆人完成这一桩空前绝后的冒险吧！（趋驴挥戈而前）不要逃！你这懦夫！你这害人的妖怪，你的末日到了！

　　　　桑科和老板都追上去大声呼喊，二女应声出场也惊极而呼，但是都被他的喊声压倒了。他和车翼大战了三个回合，第三次才把他的矛子穿进了布帆，风帆猛烈地一转，就把他连人带驴地滚倒在地上。

老板　哎呀！上帝呀！真是被魔鬼迷住了，怎么想起和风车决斗呢？——戳坏了我的布帆是要赔钱的呀！

　　　　唐·吉诃德在地上呻吟着。

桑　老天爷！我不告诉了你那是风车吗？这是谁都错不了的！
吉　别慌张吧，桑科朋友：胜败兵家常事，本来是难以预料的！
桑　但那明明是风车啊！
吉　我知道。——那巨人受不住我的惩罚，还不会把自己化身为风车吗？如果你不相信，你试试在这里守着，不到半夜，他仍然会化身为巨人逃掉了的。
桑　（无可奈何地）哎呀，我的上帝！
老板　一个人被魔鬼迷住了，除非请一位高明的巫师来，那是没有什么办法的！

　　　　桑科和老板两人去扶他起来。

吉　不用，我的伤并不重，我自己会爬起来的。（他挣扎着终于站了起来）唉！我的美丽的达西尼亚！我的光辉的理想啊！——唉！我的勇武盖世的英名！我的救世救人的宏愿啊！……
桑　勇敢的骑士老爷，我看出来了：现在的世界，不是你心上的世界；所以，你错了！
吉　不！世界错了！全世界都错了！
桑　但是，老爷，反对世界是不行的！
吉　（大呼）反对良心也是不行的！
桑　唉！
老板　唉！

　　　　比斯开人领着二团丁上。

比斯开人　对，就是那个家伙！他还在这里！
团丁之一　对不起，吉诃德先生，这里是神圣保卫团的逮捕状，我们是奉到命令的，请乖乖地跟我们一道去吧！

　　　　吉诃德呆呆地望着他。

团丁之二　（抓住了桑科的领口）走！
桑　上帝救救我吧，我是没有犯罪的！
团丁之一　（抓住吉诃德的臂膀）跟我走！
吉　（大怒，顺手一掷，把团丁掷在地上）滚开！全世界的人都给我滚开！如果你们还想活着的话！
团丁之二　救救神圣保卫团吧！拿这逮捕状看吧！我们是奉命令来逮捕这个强盗的！

　　　　团丁之一也从地上爬起来，气势汹汹地举刀奔向唐·吉诃德。

吉　（站在桌子上）这里来！你们这些下流的强盗！什么是我的罪过？我

不过是解除了一个牧童的压迫，挽救了一个妇人的苦难，铲除了一个地上的恶魔：这些都是我的罪状吗？以我骑士的勇敢，反对世界的不平，把强大的打下去，把弱小的扶起来：这些都是我的罪状吗？以我骑士的良心，拯救万人的痛苦，打碎奴隶的锁链：这就是我的罪状吗？你们这些下贱的土匪！如果你们说这就是我的罪状，这只证明你们的灵魂太自私，太卑鄙，太下贱！不必由上天来启示你们关于游侠骑士的高尚与明智，也不配感觉你们自己的罪恶和愚昧！——你们来吧！我不会怕你们神圣保卫团的强盗的！因为我是对的！全世界都错了！如果你们反对我，我必毁灭你们！如果全世界反对我，我必毁灭全世界！如果没有一个人帮助我，我宁愿用我一个人的力量来摧毁这罪恶的世界！啊！（昏倒在地上）

比斯开人　现在你们可以逮捕他了！

团丁之一　对了，不管是活的疯子还是死的骑士，还是把他带走了妥当些。（众同下）

老板　真倒霉！店钱还没有付我哩！

女儿　但是，爸爸，他的心肠是很好的呀！

女侍　并且他还是很有学问的哩！

老板　是的，可是好心肠而且有学问的人着了魔，就比一个平常的疯子更糟哩！唉！（携二女人）

——剧终

1943年6月8—9日

❋一九五一年❋

再会吧，北京！[①]（诗剧提纲）

人物：纪英：女护士，廿一二岁。
　　　　罗云高：报馆编辑，卅岁，纪的爱人。
　　　　梁心悦：新闻记者，四十岁，罗的好友。
　　　　黄大夫：五十多岁。
　　　　纪母：五十多岁。

第一场　在手术室

下班的铃声响过了，手术室里现在只剩下黄大夫和纪瑛。黄在洗手，纪在收拾刚用过的手术刀。她试着要和老大夫说一件最值得喜悦的心事。好久以来，这两人存在着类乎父女的感情，她有甚么心事总愿意找他谈谈的。可是此刻，她老是嗫嚅着羞涩着不能出口。经过他慈爱地诘问，她到底鼓足勇气说出了。原来她和罗已经决定了在一周之后结婚，要请老大夫做她的证婚人。

黄大夫幽默地责怪她不该隐瞒了她的爱情的最近的发展，接着慨然答应了主持这婚事；但是提出一个条件，她必须在最近三天之内结婚，否则就不能照办了。

"为什么要这样快呢？"女的问。

"为什么要这样慢呢？"大夫转问她。

"为了要等母亲从南方来，她可能在一周内赶到。"纪说。

"这样就很抱歉，"大夫说，"三天以后我也许离开北京了。"

[①] 本篇作于1951年春，未发表。作者原计划在此提纲的基础上创作一部诗剧，未完成。这里内容据手稿整理。

"怎么能这样快？你要到甚么地方去？"

"怎么能不赶快去？——我不是休假旅行，我是去救护受伤的战士；我要到朝鲜去，带领一个医疗队同去。"

"你为甚么也不早些告诉我？我们一点也不知道这消息。"

"别生气，我的孩子，我也是今天才取得院长的同意；今晚工会要开动员大会，你马上就会知道一切的。"

纪瑛心绪很慌乱。当她替老大夫剥下手术衣套上外衣的时候，竟错把自己的女大衣拿来了，难怪大夫半天也套不上袖子。

纪瑛顿时改变了主意，她告诉老大夫，她不能离开他；他到哪里，她也跟他到哪里去。一面诉说，一面着急地流出了眼泪。

大夫安慰她，劝她留在医院工作。劝她"爱生活，爱自己的工作，爱病人，爱丈夫，爱母亲，爱人民，爱人民的首都北京"。并且说，当他胜利归来的时候，再补喝她的喜酒，如果回来得晚一些，要亲自为她接生。

一面走着一面说着，这话把纪瑛逗气了，她执意不肯离开他。

第二场　志愿报名

礼堂里坐满了人，兴奋的紧张的呼吸。特写镜头里：老大夫在激动地演说。另一个特写：纪瑛在紧张地倾听着，眼眶里贮满了感动的泪水。

演说在热烈的掌声中结束了，人们兴奋地走出会场。

纪瑛在会客室的电话机旁发呆。一个人拍拍她的肩膀，她吃了一惊，回头一看，原来是记者梁心悦，一个心广体胖非常风趣的人。

"你一定是在给罗云高打电话；对不对？"

"真讨厌，老是打不通！"

"小纪，我早就劝过你了；甚么人都可以嫁，可别嫁给一个报馆编辑。他们老爱在白天里睡觉，而夜晚又不能陪你。"

小纪不喜欢这样过分地开玩笑，认真地生起气来。但马上又转过来对老梁说好话，托他务必在今晚带一封重要的信给罗云高。

梁答应了，友爱地守候着小纪写情书。

黄大夫走进会客室，一群青年男女争着向他诉说，恳求他答应带他们回去。

纪瑛心慌意乱地写完了她的短简,匆匆交给老梁,然后挤到黄大夫的身边,拉住他的手,坚持要和他同去。她的认真的态度和激情的言辞,感动了老大夫和记者,他们心里说,这真是中国人民的好女儿啊!

"我可以同意,"老大夫说,"如果罗云高同志同意的话。"

"我相信,他一定会同意的。"小纪肯定地说。

"如果他一定不同意呢?"梁问。

"那我从此就不再爱他了。"纪瑛脱口而出。

老梁瞪大了眼睛,惹得大家哄笑起来。

"你们的热情感动了我,我的好孩子们,"老大夫劝慰大家,"但是请原谅,我暂时不能肯定地答复,不管是小纪,还是别的人。无论如何不能去这样多的人;医院的工作还要坚持哩,回头让工会讨论决定。——对不起,我要回答记者的问题。(坐下,随手翻开一张报纸)好啊,你们看,满纸都是抗美援朝的消息。"

第三场 在编辑部

灯火辉煌的编辑部,编辑们紧张地工作着。各党派的宣言发表以后,首都顿时沸腾起来。首都人民紧张的政治呼吸,各界人民志愿援朝的消息,每天晚上集中在编辑部,使编辑和记者们也被激动得厉害,他们兴奋地传阅着精彩的报道和读者的投书。罗云高激动地站起来,热情地和同事们诉说他刚读过一封读者投书之后的感想。他的话的本身就是一首政治抒情诗,使大家非常感动。

梁心悦匆匆赶进来,"老罗,你该感谢我:——我给你带来一个好消息,还有一个坏消息。"

"甚么好消息?"

"我访问了黄大夫,这是他们组织抗美援朝医疗队的消息,应该刊在最醒目的地位,不许删啊!"

"那么甚么是坏消息?"

"你的爱人已经志愿报名了,而且闹着非去不可。我真同情你,也同情我自己,你这新郎,我这介绍人都得展期就职了,沾到嘴边的喜酒暂时吃不成了。——你看,这是她给你的情书。"

罗接过信，贪婪地读着，若有所思地低头踱了几步，然后拿起案头装着爱人照片的镜架，温存地有些埋怨地说：

"你这任性的小鬼！为甚么这样性急？商量都不商量一下吗？说话啊，小鬼，为甚么不说话呢？……"

第四场　在北海公园

小鬼说话了。——不是在编辑部，而是在北海公园。

第二天，一个寂静的下午。

她怀着歉意向他解释，向他诉说，希望他能够谅解她而且赞助她。她以为他一定对她有意见，说不定还会发点小脾气，她都决心要忍受着的；哪知道，到底还是她最初的看法是对的，他居然完全同意她的行动，而且给了她亲切的鼓励。他说，他自己不能去，他很感谢她能够代他去；而且由于他的亲人在朝鲜，使他更加爱朝鲜，想念朝鲜，他的心每一天飞向朝鲜了。她说，由于他这样赞助她，鼓励她，她发现她更爱他，更舍不得他了；她说，她虽然离开了祖国，离开了北京，她的心每一天都飞向北京的；她说，她发现，对爱人的爱，对首都的爱，对母亲的爱，对祖国的爱，已经浑然地交织在一起了。

他俩喁喁情话的时候，不时有三五成群的工人，学生，战士的游人从他们面前走过，打断了他俩的谈话，并且把谈论着工作、学习、抗美、援朝的片断的意味深远的话语抛在他俩的耳边，激昂着他俩的心。

她确实更爱他了，甜美的往事在她的心上和嘴上回味着，一幅幅的镜头在眼前闪过：一年前，他骑车跌伤了，老梁送他到她的医院治疗，她亲切地照料他，安慰他，他为她讲解时事，帮助她学习，在思想上启发她，他俩互相感激，又互相为了滋长着的爱情而不安。聪明的老梁看出了，替他们戳穿了这个闷葫芦，撮合了他俩，黄大夫也感到满意。这一年，她进步得很快，已经变成青年团员了。他对她的爱，也随着她的思想的成长而成长。

"真的，我们应该感谢老梁哩！"她梦幻地吟说。

"当然应该感谢我！"老梁不知甚么时候已来到他俩的身后，突然插进嘴来。

三个好朋友友爱地大笑起来。

他们出现在白塔上。北京的市街落在他们的眼底,整齐的马路,跃动的人群,工厂的烟囱,装扮得像新娘一般的急行着的电车,晴朗的天空,和暖的太阳的照射下,满城的黄瓦、蓝瓦、紫瓦,放射着奇异的光辉。在这临别的时候,首都的美丽第一次使从小在北京长大的小纪惊叹了。北海结了冰,青年男女在化妆溜冰,首都的青年真愉快、真健康!北海的那边是中南海,中南海里面……

三个好友沉浸在对于人民的首都的热爱里。

第五场 行进在天安门广场

抗美援朝志愿医疗队和大队欢送的人群行进在天安门广场。队伍里有刚健而热情的黄大夫,有纯真而富于理想的纪瑛。

人们谈论着:"中国的白求恩大夫!""中国的蓝丁格尔!"

一走进天安门广场,纪瑛的心不由地突突跳动起来。她想起不久以前的盛大的国庆纪念,雄壮的海陆空军的检阅和热情而多彩的少数民族的歌舞,想起自己在被检阅的队伍里,走过主席台时把红手帕挥跳得那样高,尖着嗓子高喊"毛主席万岁",而毛主席响亮地回答着:"同志们万岁!"

此刻,另是一幅动人心魄的景象,在医疗队行进的时候,那边,工人们抗美示威的队伍,高举着愤怒的旗帜走过来了;迎面,学生们宣传的队伍,扭着秧歌走过来了,抗美——援朝——保家——卫国,首都人民一条心,一个声音,汇合在天安门广场,互相欢呼着,互相鼓励着,互相致敬着。

纪瑛的心激动得厉害,圣洁的感动的眼泪又在夺眶而出了。

第六场 车站送别

罗云高抱着一束鲜花,匆匆赶到前门车站,看看钟,快两点了。他很着急,他今天特例起了个大早,还是来迟了。

他迈开大步向前走,南来的客人正在出站,他必须从人丛中挤过去。

他撞掉了迎面的旅客衔在嘴里的烟斗,狼狈地对人家道了歉;又撞翻了对面来的一位老妇人的手提箱,箱子的东西散在地下了。他急得一头汗，赶快道歉。

老妇人生气了，"不行，替我收拾好！"

他只得鞠躬又鞠躬，把散在地下的绸被面和衣料，认真地装在小箱里，道歉了再道歉。

在他收拾东西的时候，老妇人好意地责问他："干甚么这样性急啊！"

"送客——送客啊，老太太！"

"以后可不准这样冒失！"老妇人带着友爱的责怪的眼色瞥了他一下，看见他一双手还紧捧着鲜花，动作是这样的笨拙，不觉好笑起来。"算了吧，年轻人，让我来收拾，你快去送你的新媳妇上轿去！"

"不是上轿，是送她上车。"罗云高憨笑起来。这时候忽然发现箱子角上一个信封上的熟悉的字迹，他拿起来一看，呆呆地看着老妇人。

老太太一手抢去了他手中的信，假装生气地说："不准看我的信。"

"您是纪老太太吗？"罗吃力地问。

"怎么？你是谁？"

罗赶忙关好箱子，一手提着它，一手挽着纪老太太，很快地向月台走去，"走，我带你去找你的女儿"。

老太太很不信任地望着他，随他挽着她快步而行。

月台上，歌声夹杂着欢呼声，纪瑛不时踮起脚尖张望，她已经等得有些生气来了。忽然看见罗挽着母亲来了，她从人丛中跳了出来，一路上喊着"妈妈"，扑到母亲的怀抱里。

少顷，她感到惊讶："你们已经认识了吗？"

"这位先生帮了我很大的忙，"母亲说，"他是谁？"

"哎呀，不认识呀？让我来介绍，他就是——罗云高。"

老太太重复地在罗的身上打量着，埋怨地说，"我不要这样的女婿！"其实，老人的心里是非常高兴的。

"我永远记住您对我的批评。"罗羞涩地说。

"以后可不准这样冒失了！"纪母命令着。

"以后可不敢这样冒失了。"罗微笑着应允，已经是满脸通红了。

黄大夫赶来跟纪老太太握手，罗趁机把花献给黄大夫和小纪。纪母正要动问，忽然一个人提着行李气喘吁吁地高叫着跑来，这人是梁心悦。

"你怎么比我来得还晚？"罗问。

"你提的谁的行李？"小纪问。

"对不起，只准你去抗美援朝，不准我去保家卫国吗？"梁一面回答小纪的话，一面顺手把行李提进车厢里。

"老梁，说正经话，这是怎么回事呀？"罗问。

"社里临时决定我到朝鲜去做特派记者。——黄大夫，小纪，想不到吧？咱们就伴走啊！"

"欢迎！"黄，纪和另外几个同志鼓掌欢呼起来。

纪老太太说话了，"慢着点儿！纪瑛，告诉我，这是怎么回事啊？"

欢呼的人们顿时收敛起笑容。

纪瑛特别窘，用祈求的眼色望着黄大夫。

"你来得真巧，纪老太太，纪瑛志愿参加了抗美援朝的医疗队，跟我一道去救护伤员，我们几个月就要回来的，跟我一道去呀，你该不会不放心吧？"黄大夫说。

"我来得真巧！"纪母不乐地说，"抗美援朝当然是好的，可是你的婚事呢？一封封信，电报，催魂似的把我催来了，你好，撅着屁股就走掉了！"

"妈，我不好，我来不及告诉你了。"小纪几乎哭出来。

"那么你呢？你这傻瓜蛋冒失鬼，你就不会管管她？你就放她走了？"纪母责问罗云高。

"唔，是这事啊，"老梁听懂了一切，这时来为一对爱人解围了。"老太太，您不认识我吧，我一眼就看出了您是一个好老太太。您的女儿，可真是中国人民的好女儿啊，她做对了，她做了一件了不起的事！您看看这么多人来替她送行（众欢笑），这么多人在为她鼓掌（众鼓掌），这么多人在为她欢呼（众欢呼，把纪瑛高高举起来），还有人在为她写诗，把她的事编成电影哩。老太太，您真应该高兴！您瞧，我是他俩的好朋友，又是他俩的媒人，来，咱们约好，半年以后，咱们胜利归来，吃小纪的喜酒啊，——黄大夫，您说呢？"

"当然当然，我还是证婚人咧。"

"算了，不用你们来给我打通思想了，你们该上车了；黄大夫，我把女儿交给你了。"母亲说。

站上在催旅客上车了,他们拥抱着,握手着,叮嘱着,鼓励着。

要走的上了车,送别的厮守着。老大夫深情地望着罗云高,"年轻人,为什么不说话呢?我知道,你会有很多话要说的。"

"是的,我有很多话要说。"罗一往情深地吐出了他的真挚的送别的语言。他说,我们中国人民,把我们的心捧给祖国,捧给朝鲜人民,我们把我们的老师,我们的同志,我们的最优秀的儿女,我们的最亲爱的亲人,一批批地送到朝鲜,参加伟大的胜利的战争。替我们问候朝鲜受伤的战士,替我们问候忠勇的志愿军,裹好勇士的伤口,鼓舞英雄的心。你们走到哪里,哪里就会胜利;你们走到哪里,哪里就有和平。再见了,早些回来哟,我的同志!我的朋友!我的爱人!

纪瑛吞下了她的爱人的每一句热情的语言,她兴奋地喊叫起来:"再会了,我的北京!再会了,我的祖国!我的母亲——我的爱人!我们会很快地胜利回来,猛扑进祖国母亲的怀抱里,把胜利,和平和欢笑,带给你们啊,我的亲人!"车轮,开动了她叫得更响,车上的人也和着她,"再会吧北京!再会吧,我的祖国,我的母亲,我的爱人"!

(写于一九五一年春)

附录：

张光年剧本集书目目次

《五月的鲜花》（剧本集）①

    1937年7月编于上海。

    目次：

    自序②

    火把（三幕剧）③

    五月的鲜花（独幕剧）④

      五月的鲜花（歌曲）

      本剧第一次上演演员表

    胜利的微笑（独幕剧）⑤

      本剧第一次上演演员表

    后记

《街头剧创作集》（剧本集）

    1938年1月扬子江出版社初版。

---

① 因战事爆发未出版。内容系根据作者手稿整理。
② 已佚。
③ 已佚。作者在后记中曾介绍此剧的主要内容为"把《子夜》里面双桥镇的故事，加以铺展引申，写成一个三幕剧"。
④ 即《阿银姑娘》原载《一般》周刊1936年第1卷第20期，编入此集时作者根据演出实际情况对内容进行了少许修改，并改剧中女主人公阿银的名字为"梅英"。
⑤ 即《胜利的微笑》，原载《一般》周刊1936年第1卷第19期，编入此集时作者根据演出实际情况对内容进行了少许修改。

目次：

前记

论"街头剧"

"街头剧"的演出方法

难民曲（第一种）

沦亡以后（第二种）

"亲善"（第三种）

戏剧理论与评论

❈一九三五年❈

女青年会演剧与无名剧社公演[①]

不久以前,有一位署名浩卿的先生,在《鹦鹉洲》上发表了一篇文字,题目是《话剧界睡着了吗?》,对于武汉话剧界多所激劝。笔者忝为武汉话剧界的一员,当时看了那段文字,真觉得惭愧无地!

不过武汉话剧界所以一时陷于沉睡状态,自然也有其很复杂的原因。大凡一个非职业的剧团,整个的基础不巩固,演员的生活无保障,还有其他种种不利的限制,常常使你不能按照预定的计划去进行。怎样能挽救这个困难?这的确不是三言两语所能解决的问题。

在这个无可奈何的当儿,幸有一些爱好话剧的人们,不甘缄默,立誓要打破这个冷闷的空气,这该是我们应当引为非常愉快的事吧。这里,让我来介绍两个新兴的集会,那便是武昌女青年会及湖北无名剧社。

武昌女青年会目下虽然没有正式剧团的组织,但是该会的几个负责人都是对话剧很有兴趣的(秋声剧社的最初诞生地及两次公演的排演地点,都在女青年会)。最近该会为举行会员同乐大会,决定排演一出话剧,找社友刘痕兄去导演,我有时也去帮帮忙。她们对艺术都很忠实,并绝对遵守导演的指挥。

因为时间很仓促,又因为该会缺少男角,便替她们选了一个纯粹用四个女角出演的独幕短剧:《PIANO 之鬼》。从选剧到上演,中间经过两个星期,正式排演不过一个星期,但是搬上台去的成绩并不坏,这不能不归功于她们几位小姐的演剧天才及排演的认真了。

此剧是本月五日上演的,地点在武昌男青年会。

[①] 本篇初发表于 1935 年 6 月 13 日《武汉日报》副刊《鹦鹉洲》,署名光未然。未曾收入自编作品集和文集。

游艺会中的话剧①

暑假刚刚终了的时候,有几个学校的朋友,找我来排一两个剧本,去参加他们学校的游艺会。当时我们秋声的社员都在忙于大考,无暇分身;此外我个人一向是反对话剧参加游艺会的,秋声的社章上也这样规定着。因此,对于这几个朋友的好意,只能婉言谢绝了。

我所以反对参加游艺会的,有几项理由:第一,在性质方面,一般的游艺会是太不纯粹了,把话剧和歌舞杂耍并列,是非常不伦不类的;如果是一个稍有严肃意味的剧本,在游艺会里恐怕只能给人以恰恰相反的印象。第二,在观众方面,游艺会的观众都不是来热心观剧的,倒是双簧杂耍之类,能博得他们的掌声。一般地看来,游艺会中的秩序最坏,老幼妇孺,拥挤嘈杂,台上的剧词,十句难听得一两句。第三,是舞台方面,普通的游艺会,都是拼凑而成,很难得有比较合用的舞台,尤其是舞台上的布景与灯光,是无法安置的;在今日,布景是话剧的骨骼,光影是话剧的灵魂,没有骨骼也没有灵魂的戏剧,怎好出演呢?第四,在时间方面,游艺会不重视艺术,往往在短短的几天内,东挪西扯,胡乱拼凑,这对于话剧,简直是一种侮辱。

一般游艺会的目的,无非在凑凑热闹,这与话剧出演的目的,恰恰相反。刚才说过,话剧在游艺会中,不能给他们以满足;正式来看话剧的,在游艺会中,更足以使他们失望;观众屡次对游艺会中的话剧失望,便进而怀疑到话剧的本身,由此更影响整个剧运的推进。这样看来游艺会中的话剧,简直是艺术的敌人。

不错,武汉有很多剧社,便常常参加游艺会,还有些剧社的生命,便

---

① 本篇发表于 1935 年 7 月 6 日《大光报》副刊《艺术界》,署名光未然。曾收入《张光年文集》(第二卷)。

根本建筑在游艺会的表演上,这或许是有他们的特见,或许,是有他们不得已的苦衷。譬如我前些时候曾经去观光过某艺术学府的游艺大会,里面有话剧的节目,可是由于布置的草率,灯光,服装,布景,样样都显得非常可笑;由于人声的嘈杂,剧词连一句也听不着;没办法我只好中途退场了。像这样的表演,对于剧社,对于演员,甚至对于剧作者,都是一种极大的损失,我想他们自己演来一定会感觉非常痛苦的。

有人以为一个剧社随便参加游艺会,便是在传播艺术,努力剧运,这该是我们同声一笑的吧。我并不是故意要把艺术看得那么神秘,戏剧无疑地需要大众化,但这并不能与参加游艺会混为一谈。

武汉人至今对话剧还没有了解,没有信仰,这当然有很多的原因,但过去一般剧团太不重视艺术,拼命地在游艺会、同乐会中,替话剧做反宣传,也是一个很大的缘由。今后从事剧运的朋友们,对此当有所觉悟。

戏剧教育[①]

一般地说来,戏剧是表现人生的,教育是指导人生的,两者无疑地有着密切的关联。

离开生活,便没有了戏剧,同样也没有了教育。

用艺术来作为感化人生的工具,由来已久,戏剧是其中最有力量最受欢迎的一个。

因为戏剧是一种动的艺术,力的艺术,没有什么比它来得更亲切,更具体,更实感,更适于输纳某种思想。

最能了解戏剧之教育的功能的,是古希腊人。在学校教育方面,他们是最早把戏剧列为学校课程的;在社会教育方面,希腊人是最早把戏剧用为感化社会的工具的。

希腊的三大悲剧家如伊士奇(Aeschylus)、沙孚克(Sophocles)和幼里皮得(Euripides)的剧本,在当时已普遍地为学童所诵读,所演习;柏拉图(Plato)在他的《理想国》一书中,申论戏剧与儿童教育的关系,他是最早认识戏剧教育的人。

希腊的戏曲,多具有说教的意味,政府认为这一点是有益的,所以愿意支出很大的款项,建立宏大的国家剧场,举行盛大的戏剧比赛,有时候人民观剧是完全不取费的,一切开支都由国家付出,国家认为这是一种义务。

对于希腊的这种大规模的戏剧教育,英国的大哲学家培根(Francis Bacon)极力称赞它的功能。他以为儿童扮演戏剧,至少有四种利益:一、能练习记忆;二、能调和声音;三、能使行动大方;四、能涵养优美

[①] 本篇发表于1935年8月3日《大光报》副刊《艺术界》,署名光未然。曾收入《张光年文集》(第二卷)。

的风度。

其实演剧的利益,绝不止以上四种,而且这些都是附带的功用,戏剧教育最大的功能是在陶冶美的感情,正面地认识人生。

戏剧教育,在我国还谈不到,一般无知的教育家,还在认男女同校为有伤风化,认学生演剧为下流行为;戏剧教育在这些短视人的前面永远得不到新的开展。

近年这种反动的情形似乎稍微好些,教育家似乎已逐渐换了他的认识,学校剧团也在一些思想新的教师的领导之下渐次成立,很多的民众教育机关已把演剧作它的主要事业之一,爱美剧团的组织更是风行一时。

戏剧教育将要在这般有识者的倡导下发展起来,热心剧运的同志要替戏剧之教育价值作不断地呼吁,纠正反对者的谬误观念,帮助学校剧团的组织,使学校剧的开展成一种盛大的运动;建筑民众剧场,改正剧中意识,把戏剧的享受权从有产者的独占中夺取过来,使艺术与大众密接,使戏剧成为组织大众,教化大众的武器。

当做革命事业看的戏剧运动[①]

在今日干戏剧运动，正有着和干革命事业同样的艰苦。

为了事业，不能不忍受这种艰苦。

永不要抱怨，环境就是这样的；如果希望有大腹便便的资本家来替你建筑规模完备的剧院，那才是笑话。（记得熊佛西先生初回国时曾有过这种可笑的希望，见《佛西戏剧论文集》）

认清你所干的事业——一种文化的意识的斗争，和强横斗争，和黑暗斗争，和愚昧斗争；在本质上就有着和革命事业非常接近的地方。

一个革命家需要伟大的魄力，充分的理智和无限的热情，这个你都应该具有。

坚强的毅力，刻苦的精神，是一个事业成功的先决条件。你应该具有，而且应该比普通人更多些。

失败是不足畏的。孙中山先生的事业不是到第十次才成功吗？

如果命定着我们要终身失败的，没关系，有更年轻的人来继续我们的工作。

革命，需要坚强的组织和严密的阵线；我们得回顾自己的阵容，看有没有什么不努力，不忠实，不健全的分子潜伏在里面。

对自己要谨严，对敌人别客气；这年头，四周都是敌人！

然而，世界快发现它的新路，暴君快要倒了！瞧，在这最紧张的一幕中，"戏剧"将在扮演着一个何等重要的角色。

[①] 本篇发表于1935年10月14日《武汉日报》副刊《鹦鹉洲》，署名光。曾收入《张光年文集》（第二卷）。

当做传教事业看的戏剧运动[①]

把戏剧运动譬做宗教事业,是再恰当没有的了。

世界被魔鬼盘踞着,人们在苦难中呻吟,是一个仁慈的神父带来一线希望。

魔鬼毒害着人类,愚昧充满了地球,是一个忠勇的牧师给开阔了一线光明。

学他们吧,朋友们,像一个虔诚的教徒,你自誓着:

——挑起责任的担子来!

在每一个都市,每一个村镇,每一个穷僻的角落,建立你的教堂;把十字架高高地矗起,像那些教徒宣扬耶稣的教义一样,诚诚恳恳地去工作。

在先他们会对你讥笑,对你怀疑,可是,别怕,不久以后,他们都是你们最忠诚的信徒。

野蛮人也有他自己的信仰的,在先你有被视为异教徒的危险;野蛮人处置"异端"是很残酷的,必要时你得慷慨地做一个虔诚的殉道者。

——我主耶稣基督,假使不从人们接受了光荣的死罪,或许不能成为这个样子的……(From Gorky "Mother")[②]

从事剧运的朋友们,瞧一瞧你们自己的神圣的责任,是多么应和一个虔诚的教徒类似啊!

然而,你有像他这样坚诚的信心吗?

[①] 本篇发表于 1935 年 10 月 15 日《武汉日报》副刊《鹦鹉洲》,署名光。曾收入《张光年文集》(第二卷)。

[②] 引自高尔基的《母亲》。

什么是戏剧运动？[①]

从事戏剧运动的人们，第一件事，是应该把握戏剧运动的本质，换言之，他应该对于他所干的工作有深切的认识。

志在出风头，赶热闹的人们，自然谈不上剧运。

借团体作招摇，以之为接近权贵的进身之阶，是剧运的敌人。

抑郁不得志，借舞台来发泄一己的悲愤的，也与剧运无关。

为戏剧而戏剧，为艺术而艺术，以戏剧为消遣，以艺术为嗜好，每年只在"演几次"，演得"像样儿"，聊以"尽心焉而已"，这是在干戏剧，而不是干戏剧运动。

戏剧运动，在本质上，是新文化运动，新社会运动的一部门，它担任着和文化运动、社会运动同样的任务。

为了进行的便利，它有单独提出来干的必要，然而它终归和母体不能分开，它终归是全体中的一个细胞，终归是新文化运动，新社会运动这大锁链中的一环。

在今日的环境下，干戏剧运动的确是一件吃力不讨好的事！有太多的苦在等着我们吃，有太多的罪在等着我们受，有太多的苦闷在包围着我们。

天下没有便宜的事，没有侥幸的事。苦闷的解除，必在文化运动、社会运动的苦闷全部解除之后。

当全社会踏进坦途的时候，戏剧运动才能踏进它的坦途。

没有这种认识，用不着干戏剧运动。

[①] 本篇发表于1935年10月16日《武汉日报》副刊《鹦鹉洲》，署名光。曾收入《张光年文集》（第二卷）。

戏剧的二元性[①]

剧本——文学的与上演的

判断一篇剧作的好坏,不应单从它的文学价值去着眼,同时应注意它上演的成效。因为一个剧本的写作,不是单为你在书斋中阅读的,而是特意为了在舞台上,观众前,用优人来表演的。

实际上,离开舞台的表演,单从它的对话与结构上(纯文学的领域上)去判断一个剧本的好劣,几乎是不可能的事。因为戏剧是(正如一般的说法)一种综合的艺术,动的艺术。在我们读一篇剧本的时候,必须在自己的脑筋中建筑一个舞台,和这舞台上的布景与设置,想象优伶在台上的每一个动作,每一个表情,每一个声调的抑扬;此外还要想象光影的投射,剧场的情绪等,才能完全领略这戏曲的意味。

然而像这样单凭想象(书斋中的想象)是非常不可靠的;不可靠,便无从批判。

古代最伟大的戏剧家,他们的剧本,都是写来为上演而不是为阅读的;死后剧本(他们成绩中唯一可以垂诸永久的这部分)留传后世,被人欣赏着、传诵着,才渐渐把它们推移到文学的领域中。

莎士比亚(Shakespeare)的剧本,本来最富于文学的意味,诗的意味,但当他死前很少拿自己的剧本去出版;直到他死后七年,他的门徒为了想发财,才把他的几部常演的剧本印行出来,一直流传到现在。

反之,十九世纪时欧洲几个鼎鼎大名的文豪,如司各特(Scott)、华

[①] 本篇发表于 1935 年 10 月 19、20 日《扫荡报》(汉口),署名张文光。曾收入《张光年文集》(第二卷)。

兹华斯（Wordsworth）、拜伦（Byron）、雪莱（Shelly）、济慈（Keats）、白朗宁（Browning）、田尼孙（Tennyson）① 等，生平都曾写过一些剧本，这些剧本在读起来也许有些价值，但很少能搬上舞台。古希腊的剧本及莎士比亚剧本中之一部分，现在之所以不能搬上舞台的，是因为现代的剧场形式与舞台装置大异于古代的缘故。当我们阅读伊士奇（Aeschylus）② 的剧本时，不能不在脑筋中建筑一个希腊的露天剧场；如果要充分领会莎士比亚的剧本，便不能不在想象中构造一个伊利莎白时代的三面突出的舞台。

一个剧本，总以"能上演"为第一义，至于要想传诸四方，垂诸永久，则有赖于文学。实际上，在大多数的情形下，一个在舞台上得着最大成就的剧本，往往也就同时是一篇有价值的文学作品。希腊三贤的悲剧，莎士比亚及莫里哀（Moliere）的剧曲，不都是永久替我们留下的宝贵的文学遗产吗？

文学的，上演的，这样错综地构成了剧本的二元性。

演员——感情的与理智的

演员的任务，是在忠实地传达剧本中的思想，但当他实践这任务的时候，究竟应该是感情的呢，还是理智的呢？这是一个很值得讨论的问题。

要解答这问题，必须先明了戏剧的任务。戏剧的任务，在表现人间意志力的斗争——没有斗争便没有戏剧（No struggle no drama）。为了使斗争兴味化，激烈化，则出现于舞台上的人物，必然地需要强大的意志和热烈的情绪；换言之，一个戏剧主人公的性格，及横贯全剧的精神，必然地是感情的而非理智的。

剧中人的性格及戏剧的本质既然都是感情的，则负有表现剧中人性格及剧本精神的使命的演员，无疑地应具有无限的热情。一个演员的成功是基于这一点。愤怒时能竖起自己的头发，悲哀时能马上掉下眼泪来。

---

① 现通译为丁尼生。
② 现通译为埃斯库罗斯。

热烈的感情帮助了演员的成功，但是若一任感情无限止的奔放，而一些也不能加以控制的，换言之，即演员完全失掉了他的理智时，他的戏也一定难得演好。一个没有舞台经验的演员，在台上常容易弄得慌张莫知所措，甚至有麻木昏厥的现象，都是由于不能控制自己热情的结果。

在万目睽睽的监视下，演员对于他的每一个动作，每一句对话，都应当具有无限的细心；他应当注意前后的统一，彼此的联络，整个的和谐；他还应当有适度的机智，足以应付偶然发生的不可改正的错误：这些都需要理智，绝对地理智。

一个非常错误的观念，是一些别有怀抱（不如说别有隐痛）的人，企图在舞台上发泄他久被压抑的感情，譬如失恋的人欢喜演恋爱的悲剧。在某些时候，他确实能演得比其他的演员逼真，但当剧情进展到紧张的最高点时，他因为不能控制自己的感情，常会在舞台上忘乎其形地冲动起来，而使剧情整个脱轨！

不错，演员一上了舞台，应该与剧情同化，应该忘了自己是在演戏；但他同时还需要随时警惕自己，他终归是在舞台上，终归是一个演员；他有他的使命。他要热情，同时又要理智；他要"忘我"，同时又要"有我"。——多么矛盾啊！然而这正是真理。

观众——欣赏的与批判的

嚣俄（Victor Hugo）曾经将剧场观众，分为三种：一、思考者，欢喜性格的描写；二、妇人，欢喜激烈的感情；三、群众，欢喜热闹的动作。而在成分上，妇人较思考者为多，群众较妇人尤多。由此看来，演剧应以后二类的观众为主要对象。

所谓群众，据心理学者的研究，与普通的个人有本质上的差异。当一个人参加为群众一分子的时候，个人的独特的心情往往无形消失，另外构成一种富于感情而短于理智的群众意识；剧场的观众也是如此。

一般地看来，剧场的观众往往具有以下数种特质：一、欢喜争斗，戏剧本来就是人间意志的斗争，而观众更特别欢喜热闹的斗争的场面。二、党派心，群众的情绪，比较缺少公正的判断力，在观剧时常容易同情某一方面或痛恨某一方面。三、轻信心，对于舞台上所展开的剧情，都无条件地信任了，即令是荒诞无稽的情节。四、感情的传染，在剧场里，少数人的情绪可传染给多数人，譬如一人笑可以引动众人笑，一人痛苦可以引动多人流泪，少数人喝彩也可以引起全场的喝彩。五、欢喜刺激，华丽的彩色，辉煌的光影，美丽的音乐，都能使观众失去固有的知觉，着迷了似的。

而在另一方面，剧场中还有极少的一部分，是不属于上述的观众之内的，他们是专门的戏剧批评家，及常看戏的"内行人"，和一般人不同，他们不只是来欣赏，而且是要来批判的。他们虽然和群众坐在一块，但是并不能将个人的意识混合于群众意识中，感情的传染，在这些人的面前，也失掉了效力。他们在很细心地观剧，对于每一个最细小的地方也不肯马虎。然后把他们的观感忠实记载下来，发表出去；他们是纯理智而非感情的。

对于剧艺的进展，这些人是最大的功臣，和作家之外还需要文学批评家一样，戏剧批评家的存在也是不可少的；像艺术的保姆，他们时时在保护剧艺的成长，防止它的病害；他们的批评，便足以直接影响剧艺的改进。

戏剧批评也是一种专门艺术，除非是对艺术有相当修养的人是不足以胜任的。普通的观众也有批评，然而那只是一种印象的粗浅的批评，对于演剧人是没有多少参考的价值的。

对于观众，欣赏究竟是第一义，自问对艺术没有相当造诣的人们，还是少作批评家的企图为妥。在剧场里，批评家其实是很可怜的，他不能跟别人一同哭，一同笑（因为太冷静了），他失掉了欣赏的乐趣（因为感情不集中），他心里其实很痛苦，他"难得糊涂"（因为太习惯于他的聪明了）。

然而为了艺术，我们需要这种孤僻的人和他的周遭不调和地存在着。

从联合公演到戏剧学会①

武汉的话剧界,从来不曾有过强有力的表现,仅仅凭着几个力量脆弱的剧团,零零碎碎的公演,断断续续的活动,没计划,没联络,这样将永不能冲破沉闷的范围,永不能得着新形势的展开。

对于这一点,我们早有了深切的认识,因此,从上次省党部主持的五剧团联合公演后,话剧界的同人无时不在梦想着一个大的联合组织的实现。事实上,武汉现存的各剧团,本身实力都不大充实,如果不互相提携、合作,则此后将只有一天天走向没落的道路。

谈到联合,首先要看看是否有联合的可能,如果互相猜忌,各怀鬼胎,不能牺牲一己的利益以迁就整个剧运的前途,那么,勉强拉在一起,结果还是一无所成,甚至闹得不欢而散。

好在各剧团的负责人,自经过上次联合公演后,大家互相接触的机会日益加多,因之彼此的友谊也日益增进,更加以团体方面的实际需要的迫切,使相互合作的可能性日益增大起来,最后除开一两个剧团自甘孤僻以外,各剧社的负责人对于这种彼此分立的现象,都不再能忍受下去了。

适应这种需要的,便是"舞台协会"的筹备,这是在本年四月联合公演完毕后的几天内便开始发动了的,满以为趁着联合公演的一股热劲儿,及省党部提倡话剧的努力,总可在最短期内筹备成熟的。

"舞台协会"的第一次正式谈话是在本年四月十日,地点在省党部议事厅,到会的人包括鸽的、秋声、友联、歌笛、晶底五剧团的代表,当时决定了以下几个要点:

一、本会为武汉各剧团的联合组织;

---

① 本篇发表于 1935 年 10 月 30 日《大光报》副刊《文化街》,署名张文光。曾收入《张光年文集》(第二卷)。

二、以团体为组织单位；

三、会员限已取得法团资格之剧社而自愿参加者；

四、经费由会员担负及公演募集；

五、本会为武汉剧界之总研究机关；

六、本会为武汉剧运之总策动机关；

并推举冼群、张文光二人起草简章，左佑起草呈文，张文光为发起人代表。

可是在起草简章的时候，发现了一桩很滑稽的事情：会员既是以团体为单位，而武汉的剧团，又只有这么多，结果发起人的数目，会员的数目及负责人的数目，将都是一般多，会员大会与理事会无别，发起人会和正式筹备会也只是一个东西，干去干来反正是这几个人。

在第二次谈话会时，大家已感觉困难的诸多，在第三次谈话时，竟找不出适当的地点，由是大家都心灰意冷了，那股热劲儿也不知跑到哪里去了。至今那两份盖有各剧社图章的备案呈文，和那份讨论通过了的简章草案，还存在我处，将留作武汉剧坛的永远纪念。

联合公演结束后，省党部曾设宴酬答各筹备委员，席间杨锦昱先生表示：武汉各剧团应有一个共同的组织，并与省党部保持密切的联系，事后并要我将此意转达各剧团负责人，征求大家的同意。我转达了，大家都没有异议，但也许是因为我转达得太迟，及至各剧团同意后，省党部的那股热劲儿却冷下去了。

此后武汉剧坛便一直沉寂下去，这其间除开左佑、朱冰泽等所辅导的无名剧社在武昌昙华林举行了一次静悄悄的公演外，武汉的整个剧坛，犹如一个黝深的古井一样，泛不起一点儿波澜；舞台协会与联合公演，很少再听人提起了。

这其间当然有许多不得已的原因，天知道我们心里的难过！于是在一个盛暑的七月天的某下午，我和冼群偶尔谈到了这事，彼此都非常兴奋。我主张改变计划，推翻以团体为单位的原议，而以个人为单位，重行来组织一个"舞台人协会"，包纳武汉各剧团的剧人，并欢迎剧团之外的对戏剧有研究的个人加入；然后严密组织，觅定社址，经常排演，经常讨论，发行剧刊，举行公演，并从事于学校戏剧运动之推行。

推行学校戏剧运动，是我一向的主张。我总以为，戏剧运动的初步，还是向知识分子及小市民阶级推行，而学校戏剧运动，则是初步的初步。不论是为抓取演员或抓取观众，学校剧运都是一条最便捷的路；反过来说，我们现在推行武汉剧运，如果不到学生的队伍里去谋发展，将来是很少有什么办法的。

经过一度的考虑后，我便遍发请柬，邀请各剧团的负责人，前来商讨具体办法。七月的某晚上，在我住的武昌粮道街某公寓，开了第一次的谈话会，到会的人有鸽的的许亚多、朱冰泽、左佑，友联的冼群，晶底的史汉俊，济济一堂，我那间小书房几乎容纳不下了。

也是大家久不见面，见面了便有太多的话说，所以那天的谈话，是兴奋多于讨论；虽觉痛快，却无结果。可是对于组织协会的事，却一致没有异议，而对于推行学校戏剧运动的意见，大得了亚多兄的赞同，他认为，要发展武汉剧运，这是惟一的路。

以后的两次谈话会，是在冼群的家里举行的，由于朱冰泽兄的提议，改变了我们全盘的计划。他是注重实际的，他觉得要发展武汉剧运，先得纠正一般人对于话剧的误解，而纠正之道，便在有好货色给别人看。因此，他主张丢下协会的组织，马上来筹备一次大规模的很像样的公演，集合四剧团的人才和力量来怒吼一次。

谁也不敢反对这意见，于是"四剧团（友联、秋声、鸽的、晶底）联合公演"的筹委会成立了，推冼群为主席，张曼西为导演，剧本决定曹禺的四幕剧《雷雨》，就是中国旅行剧团最近在天津公演的一个相当伟大的剧本。

剧本是再满意不过了，那么一个结构紧凑，意识现实，场面伟大，台词美妙的剧本，不说演起来，就是读起来也就很够过瘾了。而且角色的配置很合宜，八个剧中人大都是"主角"，不分什么轻重，这对于联合公演是很适宜的。

因为目的是在好胜，是在熬强，所以对于布景，灯光，服装，效果各方面，都不能像从前那样马虎，场租也以维多利纪念堂为标准。这样来了一个初步的预算，最低的开支须六百五十元。

现在是分派角色了，照说是一个很困难的问题，可是由于大家的开诚布公，就事论事，很快地得到了解决。初步的演员表如下：

周朴园——光未然（秋声）　　鲁　贵——冼　群（友联）
周蘩漪——？　　　　　　　　鲁侍萍——？
周　萍——左　佑（鸽的）　　鲁四凤——郑挹英（秋声）
周　冲——邹　云（秋声）　　鲁大海——朱冰泽（鸽的）

两个女角（周蘩漪、鲁侍萍）一时无法找到，但因为大家的排演心切，只好一面排一面找了。开头的几次排演，是在我住的地方——武昌候补街，冰泽，邹云，曼西都住在汉口，尤其是曼西和邹云，他们住在日租界，每次都不辞劳苦，远远赶来，赶到他们排毕回到家里的时候，已经是深夜了。

为了顾及汉口方面的演员，我们后几次的排演便在汉口——朱冰泽的家里，德润里十八号。这时演员的问题还未解决，每排至蘩漪处，辄任找一男人代替，殊属滑稽。后来我情急智生，找到了罗苏夫妇，他们很愿帮忙，于是把孔太太周蜜请来了，充当蘩漪一角；同时许亚多的太太朱马丹，也将由沪回汉，让她担任侍萍，是再好没有的；于是角色问题解决了，我们多么高兴啦！

孔太太相当地魁梧，在她面前，我自愧渺小，于是遵从导演的决定，以冰泽担任周朴园，而鲁大海一角，则改由刘痕担任。第二次的演员如下表：

周朴园——朱冰泽　　鲁　贵——冼　群
周蘩漪——周　蜜　　鲁侍萍——朱马丹
周　萍——左　佑　　鲁四凤——郑挹英
周　冲——邹　云　　鲁大海——刘　痕

这时晶底剧社，以本身力量薄弱为理由，申请退出，于是由四剧团的联合，变成三剧团的公演了。少了一个团体，便加重了负担，这时经济就很成问题。但大家还是不顾一切地埋头苦干，不宣传，不声张，在秘密的情势下悄悄地进行，满以为筹备成熟后，将给武汉人一个不提防的袭击，不意料的爆炸！

然而也是同样地——不提防地，不意料地，一种袭击，一种爆炸，对准我们的心！那是国立戏剧学校的招考，我们之中的三个台柱，都被戏剧学校抓去了！团体不能限制演员的上进，于是我们这一度的怒吼又失败了。

谈起来便忍不住我们的伤心和愤慨。

演员散了，公演失败了，个人也想休息一下，一直半月之久，我闭口不谈戏剧。可是在一个秋雨连绵的下午，枯坐无聊的时候，我重又想到这事。"难道真的就这样算了吗？"我反问着自己，"不能，绝对不能！"自己又坚决地回答着。于是我重新浮出一个计划：这回不要自己来鼓动，而由新闻界来发起，设法包纳武汉的戏剧界，文学界，艺术界的朋友们，重新来一个大的戏剧组合，有计划，有步骤，有社址，有演员，有基金，轰轰烈烈地大干一下。

关于来公开策动这事的人，我想到了三位：（段）公爽，（陈）纪滢，（孔）罗荪。但纪滢，罗荪，有此兴趣，无此闲暇，而公爽除兴趣外，同时对于武汉现有的各剧团，都有较深切的友谊关系，在《鹦鹉洲》（《武汉日报》副刊）上，对武汉剧运的推动与诱导，都不遗余力，如果找他出来推动这计划，一定可以收到事半功倍的效果。

我开始写一封长信给他，说明了我的计划和意见——这些意见都包纳在另一篇题做《怎样推进武汉戏剧运动》一文内，朋友们不久会有机会看到的。两天以后，我接到他的回答，也是一封长信。他很兴奋，谈到对于武汉剧坛的感想，他说，"那只好痛痛快快地大哭一场来回答了！"关于负责推动的话，他说："我没有理由可拒绝，因为不能拒绝，而且不忍拒绝。"总之，在他的信上，处处表露出他的热情，我从这封信里得到极大的感动。

经过两次私人的会谈，《武汉日报》的戏剧座谈会实现了，由于到会人的热心，"武汉戏剧学会"的名字也在座谈会中诞生了出来。对于武汉的剧运前途上，这是一个新的转机。对于这个意外的收获，我们应当何等的珍视啊！

"戏剧学会"筹备伊始，我们对于它将来的成就和命运，还不能作若何的预期，乐观固嫌太早，失望亦大可不必。事在人为，戏剧界的同志们既早已认定有携手合作的必要，则此后想必能站在共同的战线上，拿着共同的武器,向共同的敌人进攻——我将为中国剧运三呼 VIVA① 了。

　　从联合公演到戏剧学会,这半年来,武汉戏剧界无时不在惨苦的命运中挣扎,而因人力、财力之限制,每一次的挣扎都失败了。看啦,这是最后的一个机会,我们得抓住它,用全力来维护,别让它再失败了,又去失悔,去感伤,像从前那样。

---

① 即欢呼万岁的意思。

除　三　害[①]

"话剧""话剧",在中国嚷了十几年了,而一般人对于这两个字并没有真的了解,这也难怪,我们的戏剧家只会在爱美的剧园与帮闲的小剧院中打圈子,从来不肯把它的真色相牺牲给一般大众看;而另一方面,大家所能接受的却是一些挂羊头卖狗肉的冒牌的货色,他们根据这些假货色来欣赏,来批判,结果并不能从这些假货色中咀嚼出什么味道,于是他们觉得上当了,以后再遇着什么"话剧"的字眼,便只能退避三舍,望而却步了。

现在我们要来推销本牌正庄货,便先得将那些冒牌的货色加以检举,然后再在热闹的通衢中搭起自己的台子来,请大家"尝尝我们的货色看"!要而言之,话剧园内的冒牌货色计有以下三种:

第一是游艺会中的话剧。关于这一点,我在本"界外人语"开宗明义的第一章便提出来讨论了的(该文见本刊第四期,读者可以参看)游艺会中的话剧,因人力、财力及时间关系,样样可不能依照话剧的标准去做,结果潦草从事,只是替话剧做了反宣传。我们过去在游艺会,同学会中所看到的"话剧"十之九都是冒牌的货色,它们是"杂耍",是"余兴",而不是"戏剧",更谈不上"艺术"。过去一般戏园只知"多露脸",只知在演出的次数上竞争,随随便便参加游艺会,结果是深受其害。现在他们都觉悟了,知道老这样胡闹下去只有自己吃亏的,所以现在正式的戏园都不愿参加游艺会了。

第二是歌舞园中的话剧。歌舞园是以卖钱为目的的,而"迎合低级趣味"则是他们赚钱的唯一妙术。歌舞班中的伙计,除开极少数的例外,大

[①] 本篇发表于1935年11月9日《大光报》副刊《大光别墅》,署名光未然。未曾收入自编作品集和文集。

家都不知艺术为何物。为了职业上计算，及生活上的不安定，也不容许他们用较长的时间来排习，多半都是前两天对对词，后两天便登台了，为了迎合，更不惜在对话中加上些无聊的穿插，或随便涂改剧本，侮辱艺术，莫此为甚！所以我们过去在歌舞园中所看到的话剧，也全是冒牌的货色，据此而来批评话剧，简直是认错了娘家。

第三是文明戏班中的话剧。关于文明戏，我倒觉得它不算是我们的大敌人，因为稍微有常识的人，便知道文明戏与话剧是不能混为一谈的。不过讨厌的是他们偏要袭用"话剧"二字。譬如新市场的王无恐，及今日广播电台所播送的某公司的广告，都话剧起来了。"话剧"两字这样被人袭用着，也许是件可喜的事，因为必是你的货色好，招牌响，否则别人是不屑于冒你的牌的。

"文明戏"在民国初年并不是一个坏字眼，欧阳予倩、陆镜若辈都是兼有政治头脑和艺术修养的，就是后来被那些江湖的卖艺人所袭用，文明戏才渐渐被人看不起。没办法，只好改用"新剧"二字，以示区别，但不久他们也"新剧"起来了，那么仍用"爱美剧"，这该艺术吧，而江湖上的朋友也要"爱美"；后来改用"话剧"，他们也马上跟着袭用；近年有人在"话剧"而加上"文艺"两字，表示高雅，马上这"文艺话剧"的字样又流入了歌舞班。真不得了，我们又没方法向商标局注册，只好听其自然了。

纯正的艺术者不进群众中去，而那些冒牌的货色偏偏那么容易地和大众厮混着，这情形我们将怎样对付呢？仅仅嗟叹是无用的，我们应得设法一方面向大众解释，劝大家不要再接近那些无聊的有害的东西，一方面充实自己的力量，把自己的真货色拿给大家看，不要老躺在爱美的圈子里做些自命清高其实没出息的勾当——艺术与群众携手！

游艺会、歌舞班、文明戏，此可谓话剧的"三害"，我们早应该检举而攘除之，但是代替它们的，我们的真货色在哪里呢？愿同志们猛醒而三思之。

十字军之东征[①]
——看过《十字军英雄记》后写

中古欧洲史中最奇伟最有趣的一件史实，便是十字军的东征。这个壮丽瑰奇的故事，经过历史家文学家的一再炫染，使它更加趣味化和神秘化起来。一直到现在，它仍然是欧洲人家喻户晓的故事，他们彼此谈起来仍然是那么眉飞色舞着。的确，十字军东征的故事，是欧洲人的《三国志》和《西游记》，作为这故事的主角的中古骑士，和当时各国的勇武善战的君王，是欧洲人最理想的英雄，他们是欧洲人的关云长和张翼德。

好莱坞的四大导演之一的西席地密尔，将这个壮丽神奇的故事搬上了银幕。其轰动艺坛，自是不待言的事，西席地密尔是导演历史宗教片的名手，他的旧作《十诫》《罗宫春色》等片，给予我们的印象是永不会磨灭的。他导演这部新作，也算呕尽了心血，为了使此片的完美，逼真，特聘史学专家哈罗·莱姆氏（Harold Lamb）为首席戏剧顾问，关于中世纪时一切服饰用具以及宫殿背景，都经过了精密的研究与考证，使合于历史的真实。

和西席地密尔其他的几部历史片一样，《十字军英雄记》的宗教气氛和说教的意味，都是很浓厚；但这一点，我觉得倒毫无妨碍。中古的历史根本就是一部宗教史，现在制作历史片，当然应该将当时的宗教精神如实地表现出来。看戏的人，有时可以从这里得到极大的反省，譬如二十世纪的现代，因了信仰不同而互相争杀的事，还普遍地盛行着，就这一点，宗教片是尽了象征的任务。当我们看《罗宫春色》的时候，已经早有过如此的感想了。

[①] 本篇连载于1935年11月16、17日《武汉日报》副刊《鹦鹉洲》，署名光未然。未曾收入自编作品集和文集。

历史片的第一个条件要真实，第二个条件要给予现代人以教训的意义。如其不合于第一个条件，则是歪曲史实，误解史实，是历史的罪人；如其不合于第二个条件，则是虚糜金钱，枉耗精力，对观众没有一些好处。但若仅合乎前者而悖乎后者，还是所谓刻鹄不成尚类鹜，若欲迁就后者而漠视前者，则简直是画虎不成反类狗了，因此两者必须兼顾。

而尤须注意于真实。至于教训，不待说，是应该用象征的对比的方法，不要使观众讨厌。

现在回头来看看《十字军英雄记》，它的布景，服装，音乐，用具等，诚然都合乎了历史的真实；它那壮丽的场面，紧张的气氛，诚然能使我们目悚心惊；甚至于它那充满全剧的神秘气氛与宗教精神，也足够使我们浸沉于中世纪的梦想里。但是就其表现看来，十字军东征这一重要的史实，是被我们的制片人所歪曲，所误解了，因而它的意义，它的教训，也便是不健全，不正确的了。现在让我们先从史实上来加以考证。

十字军的兴起，是基于贵族阶级的没落与商人阶级的抬头，当时的商人阶级，用了他们的聪明和狡猾，已逐渐取得政权。不但把原来的封建领主和英勇的骑士，放在自己的从属地位，便是罗马教皇及各国的君主，都甘愿保护他们的利益，中世纪的欧洲，已入于凝固状态，这与新兴阶级的精神是非常不协调的，为了事实上的需要，向外发展乃是不可稍缓的事，而亚洲西部恰是一块最理想的地方，欧洲的野心家早想向这里染指了，可惜是得不着借口。

当七世纪时，穆罕默德死后不久，亚拉伯人即征服叙利亚一带地方，圣城耶路撒冷遂入于回教徒之手，其初回教徒对于圣地还未敢轻侮，故欧洲基督教徒之朝谒圣地者仍得通行无阻，直到十一世纪土耳其人之塞尔柱族至小亚细亚之后，基督徒之赴圣地者途中每受其凌虐。加以1071年东部罗马皇帝为土耳其人所败，皇帝亚莱修（Alexius）即位后，乃求援于罗马教皇乌尔班第二（Urban Ⅱ），教皇乃于1095年下令召集十字军，以恢复圣地为职志。

当时的十字军，可说是一批乌合之众，应募的人有农民，有工匠，有流民，有盗贼，有罪犯，还有妇女，有儿童。他们参加十字军的动机也不一样，有的为信仰，有的为好奇，有的为躲债，有的为免捐，有的为逃罪，但暗中主动其事的，却是为了向东方发展商业，扩充殖民地，乌尔班第二诱致人民的口号，便是说"圣地满地乳蜜，赶快把它从恶劣民族的手里夺过来吧！""救主的圣墓为恶劣民族所污，难道还不够激起你们的义愤么？"

第一次的十字军募集于1096年，据教皇统计，共有三十万人，由"彼得隐者"（Peter the Hermit）、"瓦尔特穷光蛋"（Walter the Penniless）及其他骑士统率之，浩浩荡荡直向君士坦丁堡奔来。但此辈乌合之众，目的既不一致，中途便自相残杀起来，及至到达目的地的时候，已经死伤大半，但终鼓其余勇，于1099年由十字军二万人，将耶路撒冷攻陷。城陷后杀尽了城中的居民，在亚洲西部建设起拉丁民族的王国。

虽第一次十字军兴后五十年，因以得撒城于1144年被土耳其人所陷落，欧洲人于是乃有兴第二次十字军之举。这次军士的分子也非常不齐，甚至有曾为盗贼者及不信宗教者参加，结果当然失败。此后四十年，即1187年间，圣城耶路撒冷又为回教名王萨拉丁（Saladin）所陷，于是引起西欧之第三次十字军。这次参加的有德王腓特烈巴巴洛萨，英王李查狮心，法王腓力奥古斯都，军容较前两次稍形严整，《十字军英雄记》中所描写的便是这后一段史实。

我们弄清楚了十字军的历史背景，再进而考察《十字军英雄记》是怎样地歪曲了这一段史实，当时西欧诸王所以肯亲自统领大队人马，出发远征，无疑地是为了要向东方扩张自己的殖民地，他们的动机是如此，他们中途之所以发生冲突者也以此，但在这个影片中所指示给我们的，法王腓力的出兵，是因了隐者的吁求，英王李查的东征，是为了想摆脱他的婚约，英法的发生冲突，是为了一个被弃的女子，英王的屈身求和，是因了一个绝色的美人。

如果是一个对西洋史一无所知的人，看了这部《十字军英雄记》，他将要遭受怎样的毒害！"哦，十字军的东征，原来不过是这么一回事！"想来编剧的人也会哑然失笑吧。但编剧人的主旨是在叫座，在卖钱，便不惜歪曲史实，将一段野心家争夺殖民地的历史，改编成一出可歌可泣的哀情故事，将那些市侩罪犯企图升官发财的单纯心理，改换成英勇虔诚的殉道精神。且因了他幻想的伟大，技巧的纯熟，我们的观众真是被他欺骗过去了。

　　但讲到技巧方面，只有使我们钦佩拜倒，无话可说。尤其是"埃葛之战"的那一伟大紧张的场面，火球的放射，火油的倾泼，刀箭的厮杀，霹雳车的搬动，使我们直如置身中古战场，为之惊心动魄。此外，在狮心王被围困的时候，只身应战的情形，及战后尸横遍野，狮心王持炬视察时的情景，也非常悲壮凄惨。其他小部分的穿插，如斩巾断剑等，虽觉不合情理，但能增加兴味不少，总之此片在技巧上是无懈可击的，很值得我们中国的制片家参考、学习。

剪 三 蠹[①]

戏剧运动的敌人太多了，我上次所写的《除三害》，系就外来的危害而言，现在所谈的《剪三蠹》，便是要指出内在的危机，希望同志们注意。

我所认为的"三蠹"是：一、色情主义者；二、利禄主义者；三、风头主义者。现在让我来分别加以介绍，并指出其危害之所在。

剧社是一个比较罗曼蒂克的团体，男女接触的机会，也较其他文艺团体为多。自然，这决不是一件坏事，在目前男女关系畸形发展的情形下，只有绝对的社交公开，奖励男女青年的共同合作，才能矫正一切弊害。因此，对于由台上情人，一变而为台下情人的事，一点也不值得我们诧异。

但是，如果就环境讲，就团体讲，就纪律讲，则剧社内之男女恋爱，就不得不悬为厉禁了。因为：一、在一般人的脑筋里，始终对剧社存着误解，老以为男女混在一块，一定会有不清白的事情发生，如果真有这种事情，则更易给别人以口实，今后作父母的还会要他的子女加入剧社吗？二、凡美色所在，人思染指，剧团内份子复杂，如果有了恋爱，跟着了来的便是嫉妒，浸至争风吃醋，丑态百出，甚至三角四角，闹成悲剧，这样一来，团体还能维持下去吗？三、戏剧运动是一种严肃的事业，需要我们用严肃的态度来从事，若每日只知奔忙于追逐，缱绻于柔情，则工作必受其妨害，纪律便不能维持。

以上还说的是正当的恋爱，然而为了环境，为了团体，为了纪律，还有如此的危害，至于那般低级的色情主义者，天天在等待着桃花运的到来的，其卑污危险，更不待说，为了剧运的前途，此种败类，亟应加以剪除。

---

① 本篇发表于1935年11月23日《大光报》副刊《大光别墅》，署名光未然。未曾收入自编作品集和文集。

现在再谈到利禄主义者。剧社是一个文艺团体，论理，利禄熏心的人们是不会钻进来的。可是在这里仍有两种危险：其一是借着公演时的巨额的收入，以图发展团体或肥饱私囊的，前者便是剧团的绝对职业化，每次公演，只知在公演上打算盘，为增加收入不惜降低艺术水准，结果便只得走入文明戏的途径；后者直等于拆白，骗子，根本不值得一谈。其二是歪曲剧本的意识，迁就权贵的好向，使艺术作权贵的奴仆，借此而跻身登入政治舞台的，对于这种人，我们得要劝劝他，升官发财之途径多矣，何必选上这个迂缓的倒霉的路？万一你还不知醒悟，将来一定会得不偿失的。

风头主义者，还算不了怎样大的危害，如果利用得得当，说不定还会把他们转变为忠实的同志。因为以风头为主义的人，必定要研究他能以出风头的方法，必定要造就他所以出风头的凭藉，这样，他对于艺术就不能太马虎，说不定他会研究得比别人更加热心些。但是风头主义者终被列入"三蠹"之一的，是因为他们完全以风头是尚，未免太实利了一些。在戏剧运动的推动上，很需要许多"无名英雄"，这点，风头主义者是没有了解的。再，因为他们出风头的心过于急切，常常不免采取不正当甚至非常卑污的手段，结果危害了戏剧运动。

色情主义者，利禄主义者，风头主义者，这些是剧运的"三蠹"，在我们的眼前，它们是普遍地存在着。用什么有效的方法来剪除它们呢？这点很值得讨论。

小剧院问题[①]

在戏剧座谈会第二次开会的时候，曾将小剧院问题加以讨论，大家都一致承认，要想今后武汉的戏剧运动能得顺利地进展，则一个合理的剧院的建设实在是不容稍缓的事。可惜那天因为时间的短促，还没有讨论到问题的重心，自然更不要谈到什么具体方案的提供。这个问题，既不因一度无结果的座谈而告结束，那么，把它拿来重新予以讨论，自然不是浪费笔墨的事。以下就把个人的见解，分做省立剧院、实验剧院、小型剧场、民众剧场四方面来说，希望能引起关心此问题的人们的注意。

一、省立剧院

湖北省教育厅，前鉴于武汉艺术空气之消沉，于是由宋云亭先生的倡议，创立湖北省立剧院，以谋补救。本来戏剧是可以用来当做一种教育的武器，戏剧也应该服役于教育。如果为了宣扬艺术教育的话，则剧院的建设也是首要的。总之，不论就哪方面说，教育厅的这项决议是极其聪明的，站在戏剧界的立场，对于倡议人的眼光的宏大，更应该表示十分的崇仰。

就我们所知道的，教育厅的这项计划经省政府核准后，即指拨一万元，作为建筑剧院的经费。同时组织了一个设计委员会，计划建筑组织事宜。事情本可以早日实现的，谁知天不作美，洪水肆虐，朝野上下，均在急于救灾，这时的省立剧院，也就在"不急之务"的名义下，突然停止了进行。

[①] 本篇连载于 1935 年 11 月 24、25 日《武汉日报》副刊《鹦鹉洲》，署名张文光。未曾收入自编作品集和文集。

但剧院的建设果然是一件"不急之务"吗？我们知道，纵是国难期间，教育也不可停止，文化也不应澌灭。反之，正应该努力推行教育，发扬文化，以振作我们的民气，而戏剧恰是民族精神麻痹了的中国今日的一支兴奋针！基于这项认识，教育厅对于剧院的兴建，目下又在积极从事。对，戏剧运动在今日决不是不急之务，而与此相反，它正是一种积极的有效的救国运动。

关于省立剧院，我觉得有几点值得注意，第一是地点问题。剧院以演剧为原则，而演剧便不得不顾及到收入。就武汉的习惯，戏剧的观众多集中于汉口，历来各剧团演剧地点，十之八九在汉口。武昌之大，养不活一个电影院，也是一个佐证。由此看来，剧院的地点，仍以汉口为宜，若设在武昌，则对于剧院的收入上是一个损失，对于武汉各剧团也很少帮助，就是说，各剧团此后演戏时仍无法摆脱西商纪念堂和电影院的压迫，剧院在扶助剧运的意义上也就减少了重要！固然，省市的区分管辖成问题，但这样的一桩意义严重的事，由省市双方来共同合作，想来也不是不可能的事。

第二是经费问题，省立剧院的建筑费固已拨定，而经常费尚无着落，固然，我们知道，主管方面当然不会仅建筑一栋房子便了事，但此后的设置也确实值得我们忧虑。因为戏剧不是一件儿戏的事，剧院既是一个研究机关，便不能在设备上太草率。尤其是关于舞台艺术上的各种学理的实验，足以给予各剧团一种指导和帮助，实在不能缺少。同样，专家的聘请也是不可忽略的事，因此我们希望主持者能放大眼光，赋予剧院一种经常活动的能力，使它能成为华中戏剧研究的中心机关。

第三是演员问题。省立剧院的计划中，现在似乎还没有训练演员的准备，这的确是一件危险事。主持人方面，或许以为武汉现有的各剧团，拥有不少演员。可在剧院公演，庶不知现在各级剧团的实力均甚薄弱，演员皆寥寥无几，有些简直是徒有虚名，无法活动。即令有演员，这些演员也都是游戏式的，玩票式的，他们另有专业，戏剧不过是他们业余活动，因此指望他们来替剧团备数，是最靠不住的事。省立剧院成立后，应立即开设演员训练班，吸收专门从事戏剧的人才，然后剧院才谈得上活动。

第四是剧种问题，之所以提出这个问题的，是鉴于山东省立剧院，耗费巨量的金钱，完全走入歧途，无补于社会文化。我并不是说歌剧旧剧都应该唾弃，但终应分别缓急，认清现实的需要，走上戏剧运动的正轨。同时还希望省立剧院能作为华中剧运的总策动机关，与武汉现存的及外埠各地的小剧团取得联络，并帮助它们，指导它们，使戏剧运动迅速地普遍起来。

二、实验剧院

在二次座谈会的时候，冰庵先生提出创设小剧院的动议，很快地博得大家的赞同。基金的募集，本来成问题，但若勉强设法，还不算十分困难。后来一致决定，积极筹备话剧公演，而以所得赢余，作剧院基金。同时再用各种方法，公开筹募，期以岁月，万无不成之理。现在戏剧学会的第一次公演，已在着手筹备了，将来能否有赢余，当然还成问题，但足证大家已在向这方努力。

冰庵先生所提出的小剧院，暂时还不会有较详细的计划。不过大概说来，如能找着一块适当的地皮，盖起一个能容千人的剧场，舞台上设置起最低限度必要的装置，这愿望似乎还不太奢。实际上这种小剧院，即是余上沅等在北平提倡过而无结果的，它特别注重于研究实验的性质，故又可谓实验剧院。这种小剧院，在欧美日本均颇盛行但易流于少数人的娱乐机关，对戏剧运动上没有重大的意义。然而我们现在所以还要提倡的，并不是要它用来当做单独的小剧院运动来提倡，而是和整个的现实的戏剧运动相联络，意义便在这里了。

这个小剧院将来如幸而能实现后，应极力防止它奢侈的娱乐的倾向，而应使它成为教育民众训练民众的机关。若仅知在装置上设备上去讲究，使剧院成为少数人的实验室，而与大众的生活意识相隔离，那就又走入剧运的歧途去了。欧美的小剧院运动，不值得我们再来大声疾呼地提倡了啊。

三、小型剧场

这里所讨论的，是一种小规模的具体而微的剧场，仅只作为剧社的演习排练之用的。戏剧学会成立后，演员应有经常练习的机会。过去各剧团最大的错误，便是一切组织与演员，纯为应付公演之用。公演过后，活动即行停止，一年公演次数有限，故活动期间亦有限。剧社大部分的时期都在停顿状态，演员全不注意平时的修练。公演时候自然弄得生手生脚，莫知所措。

不但演员需要平时的练习，舞台工作人员也需要经常的排练，导演一样也需要不断的实验。这些，如果自己没有一个小型的舞台，是很难做到的。所以戏剧学会决定在第一次公演后，即设法觅定一个固定的会址，包含一个相当宽敞的舞台，改造成一个小规模的剧场。这剧场只须容纳百余观众，而舞台上的设置则须相当完备，所谓麻雀虽小，肝胆俱全。演员平时排练，即在此地，排演得自觉可看后，然后再搬上正式舞台，至于演员初步的习作，无大规模公演之必要的，也可就在这小剧场内，举行小规模的公演，以最低代价，公开售票。演员如多，社务如发达时，也许每一两星期即可举行小公演一次，维持学会的开支倒是小事，武汉的戏剧空气定会因此而更加浓厚起来。

希望这样的小型剧场，国内每剧团都能拥有一个。

四、民众剧场

戏剧本来是为民众的，且属于民众所有的。但目前的戏剧运动，无论从哪方面看来，都似乎和民众远离着。就欣赏的代价言，已不是中产以下的民众所能担负；就剧本的意义言，又非中等以下的民众所能了解，话剧逐渐与民众绝缘，戏剧运动成为一件架空的工作了。

同时却另外有一些低劣的戏剧，在这里有意地毒害着大众，这些是文明戏、花鼓戏及丑陋的旧剧，用低级的趣味来诱引大众，用恶劣的意识来麻醉大众。这些东西是社会进化的障碍，不论为了艺术或为了教育，都应该及早铲除它。而抵制它代替它的东西，也应该有机会尽量贡献于大众。民众剧场的重要便在于此。

谈起民众剧场，使我们连带想起定县的露天剧场。他们鼓动着使农民自己参加演剧，每次公演，动辄轰动万人，他们的办法值得效法。此外，济南民众教育馆，随县民众教育馆，无锡民众教育馆，也全有很好的成绩，可以当做参考。总之民众剧场的特点，要代价小而效力大，所演的戏要能深入大众，影响大众的生活意识。

武汉两处的民众教育馆，规模也不算太小，然而竟不知在这方面来努力，想来对戏剧的效力还未了解，两处的民众教育馆都有所谓的康乐部，其活动包括平戏、汉戏等，而话剧独付阙如，难道话剧的教育性还不及平剧、汉剧吗？最近听说市民教馆的当局，都已认清了民众戏剧的重要，而有创立民众剧场之动议，这当是一个值得庆幸的消息，但愿两教馆的负责人都能勉力以赴，勿使武汉的民众教育永远瞠乎人后。

二四，十一，二十

演什么戏?[①]
——戏剧座谈会第三次会谈记

十一月二十四日(星期日)的下午,天正下着讨厌的毛毛雨,在武汉日报社二楼的会客室里,十几个青年在一个长的餐桌边疏疏落落地围坐着。他们是怀抱着同一兴趣同一志愿而来到的,每人的心都那么地兴奋着。

钟声响了两下,杂乱的谈笑便中止了。每人开始发抒自己的意见——讨论这次戏剧学会初次上演的剧本问题。戏剧学会筹备会的演出委员会,是在那么迫切地等待着他们的完美的意见的提供。

最先发言的人是张文光、朱冰泽、许亚多,他们三位不约而同地提出了曹禺的四幕剧《雷雨》。以下是张君所陈述的理由:

"此剧登载于《文学季刊》一卷三期,是一个相当伟大的时代悲剧。全剧共四幕,另加序幕和尾声,所以也可说是六幕。脚色共八个,分量都同样地重,可说都是主角。此剧以周鲁两家的家庭悲剧,象征整个旧社会没落和新社会的成长,题材非常现实,至于剧本的技术,是本人所看过的中国剧本中最完美的,前后照应,步步紧张,相信戏演到中场,观众将都会离座站起来看。舞台效果,参用雷、电、风、雨四种,更帮助剧情的紧张。……天津孤松剧团也演过一次,均获得盛大的欢迎。最近中国旅行剧团又在平津公演此剧。暑假中我们会准备由鸽的、秋声、友联三剧团联合公演此剧,筹备几近两月(筹备经过见《大光报》的《文化街》二期《从联合公演到戏剧学会》一文),后因其中三个主角,都考进国立剧校,继任无人,遂作罢论。现在戏剧学会举行成立公演,我很愿以此剧本推荐于演出委

[①] 本篇发表于1935年11月26日《武汉日报》副刊《鹦鹉洲》,署名南风笔录。未曾收入自编作品集和文集。

员会。"

朱冰泽君补充了他的意见：

"现在我们筹备一次戏剧公演，很不容易，既演则必选择意义有价值的剧本，才不枉耗精力。如演内容模糊意识扭曲的剧本，就根本失却了戏剧运动的意义。《雷雨》这剧本，结构既紧张，题材更现实，在目前实在是很合于理想的。"

许亚多君，这位经验丰富的舞台艺术家，更从效果及布景方面，说明了这剧本的紧张与伟大。跟着张星南君也表示赞成，说这剧本虽然难演，但负有重大使命的戏剧学会，应该不顾一切困难，演出使人满意的剧本。另外的两位青年，也点头表示同意。

现在是另一位发表意见了：

"我主张演易卜生的《娜拉》，这是一个世界名剧，在欧美各国，不知道已经上演过几千百次了，在中国南京和上海，也曾演过，都曾轰动一时。这是一个妇女问题的剧本，结论是为妇女争人格，使妇女走向社会去。在今日，妇女问题，是一个很严重的论题，所以这剧本还很合时代需要，戏剧学会的第一次公演，如能上演这个世界名剧，也是很光荣的事。"

为了维护自己的主张，张文光君又开口发言了：

"《娜拉》这剧本，本人曾略加研究，在剧情上似嫌沉闷一点，不容易抓住观众，而武汉的观众，欣赏似偏在重味上。谈到意识，因了时代关系，《娜拉》可说是过时了，对于今日妇女的正确出路，这剧并没有指示。且妇女问题为整个社会问题之一部，妇女问题的解决，必在社会问题得到解决以后。故关系整个社会问题之《雷雨》的意识，实较《娜拉》之古旧的模糊的意识为好。"

提议者以为不然。他以为：

"剧情的沉闷，如能得良好的演技和精密的导演，仍可变为紧张；《娜拉》虽未指出妇女问题的出路，但意在言外，观众可寻思而得；妇女问题虽是社会问题之一部，但有单独地提出讨论之必要……"

于是会场中有了调和派的主张：

"两个都好，最好能同时演出！"

"或者先演一个，再演一个。"

车楚樵君说：

"所演的剧本，还是要适合脚色的个性，如果剧本很好，而没有适当的演员，恐怕还成问题。所以演出委员会各导演的意见，还是值得尊重的。"

但导演们都没有来——显然去忙去了。于是由段公爽君代述刘露、程冰庵两君的意见：

"他们二位，主张演台维斯的《软体动物》，因这剧的技巧很好，演来可收到效果。意识虽谈不到怎样，但剧中女主角由软体动物般的个性，觉悟后能变为自立自主的女性，这点也很值得提倡的。现在离公演的时期，只剩个把月，比这更大的剧本，在筹备上恐怕来不及的。各位以为怎样？"

"所以话又得说回来，"张文光讲："一九三五年度这大半年来，简直没有演剧，现在快到年底，我们希望在这一年的最后，来造一次演剧的纪录。《软体动物》这剧本，技巧是不坏，观众定会欢迎。不过在内容上，如要上演这个剧本，必设法加以合理的修改，给软体动物的女人一个重生的机会，换言之，便是给这女人一条'出路'。当然修改时得十分审慎，不要弄成不伦不类的东西。"

"我对这个意见，绝对赞同。"朱冰泽说。

"那好，那好！"大家都在点头。

"那么我们推举一个人向演出委员会陈述吧，你们以为？"文光的话。

"就推你吧！"大家说。

谈话是这样结束了，大家都感觉一阵轻松。

吐气声，呵欠声，椅子的搬动声。

人散了，水果皮堆满了一桌，香烟的氛围还在室内缭绕着。

钟正指在三点三十分。

动的艺术[①]

艺术，依照通常的分类，可分为时间艺术与空间艺术，前者依托时间而成立，如诗歌，音乐等，后者依托空间而表现，如绘画，建筑，雕刻，工艺等，另有一种，是兼具着时间性和空间的，换言之，即综合音乐，绘画，建筑，雕刻诸艺术的特征而成立的，如戏剧，舞蹈，电影等，则名之曰综合艺术。

但就艺术所给与吾人的感受与刺激而言，又可分为静的艺术和动的艺术二种，前者给与我们的感受是徐缓的，后者给与我们的刺激是强烈的，如绘画，建筑，雕刻等，可称为静的艺术，戏剧，电影，音乐等，可称为动的艺术。这名辞虽近于独创，但这样的分类实较简便而实用。

考察艺术的功用，动的艺术和静的艺术，对我们都有同等的需要——艺术的各部门，本来都是为着人类生活服务的。除了一部分帮闲的，无关心的，以及服役于少数人而麻醉大多数人的含有充分毒素的艺术外，我们对于各种艺术，都当同等尊重，毋庸妄分轩轾。

可是我们再看一看我们所处的世界，是一个动的世界，我们所处的时代，也是一个动的时代。我们的社会，我们的生活，也都是在时时动荡着的。再说，我们的理想，我们的希望，也都具有动的特质，我们不能满足于静止，因此，对于我们生活营养素的艺术，也特别需要具有强烈刺激性的那种。

被称为动的艺术的戏剧，电影，音乐等，它们所给吾人的感受，实较任何艺术为强烈。尤其是戏剧，为了它的材料内容所限制，是它成为一种最与人生吻合的艺术。在剧场中，为了那些可歌可泣的故事所感动，常常

[①] 本篇发表于1935年11月30日《大公报》副刊《艺术界》，署名光未然。未曾收入自编作品集和文集。

不能制止我的欢喜和叹息,我们的愤恨和眼泪。因为是用真实的优伶扮演,它给与我们一种特别亲切的感觉。

说戏剧是动的艺术,从它推动社会进化这一点上,也可得着一番证明。戏剧所表现的是人生之动的各方面,特别是意志的斗争,其动人的力量,也特别伟大,因此,一个具有前进意识的戏剧的演出,常常不自觉地感动了它的观众;使他们不自觉地走上了时代的尖端,因而,戏剧便也不自觉地担当了推动社会进化的任务。

尤其是在一部分丧心病狂的人正拼命地制造大的锁链以束缚社会进化使永远停顿于静止状态的今日,这种具有动的效果的艺术的提倡是绝对必要的,凡属具有正义感的热情的青年都应当共同起来从事于这种动的艺术的发扬。

圣嘉纳女中的《第五号病室》①

半月以前，张星南先生跑来告诉我，说他现在任教的圣嘉纳女子中学，准备在冬至节的时候开一个盛大的游艺会，校方要他负责筹办，他也愿意利用这个机会，来鼓动一下学校戏剧运动的空气，可是，在剧本方面，颇使他踌躇，因为是一个教会的女学校，男女合演的事情是办不到的了，而以女扮男的办法，又为话剧条件所不许。因此，他要我替他找一个比较合适的剧本。我马上向他推荐了田汉的三幕剧《第五号病室》。

这剧除两个配角医生外，全是女角，很适于一个女学校的上演。田汉所以写这个剧本，是因了当时南国社的女角甚多，有很多竟至没有做戏的机会，所以写这个剧本来适应需要。这样人物的配置，便不免有些欠经济的地方，譬如女看护便很可以裁掉两个。至于取材方面，却是非常有意思，作者以病院来象征社会的组织，"有些人病了没钱住院，有些人没病却住在医院里不想出去"，这是何等不合理的事！至于对话的穿插方面，更是处处生动，处处有趣，演来很容易讨好。

"秋声"二次公演的时候，曾经排演过这剧，那时以袁镜小姐担任姊姊，郑挹英小姐担任妹妹。袁小姐做戏一向是肯用功的，她的成绩不坏。郑挹英小姐是有天才的，在这剧里她的演技是入了化境。可惜那时几个配角太弱，所以我们最后没有让这剧演出来。

我当时即把这剧本荐给张星南先生，同时我又答应了他，在排演时我也去帮帮忙。可是我此后便一直为戏剧学会公演的事奔忙着，没有一刻儿闲暇，甚至我跟星南见面的机会都很少，更不要谈什么帮忙的话。到前天，他忽然跑来告诉我们，剧已经排好了，并定于耶稣日公演，要我们前

---

① 本篇发表于 1935 年 12 月 27 日《武汉日报》副刊《鹦鹉洲》，署名光未然。曾收入《张光年文集》（第二卷）。

去参观。我们除欢喜之外，并暗自佩服他埋头苦干的精神。

上演日（25日）当天下午七时，我们一大队人马一齐赶往圣嘉纳女校，到场的时候，话剧节目还未开始，我们等得着实不耐烦！因为戏剧学会公演期近，我们没什么闲暇。当我们正准备向剧场告辞的时候，《第五号病室》的幕拉开了，于是又把我们留了半个钟头，直到第一幕收场的时候，我们感觉到自己工作的严重，才怏怏地离开了剧场。

在这半点钟内，使我起了两点感想：

第一点，普通学校的游艺会，多半敷衍潦草，简陋可笑；而这次该校的游艺会，则比较认真得多，即如灯光装置一项，听说就花了五六十万元，虽然那装置并不十分合用。布景方面，是用的硬片台边站满了闲人的情形，在这里是看不着了：对，他们是在认真地演剧，这现象在武汉普通学校里还很少见。从这里，更可看出该校当局对于戏剧艺术的认真，及各同学对于演剧运动的热心。

第二点，我们在武汉干戏剧运动，最感困难的是人才的缺乏，尤其是女角。其实在各学校里并不缺乏天才横溢的演员，只是碍于种种条件，使英雄无用武之地。譬如这次在《第五号病室》中担任主角——姊，妹，看护甲的三位小姐，在发音，动作各方面均甚可取，尤其是饰妹妹的李希贤小姐，演剧天才极高，应该是一位最有希望的剧人，依此类推，武汉各学校中定有极丰富的演剧素材的宝藏。可惜除游艺会以外，根本没有给他们实习的机会，何况还有些顽固不化的学校当局，根本反对学生演剧哩。戏剧运动不发达，此为一重大原因。

我们曾经再四地申说过，要想使武汉剧运走入顺利的途径，学校戏剧运动的推进是比什么更要紧的事。这一方面有赖于学校当局头脑的开明，一方面有赖于热心文艺的同学们的觉醒。以每一个学校为单位，组织起学校的剧团来，再由各学校联合起来，时时举行大规模的公演，这样才能逐渐把武汉的文化水准推进到一个较高的阶段。

至于这次演剧的成绩，我因为没有看终场，很难加以批评。大概说来，各演员读词是很流利的，就是嫌太快一点儿；做姐姐的火气太大，不像一个生肺病的人，其余演员的部位还有些太乱，灯光用得太强，但是一个学校游艺会的演剧，我们应该用严格的水准去衡量吗？

像圣嘉纳女中这样的成绩，已经是很难能可贵的了，我们应当满意。

戏剧的原始形态[1]

若干年前，霍善斯坦因（Krusenstern）[2]的探险队，行经亚留人（Aleuts）的部落，目击这种原始民族的演剧情形：一个亚留人手挽雕弓，扮成狩猎者，另一人扮成一个美丽的鸟，当猎人看见鸟时，借各种姿态以表现他心中的喜悦，但却不遽而杀死它，扮鸟者也模仿着预备逃走的动作，这样踌躇颇久之后，狩猎者遽引弓而射之，那鸟便蹒跚倒地而死。猎人快乐地跳跃起来，然而，后来又不禁伤心嗟叹，后悔不该杀死那么美丽的鸟。突然，那鸟又复活起来，且变为一个美丽的女郎，倚身于猎者的臂腕上。戏便这样告结束了。

在兰格氏（Lang）的《澳洲土人》一书中，对于澳洲人的演剧情形，有更为详尽的描写。在月明之夜的森林中的广场上，在大的火把的照耀下，几百土人包围着，扮演者也是用姿态表情，旁边却另有人唱着歌说明剧情。这是一个非常现实的风俗剧：第一场，显现从森林中走出草地上吃草的一群牛之情状，黑人当演员们，涂饰其身体以适应所担任的角色的特性。模仿极为熟练。兽群的各自运动和态度确有非常趣味的写实风：有些横卧地上反嚼，有些站立着，而以角和后脚搔其身体，或舐着他们的同伴和雏牛，又有些和睦地互相摩擦彼此的头。表现这个游牧之诗趣的场面不久告终之后，第二场面开始了。看见一队黑人匍匐向兽群而来，而且在那样的时候，土人们常弄得非常警心，最后他们走近到相当地方，突以枪刺倒两头牛。观众喜极欲狂，大声喝彩，狩猎者们剥完了其所获物之皮，而且将其获物切成细片，那些做作者模仿得非常精确。第三个场面，开始隐

---

[1] 本篇发表于1935年12月29、30日《武汉日报》副刊《鹦鹉洲》，署名光未然。曾收入《张光年文集》（第二卷）。

[2] 19世纪俄罗斯探险家和地理学家。

约听见森林中有人喊马驰之声，立刻，一队白人跨马显现了，他们的颜面涂上带着白色的褐色，其身体为表示衬衣的色调，又有青又有赤的颜色。他们又在两脚下部束着些柴草以代表绑腿套。这些白人们直向黑人方面奔驰而来，一面放火驱逐他们，然而，黑人们又再集拢来了，而且开始决死之战斗，黑人们卒至冲破白人，而将他们逐退了，白人咬开他们的弹药包，插定枪筒——既是装弹和发射，一切都规则井然地进行。当黑人打败时，观众都呻吟叹气，一当白人遭其噎毙之际，观众则欢声雷动，白人终于丢脸地败走了，看见这个情景的土人们，都非常痛快。实际上，这是极为琐碎的纷争，然而，在那里，土人们简直将这模拟的战争认为是流血的大事付出那样高的感情（详见兰格氏《艺术始源》）。

从上面两段叙述里，我们可以看出戏剧的原始形态，就是，演员只从事表演，而台词与说明则另由合唱队或演剧的指挥者担任，所以离开合唱队，演员所表演的，便是类似默剧（Pantomimes）之类的东西。希腊悲剧的起源，也是和这个走着同一的路线，演员的台词，放在极其从属的地位，直到伊士奇（Aeschylus）① 等三大悲剧家出世以后，渐渐加重对话的成分，终至衍变为近代纯以对话为主的戏剧。中国古代的戏剧也是如此，所谓"俳优"，俳即指的扮演者，优即指的歌唱者，《说文》："俳，戏也"，"优，一曰倡也"，"倡，乐也"，由此可见戏剧演进的程序，东西同源，至于前面所引证的两例，则是野蛮民族的戏剧之尚停顿于原始状态者，为了研究戏剧的起源，这当然是一个很有价值的参考。

古代的戏剧舞蹈二者，常有不易划分的界限，从近代未开化的民族中去考察，也可以看出这种痕迹。野蛮民族的跳舞中，通常有一种模拟舞蹈，便是一半跳舞一半戏剧的东西。哀斯基摩人②的模拟舞蹈，舞者通常是青年男子，裸露着上身，甚或完全裸体，演奏种种模仿鸟兽的滑稽动作，有时候这些演奏也不限于动物生活，到了约二十人的一圆圈形成了的时候，一种单调的叠句曲，伴以鼓声，于是一种表演爱情，嫉妒，怨恨及友爱的哑剧就开始了。至于模拟动物的舞蹈，澳洲人也有很多的形式，其

---

① 现通译为埃斯库罗斯。

② 现通译为爱斯基摩人。

中尤其著名的是袋鼠舞，所有欧洲人之看到这种舞蹈的，莫不对于土人的表演天才表示惊异，有一位旅行家谈到，维多利亚湖畔之袋鼠舞，表演得极为美观，如果以之出演欧洲剧场，必能博得如雷的喝彩。当然，模拟舞蹈与原始戏剧，仍然有它的区别，一般说来，戏剧是一串逐次发展的事件的连续的表演，而模拟舞蹈则是一种无系统的无意思的模仿，戏剧的动作较为自由，而舞蹈则需要音律的调整，戏剧除表演外，常伴之以合唱或对话，而舞蹈则仅系一种纯粹的动作，与其伴奏的音乐并没有绝对的联系。

试想从这种复杂的模拟舞蹈逐渐减少动作的束缚，加重对话的成分，由此蜕变为近代的戏剧，当然是极可能的事。但对于戏剧的起源，另有一种不同的解释，则是说戏剧乃是由叙事诗的歌唱中逐渐加重动作表情的成分而成。古时有个歌者合唱的一种叙事诗体，叫做二声曲（Duet），所歌唱的大抵不外赞颂神仙英雄的故事，试想这些歌者在歌唱时如果伴以动作和表情，对于他的感人的效力上必有更大的增高，或者从这方面逐渐衍变为戏剧的形式，也是说不定的事。但是由我们对于希腊悲剧及中国古代歌舞剧的考察上，只能使我们的信仰倾向于前者，详细的论证，尚有待于今后学者不断地研究。

从发动到上演①

武汉剧坛，自一九三五年春季一度热闹之后，便一直地沉闷下去，大半年来，从未有一次公演。

记得暑假中曾邀集鸽的，友联，晶底负责人，讨论推进事宜，大家一致决定，筹办四剧团——鸽的，友联，晶底，秋声联合公演，剧本选定曹禺的四幕剧《雷雨》。在两个月之内，把演员找齐了，并排演过很多次，一切都很秘密地进行，我们满以为排演纯熟后，给武汉一个不提防的爆裂。哪知同样是不提防的，国立戏剧学校来汉招生了，我们的三个重要演员，都被戏剧学校抓了去，公演便这样无形停顿了。

秋间，我受不住这种沉闷的重压，颇想集合武汉各剧团的力量再来一次，并纠合文化界艺术界中对戏剧有兴趣的人，共同来推动。我曾经拟了一个较详细的推动计划，拿给朋友们商榷，最先给我以赞助的，是段公爽先生，和他数次商谈的结果，决定在《武汉日报》先开一次座谈会，征求大家的意见。第一次座谈的时候，到的人非常踊跃，包含各剧团的负责人，各报馆的编辑以及武汉文化界艺术界里一些"知名人士"。会场的空气异常热烈，大家都在急切地期待着一个武汉戏剧运动总推进机关的产生，结果当场决定组织"汉口戏剧学会"，并推定王亚明，段公爽，朱冰泽，张文光等九人负责筹备。

筹备会成立后，一致决议在学会成立之际，同时举行公演，以资庆祝。当推定张文光，段公爽，程冰庵，舒蔚青，刘露，许亚多等七人为演出委员，组织演出委员会。因时间关系，更大的剧本来不及排演，遂决定采用英国台维斯的三幕喜剧《软体动物》。这是一个很有风趣很幽默的剧

---

① 本篇发表于 1935 年 12 月 31 日《华中日报》，署名光未然。未曾收入自编作品集和文集。

本，因角色只有四个，每人担任的分量非常重，即以陈茂棠一角而论，在三幕中的对话共三百五十段，每段一两句的固有，而每段数十句类似演讲的台词也不少，仅背诵台词就需要相当的时间。这剧原来负责排演的是刘露先生，后来刘先生忙于鸽的艺术会的排演，无暇兼顾，恰好王瑞麟先生于这时来汉，我们就请他担任导演。

经过一个月的排演，我们觉着还可以搬出去了，虽然有很多地方还不能使人满意。这次担任演员的，除我之外，是刘桐生，刘伊林，陈啸云三位。在短短的时间内，我们的成绩当然谈不上好：只好尽力而为，还望热心的观客能给我们以不客气的批评。至于总务方面，公爽，冰庵两先生总算心力交瘁了，他们是对得住武汉的观众的。还有舒蔚青先生，为公演奔忙，甚至积劳成疾！戏剧运动是一件非常艰巨的工作，由此可见一斑了。

上演在即，于万忙中抽暇写文，潦草遗漏，在所难免，祈读者见谅！

公演前三日

※一九三六年※

怎样鉴赏话剧[①]

一、对于剧本的欣赏

A：我常常在报纸上看到各地话剧公演的消息，和他们公演以后的批评，使我发生很大的兴趣。我知道话剧是一种高尚的艺术，我也常常对于那般从事话剧运动的人，表示敬佩。可是我每回走进话剧场，抱着满腹的热望去观剧的时候，总难免使我失望。我对于台上搬弄的玩意儿总有些不大懂，所以它每回总给我一个浮动的印象和模糊的感觉。我也不敢瞎批评，因为它是"艺术"；据说"艺术"终归是含有神秘性的。那么，老朋友，你可好告诉我一点儿欣赏话剧的窍妙吗？

B：不，朋友，艺术并没有什么神秘，尤其是话剧。它是一种大众化的艺术，更毫无神秘之可言，鉴赏话剧也没有什么窍妙。一个良好的戏剧的演出，是大众都听得懂，看得懂，并能深深地抓住大众的心的。你每回观剧总得到一种浮动的印象和模糊的感觉，大概不外乎两个原因：一是演剧者的艺术不到家，他还没有传达出剧本的真精神；一是编剧者和演剧者的不长进，他们通同作弊，故意卖弄玄虚。

A：我想我们不能错怪了编剧本的人吧？

B：哦，你还不知道一个恶劣的剧本，是多么会杀害演员的天才啊。依照普通的习惯，演员应该绝对忠实于剧本。他不能减损些什么，也不能添加些什么，他不能在剧本以外去发展他的天才。那么如果采用的是一个

[①] 本篇发表于1936年《一般》周刊第1卷第2、3期，署名张文光。未曾收入自编作品集和文集。

内容贫乏，意义晦涩的剧本，他当然只会给人以模糊不清的感觉啰。

A：听说有些剧本是只能供人在书斋中阅读的，它们不适于上演。有些剧本的舞台效果很好，可是读起来却索然寡味。总之，我想，我们要先读了剧本再去看戏，一定可以帮助自己的理解，我过去就是太懒，没有先做这步功夫，所以每回只能理解得八成。我真傻瓜！

B：错了，老朋友，你不是傻瓜。要是每一出戏都须得预先看了剧本才能懂，那真不要再演戏了，而且任何一个观众都经不起这样麻烦。戏如果演得够好，是可以使一个最愚蠢的观众也会生发兴趣的，连"本事""说明书"之类都是多事。我们在剧场里面，不仅可以欣赏演员表情的艺术和舞台装置的艺术，同样可以欣赏剧本写作的艺术。我们在剧场里坐着，在短短的两三个钟头内，已经毫不费力地读过了一本活的剧本，那剧作者的人格、思想和修养，都赤裸裸地摆在我们的前面了。

A：哦，这倒有趣！不过我不明白那怎么能够。

B：这跟一个人的常识程度是有关系的。好比我们小时候读《水浒传》，只知道对那些英雄好汉表示崇仰，对于那些可歌可泣的故事感觉兴味，我们还想什么时候自己也有这种荣幸参加到他们一伙去。后来我们长大了，知识渐渐地增加，我们渐渐能欣赏这部书的文学价值，我们可以指出它某一段描写得最好，某一段不怎么好，甚至于还把那好的一段抄下来仔细玩赏。后来我们知道得更多起来，我们可以指得出这部书产生的历史背景和经济条件，和它产生后对于社会的影响……

A：这于鉴赏一个剧本有什么关系呢？

B：我们观剧以后，最初存留于脑中的印象，是一串串的故事的连续。大部分的观众，只欣赏了故事便认为满足；一小部分欢喜思索的人，还要更进一步探讨这故事的重心和意义。如果这故事的内容很充实，主题很现实，无形中给这时代的观众以良好的影响，那么我们可以相信演出者没有白费精力，观剧也得到了相当的代价，这收获是剧本的收获，这成功也就是剧本的成功。否则，内容是贫乏的，主题是歪曲的，意识是不正确的，它一定会给观众以极不良的影响，甚至毒害了他们。一个观剧的人最少应该有这种认识，他才能分别好坏，接受他应该接受的东西，而拒绝他应该拒绝的。

A：有时一个剧本的内容不大充实，可是因为写剧的人有一种完善的技巧，它常常一样地会获得观众的欢迎啦！

B：会有这种情形的，这好像外面装饰得很堂皇而肚子里却非常糟糕的假摩登，一种仅仅用脂粉和装饰品包裹起来的无灵性的玩偶，谁也知道她是一种无用的东西。她有时候也许能招致人们的欢迎，可是，我们知道，那究竟是骗术。人们是不愿意永久上当的吧。

A：照你说来一个剧本的技巧是无关轻重的了？

B：那又不然，丰富的内容必须依赖完美的形式，才能给表现出来。戏剧是写来表演于观众之前的，它必须有完美的技巧，才能吸引观众，因为观众看戏的动机究竟是娱乐的成分居多。作剧者应该把握这种技巧，演剧者应该发挥这种技巧，观剧者应该领会这种技巧。

A：那么请你告诉我领会这种技巧的技巧吧。

B：哈哈，这个说来就话长了。不过大体可以指出：一、故事的结构；二、材料的剪裁；三、人物的配置；四、穿插的得体；五、空气的调和；六、对话的优美；七、分幕的适当……在你以后看得多并随时留心的时候，自然可以发现很多原则来。今天是无暇详谈了。

A：好吧，下次再谈吧。

二、对于演技的鉴赏

A：哎，老朋友，你可好告诉我一个鉴赏演员表演技巧的标准吗？

B：这个很简单啊。你在台下坐着，用眼睛注视演员的动作，用耳朵静听演员的台词，倘使那些表演在应当笑时能使你哈哈大笑，在应当哭时能使你痛哭流涕，这便是演员努力的成果。因为演员的任务，老实说来，也不过是依照剧本所规定的，以适当的方法，去刺激观众的视觉和听觉罢了。

A：自然。但这是笼统的说法，我愿意知道一点更详细的。

B：一般地说来，演员的表情，可分为声音表情和姿态表情，而姿态表情又可就面部、身躯、四肢三部分来说。……

A：什么是好的声音表情呢？

B：好的声音表情大概有四个标准：准确，清晰，响亮，美丽。准确的反面是咬字不清，弄不清楚某字应读某音；清晰的反面是含糊，这毛病有时是伴随着咬字不清而来，因为弄不清楚，便以含糊了之；有时呢，演员虽能念得出准确的语音，但因没有受过舞台发音术的训练，吐辞快慢不一，常常把很要紧的字吃进肚子里去。至于响亮呢……

A：这个我知道，就是发音时应该拼命把嗓门提高，但有时也不尽然吧，譬如在窃窃私语的时候。

B：不，全不是那个意思。照理，舞台上的每一句话，虽然是低声的私语，只要是载在剧本上的，都应该使台下的每一个观众都听进耳朵里去，哪怕是坐在最后一排的观客。但这决不是"拼命把嗓门提高"所能做到的。演员应该受初步的发音训练和声乐练习，能够从胸膛里甚至丹田里发出音来，这样声音自然会响亮，自然能很顺利地送进每一个观众的耳朵里去。

A：那么"美丽"的标准呢？

B："美丽"是指的声音的抑扬顿挫和情感化。演员在台上说出长段演说式的台词，要使台下人人都听得清楚，并听得悦耳，这就很要一点功夫。他应该深体剧情，钻进剧本中去，引起真的情绪；这样演员的音质（Quality）受了情绪的刺激而生变化，于是造成一种美丽的音色（Tone-Color），听来好像有一种韵律（Rhythm）和节奏（Tempo）在里面似的。

A：我想这点是不大容易吧？

B：那当然。不过演员若真能钻进剧本中去的时候，这种变化也是很自然的。因为情绪的发动，引起全身筋肉的紧张，尤其是声带及喉头胸部的筋肉，自然会影响音质的变色，自然会造出一种很适当的音色来。

A：舞台的语言所以采用国语，大概也因了它音色美丽的缘故吧。

B：是的，话剧所以采用国语，除了它的普遍性外，便是因了它的美丽悦耳。但纵令一个道地的北平小姐，如果要演剧的话，还得要经过舞台发音术的初步训练呢。

A：这个我明白。现在再请你谈一谈姿态表情的要点和鉴赏方法。

B：好吧，那么先谈面部表情。面部最神妙的是一对眼睛，一些很微妙的表情，大半都从眼睛里传达出来。即使在不说话不动作的时候，眼睛仍可以显示他内心的一切。鉴赏话剧的人，应该特别注意演员的眼睛，倘使它呆板，乱动，或与他的化装动作等显示着不统一，那便是他（或她）辜负了他的眼珠了。

A：又岂只眼睛如此，如果演员不善于利用面部和四肢，他还不是一样地白有了它们？——我听说初上台的人最感觉难办的，是他的一双手。

B：是的，所谓"生手生脚""无所措手"，正是舞台上生手的写照，这是一眼就可以看得出来的。

A：手的动作，难道没有什么固定的方式吗？

B：有是有的，但那只是普通的习惯，而不是固定的公式，如痛苦时手指皆弯，手掌向内，愤怒时指尖弯曲，手指张开，惊怖时手掌摊开，手指伸直之类是。但表演时变化万端，存乎其人，看戏的人，也只消看他运用得是否合理，是否自然，与一切习惯与公式无关。

A：动作上还有什么值得注意的地方吗？

B：细部的动作，在这里是不用多谈了。至于鉴赏动作还有几个需要注意的地方：第一，表情要深刻，即所谓内心表情，非深入剧本中不可；第二，动作要有韵律，手的一举，脚的一抬都要有道理，有节拍，具有无声的美；第三，表情要统一，无论在年龄上，在性格上，面部的动作与四肢的动作要统一，声音的表情和动作的表情要统一，不要（出）现矛盾的地方；第四，姿态要优美，不论是大动作和细动作，不论是细线条的表情或粗线条的表情，不论在剧烈行动时或完全静止时，都应保持一种优美的姿态，应该具有一种动的雕塑的美。

让我们来一个戏剧救国运动[①]
——为"鸽的"第三次公演写

戏剧和其他各种艺术一样，是一种宣传工具。

在某些人手里，它可以作为宣传腐败的思想，麻醉大多数人的毒素，在另一些人手里，它又可以当作宣传前进意识，推动社会进化的武器。

代表前者的是宣传封建意识，提倡低级趣味的旧剧、文明剧及一切不三不四的歌剧，它们是丑恶的东西，是社会前进的敌人。

代表后者的是新型的话剧，一种适应着新时代而产生的艺术。

新戏剧运动自始便与前者坚决地立于敌对的地位。

旧剧之类是谈不上什么内容的，即有，也只是些非常讨厌的东西，它们只剩下了一个美丽的外形。

然而旧剧终于还拥有一个美丽的外形——这是它唯一的资产，是千百年来艺人劳绩的结晶，靠着这玩意儿，它还能使现代的某部分人留恋着，呻吟着。

话剧如纯粹就形式方向求发展，或者说纯粹在"程式"方面去追求，那恐怕还很难战胜旧剧，即使战胜了也仍旧只是旧剧的那一套。

旧剧的忠君殉节的观念，在封建社会的初期，应该是具有过它的革命意义的，文明戏在封建社会的末期，也曾站在革命的立场，是社会的进步使它们的内容失却意义而变成只是一个空壳。话剧的内容，如果不与进步的时代密接着，那么它连旧剧、文明戏都不如了。

是谁想使话剧——这新兴的艺术失掉它充实的内容而只剩下一个空壳？是谁想使它成为一拳就可击破的东西呢？

[①] 本篇发表于1936年2月1日《武汉日报》副刊《鹦鹉洲》，署名光未然。未曾收入自编作品集和文集。

这里面应该有着阴谋。

特别是我们——被称为"中国人"的,更不应该捏着鼻子哄眼睛,我们应该认清自己的需要。

几万万的劳苦大众,终日在饥饿线上呻吟着,在帝国主义的铁蹄下痛楚着,在强盗的刀锋下挣扎着。

痛楚一天比一天加深,情形一天比一天凄惨。

只有"奋斗牺牲"是我们的出路,只有"杀啊,前进"是我们的口号。

"中国人自己起来救中国!"

所谓"中国"就是几万万劳苦大众的集团,所谓"救国"即是搭救几万万劳苦大众的生命,这里没有什么神秘的宗教意识,这两字比什么都现实。

在"救国"的前提下,全国的文化界应该总动员起来,特别是作为文化界前锋的戏剧界。

搬起来它强有力的武器——戏剧,完成救亡图存的任务,把戏剧当作这一伟大的进军之前锋的号角,对,让我们来一个戏剧救国运动。

自"九一八"以后,中国大众的危机是日趋严重了,在这里,中国戏剧运动家并不会忘掉自己的使命。

戏剧运动受了"国难"的刺激而得着相当的展开。纪念国难,唤醒民众的新的有力的剧作也应时产生出来。

这期间田汉的《回春之曲》等剧作之出现,于国难后的戏剧界意义是非常重大的。

"识时务者为俊杰"这话不仅适用于剧作家,一样地也适用于演出家。我们且翻两年来的各地剧团的上演目录,我们最惊异我们同志中的识时务的人竟是那样的少。

《回春之曲》去年在上海、南京都曾上演过,在今年春季,也竟会出现于武汉的舞台上,这给人以很大的兴奋。

因为过分的兴奋,禁不住发几句牢骚,照说,是人之常情的。

都是些老生常谈,然而唯其是老生常谈,才说些不容易忽视的道理,这点想读者也能同意。

评《回春之曲》①

自己是演戏的人。然而几年以来，很少有机会看戏，想起来这未尝不是一件恨事。这次鸽的艺术会的朋友们公演《回春之曲》及《未完之杰作》，彼此帮忙是不成问题的，但我是附带了一个条件：只愿在前台搬椅凳或做其他杂务，因为我确实不能再放过这个看戏的机会了。孰知天下事有不能尽如人意者，我终于在公演的前几天被挪去跑龙套——充当《未完之杰作》里面的狱官一角。这样我是被活生生地剥去了看戏的权利！但当《未完之杰作》已完后的漫长的两个小时内，我实在不能再在后台静静地待着了，趁着《回春之曲》刚刚开幕，台下的灯光刚刚灭掉的当儿，感谢舞台监督的特许，我拉低了帽檐，用围巾蒙着脸，偷偷地溜进客座的最后一排。很欣幸，没有人看着我，没有人认识我，我静悄悄地过了两个钟头的戏瘾。

戏是看过了，照说，不能不写一点意见之类。关于《未完之杰作》，我没资格说话，不过就台上表演时的空气看来，这剧无疑的是失败了。这剧如果是电影，照商人宣传的惯例应该是"恐怖刺激悲惨巨片"，然而这天的表演，恐怕一些也没有给人以恐怖的感觉。譬如电通公司的《桃李劫》，是由《未完之杰作》脱胎而来的，那个，给人的印象就不同了，它确实可以给我们这些快要跨出学校大门的青年以恐怖悲惨的感觉，使我们不能在剧场里静静地待下去。舞台剧如果演得好，在收效方面是不应该比电影差些什么的。倒是导演者将一个虚无模糊的故事，改成一个很现实的社会悲剧，是和《桃李劫》的制作有同样的聪明。

---

① 本篇发表于1936年2月5日—6日《武汉日报》副刊《鹦鹉洲》，署名光未然。未曾收入自编作品集和文集。

现在得谈谈《回春之曲》了。依照剧评人的惯例是应该多在演员身上说几句话的。为了方便,我不愿打破这个惯例。首先,我得庆贺初登舞台的张忆远女士,在这次获得稀有的成功。动作很自然,语调很柔美,每句话都能深深地打动观众的心。两支歌子唱得极好,据看过"上海舞台人"的《回春之曲》的陈纪滢先生说,王人美的唱功并不比她好些什么。如果定要指出她的缺点,就是,不符合一个热带女子的特性,她太轻了一点,太柔了一点,太羞了一点,或者照公爽先生的说法:太甜了一点,照剧本的规定,她应该是一个热辣辣的多情的姑娘,一朵有刺的玫瑰。再就是她有些"过于自然",与别人谈话的时候,便安闲着摆弄自己的头发,没有做出出神倾听的样子。不过这究竟不全是演员的过错,我们不能过分苛求。

左佑先生(饰洪思训)是好的,台风优美而自然,很耐人寻味,在第二幕伤兵医院中看见维汉后的那一段悲惨的声音表情,令人为之泪下,他应受责备的地方是在有些地方还保持着老画家的台步和臂膀的架势,面部的线条也嫌太少;朱冰泽先生(饰高维汉)后段最为见长,在第一幕中除歌唱外无特别精彩处,最大的缺点是冷酷而缺乏热情;聂笛(饰三水)先生太好了,在各方面均无可指摘,除了最后退场时表示惊异的成分还不够以外;朱玛丹女士(饰黄碧如)动作再圆熟一点,咬字再准确一点就好了,饰胡×生的某先生具有演剧的天才,但本钱太差一点,说话别人听不着;第二幕的配角中,我们可以指出饰看护的朱冰洁女士,最为恰合剧中身份,另一位女看护也还可造,其余就很见弱了,第二幕整个松懈,当然,这是因为少排演的缘故。

布景以第二幕最好,虽然也最简单,纯黑的布景和纯白的服装和床布对照起来,有一种单纯的美,第一幕的深蓝背景就太坏,决不能衬托出一个南国天空的景色,第三幕太欠华丽,一个破落了的华侨、家庭的陈设不应如此简单的,特别是一块蓝布的窗帘用得最刺眼;服装方面,第一幕显得不调和,维汉和思训应该穿白色或黄色的衣服,才能与气候相合,灯光无变化,日与夜、室内与室外,俱无法分辨,化妆大体不差,第一场维汉的眼眶太黑,弄得非常难看,幸而第二幕给纠正了过来,因为没有灯光的调剂,他们化妆的调子嫌重了一点,这是无可奈何的事,效果方面,还算过得去。

这次舞台装置方面，整个嫌草率了一点，说起来很惨，都是因为钱的关系，如果鸽的的朋友都不太穷，我相信他们会弄得惊人一些的，如果他们有足够的准备金，决不会使他们的舞台装置和他们预先的设计相差得那样远，但鸽的终于演出了，而且荣耀地成功了，如果不过分苛责的话，这精神值得我们佩服，值得我们赞美。前进吧，怒吼吧！武汉的戏剧界！

《戏剧座》揭幕词[①]

戏剧运动，在今日已不是空洞的口号，而是一个实际的运动；它已经突过了宣传的时期，而跃入实践的阶段了。

在各大都会，都有了剧团，剧院的组织，甚至穷僻的村镇，也踏进了剧运者的足迹。历史演进到一九三六年，戏剧运动更在全国各地以蓬勃的姿态展开着。

这全不是偶然的事，历史需要用剧运的动力来加速它的步伐。

《戏剧座》的创刊，便是企图在这一伟大的文化运动中尽一部分微力，在初揭帷幔的第一刻，愿将我们的基本认识写出来，就正于亲爱的同志：

第一，戏剧运动必须是大众的，属于大众所有的；因为"近代戏剧的唯一奇迹，便是发现了大众"。（罗曼·罗兰的话）

第二，戏剧运动必须是一种"运动"，这样它便有与艺术至上主义者对立的必要，而成为伟大的新社会运动之一环。

第三，戏剧运动必须是"戏剧的"，这样，对于戏剧艺术的各部门的研究与探讨，便成为一个重要的基本的课题。

"戏剧座"今后将根据这个路线而工作，希望能由理论影响实践，由实践充实理论。——使它俩密切地接合着。

[①] 本篇发表于 1936 年 4 月 8 日《武汉日报》副刊《鹦鹉洲》之《戏剧座》特刊创刊号，署名光。未曾收入自编作品集和文集。

写给武汉的学生界[①]
——劝组织学校剧团

亲爱的同学们：

一提到武汉的学生界，我们常常免不了有些丧气！——难道各位不曾有同样的感觉吗？难道武汉的学生界（不论就个人来讲，或者就全体来讲）不都是缺乏一种活跃的，突击的精神吗？笔者也算是武汉学生界的一员（虽则马上就要失却做学生的资格了），每天在这种死寂，沉闷的空气中浸沉着，心上未尝不感到一种莫名的痛苦和愧恨！

就个人来讲，我们太不会处理自己的生活了。我们有时在苦闷，寂寞里生活着，把生命涂上一片灰色；有时我们忙碌得要死，却茫然地指不出自己工作的意义；有时也跟在旁人背后喊几句口号，事后却又悔恨自己的浅薄；似乎生活即是矛盾，抓不住一点儿意义！生活即是痛苦，得不着一点儿温暖！就全民族来讲，我们又难于忘掉自己的责任。当几万万的大众正在不幸的命运中挣扎的时候（其实我们自己又何尝不在挣扎样地过活呢），我们——侥幸得受教育的知识分子的责任，不仅在救自己，而在救人群！但我们是在怎样地辜负着这个神圣的责任啦！

所以我们不论为自己，或是为大众，我们的全生活都有重新改造的必要；我们需要一种热烈的，活泼的，进取的，突击的新生活！

我现在以至诚的心，劝各位无犹豫地参加戏剧运动，用戏剧来改变自己的生活，挽救民族的危亡。因为戏剧在本质上是一种动的艺术，力的艺术，集团的艺术，群众的艺术；戏剧运动是一种伟大的，神圣的工作，它是和其他各种文化运动，社会运动紧密地结合着的。在工作的进程中，可

[①] 本篇发表于1936年4月8日《武汉日报》副刊《鹦鹉洲》，署名光未然。曾收入《张光年文集》（第二卷）。

以锻炼你坚强的意志，热烈的情绪和集团的精神；为了戏剧是人生的表现，它可以使你更正确地认识人生，而诱导你在伟大的人生的波涛里迈进！

没有一个从事剧运的人不从戏剧里面得到伟大的启示从而加强了他的生之意志的。

现在各位正在一个不很小的集团——学校里面生活着，应该很容易发动一个学校剧团的组织；为了戏剧是一种善良的教育，贤明的学校当局应该给你们以必要的援助。现在国内各大学中成立有这项组织的很不少，最有成绩的如上海复旦剧社，暨大剧社，济南的齐鲁剧社，北平的师大剧社、燕大剧社、清大剧社，南京金大的春水剧社等。武汉学校林立，难道同学中竟没有对戏剧有认识，有兴趣的吗？中学的同学们的干的精神是远胜过老成持重的大学生的，为什么还不赶快起来发动这项组织呢？

戏剧诚然是一种烦难的艺术，但我们可以量力而为。演员多的可以大演，演员少的可以小演，女学校可以专演女角的戏，能力薄弱的可以连同数校同学组织，技术上需要帮助可以找别的剧团帮忙，慢慢地自然可以达到理想的水准。

为了戏剧是一种富有宣传性和鼓动力的艺术，在国难日益严重的今日，它特别足以担当御侮救亡的使命。北平清大和燕大的同学在深入农村宣传的时候，戏剧宣传队竟获得农民盛大的欢迎，剧中严肃的意识也被群众狂热地接受了。武汉的同学们在救亡工作上是不肯后人的，那么便应该赶快发动组织，准备公演。作为救亡运动的推动机关的学生会和学联会更应该起来发动这项工作。

起来吧，具有前进精神的武汉同学们！

论选择剧本及其他[1]

一　善意的劝告

戏剧学会亲爱的同志们：

文光先生信方才由东流社转来，这回信是感觉得迟了些吧？

我们不可解你们为什么会感到选择剧本的棘手？被当前客观情势决定着，我们不管着手或进行任何运动，是丝毫没有踌躇的余地的。

整个的世界汇成两大洪流，一个是向前的，一个是向后的，艺术部门也特别显明的表示着：一方面在毁灭文化，一方面则在保卫文化。作为戏剧运动一个社团或者一员，更不难决定何所适从。特别是中国，民族危机加紧的今日，一面是卖国，一面是救国；在文学，已提出国防文学的问题，在戏剧也有救国戏剧勃兴，你们应该毫不迟疑地把步调一致了，而决定地踏上后者——反帝反 F[2]——的战线，因为只有反帝反 F 才是最有效的民族解放运动，也即是拥护文化运动。你们应择取最尖锐的反帝反 F 台本，作为你们主要的课程，全国各大小地方蜂拥着的新剧运动，不全是一贯地向着这目标来？至于翻老古董的时代已不是如今了，化妆古董更是浪费的事。《视察专员》在东京演出是万不得已的，虽稍受中外人的好评，却不是我们的目的，而且，以后将可能的不做是类傻事。

关于反帝反 F 剧本，上海出版的《生活知识》有一期（十期）已刊过救国戏剧专号，目录及分类却很详细，你们就地一找，或到上海电影救国

---

[1]　本篇发表于1936年4月29日《武汉日报》副刊《鹦鹉洲》，署名张文光。曾收入《张光年文集》（第二卷）。

[2]　F，即 Fascist，指法西斯主义者。

会一问便行。能够自己创造的新剧本是最好。此致文化的敬礼。

东京中华戏剧座谈会，3月31日。

二　剧本与剧运

亲爱的同志们：

收到你们的信，引起我无限的感慨，站在戏剧学会一分子的立场，我有就便代答的义务。

对于我们选择剧本的棘手，你们深觉"不可解"，的确，这在我们，也难免有同样的感觉。但这决不是没有理由的"踌躇"。和这相反，正是因了"被当前客观情势决定着"的缘故，我们深信自己对于客观环境的需要，有了明确的认识，也自信有相当的决心，来实践这项认识，但是我们深觉自愧，因了自身能力的薄弱和环境的重压，却被迫走着迂缓的路，换言之，即被迫而做着自己不愿做的"傻事"。

选择剧本的第一个困难，要算是那些外界不相干的牵制，在"爱国有×"的环境之下，好的剧本是很难取得上演的命运的，不错，"上演的自由"应该用最大的努力来争取，但这一点就言之话长！要不然《视察专员》又无须乎以"万不得已"的理由在东京演出了，我曾经概略地计算了一下登载于《生活知识》上的"国防剧作编目"，其中除一二种（如《回春之曲》及《暴风雨中的七个女性》）曾在武汉上演过以外，其余大部分是很难取得"上演权"的，在《月亮上升》（The Rising of The Moon）尚且被无端挑剔的武汉，其他的情形是可想而知了。

即令选择到了好的剧本，而且可以勉强通过第一个难关，为了人力和财力的限制，也常常使公演成为不可能，在武汉（其他的地方又何尝不一样呢）。剧团多半是业余的组织，在人力财力上都谈不上充实，于是角色多的戏不能演，布景繁的戏不能演，群众剧不能演，大场面的戏不能演，结果选去选来，总不出那几个不痛不痒的炒现饭的剧本，戏剧运动干到这步田地，真感觉毫无意思！

国内的剧团还有一个不正确的观念，便是不愿上演独幕剧。虽然自己的能力不够，也必勉强找一个多幕剧来壮声势，国内创作的大剧本本来很少，而可用的更少，结果只好在"世界名剧"的群中去找对象，但所谓世界名剧，在今日演来，多半已失却它的时代意义，若不加以新手法的处理，批判地的介绍，说不定对于今日的时代还有着反作用，但普通剧团具有此项认识和能力者绝少，结果便深感着选择剧本的困难。

处在今日的中国情势之下，戏剧运动应该与全民族的出路密切地结合着，乃是毫无疑问的，在这个救亡的伟大课题之下，我以为国内的剧团应该分两方面来工作。

第一，在城市里面的剧团，由于分子的集中和剧场的便利，仍不妨维持着逐渐职业化的倾向，但对于剧本的选择方面，务必十分慎重，倘使与民族的出路和社会的改革毫无关系的剧本，虽然可以诱致大量的观众，亦必断然地予以割弃。每个剧团，应该以扶持新的剧作家为重要工作之一，抛弃轻视独幕剧的观念，选择剧本以意识与演出效果之好坏为标准，以是否与民族解放及社会改进有影响为转移。

第二，戏剧运动的第二条路线——同时也是最正确的路线，便是戏剧的大众化，把戏剧打进工农群众中去。我曾经有一个"戏剧拓荒队"的理想，便是以男女同志十数人，组织一个"戏剧拓荒队"专赴工农群众中去演剧，当然，因了途径的不同，在表现方法上也有与都市中的戏剧运动有其特异之点，戏场，布景，灯光，演技各方面都应该有新的改革，以适应特殊环境的需要，自然，在农村中演剧，剧本的选择更是第一义了。关于此项"拓荒队"的组织方法，容另为文论之。

总之，国内的戏剧运动在目前都走上了歧途，这其间需要有志之士来共挽狂澜，对于亲爱的同志们的善意的劝告，我们诚恳地接受，并望此后经常地互通声气，以共同从事于正确的剧运的推进。敬礼。　　张文光代答

怎样组织学校剧团？①

一 男女分校与男女合演

——在《戏剧座》的创刊号上，曾刊载你的一篇《写给武汉的学生界——劝组织学校剧团》的信，同学们读到了都觉得很兴奋。因此很想在本校发动一个学校剧团的组织，但对于组织剧团的方法和程序，我们还很感觉生疏，可否请你告诉我们一个大概。

——好的。我们可以借这个机会详细讨论一下。戏剧这玩意儿，是一种很复杂的作业，组织学校剧团，也和组织一个普通的业余剧团一样，首先感觉困难的，便是人力和财力。现在先讨论人的问题，对了，你们是中等学校，而且是男学校，在同学中有演剧兴趣的颇不乏人的，你们所感觉困难的，是女角问题，正和很多女学校，演起戏来缺乏男角一样。这困难几乎是没法打破的，特别是中国教育界正在努力开倒车的时候，正在把青年男女的中间建筑起一个坚固的铁墙的时候，不过我们处在这种情况之下，也不能因噎废食。当然，我们不愿意采用那种不合道理的办法，文明戏的办法，在男人的身上穿起旗袍，高跟鞋，在女人的脸上粘起胡子来，那是不合理的，不道德的。我以为各位此刻要组织学校剧团，暂时只能这样办：第一种方法是以本校，同性的同学的基本单位，设法尽可能地容纳校外的异性同学参加，其实异性的分子并不在多，有三五个健全的人才，便可以演很多的戏了，这一点，顽固的学校当局或者不会赞成，但同学们尽可据理力争。第二种办法是比较可以合作的男女学校的同学，在公演时

---

① 本篇发表于1936年5月13日《武汉日报》副刊《鹦鹉洲》，署名光未然。曾收入《张光年文集》（第二卷）。

彼此互助。譬如甲校是男学校，乙校是女学校，这两个学校，都组织有学校剧团，而两者之间又有合作的可能的，则可举行联合公演，公演时，请两校学校当局参加公演委员会，或另组织监督的机关。第三种是退一步的或者竟是退两步的办法。就是男学校，剧团专演男角的戏，女学校剧团专演女角的戏，专以男角构成的戏也不少，如格里夫人的《月亮上升》，高尔特的《钱》，墨沙的《父子兄弟》，陈凝秋的《狱》等，我最近脱稿的以东北义勇军为题材的独幕戏《胜利的微笑》，也是仅以三个男角色构成的。专以女角色构成的戏，有光华书局出版的《妇女戏剧集》中田汉的《Piano之魂》，也仅有四个女角。不过仅以同性构成的戏，看来总难免枯燥乏味，这因为真的人生，是由两性混合组成，缺一不可的，我觉得这种戏，在正式公演的时候，也可由男女学校，剧团联合起来，以调和观众的趣味。

——你说的这三种方法是很对的，我想我们第一种方法做不通的时候，可改用第二种方法，第二种方法做不通，可采用第三种方法，或者先从第三种方法做起，慢慢努力做到第二种办法，然后逐步进展得寸进尺地达到第一种——男女混合组织的办法，我们应当尽可能地做，决没有观望怀疑的理由。

二　国语演剧与土语演剧

——我们已经决定要组织剧团了，可是有一点困难条件，横梗在我们的面前，使我们觉得无法解决。我们同学中，能说国语的很少。说得流利的更少，大部分都能勉强拗几句官腔，可是咬字不准，全然不够那么点味儿，所以每逢开游艺会插演话剧的时候，都是勉强凑合，有的操着流利的国语，有的说着蓝青官话，大多数还是用土语，这样弄得南腔北调的，非常刺耳。现在我们既欲组织学校剧团，对于这个问题怎样解决呢。

——我首先得声明，我是并不反对土语演剧的，特别是当戏剧里用做教化大众的武器而深入大众中去的时候，土语演剧更能给人以亲切的感觉。学校剧团里面如果没有能操国语的演员，千万不可因噎废食，用纯粹的方言演剧也是可以的。不过应该注意一点，要方言便纯粹用统一的方言，如纯粹用上海话，纯粹湖北话，纯粹广东话之类，但对于发音技术方面,还是得要练一练,使合于清晰,响亮,刚健诸条件。中国的舞台语,所以要采国语的,也自有其理由,除了它的普遍性外,还有一种优点,便是有高低,有节奏,较其各地的方言更为具有音乐的美,所以学校剧团演剧,除特殊情形外,还是要尽量采用国语。你们既然决定组织剧团,而同学中也并非没有能操国语的,顶好在把剧团组织后,马上在剧团附设一个"国语研究班",请国语流利的先生或同学担任指导,每天晚上分组练习,其法可找几个对话流利,台词美丽的脚本,大家分担角色(一人兼任两三角亦可),分组对词,对于咬不准的字眼,随时改正,期以相当时日,自然都可以操流利的国语了。大概中部的人,学习国语要较南方人方便,以武汉而论,武汉人学习国语有几个最不易咬准的字眼。如卷舌音和齿音的不分……武汉的人,倘能注意自己常常容易犯的几个毛病,而注意下工夫(并不要很大的工夫)去改,则学习起来可收事半功倍之效。还有很多拿不稳的字眼,都可随时注意,找人矫正,或者买一部国音字典,随时翻阅,咬字准了之后,声调的抑扬顿挫自然就容易了。总之我的主张,仍愿意各同学毫不迟疑地先把剧团组织起来,然后再在剧团内附设国语研究班,学习舞台语,万一这点也感觉不易做到,千万不可因噎废食,纯粹用方言演剧在原则上是可以的。

三　如何筹措经费?

——经过你的这一番解释,把我们一向认为困难的问题可说已经解决了大半,可是还有一重要的问题,便是经费的筹划。当然"万事非财莫办",如果这问题得不着解决,其他方面的努力仍是枉然的。可是你知道,我们都是穷学生,要想凑出一笔大款子,特别是在公演的时候,可就难办了!而且……

——对了,你不用多说,我会知道的,因为我也是穷学生队伍中的一员,关于经费问题我想分经常费和临时费两方面来讨论;所谓经常费,是指的剧团平时办公用的,临时费则指的公演时或其他特别情形下的用费。剧团总得需要一个办公地点,则做事的精神集中,可以常常维持团员间的兴奋空气,这个办公地点,可以设法同学校商量,让出一间小屋子来,或者附设在学生自治会或其他适当地点内；团员既都是同学，开会时也用不着发通知，在揭示处贴一张通告便可以了；开会的时候，也用不着茶烟招待：这样看来，所谓经常费简直可以减少到零度。但是为了准备万一，或举办其他事业，剧团的经常费，可以用会费，年费或月费的方法去征集。假定剧团里有三十个团员，每人征收入会费五角，每人每年再纳年费一元（可分两次缴纳，在每学期开始时征收），或每人每月纳月费一角或二角，这便有了一个相当的数目，不但经常费无虞，且可以留着作为公演时的筹备费或作为购买戏剧图书之用了。公演可分两种办法，一种是在校内举行小规模公演，用费俭省得多。如遇大规模公演时，可请学校当局参加主持，并请学校方面补助相当数目的经费。此外，在公演委员会中可以特设一个经济委员会，请经济能力较好的同学或教员参加组织，专负筹划或垫借公演用费之责，必要时得向校内外举行募捐。公演的时候，用费要尽量节省，账目要绝对公开，公演以后，对于同学或教员垫借的款项，要赶早偿还；如果亏了本，也得想弥补的办法，如果赚了钱，仍交经济委员会保管，以备下次公演之用。当然，在校内公演（学校大礼堂可改做剧场），观众都是本校同学，用不着收费，但自己若认为成绩相当圆满，也可以公开售票，请校外人参观，票价一角，两角，五分都可，可由同学兜售；在校外公演，最感困难的是剧场问题，可用的剧场，租价都很贵。今后省立剧场或市立剧院建筑起来以后，给与学校剧团的活动机会便多了。

四　怎样严密组织？

——现在得谈谈组织问题了：学校剧团的组织是否和学生会的组织两样呢？

——两样，绝对的两样，剧团是一个艺术团体，为了应用灵活起见，组织决不可如学生会那样的复杂；倒是因为性质的相同，它和普通剧团的组织大体相似。在组织之初，你得注意剧团内的人数和分子。剧团的人数，在精而不在多，我刚才说三十个人，其实比这更少一些也是可以的。不要忘了搜罗三五个艺术人才，譬如欢喜画几笔或弹几下的，因为用到他们的地方太多了。人才征集得相当满意之后，便可筹备成立。除了团员大会之外，经常的组织总得有一个五人至七人构成的理事会或干事会，这下面可简单地分为剧务部和总务部：前者处理剧务方面的工作，后者处理不属于剧务一方面的事情，如交际，文书，事务之类。不过一个剧团的成立，不仅仅是组织问题，而是如何严密组织的问题，关于这一点，我可以略抒所见：第一，分子不要太滥，除开对演剧有相当才能或对戏剧有十分兴趣的以外，那些乘机会赶热闹的人，特别是怀有不良作用的人，绝对拒绝其参加；第二，应该有相当的纪律，特别是在排练的时候，应该严守时刻，忠于所事，听从导演的指挥，服从团体的决议案；第三，经济绝对公开，每学期应该有较精密的预算和决算，账目要公布出来；第四，要经常活动。每两月起码应有一次小规模的公演，每半年起码要有一次大规模的公演，公演之外，要经常举行研究会或座谈会大家交换心得，讨论戏剧艺术上的诸问题；第五，如果有异性团员的话，要绝对防止男女团员间的桃色事件，因为：一、社会和学校当局对于男女合演已经有不正确的猜疑，如发生此类事件自必予人以口实，结果妨碍剧运的进展；二、恋爱，必伴随着嫉妒，嫉妒必伴随着纷争，结果团体将趋于瓦解。

五　属于技术上的诸问题

——我们都是正在读书时期的青年，由于课务的繁重，和研究机会的缺乏，使我们对于戏剧艺术，只能是一个爱好者，而说不上研究者，这样我们对于戏剧之技术上的诸问题，如导演，布景，灯光，服装，效果……之类，感觉生疏得很。盲人瞎马地干去，当然不是办法，而指导乏人，确又是一桩事实。还有关于布景，灯光等等，常常花费太大，也不是一个学校剧团所能担负得起的，这问题怎样解决？

——你问得很有道理，现在我来分别答复。关于导演问题，你们在选定了剧本之后（选择剧本也是一个麻烦问题，值得单独提出来讨论），可请校外有经验的人担任导演，而在本剧团内选择一两个可造的人担任助导，导演排到五次以后，可请他将步位图表，动作设计，及几个斗争点的把握处移交给助理导演，直到上演之前，再请导演来指导或改正，这样可渐渐训练剧团内的导演人才。关于布景，适用于学校剧团的，是布置的软景，硬景不但花费大，做得不好，反而会失掉美感；还有屏风式的布景，简便且多变化，最为适用。一个学校剧团，如果能逐渐添置一堂硬景，一两种软景（附带活用的门窗一套可变化的屏风），便可应用无穷了。灯光最要紧的得有一个聚光灯（用炭精灯改造亦可），加上两个散光灯，便够用了，这些东西，如一时置备不起，公演时设法租借亦可。服装是不大成问题的，目前国内剧团公演，还都谈不上这层，学校剧团自然有理由因陋就简。效果（后台音响等）方面，普通常见的也很简单，需要时找其他剧团帮忙或指导便可。学校剧团公演，顶好先从简单的干，如布景，灯光，服装，效果，道具等，凡过于繁重的最好不要勉强尝试。学校剧团的演员和舞台工作人员，应该尽可能地参加别的业余剧团的活动，在其他剧团公演的时候，应尽可能地设法参加后台实习，以增长自己的知识，此外尽可能地多看书（属于戏剧和文学方面的书），尽量地多看电影（怎样选择和怎样接受自己所需要的部分，也是值得单独提出来讨论的），不放松每一个观察和体验的机会。——怎么样？暂时告一段落吧，以后有工夫时再来继续讨论；最后，不要忘了一句话："从实践之中求理论。因为理论即在实践中。"

组织星期剧团的动议[①]

要想推进戏剧运动，要想使话剧在群众中建筑深刻的印象，要想充分发挥戏剧的效能，仅只玩票式的，过瘾式的，零零碎碎地干是不行的，必须有目标，有计划，有组织的不断地演出，才可以完成这项任务。

国内从事戏剧运动的同志，在"苦干"的精神方面大部是值得敬佩的，但如果没有一定的目标，则"苦干"亦无意义；如果没有精密的计划，则"苦干"亦无结果；如果没有严密的组织，则"苦干"等于浪费。

我们每天都在很吃力地干这种近乎浪费的工作。

譬如说吧，话剧在武汉也逐渐引起人们的重视了，每次公演，在当时也有着万头攒动的观众，在事后也有着满纸琳琅的剧评，如果这样继续不断地干下去，是可以打开一条出路的。但是每次公演，都是那样的吃力，公演的次数太少，好容易把大家的兴趣提了起来，由于长期的停顿，又把这兴趣压沉了下去。每次公演，都像是一个新的开始，而不像是一个整个工作的继续。

如果说剧运是一种拓荒工作，那么，第一次刚刚开拓出一个小路，便停顿下去，下次再来的时候，荆棘瓦砾塞满了这条路；所以我们的工作永远停顿于最初的阶段里，所以我们的剧园永远是荒芜的。

限于我们的能力，特别是经济的能力，我们只能这样；环境给我们的限制太多了，特别是剧场的限制，简直没法找出一个价廉而合用的剧场。

记得好久以前，一部分同志曾提出"小型剧场"的建议，便是以戏剧学会的力量或几个剧团的合作，共同集资租定一个适宜的场所，改建一个小规模的剧场，每星期日举行一次公演，以最活跃的姿态制造演出的纪

---

① 本篇发表于1936年6月17日《武汉日报》副刊《鹦鹉洲》，署名光未然。未曾收入自编作品集和文集。

录，以最低廉的座价容纳多量的观众。

现在，这个动议，由于上海星期实验小剧院的出现，又激起了我们的注意。我最近曾和两个朋友讨论到这个问题，便是邀集十几个志同道合的人，以集股的方式，组织起一个职业化的星期剧团。如果可能的话，便把"小型剧场"干起来，如果一时能力不够，可仿照上海星期实验小剧院的办法，接洽一个固定的电影院或适用的剧场，订定长期的合同，拟定一个精密的计划，而从事于职业化的不断演出。

这是一个值得注意的动议，对于今后武汉剧运的推进，将是一个大的关键，而且这也并不是一件很难的工作。希望同志们多多考虑，并提出自己的具体意见来。

组织武汉文艺工作者协会的动议[①]

帝国主义的侵略日益加紧，中华民族的死亡就在明天！这时候，中国大众的革命战线上的最主要和最先决的任务，便是立即发动一个抗×反帝[②]的民族解放战争。

在这个主要的课题之下，进步的文化工作者应该立即团结起来，并号召各种党派，各种主张，和无党派，无主张的人，一齐集合于民族解放的大旗下，造成一个民族革命的联合战线。

这一神圣的任务，已经无条件地放在中国文艺家的肩上了。理解了这项任务的上海文艺界，已经发动组织了两个作家集团："中国文艺家协会"和"中国文艺工作者协会"，同时提出了两个殊途而同归的口号："国防文学"和"民族革命战争的大众文学"。

在平津，在其他各都会，也跟着有了同样的或类似的组织，这不是一种盲目的附和，而是表示着中国文艺家的共同觉醒。

武汉，提起来便使人摆头的地方！这里没有文艺也没有"家"；但我们觉得武汉少数的文艺工作者仍然有团结起来表示一致力量的必要。在今日，文艺的制作，应该以集体的研究，代替闭门造车的办法，而这种新的制作方法，却正是锻炼青年文艺工作者的最有效的途径。

集体研究的利益是说不完的，协会组织了以后，将要用这种方法使我们的武器变得更为结实，更为尖锐。

作为民族死亡线上的战斗员的武汉文艺工作者们——小说作者，诗作者，剧作者，杂文写作者，音乐家，绘画家，剧人……一同来赞助这个动

[①] 本篇发表于1936年7月8日《大光报》副刊《文化街》"紫线特刊"，署名光未然。未曾收入自编作品集和文集。

[②] 即抗日反帝。

议吧！庄严的使命已经放在我们的肩上了！

而作为进步的中国的从事文艺工作者，在这生死存亡的关头，更应该怎样的执着自己锋利的笔，来表现，来描写目前每一个角落里的繁复无比的材料，使中国新文化走向丰富的新的阶段，而发出光辉来。无疑的，这工作，也必须是配合了现阶段的民族解放斗争，和反帝抗战运动的一全貌，而来完成的！

抗 议！①

上海剧坛，近来连续地发生了几件非常痛心的事：首先是宣言"从发展的观点透过观众的要求来抉择我们的内容和技术，我们的整个作风"的实验小剧场，于上月23日在新光大戏院上演业经上海市教育局审查许可的《都会的一角》《秋阳》《走私》三个独幕剧，因《都会的一角》中有"东北是我们的领土"这么一句对话，竟被公共租界工部局勒令停演。第二次是蚂蚁剧团定于23日在湖社公演《走私》《毒药》《号角》三剧，剧本也经由市教育局通过，不料22日下午，工部局谕令湖社，不准将会场借给该团公演。第三次就是最近一次，新成立的海燕剧社，假某播音台播演田汉的国防剧《初雪之夜》，又遭工部局禁止。

在这以前，上海剧院准备公演陈凝秋的《流民三千万》，不是工部局，却是被中国的市府当局批驳了。上海剧院受此打击（恋爱剧受人骂，国防剧不能演），便宣告解散了。此外，在南京，国立戏剧学校第六次公演，本决定公演特里查可夫的《怒吼吧，中国》，而负责审查的当局，竟因了"某种关系"而未予许可，于是该校只得改演另外的几个独幕剧。

这几桩事情，摆在我们的面前，使我们发生什么感想？我们的国家快要亡了，我们是中国人，我们在中国的领土内，演几个救亡的戏剧给我们中国大众看，居然要遭到这样无情的摧残！"东北"不"是我们的领土"，东北是谁的领土？"中国"再不"怒吼"，还等待什么时候？租界工部局的混蛋已经非常可恨，中国的剧审当局为什么也这般糊涂呢？

我们要抗议！我们要大声疾呼："东北是我们的领土！"我们要更大声地叫着："怒吼吧，中国！"我们要坚决地争取演剧的自由，我们要用行动来作为争取演剧自由的抗议！

---

① 本篇发表于1936年7月8日《武汉日报》副刊《鹦鹉洲》，署名光未然。曾收入《张光年文集》（第二卷）。

民众剧场和民众剧团①

一

戏剧是大众的艺术,它自始即是大众的,而现在,我们不能不说,它一天天地和大众远离了。都市中的业余剧团和职业剧团,永远只在都市中打圈子,永远只演给少数有闲阶级看,一般民众不但得不着欣赏话剧的机会,而且连"话剧"两字对于他们就是一个谜。戏剧一天天地和大众绝缘,成了专为有闲阶级服务的玩意儿了。

考话剧所以和大众远离的原因,不外以下数种:一、剧本的故事多半是写上等社会生活,一般大众感觉隔膜,即令是描写下层的剧本,往往和实际情形相差甚远,仅凭作者虚构不能引起观众的兴趣;二、对话语言的艰深,描写农村的剧本,农民们看不懂,描写工人的剧本,工人们听不懂,这是最大的失败。这由于剧作者过于卖弄文字的技巧,忘掉了观众所致;三、演剧多半在都市的华贵的剧场中举行,券价又太昂,劳苦大众只好望门兴叹!

戏剧和大众远离的事实和原因是这样,然而,我们能任其永远这样下去吗?在今日,时代所谓于戏剧运动者的责任非常重大,这责任只有在使戏剧和群众打成一片后,方有希望去完成。那么,如何使戏剧和群众密接,如何使戏剧成为大众的艺术,确很值得我们努力研究。

---

① 本篇发表于 1936 年 7 月 15 日《武汉日报》副刊《鹦鹉洲》,署名光未然。未曾收入自编作品集和文集。

二

在国内,除开专在都市中打圈子的职业剧团和业余剧团以外,埋头从事于民众戏剧的人并不是没有。最著称的如河北定县的农民剧运,由农民自己组织剧团,农民自己上演,演给农民看,戏剧已与农民大众打成一片,最值得我们学习。

不过定县剧运的最大错误,在于没有把握住戏剧运动的主要任务。在今日,戏剧运动应该和整个民族的命运密切地接合着,应该站反帝,反封建的最前线,为了全民族的解放而战争。关于这一点,定县的同志们理解得太少,他们上演的剧本多半陈腐不堪,缺乏革命性,他们全部的工作还脱不了"实验"的性质。

不错,定县的全部的工作,都还脱不了实验性质的,他们似乎有意在把定县当做一个实验室,学者们在实验室中埋头研究,而这实验室又是和外界隔绝的。然而有什么用呢?当帝国主义者的大炮威胁了实验室,甚至炮火毁坏了这实验室的时候,学者们也只好抱头鼠窜,迁地为良,找着一个较"安全"的地方去另当他们的巢穴了。被学者们所"训练"了的农民大众们,也跟着他们的"主人"瓦解四散了。

由这里,我们可以知道,凡是没有认其戏剧运动的使命,不能把这一运动配合着另一个神圣的民族解放运动,而只以些微的技术上的成功自满,不论是在都市中打圈子还是深入民众,结果只有失败的。

三

在武汉剧坛上渐渐热闹起来了,除开新兴的剧团,如雨后春笋般地兴起,此外还有两件值得我们快意的事,便是省立民众剧场的兴建和市立民众剧团的组织。民众剧场,从酝酿到现在已经一两年了,我们不知道当事者用什么理由来使这项急要的事一直拖延到今天。然而现在倒不是责任问题,我们只希望他们赶快兴建起一个合用的剧场来,为戏剧运动而服务。此时,此地,有几个剧团都在筹划,而同感着没有剧场的苦闷!试想,一方面拼命努力，而苦于没有剧场，另一方面早筹好剧场的基金，而迟迟不把它建筑起来！这是没有理由的。

今天的报纸上，记载着："汉口市立民众常识指导会、市民教馆、市广播电台发起组织之民众剧团，组织规制，工作纲要，均已分别拟定，昨已备文呈请市党政机关指示，一俟批准后，即将正式成立，筹备公演……"。关于民众剧团的组织，笔者知道一个大概，他们预备以公立力量，筹足相当的经费，招请固定的演员，而决定经常的公演，并在可能范围内尽量深入下等民众，准备切实地为戏剧运动而服务。

从省立民众剧场的兴建和汉口民众剧团的组织，我们似乎已经窥见了戏剧运动的曙光。因了过分的欢喜，随便就自己所想到的，写一点下来就正于两剧场的负责人，当然，还只是一点感想，谈不上建议。

四

武昌民众剧场，就我所知道的，该处建筑经费不成问题，建筑的图样也大体可用，剧场的容量也不小，将来助力于武汉剧运者一定不小。不过负责兴建的民教馆，对于剧场的管理和利用，缺乏具体的规划，实在是一个很大的错误。如果仅仅把剧场建筑起来，便算完事，那是不行的。如果建筑后等着各剧团来借用，那一定免不了寂寞的。因为武汉各剧团，大都像一窝蜂似的要干，大家一齐都忙起来了。要不干，大家又不约而同地沉默了。没有整备的计划，是武汉的最大错误。在这种情形下，民众剧场要依赖各剧团来公演，不见得十分可靠。若因了没有公演便改作其他用途，则有悖于兴建的原意，而且那一定是非常笑话的。

我以为民众剧场应该仿照民众剧团的方法（也就是山东民教馆、无锡民教馆等处的方法），要拟具一个精详切实的管理计划，并设法招聘几个固定的演员，然后再与各剧团特约，商量一个长期的互助办法，务使剧场经常有活动，不致等于虚设。

关于剧本的采用和演出的方式，可相当地参考山东民教馆、无锡民教馆的办法，但必须加以妥善的修订，兹因限于篇幅，容于以后有机会特再为详谈。

五

关于民众剧团,这里因为限于篇幅,我想暂就剧本和剧场两者加以论列。

民众剧团所采用的剧本,必须是十分大众化的,不论在题材上,在剧情上,在对话上,在演出的方式上。当然不能因了大众和通俗化便去粗制滥造一气。实际上,写通俗化的剧本并不比写不通俗的容易。学识之外,这里还要加上经验。你得注意你的剧本上的每一句话对观众所引起的反响,同时对下层的语汇必须有相当的熟练。

关于民众剧团所采用的剧本,现成可用的太少,我以为可采用以下两种方法:一、名剧的改编,就国内外的某些名剧,酌量加以改编,以期适合于民众剧之用;二、编制"活报"剧,凡是国内外的重要时事和有意义的社会新闻,随时摘要反映在我们的舞台上,以期收到戏剧之宣传的效果。至于编制的方法,我以为是采用集体制作的方式为好,特别是活报剧,凭着一人的虚构,常常容易弄成内容空洞而没有生命的东西。

六

爱美剧团需要小剧场,而民众剧团则需要大剧场,这是无争议的。不过创办之初,一般民众缺乏观剧的习惯,合乎秩序难免不生问题。所以暂时采用较小的剧场而逐渐扩大的为好。

这里还有一个问题,剧场还是固定的好呢,还是流动的好?照说,为了市民大众对剧场深切的印象,是以固定的剧场为好。但固定的剧场只能吸收某一部分和某一区域的观众。在今日,话剧还在宣传时期,应该多方深入大众中去诱致观众,不能高抬身价,让大众找上门来照顾。这样,流动公演便成为必要,民众剧团要尽可能的打入群众中去。

民众剧团还可以采用露天剧场的办法,来诱致更多的观众。特别在夏天,露天的是较室内的好,不过采用了露天剧场,演出的方式上便得有一个大更变,演员的发音训练上更要下一番苦功。

最后我得提出话剧与旧剧的问题，民众剧场和民众剧团似乎都有把旧剧附入的意思（也许是传闻之误），它们是不能并存的东西，旧剧决不担负教化大众的任务，倒是对于毒害大众它已经尽了不少的力量了，这一点希望两方面的主持人特别注意。

为"雷雨"剧团公演作[①]

当我们的民族正陷于艰苦的挣扎斗争中的今日，凡是有良心的人，谁也不会放弃自己在这个斗争中应尽的责任。特别是文艺家，戏剧家，通常会站在这一阵线的最前哨，为了这伟大的斗争而服务着。

时代的巨鞭，挞在每一个戏剧工作者的背上，使你不得不屈服，不得不觉醒。一年以来，戏剧运动的主流，已经转到一个很正确的方面，剧作家、剧团领导者、演员甚至于观众，都在这个大的倾向之下共同努力着。

这就是席卷剧坛的"国防戏剧运动"，说得更正确一点，应该是"民族革命战争的大众戏剧运动"。翻开国内各地较进步的剧团的上演目录，就可以很明确地看出这个倾向来。环境太危急了，不容你不转变。即便是最不懂得戏剧的任务的职业剧团旅行剧团，现在也有了翻然改悔的意思了。

当然，这是一件很值得欢喜的事。

武汉，在过去，各剧团对于上演的目录多半缺少充分的考虑，老实说，也根本就没有一个一贯的上演目录。都是临时凑合，随便找两个剧本，随便挪个演员，随便演一下子，便算完事。然而这种散漫的情形，已经不为新进的剧团所满意了。他们对于自己的上演目录，一定要加以考虑，务使每次公演都能配合着伟大的民族革命战争，这血淋淋的主题。

这次雷雨剧团上演三个国防剧，无论如何，是值得我们赞许的。它将在剧场内激起热烈的抗战情绪，也是不待多说的。这里希望新兴的雷雨剧团，永远能保持着这种突击者的精神，并希望全国各地的剧团，一致奋起，做为民族革命战争的前卫。

[①] 本篇发表于1936年7月19日《大光报》副刊《大光别墅》"雷雨剧团首次演出特辑"，署名光未然。未曾收入自编作品集和文集。

怎样写作国防剧[1]

觉察了大众的苦闷与民族的危机的戏剧家，适应国防的需要而写作和上演的戏，叫做国防剧。

国防剧的口号的提出，只不过是最近的事，然而已经很迅速地成为戏剧运动的主流，进步的剧团和剧作家，都集合在这一口号之下工作着，这当然是由于时代的激变，迫使戏剧家走上国防的前卫。

这里应该将"国防"的意义加以考察，所谓"国"，是指的在某一块固定土地上生活的一个大的群众的集团，现在这一群众的集团的利益遭受了危害，于是便需要坚强地组织起来，向危害者加以防御，"防"的方法可分为积极的与消极的两种，消极的"防"是"防守"，积极的"防"便是"抗战"。

其次应该讨论的，是国防的对象，换言之，即是研究"谁是敌人"的问题。中国大众的敌人，也就是中华民国的危害者，可指出帝国主义、汉奸、军阀、贪官污吏、土豪劣绅以及一切封建余孽。

因此，国防戏剧的内容必须包含国防之最积极的意义，而对于民族的各种敌人，加以无情的攻击。

在目前，大部分的戏剧家都把国防的意义弄得非常狭小，"反抗××帝国主义"[2]成了国防戏剧的唯一内容，这本来是对的，××帝国主义所给与我们民族的危害特别之大，"反抗××帝国主义"，值得拿来常做国防戏剧的主题。

然而如果把这主题拿来孤立地运用，使"抗×"与其他的主题失却联

---

[1] 本篇发表于1936年8月2日《武汉日报》副刊《鹦鹉洲》，署名光未然。未曾收入作品集和文集。

[2] ××，指日本。当时的国民政府不许提"抗日""反日"等口号。

系,却是非常错误的办法。因为在危害中国民族这一点上,其他各帝国主义也有着同样的阴谋,而国内出卖民族利益的汉奸、军阀以及贪污土劣等等,又常常有意地做了他们的帮凶者。

因此,国防剧作者在写作剧本的时候,自然是以抗×反帝为主要内容,而在这主题之下,要随时尽可能地附带暴露各式各样的帮凶者的真面目,并站在大众的立场,指示一个彻底解放的出路。

中国今日民族解放的唯一途径,在于用群众团结的力量,爆发一个民族革命的战争,剧作者对于这一点,应该有正确的把握,常见有些剧作者把剧中的"主人公"描写得非常神圣,一个个都是些神奇的"民族英雄"——《封神榜》《水浒传》中的"英雄"。似乎从一两个"英雄"手里,便可以把民族的危运挽救过来,这种无视群众力量的剧本,是没有理由被称为国防剧的。

前面曾经说过国防的意义可分为消极的与积极的两种,现在所需要的,无疑的是积极的一方面,剧本的里面须具有振奋的启发的意义,仅只暴露是不够的,然而在《苏州夜话》之类的剧本也被称为国防剧时,便是消极的暴露也成为可贵的了。

国防剧作者应该十分看重集团抗争的力量,应该尽力培养那种积极的抗争的力,应该力避一切投机的侥幸的办法,譬如说吧,对于凶恶的敌人,暗杀和毒毙的手段有时候是可行的,但是这一类投机的方法,最好尽可能地不要采作剧本的主题,因为这颇有引导观众误入歧途的危险,因为仅仅杀死一个两个汉奸不是我们的目的,而这种近于卑污的手段又不可当做一种模范而宣传着。

一个漫画家可以画一个穿着宽服拖着木屐的矮子而化装××帝国主义,但是一个戏剧家决不可如此,因为戏剧并不是漫画。但是我们的国防剧作者通常用这种简易的漫画式的写法,看了真令人感觉啼笑皆非。反对一个侵略者和反对那个侵略者所属的国度是不同的,和反对那国度里的一切阶级和一切人民更完全是两件事,反过来说,如果现在有一位日本的剧作家,在他的剧本中把中国各式各样的汉奸的丑态和盘托出,最后并指示出中国大众的反抗的觉醒,这个作家仍然是属于我们的。

总之,写作国防剧是一件非常不容易的事,除了特殊的技巧以外,剧作者应该具有正确的世界观，然后把这世界观糅合在自己的作品中，从而影响观众，激励观众，教育观众，使成为一个伟大的力量。

所谓特殊的技巧，在这里应该加以说明，国防戏剧，大都是写给低级大众看的，这里面，故事应该丰富，剧情应该曲折，对话应该平易而有力。通常写作国防剧，往往预先抓到一个主题，然后随便虚构一个故事来迁就那主题，结果内容显得非常贫乏，十之九都是蒸馏水似的平淡乏味的东西。国防剧好像是一粒药丸，用来救活民族的重病的，然而为了大众乐于接受，乐于吞下那药丸，剧作家应得在那药丸上包裹一层甜蜜的糖衣。这里我特别指出田汉先生的剧本，在技巧方面是很值我们效法的，他的剧本里面，那种新鲜的结构，层层的波澜，和那趣味浓郁的对话，特别能引人入胜。国防剧是"戏"，应该在"剧"的方面多多使观众满意，应该包纳丰富的故事，用故事去吸引观众。

国防剧的对话应该十分大众化，以人人能听得懂为原则，但这并不是刻意求粗俗，并不是完全抛弃对话的美的说法，不要把"俗"看得太容易，有时候而且在大多的时候，"俗"较"雅"倒更难些。在我所写的两个剧本中，便犯了过于求雅的毛病。实在地，剧作者要想使自己的对话恰如其分，便应该在研究言语的艺术方面下一番苦功。那方法，除了在实生活中去考查去撷取以外，不会有第二法门的。

七，二，病榻上

上演《洪水》的意义①

在帝国主义及其帮凶者以虎狼的姿态吞噬着饥饿线上的中国大众的时候，都市劳动者在"文明"的皮鞭下被鞭成了肉泥。几万万的农民大众，除了在贪污土劣的剥削和封建残余的重压下吐不过气来以外，由于"人为"的天灾，更紧驱着他们与死神为邻！黄河张大了它吃人的血口，长江疯狂地咆哮着，连小小的溪流，平常只发出那潺潺的低咏的，也会突然涨大了肚皮，像野猪一样，吞噬着绿色的原野、灰色的村庄和寄生在这上面的无辜的人畜。

洪水！洪水！洪水！"洪水"两字，代表了农村最大的灾难。"洪水"两字，已经成为农村痛苦的象征了。田汉先生的《洪水》，便是抓住了这一象征的意义，宣泄农民最大的痛苦，暴露农村的一切黑暗，为他们呼吁，并指示他们以正当的出路。在今日，在这个曾经被洪水吞噬的城市里，我们特选这剧本来上演，是含有非常沉痛的意义的。

我们认定《洪水》这剧本包含几个优点值得特别提出介绍于观众之前：第一，集团意识的把握，在全剧里面，从没有放松过这一点，用集团的力量，他们可以克服一切天灾，也一样可以克服一切人祸。第二，灾难根源的提示，洪水并非不可预防的，农民也并非命定着要遭灾，这中间是有人捣鬼的。《洪水》中提示了这一点，虽然提示得还不十分明显。第三，封建意识的克服，在中国今日农村里面，封建残余的势力还普遍地潜伏着，《洪水》中尽量揭发了这一点，并施以无情地抨击。第四，对农村剥削者的攻击，《洪水》里面的徐大个子，张区长之类，都是这种吃人的恶魔，结果都被农民无情地唾弃了。第五，牺牲精神的宣扬，为了大众的利

---

① 本篇发表于1936年8月16日《武汉日报》副刊《戏剧座》，署名光未然。曾收入《张光年文集》（第二卷）。

益，农民们是不惜牺牲自己的性命的，这种牺牲精神不仅表现在老人一、老人二、农民二……的身上，而且也表现在傻瓜郑德和、小孩丙生的身上，这种牺牲是异常壮烈的。第六，两种生活的对照，这对照显示在王小姐、杨先生与农民之间，王小姐与农妇之间，灾区观察者与灾民之间，观众不难自己去寻索它，咀嚼它的。

我们不顾一切横梗在前面的艰难，终于把这个伟大的剧作搬演于武汉人士之前了，倘使观众诸君能从这剧里得到一点启示，那我们便算满足了。

《雷雨》我评[①]

剧本：技巧细腻，深刻，人物都是活生生的，可以在纸上跃动的，可以在纸上听得清他们的呼吸和脉搏。惜对于大海的个性描写不够，致减少剧本的力量，几使它成为一篇很平凡的命运悲剧。原剧有序幕，有尾声，合读起来，颇有梦一般的感觉；演出时去掉这赘瘤，使它成为一出很现实的社会悲剧，很对。因为，现在不再是我们应该做梦的时候。

导演：导演对于这剧本的处理方法，据说是着重于朴园和大海，也就是鲁家与周家，也就是两个不同的社会层的鲜明的对比。这是他的聪明处，也就是他的正确处。可是就演出的情形看，却完全不是那回事。这不能归咎于导演的卖力不够，倒应该归咎于时间的仓促，就导演的技巧论，第一幕部位，动作，丝毫不乱，演员做戏时，均能顾及全局。二、三、四幕欠圆熟，部位，动作均多重复处，第四幕尤不足取。此外，导演和舞台工作人员没有精密的联系，也是他的错误之点。

装置：色调和样式均合乎悲剧气氛，门窗的设计尤佳，其线条的配合颇有古老的阴暗的意味。惟长沙发后的座灯罩用浅红色，甚俗，几至不可耐。第三幕布景太简陋。

灯光：全剧保持阴暗的调子，舞台后部不受光，有深远愁苦之感，甚佳，惟台上只有一高的座灯，不能说明全部光源。若台左前方添上一个壁灯，则可弥补此憾。

效果：《雷雨》是一个效果剧，若效果不佳，则减少剧力。此次效果不见佳；风声平板无变化，雷声太不高明，且不能与剧情合拍。第三幕窗外应有雨点下落（用铅丝受光可制成雨的形象）。

---

① 本篇是为当时雷雨剧团演出的《雷雨》一剧所写评论，发表于1936年8月30日《大光报》副刊《大光别墅》，署名光未然。未曾收入自编作品集和文集。

演技：就声音表情讲：全剧均犯了太"平"的毛病，除四凤一人外，其余声音高低均缺少变化，此病在周萍，鲁妈尤甚，想系时间匆忙，导演无暇纠正所致。朴园声调沉重深浊，是可取处，惟有时拖音太长，颇为刺耳；周冲在动作方面无大疵，惜发音太粗，音色欠美，致为观众所不喜；蘩漪发音过低，不够深刻，但冷笑数声，却极可取；大海国语欠佳，咬字均不清楚，在全剧上是一个极大的遗憾。

就姿态表情讲：鲁贵好，惟有时过于讨好，致弄巧反拙。此角极难做，若做成类似丑角模样，虽为观众所喜，却非剧本所需；大海"架子"很够，但手臂挥动和眼珠转动的角度，都还缺少刚劲的直线的美。此角亦不易做，因其"责任"太大，做得不好，即易对于工人阶级成为一种嘲笑；鲁妈身材不够，故虽表演卖力，仍有减色之憾！四凤一角，甚易讨好，此次当然不会例外，作者对于此角色的刻画，也最为成功；朴园甚好，惟魄力稍嫌不够，饰此角者，无妨稍微过火，为了要表现资本家的最典型的面目；周萍因服装失败（全剧服装失败者不只他一人），限制其做戏；周冲动作颇稳，为一有希望的演员；蘩漪味道很够，但面部稍嫌平板，因蘩漪是一"聪明人"，她面部的线条应该活动一些。

总结：在十分匆忙的时间内，能有这样的成绩，已足证明导演与各演员的聪明。在《洪水》这粗线条的群众剧演出以后，雷雨剧团能给与人们这样一个细致隽永的剧本的演出，是值得感谢的。

国庆日谈国防戏剧①

中华民国二十五年的国庆日,在帝国主义加紧进攻中国的深刻危机中来临了。极度的恐慌笼罩着每一个驯良的国民的心,极度的愤恨充满在每一个不愿做奴隶的青年的胸膛里,这时候,我们该有着较以往的国庆日更为异样的感觉吧。

因此,对于《国庆日谈国防戏剧》这个被指定的题目,我倒感觉异常的兴奋,觉得有很多话要借这机会来谈谈,以吐泄这半年来深藏在胸中的郁积。

一年来的中国剧运,究应给与何等评价?

首先,我们的戏剧家应该觉得惭愧,我们的国防戏剧运动究竟对国防贡献了些什么?自从"国防戏剧"这口号的提出,到现在快一年了,在成就方面,实在可笑得很!不错,"国防戏剧"此刻已经成了全国从事剧运者的一致的呼声。整个的戏剧运动大半都在这一口号之下统一起来,但是,在整个的表现方面,在对群众的影响方面,究竟这是微弱得可怜!我们,我们的戏剧运动者,未免太辜负了这一强有力的武器了!

一年以来,很显然地,戏剧运动在每一个大都会里都有了空前的进展,演出的次数超过以往任何年度的纪录。但是,如果我们仔细地考察起来,他们的努力究竟能给与何等高贵的估价,实在很成问题。这里,我们不妨就几个主要的都市的主要的活动概况,分别加以批判。

首先自然是首都所在地的南京,这儿有两个最主要的戏剧运动的策动

---

① 本篇发表于1936年10月10日《武汉日报》副刊《鹦鹉洲》,署名张文光。未曾收入自编作品集和文集。

机关——国立戏剧学校和中国舞台协会。国立戏剧学校自春间以来，每月举行公演一次，在人才方面，这儿也是中国戏剧运动最丰富最有希望的一个宝藏，可是在表现方面究竟怎么样呢？半年来的六次公演（最近一次为蒋委员长祝寿的公演不在内），在剧本方面都非常令人失望。《说谎者》《群鸦》之类在艺术价值上都算不了第一流的作品。在意识方面更是一塌糊涂，连《巡按》这一个曾有较多社会实验的作品，也被我们的陈治策先生改写了一出极其无聊的文明戏。如果剧校的当局完全不顾及现在社会的需要，一心埋头作学院派的研究未尝不可，那样便应该从事于古典艺术的伟大的作品介绍而且要忠实地介绍，不要作浅薄的割裂。可惜的是连这一点退一步的要求，剧校也不能给我们以满足！至于谈到一年来的"国防戏剧运动"，剧校更没有尽过什么大的贡献（《走私》和《东北之家》不过是一点点缀而已）

最先提出"国防戏剧"的口号，而且不断地实践这一口号的，倒是田汉先生领导的中国舞台协会。《回春之曲》《黎明之前》《洪水》等，都是国防戏剧最优秀的成果，改编的《复活》也有着最现实的社会意义。"中舞"号召了最出色的导演家，剧人，影星，舞台艺术家，集中在它的旗帜之下，做出了最优秀的贡献。不过这贡献，这贡献也只是对于戏剧界的贡献，而不是对于中国大众的贡献。这是中国剧运的整个失败，不能厚责于"中舞"。此外，田汉先生根本没有决心把这团体健全起来，也是我们应当引为遗憾的。

南京而外，应当谈到北平了。在中国旅行剧团的常川驻守之下，把平津的戏剧运动煽得像火一样热烈。那么，我们即就中国旅行剧团的活动加以评价，由此以概其余吧：

"中旅"在性质上是一个职业剧团，和其他游击式的运动有着本质上的差异，这点是大家都能认识的。但是，"中旅"究竟还是以戏剧运动上的劲旅自期许的，无论如何，不能忘掉自己在戏剧运动上应尽的使命。翻开"中旅"以往的上演目录，将会使我们惊异于她的表现和她的本意的相差的距离之大，她完全成了一个营业的卖艺团体了。由于她的号召力之广，对全国特别是平津的影响之大是不需多言的，而这影响的坏的方面实在是远过于好的方面。谈起1936年的国防戏剧运动，"中旅"实在没资格被列入这一运动之内的。

上海是中国文化运动的策源地。一年以来，新剧团的兴起有如雨后春笋，而且这些剧团大都能认识自己的使命，又大都是国防戏剧运动的支持者。不过，上海的同志们还是缺少斗争的决心，因此他们的运动还是不能深入群众。这只要看一看每次上演的剧场便可以知道。因此，上海的国防戏剧运动还是不能比在同一地方的另一个时期在另一些人支持下的戏剧大众化运动有着较高的估价。

武汉的戏剧运动一向在非常滑稽的局面下忽冷忽热地展开着，半年以来，从鸽的艺术会的公演起，中间拓荒剧团，雷雨剧团，民族剧团，武汉文艺社，直到汉口戏剧学会的公演为止，一贯的是所谓"国防戏剧"。但有两种现象是非常可怕的：第一，某些剧团对于"国防"二字还缺乏本质上的认识，以致把许多歪曲的理论混入"国防戏剧"的假面中；第二，盲目地尾巴主义地追随在"国防戏剧"的美名下，作毫无意思的演出，而不知去抓取自己应该抓取的观众，结果每次演出，都只是一种财力，精力，生命力的浪费！

怎样充实它的内容？怎样完善地运用它？

我所以毫不禅烦地把各地的戏剧运动概况也就是中国戏剧运动的主流加以叙述，是想使我们自己和关心剧运的人们明了中国戏剧运动的全貌，从而知所警惕，赶紧设法转向新的方面迈进。

就目前戏剧运动的任务讲，自然还逃不脱"国防戏剧"的范围。问题是在当这民族危机日益加紧的今日，怎样设法将它的内容更加充实起来，并将它怎样完善地运用起来，此刻想就个人临时想到的随便提出几点，供同志们参考：

第一，"国防戏剧"更具体地说来，应该是"救亡戏剧"，它应该而且必然要和目前的政治任务密切地联系起来。救亡运动的内容便是国防戏剧的内容，反帝、反汉奸、反封建、反××必然是国防戏剧的战斗纲领。

第二，"国防戏剧"的制作必然要和这纲领密切地配合起来，一个剧作者应该是而且必然是救国阵线上的一个战士，在剧坛上和文坛上要建立严正的戏剧批评，无情地指摘任何一篇剧作中的汉奸论调和灰色倾向，引领作家走上救亡的正轨，同时，为了剧本要在落后的群众中取得广大的影响，剧作家使用特殊的技巧以吸引观众，要在他的现实的题材上加上甜美的糖食。

第三，"国防戏剧"必须包含最现实最积极的内容，不要把创作的题材限制在狭而又小的范围内，剧作者应该是有正确的战斗的世界观，应该对社会现象有广大的而深入的研究，应该有社会科学的一般的常识，对于作品题材的处理方面应该有正确的把握。

第四，国防戏剧运动的任务联系起来，当文艺界是在努力从事于联合阵线的建立的时候，戏剧界的统一战线的建立是必要的，并不是为了盲然地跟着文艺界摆尾巴，而是为号召更多的优秀分子，以从事于民族解放的战斗。从事戏剧运动者往往有一种过甚的洁癖，便是提起旧剧花鼓土戏之类便感觉头痛，其实旧剧和土戏在此刻还无法使之消灭的时候，她们还拥有大量的观众，与其让她们去毒害观众，不如设法引导她们参加民族战线。虽然限于她们的形式技巧，她们在这一战线上所能尽的力量是异常低微的。

第五，要坚决地抛开为艺术而艺术的观点。今日中国的戏剧运动，如果站在纯艺术的观点来说，自然是幼稚得可怜；这由于不合理的社会环境限制了它的自由发展。所以如果一意要向纯艺术方面去追求，则是舍本逐末，永不会有成功的希望。但当它终究还是一个很好的武器，今后的演剧，在武器的运用——在演出的方式上必须有大的改革，一切要适合于群众的场合，在必要时用露天演剧，用土语演剧，都没有什么不可，以往的表现方式实在没有留恋的必要。

第六，也就是最后，戏剧运动者必须是一个坚决的实践的战士，要尽可能地打破环境的限制以从事于演剧，如果万一无法冲破环境，或即冲破亦感觉得不偿失时，则是证明这武器在暂时间失其效用，那么丢开它，一点也不用留恋，为了整个救亡的斗争，你赶快起来把握住其他更积极更有效的战斗方式。

※一九三七年※

戏剧运动在武汉[①]

戏剧运动在武汉也有过多年奋斗的历史了，但是由于人力财力的薄弱，特别是武汉环境之特殊的障碍，使它一直无法获得长足的进展。一直到现在，武汉戏剧运动的基础还没有稳固地建立起来，戏剧运动获得进展的一切客观条件仍然还是没有成熟。

算起来武汉剧场最活跃的时期应该是去年上半季。元旦里面有"汉口戏剧学会"的第一次公演，演的是一个英国喜剧《软体动物》，由王瑞麟导演。接着是"汉口鸽的艺术会"上演司梯芬·菲利浦的《未完成的杰作》和田汉的《回春之曲》，两剧均由刘露导演。五月间新兴的"拓荒剧团"上演了田汉的《水银灯下》，光未然的《胜利的微笑》及《阿银姑娘》等三个国防剧均由刘露导演。同时"民族剧社"上演了适夷的《S.O.S》和田汉的《苏州夜话》，导演是郑良佐。

暑假间一部分在南京戏剧学校肄业的武汉同学放假回来，因为人力陡然增加，剧坛上一时便热闹起来。"汉口戏剧学会"在这时作第二次公演，剧本是《光明》上刊载的集体创作《汉奸的子孙》及田汉的两幕群众剧《洪水》，两剧由刘露、刘巍担任导演。同时"武汉文艺社"，上演了文治平的《毒针》，冼群的《中国妇人》及马彦祥的《械斗》，导演是文治平和冼群。同时，新兴的"雷雨剧团"连续做了两次公演。第一次上演的是《毒药》《走私》《黎明之前》等三个国防剧，导演未详；第二次上演的是曹禺的《雷雨》，由冼群导演。

暑假过后，武汉剧坛便入于消沉时期，其间仅由行营政训处电影股组

[①] 本篇发表于 1937 年《光明》半月刊第 2 卷第 12 期，署名蓝枫。未曾收入自编作品集和文集。

织的"怒潮剧社",连续作了两次公演。稍稍突破沉闷的空气:第一次上演的是该社的集体创作《号外新闻》及端木蕻良的《群蛊》,第二次是《号外新闻》《最后一计》《水银灯下》及《阿比西尼亚的母亲》等四个独幕剧,由王瑞麟、袁丛美等导演,同时,"中国旅行剧团"来汉上演了《梅萝香》《茶花女》《雷雨》《祖国》等四剧。同时武汉各剧团为了援助绥远的将士还作了一次联合公演,参加的有"汉口戏剧学会""武汉文艺社""怒潮剧社"及"珞珈剧团"四个团体上演了《前线》《女记者》《父子兄弟》及《阿比西尼亚的母亲》等四个独幕剧。

一九三六年过去了,这年多少还可以说武汉剧坛相当繁荣旺盛的一年。在今年,在已经过去了的四个月之中,剧坛上没有任何值得记述的活动,这沉寂大概还要续积一些时日的吧。

武汉剧运之所以不能长足发展的原因仔细说来,可以分为以下数点:第一是人才的缺乏。演剧的人永远是那么几个;这些人是多半有固定职业的羁绊,不能经常演剧;而因为练习次数的稀少,演技永远停留在一定的程度;他如后台工作人员,都缺少专门的人才。第二是财力的拮据。剧团都是业余的性质,没有固定的基金;话剧的基础没有建立,公演十九剧本,规模较小的剧团经过一两次的亏折后便无法维持。第三是没有剧院。在武汉,唯一的话剧院就是英人经营的话剧场"维多利亚纪念堂",且座位太少,租金较昂,且要受到外国人的很多限制;"光明影剧院"则租金太昂,设备较差;湖北省政府会有筹建"民众剧场"的计划,迄未实现;汉口市政府也有筹建"市立剧院"的意念,但已成为泡影。第四是检查制度的严厉。汉口方面,有一个由市政府党部共同组织的"戏剧审查委员会",剧本须由该处审查,但上演的时候,又要经过汉口市党部的通过。有很多在上海、北京,可以上演的剧本常常会以"武汉环境特殊"的理由而被取缔。即令在这方面通过了,而拿到租界及特区上演的时候,又说不定要受到干涉。武昌方面的剧团,要受湖北省党部的限制,且公演的地点多半在汉口及特区,因此又要遭到汉口及特区党部的干涉。

武汉的剧人们在艰苦的环境中奋斗着,总有一天他们会得到胜利的。

庸俗的戏剧运动批判[①]

一 戏剧运动的庸俗化

一年以来，戏剧运动在中国，特别是在上海，以蓬勃的形势发展着。从最近的春季联合公演的情形看来，话剧的基础是已经奠定了，技术的水准也相当地提高了，话剧也有了它自己的观众。戏剧运动从多年艰苦奋斗的过程中获得了这样的成果，不用说，是值得我们高兴的。

不过，随着这一运动的开展，同时产生了它自己的危机，这危机，便是戏剧运动庸俗化的倾向。所谓庸俗化的倾向，是指的目前整个运动的路线和戏剧运动的本来意义背道而驰的倾向而言。更具体地说来，可以指出剧作家的"生意眼"，导演的噱头主义，国防戏剧的被唾弃，古典剧本之无计划的上演，以及整个戏剧界工作态度的不严肃……这些都是戏剧运动庸俗化的表现，它们合起来造成戏剧运动的危机。

中国戏剧运动的诞生，起初是基于对封建社会意识的朦胧的反抗，其后便勇敢地担负起改造社会，保卫民族的伟大任务。这种伟大任务的负荷，至今还是戏剧运动这一概念之基本的内容。可是我们的戏剧家们，不是有意地逃避这一任务，便是无意地忘掉了这一重要的内容，他们直接或间接把戏剧运动带到可怕的歧途上了。

二 职业化与庸俗化

近年来中国剧坛上一件最值得注意的事实，便是戏剧职业化，我们不

[①] 本篇发表于1937年《光明》（上海）第2卷第12期，署名光未然。曾收入《张光年文集》（第二卷）。

否认职业化是今后戏剧运动的一条大路，我们也不漠视职业化和半职业化的剧团在奠定话剧基础上所建树的伟大的劳绩，可是我们却不得不指出庸俗化的倾向正是职业化运动的直接的产物；虽然我们并不惊讶，因为它是在资本主义社会下，戏剧被当做商品以后的必然的结果。

其实，职业化和戏剧运动并不是绝然对立，绝然不可调和的东西。职业剧团的领导者应该以敏锐的眼光分析自己的观众群，研究他们究竟需要的是什么东西。目前都市里面的话剧观众，多半还是知识分子的青年男女，他们自己的经济地位正在可怕的动摇中，他们的脑子里面充满着渴望与不安，他们需要刺激，需要热情的鼓舞（苏联影片在中国所以能够叫座的理由在这里）。剧团的领导者应该看清这一点，根据这一点去选择自己的剧本，那么这剧团一定会受到观众的热烈的拥护的。

可是现在一般的错误观念，都以为轻松的噱头，温馨的罗曼司，可以诱至多数的观众，或者以为那些远在数万里外，久在数百年前发生的故事，可以使那些终日为血淋淋的现实所苦恼的青年男女发生兴趣；这种浅薄的见解，一方面把戏剧运动带到庸俗的道路，一方面和大多数的观众的要求愈隔愈远了。

三　戏剧家的逃避现实

在这次盛大的上海各剧团春季联合公演中，我们发现了一件非常有趣的事。便是，参加这次公演的五个剧团，有四个剧团都是上演的西洋剧本。其中除新南剧社的《复活》为田汉改编曾予以新的处理外，其余如奥斯特洛夫斯基的《雷雨》，果戈理的《结婚》，契诃夫的《求婚》，以及毛罕姆的《毋宁死》，都是照原样上演，不但故事没有什么改动，演出的方式也是力求与原时代相吻合。

上演西洋名剧的风气，自从业余剧人、中国旅行剧团先后提倡以来，俨然成为剧坛上的一种主潮，现在几个大剧团的上演目录，都在争着以世界名剧古典巨制相号召了。试看业余实验剧团在排演中和预告中的剧目，如莎士比亚的《罗密欧与朱丽叶》，如席勒的《威廉·退尔》，如雨果的《孤星泪》……最近"四十年代剧社"预告的节目中，也把莎士比亚的

《皆大欢喜》，席勒的《威廉·退尔》等剧列在里面了。上海的剧坛既然造成了这种风气，平津汉的剧坛，向来是以上海的马首是瞻的，当然马上会受这风气的传染。

记得章泯先生曾经这样说过："介绍外国剧作于我们的舞台上，并不是没有条件的。一方面要考虑到剧作本身的艺术价值，同时，还得考虑到它对于我们的社会多少要有点关涉。一个演出，总要使其有一定的健全的社会效果。……"我们绝对同意于这种见地。可是章泯先生自己正在导演中的《罗密欧与朱丽叶》，便是远在四个世纪以前的西欧的作品，它对于我们的社会的关涉大概是极少的吧。我们希望章泯先生对于这个剧本能加以新的处理，以期在演出时能发生一定的健全的社会效果。

西洋剧本之无计划的上演，一方面说明了剧坛上严重的剧本荒，创作剧的稀少；一方面暴露了大多数戏剧家逃避现实的态度，从而加深了中国戏剧运动的庸俗化。有人以为莎士比亚的剧本，在苏联尚且大演而特演，中国何妨效尤？殊不知苏联已经踏入了社会建设的阶段，而中国方在艰苦血腥的斗争中。在这个时候，我们虽然用不着根本禁绝西洋剧本的上演，但我们却绝不容许这种畸形的潮流，淹没了新兴戏剧运动的发展。最后，我们要求每一个戏剧家认识这一点：提倡无条件地上演古典剧本犹如劝人无条件地大读经、史、子、集、左、孟、庄、骚一样，是一种非常庸俗的见解。

四　生意噱头与正义

戏剧家可以职业化，但不可商业化；剧团应该有生意眼，但不可紧抱着生意经。

在资本社会下，一切都商品化了的现在，戏剧商业化的现象是不能免的；如果说这现象可以相当避免的话，那是由于戏剧工作者的正义感。

然而现在，我们试张眼看看，在我们的戏剧工作者之中，有几个没有丧失他们的正义感呢？剧作家是渐渐地商业化了，看到某种题材可以卖钱的时候，大家一窝蜂似的都去写这种题材。譬如说《赛金花》可以卖钱，于是类似《赛金花》的东西都出来了。看到软性戏剧受人欢迎，于是张资平式的戏剧充塞于市场了。最近听说某剧团的一个创作剧本不获通过，理由是剧本内容淫秽不堪有伤风化，这是戏剧商业化以后的当然结果。

意义严肃的东西永不会受人欢迎，我们的剧坛上盛行着噱头主义。剧作者是注意所谓噱头的，导演的任务是加噱头，上了舞台的时候，聪明的演员还会临时想点噱头添上去的。戏剧的艺术性抹杀了，戏剧工作者的正义感消逝了！

这是戏剧运动庸俗化的又一现象。

五　口号公式与国防

一年前，支配整个剧坛的国防戏剧运动，如今已成为过去了。好像戏剧可以和国防无关，好像戏剧救亡的任务已经终止了似的。

我们的戏剧家们，一提起了国防戏剧便摆头不止，讥笑备至。以为国防戏剧也者，无非是口号，无非是公式主义的产物。当目前公式主义正在被清算的时候，国防戏剧首先就该被唾弃的。

不错，一年以来的国防戏剧的创作，十之九在技术方面都是些比较幼稚的东西。我曾经读过一本叫做《打回老家去》的国防戏剧集，结果使我打了几十个呵欠，终于未终卷而放下。但是我们却不能因此便否认国防戏剧的价值。国防戏剧的产生不过年余的历史，剧作者多半是些修养较浅的年轻人，在起初，粗制滥造的情形是不能免的。这全赖前辈先生们的帮助与扶持，在不断地写作与上演的过程中，得以把他们的技术提炼到较高的水准上，可是现在当它还未发育完全的时候，便受到戏剧家们的无情的唾弃，这是合乎道理的吗？

国防戏剧的可贵性，在于它的伟大而现实的内容，当救亡的情绪在全民族的血液里炽热地燃烧着的时候，只有国防戏剧才能给与观众以最大的满足。如果说艺术是感情的传染这定义还有若干真理存在的话，那么，只有国防戏剧才有最浓厚的传染性，它足以使观众的感情炽热地燃烧起来。笔者最近曾经参加过两次学校演剧，上演的剧本都是国防剧，亲眼看到观众的那种兴奋，狂热的态度，自己也常被那些剧情感动得流下泪来，其实那些剧本，在技术上说，都不能算是十分完美的东西。

现在再说口号与公式，这是国防戏剧受唾弃的主要口实。其实在这种严重的民族危机之下，在大家都被压抑得吐不过气来的当儿，如果有人现身说法地在舞台上喊出大家所想喊而未喊的口号，实在是最足以安慰观众的渴望的。只要这口号喊得适当，喊得艺术，喊得有力。我们有过很多次看戏的经验，每当舞台上在适当的时候喊出观众所渴望的口号时，雷一般的掌声便跟着起来了。

说到公式，和口号一样，并不是一件可怕的东西。老实说，当艺术一天还脱不掉宣传的任务时，一天便免不了公式的流弊。只要我们承认这是一种流弊，而逐渐地去克服它便得了。理论是随时随地而变更着而发展着的，我们不必机械地去理解一个口号。现在最要紧的是创作，是救亡，我们一方面希望剧作家尽量克服公式主义的流弊，我们一方面也希望批评家不要过分夸张公式主义的弊害，从而陷于取消主义的泥沼里。

六　怎样提高水准

庸俗的戏剧理论的特点，在于把事物的因果混为一谈，在于把事物的本末倒置起来。技术主义或水准主义可作为这种理论的显明的代表。

依照技术主义者或水准主义者的说法，中国的戏剧运动所以不能得着长足的进展，惟一的原因，是由于我们的技术太差，水准太低；所以要想推进中国的剧运，便不该再管什么内容不内容，意识不意识，而应该从纯艺术的见地去研究技术，提高水准。

这种理论，初听起来，似乎颇为动听，可是稍微想一想，便会发现它的严重的错误。原来抱这种见解的人们，是有鉴于西洋特别是苏联的舞台艺术之可惊的发展，而抱着羡慕与追踪的心理。殊不知这完全是经济条件的关系。在中国这种半殖民地的经济条件之下，要想使戏剧艺术单独发展起来，是不可能的事。除非早日打倒帝国主义和封建残余的束缚，使中国变成苏联式的社会主义社会才能够。因此，戏剧的救亡任务便有特别加重的必要，戏剧的政治色彩便有特别加浓的必要。

然而在目前，在我们周围的那些戏剧家们，还在抱着这种"为艺术而艺术"的见解，还在怀着单独地改革技术，提高水准的梦想，这种念头，早晚会被现实的铁掌击为粉碎的。

七　竞争与独占

剧团职业化了以后，在剧团与剧团之间，便发生了如下的现象——竞争与独占。这是和资本主义的法则相适应的。

竞争的现象，表现在争剧本，挖演员，抢剧场，甚至公然打对台的情事上。竞争的结果，资本薄弱的剧团往往一蹶不振，或与其他剧团合并起来，勉强维持自己的存在；资本雄厚的剧团则雄视一切取得独占的地位；为保持这个地位起见，以后在各方面防止并压抑其他的新生者。

中国的戏剧事业刚刚萌芽，像上面所指出的现象暂时还不多。不过以上海而论，有一件事实值得我们注意的，就是，自从几个大规模的剧团成立并公演以后，因为财力较优，得以世界名剧，写实布景，五幕七幕，电影明星……为号召，而取得了巩固的地位，其他数不清楚的小剧团，因为人力财力的欠缺，无法与大剧团取得竞争的资格，都已经逐渐消隐于无形了。剧坛上独占的趋势，多少是形成了。

剧坛上竞争与独占的趋势之形成，是一件非常痛心而且可耻的事。少数的剧团受了某几个资本家的青睐，而渐渐壮大起来，他便忘掉了他的使命，丧失了他的正义感，倚势凌人，压迫他的同道，不，同志们，这种现象是极有害于戏剧运动的，今后我们应该把这种剧团当做戏剧运动的敌人，而注意去扑灭它。

八　剧人生活的糜烂

庸俗的戏剧运动下的戏剧工作者，或者说戏剧从业员，因为对于戏剧运动的任务缺少理解，因为对于自身工作的严肃性缺少理解，于是他们和她们的工作态度以及整个生活便陷于荒唐堕落的泥坑里。这是戏剧运动庸俗化以后的当然结果。

艰苦奋斗，埋头苦干的时期已经成为过去了。现在是为了玩，为了吃饭，为了友谊，为了自身地位的增高而演戏的。剧坛上盛行着明星制度，各大剧都以 Cast（演员名单）的强硬相炫耀，这些受着资本家特殊宠幸的明星们，丝毫没有为整个运动着想的观念，他们（她们）大都盛气凌人。不服从导演。他们（她们）只会制造一些纠缠不清的人事问题，增加剧务进行的障碍；而这时候，导演的唯一职能，便是应付这些纠缠不清的人事问题。

剧坛上盛行着所谓吃豆腐的风气。这是戏剧界电影界特有的新术语。所谓吃豆腐，它的意义非常抽象而广泛，勉强说来，相当于开玩笑的意思。剧团与剧团之间的相互敷衍，名之曰吃豆腐，剧人与剧人之间的相互欺骗，名之曰吃豆腐，男女演员之间的荒唐胡调，亦名之曰吃豆腐。

吃豆腐的现象之发生，自然有其一定的社会根源，在整个戏剧界走向庸俗的泥坑去了的现在，剧人生活的严肃是不可能的。大家每天见面的时候，感觉到没有一句正经话可说，但为了相互敷衍，又不能板起面孔不说话，于是只好吃吃豆腐，开开玩笑，而把这多余的时光消磨过去。

戏剧界的吃豆腐风气之盛行，使戏剧运动这种庄严的工作，变做了荒淫与无耻。在戏剧运动庸俗化的倾向里产生了剧人生活的糜烂，而由于剧人生活的糜烂，更加深了戏剧运动庸俗化的危机。

九　戏剧救亡是一条大路

一切摆在我们前面的现象，是荒淫，糜烂，庸俗，卑污，整个戏剧界所走的道路，和它应走的道路愈隔愈远了。

我们不能允许这种卑污俗恶的现象长久存在，我们不能坐视这种庸俗化的危机日益加深，我们要求对目前现象不满的戏剧工作者们，大家起来，设法对这现象加以有力的纠正。

我们认为当这民族危机日益加紧的今日，只有国防戏剧运动是一条大路。目前最重要的工作是集中一切力量，集中一切武器去对付我们民族的主要敌人，而戏剧运动恰是这种有力的武器之一。

戏剧之救亡的使命应该加重，戏剧之政治的任务应该加强起来。每一个戏剧工作者应该把自己的头脑武装起来，每一个剧团应该坚强地组织起来，成为救亡运动中的一个细胞；剧团与剧团之间应该密切地联系起来，以从事于有计划地战斗。

　　剧作家，导演，演员，舞台艺术家，一齐动员起来，针对着目前的庸俗化的倾向而斗争。工作的地域不限于大都会，而且普及于内地的一切村镇；工作的对象不限于知识分子，而且普及于工农儿童及小市民。

　　这是一桩艰巨的工作，它的前面横梗着无数的障碍。但是意志坚定的工作者终于把这艰苦的重担负荷了起来，而让那些卑污庸俗的家伙们留在后面，徘徊，畏缩，继续他们腐蚀社会的工作。

《爱与恨》漫评①

大概是三个月以前的事了，我和一位朋友在商务印书馆的廉价书摊上，以五分大洋买得了一本已经绝了版的奥斯特洛夫斯基的剧本《罪与愁——人人不能免的》的中译本。奥斯特洛夫斯基的剧本我们已经读过两个。在俄国，除了果戈理以外，奥氏的剧本要算最最"戏剧的"了。当时一个正在酝酿中的剧团，正缺少适当的台本，为了解决这个使人苦闷的问题，我曾想到把《罪与愁》加以改编。这个，一方面自然是由于这个剧中包含了丰富的戏剧性，一方面是因为我自己便是从商人社会中走出来的，对于描写商人的故事特别感兴趣的缘故。可是，当我把这个剧本看了两遍，正预备着手改作的时候，那个酝酿中的剧团因为各方面条件不成熟，决定暂缓组织，因之，我的一股兴趣，也便化为乌有了。

可是，想不到在同时同地的同样情形之下，居然有了具有同感的人，而且这人又居然是我新近认识的朋友。当我开始知道这消息的时候，我是多么欢喜啊！所以，当钱、张两先生把他俩改作的油印本送给我的时候，我一口气便把它读完了。这样，我才发现了对于故事的处理，对于改作的意见上，我也有了和钱、张两先生具有同感的地方，那么，除了高兴之外，我还能说些什么呢！

"忧愁不到森林中旅行，偏要到人类中来"，这是剧本最后的两句话，显示了作者自己的理解。如果这样看法不算错的话，那么，奥斯特洛夫斯基的这个悲剧，还不能脱掉命运的色彩。奥氏以一位人道主义者的同情心来写这个剧本，而有意要把自己的人物安排在一种不可逃避的失败的命运中。这种看法，在今日是有着和我们颇为遥远的距离的。在钱、张两先生

---

① 本篇发表于1937年《新学识》（上海）第1卷第11期，署名光未然。曾收入《张光年文集》（第二卷）。

的改编的新作中，对于这一点有了恰好的否定。在这里我们看到的不再是命运的拨弄，而是社会的支配力量。关于这一点，连剧中的女主人公唐露英自己都认识得很清楚。在她向久别重逢的爱人说明自己不得不"下嫁"的原因，也就是说明了造成悲剧的原因时，她这样说："怎样结婚？我看不到你，我得不到你的来信，我父亲死掉，我们搬到乡下去住，我失学了。家里愈弄愈穷，母亲逼着我出嫁，我有什么办法？一个女人，假使不愿意，能坚持得下去吗？……"显然，这里是金钱的拨弄，这里是不合理的社会制度之下所造成的脆弱的女性的最平凡的悲剧。至于最后悲剧将要结束的时候，唐露英简直向这样的社会制度提出了坚强的抗议。她回答众人："是的！我不要脸！我不安分！可是这不能怪我！谁把我关在这个死地方！谁要把我这样活活的闷死！"她的问题，那些人是无法理解的；不但不理解，而且结局还要杀了她。我想，即使是原作者奥斯特洛夫斯基恐怕也不能正确地理解这个问题吧！正因为这样，我们在改编本中找出了可宝贵的一面。

悲剧的结果，一个是死了（唐露英），一个则陷于不可悔改的"罪与愁"中（罗宝生），然则，追究起来，这究竟是谁的过错呢？依照奥斯特洛夫斯基的意见，他是勿宁同情于罗宝生的。"我们是受人作践的人吗？……我们也有我们的公共团体，也一样纳税，别的义务也尽力一分。我们哥哥从辛苦血汗得来的钱，也捐给社会里。……"原剧中阿方的话，未必不就代表原作者一部分的意见。至于他对于唐露英，与其说是同情，就不如说是讥笑了。这种态度，对于新市民阶级刚刚抬头的俄国的当时，奥氏的写法丝毫没有受到非难的理由。可是现在呢？现在的而且在中国呢，这种偏袒的态度就觉得无谓之至了。改编者的两位，正确地把握了这一点，乃予以巧妙的改编。于是，这里的唐露英就不再是一个妄自尊大的"软体动物"型的唐迪亚拉但捏诺夫拉，而是有着相当的反抗意识的知识女性了；白易甫也不再是那个自负不凡，理想成分很重的青年贵族巴柏叶夫凡能丁拍夫立希，而是有着强烈的正义感的知识青年了；甚至于唐露沙，也从一个讨厌的露凯夜一变而为可爱的女学生。这样，故事的重心，显然已经移到唐露英及其所属的阶层的身上，于是这个剧不再是新兴的小市民的悲剧，而是破落的知识阶级的悲剧了。这只要比较一下两个题目的不同，便可理会出一些此中的秘密：《罪与愁》主要的是克拉斯洛夫（罗宝生）的《罪与愁》，而《爱与恨》却主要的是唐露英（唐迪亚拉）的"爱和恨"了。马克思曾经告诉我们，理解一个作家，应该原谅他的因时代关系而必然会犯的错误，而注意去发掘他那永恒不灭的优点。用这种看法，奥斯特洛夫斯基的伟大性是永远不可磨灭的。但是为了我们"此时此地的需要"加以批评的改编却是万分的应该的；正因为这样，我们在改编本中找出了值得宝贵的又一面。

由于结构的紧张，对话的流利，使我两次都一气读完了这三幕六场的改编本。对于改编的技巧方面，我没有什么不同意的地方。（只除开一点，便是，对于一幕两景的办法，我不大赞同，我觉得可以干脆改编成一个四幕剧或三幕剧）不过读过两遍以后，总觉得后半部悲剧的气氛还不大够，这剧本演来还不能那样地感人。这决不是技巧上的缺憾。仔细想过，当不外乎以下的两个原因：第一，原作是以封建贵族与新兴的市民层的两个阶级的斗争为主题，这个斗争含有伟大的历史性，它的本身便包含了许多可歌可泣的事实；而新编的《爱与恨》中，则是以没落的小商人与破灭的知识分子的斗争为主题，这斗争的积极性是减低了。因为商业资本早已没落而成为工业资本和金融资本的附庸，而知识分子本身又不能成为一个固定的阶级。斗争的伟大性和积极性一减低，则感人的力量也自然减低了。我以为如果另外调换一种方式，使唐露英作为一个破落的布尔乔亚或小布尔乔亚的小姐，使罗宝生作为一个工人，则可歌可泣的成分必因之增加。其二，因为把故事的重心转移到唐露英身上去了的缘故，结果把罗宝生原来的许多心理分析的地方都认为不必要而删略去了，而这些心理刻画，内心斗争的地方，正是加强悲剧气氛的主要因素。

正如改编者在序言上所说的，改编一个剧本并不比重新写作一个剧本为容易，这里我们可以看出，钱、张两先生已经尽了他们最大而最善的努力了。我觉得，在中国今日深临剧本荒的情形之下（这情形大大地阻碍了整个剧运的开展），从外国剧本改编的这个办法是值得大大地提倡的，一个好的改编者不但不会减低原作的价值，而且由于批评地介绍及普遍地上演，更增加了原作的光辉。

关于《爱与恨》的意见①

钱颖、张庚两先生由奥斯特洛夫斯基的《罪与愁》改作的三幕剧《爱与恨》，我幸得以先睹为快。至于读后的感想，则曾写过了一篇《漫评》②，刊载于一卷十一期的《新学识》上，这里似乎觉得无话可说了。但为了在蚂蚁剧团的公演特刊上凑凑热闹，只好勉强找几句话来谈谈。

蚂蚁剧团是蚁社的主要文化活动之一。我曾在某一时候，被邀参加过蚁社的另一文化活动，这样使我知道蚁社社员的成分，除了一部分的知识分子、青年学生以外，还有一大部分的职业青年，具有前进意识的小市民。蚂蚁剧团上次公演了《雷雨》，这次又上演了《爱与恨》，都是非常投合中小市民口味并多少给他们以新的启发的剧本，足见"蚂蚁"恰好抓住了自己的观众群，这点是颇值得我们玩味的。

《爱与恨》这个剧本，依照改作者的企图，是要把它改编成一个"对于市民生活和其世界观的批判"并足以"引起他们对于自己生活深思"的剧本。但我应该说，改编后的《爱与恨》，并不是一个纯粹"市民的"戏剧。依照本剧的主人公唐露英、白易甫（这俩人是改作者付与了较多的同情的）所属的阶层看来，《爱与恨》中所展开的仍然是一般知识分子的悲剧。但这又有什么关系呢？对于顾立均的顽固偏执，兰贞的无事生非，还有罗宝生的简单无识以及贩卖私货，不都已尽了揭露与批判的任务了吗？因此对于中小市民的观众，本剧仍然提供许多好的启示，仍然足以"引起他们对于自己生活的深思"。

---

① 本篇为《关于〈爱与恨〉的意见》的第一部分，发表于1937年7月31日《大公报》（上海）副刊《戏剧与电影》，署名光未然。原文包括四个部分，分别刊载四位作者的意见：（一）光未然；（二）任白戈；（三）林娜；（四）王达夫。未曾收入自编作品集和文集。

② 即《〈爱与恨〉漫评》一文。

蚂蚁剧团是一个颇有历史而且颇有希望的剧团,我希望她继续保持一贯的作风,多多上演一些自己的观众所需要的剧本。我还希望钱颖、张庚两先生继续写作一些"市民的"戏剧,这些戏剧不仅是对于市民生活之深刻的发掘,而且巧妙地配合着当前的局势,装进一些更伟大更严肃的内容。然而这些话是大家已知之有素的,又何需乎我来饶舌呢?因此我这篇短文,便不得不成为废话了。

"战时戏剧"引论

一

自从卢沟桥事件发生后,中国民族的危机转入了一个新的阶段。民族革命战争的爆发成为可能而且必要,战争是不可能避免而且无需避免的了。

在这个抗战爆发的前夕,中国戏剧界应该随着整个文艺界,文化界,乃至整个民族的动员而动员。如果说救亡图存自来便是中国戏剧运动的主要任务,那么现在是更要加重这个任务的时候了,如果说戏剧自来便是民族解放运动中的斗争武器,那么现在是更要大量地发挥这个武器的妙用的时候了!

自从"九·一八""一二·八"的事变相继发生以后的数年来,中国的戏剧工作者(除了少数执迷不悟分子以外),自始便站在救亡运动的最前列。"国防戏剧"的口号之提出,在这个口号之下的富有煽动性的剧作的产生,以及这些剧作的普遍的上演,在救亡运动中所显出的功能,该是任何人都不可以抹杀的吧!也许我们戏剧战线上的同志们将要以此自傲吧!

但是,如果我们来仔细检阅一下近年来这个阵线的进展,它的成就,以及它的将来,我们马上可以看出自己阵容的虚弱。战士的犹豫,不坚定,乃至整个进军的无计划与不英勇。特别是自从一年以来,大部分有能力,有历史的领导分子,在这个阵线上相继退去,甚至背叛以后,我们的

---

① 本篇发表于1937年《新学识》(上海)第2卷第11期,署名光未然。未曾收入自编作品集和文集。

阵容显得更加虚弱了。这些在戏剧救亡的任务愈益加重的今日，是需要以最大的力量来弥补，来克服的。同时，抗战的爆发，将要给戏剧运动的前途扫除许多非常可耻的障碍，而使新的救亡戏剧的蓬勃发展成为可能，这点我们也是应该予以理解的。

救亡戏剧的新阶段，产生于新的政治环境之中。而这个新的环境又需要英勇的戏剧工作者以最大的力量来争取而使之早日实现。这点也是非常重要的，本文所谈的战时戏剧，因此不但适用于战争爆发以后，而且一样地适用于战争爆发前夕的此刻。我们要认定此刻便是战时，我们要认定神圣的抗战依旧需要民众的力量来争取！我们还要义者，而是比谁都坚决比谁都英勇的斗士！

二

新的环境产生了新的战术，新的实际需要新的表现方法。我们暂时提出"战时戏剧"这一个口号吧，我们希望年青的剧人们在这一新的口号之下而动员起来。

"战时戏剧"是新的政治形势下的产物，它可是说"国防戏剧"之更进一步的发展。当然，这并不是说，"国防戏剧"的任务——已经终了。而"战时戏剧"应该把它的地位取而代之的意思。相反地，"国防戏剧"应该在今日发挥它的更伟大的效用，把整个剧坛的萎靡局势在它的领导之下纠正过来。而"国防戏剧"呢，则是在他的抚育之下而成长起来的一支尖锐有力的突击队。它将能更英勇的完成国防戏剧的伟大任务。

因此，"战时戏剧"的第一个特征。便表现在它的尖锐性与突击性上。第二个特征则是它的宣传性与煽动性。我们首先谈谈剧本的制作吧。在取材方面，自然是以抗日为第一义。但也并不忘了去表现民间的疾苦，事实上，只有把大众的实际生活和整个民族危机糅合地表现出来，才能紧紧地抓住观众的心灵，才能更进一步地把他们拉到救亡线上来。此外，最要紧的是能够飞速的反映新的变换着的时势，把最近的新闻以及抗战中的可歌可泣的事迹编成剧本表演出来。在剧本的形式方面，注重简短有力，尽量地采用新闻的"活报"体。作家固然应尽量地使内容形象化，但也不要忘了在适当的地方加进解说性与煽动性的言辞，必要的时候，还要和演说、歌唱、呼口号等糅杂起来表演。特别要注意的是，"战时戏剧"多半是在街头或农村的广场上表演的，因此，这种剧本还要采取"无幕剧"的形式，并要把演员与观众混合起来，把舞台伸长到观众的背后和四周。

"战时戏剧"的第三个特征是它的流动性与游击性。"战时戏剧"的上演不一定有固定的场所，不一定有固定的舞台。当然如果能有他们也并无妨碍。剧团的公演是流动性大的，同样的剧本同一天可在几个不同的地方轮回表演。这种游击似的"战时演剧队"要在各地广泛地组织起来，他们一个又一个要像穿梭似的，在这个街头那个街头，这个村庄那个村庄，这个工厂那个工厂，这个兵营那个兵营，这学校那个学校无休止公演下去，要达到"有群众的地方便有演剧"的这个最高目标。

战时戏剧的第四个特征，在于它的组织性与实践性。不但每一个剧团每一个流动演剧队要把自身严密地组织起来，共同研究，讨论，工作，乃至战斗，总之完全成为整个救亡运动中的一个活的单位。而且它还有更重要的任务。即是它还要把自己所感动所教育了的观众设法更进一步地把他们组织起来，动员起来，如帮同群众组织他们自己的剧团，歌咏队，乃至各种积极性的救亡团体。这种工作是非常艰苦的，而且不是每一个戏剧工作者所能胜任。但是我们不能过分看轻自己，我们应该从各方面去不断地学习并改进自己的斗争技术。要认定我们的演剧运动不仅是一种宣传工作，而且是一种组织工作。我们戏剧工作者不仅是一个艺术家，而且是一个坚强的斗士。

对于"战时戏剧"的意见，本文不过刚刚引起端绪，然而已经达到编者所给我的字限，只好暂时停笔了。至于怎样组织战时戏剧队，怎样写作战时戏剧，战时的街头演剧与农村巡回公演的方法，以及怎样组织观众等问题，当另为文详述，此篇短文，就权且当做一个待续的引论吧！

论"街头剧"[①]

一 什么是"街头剧"?

什么是"街头剧"?

这个问题,初看起来似乎是不成问题的,可是有许多戏剧专家,也竟然在这个名词上闹了很大的笑话。他们以为所谓"街头剧"也者,大概是以在街头发生的事件为题材的戏剧,换言之,凡是以街头为背景的舞台剧,皆得名为"街头剧"。这自然是一个非常肤浅而且非常错误的认识。从这个错误的认识出发,于是一些完全与"街头剧"无关的"街头剧",便在这些专家的妙笔之下创造了出来。

"街头剧"的正确定义,应该是:凡能以最便捷的方式,用最简单的设备,传达最通俗的剧情,而能在街头或旷野上实地演出者,都得名为"街头剧"。所谓便捷,其反面便是麻烦,所谓简单,其反面便是复杂;所谓能在街头或旷野实地上演,其反面便是只能在室内的舞台上演,而不能实演于任何一个旷野或街头;凡是具备了这些反面条件之一种或数种者,皆绝对不能被称为"街头剧"。

"街头剧"这一名词,是为了和"室内剧"的区分而存在的。某些"街头剧"有时也可以在室内上演,但"室内剧"大抵都很少有搬到街头的希望,除非加以相当的修改。这原因很简单,就因为"室内剧"是在与观众保持相当距离的"第四壁"中活动的立体电影,它可以利用复杂精巧的舞台艺术,如布景,光影,化装,音乐效果……来欺哄观众的眼睛,而

[①] 本篇发表于1937年《新学识》(上海)第2卷第2期,署名光未然。曾收入《街头剧创作集》、《张光年文集》(第二卷)。

"街头剧"则是在光天化日之下,在四面(至少三面两面)观众目光的监视之下,作伪与偷巧的机会极少的缘故。

二 "街头剧"的特征

"街头剧"的特征,也即是它与"室内剧"的不同之处。具体说来,表现于以下数点("街头剧"自身也有分类,每一种"街头剧"又各自有其特征,这里说的,是指出其一般的特征):

第一,"街头剧"以没有布景为原则,即有,也只是最简单的布景。最好能利用街头或乡村的固定建筑物或自然景物作背景;在利用自然物,建筑物,及其他人造景物作背景的时候,这些背景应该富有伸缩性。

第二,"街头剧"以不用灯光为原则,即有也只是最简单的灯光。像"室内剧"那样,借灯光来描写时间,造成氛围的办法,是"街头剧"所做不到的;"街头剧"以在白昼上演为原则,但必要时也得在夜里上演,这时的灯光可利用月光,街灯,蜡烛,火炬之类。

第三,"街头剧"以避免化装为原则,即有,也只是最简单的化装。既是在光天化日之下出演,既是在观众锐利目光的监视之下出演,则一切过于繁重的化装都成为不可能。特别是由于化装不能和灯光配合起来连用,化装的效力已经大大地减低,如果勉强连用,使人看出破绽,反而弄巧成拙。(有些象征剧需要夸张的化装者,不在此列)

第四,"街头剧"以不用音响效果为原则,即有,也只是最简单的效果。因为"街头剧"的一个重要前提,便是要使观众弄假成真,如果做出飞机的音响,而观众向上看去,并无飞机;做出火车的音响,而观众向前看去,并无火车;做出猫狗的音响,而观众向下看去,并无猫狗,岂非一大笑话?

第五,"街头剧"以打破"幕限"为原则,换言之,即打通舞台剧的"第四壁",使演员与观众的情感交流,必要时还要把演员与观众混合起来,使演员观众化,观众演员化。这样一来,就把剧情弄假成真,甚至把观众立即诱引到一个实际的行动中去。

第六,"街头剧"以能流动公演为原则。在街头公演,每个地点,事实上不能逗留过长的时间，为吸取较大量的观众，应该在这一地点的公演结束后，立即流动到另一个地点演出如此轮回公演，直到时间与精力不许可的时候为止。

第七，"街头剧"应该避免过分刺激的剧情，如打汉奸，及当场杀人等等。因为"街头剧"的目的在于弄假成真，如果剧情过于刺激，如果有打汉奸，打东洋人的场面出现，观众情绪激动。也许竟然一拥而上，把扮演汉奸或日本鬼子的演员，不由分说地揍个半死，岂不糟糕？所以此类剧情，纵然易收效果，在采用的时候，还是应该多加谨慎。

第八，"街头剧"上演时，应该顾及公共秩序。纵然剧本里面有叫嚣动乱的场面，也必设法使骚乱秩序化。其方法在能识别观众心理，把握观众情绪，从而在剧情的开展中把观众的行动领导起来。

上面说的"街头剧"的特征，也就是写作"街头剧"时应该注意而且遵守的几点。如果忽略了这些，那写出来的将是不伦不类的东西。

三 "街头剧"的分类

就上演时打破幕限的程度来区分，"街头剧"可以大别为三大类：

第一类绝对打破幕限的街头群众剧。这一类的剧本，是根本无所谓布景，灯光之类的。这类的剧本全是"无幕剧"，也无所谓舞台；如果有舞台，那舞台是在观众的前面，背后和四周，这类的戏剧，具有充分的流动性；这类的戏剧，具有充分的伸缩性；这类的戏剧，最能配合现时现地的需要，因而能使观众充分信任它的真实性，因而共同参加到戏剧中去，共同推动剧情的发展。

《放下你的鞭子》一剧，是这类"街头剧"的一个最典型的代表。拙作的《难民曲》，也可以归纳入这一类。在三类"街头剧"中，以此类最为简便易演，且是能充分发挥戏剧的宣传效力，同时也可以说，在一切戏剧中，以此类"街头剧"的效力最大。但是在一切"街头剧"中，甚至在一切戏剧中，是以这一类的戏剧最为难写，因此它的产量也最少。其原因在于它舍弃了舞台艺术中的一切便利的补助条件，舍弃了舞台上一切便利的，偷巧的，用以欺瞒观众的耳目的补助条件。

第二类的"街头剧"是利用街头或乡村固定的建筑物做布景，在这天然的布景前面，围绕着三面或两面的观众，剧情便在这样的"布景"与观众之间展开起来的戏剧。这类剧本之不同于第一类的，是在于它有一个"天然的后台"，这"后台"可以给予编剧者和演员以不少的便利。然而和第一类同样，这类戏剧的"现实性"还是非常浓厚，其重要的前提还是在使观众弄假成真，所以前面所述的"街头剧"的一般特征，十之八九它还是具备着的。

这一类的"街头剧"，目前似乎还很少人想到，所以一时也找不出具体的例子来。但是这一类确较第一类为易写，其原因就在于它多了两个便利的条件：有布景，有后台。我想在眼前的许多适用于室内上演的独幕剧中，有不少可以改作成这类的"街头剧"。笔者最近有闲暇的时候，一定要改作一两个出来试演一下，作为提倡（按：拙作《沦亡以后》，是第二类的例子）。

第三类的"街头剧"，和普通的"室内剧"没有多大区别，唯一的区别是在把舞台从室内引到室外，从固定的变做流动的而已。这些"街头剧"的上演方法，是用一种特殊装置的"巡回演剧汽车"，车上附有简单而有伸缩性的舞台装置，汽车停留在一个地方，把车的边缘撑放下来，便是一个露天的舞台，准备好了的戏，便在这临时的舞台上扮演起来，演完后，把车缘合上，于是这车又开到别的地方，戏又在别的地方扮演起来，如此巡回不已。

在苏联，这类的演剧车被大量地采用着。特别是在乡村，在集体农场，在一切缺少大规模的民众剧院的地方，随时都有这类的演剧车活动，用来补救它们的缺陷。

许多简单平易的剧本，都可适用于这类"巡回演剧车"的上演，但为了适应该演剧车的特殊舞台条件，必须加以改作（按：拙作《亲善》，是第三类的例子）。

四　怎样制作"街头剧"

在救亡运动中的宣传工作急需广泛展开的今日，各种"街头剧"的大量制作,被迫切而又迫切地需要着。但是"街头剧"的产量如此地少而又少。使一般从事救亡戏剧工作的人感觉到无戏可演,这究竟是什么道理呢?我想这原因在于剧作者对于"街头剧"的特征缺少理解,此外,对于街头社会的实际的情形还缺少研究。对于第一点,是不成多大问题的;对于第二点,我想提出一个具体的口号,便是:"研究街头。"

所谓"研究街头",不仅是研究街头墙角的一切具体的"舞台条件",而且兼及对街头巷尾的一切各式各样的活生生的人物,活生生的语言,还有一切日常发生的具有丰富的戏剧性的故事题材。只有这样刻苦的持续的观察与学习,那些活生生的"街头剧"才能创造得出来。

"街头剧"的演出方法[①]

"街头剧"是适应战时的宣传任务而产生的一种特殊的戏剧形式，关于它的性质及特征，我已经在《论街头剧》（见《新学识》二卷第二期）一文中指出了一个大概。至于它的演出方法，也有和舞台剧不同的地方，这里就临时想到的，随便提出来谈谈。

首先，"街头剧"是没有舞台的。（这里指的是狭义的街头剧）即是在《论街头剧》一文中所说的第一类的"街头剧"，但是在上演的时候，也有一个无形的舞台存在着。这个无形的舞台，即是在观众四面（有时三面两面）围拢来的空地上。十之八九的戏，都是在这个圆形或半圆形的空地上做。但有时要突破观众的围绕，而把"舞台"伸张到观众的背面和四边（如《难民曲》中警察来时和胡老板来时都是这样）。演员在这个具有最大伸缩性的天然舞台上做戏，地位一定要摆得开，收得拢，而且还要使观众随剧情的展开而摆开，而收拢。换言之，即是要有控制观众的能力。有些时候，依照剧情的需要，也许还要把观众引导到某一行动中去，使观众弄假成真，催眠似的依照演员的指挥而行动，换言之，即是要发动观众来的主观性与积极性，这就不大容易了。大概在这种地方，剧本中一定说明了有演员混杂在观众群中，暗暗地尽着指挥观众与领导观众的任务，如果剧本上没有写明，导演也一定要预先布置好，按插人到观众中去（帮场）。而这帮场的人，一定要默察观众的心理，抓紧观众的脉搏，从而在观众群中起影响作用。一个演员和导演，本应该在群众心理学上下一番研究功夫，一个"街头剧"的演员和导演，更应该在这上面下一点苦功。

在演员的动作方面，"街头剧"也有和舞台剧稍稍不同的地方。舞台

[①] 本篇发表于1937年12月17日《大公报》（汉口）副刊《战线》，署名光未然。曾收入《街头剧创作集》。

剧是在与观众保持相当距离的舞台上演出的，为了增强剧情，为了使剧院内大多数人乃至全部的观众能够了解，能够感动，所以演员的表演，应该而且必须加以"程式化"。这"程式化"的程度虽不像旧剧那样机械和严格，但在不过分刺目或刺耳的程度内，是容许导演和演员来创造一种新的程式的。但是"街头剧"的目的，在使观众弄假成真，所以在动作上和语言上，一定要逼真，不能使观众看出丝毫的破绽。但是"逼真"和"自然"的意义，并不是说动作方面，可以像日常动作那样含糊了事；说话方面，可以像日常说话那样低声模糊。每一个动作，还是应该交代清楚，每一句话，还是应该清晰而且明朗，我们要保存日常说话和动作的优点，而舍弃它的缺点，这样说来，"程式化"的废除，又只是相对而非绝对的了。

上演"街头剧"的时候，大抵四面是观众（如《放下你的鞭子》），有时三面是观众（如《难民曲》），演员表演的时候，一定要面面俱到，不像舞台剧那样只顾一面。在表演舞台剧的时候，有一个重要的规矩，就是不要把屁股对着观众，在表演"街头剧"的时候，这个规矩，已经失掉了其存在的意义。不过"街头剧"的表演，不论是四面观众还是三面观众，总还有一面是表演最集中的一面，好像打仗一样，那一面是最主要是阵地，应该用最主要的兵力去对付它。大概这一面是观众最拥挤的那一面，如果是三面观众，一定是中间的一面。演员在开始表演之前，应该把这一面认定。然而观众是活动的，有时会任意移动其重心，但是如果演员能那最便利的一面来做戏，观众是有充分的可能被控制，被转移的。

在四边观众的严密的监视之下，舞台上"提示"的方法是绝对不可用，这样对于演员的记忆力便是一个最准确的试验。本来，在舞台剧的演出上，已经有人在反对"提示"的办法了，袁牧之在他的《戏剧漫谈》上公然提出"打倒提示人的口号"。但是像三幕五幕那样的长剧，废除"提示"的方法几乎是不可能的。可是上演"街头剧"，演员却非把剧词读到烂熟不可。其方法在使一段一段的剧词，在自己的脑海中加以逻辑的联系，在剧情整个发展中找出它的关联性来。至于万一在场上临时忘掉剧词的时候，切不可显出慌张的样子，而应该用和原词意义相等的话把它应付过去，万一连那样一段的意思也整个忘掉了的时候，另外同场的演员应该赶紧接上去，或者把他忘掉的地方用动作把它掩饰过去。

"街头剧"的演出方法

  本来一个好的"街头剧",应该富有伸缩性,应该给演员留有活动和发展的余地。否则,便不算是好剧本。在"街头剧"这样缺少的今天,我是赞成用幕表的方法来代替剧本的。不过"街头剧"最难的是结构,不是对话,如果幕表写得出来,剧本当然也不成什么问题了(这里所说的"幕表",是代替 Outline 的意思,"街头剧"没有幕,自然说不上"幕表")。

  "街头剧"最好能和歌咏,演说,时事报告联系起来。本来"街头剧"的本身便是一种宣传,但总归是间接的而非直接的,但如纯用直接注入的方法来宣传,不一定能发生很大的感动力量,如果把二者紧密地联系起来,所收的效果一定更大。通常"街头剧"里面多半插有歌曲,上演之前,可把那些简单通俗的歌词印成小张,在上演时散发(譬如演《放下你的鞭子》便散发《九一八小调》,上演《难民曲》便散发《难民曲》歌词)。戏演完后,便教观众学着唱,因为和看了的戏发生联想,这歌一定容易学,容易记,容易发生兴趣。至于演说和时事报告,放在上演完毕后举行自然可以,但如混在剧中,一定可收到更大的效果。

抗战时期中的戏剧运动[①]（节选）

（六）抗战时期的戏剧运动

一

中国的戏剧运动自来便和民族解放运动有着不可分解的关系，可以说，戏剧运动是整个民族解放运动中之一环。中国戏剧界一贯便在这个运动中担负了神圣的战斗任务，特别是在伟大的民族解放战争爆发以后的今天，它的任务是更加严重了。

抗战时期的戏剧运动，仔细说来，表现出以下几个特征：

第一，整个运动的路线，在抗战中统一了起来。目前再不会有那种丧心病狂的人，去演一些与社会无关甚至与抗战无关的戏剧来。整个路线的统一，是我们多年呼吁而未见效果的，现在已经丝毫不成问题了。

第二，移动演剧队的产生，是战时戏剧运动的新的活动方式。戏剧从都市移到内地及乡村，救亡演剧队的活动范围遍及于中国腹地及边疆。戏剧界适合客观环境的需要，放弃了过去的阵地战而采取游击战的方式，这在战略上说是绝对正确的。

第三，新的更广大的戏剧队伍，在抗战中产生了。全国各学校，各救

[①] 本篇发表于1937年《抗战戏剧》创刊号。全文分为八个部分，分别由八位作者撰写：（一）战时的戏剧（洪深），（二）我对抗战戏剧的三点所要求的三点（穆木天），（三）抗战戏剧运动应做到的几件事（阳翰笙），（四）抗战中的戏剧（史东山），（五）抗战时期的戏剧（周彦），（六）抗战时期的戏剧运动（光未然），（七）迅速地、具体地反映现实（胡绳），（八）对救亡移动剧团的建议（波儿）。这里内容节选自其中的第六部分。未曾收入自编作品集和文集。

亡团体，都把戏剧当作了主要的宣传手段，新的剧团，新的剧人，新的剧作家都在被广泛地培养着。戏剧不再为戏剧界所私有，而为全国人所公有；戏剧界不再是孤单战斗，而是有了广大的援军了。

第四，街头戏剧，成了战时戏剧的主要形式，它在抗战中也的确尽了最大最善的努力。目前的街头剧作虽然太少，但相信在客观环境的迫切需要之下，一些新的有力的剧作，是会大量地产生出来的。

二

目前戏剧界应该进行的工作，大概不外以下数端：

第一，移动性的救亡演剧队，还应该更广泛地组织起来，务使戏剧运动的足迹，能达到任何一个偏僻角落。

第二，戏剧界自身还应该严密地组织起来，各演剧队的剧人，务必尽量破除奴性的旧习，严肃地担负起救亡的政治任务，戏剧界还应该集中人才，帮助一切新生的戏剧队伍的成长与壮大。

第三，各地的剧作者应该严密地组织起来，有计划地供给一些良好的适合目前需要的剧本。

第四，戏剧的联合战线应该加速的建立起来。各地都应该有包纳京戏、土戏、文明戏之类的联合性的戏剧协会之产生，话剧的工作者应该在各方面（特别在技术方面）帮助旧戏和文明戏的充实与改良。

三

抗战继续下去，戏剧运动也必在抗战中得着更进一步的发展。到抗战结束时，一个美丽的前途，已经有充分可能在我们前面展开：

首先，戏剧已经深入大众了，它在大众中间建立了牢固的基础；于是，随着量的发展，质的提高也成为可能；此外，戏剧工作者在抗战中经过艰苦的锻炼，坏的分子被洗刷了，剩下的是坚定的干部，足以担负更伟大的战斗任务；还有，新生的分子在战斗中锻炼出来了，他们是将来最好的生力军。

美丽的前途摆在前面！让我们共同争取它的早日来临吧。

历史剧的语言问题①（节选）

五

我谈谈中国的历史剧吧。我觉得应该就历史的远近概括地分为三个候期：上古的，中古的，近世的。近世的历史剧的语言问题，比较容易解决，譬如编写明代，清代或民国初年的史绩，便不难在这个时期的民间小说中采取适当的用语，而且这个时期去今未远，研究起来比较容易；至于中古时期的语言，很难在舞台上还原当时的真实，我以为，编写这个时期的历史剧，在言语方面，除了尽可能地在同时代的民俗文学中去研究发掘以外，应当相当地采用"程式化"的手法，这种"程式化"的手法不妨在旧剧的"道白"及弹词，平话中去学习；特别是上古历史剧的用语，大概除了"程式化"之外没有其他更适当的方法了（上古的历史剧，最好还是写成诗剧或歌剧，话剧是会失败的）。

上演古代的历史剧，演员在舞台上的发音，我以为也应该追求一种"程式化"的表现方法。就我们涉猎过一下中国古音学的人来看，中国人的发音经过了多次的演变，只要把古经注音，广韵，诗韵及现代发音比较一下便可看出。因此，在发音上还原古代的真实也是绝不可能的，因此，对话发音的"程式化"便成为必要了。

---

① 本篇发表于1937年《语文》（汉口）第2卷第2期，全文共十个部分，分别由十位作者撰写：一、白尘，二、夏衍，三、张庚，四、王任叔，五、光未然，六、周木斋，七、胡风，八、凡容，九、蓝洋，十、尹子契。这里的内容是节选。未曾收入自编作品集和文集。

一年来的戏剧运动[1]

从庸俗的路走上战斗的路

1937年的春季，正是中国剧坛最活跃的时期。这个时期的具体特征，便是戏剧运动的职业化。话剧由于多年来不断地努力，无论在演技上或舞台艺术上，都有了相当的进步，此外，观众一天天增多，保证了营业上的不亏本，这种种有利的条件，都是使戏剧职业化的可能性一天天增强。特别是当这些有利的条件和充裕的资本（一部分高视远瞻的资本家的投资）结合起来的时候，职业化运动便成为1937上半年的最时髦的运动了。

谈到职业化运动，便不能不联想到唐槐秋先生所领导的"中国旅行剧团"，由于它几年来的苦斗，几年来的万里长征，替职业化运动奠定了相当的基础，此后的"业余剧人协会"和由"业余剧人协会"转化的"业余实验剧团"，还有此外很多的职业化与半职业化的剧团，不能不说是或多或少地受了"中旅"的刺激与影响而产生的，但是后者因为财力的充足，人力的整齐，在演出的成绩上与影响的广大上很快地超越了前者。

职业化运动的本身并不是一个恶劣的运动，然而在它的发展中实在包含着恶劣的因素。因为受了"资本"或"营利"这一基本观念在驱使着，于是它的一切活动便以这个基本观念为尺度，渐渐地和戏剧运动的本义背道而驰，而变成一种庸俗的戏剧运动了。摆在大家面前的，有的是铁一般的事实，这里为节省篇幅起见，也用不着再来引证。

抗战爆发以后，中国的几个大都会都受到摧残，职业化剧团失却它固

---

[1] 本篇发表于1937年《战斗》（汉口）第1卷第11期"新年号"，署名光未然。曾收入《张光年文集》（第二卷）。

有的堡垒。更重要的是失却它大量的观众。同时，随着战争的开展，青年剧人的正义感也一天天炽热起来，在这个大时代的转变之下，戏剧运动便也非常自然地从庸俗的路走上战斗的路了。

从固守营垒到戏剧的游击战

职业化的剧运是都会中的产物。正因为都会中有那么多有钱有闲的人，需要一种新颖的富有刺激性的话剧来满足他们消闲的需要。因此，在抗战爆发以前，几个大剧团都集中在都会，特别是京，沪。那里剧团显得太多，而广大的内地市镇和农村，则根本没有欣赏话剧的机会，虽则他们是那样迫切地需要着。

战争爆发了，大上海遭了浩劫，首都也惨遭沦陷；平津，更不用说。在京沪失陷之前，那里的剧人已深深感到过去路线的错误，和自身责任的重大，大家都抱定牺牲的决心，离开都市走到内地农村中去，广泛地发动戏剧的游击战。

在上海"文化界救亡协会"领导下的救亡演剧队，一队一队地组织起来，一批一批地出发了，他们每走到一个地方，都受到当地民众的热烈欢迎。他们尽量利用"街头剧"来宣传，同时还利用戏剧以外的各种方式来宣传；如演说，歌咏，壁报，大鼓书，杂耍等等。此外，他们每走到一个地方，还要尽一切可能把当地的戏剧运动，救亡运动推动起来，有些还更进一步地从事组织民众的工作，这些情形，都说明了中国剧人的大觉醒，他们的严肃工作——戏剧的游击战，无疑是恰好配合了目前的需要，无疑地是对抗战尽了最大而最善的努力。

从分离矛盾到联合战线

"戏剧的联合战线"的口号，远在一年前已经有人提出了。但是一直还是一个空口号，而没有和实际生活配合起来。

一直到最近，戏剧的联合战线的基础，才开始奠定了。如在上海，欧阳予倩以及其他几位戏剧家帮助周信芳（即麒麟童）改良旧剧，在演出上获得很大的成功,是欧阳予倩先生最近专门致力旧剧的改良,并且组织了一个专演旧剧的剧团,上演国防旧剧;如最近在武汉举行的全国戏剧界援助华北游击军的公演,其中平剧,汉剧,楚剧的剧本,都由田汉、洪深两先生担任写作,而在整个演出上,话剧和旧剧的工作人员也能打成一片,如最近洪深先生领导的救亡演剧队第二队,也增添了旧剧方面的人才,以期利用旧剧的方式,和话剧配合起来,深入农村去从事宣传工作。

从这些具体的事实中,证明戏剧的联合战线,在最近一年来,已奠定了初步的基础,证明联合的可能性一天天增强,证明联合的力量确实伟大得多。今后应该巩固这个联合,发展这个联合,利用并帮助落后的力量的进步与改良。

从回顾到检讨

以上简略地指出了一年来戏剧运动发展的途径,自然太简略了,但从这里也可以看到戏剧运动是在进步的,正确的,战斗的道路上迈进着。

当然,这里面还有许多问题,值得我们在回顾之余加以检讨的。譬如:一年前便存在着的严重的剧本荒,此刻问题还在原封不动地搁置着,这是证明剧作家的努力不够;还有,无计划地移动,往往许多剧团走着同样的路线,而没有很好的分配路线,结果使游击战变成无政府状态。这些现象,应该趁着全国剧人集中武汉的良好机会,大家共同讨论,共同解决,使一九三八年的剧运,不致重新走上错误的路。

一九三八年

旧剧改进问题座谈会[①]

关于旧剧改进问题,今天已经到了实践的阶段。然而其中包含着很多问题,很需要马上解决的。本月二十五日下午三时,政治部第三厅特邀请剧界权威,举行座谈会。地点在旧日租界中街六十七号新生活宿舍。这个座谈会是要经常继续下去的,所以采取自由活动的形式,在第一次会里,不准备作结论。以下是龚啸岚先生笔录的谈话要点。

——编者记

光未然:今天请诸位到这里来,主要的是商讨旧剧改进的问题。如剧本的制作,演出的方式等等。请尽量发挥宏论。

老舍:我是写文章的,现在也来写大鼓,二黄戏,自己是外行,知道不会好的,我觉得戏剧应该通俗化,同时希望旧剧界与我们密切合作起来,互相讨教,才能使我们的剧本适合上演,从而对戏剧界多少有些贡献。我认为我们像这样经常的会合是必要的。

朱双云:我的希望有三点:(一)希望在政治部的指导之下,有一个编剧的组织,好产生大量的剧本。(二)希望从事文艺的诸位作家也来从事大众化通俗化剧本的写作。(三)希望内行写剧本的,极力减少繁琐的场子,经济时间,注意取材。

田汉:很久以前想举行一个旧剧竞赛,苦于没有场子,现在抗敌剧场可以成立,第三厅方面也接收了旧日租界的中华戏院,武昌也可以有地方了,有了地方,就该准备东西来充实它,好剧本必须有新的内容,现在不

[①] 本篇为会议记录,发表于 1938 年《戏剧新闻》第 3 期,会议由光未然主持,龚啸岚记录。未曾收入自编作品集和文集。

是太平年间，我们必须迅速地实现，就是话剧，一样也迫切着要解决通俗化这个问题，不久预备招待世界学联代表，希望尽量发挥我们的长处。

朱双云：招待世界学联代表，劳军公演团预备了四个节目，大鼓董莲枝唱《八百壮士》，汉剧《吴汉杀妻》，楚剧《有力出力》，平剧《罗通扫北》。

田汉：《吴汉杀妻》不但历史上没有根据，而且充分表现蹂躏女子的野蛮性，现在抗战中女子也有很伟大的表现，这出戏不好；《有力出力》对保甲长方面也有不尽实的地方，要修改一下，我觉得平剧的厉家班演的《八大锤》好。《八大锤》的陆文龙正反映着日本人在中国掳去的许多小孩子。

李一风：我编了一部平倭传，三本里面写的是戚继光的事迹，可不可以提出来演一演。

田汉：我想这个问题很好解决，戚继光这部戏必须想方法演一部分出来，现在借这个机会介绍长沙的蒋寿世先生讲几句话。

蒋寿世：长沙有十五六家剧院，以湘剧特别发达，现在汉口成了全国的文化中心，湘剧汉剧本为同源，希望诸位注意到那边去，我们在长沙欢迎田先生的时候，就谈到如何根本改良湘剧这个问题的。

老舍：我想以后写出什么东西，随时由朱先生介绍与旧剧诸位讨教。

田汉：平汉楚的同志们，非常热诚的欢迎诸位与他们接近的。

李犹龙：下乡去的戏剧固然要通俗，可是有一部分还是得要保持着文学艺术优美的色彩。

龚啸岚：上面所说的意见都好，老舍先生希望常常来往，我们不必仅说话，最好有一个具体的组织，切实去做，旧剧界需要剧本，像一个人饿肚子需要吃饭一样的急。

余健予：没有切实的联络，不会有好的表现，我们希望这组织成功。

朱双云："编剧委员会"有成立的必要，同时也得用政治的力提高旧剧编剧人的地位。

吴天保：是的，好剧本就是我们的枪炮子弹，我们自己不能造，感谢诸位帮助我们。

阳翰笙：归纳上面许多问题，一、大量产生剧本。把编剧人组织起来。二、提高旧剧编剧导演的地位。三、剧业本身应自发自觉来演抗敌戏。四、着手训练演员来接受这新的环境。

田汉：推行戏剧不是用压力，真的政治力量与压力相反，是说服的，是合理的。

傅心一：我们要干起来。旧的剧人已经准备在暑假中尽量磨炼自己的武器，需求一切新的题材，有这个座谈会，我们有子弹了。

王梦生：希望爱好话剧的，也来爱好旧剧，推动旧剧。

田汉：现在谈话告一结束。我们预两星期召集一次，下次集会日期，再分别通知。

（散会）

❋一九三九年❋

展开第二战区的戏剧战线[①]

抗战由第一阶段过渡到第二阶段的时候,全国战区一天天的扩大,而在另一方面,许多英勇的战士们深入敌人后方,开展战区文化工作,建立坚强的文化堡垒。

第二战区虽山脉纵横,交通阻梗,开展文化事业的物质条件颇感困难,但是由于艰苦的文化工作者不断的努力,不断与环境斗争,终于造成了不少的胜利。在本战区内,特别是敌人后方,文艺戏剧运动都有空前的开展,随着政治上巩固部队发动民众的实际需要,戏剧运动更蓬勃的在发展着,最值得高兴的是新剧团不断的成立。今后我们的任务在把这运动在量与质的方面更进一步的推动,各地的戏剧团体联合起来构成坚固的钢铁一般的戏剧战线。

谈到第二战区的戏剧运动,感到下列的几个问题有待解决:

第一,是严重的干部荒,许多剧团都缺乏技术干部以致工作无法开展,过去的情形,一般的还不知道保护干部,常常把戏剧干部调出做其他的工作,而大半的戏剧工作者也缺少对于戏剧工作坚强的信心,因而把戏剧工作当做调换其他工作的过渡桥梁,新的干部无法培养,旧的干部不知保护,怎能不发生干部荒的现象呢?最近有些部队中正在注意这个问题,如决死二纵队曾创办了训练干部的戏剧研究班,但究竟是局部的现象,而且训练的时间也未免太短。

第二,各地剧团的艺术水准,一般地还需要提高,这问题是紧跟着第一个问题来的,如果有了健全的干部,水准自然会提高,所以中心的迫切

[①] 本篇发表于1939年5月31日《飞报》(成都),署名光未然。曾收入《张光年文集》(第二卷)。

的问题还是在于训练干部。

第三，因为交通的阻隔，特别是很多地区长期处于敌后方，和我们后方的文化根据地失掉联系，所以常常感觉新的宣传材料的缺乏，严重的剧本荒，成为各地剧团最痛苦的一件事。

第四，大家的工作还是自己在那里埋头苦干，很少对外联系，材料也很少交换，不能有计划的互相配合起来，这是很有碍于戏剧运动的大量发展。

怎样弥补以上的缺点，怎样开展第二战区的戏剧战线，我的意思：

一、希望第二战区上级政治领导机关，很迅速的切实培养大批的艺术干部，特别是戏剧干部，创设大规模的训练班，一方面招收新的干部，一方面调回旧的干部来受训，时间要长一点，可能的话，顶好办一个长期的学校，如艺术学院之类，专门培养干部，供给大批的宣传材料。

二、各地各级政治部，特别注意戏剧材料的搜集与编纂，代各剧团解决剧本荒，同时各地剧团的干部，大都参加过实际的斗争生活，可以根据实际经验，创作或集体创作一些剧本，只要内容丰富，写得差一点也不要紧，可以多写多改，自己替自己解决问题。

三、各地大小剧团很迅速的联系起来，建立第二战区的戏剧运动的总组织，如第二战区戏剧协会，中国戏剧界抗敌协会山西分会，在各地剧人的密切联系之下，共同解决干部、剧本、艺术水准、工作联系等等问题，并尽可能地与外面的文艺组织发生联系。总的组织的建立，将成为展开第二战区戏剧战线的一个决定的推动力量。

试评《包得行》

《包得行》最要紧的是一个典型创造的成功。我们窥探作者最大的企图，似乎在塑造一个中国抗战时期的新的阿Q，而这个企图是达到了的。洪深先生笔下的包得行和鲁迅先生笔下的阿Q，出身于共同的阶级与阶层，因此也差不多具有共同的意欲与性格。二者的出路不同，遭遇互异，行为各殊之点，我想，主要的是一个时代的转变吧。这就是说，如果阿Q迟生了二三十年，而且恰恰在抗战大后方的四川，也未必不会变成包得行吧。话虽如此，包得行终归是包得行，较之阿Q，他是更为进步，更有斗争性的。从一个人物看出一个时代，这不仅是阿Q的进步，而是一个民族的进步。

在包得行身上，很好地综合了这一时间，这一地域，这一阶层的人物之普遍的特殊性。惟其有显明的时间性，地域性和阶层性，故其有最大的真实性。和阿Q一样，包得行其实是一个被摆布的悲剧的人物。（说"那个流氓演得很有趣哩"！当然是小孩子的看法）这点，连包得行自己都明白。他的玩世不恭，遇事捣乱，不过是他已看透环境而又无法改变环境的一种内心苦闷的象征而已。包得行的哲学，从头到尾都是悲观。这样可悲的处世哲学，对于我你是并不生疏的。和阿Q比较起来，一个是欺软怕硬，一个是玩世不恭；一个是精神胜利，一个是独善其身。这其实究竟有多大的距离呢？如果大家要问：在抗战紧张阶段的今日，怎么会发生这样的病态哲学？作者一定会回答：当后方的政治进步远远落后于抗战需要的今日，怎么不会发生这样的病态哲学呢？如果说：这样的哲学是要不得的。那当然。如果问：怎样肃清这样消极的哲学呢？那正是剧作者有意留

---

① 本篇发表于1939年10月16日《时事新报》（上海）副刊，署名光未然。曾收入《张光年文集》（第二卷）。

给观众自己解答的问题了。

因此，洪深先生的《包得行》，归根结底地说来，还是属于"问题剧"的一型的。固然，洪先生在这剧本里，除兵役问题外，还曾提出了许多非常现实的问题，并一一指出了相当正确的解决途径，如军民合作问题，下层机构问题，伤兵问题等等，但是对于剧中最中心的问题，那作者最重视，最关怀，最慨叹着的问题，还是没有拿出具体的建设的意见。关于这点，也许是作者有意地蕴藏着，也许，竟是出于作者当初的意料之外吧。洪深先生发了很多牢骚，使我们想到《包得行》是作者牢骚的结晶。他有时竟然"力透纸背"，不自觉地"插进"他的人物中，非常"越权"地对当前一切不合理的现象大声疾呼，大声责骂。但是观众不但不以为奇突，反而欢迎这些，这是由于进步的观众和作者强烈的正义感和炽热的民族热情发生共鸣的缘故吧。作者的主观情感是如此强烈，以至于剧中人物在经过多重现实的教训后有了若干进步的时候（即是人物个性有了较好的发展的时候），作者的喜悦露于字面；而当意识到这些许多的进步还不够改进当前的局势时，作者的悲愤便变为牢骚了。然而，显然地，牢骚对于问题的解决，并不赋有决定的意义，相反地，牢骚只成为一种有力的因素，它诱导作者对自己痛恨的病态哲学作坦然的认可或坦然的姑息：这是我们所不敢赞同的。

一九四〇年

介绍山药旦先生的新作《杀家哭庙》①

刚才听了山药旦的大鼓《杀家哭庙》,心中甚为兴奋,亟欲为文介绍,以引起文艺界同志的注意。

山药旦的大鼓,这次到重庆来还是第一次听到。《杀家哭庙》是他的新作,据他自己报告,是他最近根据川戏的《杀家哭庙》改编的。他自诩为自己的杰作,我和同去听戏的臧云远同志,也不得不同声赞许,的确是一个杰作,我们之所以特别称许他的,是根据以下三个理由。

第一是他的作品的内容,洋溢着热烈的时代感。他把一段旧的题材,用自己的眼光加以新的处理,使它成为一个充满了现实意义与时代热情的历史的讽喻歌曲。他描写蜀汉衰微,曹军兵临城下,在这千钧一发的时候,朝廷重臣彷徨失措,或主张投身东吴,或者简直主张投降敌人,这里作者把汪精卫张精卫李精卫之类的丑恶面目,无情地予以暴露。《杀家哭庙》的一段,则在极其悲壮的故事里,表示出汉军后裔的抗敌决心,虽为时已晚,但其精神则足以感天地而泣鬼神。我以为山药旦先生对于这一段历史的处理,基本上是正确的。且在今天讲来,尤其有现实的意义。

第二是他创作态度的严肃。写的是古人的生活及其斗争,表现的是历史的讽喻的意义,可是并没有将现代的口语及术语很偷懒地很生硬地加进去。这样一方面保持了旧形式的统一与谐和,一方面能更深刻地反映其现实的意义。其次,在技巧上说,全曲四百余句,统叶"哭"字韵,而一韵到底(上句叶"哭"的仄声,下句叶"哭"的平声),听来始终自然,而少牵强之处,且绘形写情,丝丝入扣,其对于旧形式运用之熟练,可谓臻

---

① 本篇发表于1940年1月27日《新蜀报》(重庆)副刊《蜀道》,署名光未然。曾收入《张光年文集》(第三卷)。

于化境。山药旦自己说，为写作此曲曾从以善演此剧之川戏名伶王德成君研习甚久，可见其创作态度之严肃了。

　　第三是表演态度的认真。大约是自编自演的关系，我们看到他的确能把最精微的地方，用声音和动作传写出来。表演到深切的地方，满头出汗，到哭祖庙的一段，表演者简直把全部生命放进去了，像这样对于艺术的忠诚的态度，在旧的艺人中确是少有的。

　　最后，还有两句话想要说说：第一，听过山药旦的大鼓以后，给我们一种理解，即旧形式并非全是死去的东西，它一方面还在民间生长着，发展着，一方面还在优秀的艺人的创造之下，时时放射出新的光辉。第二，我们应该十分注意旧形式的研究，并把它的优良的东西，汲取到我们的创作实践中，以创造民族化大众化的作品。

1月22日夜，于文协

沟通前后方与巩固全国剧协[①]

我想在这里说几句好久就想说的话。大家都知道，战地的戏剧运动，两年来的发展颇为可观。就西北战场而论，各地区各根据地的大大小小的剧团几乎上千。他们在抗日战争中曾起了并仍旧起着很好的作用。推之其他战场，量的发展想必也有同样的情形。故就全般的局势看来，今日中国戏剧运动的主力是在战地。但事实的另一方面是，第一，前后方的隔绝，使前方的优良作风不能影响后方，后方的演剧技巧也不能教育前方；第二，各战区之间，甚至一个战区内的各个地区之间，因种种关系，未能建立很好的联系，因之各个地区的工作经验无法交换，材料无法交换，不能收相互竞赛相互切磋之功。这些原因，都是使前方的水准不能很快地提高，甚至技术上陷于非常落后的状态。这是非常使人忧虑的。

特别严重的，是前方的剧团都感到剧本荒、资料荒。像我们所碰到的，一个剧团派专人跑到几十里外甚至一两百里以外去抄一个剧本或一个歌曲，已经是很通常的现象。很少的几个剧本，大家辗转传抄，因之若干剧团，常常演的是同样的几出戏，老百姓都看厌了。找不着也买不着新的剧本，自己也很少有能力和勇气去写。这种现象长此继续下去，真是一种耻辱。

问题很明显地摆在前面，怎样改进以上所说的诸种现象，应该是今天戏剧界的最中心的工作。这种工作，有待于全国戏剧家共同来担负的。中国戏剧界本来已经有了他自己的组织，即中华全国戏剧界抗敌协会，但毋庸讳言，这个组织因为是一个自上而下的组织，所以直到今天，还没有他真实的群众基础。因此在全国运动的领导上，他显来是相当脆弱的。但他

[①] 本篇发表于 1940 年《新演剧》(重庆)第 1 期复刊号，为"对于目前工作上的意见和感想"专题讨论中的一篇，署名光未然。未曾收入自编作品集和文集。

的影响还是存在着的。在华北，太行山区和陕北区早就成立了分会，晋西分会及整个二战区的分会，也很早就在筹备中。今天的问题，就在于赶快设法把总会的机构巩固起来，以便加强各地分会的联系，督促与领导，并很有计划地解决目前战地演剧运动所存在的种种难题。

我以为总会机构之加强，首先需要全国人力之团聚，而此种人力团聚之工作，还有待于总的机构之下的各种附属组织之建立，如全国剧作家协会、全国舞台艺术家协会、全国演员协会等，应该赶快在总会的领导之下建立起来。这些个别的组织一方面团聚了各部门的人力，一方面分门别类地以全力专注于自己部门的工作。这些工作的汇合与综合，便是总会的工作。只有这样，才能巩固全国剧协沟通前后方并切实解决战地演剧运动中存在的难题。

我想全国剧作家协会的建立，尤其是当务之急刻不容缓的事。希望能在最短期间促其实现。

一九四五年

诚实的作家，诚实的导演[①]
——评《离离草》的演出兼论大后方戏剧运动

看了《离离草》的演出之后，很兴奋，当时就要写点感想的，因为忙和病，就耽搁下来了。这样也好，此刻《离离草》热已经过去，可免凑热闹和作义务广告的嫌疑。

《离离草》，这个没有噱头没有生意眼的剧本，这个抗战剧，凭什么能吸引观众的兴味呢？我觉得，这主要由于作者的诚实，导演的诚实，演员的诚实和组织这一演出的工作人员态度的诚实。在今天，特别在戏剧圈里，这种诚实是稀有而且可贵的。作为一个观众，我应该向这些诚实的工作者们致敬。

在今天罪恶重重的大后方干艺术工作，真是困难万分。最坏的是，一不当心，很容易走入魔道。剧作家倘使立场不坚定，骨骼不倔强，下笔之初，便很容易联想到都市剧院中的那些经常的观众的趣味，不免迁就一下，迎合一下，利用一下那些外行的顾客的弱点，这自然就影响到那个剧作家的写作态度的诚实性。要是导演也忘了自己是干什么的，要是演员也一心顾到那些特定的观众的彩声和掌声，要是演出工作的组织者们，也看不到超乎生意经以上的成就，于是上下交征利，自然离艺术和运动越来越远了。

然而有什么办法呢？生活高了，大家要吃饭，要吃饭便不得不顾到生意经，这不是什么大帽子和高调子所能解决问题的。艺术家要顾到艺术上和生意上的双重算盘，原是迫不得已的事。然而惟其如此，诚实的艺术家

[①] 本篇发表于1945年《民主周刊》第2期增刊，署名光未然。曾收入《张光年文集》（第二卷）。

们，便越显得以稀为贵了。

夏衍先生，在我国剧作家中，是始终坚持着现实主义的路线的。有一个时期，有些剧团为了怕赔本，都甚至不敢上演这位作家的剧本。而他，还是照样地写，继《法西斯细菌》之后，又写了这部新作《离离草》。这甚至于是表现了恼人的东北问题的抗战剧。这剧本，尽管语言还是不够丰满，尽管看法上还不够深刻（忽视了由东北农民出身的英雄），尽管结尾显得松弛无力（特别表现在主人公最后的怠职上），但它的诚实的态度，严正的内容，和单纯而紧张的剧情，一定震慑住了那些久已想掉掉口味的观众们。

但我以为，《离离草》在昆明演出的成功，主要地还有赖于那位年轻的导演张客先生的努力。看得出来，导演在这个剧本上是花了工夫的。我还敢说，那工夫一点也没有白花，一点也没有花到旁门左道上去。他处处在补充剧本，发挥剧本，把剧本的潜在力量发挥得淋漓尽致。我不愿赞美场面和气氛（因为那是一个导演的起码的表现），我特别欣赏这位导演的人生知识，心理学的知识，以及把心理活动形象化的知识，这使他的人物生命更为广大充实，更富于震慑性；这就恰好补足了剧作者的干涩。在昆明，多数的观众还停顿在看故事或看演员的阶段，往往抹杀了导演的努力。《离离草》这次的演出，演员的卖力气自然也是值得尊敬的，但透过舞台的镜框，透过演员活动的规律性，岂不也同时看出了一个导演的可惊的创造力和组织力吗？

《离离草》未演之前，我们都为它担心，担心它或许会亏本。但居然没有，倒还赚了钱。这回倒的确是达到艺术上和营业上的两面胜利了。不要轻视这一点，这是问题之所在。向来剧作家，导演，演员和职业剧团的主持者们，都很容易发生一种错觉，以为观众只能欣赏那些华丽的、轻松的和虚假的东西，一严肃，观众便退避三舍了（电影院的老板们最懂得这些观众的心理，他们贩来的影片，大多是十分无聊然而场场客满的劣品）。这也许是真理，然而却是片面的真理。话剧的观众，不完全是电影院的观众，话剧倘不能以其有力的内容争取更广大的观众，那就无论如何战不过电影，因为在华丽上，在轻松上，在十分无聊上，你是怎么也敌不过华纳公司和哥伦比亚公司的出品的。而同时，观众也不是死人，观众的水准在进步，观众的趣味在转移，我们不能死拖住观众的落后性，打定主意在他们身上捞一笔油水。这样做，倒反而会吃亏的。必须以诚实的态度，旺盛的热情和坚强的意志，领着观众一同进步，把观众从浮华的油腻和色情的疲劳中拯救出来，给他以健康的进步的营养。这样，艺术家和观众，才能彼此合作，共蒙其利。这次《离离草》的演出，虽然不一定是最理想的成功，但在发扬艺术界的健全风气这一点上，一次演出已经是一个有力的说明了。

一九四六年

表现民众忧患的剧人们[①]
——评剧宣二队的戏

剧宣二队从山西来,这几天在北平作首次公演。我很替他们担心。他们在农村和战地工作已将近十年之久了,和都市中日新月异的艺术潮流,怕是很难配合。难道说,那些在战地作应急之用的宣传剧,也能拿出来和都市演剧较一日之短长吗?直到昨天看过他们的戏之后,我才知道我的担心是多余的。他们并没有白白浪费十年艰苦的岁月。他们得到了在城市中难于得到的东西。

他们以长期艰辛换来的东西是非常宝贵的,那便是,对于民众的熟知,对于民众忧患的熟知。凭了这种熟知,使他们有资格获得一个光荣的称号——表现民众忧患的剧人们。

二队这次上演了两个短剧。就两个剧本本身来说,我想不管发表在哪里,都不会引起任何人的注意。就第一个剧本《演戏》来说,是该队的一位女同志的习作(剧作者蒋旨暇同志已在战地工作中牺牲了)。这剧对它企图表现的东西,只表现出一个轮廓。作者的笔尖刚刺进生活的表面便戛然停止了,用一段传奇式的父女团圆结束了未曾展现的纠葛。老实说,这是属于初期抗战宣传剧的一型,是很难演得动人的。但那些年轻的艺术兵,对于自己的单纯的信念,竟然那样地忠诚;用了他们孩子般的严肃和认真,竟也能强迫观众相信他们的说教,感染他们的怒火。这剧本演得不算失败,但那与其说是艺术的成功,不如说是演员热情的制胜。

第二个剧本《败家子》,这也是个平平常常的反汉奸的农村宣传剧。

[①] 本篇发表于1946年8月《新民报》(北平),署名光未然。曾收入《张光年文集》(第二卷)。

但就人物、语言、情节各方面说，都更贴紧了农村生活的现实。于是我们得以看到这些优秀的艺术青年们，包括导演和演员，怎样在运用自己的熟知，对于民众忧患的熟知，表现了急剧变革中的农村生活的真实，农民性格的真实，农民苦乐的真实。那稀见的真实性，表现在每一个动作的细节上，每一个细微的心理刻画上，以至达到写实主义演技的高度，而那写实主义的风格，配上他们固有的热情和确信，配上对于新事态新性格新感情的理解，便不得不是新写实主义的了。

我不认为二队这次的演出可算得完满无缺的演出；相反地，除了上述的优点特点之外，由一次演出所暴露的弱点和缺点，仍非常之多。舞台设计方面，虽然和自己的风格大致相配合，但在舞台工作的组织与管理上，显然表现得不够健全。某些演员，如果不是不熟悉都市的剧场，便是发声上缺少训练，因为他们的若干台词还不能传达到最后几排。导演是过于朴素了，某些较长的对话场面，竟使紧张的剧情忽而松弛下来。

朴素，热情和非常之真实，是剧宣二队给北平剧坛带来的健康作风，值得大家深切领会。但二队也定有许多地方应向都市的剧团学习。除了某些浮薄矫饰的倾向万不可学之外，二队所短者正是都市演剧之所长。彼此优点之互相交流，才能给北方剧坛开拓一个新的局面。

❋一九四七年❋

为伤病员服务①
——北大剧团在军区后方医院

北大②文艺学院（原为文艺研究室），自去年创办迄今，为时仅仅一年。其中学员百分之八十为抗战胜利后外来的知识分子。并且都没有从事过专业的文艺活动。但在这一年来，无论在思想改造上，在业务上，都有显著的进步。特别是最近在军区后方医院的工作期间，更表现了高度的工作热情，和为伤病员服务的忘我精神。我们特在此向他们致敬并表示慰问之忱。

本文作者为文艺学院主任光未然同志，文中提出了很多宝贵的经验，在胜利的大反攻的今天，这些经验更有其迫切的现实价值。其中有些地方，我们认为同时值得医院工作同志参考和研究！

到后方医院去

北大艺术学院师生七十余人临时组成的北大剧团，于七月初到军区后方医院工作。同志们欣然接受了这个任务。经过紧张而愉快的行军生活，并在×地举行了三次公演后，于七月十八日到达军区后方医院。在总院和负责同志们商定了全盘的工作计划后，便马上展开工作，对总院所在地的群众举行了两次慰劳公演，又行军到第五分院举行了三次公演，然后于八

---

① 本篇发表于1947年10月20日《人民日报》，署名光未然。未曾收入自编作品集和文集。

② 此处指当时新成立的北方大学。

月一日行军到第二分院,接受更进一步的工作任务。

其时刘邓大军渡河已达一月,打了几次漂亮的歼灭战,大批的伤病员正要转移到后方医院,而且主要地集中到第二分院。迎接新来的伤病员,迎接这空前繁重的任务,是当时二分院的负责同志兴奋而又苦恼着的问题;我们所以特地选择了二分院当做我们这一阶段的工作重心,原因也在于此。

慰问休息部队

新伤病员到达之前,我们利用间隙先对驻在二分院附近的第二、三纵队的休养部队举行了三次慰问公演。演出了《白毛女》《周子山》《兄弟参军》《平安家信》《报喜》《光荣花》《赶猪》等大小歌剧。战士们认为我们演出的内容是真实的,并在政工人员的领导下,对每一出戏的内容都作了详尽的讨论。三纵队以全体休养员的名义写给我们的信上说:"我们最近看了你们的演出,不但在精神上得到安慰,同时在阶级觉悟上也得到很大的启发……"

演戏之外,我们还到三纵休养连举行了两次小型的音乐演奏会,并下到班排去慰问他们,听他们谈前方的杀敌故事,和把他们的家乡——太行山群众活动的近况告诉他们。

迎接新伤病员

八月九日,我们把全团分为五个分队,分散到二分院的五个所去迎接伤病员和协助大收容工作。每分队约十二三人,包括戏、音、文、美各组的同学,由干部带领着当天到达了各所。他们的任务是:安定伤病员的情绪,鼓舞工作人员的情绪和宣传外科新疗法。另外一个中心组驻在院部附近,负责各分队之间的联络与交换经验,并负责出版一个油印的三日刊《光荣报》,为的报道全院情况并借以推进全分院的立功运动。

各分队到达各所后,马上和所部工作人员组织联欢晚会,和负责同志举行座谈会,借以联络感情和计划工作。分队同志还帮助所部调整军民关系，发展村落，开辟病房，借门板，搭床铺和打扫病房，并动员群众欢迎新伤病员。从十日深夜起，数千担架陆续到达各所，一时东西南北，锣鼓齐鸣，各分队同志带着群众欢迎伤病员，慰问担架队，协助登记调查，陪同新伤员进病房，服侍他们洗脸饮水，向他们介绍院况，解释院规，念欢迎快板，唱欢迎歌曲，诚挚地传达后方人民的关怀和敬意，使创痛在身由数百里外转移而来的伤病员同志们，得到了初步的安慰。

紧张繁忙的一周间

这样大规模的收容工作，在医院是空前的，我们更缺乏经验而不知如何下手。但那只是很短暂的一两天，马上同志们就转入到繁重的护理工作中。我们的男女同志替伤病员洗脸、洗澡、喂水、喂饭、端屎、端尿、洗血衣、写家信、读报纸，殷切地服侍他们，安慰他们；使得很多伤病员同志感动得流泪。

我们在和伤病员的日常接触中，发现了他们中间的功臣、英雄、干部、积极分子，这就利于我们协助所部去进行新伤病员的组织工作。我们协助所部或受所部委托，把各所各村的班排组织很快地建立起来，选出了经委会，便于他们自己管理伙食。一位女演员在单人无助的情况下，在一个村里独立完成了这样的组织工作，使医院的负责同志们大大地惊讶了起来。

宣传外科新疗法，是大收容期中的急务。过去新伤员很难接受，我们编了新疗法快板和歌曲，在病房里边唱边讲，伤员很快地接受了它。二院戴院长下到所部去检查工作，发现只有三个病房顽强地拒绝新疗法，觉得很奇怪，一问方知那三个病房地处偏远，很难发现，因此我们没有去过。

我们在各病房的室内演唱也收到了一定的效果。演唱的内容包括快板、歌曲以至清唱《白毛女》全本。伤员们说："只要听到你们唱，伤口便不痛了。"于是我们在数十个重病房共举行了百余次这样的演唱，短则二十分钟，长则一二个小时，每次总被拉住不放；我们的男女同志也是很热情的，以致最好的嗓子也都一个个唱哑了。

我应该着重提出，医院工作人员的立功热情是使人敬佩的。他们的任务是如此繁重，而人手并未见增加，大多数的工作人员都能一人顶两个人干，其中还有许多带病的。我们的《光荣报》在推进各所的工作竞赛上，起了显著的作用。医院各所工作人员的热情，直接鼓励了我们分队同志的热情；而我们男女同志的忘我的热情，又转而激发了他们的情绪。这是此次大收容任务顺利完成的保证。

医院交给我们的三大任务，由于工作人员和我团同志的共同努力，在最初一周间便完成了。过去新伤病员到达医院（其数远不及这次多），通常总要十天半月才能安定情绪，而这次普遍在一周内，个别的所在四五天内便安定下来了。

小型的戏剧晚会

伤病员情绪安定后，迫切地要求文化娱乐。室内演唱、教歌、读报等等，已不能满足他们的要求了。各分队便就本身能力之所及，排演一些短小的秧歌剧，在各所各村里相继组织晚会。我们戏剧组的同学不多，散到各分队之后，每队能演剧的不过三四个五六个不等；于是学文学美术的参加演唱，音乐组的少数同学便负责乐队。这样五个分队竟变成五个小小的剧团，大家比赛着卖尽力气。如第五分队的十二个队员中，参加演剧的十人，而原属戏剧组的不过四人，竟先后组织晚会七次，每次时间平均三小时，观众约四百人，相继演出了：《慰问花鼓》《翻身花鼓》《报喜》《光荣花》《开会来》《夫妻识字》《兄妹开荒》《兄弟参军》《亲亲热热》《平安家信》等十一个短剧。战士们对他们报以热烈的欢迎。

在同一时候，我们还集中了较多的演员充实了第三分队，调赴数十里外的第三分院各所举行了四次较大规模的晚会，演出了《白毛女》等歌剧，每次观众约八九百人。

军区后方医院总院的负责同志写给杨戎主席的信上说："文化娱乐工作的重要性，在一些长久辗转呻吟于病榻上的伤病员来说，特别看的明显。因为他们除了吃饭，看病以外，娱乐就是他们唯一的大事了。光我们二分院第四所在今年二月至六月的五个月中，只'说书'就花了将达一百万元。——二分院五个所，八个月来共花三百二十六万元，这些钱都是伤病员从自己的伙食费里抽出来的。这些说书人都是未经改造的一些风流淫荡的十七八、十五六的闺女或少妇,或三十来岁的徐娘;其内容也是充实了封建、迷信、堕落、腐化的毒素,如《彭公案》《桃花庵》《卖油郎独占花魁》等。医院因为对这些事加以制止,还曾遭到伤病员的反对,甚至大打起来。伤病员同志说:不吃饭也得说书,吃糠也得说书!从这里可以看到他们如何迫切地在需要着文化娱乐,也说明了北大同志们到医院来工作的重大意义。"

建立伤病员的俱乐部

我们的歌乐演唱和戏剧演出,得到了伤病员同志们的欢迎,这就启发了他们自己闹文娱的兴趣与要求。这是很重要的:倘使我们不能帮助他们建立自己的文娱组织与活动,即令我们的工作收到一时的成效,当我们走后,仍不免烟消云散,他们或仍枯寂如故,或仍然回到那些封建旧艺人的影响中去。

我们和他们交成了朋友,便很快地从他们中间发现较有文娱才能和组织才能的同志,经过一定的酝酿发动的过程,终于把各所各连的伤病员俱乐部纷纷建立起来了,在二分院各所各村我们一共帮助建立了十二个俱乐部。这些俱乐部的活动虽各有特色,大体不外黑板报(或大众墙报)、广播台、通讯组、歌咏队(个别的包括视唱小组)、快板队、秧歌队(或剧团)……它们一般的是先有活动,后有组织,因此便不会成为空招牌。到我们离开的时候,他们自己的文娱活动已经逐渐充实了,甚至用自己组织的晚会来欢送我们。关于组织伤病员俱乐部的经验,另有专文介绍,兹不详述。

培养了一个宣传队

为了使医院的文娱活动能够继续坚持与发展,我们还采取了另一个步骤:接受总院的委托,带助培养总院成立未久的一个年轻的宣传队。在总院后来写给杨戎主席的信上这样说:"他们的另外一大成就是:我们总院刚成立起来才两个月的一个毫无基础（连队长及政指都没有）的宣传队，他们特地抽出两个干部给我们训练了二十三天。在短短的几天中，居然在音乐戏剧上都打下了初步的基础。音乐上一般都学会了视唱，四个人学会了指挥，二胡、三弦、笛子、打击乐器等也都可以配戏了；戏剧上也学会了一个秧歌剧，一个快板剧（另外还有两个短剧）；其他还有表演常识，化装术、舞台布置等。又培养了一个导演，文艺思想上也上过了五个钟头的课……"

我们现在正在修改在医院工作期间创作的各种作品，并发动一次创作运动，打算把我们可能创作出来的一批适用于医院的剧本、歌曲之类，搞成一套，送给总院宣传队和各个伤病员俱乐部，当做一点小小的纪念性的礼物，并和他们经常保持联系。

推动伤病员的立功运动

我们在医院的最后一段工作，是推动了伤病员的立功运动。

要推动伤病员在休养期中的立功运动，必须首先解除他们思想上的顾虑。他们一般地总觉得立功还是伤好了到前方去杀敌立功，在后方休养就是休养，还要立什么功？我们的办法是，通过各个过程的解释与宣传，不断地在《光荣报》上提出"前方杀敌是英雄，后方休养做模范"的口号，并不断地表扬伤病员中突出的模范事例，以激发其后方立功的思想。然后在个别的所，请杀敌英雄作典型报告，在个别的所，举行英模聚会，让前方英雄和后方模范（包括老伤病员中的休养模范和医院工作人员中的模范）交换经验，互相激励，然后举行前后方英雄模范的贺功大会，从英雄们自己嘴里再一次提出"前方杀敌是英雄，后方休养做模范"的口号。于是班与班，排与排，连与连纷纷订立功计划，纷纷互相挑战，立功运动的高潮便掀起来了。伤病员们从此自动地调整群众关系，自动地修桥补路，特别是组织起来给群众割麦，割高粱，成为一时的浪潮。这些材料在《光荣报》上都有生动的反映。

《光荣报》的作用

我们的《光荣报》三日刊，出了十几期，从未中断，现在还在院方坚持下继续出版。每期少则两版，多则四版，通常是三版，每版可容纳三千字。这个报纸，差不多变成了快板报。因为所刊登的文字，十分之六是快板，工作人员和伤病员的投稿以快板为多，有些消息通讯也被我们改编成为快板。

《光荣报》顾名思义，主要的是表扬。前面说过，这个报纸在推动立功运动上，起了显著的效果。由于伤病员俱乐部和通讯网的建立，越到后来，伤病员的投稿越是多。可惜份数有限，不能普遍到达伤病员手中，所以在战士们中间起的作用，比起在工作人员中的作用要小得多。

我们有些什么收获

我们在军区后方医院工作的全过程是一个半月，在二分院较深入的工作是一个月。九月初间我们便分批回到邢台，由剧团复员为艺术学院了。

一个月较深入的伤病员工作，对我们有些什么显著的收获呢？正如我三分队同志总结出来的：同志比较具体地了解了怎样为人民服务，以怎样的立场，态度，作风去服务，奠定了为人民服务的基础；初步地懂得了兵，认识了兵，包括士兵的情感，生活及人民解放军的特质；在群众工作中锻炼了自己，在一定期间，在若干方面克服了小资产阶级知识分子的感情与意识，端正了姿态；同志间加强了认识与团结；发挥了每一个人的特长与积极性；明确了文艺工作的群众路线和对文艺工作的正确估价……关于这一阶段的思想教育方面的收获，我们将另有总结，兹不赘述。

（此次工作尚未总结，本文只是简略的报道，纰漏错讹之处，由作者个人负责）

十月一日于边府

❋一九四九年❋

谈剧本创作的几个问题[①]
——华北大学三部剧作组的成绩和缺点

1

中央戏剧学院创作室编辑的《剧本丛刊》第一辑,即将陆续出版。这一辑所包纳的剧作,主要是创作室的前身——华北大学第三部剧作组一年来的创作成果(其中一部分则是联大文艺学院创作组时期的产物)。除《红旗歌》已编入"人民文学艺丛书",《人民胜利万岁》大歌舞已另出单行本,还有若干习作尚待修改外,剧本组的成品就此做一结集。

我们剧作组的人数是不多的,以往最多时也不会超过十人,其中大部分还是初学写作的青年同志,而在一年左右的期间,写出了大小十余个作品,大部分在演出后产生一定的效果,这说明同志们在学习和工作精神上是努力的。除此而外,我们还可以举出几点,说明这些初步成果的来由。

第一,深入生活,结合实际,业已成为一种习惯和传统。过去长时期生活在农村环境,大部分同志参加过土改,帮助农民划阶级,分田地,曾经和农民一同生活,一同斗争,对于农民的思想、情感、语言及生活习惯,已经不是那样生疏了,写农民是比较像农民了。进入城市以后,碰到了新问题,他们不熟悉工人,便下厂去学习:帮助做工会工作,党团工作,帮助工人办壁报,办夜校,办俱乐部,办剧团,教歌排戏,样样都来。日子久了,交了些工人朋友,慢慢懂得了一些事情。同志们经常住

[①] 本篇发表于1949年《文艺报》第1卷第1期,是为《剧本丛刊》(第一辑)写的序言,署名光未然。未曾收入自编作品集和文集。

厂，长则年余，短则数月，这样也就学着写出了一些东西。他们除了讨论习作，修改或整训以外，大部分时间都生活在工农群众中。

第二，集体创作，集体讨论，发挥了互助精神。迄今为止，我们的重要创作，差不多都是集体创作的。并不是我们不赞成个人自由写作，而是有意识地要在集体创作的过程中培养我们年轻的作者。我们通常是在一个典型村或一个工厂里，同时配备两三位同志去学习；或在发现一个可写的题材之后，组织两三位同志去共同讨论与写作。在提纲或初稿写出之后，便带回剧作组组织讨论。参加讨论的不限于剧作组的同志，领导同志，教学同志，导演或主要演员也经常参加这样的讨论会；如果确定了交给文工团演出，就率性带到团里去讨论和修改。一个重要作品，常常要经过反复的讨论和热烈的争辩，必使充分发挥创作上的民主性，然后集中意见，执笔写作。经过证明，每一次集体创作和集体讨论的过程中，必使作者有所收获，有所进益，明确了若干问题，这样也就培养了作者。集体创作和集体讨论，在我们也已经成为一种习惯，一种传统。

第三，来自各方面的鼓励与帮助。首先是来自上级领导同志的：如《民主青年进行曲》《红旗歌》《思想问题》等剧作的创作与修改，是在华大校长及其他负责同志的积极支持与具体帮助下进行的；而《红旗歌》的创作，和周扬同志的鼓励与督促是分不开的；又如对《人民胜利万岁》大歌舞的创作，周总理及政协筹备会的鼓励与督促，起了很大的作用。其次是来自各级工会，各团体的负责同志的：如我们在政策上发生疑难的地方，经常要向各级工会负责同志去请教，他们总是不惮其烦地详加解释，看成他们自己的事情一样，又如在《民主青年进行曲》的修改过程中，北京市青委和学联提供了许多资料和意见，给了我们切实的帮助。再次是来自导演同志的帮助：他们在讨论与排演过程中对作者提出具体意见，有时帮助修改，使剧本富于剧场效果。最后是来自观众的：其中包括上级党和政府的负责同志，文艺界的先进，机关与学校的干部、工人、农民、士兵和学生群众。他们看过戏后，本着负责的精神，那样热情地口头或书面提供意见，有时经过集体讨论，写了信来，指出哪些地方很好，哪些地方需要修改。我们的作者，常常从观众的意见中得到宝贵的启示，作为修改的依据。应该指出：只有在新社会，对进步的文化艺术才会发生这样的热爱，才会共同把鼓励与培养艺术创造看成自己的责任；同时也只有在我们新社会，文艺作品才会发生这样广泛的影响，文艺作者才能和领导意志及群众意志建立这样亲密的联系。我们要善于运用这些从来未有的优越条件，并时常引以自豪。

第四，吸取意见，反复修改，也是我们值得提出的特点。我们的几个重要创作，都会在演出前后，广泛吸取意见，经过反复讨论，多次修改。有的剧本，修改至七八次之多。好些剧本，一再地推翻重写。这一方面说明了我们的作者很不够成熟，缺少把握；另方面也说明了只有当作者在思想上认识到创作对国家负责，对群众负责，对集体负责，而不是把创作当做私人财产的时候，才肯于这样认真，谨慎，耐烦地进行自己的工作。

2

尽管如此，我们的作品还写得不够好，许多还写得很不好。一般地写得不深刻。这主要是由于我们在认识生活和表现生活的过程中还走了许多弯路，在工作方法和创作方法上有了经验主义的偏向或缺点。

譬如说：我们的下乡与下厂还带有盲目性。作者们热衷于"下去"，热衷于接触生活，这是好的。但下去之前，缺乏目的性和计划性，缺乏一定程度的调查研究。对于要去的地方，过去存在着什么问题，现在正在解决什么问题，这些问题之出现于该厂该村的，是否有典型……一般地很模糊，有时甚至毫无所知。反正一头钻下去，下去了再说。至于这回下去需要待多久，有没有东西可写，适于写话剧还是写歌剧，长剧还是短剧，能否写好，写出了能不能用……那就只好碰运气了。在过去，我们对工厂生活很不熟悉，为了锻炼和群众相处的习惯，开始这样碰一碰原是可以的。但现在，我们是创作室，我们是精神产品的生产单位之一，有了具体的明确的生产任务，倘还是这样盲目性下去，我们便无法保证任务的完成和创作质量的提高。

譬如说，我们在接触生活的方式方法上，还存在着浓厚的经验主义和事务主义的倾向。我们的作者能够吃苦，能够和群众打成一片，爱群众，这是好的。我们下厂之后，不是袖手旁观，不摆作家架子，我们参与实际工作，参与群众运动的实际过程，帮助做工会工作，党团工作，文教、文娱工作等，这也是好的。经验证明，这样的确能够深入实际，受到欢迎，多交朋友，并有利于自己的改造。但我们常常在一个部门里滚来滚去，而很少了解运动的全貌；我们在下面忙得满头大汗，而很少了解领导的企图，乃至上级党对该厂这一段工作的正确评价。我们能够深入生活之中，而不能有时也站在比现实更高的地方，去分析事物的运动过程及其内在的问题，并估计这问题在同类问题中所占的地位；而这样一种客观的分析的眼光，恰好是一个作者所不可缺少的。我们的作者，也会片面地强调"只要去全心全意为人民服务，不要时常想到创作"。于是时常果真忘掉了创作，连带地忘掉了创作本身也正是严肃的为人民服务的工作。

譬如说：想到创作了，可是作者常为了追政策，赶问题，追不上，赶不上而苦恼。既然我们是现实主义者，辩证的唯物者，我们不能不重视作为新社会生命之基础的，支配现实生活之变革的，我们新社会新国家的政策，为了深刻了解并表现新社会典型人物的典型环境，人物思想感情巨大变革过程中的支配条件，我们必须十分重视政治与政策的学习。我们的作者，想到了要表现政策，使作品具有政策性，这是很好的。但由于平时政治修养不够，对国家的总政策总路线缺乏明确的足够的理解，对于我们国家的光辉前途以及党和政府通过怎样坚定的然而有区别有步骤的措施（政策）以争取那光辉前途的早日到来，认识上是比较模糊的。对于政策的目的性，阶段性，可发展性，实施过程中的复杂性，乃至执行时候可能发生的偏向，往往估计不足。我们的某些作者，习惯于孤立地，分割地与静止地看待某一具体政策在某一特殊环境中的表现形态，好容易抓住了它，构成主题，形象化地反映出来；及至剧本写成了，发现政策改变了，苦心经营的作品不能用了。我们前一时期反映土改的某些作品，曾经有过这样的经验。吃了苦头的作者，很容易产生一种错觉，以为政策这玩意儿，本来是艰深的，难于捉摸的；庶不知我们的政策，应该而且必须为普通老百姓所接受与了解的。我们的作者，自然很关心自己作品的社会效果，乐于反映现实生活和群众运动中存在着的各种问题。可是由于同样的原因，也带来了同样的苦恼。往往抓住了群众生活中的某一问题，当时以为会有很大教育意义的，可是剧本写成以后，已经时过境迁，现实生活又提出了新的问题。现实仿佛是永远与作者为难,作品仿佛命定了要永远落后于现实似的。

譬如说:我们看问题还比较肤浅,常常满足于新事物的表面现象。在我们新社会,在政策的领导与支配下,生活大踏步地前进着,每天产生着新的事物。其中最本质的东西,是随着阶级斗争的展开,人们思想感情发生了急剧的变化,特别是劳动人民思想感情的变化。他们在集体劳动的过程中,在和旧的思想,旧感情的斗争中取得胜利,产生了新思想,新感情,即产生了新的人物(这种新思想感情与新的人物的出现,同时也是作为了新生活的支配条件的新的政策的产物。政策体现了劳动人民的思想感情,而转过来又推动了劳动人民思想感情的变化。政策是促使新人物诞生的决定条件,同时也构成了典型人物的典型环境。作者的任务不是枝节地描写条件与环境的本身,而是通过对于人物思想感情变化过程的描写,来表现政策一经为群众掌握之后,产生了何等可惊的旋转乾坤的威力,借此来证实我们新社会的制度和政策的绝对优越性)。我们应该着力地描写这种新人物思想感情的变化过程,号召了千千万万读者与观众向他们看齐。这样,剧本的思想效果和艺术效果都会好一些。反观我们剧作的缺点,总是着重写事而不着重写人,这会使我们的剧本停滞在"活报剧"的阶段,而无法表现更深刻的思想内容。我们的剧本里也应写出人物的性格,但总不够那样集中、突出与生气勃勃,这就反映了作者思想上的不集中与无生气。不善于用语言来表达人物的思想情感及其阶级的职业特征,表现在写工人的时候,常把重要的戏安排在现场(车间、厂房)中去表现,因而使导演、演员和舞台工作者感到困难。我们还没有摆脱自然主义和照相主义的影响,加之对生活熟悉的程度究竟还很不够,对辛苦搜集的原料或材料有一种近乎偶像崇拜的心情,没有力量和勇气推进艺术的加工,更不敢用想象来弥补原料之不足,这也使我们的作品中出现了现象的罗列,而妨害了对于本质的事物的着力描写。

譬如说:我们能够提出问题,而不善于解决问题。当我们发现了事物的矛盾面,并把这矛盾介绍给观众——即在剧本中提出问题的时候,虽然有时同时提出了几个问题,因而使问题的重点——主要矛盾不够明确,但一般地说,我们能够比较生动活泼的提出问题来。可是当问题提出后,观众感觉到问题的严重性而集中兴趣于问题如何解决的时候，我们却总是解决得不够好。形象化地提出问题，概念化地解决问题，这就是我们的剧本前半比较生动，后半比较差池，而结尾特别无力的原因。我们不要以为这是一个小问题，这说明的我们在一切新旧矛盾的场合，我们对于旧的一面——旧思想，旧感情，旧人物，总之，一些定型化的垂死的事物，比较的感兴趣，容易捕捉，而对于正在生长过程中的新事物，新形象，却比较不够热情，不够敏感。在现实生活的矛盾进行中，后者恰好是主导的一面。如果我们对于新生活的主宰缺乏足够的热情与敏感，那就会使我们长期地堕入旧现实主义或公式主义的泥沼中。

譬如说：我们不敢大胆地赞扬，也不敢大胆地批评。劳动人民创造丰功伟业，新的英雄天天在出现，但是谁都痛切地感到，在文艺作品里，反映得太少太少。这一方面是由于我们的洞察力感受力太差，且正在生长着发展着的新的形象，较之那些已经定型了僵硬了的否定人物——旧人物，本来比较的变动不居，难于捕捉，正像画行动中的活人较之画石膏像要困难得多一样。另一方面创作方法上也存在着缺憾，那就是我们的现实主义还没有和革命的浪漫主义结合起来，没有把现实生活中的英雄人物的典型，提高到它应有的高度，将英雄人物优美品质的特征放大一些，热情地加以歌颂。我们不要那么害怕浪漫主义，缺乏热情、想象和预见，反倒使我们变成疲沓的经验主义者。我们本着对革命负责的态度，对自己人也可以提出批评的。只要我们看得对，看得准。人民需要自我批评和经常的互相提醒。只要我们站在正确的立场，只要不是消极的指手画脚的议论。我们的作者，在这一点上也表现得很拘谨。

譬如说，我们还不善于集中，剪裁，常使作品大而无当。我们的剧本里常常没有主角，或同时出现了几个主角，或虽有而不够突出。这表现了作者思想的不集中，好大喜功，总想在一个剧本里同时解决好些思想问题。问题不可能都解决得很好，结果反而使主题模糊起来。我们不善于学习古典文学和民间文学的单纯的美，不善于剪裁、加工、割爱，因之我们的剧本，常常一演三四个钟头，使观众感到疲倦。

上面指出的这些缺点，有些是属于认识生活的问题，应该加强政治的与政策的学习，特别需要加强学习总政策与总路线；有些是属于表现生活的问题，应该很好地学习创作方法——新现实主义的创作方法。

　　我们创作室的同志，学习的热情是很高的，他们对观众是很负责的，创作态度是严肃的，认真的。他们的缺点，是坚持现实与学习现实过程中的缺点。他们的缺点，主要的不是公式主义或形式主义，虽则在早期"突击"写作，"配合任务"的阶段，曾经出现了公式主义，后来基本上克服了，他们已经开始注意到写人，写人物的思想、感情与性格，有了初步的收获，因而使自己跨过了"活报剧"的阶段（我不是说不可以写活报剧，我只是说我们不能长久停顿在那个阶段）。收集在《剧本丛刊》第二辑里的一九五〇年的创作，可能会面目一新了。——我是这样期待着。

一九四九，十二，十四，北京。

☀一九五〇年☀

大力组织剧本创作[①]

"剧本荒"妨碍着我们事业的前进

一九五〇年,在中国戏剧运动上,是非常重要的一年。四九年是伟大的,中国人民创造了惊人的胜利,使世界形势为之改观。解放区的戏剧工作者,随着解放军的堂堂步伍,走进了大城市,和城市的工人阶级及其他劳动人民,和新区的戏剧工作者们,胜利地会师了。我们的文工团带来了一些礼物,那就是过去我们和解放区的劳动人民共同创造的若干秧歌剧,萌芽状态的新歌剧,话剧及若干经过改造的京戏。这些礼物被认为有强烈的生命力,具有开国的气象与风貌,受到新区人民的欢迎,受到新区戏剧工作者的赞许。靠着它们,树立了新风气,打开了新局面,奠下了普及工作的新基础,可惜的是,我们带来的礼物,和广大新解放区的胃口比较起来,显得太少太贫乏了,一年半载中间,一二十出小秧歌剧,几出歌剧,十几出话剧,几出新京戏,在这样广大的区域搬来搬去,我们的家当搬光了,几年来的积蓄和盘托出了,而对观众的胃口说来,则像是上了几样小菜,填了填牙缝,刚刚把食欲刺激起来,便宣告巧妇难为无米之炊!新区的前辈及剧作者的暂时搁笔,越发使这种窘态严重化。多年渴望的场面出现了;我们从来不曾有过这样关心艺术的政府,这样热爱艺术的人民。然而戏剧工作者在兴奋鼓舞之余,跟着产生了苦闷。

在城市,工人业余的戏剧活动展开了,我们不能及时供给剧本,或虽有

[①] 本篇发表于1950年《人民戏剧》第1卷创刊号,署名光未然。未曾收入自编作品集和文集。

而不适合他们。用工人们自己动手写剧本，而我们没有经常地具体地帮助与培养他们。工人的胃口逐渐提高了，慢慢不满足以至怀疑自己的创造力。

老区的农村剧团，过去演新戏的，因为新剧本少而不耐看，只好大演起旧戏来。过去经常在农村活动颇有些声誉的专业剧团，继续留下的寥寥无几了。留下的也苦闷，老一套，自己不满足，农民也不像从前那样欢迎了。农民同情他们的苦闷，说："要么你们还是到新区跑跑吧！"

部队看重文工团，人力物力，尽可能地补充配备。但老节目士兵已经看熟了，新节目又太少。干部要求高，责难多，说"倒不如看京戏"。好在那些保留节目对新区的老百姓还是新东西，文工团多做些民运工作吧。

在部队和农村长期从事普及工作的文工团团员们，说是技巧提不高，苦闷。但技巧必须附着于生活，离不开排演过程；老是那几出看家戏，排来排去，也排不出什么名堂。于是苦闷之余，有了要求改行的现象。

大城市里有着为数不多然而历史悠久的专业剧团，它们负有指导普及的任务。用什么来指导普及呢？必须通过经常的示范性的演出。这就需要指导者从现有基础上提高一步。以北京的几个专业剧团而论，如今是普遍地"升格"了，任务也比从前重大了。同志们心情很紧张，正在互相鼓励，练胳膊、练腿、练嗓子，摩拳擦掌，准备着在一九五〇年的舞台上有所表现；单等着一桩——新剧本的出笼。

旧艺人换了新头脑，名角儿也愿意演新剧本了。观众也督促他们这样做。可是由于旧歌剧技术方面的限制，看来新剧本的出货是不大便当的。我们还只有很少的几出新戏，在偌大的旧剧阵地上打游击。换了脑筋的角儿，感到新剧演得少，或简直没有排新戏，谈起来很不好意思；但我以为是不能错怪他们的。

创造新歌剧——这是多年来对戏剧家，音乐家颇具吸引力的课题。许多同志谈起来各有一套想法，而各人的想法不同。也曾经有人进行过各种大胆的试验，而由于当时条件还没有成熟，特别是这些试验出乎主观意图者多，走群众路线者少，从形式考虑者多，从生活出发者少，故动机与效果往往不能一致。直到从秧歌剧基础上发起来的《白毛女》《王秀鸾》《赤叶河》等剧广泛地介绍出来了，大家虽然不满足，但长年的理想找到现实的依据，发现可以以之为创造新歌剧的基础。因为它们虽然还很粗糙，尚未成形，但却是从生活中来，久经考验，已经在群众间立定脚跟的新事物。创造人民的新歌剧——这个富于诱惑性的课题，如果过去条件不成熟，曾是陷于空谈的话，那么，在今年——一九五〇年，却是摆在前面必须予以初步解决的课题了。作曲家等待着合作，舞台美术家等待着设计，舞蹈家等待着帮忙，导演和演员等待着露一手，剧院等待拥挤，观众等待着喝彩；而所有这些人都等待着剧本。

组织剧作的几点希望和建议

从上面现象的罗列中，说明了一个问题："剧本荒"正严重地妨碍着我们事业的前进。这是摆在我们前面的一切问题中的主要问题，根本问题。我们在今年必须组织力量，大力突破这个僵局。

我们提出如下的希望和建议：

各级文艺工作的领导机关，把组织、鼓励与指导剧本创作看做自己的首要任务，并拟订切实可行的措施，订在一九五〇年的工作计划中，根据我们的经验，剧本不是逼出来的，而是组织出来的。解放区过去写出的若干剧本，如果没有领导上的动议、坚持、配备人力、组织讨论并予作者必要的方便、经常具体地协助其解决创作过程中碰到的各种困难，则现存的许多有影响的剧本，至今还可能没有写出来。但领导者也不要滥用自己的权威，在创作的问题上擅自发号施令；重要的是鼓励、启发，善于组织讨论，发挥艺术创造的民主性。对于年轻的作者，集体创作的方式是可以采用的；但必须基于自愿，不是强迫结合。领导机关最好经常召开剧作者会议，听取他们的意见，协助解决困难。对于剧作者的要求，主要是正确地与生动地表现生活，生活中间有血有肉的人物；要求他们并指引他们把我们生活中间值得记载、值得宣扬的新事物，通过艺术的形象（人物的塑造）表达出来。没有一种可以脱离生活的政治性，正像没有可以脱离生活的艺术性一样；鼓励作者表现生活中间的壮美场景，这样就不会写出干枯无味、连农民也感到"不耐看"的作品；而"出题目、缴试卷"的创作方法也就可以休息了。

建议全国剧协的创作委员会，召开一次会议，讨论如何组织创作的问题。发出号召，告诉剧作者现在需要写和应该写些什么东西，号召全国剧作者——特别是有多年创作经验而暂时搁笔的剧作家，或熟练的剧作者，今年每人一定要写出一篇东西，哪怕是一篇独幕短剧，解放后有许多老作家和熟练的作者因苦于不了解工农兵的生活，暂时搁笔了。了解工农兵及其干部，也并不是那样困难的事情，问题是我们有否热情去和他们结合。一时不了解工农兵，站在正确立场，写些其他阶层在这历史巨变中的思想感情的动态，也是可以的。工农兵及其干部不但要求在舞台上看到他们自己，也希望看到其他各阶层思想感情的新变化。历史的题材和民间传说的题材，凡具有丰富的人民性者，都可以写；历史上农民暴动中的英雄人物，尤其值得我们追忆和歌颂。要是全国熟练的剧作家一齐动起笔来，或至少是具体帮助年轻的剧作者动笔，我想今年不难出现一个新气象。

在剧本荒严重化的情况下，我们剧团，文工团的领导者、导演、演员同志们，也不能完全持着伸手等待的态度。这些同志对剧场艺术是熟悉的，也在不断地接触生活，用集体创作的方法，你一言，我一语，也可斗出几个小戏来。剧团领导者，导演和有经验的演员，和剧作者的关系最密切，要善于帮助年轻的剧作者，只要剧本的素质是可取的，有希望的，便提供意见，帮助修改，大力促成之。不要老是拿起一个剧本，皱皱眉头便放下了。剧团、剧场和刊物，都是经常培养剧作者的场所，应该把这个光荣任务担负起来（我提议剧团、文工团每年一度检查工作的时候，要把是否较好地组织了创作，培养了作者，列为首要的议事日程）。

鲁迅活着的时候，曾经梦想有一天中国无产阶级自己会写文章，出现真正的普罗列塔利亚的文学；鲁迅的梦今天实现了。工农兵自己写作剧本，已不是什么稀罕的事了。要认识这是一件了不起的事。他们现在写出的东西虽然一般地较粗糙（也有好的），却预示着今后从他们中间会出现优秀的作品。北京的文艺领导机关已经注意到经常搜集工人创作的剧本，组织熟练的作者去加工，这是很好的，希望其他地区也能这样做。文艺工作者下厂，下乡或下部队的时候，除了关心自己的创作之外，同时还要关心工农兵群众的创作，帮助他们，并从他们萌芽状态的作品吸取营养。最好的方式是发动剧作者和工人、农民、士兵中的文艺爱好者集体创作，这样双方都会得到学习，得到好处。

我们对京戏、地方戏的看法逐渐明确了，逐渐承认了其中包含的人民性的因素——值得发挥的因素，承认了它们是我们民族遗产中具有特色的东西——且确乎有不少优秀的东西，承认了它们在历史社会生活中间的顽强的生命力——虽然发生了翻天覆地的大事变，它们仍然不肯灭亡，群众也不让它们灭亡，因而它们也就不会灭亡，且要在新社会得到新生。但它们身上究竟还有不少封建的肮脏的因素，因此还需要改革或改进。改革或改进的目的不是限制其发展，而是积极地帮助它洗出身上的污秽注入新的生命，使其最终能够以清洁纯美之身，毫无愧色地和我们的新歌剧，话剧，歌舞剧并列在今后的国家大剧院的上演节目上，并长久为劳动人民所喜爱。这就不能不首先在剧本上着眼。我们能多写些《三打祝家庄》《九件衣》《江汉渔歌》之类的新剧本是再好没有了，但新剧本不可多得，而观众又迫不及待，我们只好就现在流行的剧本予以适当的修改或净化，存其精华而去其芜秽。我们旧剧改革的领导机关是在这样做，但还要更进一步，把这种改革思想设法广泛地为旧艺人所掌握，使他们自己去进行这种净化与美化的工作。当旧艺人的表演处理往往不大受剧本限制的时候，这样做尤其必要。当我们的改革思想为旧艺人所掌握，当我们有了几十出百余出经过净化美化与推陈出新的节目时，我们每次谈话提到旧剧时，心情就不会像现在这样紧张了，我们和旧剧从业者之间的"互相戒备"的心情也可以大为松弛了。

重要的问题在于学习。剧作者要不断提高自己政治修养，生活修养，文艺思想和创作方法上的修养，使自己在新中国戏剧文化的建设工作中，能够起着推动的作用。我们在国际间已成为举足轻重的民族，我们要不断发掘我们民族生活中的丰富宝藏，创造出和我们的民族地位完全相称的戏剧艺术；其先决条件是戏剧文学的量的增产与质的提高。我们的新剧运动已奋斗了将近半个世纪，兹当一九五〇年，迫切地需要从现有的成就上提高一步，为下半个世纪的运动奠定稳固的基础；其先决条件也仍然是剧本的量的增产和质的提高。

大力组织剧本创作，是刻不容缓的事。

一九五〇、一、一五、北京

秧歌舞和秧歌剧如何提高[①]

秧歌舞和秧歌剧都是人民的艺术，它们在动员与组织人民的思想感情上都曾起了巨大的作用。它们的影响已随着人民的胜利普及全国，其本身也就需要逐渐提高。因为"人民要求普及，跟着也就要求提高，要求逐年逐月地提高"（毛主席的话）。把秧歌舞和秧歌剧从现有基础上提高一步，是舞蹈工作者和戏剧工作者的当前任务。

所谓秧歌或秧歌舞的提高问题，恐怕也就是如何创造中国人民的新的舞蹈艺术的问题。胜利与解放后的中国人民，已经不是从前那种古老的痛苦的中国人民了，已经返老还童，变成年轻的，充满了青春活力和光明信心的人民了。他们在生产劳动与创造热情的鼓舞下，不觉"手之舞之，足之蹈之"，他们比以往任何时期都更需要舞蹈。他们找到了秧歌舞，马上传开了，但还不满足，需要新东西，我想我们的舞蹈工作者应该回答这个问题。我们的民族在舞蹈方面还是有丰富的宝藏：如像各地的民间舞蹈——各种秧歌舞，花鼓、腰鼓、战鼓等等，边疆各少数民族的舞蹈——同样的丰富，雄健而多彩，旧剧里面的舞蹈——保存并发挥了历史上的舞蹈艺术的精华，乃至民间武术、杂技与各种体育、游戏中的舞蹈成分，真是复杂多样，美不胜收，我们的舞蹈工作者要首先学习自己民族中间的好东西，当做材料，仔细地整理加工，用来反映人民的新生活，新感情。与此同时，外国的舞蹈艺术，也有许多值得我们学习。苏联也是个年轻的多民族的国家，有十分丰富的舞蹈艺术和整理加工的经验，最值得我们参考。中国以外的东方各民族，都各有自己的舞蹈传统，在古代都曾首先借着舞蹈艺术和我们进行过文化交流，他们的舞蹈也值得我们参考。外国进

[①] 本篇发表于1950年《文艺报》第1卷第9期，署名光未然。曾收入《张光年文集》（第二卷）。

步的记谱方法，训练方法和创作方法，尤其值得我们学习。但不管民间的、古代的或外国的遗产，对于我们，都只能当成一种材料，一种经验，一种方法，作为创作的参考。最重要的，还是要从劳动人民的新生活中发现舞蹈美的因素，加以提炼，修饰与伸展，编成富有新的生命与新的气派的舞蹈，用来表现我们雄健、活泼、愉快、乐观的新民族的生活与感情。单纯从形式上，技巧上变花样是没有出路的；所谓提高，主要是运用正确的创作方法和生活结合，欣赏生活中的舞蹈美而予以加工。我们要用这样的创造精神来开展我们群众的舞蹈运动（普及的），并用这样的精神来创造我们艺术性较高的人民舞蹈的新形式（比较提高的艺术作品）。我们知道已经有些舞蹈工作者开始这样做，希望他们做出成绩来。

所谓秧歌剧的提高问题，恐怕也就是如何创造新歌剧的问题。这个问题很大，这里只能简单扼要地说几句。近几年解放区农村的秧歌剧运动，积累了丰富的经验，并替新歌剧的创造指出了正确的方向，可以做为创造新歌剧的基础。我们的任务，就是在现有的基础上提高一步。其中主要是内容的提高。某些秧歌剧所以给人以千篇一律之感，主要是在内容上反映生活较肤浅，不真实或不正确，有了公式化的毛病。首先要提高剧本的思想素质和诗的素质。剧本无论如何不能简单地成为标语口号的戏剧化；剥开戏剧性的外衣，剩下来的主题思想不能比一篇通俗演讲更少说服性。许多剧本够不上戏剧文学的标准，更经不得用诗的标准来衡量；它们只是排演的脚本，甚至是坏的脚本，不能启发导演和演员的想象力，这就迫切地需要提高。歌剧必须是生活的拔萃，必须确乎是从生活中精选出来的最生动，最活泼，有血肉，有风趣的东西，经过艺术的加工。迫切地需要新歌剧来美化我们的新生活——新生活中间的新人物——新人物高贵的品质与精神状态。形式上、技巧上也必须突破话剧加唱的水平。要讲究唱功，要唱得悦耳动听，说得有节奏性，音乐性。舞蹈的因素要逐渐加强，身段、台步、姿态、动作要求洗练与节奏感，这就需要演员平时的舞蹈训练。音乐要能发挥剧情，最低限度要能吻合剧情，曲调要新鲜活泼，有民族风味。歌剧是一种综合艺术，对于她所综合的文学、音乐、舞蹈、美术……的成分，要让她们在适当范围内各有发挥的余地；但也避免铺张，防止堕入形式主义。对于我们，最宝贵的还是朴素的、雄健的美。我们的新歌剧，一定要从民族旧歌剧（京戏、昆曲、地方戏）里面学习很多东西，也需要从外国歌剧里面学习若干东西。新歌剧的发展前途很大，在这方面，英雄颇有用武之地。但我们不要忘了，创造的努力是从秧歌剧现有的基础上提高一步。离开了现有的基础而从事架空的尝试，不但对当前的普及工作不能起任何指导作用，且由于脱离实际的缘故，很难避免失败的命运。

秧歌在城市里有没有"出路"？她今后的"寿命"如何？许多同志关心这个问题。我们进入大城市之前，有些同志对于我们的秧歌和秧歌剧在城市里是否"吃得开"，很缺乏信心，那是不对的。对于我们和解放区劳动人民共同创造的成果，反映了劳动人民的生活与智慧的成果，应该十分珍视并引以自豪，但我们是马克思主义者，对于任何一种艺术形式或体裁，不可抱着偶像崇拜的心理，以为无需乎随着时、空、对象诸条件的变易而发展，以为已经尽善尽美，可以垂之千年而不朽，放之四海而皆准了。——这种看法和做法，和前面那种吃不开论者，同样犯了经验主义的错误。我们解放区的秧歌和秧歌剧运动，在运用民间形式方面，文艺工作的群众路线方面，经验和做法方面，曾经指出了正确的方向，起了典型示范的作用。这种经验可以广泛介绍与推行，但却不好生硬地搬用。文艺工作者应该根据我们久经考验的经验和方法，和当时当地的具体生活实际结合起来，和各地区人民喜闻乐见的民间形式结合起来，大胆地发挥创造。比方说，秧歌剧到了南方，就需要和南方的生活，南方的民歌，南方盛行的地方戏和舞蹈形式结合起来，创造富有南方色彩的歌剧形式。如果在全国各地都能这样做，那么秧歌剧的种子就能在全国各地不同的泥土上开放出万紫千红的花朵来。又譬如就北京的情况来说，秧歌和秧歌剧已经为北京的工人、学生、一般市民所接受，这是事实。但今后的"出路""寿命"如何？是否还"吃得开"？那就看我们怎样做法。倘使我们的文工团不断地在秧歌剧的内容上注入新生活的血液；倘使我们和北京人民喜爱的地方形式结合，就像我们有些同志改造评戏的那样做法（《九尾狐》的成就是值得推荐的）；倘使我们的歌剧工作者以秧歌剧的现有成就为基础，通过前面所说的过程与方法，添加各种必要的新因素，逐步提高，创造人民的新歌剧；那么，她的"出路"就会很宽广，"寿命"就会很悠长，就会大大地"吃得开"了。——倘使我们不肯这样做，满足于现有的成就而故步自封，那就很难说了。

最后还需要补充几句。或许有人要问：创造人民的新歌剧，为什么一定要以秧歌剧现有的成就为基础？为什么不可以以西洋歌剧或民族旧歌剧为基础？或者抛开一切现有的基础，干脆从生活出发重新创造？是的，也可以以西洋歌剧为基础，曾经有人这样尝试过，结果是失败了。因为内容与形式是有机的联系，拿西洋歌剧的形式来表现中国人民新生活，正像拿中国京戏的形式来表现西洋人民的生活，同样地不合理。是的，也不妨以民族旧歌剧为基础加以逐步的改造，我们有许多前辈和同志正在从事这一崇高的努力，且已表现出初步的成绩，他们今后还会做出更大的成绩；但由此脱胎出来的产物难于表现新生活与新人物，仍然不能满足客观的需要，至于割断人民艺术的传统，抛开现有的基础，忽视秧歌剧本身就是生活中突出的新事物，侈谈从生活出发而从事于架空的抽象的歌剧形式创造，其不切实际，是很明显的了。我们所以主张从秧歌剧现有的成就出发，乃是鉴于秧歌剧运动的正确方向与广泛的普及基础，可以做为创造新歌剧最有利的凭借。虽然这不一定是唯一的道路，但可以相信是最方便，最稳妥的道路。

方言剧与地方形式
——新区戏剧工作中的新问题

引言

最近我们先后接到江西省文工团、福建省文工团的来信，提出许多问题；归纳起来，主要地可以分为三个：一、方言剧问题：北方文艺工作者南下后，首先碰到语言隔阂的困难。文工团演出，不用方言，观众就听不懂；用方言，一省又有好几种，如江西、福建一省就有五六种，怎么办呢？二、地方形式问题：北方秧歌、腰鼓开始受到群众欢迎，渐渐就吃不开了，外来形式不太适合群众需要；如何利用地方形式，发展地方形式，就成为问题。三、提高业务问题。这些问题可能是新区戏剧工作者共同感到的新问题。问题没有得到及时的解决，已经引起了不少同志的苦闷。

北方的文工团到达南方以后，如何适应当地群众的要求，以开展其工作？这是新形势下所产生的新问题。由于革命形势不平衡的发展，决定了革命文化的不平衡发展。新民主主义的政治、文化与文艺首先在北方老解放区取得胜利，然后配合南方人民的要求，逐步向南发展。我们惯于在北方工作的文艺工作者与文工团员们，随着解放军胜利的脚步，到南方去开展文艺工作与戏剧工作，把革命文艺的种子传播到南方，把北方某些成功的经验介绍到南方，并和南方群众生活结合起来，帮助南方文艺工作者创造出为南方人民所喜闻乐见的新文艺，这是一件艰巨的和光荣的任务。肩负着这样任务的同志们，是作为光荣的文化使者而出现于华中、华南及边

---

① 本篇发表于1950年《人民戏剧》第1卷第5期，署名光未然。未曾收入自编作品集和文集。

疆各地的。

北方文工团的同志们随着大军南下，到了南方，到了边远的地区，到了语言隔阂，人地生疏的新解放区，当然会碰到新的问题和新的困难，他们的任务不是短期在南方走一遭，作一次旅行，而是要长远的留在南方。坚持当地的工作，把工作做好。困难是不可免的。绝大多数的同志想尽一切办法克服困难，把工作坚持下来了；应该向这些同志们致敬。抗战初期，许多进步的文艺工作者从南方到陕北、到华北、到东北解放区，当时他们也曾经碰到语言隔阂，人地生疏的困难，但是坚持了正确的群众路线，刻苦地向群众学习，做出了显著的成绩。由此可见，今天的困难是可以克服的，能够而且应该克服的。

方言剧问题

首先谈谈方言剧的问题。

中国地区广大，语言复杂，方言剧有它存在的必要，也有它发展的前途。统一的人民的国家，要求统一的人民的语言。当资产阶级建立了他们的"民族国家"的时候，尚且要创造他们统一的"国语"和可以为全民共同接受的文学语言，今天更是如此。我们今天在文学和戏剧的创作上主要的是根据北方话的系统，和正在文化交流的过程中形成着发展着的全国性的大众语的基础，创造出全国性的文学语言和舞台语言，这是主要的一面。为了文艺的普及，为了表现地方性的特色，为了丰富全国性的文学语言，我们需要发展方言文学和方言剧，这是问题的另一面。但是发展方言剧和方言文字是有目的的、有领导的、有预见的，不是为了把统一的人民文化一块一块的分割起来，恰恰相反的，是为了更有利于文化的交流。因此，我们对待那些由长期封建历史所形成的复杂的语言分割，它们反映了历史上封建割据的痕迹，曾经是阻碍人民文化前进的因素，如福建一省被分割为五六种互不相通的语言状态，就应该采取科学的谨慎的态度去处理它们。在这里，一方面要肯定语言分割的现实，一方面也不能盲目地追随或屈服于这一现实，否则，方言剧便失掉了它存在的根据，或者除了默剧和舞剧之外，我们便没有什么剧可演了。我想我们还是要善于在每一省或每一地区找出比较典型的地方语言，在它的基础上创造地方文学和地方剧（过于冷僻的不容易为他人所理解的，因而是落后的蜕化的语言，虽然具有所谓地方特色，也最好不要采用）。具体以福建的情况来说，是否可以分为福州话，厦门话两个主流而以之做为方言文学或方言剧的基础呢？我觉得是可以的。而清末以来通行着的发展着的福建官话，会给我们以有力的帮助。总之，发展地方文学和地方剧是为了提高地方语言，丰富民族语言，而不是为了任何其他落后的和保守的理由。这也是问题重要的一面。

方言和民族语言（全国性的大众语）的关系，是普及与提高的关系。这里一方面是以北方话为基础的，吸收了与吸收着各种地方语言的因素。在长期的历史社会条件下，在革命的文化运动过程中，不断地丰富发展着的民族语言，全国性的大众语言，文学语言，舞台语言（普及基础上的提高）；一方面是在进步的全国性的民族语言，文学语言，舞台语言的指导下，提高与发展地方语言，地方文学和地方剧（提高指导下的普及），使其成为进步的民族文化的一部分，并转过来丰富与发展了还在继续发展中的全国性的民族语言和民族文化。——以北方话为基础的全国性的大众语，所以具有这种指导作用，其原因在于它是先进的语言，更适合于作为传播先进文化、革命文化的利器。忽视了这个指导作用而从事方言剧运动，是会走弯路的。

这是我们对于方言剧发展方向的基本看法。

至于一个外来的剧团，对当地的情况不够熟悉，对地方语言的掌握比较困难，像江西省文工团、福建省文工团这样的情况，他们在发展方言剧这一工作上可以有种种做法，但却有一定的限制。我想他们可以采取以下的一些做法：

第一，推动当地的文艺工作者与戏剧工作者，组织与上演以方言剧为主的专业剧团、业余剧团和半业余剧团，帮助他们翻译剧本（翻译成地方话），组织方言剧的创作，帮助他们排演及演出，帮助他们总结经验。——应该尊重当地文艺工作者结合群众的经验，以虚心合作共同学习的态度来搞好这一工作。

第二，根据上述同样的做法，并根据改造旧剧的正确的政策与谨慎的步骤，帮助旧的地方戏包括地方旧艺人的改造。

第三，也可以有计划的吸收一些当地的文艺工作者，戏剧工作者或旧艺人到自己的文工团来，互相学习和研究；帮助他们创作、翻译、排演及上演若干较好的具有示范作用的方言剧或地方戏的节目，取得典型的经验，推广出去。

第四，为了做好这些工作，外来文工团的同志，利用一切可能的机会，学习地方生活，学习地方语言，尽可能使自己的艺术创造能和当地人民的生活在一定程度上结合起来，以争取更多的观众。他们既然要在当地长期的做下去，为当地群众服务，则争取机会努力学习当地语言，以加强和当地群众的联系，自然是必要的。文工团里面也常常有一些有语言天才的同志，学习地方语言较快，他们可以更多地做一些方言剧的工作，特别是辅导工作。

这样说来，我们的文工团主要是通过辅导的方式来发展方言剧与地方剧，但却不是取消了自己正常的演出及经常的业务活动，全团一齐突击地去学习地方语言或地方剧，希望在短期间掌握它，然后以包办代替的方式来从事于这一些工作；这是不可能的，不必要的，事倍功半的，因而也是不正确、不经济的做法。因此，像福建省文工团最近的做法："整编后全部下乡"，"把体验当地群众的生活，学习民间语言和学习民间的文艺形式，进行可能的创作作为主要的重心"。恐怕是很值得考虑的。如果下乡的目的是参加土改，一般地体验生活，这是需要的，特别对于新参加的成员是必要的；如果把重心放在学习"民间语言"上，恐怕很难收到预期的成效。既然民间的语言很复杂，他们准备学习哪一种民间语言呢？如果短期间学不好，或学了还不能收到预期的成效，是不是会更增加同志们的困惑呢？他们的困难如像来信中所说："我们多半是北方人，因为没有及早注意向当地群众学习，造成现在仍不会说当地话……"于是"因为地方语言不熟悉，生活不习惯，很多同志会不安心此地工作，表现了消极、害怕困难……"他们这些困难恐怕不能完全指望着"整顿思想""全部下乡""学习民间语言"来求得解决的。因为通常的情况，一个北方的演员来学习福建话，尽管怎样刻苦的学习要想充分的掌握它并艺术地把思想感情表达出来，还是很困难的事。根据他们的条件，恐怕还是应该继续在城市里，坚持正常的演出，加强业务学习，提高演出质量，使自己的演出具有示范作用；同时组织当地的文艺工作者与戏剧工作者，以各种方式推动和开展方言剧与地方戏运动。这两大任务是可以而且应该互相结合着来进行的。

从福建省文工团的来信看，他们并不是通过辅导工作（组织工作）来开展方言剧地方剧的运动，而是企图以自己同志们的刻苦努力，在短期间掌握方言和地方文艺形式，使自己化身为一个以上演方言剧和地方戏为主的剧团。他们之所以这样迫切地感到语言上的脱离群众及"外来形式不太适合群众的需要"，恐怕是由于他们在农村及小城镇中从事巡回演出时的痛切体验。倘使如此，那就不仅是要求自己成为一个以上演方言剧和地方戏为主的剧团，而且要求自己成为一个以巡回演出与服务农村为主的剧团，那么他们对自己的要求显然是太高（或者太低）了。根据这样严格的要求，难怪他们会把自己掌握的北方话看成外来语，把自己演出的《白毛女》《王秀鸾》等歌剧看成脱离群众的外来形式（这当然是错误的看法，因为北方话已经形成为全国性的进步的民族语言，而秧歌剧或新歌剧也已是全国性的进步的民族文化的一部分，都应该广泛推行的），其结果便不得不是全部下乡，从头学起，在相当期间解除了自己的武装。

我想福建省文工团（江西省文工团也是一样，北方的某些省级文工团的情况可能不同一些），目前需要做与可能做的，恐怕还是首先在城市里建立据点，站稳脚步，争取城市的观众，做好城市的普及工作，辅导工作，逐渐通过各种方式，把自己的影响推广到风俗不同，语言各殊的农村。这是完全可能的，因为像厦门、福建这样的城市，是拥有三五十万人口的中等城市，厦门还拥有相当数量的产业工人，城市的工人，学生，干部及其他劳动人民，可以作为我们争取观众的对象。在城市里演出，也会碰到若干语言上的困难，也需要克服若干困难，但小学程度以上的市民都懂得国语，这就比在农村里工作容易得多。福建省文工团主要上演歌剧和歌舞剧，这也比演话剧碰到的困难较少一些。省一级的文工团，肩负着一省的戏剧文化建设的任务，应该和一个普通的巡回宣传队的任务有所区别。福建省文工团的前身是部队剧团，在长期的运动战（巡回演出）中锻炼起来的；现在任务不同了，条件不同了，应该根据城市观众的要求加强技术的锻炼，提高演出的质量，试验着逐步地转入正规战（剧场演出——

专业化的道路)。他们从农村中来,一方面不要忘掉农村,一方面也要逐渐明确在文化领域中的城市指导农村的思想。——这是否犯了原则错误呢?我觉不会的。在北方,革命文化首先在农村取得胜利,而当其夺取了城市并在城市巩固阵地以后,又转过来指导农村的普及工作;那么在南方,在新解放区,革命文化随着革命的政治首先在城市赢得阵地,然后有步骤,有计划地,将其胜利的影响扩大到农村,这难道不是比较合理的步骤吗?抛开理论,从实际出发,像江西省文工团,福建省文工团所要解决的问题,归根结底,无非是在新区争取自己的生存权,也即是争取革命艺术的生命权。那么,当新区的城市首先提供了较多的生存发展的条件的时候,为什么不首先掌握并赢得这些条件,作为在新区生根开花的第一步骤呢?

我的意见可能有不够全面的地方,谨以提供进入新区的文工团同志们的参考。

如何采用地方形式

其次谈谈如何采用地方形式问题。

我们的文工团进入新区,腰鼓、秧歌、秧歌剧等新鲜活泼的文艺形式带到新区,最初受到群众热烈的欢迎,但是日子久了,还是老一套,没有新的创造,群众就不满意了。江西省文工团的同志们来信,曾经怀疑"秧歌剧到底有无发展前途?"福建省文工团的同志们来信说:"我们已经感到表现形式的枯竭,外来的形式是不太适合群众的需要了。""怎样才能结合当地的群众并提高他们?""当地的文艺形式应该怎样去掘发与提高?"这都是很值得注意的问题。

几个月前,我曾经在《秧歌舞和秧歌剧如何提高》那篇短文里(载《文艺报》第九期)谈到过这个问题:"我们解放区的秧歌和秧歌剧运动,在运用民间形式方面,文艺工作者的群众路线方面,经验和做法方面,曾经指出了正确的方向,起了典型示范的作用。这种经验可以广泛介绍与推行,但却不好生硬地搬用。工作者应该根据我们久经考验的经验和方法,和当时当地的具体生活实际结合起来,和各该地区人民喜闻乐见的民间形式结合起来,大胆地发挥创造。比方说秧歌剧到了南方,就需要和南方的生活、南方的民歌、南方盛行的地方戏和舞蹈形式结合起来,创造富有南方色彩的歌剧形式。如果在全国各地都能这样做,那么秧歌剧的种子就能在全国各地不同的泥土上开放出万紫千红的花朵来。"

我们建议南方的歌剧工作者,不妨根据秧歌剧的创作的经验和方法,根据当地的生活素材,实验着创作一些富有地方情调的有趣味的小歌剧。在作曲方面,尽可能地采用当地的民歌和地方戏的曲调,用艺术的方法加以新的处理,使其和剧本的思想感情的要求相吻合,并用来表演丰富的地方色彩。采用合适的曲调加以改编,或根据地方性的曲调作为素材重新创作,都无不可。排演及演唱的时候,也不妨考虑采用流行的地方戏曲中可用的部分。用这种方法经过多次的实验改进,是可以创造出为当地人民群众所喜闻乐见的地方歌剧的。

其实北方的秧歌剧的本身,也就是从地方形式发展起来的。它以陕北的旧秧歌作为基础,根据内容的要求一步一步地蜕变,一直发展到《白毛女》这种大型歌剧的规模。但就以《白毛女》为例吧,在形式上和方法上也很明显地受到地方旧歌剧的影响,特别在作曲方面,它大量地包含了北方的民歌、秧歌、说书、快板、梆子、秦腔等多种多样的地方音乐的因素,或者采用完整的民歌曲调,或者多少加以改编,或者以地方曲调为素材重新创作,因而它首先成为北方人民喜闻乐见的歌剧形式。而且,从它发展与提高了地方形式、丰富了民族形式这一点来说,也就可能成为,并且已经成为中国人民喜闻乐见的歌剧形式(民族形式)。这种经验和这种做法,是完全可以供给南方歌剧工作者参考的。

在华中、华南与西南,也存在着类似北方秧歌这样简单朴素、生动、活泼的地方形式,如像湖北的花鼓戏,湖南的采茶戏,福建的仙游戏,云南的花灯戏等等。既然北方的秧歌可以被提高到《兄妹开荒》《夫妻识字》以至于《白毛女》《王秀鸾》这种歌剧形式,为什么不可以根据同样的经验和做法,把南方的民间戏剧形式加以提高呢?这样的责任,是落在南方歌剧工作者的肩上了。

发展地方形式(民间形式)一方面为了贯彻戏剧工作者的群众路线,一方面也是为了丰富戏剧的民族的形式;因此我们需要树立比较高的鹄的，就是，根据发展秧歌的先进经验，把各地可以发展的民间形式提高到民族形式的水平。那就是说，地方形式经过逐步的改造，逐步提高其思想性与艺术性，使他们首先是当地人民所喜闻乐见，其次也争取为全国人民所喜闻乐见，这当然不是短期间所能做到的，这是长期努力的方向。

地方形式（民间形式）和民族形式的关系，也是普及与提高的关系。以歌剧为例，这里一方面是根据现实主义的创作方法，并吸取了话剧和旧剧（其中包括京戏——提高的；各种地方戏——普及的；它们都是民族旧形式，但如通过推陈出新的过程也可能发展为民族新形式）的若干因素，在北方民间形式的基础上逐步提高发展起来的新歌剧的民族形式（普及基础上的提高）；一方面是在这种民族形式的指导与影响下，发展各种地方民间形式（提高指导下的普及），把它们提高到民族形式的水平（即作为全国性的民族形式的支派而存在与发展），以便转过来丰富与提高正在继续发展中的全国性的民族形式的创造。秧歌剧——新歌剧所以具有这种指导的作用，其原因在于它是革命文化、先进文化的产物；忽视了这一指导作用而从事地方形式的改革，是会走弯路的。

既然要采用和发展地方形式，就有了向地方形式学习的任务。我们的戏剧工作者应该认识到流行的地方戏剧形式，是当地的劳动人民及旧艺人长期的智慧创造的结晶，是值得学习，值得发扬的。学习应该有方法。歌剧的工作者，导演及作曲者，应该首先担负起学习与研究的任务，找出地方形式的规律性，找出那些可以采用的部分，然后根据研究的心得从事创作，并且替演员提供学习的捷径。把这种学习当成演员日常业务学习的一部分来进行，而不是全国一齐停止了工作，造成一时的热潮，或者把自己改编成为一个地方戏的剧团。

至于从秧歌剧提高到新歌剧过程中的若干具体问题，我愿介绍张庚同志《新歌剧——从秧歌剧的基础上提高一步》一文（载《人民戏剧》一卷二三期合刊）。关于如何改造旧剧与地方剧，以及文工团员的业务提高问题，需要专题讨论，这里不谈了。

一九五〇年八月，于北京。

谈舞剧《和平鸽》的演出①

由欧阳予倩同志编制、戴爱莲同志主演、中央戏剧学院舞蹈团演出的舞剧《和平鸽》，对于加强国际和平运动的宣传，对于中国新舞蹈艺术的建设，都是有益的贡献。

《和平鸽》表现了在冲破战争乌云的人类和平灯塔——苏联的照耀下，世界人民保卫和平运动的波澜壮阔的激潮；它揭露了帝国主义战争贩子外强中干的丑态；歌颂了和平战士的必胜信念和不屈不挠的斗争精神！它强调地描写了亚洲人民的斗争给予帝国主义阵营的沉重打击；特别是中国革命的胜利对于人类和平的伟大作用，以及中国人民大众和国防战士们保卫和平的决心。

所有这些国际政治生活中的壮美的诗的内容，都通过舞蹈的形式表现出来；而以和平之鸽的活动把它们贯穿起来。和平鸽在这个舞剧中，是作为和平的象征，同时也作为和平战士的象征而被美化了。戴爱莲同志替我们创造了纯真、美丽、活泼、热情而又坚定的和平鸽的形象。

舞剧是现实生活高度的提炼。我们不能要求它把政治生活的概念，用简单化的方法"翻译"为舞蹈的形象，我们也不能要求舞蹈形象的创造，处处符合于生活细节的真实。舞蹈的表现方法，最接近于诗，最接近于音乐的表现方法。我们首先要求的是感情的真实，即思想概念的血肉化。我们衡量一首政治诗，首先要看它是否真实地表现了人民的感情、时代的感情、革命的感情。在这一点上，我觉得《和平鸽》是有它一定的成就的。

我国的舞蹈艺术是一种年轻的艺术，它需要广泛地向各地民间的舞蹈学习，向边疆各兄弟民族的舞蹈学习，向中国旧剧的舞蹈成分学习，同时

---

① 本篇发表于1950年10月17日《人民日报》，署名光未然。未曾收入自编作品集和文集。

也向外国的舞蹈及舞剧学习；其目的则是创造中国人民喜爱的新舞蹈艺术的民族形式。我们的舞蹈团，在学习民间舞、民族舞及中国旧剧的舞蹈方面，曾经有初步的成效，还应继续大力地坚持学下去。《和平鸽》的表演，则是更多地运用了西洋舞蹈的技巧和方法，这是符合于剧本内容要求的，也是完全可以理解的。我们只要想到外国的话剧形式和中国人民的生活实际结合并被中国人民接受之后，也就很快地变成了我们的民族形式之一，且在今天的新歌剧创造及旧剧改革中产生重大的影响，我们就知道对于西洋舞蹈的学习是必要的了。像《和平鸽》这样大型舞剧的演出，在我国还是第一次的尝试（歌舞剧是另一回事）；一次的尝试并不代表一种肯定的方向，肯定的方向是从多次的目的性明确的实践中总结与肯定下来的。虽然如此，我觉得这次大胆的尝试还是很有益处，我们可以在吸收观众宝贵的意见与艺术界建设性的批评中，进一步明确很多问题，积累重要的经验教训，而有利于以后的创造。

我希望在欧阳予倩同志和戴爱莲同志以及舞蹈团全体同志的努力下，继续地发挥创造，以舞剧的形式表现中国人民斗争的史诗，更进一步和人民的思想感情相结合，塑造劳动人民英勇壮美的形象；因而在表演上，也一定是更多地发挥了民族舞蹈的优秀部分，并且把新生活的节奏舞蹈化，把新人物的舞蹈性格化。

《和平鸽》的上演是非常合乎时宜的。今年的世界和平斗争日，正当着正义与邪恶，和平运动与战争敲诈的斗争日益尖锐化的时候，全世界进步人类的眼光会注意到北京——远东和平的支柱。我们在艺术上是否有力地配合了这个运动，是否反映了中国人民保卫和平的决心，关系是非常巨大的。因此，《和平鸽》的上演，是件很有意义的事。

谈学校戏剧活动[①]

一、学校演剧在戏剧运动上的地位

人民戏剧在中国有五十年的战斗传统，一直为反帝反封建的人民的革命运动而服务。和其他的革命文化一样，革命的戏剧运动首先在知识分子学生中展开，然后逐渐地推广到其他阶层。辛亥革命前，东京的留日学生演出了第一个新剧《黑奴吁天录》，就带着浓厚的反帝反封建的色彩。五四运动以后，学校戏剧活动逐渐地活跃起来。当时惯于演出一些反映婚姻问题的剧本，反映朝鲜、越南人民亡国惨痛的剧本，或者介绍了易卜生的《娜拉》及其他北欧现实主义的剧作，都或多或少地结合了反帝反封建的时代要求。当五卅运动与大革命时期，一二·九运动和抗战时期，直到解放战争与学生民主运动时期，戏剧运动已逐渐普及到社会各阶层，而革命学生始终把演剧活动当做宣传革命道理与进行自我教育的重要手段之一。由此可见，学校戏剧运动在中国戏剧运动史上占了重要地位；学校演剧是中国戏剧运动的摇篮；学生在各个革命时期用戏剧做了许多宣传工作；学校演剧为戏剧界培养了许多干部；同时学生向来是职业演剧的主要观众之一。这是中国戏剧史上应该大书特书的。

在一切艺术形式中，戏剧比较更能生动活泼地反映生活的真实，因而也就更容易普及，更容易收到宣传鼓动的效果。从戏剧艺术为抗日战争、人民解放战争、土地改革与生产建设服务的过程中，足以证明其确实有宣传鼓动的威力。半个世纪以来，戏剧艺术较之其他姊妹艺术能得到更广泛发展的机会，就不是偶然的了。特别在抗日战争以后，在毛主席的教导

[①] 本篇发表于1950年《人民戏剧》第2卷第1期，署名光未然。未曾收入自编作品集和文集。

下，戏剧工作者端正了自己的创作态度与工作态度，更进一步和劳动人民生活实际相结合，在党和政府的扶育之下，戏剧运动更得到空前的发展。目前估计全国专业性质的文工团约有四百个，革命的专业的戏剧干部不下五万人；全国解放后，经过初步改造的旧艺人，估计在二十五万人以上；此外，工、农、兵、学生及其他劳动人民业余的戏剧团体和业余的艺人，数目是很大的，目前尚无法统计。仅就东北而论，今年春节的文艺活动就以九十二县三市的材料来看，参加的就有四千三百多个业余剧团，还有一千二百多个秧歌队没有计算在内。全国其他各地区，特别是华北、华东和西北地区，工农兵及学生业余的演剧活动发展的程度在数字也一定是可观的。专业的戏剧工作者与业余的戏剧工作者结合起来，这就构成了人民戏剧的大军，成为今天国家戏剧文化建设的基础。

戏剧的文化建设是国家的文化建设的一部分，新中国今天在国际上已是举足轻重的国家了，中国人民要求一种与他的国际地位、历史地位相称的文化，正像毛主席所提出的历史任务，我们应该以高度文化出现于世界。那么在戏剧上，我们也要以高度的戏剧文化出现于国际艺术界，中国人民长期的斗争生活，是伟大而辉煌的，如果在艺术上反映出来，一定会受到全世界人民高度的热爱。但是这种高度的戏剧文化的出现，应该是在广大的普及基础上逐步提高的结果。毛主席的普及第一的思想，乃是着眼于把全中国变成一个文化艺术的大花园，在这个基础上经过加工培养所产生的艺术的花朵自然是非凡的美丽。从戏剧艺术来说，今天毫无疑问，仍然是需要大力继续地普及，同时也必须着眼于从内容及形式上自现有的基础上逐步地提高，以新现实主义的创作方法反映新民主主义的政治生活的内容，创造为人民喜闻乐见的，具有中国作风和中国气派的戏剧的民族形式，这就是我们在艺术创作上所追求的鹄的。为了这个，专业的戏剧工作者和业余的戏剧工作者（包括学校的戏剧爱好者），必须互相学习，共同努力，把这两大力量紧密地结合起来。

二、学校戏剧活动在教育上的作用

在大城市，艺术活动的主要对象，第一是工人，第二就是学生。中国各大城市的学生，一向是具有革命的政治生活的传统的，因而在戏剧活动上，一向是较有基础的。解放以后，青年学生在思想上和感情上都开展得很多了，他们比过去更加爱好文学的戏剧的活动，乃是很自然的事。这种爱好反映在对于课程的要求上，如像在北京，据说中学国文教材所选的文学作品中，百分之六十是戏剧作品，课内课外的欣赏还不够满足，要求排演、要求创作、要求自己搞剧团、要求国文教师指导这一系列的戏剧活动。这说明了解放后青年创造意志的高涨，乃是使人兴奋的现象。我们的教师和学校的领导同志应该设法帮助这种创造意志得到合理的发挥。

学校戏剧活动在教育上的作用，今天看来，大概不外以下四点：

第一，作为帮助思想教育的手段。新的戏剧创作，对于思想内容是重视的，主题一般是积极的、现实的、健康的，贯穿着新民主主义的现实主义的精神，提倡五爱——爱祖国、爱人民、爱劳动、爱科学、爱护公共财产的美德与五大革命观点——阶级观点、劳动观点、组织观点、群众观点与唯物观点，而这些深刻的思想通过艺术的形象表现出来，在人民的思想感情上产生久远的影响。作为学生思想教育的手段是比较容易收到良好效果的。如学生看了《白毛女》就更容易接受土地改革的思想；看了《俄罗斯问题》，就会有助于其对于美帝国主义本质的了解。

第二，作为向生活学习的手段。学生的生活圈子一般比较狭小，通过文学的阅读和戏剧的欣赏，可以打开通向现实生活的门户，扩大其生活视野，而有助于思想的开展。如看了反应工农生活的戏剧，可以帮助他们了解劳动人民的愿望和要求；看了反应部队生活的戏剧，可以知道我们战士是怎样生活、怎样战斗的。戏剧题材所表现的生活面是非常广泛的，也是非常具体的。学生多知道一些各阶层的生活知识，对智慧的发展上是很有作用的。

第三，作为加强学生文学修养和艺术修养的手段。通过剧本的艺术性的分析和学习，他们可以体会怎样描写人物，怎样选择语言，怎样以现实主义的方法把生活采取过来，集中、概括和加工；这样不断提高了艺术欣赏的趣味，而且学习了写作的技巧。戏剧的演出综合了艺术各个部门的方法与技巧，学生在看戏或演戏的过程中，对于诗歌、美术、音乐和表演艺术都得到欣赏和学习的机会。当然，在一次演出中可以学习多少，这就取决于教师的分析、讲解和指导的程度了。

第四，作为学生文化娱乐及集体活动的手段。青年在身心发展的过程中，需要高尚的文化娱乐来调剂他们紧张的学习生活，在美好的、有趣味的艺术作品的欣赏中，使精神得到愉悦，得到休憩，而教育的功能是在对于艺术欣赏的潜移默化中得到的。因此在课外欣赏的时候，最好选择那些确实有趣味的富于艺术性的作品。此外，由于戏剧的演出是一种集体性很强的艺术，领导学生课余的排演活动和剧团活动，确乎便于培养他们的集体精神和集体活动的习惯。

三、学校戏剧活动的三种方式

根据学校戏剧活动在教育上的作用，决定了它的活动方式。

第一，把剧本选作教材或补充教材，以培养学生对戏剧文学的欣赏能力。前面说过，北京一般中学的国文教材中，剧本占了相当重要的分量。这说明了国文教师对戏剧文学的重视，也反映了青年学生对戏剧的热爱。教材的编选，自然应以优秀的现代剧作为主。所谓优秀的剧作，是指剧本中的思想性与艺术性能够结合得较好的，反映生活比较深刻、人物的性格比较突出、语言比较生动活泼，因而思想比较深厚、情绪比较饱满的作品。思想庸俗或者有害的作品，自然千万不可选作教材。而在艺术上粗制滥造的、公式化、生硬地搬弄政治教条的剧本，也会弄坏了青年的胃口。剧本是一种戏剧文学，需要浓厚的文学要素，甚至于诗的要素。简单的戏剧情节的搬弄，缺乏高尚的思想美与情感美，一点文学趣味也没有的东西，只能叫做舞台"脚本"，不能叫做艺术作品。深刻凝练的独幕剧与富有诗情的小歌剧，自然是最理想的教材；从多幕剧中选择比较精彩的片段，也是很好的办法。一般地说，长篇巨著最好启发学生在课外去阅读。现在学校选读的剧本，都偏重于解放区的作品和描写新民主主义现实生活的作品，这是很好的，很必要的。但五四以来，新文学的优秀产物，能代表新民主主义文化发展历程的作品，富于民主性与反抗性的，贯彻着反帝反封建的方向的作品，也都可以选读。外国的剧本也可以选，特别是苏联的戏剧，大都表现苏维埃人民的高尚品质与深刻的思想内容，运用了社会主义的现实主义的创作方法，最值得我们学习。中国古典的创作也可以少量地选读，如元曲中有不少的优秀作品，表现人民对统治阶级的鄙视与反抗的渴望，在性格的描写与诗的刻画上都达到了高度的成就。应该把这些最好的民族遗产介绍给我们青年的一代，使他们认识到我们的祖先是有思想的、有艺术创造力的，借以提高民族的自尊心与自信心。工农兵群众业余的戏剧创作也应该适当的选读，使学生关心群众的文化生活，认识群众的艺术创造力，也是非常必要的。

第二，组织学生看戏和看电影，也是学校戏剧活动的重要方式之一。当然，学生一向是喜欢看戏和看电影的，问题是把这种欣赏的兴趣加以组织领导，并逐渐提高其欣赏水平。在今天，戏剧和电影事业已成为一种国家的事业，电影的摄制与剧场上演节目的编制，也都是比较慎重的；但是学生的时间与购买力都有限制，还需要教师替他们选择。从每一次好的演出中所接受到的教育和鼓舞，都是非常深刻的，会产生长远影响的；应该鼓励同学们去欣赏，应该把优秀的革命文化广为介绍。并且为了巩固每一次的收获，看戏以后，教师最好组织学生作较深入的讨论，最好通过小组的漫谈，让大家谈出思想上的收获及一般的感想，然后教师做总结的发言，把他们的认识提高一步。这种讨论最好是思想性及艺术性并重，既收到思想教育的功效，又提高了艺术欣赏的能力。教师如能在每次讨论之前，适当的启发和拟出生动活泼的提纲，收效就会更大一些。

第三，组织学生课外的朗读，写作与排演。剧本朗读会的方式可以经常采用，事前由教师帮助学生，通过讨论学习，对剧本的思想内容和人物性格有了适当的理解，然后分配角色（一个人可以兼饰两个或两个以上的角色），让他们深入角色中去体会，揣摩角色的性格及语气，经过分段分场的练习，就可以开剧本朗读会了。这种办法非常经济，一样的可以收到欣赏与感人的效果。如果要排演的话，这是排演的初步，排演前必经的过程。至于如何指导学生课余的排演及写作，我们在下面讨论一下。

四、如何指导学生排演

排演前，首先必须注意到剧本的选择。剧本中的思想，生活及人物，最好是对学生比较切近的，比较容易理解的。像《思想问题》《民主青年进行曲》这一类描写学生生活的剧本，就比较容易收效；像《红旗歌》

《白毛女》描写工农的剧本,就比较困难一些;当然,如果有机会到附近的工厂、农村体会一下,困难并不是不可克服的;但如果像描写干部思想的剧本,描写领导思想的剧本,描写部队战斗生活的剧本,描写古代人或外国人生活的剧本,其生活内容及思想情感往往超出了青年学生的理解范围,最好是不要轻易尝试,因为排演和演出的过程也就是一个描写和创作的过程,没有足够的生活根据是不成的。

大戏还是小戏?多幕剧的排演及演出,需要经历复杂的创作过程,学生的时间精力有限,还是要说服他们不要好大喜功。短剧的排演费力少而收效大。应该重视演出的效果,如果一次演出收到较好的效果,对学生的创造意志是很大的鼓励;如果因为好大喜功与粗制滥造而失败了,创造的情绪就受到很大的打击。我们提倡青年们在课余活动中养成对工作的严肃态度与实事求是的态度。学校演剧中应该注意这个问题。

话剧还是歌剧?这也是要看学校与学生的实际条件。一般地说,学生对话剧的形式比较习惯,比较容易掌握。有的学校一向有较好的音乐传统及歌唱基础的,也不妨尝试排演短篇的歌剧或秧歌剧。歌剧包括较多的诗与音乐的要素,在排演的过程中,学生在这两方面可以得到很多学习机会。女校和初中学生,由于条件的限制,排演歌舞剧比较合适些。

导演的本身就是一种艺术。导演的职责,是根据剧本提供的条件和要求,启发演员的想象力和创造力,把演员的智慧集中起来,统一起来,在舞台上重新创造剧本所规定的人物性格。教师如果要领导学生排演,最好设法熟悉这一门常识。否则可以请专业剧团的同志来协助工作。

为了巩固与发展青年学生的艺术创造力,学校剧团的健全就成为必要。应该从每一个城市的学校演剧的普及发展中,产生优秀的健全的学校剧团。剧团的团员不需要很多(对普及二字的机械的平均主义的理解是不合适的),需要的是真正有兴趣与一定才能的业余的戏剧爱好者;自然,这种兴趣与才能是在群众性的活动中被培养与发现出来的。在一个学校里,同学是很多的,兴趣与才能表现在各方面,可以有各种课外活动的方式把他们的创造力分别组织起来,譬如有的组织在球队,有的组织在壁报社,而剧团只是其活动方式之一。我们不能希望用剧团拿来团结全部的同学,结果反而取消了它的业务活动的特殊性。常见有些学校剧团和工人剧团，团员很多，而流动性很大，总是无法健全，无法坚持下来，这是应该引为经验教训的。

学校剧团的坚持与健全，依靠于经常的胜利的活动。每一次的演出得到好评，而且一次比一次进步，这就是能提高信心，发挥创造，把团员巩固地团结在一种友爱兴奋的艺术气氛中了。要达到这个成效，就需要教师的正确领导，在不妨碍课业的条件下，充实剧团活动的内容，并且在专业剧团的协助下，进行某些必要的业务学习。

五、如何指导学生写作

学生对戏剧的欣赏兴趣和欣赏能力逐渐提高以后，就有了写作的欲望。特别是学校剧团的活动开展了，找不到足够的合用的剧本，需要自己动手来写。学生的政治生活丰富了，学生和社会的接触频繁了，在他们的生活中不断地产生着新的事物和新的情感，也迫切地要求自我表现。这些都是非常好的创作冲动，教师应该引导它使其得到正当的发展。

初学写作者最容易犯的毛病，一个是好大喜功，写自己不熟悉的事物，又常常写得大而无当。一个是不善于把复杂的生活集中起来，不善于剪裁割爱，很少的生活，却写成了十幕八幕的大戏。一个是不善于具体化——形象化，往往从空洞的概念出发，把政治教条生硬地搬到舞台上去。总而言之，他们不善于通过艺术的方法，对生活进行分析、集中、概括与加工。

我们应该说服这些年轻的同学们，写自己所熟悉的题材。学校就是一个小社会，新民主主义的生活的日新月异的变化，也随时反映在学生生活中。我们的劳动人民，愿意知道自己的青年的一代的思想与智慧的新的进展，愿意知道他们的爱国主义的昂扬和准备为人民献身的热情。表现这些东西是非常有意义的，非常必要的，而别人是写不来的。自然，我们也希望看到他们的生活圈子和写作范围逐渐推广，表现学生与其他社会阶层的关系，譬如说，师生关系，学生与家庭（这里就包括了各阶层）与其他人民群众的关系。我们愿意在这些不同的关系中看到我们青年同志们思想感情的新的成长。学生如何下厂去学习，学生如何帮助农民收割，学生如何对市民进行反对帝国主义的宣传教育，这些都是人们愿意知道的。"近在咫尺而求诸天涯"，实在是很不聪明的办法。

应该告诉我们的青年作者，好大喜功总是吃力不讨好的，总是要失败的。我们应该写自己能够充分理解和充分掌握的事物，应该从写作短剧入手。宁可把较多的内容压缩，不可把较少的内容拉长。属于人物描写、创作方法和编剧方法上的一系列的常识，应该在每一次的剧本分析和剧影欣赏后的讨论总结中，不厌重复地进行日常的教育。

可以鼓励并组织学生进行集体创作。有的人对生活、语言知道的多一些，有的人的写作能力比较熟练些，通过友爱互助的结合，可以发挥集体的创造。第二种方法是组织对某一题材有关和有兴趣的同学成为一个小组，集体讨论出分场的详细提纲以后，推举一位同学来执笔，然后再读给大家讨论修改。还有一种办法是在这个集体创作小组讨论出详细的提纲以后，由小组里的几位同学分别担任剧本的某些重要角色，你一言，我一语，在相互的刺激与反应中，写出了剧本对话的初稿，再交由一位有文学能力的同学去整理修改。集体创作是组织创作的方法之一，对初学写作者当做相互学习的手段，是很好的。集体创作可以有各种各样的办法，但必须要注意两个问题：

第一，集体创作必须是有领导的。民主的意见必须集中，而且不能采取简单化的方式——极端民主化的或少数服从多数的方式来求得集中。有争论的时候应该取决于教师，教师最好能关心并指导集体创作的全过程，甚至最后为之润色。

第二，集体创作小组的结合，必须是合理的、自愿的。所谓合理的，即对要写的题材都是比较熟悉的，有兴趣的，或为了创作本身的某种必要而邀请参加的；小组最好不超过五人（三人为佳），而参加者的理解水平最好是彼此相距不远的。所谓自愿的，即为了共同的目的有了共同的愿望与热情，能够谈得来，能够进行友爱互助与合作的；这样就不是形式的结合或强迫的撮合。农村的互助组、变工队，如果不是出于自愿的结合，往往不能坚持到底，甚至于妨碍生产，文学创作的变工互助，更是如此。

根据在北京暑期中学国文教师讲习会上的讲稿改写，十一月二日

谈《俄罗斯问题》的演出①

《俄罗斯问题》上演之后，同志们提出了许多很好的意见。今天我们在文艺批评这一工作上，做得还很不够，还有待于大力开展；对于创作与演出进行认真的讨论，是非常必要的。在此，我想就《俄罗斯问题》的演出略谈一下。

正如同志们所分析的，剧本的思想性很强，作者冷静而犀利地解剖了美国的社会本质，揭露了美国社会的矛盾——两个美国；对于统治者的爪牙——反动的新闻界的政客们的思想状况、精神状态、给予无情的讽刺与暴露，对于被侮辱与损害的美国人民则寄予同情，肯定了后者的善良与进步的地方，该批评的地方也适当地给予了批评。谁要战争，谁不要战争，是被清楚地描画出来了。

作者并不是只停止于冷静的解剖，不是把干枯的思想概念生硬地装在剧本里边，如我们常见的公式主义的作品那样；而是通过强烈的爱憎分明的阶级感情，通过生动活泼的人物形象的创造，表现了深刻的思想内容。这样，思想产生了感情鼓舞的力量，其教育意义也就比较深刻了。

作者西蒙诺夫是诗人，对语言的运用有独到之处，尽管经过了辗转翻译（话剧团用的是茅盾先生根据英译的转译本），但是对话中的诗意还是很浓厚，看得出是经过了选择提炼的。这些对话，一方面符合于人物性格的本身要求，一方面又表现了作者诗人的风格——一种观察事物的饱满的情绪；所有这一切都是值得我们学习，值得反复研究的。

西蒙诺夫同志在美国停留了九个月，以其锐利的观察和分析，写出了这样一个优秀的作品，思想性和艺术性是结合得很好的。不过看了演出之

---

① 本篇发表于1950年《人民戏剧》第2、3合期，署名光未然。未曾收入自编作品集和文集。

后，觉得还可以提出一些小地方来讨论一下。

按照我们通常的写作方法，一定会着重地描写主角的思想转变过程。究竟史密斯决定到苏联去的时候，采取的是什么态度？古尔特已向他说明要他写一本和他以前所写的那本公正的报道完全相反的书，他是知道的，可是经过考虑、迟疑，他还是去了。这时他的思想状况是怎样的？是准备符合于老板的要求呢？抑或是写一本正确的报道呢？从剧本中看来，他的觉悟程度是有限的，是在现实生活的考验中逐步提高的；他去时是为了3万元作了妥协，给他最后的鼓励的是墨尔菲——这个"看得开"的人，史接受了墨尔菲的意见去了苏联，到了苏联看到了紧张的和平建设的图景，证实了苏联不要战争，在社会主义友爱的气氛中，他是有些惭愧的，这点台词中已有涉及。

从苏联回来，和老板的希望相反，他写出了问题的真相，当时他是否知道必然会出乱子呢？是知道的。他也曾徘徊于自己的书房内，预感到即将到来的灾难，而说出"完了，一切都完了"之类的话；这是一个很紧张的斗争呵！对于一个自由主义者讲来，这毋宁是个生死的斗争！斗争过程中他的精神状态如何，观众是急切要知道的，而且这种精神搏斗的过程无疑地会迸射出生命的诗的火花，按照一般的写法，一定会在此处加以渲染。但是西蒙诺夫则是用简练的手法省略了这些。这在作者可能另有用意，但在排演中却给导演及演员留下一个困难。有人提出疑问：是否演员对这一段感情体会不够？可能是的，但也确实有困难的。这当然是对作品的吹毛求疵，但也不妨提出来加以研究。

当然不一定每一个戏要把转变过程写得清清楚楚。我们今天的批评界存在着公式主义的倾向。动不动都爱加上一个帽子："人物的转变过程不够"；我们反对这样的千篇一律的批评。不过，剧本如果是着重描写人物由较低的认识水平向较高的觉悟程度发展的，其"过程"的描写如果恰当，是会增强作品的教育意义的，我们不单要观众判明是非，而且知道从是到非，从思想认识的低级状态到觉悟的高级状态这段精神搏斗的过程，并一同参与角色的精神搏斗的过程，这会使观众取得提高思想的锁钥，获得更深刻的感受。但这却不是说所有作品都必须如此写；《俄罗斯问题》虽然没有写这些过程，但观众是完全可以理解的，这一段思想过程的空白，可以交由观众用自己的思索来补充；西蒙诺夫之所以没有这样写，也许其意在此。

其次，关于表演问题，戏上演之后，话剧团召集了一个座谈会，邀请了北京的各个兄弟团体的同志们参加讨论，会中一般的争论焦点多在于对史密斯、杰茜两个主要人物的处理上，大家有一些不同的意见，我想就此谈一下。

第一，关于史密斯的处理：对于这个人物无论在导演的处理上，演员对角色的塑造上，都是下了功夫的，一般的是采取了比较朴素的手法，舞台上给予的形象不是那样张牙舞爪，使我们看到了角色细致的复杂的思想变化，而且也引导了我们一同经历这样的变化，因之这个角色的处理是很好的。

同学们提出这样的一个意见说："是否前一段的表演太沉静一些，仿佛胸有成竹的样子。"事实上史密斯当时并不是胸有成竹的，有许多事他还要找墨尔菲去商量，后者是他的好友和策士。同学们提出的这点意见是值得考虑的。

史密斯是个自由主义者，觉悟程度是有限的，西蒙诺夫为什么不选择一个共产主义者或一个进步党人来写呢？史到后来觉悟之后也许有可能参加进步党，但是我们对他的要求却是不能过高，西蒙诺夫之所以选这样一个人做主角，是因为他比较适当于这样的主题。一般的美国人，我们所接触到的一般的美国青年人，是感情多于理智，感性的直觉多于理性的分析；这是由于他们这个奇怪的国家，历史社会生活的特殊发展，所形成的；青年人不大用脑子，对统治者是有利的。一般的美国知识分子缺乏生活上和政治上的严酷考验，因而觉悟程度较差，看问题是比较肤浅的。史密斯是这些人中间的一个，他可以代表这部分虽有正义感而认识不清的人们的共同点。他看问题比较是感情的，而冷静的分析与思考，则不是那样多而经常，他甚至还有些浮躁、天真。第一幕中，从他自己在苦闷的独白中可以看出这点，他说：

"这发疯似的战后世界，我实在一点也不能了解，炸弹、侦探、伊朗、高丽、的里雅斯特、集团、联盟！难道这些就是我在撒哈拉的时候，我躺在冲绳岛的烂泥里的时候，我在新几内亚他们给我钳出我身上炸弹片的时候我所想象过的吗？难道一切的牺牲和流血就是为了今天的这一些吗？我不能呼吸了，我不能写作了，我不能想了……"

他何尝是不能想，而是不愿想罢了。他对于战后世界的发展是充满了太平观念，天真想法。从这些点上来说，舞台上前一段的史密斯的形象，的确是演得"太沉静了"，对于一个不大用头脑的美国人的思想的困惑，在形象上缺乏充分的描写，演出的倒反而给人以"仿佛胸有成竹的样子"。

第二，再谈谈杰茜的处理。有两种意见：一种是同意如演出这样的处理，作者是以同情的笔来写她的，她是代表着美国的一般职业妇女——这些被那样的社会侮辱、损害以致被歪曲了的性格，如果把她写坏了是会损伤主角的。另一种看法，认为她是沾染了旧社会的色彩，应当把她演的庸俗一些，这样在她最后出走时就会更加反映了美国社会的无情。

我偏重于前一种看法。我同意作者爱憎分明的态度；对反动派给予暴露，对被压迫者寄予同情，这种基本态度是对的。

但是，尽管作者对于这些被侮辱与损害的人们基本上寄予了同情，但也不是没有批判。正如我们对于新的英雄人物的处理一样，我们满怀热情地来歌颂他们，但是对于他们的缺点也是要实事求是地指出；问题在于他们如何通过这些缺点并克服它。如夏伯阳的写法就是如此。这样才会是真实的，而且不会损害对角色的歌颂；这才是从领导的角度，从党的角度全面地看问题的写法，这才是作为一个人民的艺术家所应尽的责任。而不是像小资产阶级作家那样从下而上的看英雄人物，以致不敢仰视的写法。

新的英雄人物是我们人民的优秀儿女，毫无疑问的值得我们歌颂，但另一方面，他又是我们在革命阵线上的同志，因之有缺点还是可以指出。这里我们就不得不反对公式主义加创作方法，他们把英雄人物写成（或演成）一尊菩萨，不能有一点缺点，不能开一句玩笑的"完人"，这样写出的人物便不能不是概念的、虚伪的，因之也不能发生重大的教育作用。

这些美国人（如杰茜、墨尔菲、哈台之流）的身上，是沾染了错误的、肮脏的东西，但这些却都是受了资本主义社会制度歪曲、毒害的结果；这是主要的一面，必须弄清楚。其次因为我们是辩证唯物主义者，朋友的错误虽然基本上可以原谅，但是，当他们思想感情上已经沾染了很多毒素时，这已是个客观存在，我们也就不能不正视它而且批判它。总之如杰茜这些人物是既可怜又可嫌！演出上如现在这样的处理，基本上是对的，缺点也是有的。

导演章泯同志以严肃的态度来处理这个戏，针脚很密，味道很厚，由于他的努力，的确把话剧团的演出水平显明地提高了一步。话剧团的演员同志们许多都是有艺术经验的，从演出上也证明了他们的才能，但是究竟中国的演剧历史很短，且毋论新现实主义，即令旧现实主义的演技方法，过去也并未广泛流传，形式主义的演技，以往曾经占过统治的地位，我们的演员，在方法和习惯上，过去有意无意之间沾染了形式主义的毛病，是毋庸讳言的。导演在整个排演过程中，曾经有计划地向形式主义或其残余作斗争，并有了显著的贡献。当然，把一种已经习惯了的方法扭转过来不是一件容易的事，这个过程没有完全做好，因之戏当中不免遗留了一部分空白，这空白是演员思想上没有完全解决问题的地方，只得用形式主义的残余来填补，因而关于人物性格中矛盾面便不能很好地表演出来；不能说演员完全没有认识到这一点，但总之是没有完全做好。

我们是现实主义者，我们的任务是表现生活的真实，这把生活的矛盾的发展展示给观众，从而帮助观众去分析生活，认识生活。就这个戏来讲，我们要演出人物的矛盾面，其主导的一面是应该充分寄予同情的，而另外，可憎的一面也有必要给予几笔适当的勾画。一定要揭露这个矛盾，分清他们之间主要与次要的关系及其相互影响的作用，只有这样才符合于生活的真实，否则就很可能流于概念化。因之，我们对于新现实主义创作方法需要长期地加以研究；而作为这一学习的先决问题，是对于辩证唯物论和唯物辩证法的学习，具备了正确的思想方法和创作方法，才会深入现实生活的奥秘，创造出真实的、深刻的、有血有肉的人物形象。

一九五一年

与老舍先生谈《方珍珠》[①]

老舍先生：

我刚读到《文艺报》上您写的《谈〈方珍珠〉剧本》一文，得益不少。也有些零碎的感想，写出来请您指正。

（一）新年里看了《方珍珠》，很高兴。对作者，演员，导演和演出者，心里说不出的感谢。那天我去晚了，没有看到第一幕。第二幕一开始就吸引了我；看到方珍珠撕课本的那一段，感动得厉害。而当方珍珠含泪控诉她为什么"到哪儿也不算人"，正深深引起观众共鸣的时候，忽地向三元上场，以"姑娘在家哪！李将军派车来接！打扮打扮，快！"作结束，真觉是神来之笔，刺人骨髓。三幕一场看到破风筝答应了借方珍珠去帮白老二的忙，觉着这位老艺人实在可爱；而当他的园子被砸了，希望破产了，愤而喊出"天桥去下地，也照样的吃饭！看谁走得长远！"的时候，使人又气愤，又同情，又佩服。三幕二场破风筝待在家里等解放军进城，说"我不动，我在这儿等八路军！李将军，向三元，丁副官们的气，我受够了！谁怎么坏，也不能比他们再坏！……"就觉得很真实。又听到珍珠怒斥孟小樵："告诉你们吧，我就是要卖身，也是为了养活我爸爸，也得由我自己做主！"觉得这父女俩真是一对硬骨头，多么值得歌颂的硬骨头啊！所以当第四幕（解放后）破风筝兴奋地说出："……喝，我要做的事太多了，太多了！多得教我不知打哪儿做好，怎么做好！我高兴，又着急；痛快，又闷气，我简直不知怎样才好！"这段话，就觉得真是入情入理，代表着解放后多少人的共同的感情，典型的，时代的感情。……精彩

[①] 本篇未曾在报刊发表。曾收入《张光年文集》（第二卷）。

的地方多着哩,其他都同意您的文章和钟惦棐同志的评论,不赘述。

(二)读了您的文章,才懂得了"后二幕较散碎"的原因;同时也替我解答了另一个疑问。我还以为您原意是要"始终看守着"破风筝这个角色的。照目前的情形看,方珍珠实在不足以构成主角;因为在思想感情与性格的表现上,她都盖不过她爸爸,从这点说,您轻易听从了"友人劝告",动摇了"原来计划",是值得遗憾的。友人的劝告,无疑的是出自善意。我也相信,他们平时所提供的其他意见,必有许多是非常宝贵的;而且,今后他们也会提出一些很好的建设性的意见,而为您所乐于接受的。但就您所提到的这两点来说,那意见确乎值得考虑。如果第五幕那种摆杂货摊儿的写法,基本上是由于"劝告"而来,那就尤其值得遗憾。今天在一部分同志中间,流行着一种看法和写法,他们从一片好心出发,打算把文艺作品用来代替新闻报道或社论或教科书的作用。事实上,也就有一部分人这样做了,他们用这方法来写剧本,画画儿,甚至于写诗,而好心往往收不到好的效果。文艺创作和新闻报道,社论及教科书,在思想教育的功能上,确乎有其共同点:它们同样为着崇高的目的而服务;而且从文艺服从政治这一点来说,后者常常给前者以启发,甚至给前者以指导。但是,思想教育的各种手段,乃至文艺创作的各个部门,都各有其合理的分工,不能互相代替的。我们不能想象新闻报道都写成剧本的样子,正像剧本不能按照新闻报道的规律来写一样。如果照您所说的,"应当大胆地浪漫",那就显然必须超出新闻报道的范围了。我还要说,我们要求人物写得单纯些,集中些,为的希望人物(或主角)思想感情能够集中而饱满;作者像狮子滚球似的,千变万化而总是看住那一个球不放,这也就是您所说的"抱定一个线索,往下发展"的写法。现在您说后二幕所谈的问题太多。我特别感到第五幕走题了,如其中所写的领导作风问题,"到民间去"的问题,其实可以另外写两个剧本的。曾经听到一个很好的比喻,说我们有些同志,指望作家开杂货摊,脸盆,毛巾,肥皂,袜子……,一应俱全。如果您今天只卖毛巾,不卖脸盆,他就很有意见了。我也可以打个比喻。譬如,您要到杂货铺里买脸盆,朋友却劝您索性连毛巾,肥皂,袜子……一齐买了,可是您带的钱(时间、精力)有限,碍于友情面子,照办了,样样都买了贱的,结果样样都不满意,非常懊恼。就您的剧本说,当然，朋友的劝告，确乎是出自善意，为了加强"思想教育"；其所以不对，就因为他太主观了，他不了解写剧本不能像穿衣服一样，随便加一两件也可以。思想教育所要求的某种崇高目的，只有和创作实践完全地恰当地融合起来的时候，也就是说，和剧中人物的内在生命合而为一的时候，才能很好地发挥作用。反过来说，没有和创作实践——人物形象完美融合的思想或概念，或如从前有些作品中硬加上去的"光明尾巴"，其思想也往往是肤浅的，贫乏的，不一定能达到思想教育的效果。可惜的是，这种主观的看法和写法，今天还是存在的。我们管这个叫做"公式主义"，正是需要耐心地与之作斗争的。假如以为这种看法和做法，正是今天的一种新的"文艺政策"，这乃是极大的误会，应该加以申辩的。

（三）就第五幕的思想教育的内容来说，也还有值得商讨的地方。这一幕，当然是为了上课；可是课文有地方还不太妥当。我也同意钟惦棐同志的看法，"到民间去"（意思是到农村去）这个口号的突然提出，"显然是不恰当的"。就方老板的班子的具体情况说，也是"暂时还做不到或不必做的事情"（引钟语）。可是方老板过分强调了这一点，甚至怀疑在北京作艺是"只为挣钱，没尽了为人民服务的责任"，甚至把这种"左"的意见当成是"政府里、党里的领导我们的人，和文艺界的朋友"的"宝贵的意见"；而刚从革大毕业的王力，也随声附和，喊出了"咱们在这儿有什么出路？能有多大的作用？咱们走哇，走！"的空话。我觉得，这段"课文"是不必要的。您说是吗？

尽管如此，这一幕也有写得很好的地方。譬如说，一开头就写出解放后的新气象，也用简洁的笔墨交代了几个人物思想感情的改变。方珍珠的那一段浪漫的梦想，梦见有怎样的乐队替她伴奏，梦见怎样接纳观众的热爱……这是合理的梦想。正像她父亲所说，"过几年，她的梦也许就变成事实"。从这一段台词，我们可以看见您——老舍先生对于人民艺术家的真诚的鼓励与热爱。

（四）最后谈谈王力这个角色。您没把他写好，因而在舞台上也很难处理。看戏的那晚，在剧场碰到孟超同志，谈起来老觉着这角色和别的人物捏不到一块，老觉着别扭。孟超同志说，其实就把老舍先生自己写进去也好。我说，是啊，就因为极力避免写自己，所以没写好，其实，就写孟超同志也成。——这当然是笑话,聊供参考。总之,您没把这个人物想清楚。所有人物中,就是他的台词缺乏语言美。是不是也因了友人的劝告,想在王力的身上表现一下"党的领导"呢?我以为是不必的。

亲爱的老舍先生,您看,我又在前辈面前大放厥词了。归根到底,还是因为我太喜欢这个剧本了。我有一个很诚恳的希望,希望您抽时间按原计划把它修改过来。您下笔快,费不了您多大功夫,可是青年作者们将从您的修改中得到很多的学习;而《方珍珠》将长久成为话剧运动的珍贵的保留节目而无憾了。《龙须沟》即将上演。朋友们看过预演的,都已在击节赞赏了。人们将对您的劳动成果给予更多的感激与祝贺!

这信,没征求您的意见就此发表了。千祈原谅!

1951年1月31日深夜,北京

[笔者附记] 这是从废稿堆里发现的一篇未刊稿,似乎也未曾拿给老舍同志看过。将近四十年过去了。当时为什么没有发表?是否也听从了朋友的劝告,一场"文艺整风"即将来临,免得引来麻烦?(其实麻烦还是没能避免)记不清了。此信最后一段提出的诚恳的希望,未能向我所敬佩的老舍同志及时倾吐,这是迄今引为遗憾的。——光年记。(1989年5月1日)

介绍几个爱国主义的独幕剧[1]

中央戏剧学院最近在抗美援朝的创作运动中产生了一些剧本和歌曲；十几个短剧里面有几个较好的习作——即内容比较深刻，情绪比较饱满，形式比较生动活泼的习作。当抗美援朝的宣传活动正在扩大深入的今天，觉得不妨介绍一下；希望它们得到流传的机会，并在群众的面前接受考验。

一、《母亲的心》（刘沧浪等作）

故事发生在鸭绿江边的一个工人住宅区。主人翁是周大妈——作者企图写出一个新中国崇高的母性的形象。这是一个饱经忧患的工人的母亲，丈夫在抗日游击队战争中牺牲了，大儿子被迫出走了，周大妈带着他的次子占魁，还有和她丈夫同时牺牲的朝鲜难友的孤子崔某，一同抚养成人。此刻老崔已是三十多岁的熟练工人，娶了朝鲜妻子，生了小孩。占魁也是二十几岁的机车厂工人，娶了媳妇，快要生小孩了。新社会带来了好光景，母亲和她的中朝儿女们生活得好。可是当苦日子刚出头，甜日子刚尝到味的时候，隔江烧起了战火。母亲同意了老崔回国去参战，劝慰崔嫂子留下来和她同过。一度参过军的青年团员占魁，也在工厂报了名，争取着和他的义兄老崔同去。他虽然取得了青年媳妇的同情，可是当着母亲五十大寿的日子，不知该怎样去对母亲说。母亲看出了青年人的心计，心里非常难过。可是她到底是饱经战争锻炼的硬骨头，加上听到崔嫂子家乡的噩耗，看到敌机在江边的罪行，终于毅然地揭穿了占魁的心计，热情地鼓励

---

[1] 本篇发表于1951年《人民戏剧》第2卷第5期，署名光未然。未曾收入自编作品集和文集。

他和老崔同去。

全剧贯穿着作者的政治热情，给人以感动的力量。这里满台都是英雄人物：母亲带着中国人民坚定而崇高的品质。肩负着苦难的重担，以辛勤的劳动把儿子和当儿子一般看待的朝鲜孩子抚养成人，而当祖国召唤的时候，她光荣地鼓励他们走上战场。她的火热的动人心魄的送别的语言，无疑地将激动着千千万万爱好和平的观众的心。老崔——被中国母亲抚养长大的，有着两个祖国的诚实的工人，响应了两个祖国的召唤。在过去家庭艰苦的时候，他以劳动的收入维持全家的生计，这次回国参战的时候，就把妻儿交托给他热爱的中国母亲。周占魁身上奔流着父亲英雄的血液和母亲深刻的仇恨，不惯于离开也永不愿离开他的朝鲜大哥，坚持着要和他同去。占魁的媳妇桂花，一个初识文理的劳动妇女，偷看了丈夫的志愿书和偷听了丈夫的谈话，含着眼泪偷偷地替丈夫做军鞋，当母亲察觉了的时候，她多方的遮掩；当她丈夫误会她拉后腿的时候，她心里多么的委屈呵。崔嫂子因了刚生的小孩，多次地争取回国而未能成功，天天在鸭绿江边呆呆地凝望。桂花的母亲，对新生活充满了热爱，虽然认识的程度较差，却也曾在和平的呼吁书上签了名，最后也感动了而且同意了周大妈和这些年轻人的决心。

我想我们不能因为作者意识地把人物的思想感情提高了，就说它"不够真实"；那种说法，是缺少对于我们伟大的生活的光荣的自觉，是会把"现实"或"真实"的概念狭隘化了。我想我们不好用"故意制造误会"这句话轻描淡写地抹煞了青年作者的诚实的努力，虽然细心的读者可以看出若干斧凿的痕迹；是的，我们应该极力摆脱那些"编剧法"上的老套子，凭着它们是不能产生任何优秀的艺术作品。已经有些亲爱的同志以关怀的心情怀疑我们的作者是否喜欢搬弄误会，织造戏剧效果，这种提醒是值得感谢和值得警惕的。可是，为了某种正当的要求，把剧中人物的思想感情安排在某种特定的环境中承受考验，我以为，还不能算是一种原则性的错误。《母亲的心》的真正缺点，是在它的壮美的抒情中不自觉地掺进了某些小资产阶级的感伤主义的成分，譬如把人民的伟大献身写得有些悲痛了，这和作者企图表现的战斗的乐观主义的气氛是不相容的。对于这个重大的缺点，作者一直没有做到认真地修改，这是值得遗憾的。其次，语言和结构都还不够洗练,看出了作者还是"贪多"。虽然如此,我们还应该说这是一个好的习作。它写出了中国人民热爱和平和保卫和平的决心,写出了爱国主义国际主义和新英雄主义这些高尚的品质,如何在新中国普通的劳动人民的心胸中滋长着发育着;并且写出了中朝人民传统的友谊和血肉的关系。因而我觉得,这是个值得推荐的剧本。

二、《人民的意志》(赵寻、蓝光作)

各党派的联合宣言发表以后,首都的政治脉搏激荡起来了,全国人民的心也激荡起来了,支援朝鲜的运动如风起云涌,应该在艺术作品里留下一些生动的记录。《人民的意志》正是这样比较深刻,比较生动的独幕速写之一。

华北某铁路局里卷起了志愿报名的热潮,工会主任老赵成了最忙的忙人,大家都找他进行"私人活动",争着向他夸说自己的优越条件,连最谦虚的人也不再谦虚了。工程师李志国不声不响的报了名,买了水壶、背包之类的旅行用品,对家庭作了安排,满以为必走无疑的了。他设计的铁桥工程,第二天就要动工,但是他在主观上做了安排,希望工务员小张代替他督工。而小张,这个东北籍的热血青年,已经在写第三次的申请书了;他满以为有李工程师在,自己去了还不会有太大的影响。当他知道了报名的人这样多,而李工程师,这个埋头苦干的家伙,也执拗地闹着非去不可的时候,他焦急得无法形容。因而这一对亲密的师友,发生了严重的"利害冲突"。小张是青年团员,要说服这位新干部尊重组织的意见,而李志国,这位诚实认真的工程师,曾经到过美国,也更痛恨美国,归国以后在蒋匪的统治下,满怀工业化祖国的理想被迎头浇了冷水。那时他恨中国,更自恨生为中国人。解放后经济建设的飞速进展使他惊愕了,在天安门参加国庆纪念的那一天,第一次感到有了这么一个伟大的祖国,不自觉地感动得流下眼泪。这时在国旗的面前,老干部的面前,他感到惭愧了,觉得以往没有为祖国尽力,决意在这次志愿行动中来弥补自己的遗憾,并且在斗争中得到锻炼。他固执地要求小张留下来代替他,说必要时他要自由行动。工会的名单宣布了,小张被批准,工会主任恳切地劝说李工程师留下,工人展开了爱国的生产竞赛,听说工程师要走,燥急地前来责问了。李志国认识到自己的岗位也是爱国主义的岗位,到底同意了组织的与群众的意见,号召今后一个人要做好两个人的工作。

这个剧本代替我们记录了伟大的人民运动的一个侧影,写出了一个爱国主义的知识分子的形象。凡是曾经走过迂回曲折的道路而最后终于投入革命队伍的善良的知识分子,对于李工程师的真诚的含泪的陈述,可能从内心里深深地感动的。和《母亲的心》一样,这里满台也都是忠贞的勇敢的形象,而他们都是真实的人,我们真实生活的本身。可以看出,我们的作者已经开始摆脱了公式主义的"打通思想法""落后分子转变法""前进与落后的对比法"……这些一成不变的陈腐的圈套,开始睁大了眼睛,发现了我们新生活中的新事物,发现了我们壮美时代中壮美的感情与壮美的形象,开始有了对于我们伟大生活的光荣的自觉,这是多么值得庆幸的一个开始呵!基于这个简单的理由,尽管《人民的意志》在语言上与形象上还不够那样丰满,我们就觉得这是一个值得介绍的剧本。

三、《吃惊病》(李束丝作)及其他

《吃惊病》是一个政治讽刺的小喜剧,写的是一个一向埋头在实验室的美国医学家劳吉士,被御用的科学家协会骗到朝鲜来,研究一种实际不存在的细菌——据说,美国士兵因为染上了这种细菌,所以躺在床上不肯去打仗。劳吉士在梦魔谷这地方认真地化验水、土和病人的血液,以及进行了其他科学实验之后,发现了美国士兵除了梅毒之外,实际上大部分患的是吃惊病;所谓苏联散布细菌的谣言是无稽的。他发现自己受骗了,非常愤慨,嚷着要马上回到美国去。他的女秘书苔亚——洛克菲勒基金委员会派来的间谍,和麦克阿瑟总部新派给他的助手哈特莱——一个和通用电气公司有关的特务分子,合谋替他拟了一份研究报告,说是确实发现了某种吸血菌,治疗的方法,是需要一种特制的电疗器,而预防的有效办法,则需要大量的火油。他们强迫老医生在这个实际上是替美孚、通用两大公司推销货物的研究报告上签字,被老医生拒绝了,他们便要用恶毒的方法暗害他。最后朝鲜游击队打来了,结束了这一场愚笨而恶毒的喜剧。

作者用了生动活泼的艺术形式,暴露了侵略者内部的黑幕和他们的愚蠢、脆弱和无耻。可以看出,作者是怀着强烈的憎恶而下笔的;虽然我们不难指出,由于某些细节的立脚点不够坚实,曾经减损了它的深刻性。这个剧的演出,应该用喜剧的手法来处理,我们看了中央戏剧学院话剧团的演出,和前面介绍的两个剧本,在舞台上同样收到良好的效果。

《滚出中国去》(戏剧学院普通科学员集体创作)是一个儿童剧,写的是解放前的北京几个流浪儿童的遭遇。小二和他的姐姐在邻近美国兵营的胡同里拾破烂,结识了擦皮鞋的小柱儿,互相贪读着借来的儿童读物,交换着对未来生活的渴望。小二的爸爸病了,小孩子担起生活的重担,他和另一个拾破烂的小女孩为了一个酒瓶子争吵不休,但当他知道了这女孩子的祖母被美国兵打伤了而躺在床上的时候,他转过来友爱地帮助她。剧本写的是比较活泼的,可惜还不够紧凑;然而它确乎替我们提供了一个勇敢的、好学的、富于反抗精神和同情心的流浪儿童小二的形象,有着可爱的英雄的性格的孩子,所以当他被美国兽兵枪杀的时候,我们会忍不住流下愤怒的眼泪。

四、两点感想

戏剧学院的作者们,在这次为时月余的创作运动中,所以产生了上述的几个形象比较生动,感情比较饱满的习作,乃是直接感受了伟大的人民抗美援朝的政治高潮的赐予。人民的爱国主义的运动汇成高潮,这高潮又转过来提高了人民的认识与热情,也就进一步提高了文艺作者的政治热情和政治敏感,使他们能够在短期突击的作品中,以热情的笔触,歌颂我们壮美的生活,揭露敌人卑贱的实质;许多作品里面,贯彻着爱国主义、国际主义和新英雄主义的精神,以及战斗的乐观主义的气质,乃是由于这种精神和气质早已是我们伟大光荣的新生活的要素,而在抗美援朝的运动中又得到进一步的发展。由此可见,时刻不脱离生活,不脱离斗争,经常保持高度的政治热情与政治敏感,并意识地培养和提高这种热情与敏感,对于一个作者是非常重要的。

其次,热情必须化为语言,化为形象,才能成为艺术作品,才能有感人的力量。光有热情而缺乏表现力，忽视正确的表现方法和艺术形式的追求，舍不得多用头脑去咀嚼生活，钻研问题，就可能产生公式主义。抗战初期的救亡剧和参军戏，绝大部分脱不了公式主义的圈套，难道说那些作者都缺乏政治热情吗？难道说热情多了就会失掉观察事物的敏感吗？不是的。以往的缺点是满足于对事物的表面认识和满足于观众一时的喝彩，而没有认识到公式主义的害处和来源，也就没有觉悟到摆脱这个圈套的必要性。戏剧学院创作室的同志们在学习写作的过程中，开始在意识地摆脱这个圈套，从而开始写出了形象比较生动、感情比较饱满的习作，说明了一年来在这些作者中间进行的反公式主义的斗争和正确的创作方法之探索，已经有了初步的成效。但这仅仅是初步的收获，应该虚心地听取群众的意见，接受文艺界同志们的关怀，循着已经摸索出来的道路继续坚持与勤奋地走下去，那么，有生活的地方就有斗争，有斗争的地方就会有火花迸射出来，期以年月，是会有些好作品出现的。

一九五〇年除夕，北京

人民爱国主义的新高潮①

今年的红五月，正是全国各地抗美援朝的爱国主义宣传运动进入轰轰烈烈的新时期。全国的剧团、文工团的同志们，戏曲工作者同志们，会同广大的群众业余的戏剧队伍，配合着其他岗位的文艺工作者、宣传工作者，组成了文艺宣传的大军，正在运用艺术的武器，以忘我的劳动，对群众进行爱国主义的教育。这是一个伟大的群众运动，也是一个严肃的思想工作。随着人民爱国主义高潮的不断增涨，必将淹没帝国主义的疯狂叫嚣。

爱国主义的宣传教育，是一个长期的工作。为使已有的成绩得到巩固，今后的工作得到改进，对红五月宣传工作的总结，就需要格外地重视。我们建议根据工作中间存在的重要问题，有重点地进行专题的讨论与总结。譬如就抗美援朝的创作来说，各地的创作是如何组织的？哪些比较为群众欢迎？其故何在？创作中产生了些什么偏差？根源何在？如何克服？临时突击的创作和群众的创作，虽然粗糙一些然而确乎有内容的，如何组织加工？……这些就需要进行专题总结。戏曲工作在抗美援朝中起了很大的作用。戏曲配合任务进行宣传时，究竟怎样做才比较合适？在表现历史题材时如何做到不违背历史真实而又能配合当前的政治？地方戏曲中如何表现现代生活和今天人民的政治感情？……在这些问题上最好把成功的经验和失败的经验分别总结出来。各地宣传运动中，都创造了不少新的工作方式，新的工作经验，其中哪些是需要推广的？也应该总结出来，写成专题文字发表，使自己的认识得到提高，经验得以交流。

抗美援朝的宣传运动，是戏剧工作者接触群众并向群众学习的良好机

---

① 本篇发表于1951年《人民戏剧》第2卷第1期，未署名。未曾收入自编作品集和文集。

会。应该在每一个接触群众的场合，随时注意劳动人民在这个伟大政治运动中思想感情的成长，他们阶级觉悟的提高和爱国主义热情的高涨。用这些生动活泼的感性知识来丰富我们的艺术创造，使舞台上的劳动人民形象获得充实的生命。

在总结红五月工作时，各地文艺领导机构在可能条件下如果及时地进行创作评奖和选拔宣传工作中的劳动模范，使突出的成绩得到鼓励，也将是很有意义的事情。

拥护戏曲改革政策[①]

中央人民政府政务院颁布了关于戏曲改革工作的指示，《人民日报》也就此发表了社论。我们的国家是热爱文化的国家，我们的人民是热爱艺术的人民。中央人民政府对于戏曲改革工作的重视，使全国的戏曲艺人、戏剧工作者感到极大的振奋。

毛主席最近为中国戏曲研究院成立的题词"百花齐放，推陈出新"，概括了戏曲改革工作的基本方向。这一方向，如今成为国家的戏曲政策，在政务院的指示中得到具体的明确的规定。政务院的这一指示，是根据去年十月全国戏曲工作会议讨论的结果而制定的；这说明了我们国家的政策，确乎是从群众中来，再回到群众中去；也说明了这一重要指示，反映了全国戏曲艺人、戏曲工作者的共同愿望，并反映了他们长期的共同的努力。因之，全国的爱国艺人和戏剧工作者必将热烈地拥护这一指示，以加倍的努力促其贯彻，就是毋庸置疑的了。

我们在此提出三点希望，和全国戏剧工作者、戏曲工作者共勉：

第一，全国的戏曲艺人、戏曲工作者和各地戏曲工作的领导机构，应该认真地学习这一指示，并根据指示的内容随时检查自己的工作，以提高思想和政策的水平，把我们的戏曲改革工作推进到一个积极发展的新阶段。

第二，政务院指示和《人民日报》社论，都要求全国的新文艺工作者更加重视戏曲改革工作。这由于：一、新文艺工作者应该以爱国主义的精神，尊重自己民族的传统，学习民族的遗产，以丰富自己的艺术创造；二、革命的新文艺特别是新戏剧工作的经验，值得戏曲改革工作参考与借

---

① 本篇发表于1951年《人民戏剧》第2卷第1期，未署名。未曾收入自编作品集和文集。

鉴；三、发展新文艺和改革旧文艺，不是互相孤立的两回事；戏曲艺术改革与发展的结果，必将成为新文艺的重要组成部分，并将在一定程度上影响与推动新文艺的发展。因此，我们希望全国的新文艺工作者、话剧和新歌剧工作者，以热情的态度重视与协助各地戏曲改革工作，并向各地艺人和戏改工作者学习。

第三，戏曲批评是推动戏曲改革的必不可少的工作，而在这方面，我们过去的确做得太少了。希望全国的新文艺工作者、戏曲工作者共同注意这件事，加强戏曲批评，使戏曲的修改、创作和表演，在各方面的关心和协助之下，做出更好的成绩来。

迎接全国文工团工作会议[①]

全国各地的剧团、文工团，在毛主席文艺方针指导下，在抗日战争、解放战争、土地改革及生产建设中，配合当前政治任务，面向工、农、兵，开展文艺的普及工作，组织群众的文艺活动，发挥了巨大的宣传鼓励的作用。去年十月以后，全国文工团、队积极地参加了抗美援朝爱国主义运动，直到今天，仍然是这个伟大运动的重要推动力量之一。多年来文工团员的辛勤劳动，对革命事业的显著贡献，引起了全国人民的重视。

中央文化部为了对各地方文工团加强领导，解决各地方文工团现存的一些问题，定于六月间召开全国文工团工作会议。这次会议将着重解决地方文工团的若干重要问题；部队、工会和青年团所属的文工团，也将有一定数量的代表出席。鉴于目前各地方文工团的方针、任务及相互间的分工，需要明确地加以规定，各地戏剧工作者抗美援朝宣传工作的经验需要集中和交流，剧本创作中的若干问题以及文工团员长期苦闷着的业务学习问题，需要加以正确的解决，因之规定了这次会议的主要内容是：第一，明确各种文工团的方针、任务与分工；第二，讨论与总结各地文工团抗美援朝宣传工作中的重要经验；第三，讨论有关戏剧创作与文工团的业务学习问题。行将召开的这个会议，显然符合于客观形式的要求，也符合全国数万文工团员的愿望；会议的结果，必将对革命的戏剧运动产生重大的推动作用。

我们希望全国各地方的剧院、剧团、文工团、队及其领导机构，为了迎接这个重要的会议，在最近期间做好一些必要的准备工作。准备工作中包括提供各个文工团的情况，重要的创作与演出节目、今年的创作与演出

---

① 本篇发表于1951年《人民戏剧》第2卷第1期，未署名。未曾收入自编作品集和文集。

计划；抗美援朝宣传工作的初步总结；对本身的方针、任务及发展前途提出初步意见；以及向大会提出切实可行的提案。我们相信全国各地文工团一定会十分重视这个会议。让我们积极地、热情地迎接这个会议的召开，为发展革命的戏剧文化而加倍努力吧！

祝贺中国戏曲研究院成立①

中国戏曲研究院的成立，是今年戏曲界引人注目的大事。正如梅兰芳院长在《迎接中国戏曲研究院的成立》一文中所说："应该认为这是中国戏曲革命史以至文化史上的一桩重大事件"，我们仅此表示衷心的祝贺。

中国戏曲研究院的基本任务，第一是整理修改旧有戏曲的优良脚本，并创作新剧本，新曲词，以保证上演节目的供应。第二是在戏曲艺术各方面有重点、有系统地进行研究实验工作。第三是用科学的方法，培养戏曲演员与戏曲工作干部的青年一代。我们认为，这些工作都是非常重要、非常合乎时宜的。

工作任务是繁重的，客观需要是多方面的。但就现有的条件看来，我们希望中国戏曲研究院毫不犹豫地走上剧院的道路，即以创作与演出经常联系群众，改进与发展人民戏曲的剧场艺术，作为该院的主要任务。我国的戏曲艺术，一贯是在剧场中发展起来的；一切成功的艺人，也都是经常在剧场观众的支持与考验之下成长起来的；中国戏曲的优良传统之一，就是紧密地联系群众，依靠群众。因而戏曲改进与实验的工作，只有在剧场的实践中才能得到解决；培养演员的工作，也只有在观众的考验中才能产生效果。

根据上述的认识，我们愿借此机会，提出如下的建议：一、研究并建立新的剧院制度，特别是编订上演节目的制度、导演制度及培养演员的方法与制度，使全院一切机构与制度用来保证完成艺术创造的任务。二、承继并整理一批旧有的优良节目，包括久经考验的新戏曲创作节目，作为该院校的保留节目，通过严肃的舞台实践而成为范本。三、演出方法与舞台

---

① 本篇发表于1951年《人民戏剧》第2卷第1期，未署名。未曾收入自编作品集和文集。

艺术的适当改革，诸如龙套、捡场、音乐及不良的舞台形象与演员恶习，都可考虑作慎重的与有步骤的改进；使旧戏曲逐步发展为国家剧院的新歌剧。四、坚决地、有计划地提高演员的政治、文化、文学与文艺思想的水平，使我们的艺人成为有思想、有教养、积极参与艺术创造事业的革命的艺术工作者，这是新戏曲事业中十分重要与必不可少的工作。

中国戏曲研究院及华东、西南戏曲研究院的相继成立，全国戏曲艺人在爱国主义旗帜下的力求进步，使我们看到了新中国人民戏曲光辉灿烂的远景。

祝全国文工团工作会议开幕[1]

中央文化部召开的全国文工团工作会议，日内即将开幕了。全国各地的文工团代表，文工团工作的组织者与领导者，即将济济一堂，讨论有关文工团工作的各项重要议题。代表同志们！你们辛苦了！全国各地长期地全心全意为人民服务的文工团员们辛苦了！我们预祝这个大会开出显著的成就，为革命的文艺工作奠定长远发展的基础。

文工团工作会议的首要任务，是要规定全国各地文工团的方针、任务与分工。

文工团工作是在紧张的革命斗争中发展起来的，是在配合革命任务进行文艺普及工作中发展起来的。全国解放以后，文工团在量与质方面有了进一步的发展。目前除人民解放军部队设有大量的文工团以外，全国各省都设有文工团；大部分的专区都设有文工团或文工队；而在首都及上海、天津等大都市，还建立了专门的话剧团、歌剧团、歌舞团、舞蹈团、音乐工作团及以上演话剧或歌剧为主的剧院。这些文工团、文工队、剧团和剧院，在深入群众，教育群众方面，虽然一般的都坚持了以往的优良传统，各有其成绩与贡献，但过去对各种文工团的性质，任务与分工，缺乏统一的规定，因而彼此间的相互配合是很不够的；这就影响到某些文工团对本身的方针、对象与发展前途，缺乏明确的掌握，也就缺乏工作的计划性。

中央人民政府文化部一九五〇年全国文化艺术工作报告与一九五一年计划要点中，在谈到文工团工作部分，一方面肯定了文工团"在普及工作上有极大重要性"，一方面针对上述情况，提出整顿文工团的办法。报告中说："对全国文工团、剧团必须加以整顿和充实。首先要明确规定各级

---

[1] 本篇是1951年《人民戏剧》第3卷第2期社论，署名为本社。曾收入《张光年文集》（第二卷）。

文工团、剧团的任务与分工：中央、大行政区、大城市的文工团、剧团同剧院发展，以建设剧场艺术为主；省、中等城市的文工团、剧团以剧场演出与巡回演出相结合；专区文工队则以巡回演出为主。……"这个办法，符合于文化建设的要求，也符合目前文工团的发展趋势，相信一定会得到全国戏剧工作者的赞成与拥护。文工团工作会议若以此为基础，结合各地的具体情况，进行深入的讨论，订出切实可行的整顿方案，这就解决了一个对文工团说来是首要的问题。

在解决这个问题的时候，我们希望注意以下三点：

第一，坚持以普及工作为中心环节的方针。根据中央文化部的办法。全国的文工团（除部队文工团的分工由军委总政治部另行规定外），大致可分为三类：一类是直接在广大农村或城市进行普及工作的文工团（如大量的专区文工队及若干城市文工团）；一类是在普及基础上提高的、但也通过演出经常对工人及市民进行普及工作的大城市的剧团和剧院；一类是对城乡人民进行普及工作、但也作为普及与提高的桥梁的省、市文工团。这期间就需要明确逐步提高与逐级指导的关系，并为此建立一定的制度；如大城市的高级剧团和剧院应经常总结自己的经验以指导与协助一般省、市文工团的提高；省文工团对专区文工团应负有指导与协助的责任，帮助他们逐渐提高业务的水平。而所有这些步骤，都围绕着一个总的目的，就是进一步开展普及工作，以提高人民的思想水平和文化水平，这样各类文工团就可以做到分工合作、共同前进。

第二，重视对工、农业余文艺活动的辅导工作。工农群众业余的文艺活动，在专业文艺工作者的推动、协助与影响之下，目前已发展到空前广大的规模。各地文工团有了分工之后，应根据自己的任务，对象及其他条件，通过各种不同的方式，继续坚持这一工作。如大城市的剧院，剧团应如何进行一定的有效的辅导工作？市文工团如何辅导工人业余剧团？专区文工队如何辅导农村剧团？在这方面也需要总结经验，订出一定的制度，以推动群众业余文艺活动进一步地发展，为革命的文艺工作奠定雄厚的群众基础。

第三，加强计划性。文工团的任务是非常繁重的。多数文工团经常处在突击工作、应接不暇的状态中。干部与群众越是重视文工团，爱护文工团,文工团的任务就越是多。这本是光荣的可喜的现象。文工团应该主动地配合各个时期的革命任务,当时当地的中心任务,征得主管机关的同意,订出自己每年、每季的工作计划。文工团倘使不是主观地订计划,而是对临时任务作了充分的估计,在计划中贯彻了配合任务的精神,善于把经常工作和临时工作有效地结合起来,而且这计划是取得了主管机关的同意和批准的话,工作上是可以争取变被动为主动的。这里所说的计划,包括工作计划、学习计划、特别是创作与演出的计划,即艺术生产的计划。这种计划,即使因临时任务而变动了预期的创作内容和演出对象,但计划的基本要求还是可以争取实现的。我们希望全国各地的剧院、剧团和省、市以上的文工团每年都能订出切实可行的创作与演出计划,使全年的工作有比较明确的奋斗目标,年终总结时有比较具体的根据。中央文化部一九五〇年全国文化艺术工作报告与一九五一年计划要点中,曾要求"做到全国各重要省、市每一规模较大之剧团或文工团,一年中至少产生一个大型的(多幕的)或三个小型的(独幕的)比较成功的剧本"。省、市以上的文工团,应该在计划中保证这个要求的实现。

　　文工团会议另外两个重要的议题,是讨论与总结各地文工团抗美援朝宣传工作中的重要经验;讨论有关戏剧创作与文工团员的业务学习问题。

　　去年下半年抗美援朝爱国主义运动在全国范围内展开,各地文工团马上投入这个运动,展开文艺宣传工作,直到今天,仍然是普及与深入抗美援朝宣传的重要推动力量之一。各地文工团在这方面做了不少的工作,宣传方式上有许多新的创造,取得了宝贵的经验;这些,在这次会议上加以交流和总结,肯定成绩,指出缺点,以便今后把爱国主义宣传工作做得更好,这是很必要的。但爱国主义宣传工作的中心环节,还是创作问题。各地文工团在抗美援朝运动中,产生了大量的剧本创作,其中有不少在各地广泛流行,收到了宣传效果。但就各地的报道和总结看来,就我们读到的数以百计的剧本看来,创作的质量还是不能令人满意。许多作品,是依靠空想、依靠虚构的,经不起推敲,一推敲就垮的;许多作品,只剩下空洞的口号和戏剧的外衣;许多作品,违背了生活的真实,因而也就表现了思想上、政策上的错误……总之,创作者的生活基础不扎实,这一点是非常突出的。在抗美援朝运动的初期,配合任务的突击创作中,出现了粗浅潦草的现象,原是不可免的,可以理解的;但当这火热的运动一天天扩大深入,生活中到处出现了许多感人肺腑的事例,如果我们的作者还不能从丰富无比的火热斗争中观察、体验和概括,这就是不可原谅的错误了。从各地抗美援朝创作的数量来看,我们的作者的热情与勇气是很高的,我国戏剧工作者的创造潜力是很大的;倘使加以正确的指引,使缺乏生活的断然的投入生活中去,使投入生活的得到体验生活的锁钥,我们的戏剧界一定会面目一新的。这个问题希望在大会上得到讨论。

文工团员由于任务繁重,工作与学习缺乏一定的制度,使他们缺乏比较经常、比较从容地体验生活与学习业务的机会,由此形成了他们的业务苦闷。会议将针对这个问题进行讨论,使多数文工团员长期苦闷着的业务提高问题,得到正确的解决,这会使全体文工团员感到振奋的。一般地说,文工团应在工作条件允许的时候,尽可能地建立一定的工作制度和学习制度。各地主管机关为了长远的利益,也应在这一点上尽可能地予以保证和支持。在艺术团体里,应该经常有艺术讨论的空气和艺术创造的空气。文工团曾经是培养文艺干部的流动学校,今后还应该坚持在工作中培养的方针,这是发展革命的文艺工作所必需的。对文工团的艺术骨干,应帮助他们在艺术上发展,在业务学习上起作用,非十分必要时不随便调动。文工团工作之余,每年应争取一定的时间以各种方式进行总结或整训。虽然如此,文工团员提高业务的主要途径与最有效的方式,还是在经常的工作实践、演出实践中以认真的态度对待工作,以认真的态度总结经验,在理论与实践的密切结合中求提高。经验证明,一个作者写作的机会多了,容易得到进步;一个导演排戏的机会多了,一个演员演戏的机会多了,也就容易得到提高。问题是文工团的领导同志要善于掌握,帮助同志们把工作中的经验逐步加以条理化,并和日常的理论学习结合起来,求得在工作实践中不断地提高。由此可见,文工团加强思想领导和艺术领导,文工团的领导同志加强思想锻炼和艺术锻炼,就成为非常必要的了。

向生活学习,向群众学习,是文工团一贯的优良传统。我们的许多成绩卓著的文工团,都是在战斗生活的哺育下、在工农群众的爱护下成长起来的。他们学得了生活的战斗的智慧,学得了劳动人民的思想、感情和语言,使自己的艺术创造有了生命和光彩。在任何时候,都要保持并发挥这个优良传统；忘掉了这个传统，决定会降低自己的水平，最后会被群众唾弃的。目前各地的文工团投入抗美援朝的伟大斗争，新区的许多文工团投入土地改革的翻身巨浪，还有不少文工团投入镇压反革命、治理淮河及生产建设的运动中，在各地代表来京开会的时候，将会带来战斗生活中的昂扬的气息，使这个奠定人民戏剧、音乐发展前途的大会，充满了生气勃勃的战斗意志，这就会保证这个大会获得胜利和成功。

戏剧界应当展开《武训传》的讨论①

电影《武训传》，歌颂了一个封建统治阶级的恭顺奴隶，粉饰了他的妥协投降的思想和奴颜婢膝的行为，赞扬了这个为反动统治阶级服务、被反动统治阶级所赞扬的丑恶人物。因而是一部歪曲历史传统、违反爱国主义精神的、有害的影片。

值得注意的是，在这部电影放映的期间，北京、天津、上海的若干报章杂志上，出现了相当多的赞扬这部影片或赞扬所谓"武训思想""武训精神"的文章，拼命在武训脸上贴金，替这部有害的影片扩大了宣传。最近《人民日报》在五月二十日发表了题作《应当重视电影〈武训传〉的讨论》的社论，对上述思想混乱的情况投下了一块巨石。社论号召展开关于电影《武训传》及其他有关武训的著作和论文的讨论，求得彻底地澄清在这个问题上的混乱思想。这对于我们全体文艺工作者、全体戏剧工作者说来，有非常重要的意义。

歌颂什么？暴露什么？这是一个态度问题、立场问题。毛主席在文艺座谈会的讲话中反复地教导我们重视这个问题。毛主席说："反动时期资产阶级文艺家把革命群众写成暴徒，把他们自己写成神圣，所谓光明与黑暗是颠倒的。"如今武训宣传者却正是把统治阶级的恭顺奴隶描写成神圣；而在电影中假武训之口污蔑了太平天国的革命斗争，说："光杀人，行吗？"并且通过具体的形象，把革命群众写成了暴徒；这就把光明与黑暗完全颠倒了。

武训的歌颂者和《武训传》的宣传者，自命是站在"无产阶级立场"来分析历史和评判创作的，可是事实证明，他们在封建地主阶级的奴化思

---

① 本篇是1951年《人民戏剧》第3卷第2期社论，署名为本社。未曾收入自编作品集和文集。

想、资产阶级、小资产阶级的改良主义思想、妥协投降思想——这些非无产阶级思想与无产阶级思想之间，在革命思想与反革命思想之间，在人民的革命传统与反人民的传统之间，造成了混淆和混乱！他们不是从具体的历史分析和武训的思想本质出发，而是单纯从武训的"苦行""义举""刻苦作风""利他主义"……出发，产生了"同情""感动"和"敬佩"，于是通过文艺的方法，化腐臭为神奇，在武训的头上涂上了灵光。这是资产阶级、小资产阶级的虚伪的"人性论"在作祟，是错误的唯心主义的观点。毛主席《在延安文艺座谈会上的讲话》中早就指出"没有什么超阶级的抽象的人性"，指出了超阶级的"人性论"与所谓"人类爱"的错误，并且说，"……我们不能爱敌人，不能爱社会的丑恶现象，我们的目的是消灭这些东西，这是人们的常识，难道我们的文艺工作者还有不懂得的吗？"。这一点，显然没有被某些自命进步的文艺家所记取。

武训宣传者，特别歌颂了武训的"赤手空拳""无拳无勇"的"斗争"方式，也特别从这点受到了感动。姑不论武训的所谓"斗争"，实质上是为反动统治者服务；单就对这一"斗争"方式的赞扬来说，就包含了非常危险的错误思想。在旧社会，被压迫人民要推翻统治阶级求得解放，必须组织起来，团结起来，和统治阶级进行"有拳有勇"的斗争。在武训的同时，太平天国革命和北方各地的农民暴动，正是这种"有拳有勇"的斗争，他们动摇了清朝政府统治的基础，为其后的辛亥革命作了历史的准备。电影《武训传》，夸大了历史上农民革命的缺点，却赞扬了武训式的"斗争"（投降）方式；而武训的"赤手空拳""无拳无勇"的"斗争"方式，却正是他所以受到反动统治者欢迎与赞扬的真实原因。由此可见，《武训传》及其宣传文字所产生的实际效果，不是鼓吹斗争，而是鼓吹驯服；不是鼓吹革命，而是鼓吹投降。至于有人把武训的磕头下跪，也说成是对统治阶级的"大轻蔑"与"大抗议"，说成是"配合"了太平天国的武装革命，那就更加是不可原谅的胡说了。

由此可见，展开关于《武训传》的讨论，对于一切文艺工作者、戏剧工作者加强阶级教育和文艺思想的教育，都有非常重大的意义。

电影《武训传》的错误，对戏曲的改编与创作上，特别值得引为警惕。因为戏曲的改编和创作，经常要碰到对历史人物与历史传统如何处理的问题。许多旧戏曲把劳动人民写成丑角，把革命群众写成暴徒；相反地却把彭公、施公之类镇压人民的刽子手、把黄天霸之类统治阶级的可恶的工具写成英雄！今天必须以爱国主义的精神和正确的观点把这种历史的颠倒纠正过来。许多旧戏曲曾经歌颂了封建社会的"贞女烈妇"，歌颂她们武训式的驯服与"苦行"，这显然迎合了封建统治的要求，削弱了人民的斗志，今天必须坚决地加以修改。中央人民政府政务院关于戏曲改革工作的指示中，曾提出对鼓吹封建奴隶道德、丑化与侮辱劳动人民的戏曲应加以反对；对奴化的、恶劣的表演应加以删除。虽然有不少爱国的艺人在这方面自动进行了若干改革，但许多地区在这方面仍然存在着放任自流的现象。戏曲界以爱国主义的精神广泛展开《武训传》的讨论，对贯彻积极改革的方针是很有好处的。

《武训传》的讨论，提醒了我们每一个文艺工作者、戏剧工作者，不要满足于理论文件（特别是社会发展史——历史唯物论与毛主席《在延安文艺座谈会上的讲话》）的粗浅学习，而应加强自己的理论武装，随时检查自己的工作实践。正因为我们掌握的艺术武器，在宣传教育上有着很大的威力，教育者的自我教育与经常的自我批评，就成为必不可少的了。

正确地表现党的领导[①]

今年的七月一日，是中国共产党的三十周年纪念日。全国人民把它看作自己的节日，到处欢呼庆祝。这是由于，从三十年前中国共产党成立的一天起，已经决定了中国历史的行程；三十年来，共产党领导着中国人民，克服了无数的艰难困苦，终于战胜了一切内外敌人，改变了中国社会和中国历史的面貌。马列主义一经和中国革命的具体实践相结合，中国无产阶级和中国人民，一经找到了伟大的党和伟大领袖的领导，通过长期的、顽强的奋斗，就能把一个衰弱的、落后的、半封建、半殖民地的国家，变成一个强大的、先进的国家；而中国人民在长期的锻炼中，也表现了自己是伟大的英雄的人民。并且，中国人民认为目前所获得的历史性和世界性的胜利，还是万里长征的第一步，今天和今后，还决心在共产党的领导下，为了实现更伟大、更光辉的理想，大踏步地向前迈进。

马列主义、毛泽东思想，通过党的领导，目前已渗透到中国社会生活每一个部门，推动着每一个中国人民的思想感情的变化；因此，文学、戏剧要表现社会生活，就不能不正确地表现党的领导。党集中了人民的愿望和要求，领导着各革命阶级的人民民主专政，以强有力的步骤推动着社会生活的前进。这就是今天的生活，这就是现实。对于党的作用估计得不正确，描写得不适当、不充分，就首先违背了生活的真实，就无法正确地表现现实生活的真理。

党的领导，通过具体的党员、干部的活动得以和群众相结合，同时也通过人民群众的觉悟过程、实践过程而得到体现；因此，如何正确地描写党员、干部在群众中的作用，如何创造党员、干部和劳动人民中间的英雄

[①] 本篇是1951年《人民戏剧》第3卷第3期社论，署名为本社。未曾收入自编作品集和文集。

形象，就成为今天文学、戏剧的重要课题。在这方面，我们已往的成绩是非常不能令人满意的。在我们的某些戏剧创作和演出中，通常容易出现以下三种不合理的情况：一种是把党员、干部、英雄人物写得非常概念化，缺乏性格，缺乏血肉，板起面孔，满嘴是生硬的教训口吻，和群众的联系是很差的；这和现实生活中间的党员、干部、英雄人物有着很大的距离。一种是片面性的描写：如描写党员、干部的党性、原则性，却写成了脱离群众甚至命令主义；描写英雄人物的革命热情，却写成了无组织、无纪律；描写积极分子的善于团结，却写成了无原则的团结。再一种就是干脆避免写党员、干部，避免写党的领导，于是把群众的运动描写成纯粹自发的，无政府、无领导的。所有这些，都违反了生活的真实，从根本上减低了艺术作品的思想性和教育作用。

在这方面，我们应该向苏联的文学、戏剧及电影艺术学习。在苏联的优秀作品中所出现的布尔什维克党员、英雄人物和领导人物的形象，总是那么地可敬可爱，有血有肉，体现了共产主义道德和无穷的革命毅力，因此，教育意义是很强的，鼓舞力是很大的。自然，这绝不仅是创作方法的问题。如果没有一颗布尔什维克的心，没有一颗战士的心，英雄的心，要创造革命的英雄人物，正确地表现党的领导，是困难的。因此，戏剧工作者加强思想锻炼和政治锻炼，不断地改造自己，提高自己，并在创作实践中运用批评和自我批评的方法随时改进自己的工作，就成为头等重要的事了。

中国的戏剧工作者，一贯是在中国共产党的领导培养下成长起来的。兹当共产党的三十周年纪念日，让我们共同奋勉，为进一步表现党与人民的伟大业绩，正确地描写党的领导而加倍努力吧！

加强文艺工作团，发展人民新艺术①

中央人民政府文化部召开的全国文艺工作团工作会议，初步总结了文艺工作团在艺术工作与宣传工作上的成绩和经验，规定了今后的方针和任务。

文艺工作团，平常简称为文工团，是革命的艺术工作和宣传工作的重要组织形式之一。文工团的前身是红军的宣传队。毛主席早在一九二九年十二月红军第四军的古田会议中，就对宣传队的作用作了充分的估计。他认为红军的宣传队，是红军宣传工作的重要工具，因此党必须努力于宣传队的管理和训练。由红军宣传队发展起来的文艺工作团，和抗日战争初期在国民党统治区由进步戏剧工作者所组成的演剧队，两股力量汇合起来，就发展为今天拥有数万革命的戏剧、音乐、舞蹈工作者的一支新文艺的战斗部队。文工团的发展历史，是一直和中国人民革命战争与民主建设相结合的。二十年来，他们在群众宣传工作方面做了很多英勇的艰苦的光荣的工作。

全国解放以后，广大新区人民，特别是经过土地改革后的农民，对于新文化的要求很迫切，现有的地方文工团远不能满足他们的需要。同时文工团原来带有的流动宣传队的性质，又已不能完全适应进入城市后的新的环境。两年以来，以农民为主要对象的地方文工团有相当大的发展；另一方面，大城市的文工团也开始走上剧院化的道路。文工团演出的节目中，比较成功地在话剧方面有《红旗歌》《在战斗里成长》《龙须沟》等，在歌剧方面有《钢铁战士》《王贵与李香香》等。新歌剧、新舞蹈在它们自身的创造过程中，正继续取得新的经验。

---

① 本篇发表于1951年7月8日《人民日报》，为社论。未曾收入自编作品集和文集。

这次会议，规定了全国文工团工作的总任务是大力发展人民的新歌剧、新话剧、新音乐、新舞蹈，以革命精神和爱国精神教育广大人民。这是完全正确的。这些新的艺术形式，由于表现了新的革命的内容，对广大群众起了巨大的动员与教育的作用，并已为广大群众所喜爱。但是这些新的艺术形式都是比较年青的，因而也是不完全成熟的。因此，要把新艺术普及到群众中去，并在普及的基础上进一步发展与建设新艺术，还需要有一个极大的坚持不懈的努力。去年中央文化部召开的全国戏曲工作会议，决定鼓励各种戏曲形式自由竞赛，以达到"百花齐放，推陈出新"的目的。文工团的工作，应当与戏曲改革工作分工合作。这就是说，应当在一方面大力改革旧有戏曲，使之变成新的戏曲，另一方面大力发展新歌剧、新话剧、新音乐、新舞蹈，使之进一步地大众化、民族化，两方面相辅相成，共同地向着建设民族的新艺术的总目标努力。

为了使各种文工团适应各种不同需要，会议规定全国各种文工团（除部队文工团及工会、青年团等群众团体所属的文工团另行规定外）的大体上的分工如下：

一、中央各大行政区及大城市设剧院或专门化的剧团（如歌剧团、话剧团、歌舞团等）。这种剧院或剧团，应当做到有固定剧场及一定数量的能经常上演的节目，借以逐步建设剧场艺术；同时分出适当的时间和人力到各地作示范性的巡回公演。

二、各省（行署、自治区）及各中等城市设剧团或以演剧为主的文工团；其活动方式是剧场演出（在省会）与巡回公演（在所属城市、农村）并重，在有条件时，可以分为两队，一队经常作巡回公演。

三、专区视需要与可能设以演剧或演唱为主的综合性文工队，主要运用短小戏剧的形式或演唱的形式，在农村与小城镇巡回演出。

在全国现有各种文工团中，以农村及小城镇为主要对象，以巡回演出为主要活动方式的文工团（队）为数最多，这是完全适合今天广大群众的需要的，也是今后发展的主要方向。建立有固定剧场的专门化的剧团或剧院是需要的，但这只有在大城市并具备其他必要的条件下，才能做到。因此一般文工团不可过早的、不适当的要求专门化。文工团员的眼睛，应当永远看着下面，看着群众。文工团只有在更长久、更深入的群众工作中，才能得到正当的发展和提高。

所有文工团,从最高级的剧院到最小型的文工队,都应当重视与加强对群众的业余艺术活动的辅导工作。我国工农群众的业余艺术活动,农村工厂的业余剧团及其他文娱组织,目前已发展到空前广大的规模。每个文工团都应当在一定范围内,与工厂农村的业余艺术组织,建立固定的、经常的辅导关系,这样一方面从群众的创造吸取营养,一方面切实帮助与指导广大群众的文化生活与他们艺术创造的活动。

要加强文工团,首先必须加强各级政府文化主管机关对文工团的重视与领导。各级政府的文化主管机关,应当定期讨论文工团的工作,具体规定所属文工团在每个时期的工作任务,特别是规定文工团的创作演出计划与学习计划,并检查其执行程度。文工团向来是培养艺术干部的一种学校;今后应当建立与加强文工团员的学习制度,提高他们的政治与艺术修养的水平,以便在实际工作锻炼中,逐渐培养出大批的优秀演员、导演、音乐、舞蹈及其他艺术人才。文工团的工作是紧张的,许多文工团员又曾长期地在艰苦条件下工作;领导方面应当十分注意保护他们的健康,尤其要注意保护他们表演所必需的体力与歌喉。各专门艺术学校,应当把调训文工团的在职干部、指导与协助文工团的业余学习,当做重要的任务。由于创作是文工团的灵魂,领导方面应采取有效步骤,加强对创作的领导,有计划地组织创作,集中地使用创作力量,以克服过去创作上力量分散,缺乏集中领导的自流状态。

文工团在毛主席文艺方针领导之下,已获得了初步成果,他们前面摆着十分艰巨的任务,因此丝毫不能自满。今后应当发扬自己的优良传统,进一步和群众相结合,为坚决贯彻毛主席的文艺方针,为大力发展人民的新歌剧、新话剧、新音乐、新舞蹈而努力奋斗。

我国影片的国际荣誉[①]

在本年度捷克举行的国际电影赛会上,我国出席竞赛的影片《钢铁战士》荣获了和平奖,故事片《白毛女》、纪录片《中国民族大团结》以及《新儿女英雄传》的导演史东山均获有特别荣誉奖。这些事实,都说明了在毛泽东文艺路线下的新中国人民电影艺术,是带有它灿烂的光辉,出现在世界影坛之上;说明了我国人民电影事业,一年来获得了充分的进展;说明了我国的进步电影,一旦出现在以苏联电影为首的世界进步电影阵营中,它就在文化战线上成为为和平、民主与进步而斗争的重要力量。我国这些影片的得奖,同时也反映出我们年青的共和国在国际上的重要地位。

《钢铁战士》《白毛女》《中国民族大团结》和《新儿女英雄传》等片的获奖,不是偶然的。这些影片在国内各地新片展览月前后,都得到了一定的评价:《钢铁战士》是反映了人民解放军英勇忠贞本质的影片,电影《白毛女》是一部改编得很成功的作品,《中国民族大团结》是一部极其重要和成功的纪录片,《新儿女英雄传》的电影导演工作获得了显著的成绩。所有这些具有各种成就的电影作品,都将会成为我国人民电影在迅速成长或逐步走向成熟的重要标志,它们在国内外获得的广泛的称赞和崇高荣誉,都值得我们戏剧界欢欣祝贺。

戏剧与电影工作,在我国的文化战线上,是极为亲密的友军;人们普称她们是一对"姊妹艺术";事实上我国进步的戏剧工作与进步的电影工作,长久以来即存在着极为密切的、各个方面的联系。今天,在毛泽东文艺思想统一指导下的我国人民戏剧电影工作,不仅是在很多地方表现出其根本思想原则方面的一致性,而且还充满了创作上友善的合作、彼此的良

[①] 本篇发表于1951年《人民戏剧》第5期,署名本社。未曾收入自编作品集和文集。

好影响和互相推动的作用。因此，祝贺我国影片在国际电影赛会上的胜利获奖，同时也就是祝贺我国戏剧电影界亲密的团结和多方面的合作！

例如将《钢铁战士》舞台剧本改编上银幕的工作，根据一般评论：在内容的充实和思想的提高方面，改写的电影剧本比舞台原剧是有了进步的，因此，这就值得我们舞台工作者学习。歌剧《白毛女》改编成电影，也表现了电影戏剧工作者良好的合作精神，使这部影片得出优异的成绩，这是一方面。另一方面，我们也衷心地希望在今后戏剧创作上表现更丰富的更优秀的成绩，以便于我们的友军——人民电影事业能多多地从这方面汲取适宜的电影脚本或改编的材料，以此配合着人民电影事业本身其他方面的诸多优良条件，进一步地促成我国电影创作的繁荣！

祝我国人民电影事业不断地进步！

巩固成绩、克服缺点[①]

中华人民共和国成立到现在已经两年了。两年来中国人民在政治、经济、文化各个战线上都取得了光辉的胜利,人民戏剧工作两年来也得到很大的发展。

今年六月由中央人民政府文化部召开的全国文工团工作会议,曾经总结了我国戏剧工作者以往的成就,指出了今后发展的方向。作为人民戏剧活动的主要组织形式的剧团、文工团,经过两年来的发展,目前总数在六百个以上,专业的文工团员估计不下六万人。他们深入农村、部队、工厂,曾经演出了《白毛女》《刘胡兰》《红旗歌》《王秀鸾》《赤叶河》《反翻把斗争》……及许多配合当前任务的宣传剧,对广大群众起了重大的鼓动与教育作用。一年来他们投身于抗美援朝、土地改革、镇压反革命的运动和治理淮河的工作,尤其显示了巨大的作用。在文工团与文艺工作者的推动与影响下,工农群众业余的戏剧活动有极大的发展。各大城市的工厂几乎都建立了自己的业余剧团或其他艺术组织。老区和半老区的农村剧团数量大增,每省少者近千,多者四五千,新区经过土地改革以后,农村剧团发展也至为迅速。全国文工团工作会议根据新的情况,规定了全国文工团工作的总的方针是:"大力发展人民的新歌剧、新话剧、新音乐、新舞蹈,以革命精神和爱国精神教育广大人民。"会议并规定了各种文工团相互间的分工;提出了加强创作的组织与领导和在大城市建设剧场艺术的任务;规定了文工团应建立工作与学习制度和对群众业余文艺活动的辅导制度。所有这些,都有力地推动着人民戏剧工作进一步地开展。

两年来出现了一些新的创作:如像话剧《龙须沟》《战斗里成长》《不

[①] 本篇是作者为1951年《人民戏剧》第3卷第6期写的专论。未曾收入自编作品集和文集。

是蝉》《六号门》《在新事物面前》《堤》《英雄的阵地》；歌剧《王贵与李香香》《董存瑞》《消灭侵略者》《长征》等。这些剧本表现了中国人民的战斗生活，表现了爱国主义、集体主义、新英雄主义，这些新社会的新的道德观念。其中《不是蝉》《六号门》的创作过程，还表现了工人在艺术创造上的智慧与才能。在抗美援朝、土地改革、镇压反革命三大运动中，各地文工团和业余剧团创作了数以千计的宣传剧，在宣传鼓动工作上起了很大的作用。

由于《白毛女》《战斗里成长》在国外上演，和青年文工团的出国表演，使我国的戏剧、舞蹈取得了国际的声誉；使各国人民，特别是新民主主义国家的人民，通过舞台形象生动具体地认识到中国人民勤劳勇敢的品质和战斗的乐观主义，以及在毛泽东思想照耀下的新中国艺术的现实主义和民族形式的特质。

两年来在戏剧事业的建设上也获得一定的成绩。为了有计划地培养干部，除在首都创立了中央戏剧学院外，在东北、西北、西南、中南、华南还先后建立了大行政区所属的艺术学院；这些艺术学院都是以培养戏剧干部如剧团、文工团的干部为重点的。为了建设剧场艺术，以巩固和发展人民戏剧的传统与成果，两年来在北京、天津、上海、南京、沈阳等大城市相继建立了新式的剧院（新歌剧或话剧的艺术剧院），其他大城市若干规模较大的剧团也在逐步走向剧院化。

两年来旧戏曲的改革工作特别值得重视。毛主席为戏曲改革工作提示了"百花齐放，推陈出新"的方针。中央文化部在一九五〇年十一月召开了全国戏曲工作会议，检讨了各地戏曲改革工作的情况，作出了明确的决议；今年五月，中央人民政府政务院又发出了关于戏曲改革工作的指示。决议和指示规定了戏曲剧目、剧本与舞台形象的审定与修改的原则；规定了各地戏曲改进工作应以对当地群众影响最大的剧种为主要改革与发展对象；规定了戏曲艺人在政治、文化及业务上的学习任务；规定了应革除旧戏班社中的某些不合理的制度；建立了示范性的剧团、剧场，有计划地、经常地演出新剧目等。所有这些，构成了戏曲改革工作的明确的政策。

两年以来，我们在戏曲改革工作上是有显著成绩的。首先是艺人在人民政权下提高了自己的社会地位，又经过初步的学习，提高了政治觉悟，在各地文化主管机关的领导下，许多艺人，特别是不少全国有声望的艺人做到了自动地修改剧本、停演严重有害的剧目、删除恶劣的舞台形象、改革不合理的旧规矩、旧制度，使人民戏曲的舞台得到初步的清理。两年来在戏曲改革工作者和艺人合作之下，也产生了一些新的剧本，其中较好的与较有影响的是：京剧《将相和》；越剧《梁祝哀史》；评剧《小二黑结婚》《小女婿》《艺海深仇》；楚剧与汉剧《血债血还》等。两年来越剧与评剧由于本身的努力，跃进改革运动的前列，取得观众和文艺界的重视。并为其他地方戏的改革创造了有益的经验。两年来各地在建立示范性的戏曲剧团、剧场方面也取得初步的经验。中央文化部并在首都建立了中国戏曲研究院及附设的戏曲实验学校，准备有计划地建设民族戏曲的优良剧目与培养演员；华东、华北、西北、西南各大行政区也建设了类似的剧院与学校。

中华人民共和国成立以来新戏剧工作和戏曲改革工作的成绩的总和，奠定了人民戏剧长足发展的基础，显示了戏剧艺术光辉灿烂的未来。

但是，如果把我们的舞台当做以爱国精神和革命精神教育群众的讲坛来看，如果从每天在进步着的新社会的观众对我们的要求来看，无可讳言地，我们现有的成绩，还远远落后于客观的历史的要求。我们在工作中还存在着许多严重的缺点，妨害着我们大踏步地前进。譬如说，我们在戏剧创作的组织与领导上还存在着极大的弱点和分散自流的状态，影响创作的供应和质量的提高。全国解放以来，我们一方面把革命艺术的种子播散到全国；另一方面，不少的同志在新的情况下，对执行毛主席文艺路线不够坚决，于是在戏剧创作上表现为小资产阶级思想和小资产阶级文艺观点的抬头，在表演上则有了形式主义和唯心的演技理论的复活，因而严重地削弱了人民戏剧的思想性和教育作用。在戏曲改革工作上，不少的干部对戏曲改革的政策精神未能很好地学习和体会，以致反历史主义的倾向严重地存在着，一直没有得到有力的纠正。这种反历史、反科学的观点，表现在戏曲审改的工作上，往往把古代的历史事迹与今天人民的革命斗争强作不适当的比拟；或强使古人具有今人的思想，做今人的事；这显然既违背了古代历史的真实，也违背了今天的生活真实；既不能正确地反映今天，也不能正确地反映过去，因此就会降低人民戏曲的教育的效果。同时，戏曲改革工作中的左右偏——放任自流与滥禁滥改的现象，在某些地区仍然存在；也是亟须加以纠正的。

以上我们对两年来的工作作了概括的估计：一方面有不少的成就；一方面也有很大的弱点和缺点。由于全国戏曲工作会议和全国文工团工作会议的先后召开，我们已经有了明确的方针、政策的指导；坚决地贯彻方针和政策，以巩固成绩，克服缺点，把我们的工作放在更加健全的基础上继续发展，这就是我们当前的任务。

中央戏剧学院创作室的经验教训[①]

（九月五日，在中央戏剧学院干部会上的报告）

一

中央戏剧学院创作室成立到现在已经一年又八个月了。目前共有十几位同志；其中熟练的作者较少，大部分是初学写作的青年。但过去在华北大学第三部的时期（创作室的前身是华北大学第三部的创作组），在集体创作的组织下，也曾产生了像《红旗歌》《民主青年进行曲》《思想问题》这些具有一定思想内容的作品，这说明了创作室还蕴蓄着一定的创作潜力；这力量如得到很好的领导与充分的发挥，是可以写出较好的作品来的。可是一年多以来由于逐渐产生了脱离政治、脱离生活的倾向，以致几个重点的创作先后失败；二十多个小歌剧和独幕剧虽然也表现了一定的政治热情，产生了一定的宣传作用，但其中大部分在思想内容和生活内容上是比较空泛的，在主题思想和生活描写上也存在着或多或少的错误或缺点。就是这样，创作是基本上没有完成自己的创作任务，给中央戏剧学院的全盘工作特别是演出工作上造成很大的困难。

创作室脱离政治、脱离生活的倾向，主要表现在以下几个方面：

一、在组织创作和选择题材方面，脱离了对于当前火热斗争，（如抗美援朝、土地改革、镇压反革命及生产建设等）的正面的本质的描写，没有集中力量去描写当前最尖锐的斗争，而只是枝枝节节地、旁敲侧击地配合任务。如在抗美援朝的初期，在当时政治热情的鼓舞下，虽然也突击写

[①] 本篇发表于1951年《人民戏剧》第3卷第6期，署名光未然。未曾收入自编作品集和文集。

出了《母亲的心》等十几个小剧本,但内容都是比较空洞的;修改中的一个反映土地改革的剧本,着重于农民群众中个别的人物性格的刻画,不足以表现土地改革的典型的历史真实;过去写过一个《胜利列车》是以镇压反革命为主题的,但主题与人物都不够集中,且早已落后于今天的现实;去年的重点创作放在描写生产建设的两个剧本上,这两个剧本(《开快车》及《孟厂长》)由于一再地违反了生活的真实而失败了。——这样,从创作的实际效果来检验,由于没有集中主要干部力量写出反映现实斗争的比较成功的剧本,一些内容空洞的产品,一些无关痛痒的反应,就远远落后于当前火热斗争的实际情况。去年《开快车》失败后,领导上存在着一种错误的看法,以为创作室的同志太年轻,思想水平不够,大的主题不容易掌握,只要一般的表现了新生活、新人物,哪怕是侧面的描写,有一定的教育意义也就可以了。自然,我们对初学写作者不能提出过高的要求;侧面的描写如果能够正确地反映出生活的真实,也是有意义、有价值的;问题是,我们当时从领导思想上首先降低了对作品的政治要求,忽视了对作者的政治锻炼,这就实际上鼓励了作者避重就轻和脱离政治,因而也就放松了组织他们深入斗争、刻苦学习,以集体的努力,正确的、深刻的描写,我们这个时代的最伟大的斗争。

二、在创作室的理论学习和创作实践中,贯穿着强调艺术性、忽视政治性的偏向。创作室成立以来,理论学习一直是以创作方法为重点;对于新现实主义创作方法的学习是必要的,也的确收到了一定的效果;但我们对于社会主义的现实主义的学习,多半限于教条主义的空谈,未能认真地贯彻到生活实践中;而另一方面,政治学习、政治政策学习却严重地陷于自流状态,这就是把世界观与创作方法、政治性与艺术性的正确关系颠倒了。是的我们在口头上也曾坚持艺术服从政治,世界观决定创作方法,但在具体的创作实践中,在剧本的讨论、写作与修改的过程中,作者热衷的是人物性格的刻画、剧情的安排、语言的洗练等等,领导上的所谓"具体帮助"也不往往侧重在这些次要的方面,而在作品的主题思想、对观众的教育意义,是否典型地表现了生活真实……这些主要问题上,却缺乏严肃的、认真的、反复的考虑。以批评生产建设中的官僚主义为主题的话剧《开快车》和以歌颂工人游击队的英雄为主题的歌剧《节振国》之先后失败，虽然错误的性质与分量不同，却都足以说明上述的情况。严重的是，这两个被否定了的剧本，最初连我们的领导同志也是颇感兴趣的，这就反映了领导上政治的迟钝和思想的错误。我们错误地强调艺术性、忽视政治性的恶果，曾经在同志们中间产生了以艺术性代替政治性的偏向；少数同志甚至不自觉地堕入了为人物而人物、为性格而性格、为艺术而艺术的泥沼中。

三、作者的下厂、下乡，陷于无计划、无领导的状态。从表面现象上看，创作室的大部分同志大部分时间是在农村或工厂中体验生活的。而且下去之后，一般地还肯于吃苦，生活上能够和工农群众打成一片。但是下去的目的性、计划性是不够明确的，多少存在着自流状态；而由于每次下去的时间比较短，任务比较紧迫，仍不免带着"搜集材料"的观点。虽然和群众生活在一起，思想感情的交流是很不够的。特别由于平时马列主义学习松懈，作者思想水平低，看问题不全面，又未能很好地依靠当地领导机关的帮助，使自己学会从领导角度上看问题，因而选取的题材往往不全面、不典型；抓来的是生活中的枝节问题，抓不着主要的与本质的东西，这样虽然在生活中游来游去，基本上仍然是脱离生活的。最近的淮河小组就是这样的例子。下去之前，我们交代任务不清楚，下去的时间又很短，任务紧迫，下去不久就忙着配合演出队组织晚会节目，动笔前又没有着重征求治淮委员会领导上的意见，抓取了一些很不典型的枝枝节节的问题，甚至是局部的落后的现象，写了，演了以后，连当地领导方面也认为这些小剧本思想上是有局限性的。这个例子说明，下了淮河，辛苦了一场，也仍然严重地脱离淮河基本的生活真实。

二

由于产生了脱离政治、脱离生活的倾向，其必然的结果就是小资产阶级思想的抬头。

一、小资产阶级为艺术而艺术（如上述的为人物而人物，为性格而性格）的观点抬头了。个别作者甚至系统地接受了小资产阶级的艺术理论，片面地强调主观体验和主观热情，热衷于人物阴暗心理的刻画。其典型的代表是《孟厂长》的写作。在这个剧本里，充满了小资产阶级歇斯底里的激情地叫嚣，完全歪曲了生活的真实。

二、以主观体验（自我体验）代替对于客观现实的研究分析，以小资产阶级的感情，填补了剧本中生活的空白。前述的话剧《开快车》和《孟厂长》就是因此而失败的例子。在这两个剧本的写作过程中，作者对自己所要着重描写的老干部，工厂中的领导人物，实际上是很不熟悉的；但却又不甘心于概念化的表现，还得要追求人物性格的鲜明，追求思想情绪的饱满。依靠什么呢？依靠生活的积蓄？没有，或极少。依靠别人的间接经验的帮助？不解决问题。结果是依靠作者主观的"体验"。作者把概念化的人物拿到自己小资产阶级知识分子的胸怀里"热情的拥抱"和"痛苦的孕育"的结果，产生出来的人物——应该是无产阶级的先进人物，却一个个被灌注了小资产阶级的血液；于是在《开快车》中宣扬了小资产阶级的无组织、无纪律；在《孟厂长》中歌颂了小资产阶级的偏激性和疯狂性，使所有人物都涂上了变态的歇斯底里的色彩；使所有正确的人物都变得不正确。

三、不少作者曾经在某种程度上减低了向生活学习、与群众结合、在斗争中改善自己的热情。以为改造思想是别人的事，自己已经改造得差不多了。

四、小资产阶级个人主义的抬头。如在创作中好大喜功、急于求成、热心于个人的表现、对集体创作不感兴趣等。

创作室最近三个月，特别是最近一个月的学习，就是针对上述情况，着重检查创作中的小资产阶级思想，批判小资产阶级的文艺思想。由于大家采取了认真负责的态度，展开了思想斗争，这次学习取得了初步的胜利。

三

创作室的错误及失败，不能不从领导上追究原因。我过去担任中央戏剧学院教育长期间，一直兼任着创作室主任。今年调文化部工作，和创作室仍然保持一定的关系。我和创作室同志相处的时间比较长，参与了大部分剧本的组织与讨论的过程。过去我对创作室的领导比较具体，同志们对我比较信任。我的某些错误的看法和做法，不能不对创作室产生重大的影响。创作室以往的错误和失败，我应该负主要的责任。

我是比较重视创作的。我过去在华北大学第三部工作的时候，经常参与华大三部创作组剧本的讨论。华大改组的时候我把不到十人的创作组扩大一倍以上，吸收了一批年轻的初学写作者，改组为中央戏剧学院创作室。当时我看到华大创作组时期所写的剧本，大部分流于公式化和概念化，人物写得站不住，艺术形式比较粗糙，多数是描写落后分子转变，而且是通过正面人物的毫无生气的说教口吻促其转变的。改组以后，我以为对这一部分作者，对症下药，就是学习新现实主义的创作方法，反对公式主义的创作方法。对大部分的年轻作者，因看到他们过去没有写过剧本（当时20人中有半数是到创作室后才第一次是写剧本的），虽然具有一般的文学修养或文学兴趣，但对戏剧形式不能掌握；少数同志甚至文字不通、文法不通。因此就强调重视戏剧技巧和文字技巧的学习；虽然未曾正式布置这样的学习。去年，我参加了好些剧本的讨论，尽可能地就我所知给予"具体帮助"。所谓"具体帮助"，包括主题思想的考虑，人物性格的补充，剧情的安排，提纲的修改，以及写成以后的参加讨论，提出修改意见，甚至帮助推敲对话，修改文字、标点等等。这样把创作室办成了创作系，把几位能写的同事也拖进来做了类似教员、助教的工作。自然，对初学写作者的具体帮助，是需要的；问题是当时我们停止在这种技术性的具体帮助上，而相对忽视了对创作者政治上思想上的具体帮助。当时我过分强调必须经过一定时期的文艺理论的和技术的准备阶段，甚至经过三年五年的培养，然后才可写出较好的作品来。当时除了少数同志的作品以外，我都认为习作。于是降低水平，以习作的水平加以鼓励，并且很不负责地把一些有缺陷的作品，介绍到刊物、丛书中去发表。去年年底，我所写的一篇《介绍几个爱国主义的独幕剧》一文（曾刊载于《人民戏剧》二卷五期），就曾经过分肯定了这几个习作的优点，而相对地维护了他们的缺点。（遗憾的是这篇文章最近又刊入了三联书店出版的《母亲的心》集子中了。前几个月该书原定移交人民文学出版社处理时，我曾书面和口头通知该社把这篇文章抽掉；以后他们可能是忘了通知三联书店；我希望该书再版时，

最好把这篇文章抽掉）

今天看来，当时的看法和做法是很不全面的，而且脱离实际的。因为公式化、概念化这种主观主义的创作方法的产生，恰好是由于作者严重的缺乏生活，把复杂的生活简单化了。如果要对症下药的话，就是推动作者到斗争生活中间去顽强地、刻苦地学习。创作方法的学习虽然是重要的，但停止在理论上学习确实不够的。我们过分强调作者的文艺理论准备和技术准备，以及满足于包办代替式的技术性的"具体帮助"，显然是舍本逐末的、脱离实际的做法；其结果自然是放松了作者的政治锻炼和生活锻炼，掩护了小资产阶级思想的资产，助长了小资产阶级艺术观的抬头。同时由于我们在反对公式主义的斗争上，不是从根本上（向生活学习，向群众学习）解决问题，客观上也迎合了小资产阶级的艺术观。因为小资产阶级从其为艺术而艺术的观点出发，早就想借口反对公式主义和概念化，同时把艺术作品的严肃的政治内容、思想性和政策性也极其反对掉，从而为其小资产阶级的货色——形式主义与庸俗趣味打开市场。虽然我们也曾不断地警惕这一点，虽然我们也不断地喊着创作方法上两条战线的斗争——反对公式主义与同时反对形式主义，但仍然是就事论事地停止在口头上的讨论。喊的结果，并没有把形式主义喊退。

在小资产阶级思想和平共居的过程中，我们还不是完全麻痹的。可是当我们警觉到问题的严重的时候，却采取温情主义的态度，不敢展开斗争，结果让错误继续发展下去。话剧《开快车》表现了严重的小资产阶级思想，经文化部指出后，我与合作者同样感到沉重的。但我却采取了简单化的办法，以为这一切都是我个人领导的错误，当时分别向话剧团和创作室做了公开检讨之后，就转过来安慰作者了。领导上的痛切检讨自然是必要的，但同时应该以这生动的例子教育干部。我没有这样做，结果作者在《孟厂长》中更严重地重复了这个错误。《孟厂长》在创作过程中，我们完全没有过问，仿佛很相信作者思想上已经解决了问题。等到初稿的朗诵会上，我们虽然严正的指出这个剧本所表现的可怕的小资产阶级的偏激性和疯狂性，指出作者在艺术趣味上已经堕落到资产阶级的形式主义的泥坑，并和两位作者进行了彻夜的谈话。当时在创作室内开始展开了斗争，作者也开始有了痛切的反省，但我怕伤害了作者的创作勇气，又转过来设法

"鼓励"作者，缓和了这一斗争。这种小资产阶级的温情主义，对错误思想无原则地照顾与宽容，实际是对青年作者不负责任的表现。

我当时完全忽视了创作室的基本情况。创作室的成员中绝大部分是小资产阶级出身；大部分都没有经过比较长期的革命锻炼；要在艺术上提高他们，首先就需要在政治上思想上提高他们；必须重视小资产阶级思想的改造；必须经常和小资产阶级思想（包括小资产阶级的文艺思想）做无情的斗争。只有在这样改造、斗争的过程中，才能有效地培养与提高作者。小资产阶级经常要通过文学、艺术顽强地表现自己，甚至美化自己的缺点；因而对小资产阶级思想的斗争，是长期的、艰苦的。我过去对于这一点，了解得非常不够。这就是所以放松了作者的政治锻炼和生活锻炼的原因。要提高作者，按照我的做法，主要不是依靠学习马列主义与学习社会，主要是依靠学习文艺理论与学习技术，这就首先违背了毛主席义正词严的教导。

我的错误思想的影响不限于创作室，在全院的范围内也会产生不良的影响。譬如我曾经不适当地强调艺术性，强调技术，在某些问题上也会不适当地强调学习西洋，都曾经给小资产阶级的艺术观点大开方便之门。我虽然不断地批评了资产阶级和小资产阶级的艺术之上、技术观点与崇拜西洋的观点，但是在另外一些轻率的发言中，又替拥有这些错误思想的同志制造了论据。当然，并不是说我们不要艺术性，不要技术，和拒绝学习西洋，可是，当许多同志在这些问题上还存在着糊涂观念的时候，我却在无形中维护了他们的错误。

我的错误的性质是：在对创作室与全院的文艺思想的领导上，没有认真地坚持、贯彻毛主席的文艺路线，其结果就是在许多重要的问题上脱离了毛主席的文艺路线，因之，在文艺思想的掌握上，没有保证党的领导和无产阶级的领导，造成了工作中的损失。同时在以往的工作中，依靠上级领导和依靠群众的思想，在我也很不够明确。这说明了我的党性、原则性是很差的。

形成上述错误的思想根源，主要是自己还保有不少的小资产阶级的思想。我过去虽然经过一些锻炼，但在思想上、特别是在文艺思想上还保留了一些小资产阶级的趣味和爱好。进入解放区以后，一直搞教育行政工作，未能认真地向工农兵群众学习；在文艺思想上虽然经过初步的清理，但却是很不彻底的。我过去对我们在毛主席的文艺路线下经过艰苦奋斗而获得的伟大成果，一向是估计不足的。进入城市以后，对于别人轻视我们解放区的文艺成果的怪论，我是愤怒的；对于公开的、显著的资产阶级与小资产阶级的文艺观点，我是反对的。去年对于我们党内一部分老同志中间存在着的脱离政治的技术观点，我也曾严格地予以批评。可是自己私心上总觉得我们的艺术特别是戏剧艺术的水平非常不够，一直引为遗憾。如果条件允许的话，我是准备以小资产阶级的急躁心理，脱离实际地来试行提高的。在中央戏剧学院工作的这一阶段，不管口头上如何说，实际上在许多地方是脱离了毛主席的文艺路线，片面地强调艺术上和技术上的提高。事实证明，这是为小资产阶级放宽了尺度，打开了门户。这种"提高"恰好迎合了小资产阶级的心理，因而恰好是降低了人民文艺的思想水平和艺术水平。这种"提高"决定是错误的、有害的，需要坚决纠正的。

我今天借着中央戏剧学院创作室学习总结的机会，把我近几个月来所感觉到的问题说出来。中央戏剧学院创作室和全院其他各单位的同志，一向保有刻苦努力的作风，蕴蓄着艺术创造的潜力。当思想得到清理、错误得到纠正以后，一定会出现新的气象。今后我愿和大家共同进步，请大家指正和帮助。

历史唯物论与历史剧、神话剧问题[①]
——评杨绍萱同志反历史主义的倾向

杨绍萱同志在谈论戏曲改革的文章里，经常强调应该"依靠马克思主义历史科学的武装"，"依据历史唯物论的观点来处理我们的历史剧"；但是在发挥这一理论以及把这一理论运用在自己的创作实践中的时候，却经常地违反了马克思主义历史科学——历史唯物论的基本原则，违反了马克思主义的文艺观点，表现了反历史主义的错误倾向。

所谓"反映中国社会发展史"

杨绍萱同志主张："旧剧改革中要产生一部新的历史剧，这部历史剧的基本精神在于反映中国社会发展史。"又说："现在要依据历史唯物论的观点来处理我们的历史剧，从内容到形式，就应以反映中国社会发展史为主要任务。"这些说法是很成问题的。

我们且看杨绍萱同志怎样在自己的创作实践中具体地"反映中国社会发展史"吧。作者用自己的剧本向我们解释说：

> 例如《愚公移山》这个剧本，要出现上帝、夸娥氏等神怪形象，而内容所写的是铁器发明后移山有了可能性，反映劳动改造世界，这就是神话形式和科学内容的结合，故称为神话戏。[②]

[①] 本篇发表于 1951 年《人民戏剧》第 3 卷第 8 期，署名光未然。曾收入《戏剧的现实主义问题》《风雨文谈》和《张光年文集》（第二卷）。

[②] 《论戏曲改革中的历史剧和故事剧问题》，见《人民戏剧》1951 年第 3 卷第 6 期。——作者原注。

保存于《列子·汤问篇》的这一古代寓言故事，反映了古代劳动人民移山倒海、改造世界的顽强意志（还不能把主题就看做是"劳动改造世界"），杨绍萱同志在处理这一题材的时候，不着重发挥这个民间传说原有的、健康的主题，而要借题发挥，用来解释社会发展史——历史唯物论的哲学讲义，说明"铁器发明后移山有了可能性"，这就很不恰当了。《愚公移山》油印本卷首有一篇作者所写的《愚公移山史剧序》，向我们解释他编写这个"史剧"用来"反映中国社会发展史"的深厚的意图：

愚公移山故事的产生是具有历史意义的，由于铁器的发明及其使用的发展从而劳动观念和艺术观念都活跃起来。所谓"愚公"反映着农夫在农业发展上的动态，而"移山"也象征着铁器发展后的商品流通，需要开辟商业道路。

问题是，这样的意图，怎样能借着《愚公移山》的故事"反映"出来呢？特别困难的是，在上述的《列子·汤问篇》中，就根本没有提到所谓铁器的发明。此外，《汤问篇》中甚至也没有暗示出在农业经济的基础上发展了商业资本经济的情况，这又何解于"铁器发展后的商品流通，需要开辟商业道路"的说法呢？为了解决上述的难题，作者便找出《庄子·无鬼篇》中"郢匠运斤"的故事和《左传》中的"郑贾寰褚"的故事，用来和"愚公移山"的故事拼凑起来，因而使人物有了工、农、商、学的标志（以工人为领导的，或"带路"的），同时也有了既可以开山平壤、也可以决定社会生产力的发展的铁器了。可是，作者这样苦心经营的结果，是得不偿失的。我把这部《愚公移山史剧》反复看了三遍，到底也看不出一个"反映中国社会发展史"的道理来。而郢匠这个人物的作用，除了向愚公解释了一阵"铁锤能够打碎石头"的真理以证明愚公的真愚而外，再就是表演了一下"运斤"的"绝技"——把愚公鼻尖上的一点白粉砍掉了，在全剧中起着类似"插科打诨"的作用，哪里谈得上"反映"了生产工具的决定作用，或"反映"了"铁器发明后移山有了可能性"呢？加之作者对于民间传说中的神话成分，到底还不能完全割舍，结果被视为妨碍"商品流通"的太行、王屋二山（"一象征帝国主义，一象征封建主义"），最后

历史唯物论与历史剧、神话剧问题——评杨绍萱同志反历史主义的倾向

还是在上帝（"象征衰老的帝国主义"）的"法旨"下，由夸蛾氏二子（天神）背在肩上搬走的，这又哪里能够"反映劳动改造世界"的真理，而且被自认为"神话形式和科学内容的结合"呢？

这里还可以举争论中的杨绍萱同志的《新天河配》为例，以证明它的作者确实有一套错误的体系。《新天河配》的题材是一个神话故事，作者自然可以从不同的角度上处理这个题材。其实，像这样一种说法："改写的时候必须把主题思想明确起来，把劳动、爱情、反封建这三种基本的观念强调起来"①，这是可以成立的。杨绍萱同志当然不同意这样的处理。那么，按照杨绍萱同志的处理又是怎样呢？那就是，也要"反映中国社会发展史"，特别要反映"劳动工具对于人民生活的决定作用"。道理何在？第一，"神话剧本属于故事剧"，第二，"故事剧也可算做广义的历史剧，即包括于历史剧之内"，第三，"现在要依据历史唯物论的观点来处理我们的历史剧，从内容到形式，就应以反映中国社会发展史为主要任务"②。

怎样"反映"法？归根结底，还不外乎是写出"劳动工具对于人民生活的决定作用"。

在《新天河配》油印本中，还没有强调描写牛郎的犁和织女的梭的"决定作用"；为了乞巧，曾经歌颂了缝衣的针（铁器），说"自从人间发现了铁，才造成钢针尖又尖"；为了射鸱枭（"王母所养"），曾经歌颂了弓箭，说"此箭乃用神针造成，百发百中"（也是铁器）；然而也都没有太强调它们的"决定作用"。老牛破车，似乎才是作者着眼之点。剧本中至少有三场戏，曾经着力渲染了老牛破车，并且在牛郎织女结婚的那一场，同时让老牛破车也结了婚，以暗喻他所谓的生产手段和劳动工具结合而走入生产行程。老牛和破车结婚，这种构思实在是很奇怪的，但杨绍萱同志却认为老牛破车"这个形式包含了人类生活的基本内容"，"象征了劳动工具对于人民生活的决定作用"，"绘出了发展牛郎织女戏剧故事的材料"③。

---

① 艾青：《谈〈牛郎织女〉》，《人民戏剧》1951年第3卷第5期。——作者原注。
② 《论戏曲改革中的历史剧和故事剧问题》，《人民戏剧》1951年第3卷第6期。——作者原注。
③ 《论戏曲改革中的历史剧和故事剧问题》，《人民戏剧》1951年第3卷第6期。——作者原注。

我以为，这些看法和做法都是不妥当的。

第一，杨绍萱同志孤立地抓住了"劳动工具对于人类生活的决定作用"这一原理，机械地运用到对于原始的神话故事的解释与处理上，给一切神话的内容都寻找直接的经济的原因，牵强附会地证明"铁器发明后移山有了可能性"或老牛破车的特殊妙用，这是对马克思主义历史科学任意的玩弄。恩格斯就曾经批评过这一类学究式的解释，他说：

> 虽然经济上的需要曾经是，而且愈来愈是对自然界的认识进展的主要动力，但是，要给这一切原始谬论寻找经济上的原因，那就的确太迂腐了。①

这种学究式的解释的害处，就是模糊了以至于歪曲了这些神话寓言故事原有的健康的主题，冲淡了它的民主精神和革命精神。很显然地，决定《牛郎织女》《愚公移山》主题的开展的，绝不是什么铁器和老牛破车，而是古代劳动人民企图突破当时的封建秩序所表现的反抗精神和创造意志；就是说：是人，是人的思想，而不是工具。

第二，如果要替神话、传说或历史故事（它们是上层建筑之一的文学艺术的组成部分）的内容寻找经济的原因的话，那也决不是如杨绍萱同志所理解的那样简单，好像"劳动工具对生活的决定作用"（譬如说，对神话、传说中主人公的思想感情及其故事进程的决定作用）是直接地、自动地进行的。斯大林同志说得好：

> 上层建筑同生产、同人的生产活动没有直接联系。上层建筑是通过经济的中介、通过基础的中介同生产仅仅有间接的联系。因此上层建筑反映生产力发展水平的变化，不是立刻、直接反映的，而是在基础变化以后，通过生产变化、在基础变化中的折光来反映的。②

---

① 《恩格斯致康·施米特（1890年10月27日）》。——作者原注。
② 《马克思主义和语言学问题》。——作者原注。

历史唯物论与历史剧、神话剧问题——评杨绍萱同志反历史主义的倾向

由此可见,杨绍萱同志对于生产工具的孤立的盲目的歌颂,是没有意义的,而且是错误的与有害的。特别是,正如斯大林同志所说:

> 生产工具,像语言一样,对于各个阶级表现出一种一视同仁的态度,并能同样地服务于社会各个不同的阶级——不管是旧的阶级,或是新的阶级。①

那么,杨绍萱同志对于生产工具、生产手段的满怀热情的歌颂,究竟有什么意义呢?如果说那些铁片、铁针、弓、箭、牛、车之类曾经造福于牛郎、织女、愚公、愚婆之类的劳动人民,而当时的封建主却是更多的此类生产资料的所有者,甚至还运用这些铁器之类(包括弓箭)作为剥削人民、镇压人民的工具。假定说我们在资本主义社会,不着重歌颂工人阶级的反抗精神、斗争精神,而盲目地歌颂机器(也是铁器呀),试问这会产生什么意义和效果呢?

由此可见,杨绍萱同志对于生产工具、生产手段的偶像崇拜,表面看来,仿佛是"唯物"的观点,实际是走到唯心的方面去了。

第三,由于杨绍萱同志没有正确地运用辩证唯物论与历史唯物论的科学观点当做观察社会生活和处理文艺题材的指导原则,而要在文学艺术甚至神话剧中直接地、生硬地反映他的社会发展史的"科学内容",为此不惜牵强附会、削足适履以适合他的主观要求,这就达到了对马克思主义历史科学的严重的误解!我觉得,下面引证的恩格斯的一段话,值得杨绍萱同志认真地考虑:

> ……至于谈到您用唯物主义方法处理问题的尝试,那末,首先我必须说明:如果不把唯物主义方法当做研究历史的指南,而把它当做现成的公式,按照它来剪裁各种历史事实,那末它就会转变为自己的对立物。②

---

① 《马克思主义和语言学问题》。——作者原注。
② 《恩格斯致保·恩斯特(1890年6月5日)》。——作者原注。

"可以不管历史上的时代性"吗？

杨绍萱同志一方面把神话剧也"包括于历史剧之内"，以便在神话剧中随便"反映"他的中国社会发展史；同时，为了维护他在神话剧中"影射"今天的革命现实的错误倾向，又创造了编写神话剧"可以不管历史上的时代性"的错误理论。

他说：

> ……处理历史剧必须明确它的时代性，这就是历史剧的特点。至于一般的故事剧（包括神话剧）可以不管历史上的时代性，只是它不免带有剧本产生时代的时代性。①

这是为他的反历史主义制造的论据。

如果说古代神话和民间传说，千百年来在群众中广泛流传并经过发展和增益，因此在处理这类题材的时候，不必一一考究它们究属于何朝何代，这当然是可以的（即令如此，处理"一般的故事剧"如三国戏、水浒戏等。也还是要注意其明确的朝代背景），但是"历史上的时代性"是不能不管的，基本的历史真实是不能违背的。譬如说，"牛郎织女""愚公移山"这样的神话传说或寓言故事，是封建时代的产物，或如杨绍萱同志所说，"大体是在野蛮末期和文明初期""人类历史上的启蒙时代"产生的，那么，试问在"牛郎织女"的时代，有什么抗美援朝、保卫世界和平这类的历史真实可以"反映"或"影射"，在"愚公移山"的时代，有什么"衰老的帝国主义"可以"象征"呢？

如果说，在今天新民主主义的时期，处理古代的历史题材、神话传说的题材，不免带有新的时代精神的烙印，例如根据今天的时代要求与群众要求来选择题材，根据今天正确的立场、观点、方法来处理这些题材，发挥这些

---

① 《论戏曲改革中的历史剧和故事剧问题》，《人民戏剧》1951年第3卷第6期。——作者原注。

历史唯物论与历史剧、神话剧问题——评杨绍萱同志反历史主义的倾向

题材里面所固有的健全的主题,这当然是不错的,而且是完全必要的。遗憾的是,杨绍萱同志所说的"不免带有剧本产生时代的时代性",并不是指的这些,而是为他自己的反历史的做法寻找理论的支持。他这样坚持地说:

> 你说神话不能影射现实吗?我说能的。你说不能借神话反映抗美援朝、保卫世界和平等等吗?我还是说能的。这个微不足道的《新天河配》就是他的铁证。①

但是,我们这个伟大时代的抗美援朝、保卫世界和平的真理,决不是"牛郎织女"之类的神话所能"反映"得了的;如果一定要"反映",一定要"影射",那就一定会产生这样的恶果:或者把古代神话拉扯到今天的抗美援朝、保卫世界和平的时代;或者把今天的抗美援朝、保卫世界和平的斗争变成了神话。这就既违背了古代的历史真实,也违背了今天的生活真实;既不能正确地反映今天,也不能正确地反映过去,因此就会降低了人民戏曲的教育的效果。

杨绍萱同志这种"不管历史上的时代性"的看法、做法,不仅表现在神话剧的处理上,同样也表现在历史剧的处理上。例如在《新大名府》这个剧本里,作者却要"反映民族战争的胜利是决定于阶级斗争的胜利,在阶级斗争中,反映奴才和奴隶的政治方向不同,反映妇女解放是决定于阶级的解放,反映统一战线的开展"②。作者认为他对历史题材这样的处理,是"从历史的和现实的具体情况出发",因此,"是一个有现实意义的历史剧本"③。这就一方面违反了自己对于历史剧的特点的规定,一方面也使我们无法从这个剧本中获取宋代农民起义的真实的经验教训。

杨绍萱同志似乎完全没有考虑到党与人民政府对戏曲改革工作的指

---

① 《论"为文学而文学,为艺术而艺术"的危害性》,1951年11月3日《人民日报》。——作者原注。
② 杨绍萱:《〈新大名府〉里所反映的阶级斗争和统一战线》,《新大名府·前言》。——作者原注。
③ 杨绍萱:《〈新大名府〉里所反映的阶级斗争和统一战线》,《新大名府·前言》。——作者原注。

示。中央人民政府政务院关于戏曲改革工作的指示中说:"在修改旧有剧本时应注意不违背历史的真实与对人民的教育的效果。"《人民日报》社论《重视戏曲改革工作》中说:"对历史事件和人物应根据当时的历史条件予以估价,既不能强使古人有今人的思想,做今人的事;更不应将历史事迹与今天人民的革命斗争作不适当的比拟。如果那样,就是违反历史的,不正确的。"在杨绍萱同志的《新大名府》《新天仙配》和有关的论文中,就是把历史事迹甚至神话传说也拿来和今天人民的革命斗争作不适当的比拟,用今人的革命思想装备了古人;在《新天河配》中甚至用鲁迅的革命思想(通过他的革命名言的引用)装备了古牛;以便在这些历史题材和神话故事中随便地"反映"或"影射"今天新民主主义时期的革命任务。这当然是违反历史真实的,不正确的。

杨绍萱同志似乎完全没有考虑到马克思列宁主义者公认的这一名言:

新的社会思想和理论,只有当社会物质生活发展已在社会面前提出新的任务时,才会产生出来。

那么,在"愚公移山"和"牛郎织女"的时代,如作者所证明的,顶多是铁器刚发明不久的时代,当时社会物质生活的发展怎么能提出抗美援朝、保卫世界和平反对"衰老的帝国主义"这样的革命任务呢?在宋江、卢俊义的时代,又怎么能提出妇女解放、统一战线的开展……这些新民主主义时期的革命任务呢?很明显,这是无论如何也牵连不上的。

马克思、恩格斯在《共产党宣言》中说:

人们的观点、观念和概念,一句话,人们的意识,随着人们的生活条件、人们的社会关系、人们的社会存在的改变而改变,这难道需要经过深思才能了解吗?

可是,按照杨绍萱同志的看法和做法——不管历史上的时代性,不管什么历史条件、社会生产条件,一味地把自己的一套概念、观念,乃至新民主主义的革命政策、革命任务,随意地"反映"到他的历史剧或神话剧中——不是按照列宁的客观的唯物的反映论，而是按照作者的主观的唯心的反映论；——不是在作品中反映客观的历史的真实，而是让客观的历史真实屈从于自己主观的说教。按照这样的方法编出来的剧本，剧中人物的观点、观念，总之，他们的一切意识，就不是随着他们的生活状态，他们的社会关系，他们的社会存在的改变而改变的，而是随着剧作者的主观要求的改变而改变的。——这就颠倒了"存在决定意识"的原理，这就和马克思、恩格斯的科学理论恰恰相反了。

神话仅仅是一种"形式"吗？

杨绍萱同志之所以在神话剧的问题上，突出地表现了反历史、反科学的观点，他之所以对神话采取鲁莽的态度，这和他对神话的特质、对文学艺术的特质的误解，是有密切关系的。他认为神话不过是一种单纯的艺术形式（或"神怪形象"）；仿佛神话本身并没有什么生命内容，没有什么独立存在的意义。为此，他曾再三强调这一点。如说："……神话与迷信的问题，这是形式与内容的关系问题"，"神话不神话是形式问题"，"例如《愚公移山》这个剧本，……这就是神话形式和科学内容的结合"①。

根据这样的认识，他以为：神话既是一种旧的形式，当然应该装进新的内容，例如装进社会发展史、抗美援朝等革命内容，这就是"神话形式和科学内容的结合"。

根据这样的认识，他以为：旧形式既然装进了新内容，"内容决定形式"，当然不免突破旧形式，变成新形式，即突破了神话的本来面目，变成"另一个东西"，变成所谓"新民主主义的神话"。

应该指出，这样的认识是不恰当的，不符合马克思主义文艺观点的。

马克思认为神话是"通过人民的幻想用一种不自觉的艺术方式加工过的自然和社会形式本身"②。高尔基认为"神话乃是自然现象、与自然的斗

---

① 《论戏曲改革中的历史剧和故事剧问题》，《人民戏剧》1951年第3卷第6期。——作者原注。

② 《〈政治经济学批判〉导言》。——作者原注。

争的反映，以及社会生活在广泛的艺术概括中的反映"，认为神话中的现实主义，"就是从客观现实的总体中抽出它的基本意义并用形象体现出来"；神话中的浪漫主义，"有助于唤起人们用革命的态度对待现实"①。这些解释，都是主要从内容上来肯定神话的意义的。

今年5月《人民日报》社论《重视戏曲改革工作》，也是主要从内容上着眼，认为我国优秀的神话。"以丰富的想象和美丽的形象表现了人民对压迫者的反抗斗争与对于理想生活的追求"，因此应"加以保存与珍视"。

由此可见，认为神话是一种没有内容，等着装进现实革命内容的形式或躯壳的说法，当然是不对的，不恰当的。

杨绍萱同志认为谁提倡对古代神话的保存与珍视，谁就是"保守主义"，就是"为艺术而艺术"②。这也是不对的。大家知道，神话是人类社会童年时期的产物，表现了古代人民的纯朴的幻想；那么"为什么历史上的人类童年时代，在它发展得最完美的地方，不该作为永不复返的阶段而显示出永久的魅力呢？"③——也许杨绍萱同志听了这话，又要用"马克思主义"的观点，指责这是"资产阶级文学家"的"为艺术而艺术"的论调了；可是，说这话的不是别人，正是马克思自己。

一切优秀的神话传说，都是古代劳动人民长期的、集体的、智慧的创造。神话中所包藏的民主精神、革命精神，通过生动的语言和美丽的形象，在群众中广泛流传，久而久之，就能形成一种巨大的精神力量，在一定的程度上冲破封建的堤防，帮助激起对现实的革命态度。这就是它们得到群众的热爱，垂千百年而不朽的真实原因。当然，许多神话传说及其他许多民间艺术是在封建势力居于统治地位的社会里产生的，它不免沾染许多封建意识的影响，在这方面，我们不能指望吃现成饭，的确需要一番研究整理、去芜存精的功夫。但做这一工作决不能采取鲁莽的态度，决不能随意地剪裁割裂，以求适合自己某种主观的要求。如果那样，就是严重地

---

① 《苏联的文学》（1934年8月17日在第一次全苏作家代表大会上的报告）。——作者原注。

② 《论"为文学而文学，为艺术而艺术"的危害性》，1951年11月3日《人民日报》。——作者原注。

③ 《〈政治经济学批判〉导言》。——作者原注。

缺乏群众观点，藐视群众长期的、集体的、智慧的创造，就是违反了文艺工作的群众路线，违反了马克思主义的文艺观点。

杨绍萱同志严重地忽视了文学艺术的特点，认为"编剧本也是写文章，说理之文，非喻不醒，采取神话形式，也不过是设了一个譬喻"①。根据这一认识，他一方面把文学艺术的形象写成了说理之文的譬喻，另一方面把说理之文的譬喻演绎为文学艺术的形象（如像把毛主席关于愚公移山的譬喻演绎为他的"愚公移山"中的两座大山）。他忘了文学艺术的形象——作为生活的创造性的反映的，和说理之文的譬喻是不能混为一谈的。

同时，杨绍萱同志用他"写文章"的方法来写剧本，用"说理之文"的方法来对待艺术创作，或如他在《新大名府》的《前言》中所声明的："我们是为了要说明一个问题，才采用了这个剧本的形式。"所有这些，连同他对形象和譬喻的混为一谈，都促使他对艺术形象作了非艺术的处理。他把艺术形象看成一种单纯的形式或外衣，看成一种毫无生命内容的棋子，可以随便听从作家主观意图的摆布。杨绍萱同志在自己的创作实践中，就是遵从着这种非艺术的、非现实主义的创作方法，结果把"愚公移山"和"牛郎织女"的主题作了错误的处理，把美丽的神话传说作了不适当的剪裁割裂，对艺术遗产轻举妄动，对群众的创造表现了蔑视的态度。而这一切都为了强求适合于他的所谓社会发展史的迂阔的说教，其结果是既不能达到说教的目的，又直接降低了文艺作品的思想性、艺术性和教育作用。杨绍萱同志没有充分考虑毛泽东同志所说的"马克思主义只能包括而不能代替文学创作中的现实主义"② 这一见解，没有充分认识到他的这些非艺术的、主观主义的文艺观点和创作方法，是和马克思主义的文艺观点毫无共同之处的。

1951 年 11 月 7 日，北京

---

① 《论戏曲改革中的历史剧和故事剧问题》，《人民戏剧》1951 年第 3 卷第 6 期。——作者原注。

② 《在延安文艺座谈会上的讲话》。——作者原注。

《人民戏剧》停刊告读者①

《人民戏剧》已出版了二十期。这一期是第三卷的最后一期。根据全国文联调整刊物的决定（这个决定我们是同意并且拥护的），《人民戏剧》谨此宣告停刊。以后关于戏剧理论、批评的文章，将集中在《文艺报》发表；而为了解决目前严重的剧本荒，将由中华全国戏剧工作者协会与中央文化部艺术事业管理局另出一种《剧本》月刊，以经常地组织戏剧创作、供应上演节目。这个切合当前需要的合理的调整，一定会得到全国戏剧工作者与本刊读者一致的拥护。

一年多来，《人民戏剧》在作者、读者和通讯员同志的爱护与支持之下，做了一些工作。自第三卷移京出版后，编辑工作有了初步的改进。例如关于文工团的工作方针与业务学习问题，戏曲改革工作中的历史观点问题，戏剧创作中的小资产阶级思想倾向问题，我们陆续发表了一些有价值的文章；并初步展开了戏剧批评。可是，限于编者的思想水平，我们始终没有把工作做好。《人民戏剧》的严重缺点是：

第一，作为全国戏剧运动的指导刊物来说，它是很不称职的。编者对于全国戏剧运动的整体情况，缺乏经常的认真的调查研究，因而常常不能抓住最主要的问题，及时地组织讨论，帮助解决。例如我们根据全国文工团员普遍存在的业务苦闷问题，今年曾经以大量的篇幅刊载了关于讨论文工团员业务学习的文章，如关于演员如何体验生活、如何创造英雄人物的形象、如何克服表演上的一般化、公式化以及新歌剧的导演与演唱问题等。组织这些问题的讨论是必要的、有益的，这些文章也受到读者的欢迎，收到了一定的效果。但是我们对于文工团员所以形成业务苦闷的根本

---

① 本篇发表于1951年《人民戏剧》第3卷第8期，署名为本刊编辑部。未曾收入自编作品集和文集。

原因，却缺少深刻的分析；没有随时提醒文工团员、戏剧创作者必须经过彻底的思想改造，端正自己的思想感情，这样才能使自己的艺术创造进一步地民族化和群众化，才能取得工、农、兵、群众的热爱，才能根本解决所谓业务苦闷问题。

第二，刊物的内容与当前的政治运动配合得不够紧密，没有根据各个时期中国人民、也是中国戏剧工作者的紧张的战斗任务，随时指出努力的方向，交流经验，纠正偏差。例如对伟大的抗美援朝运动，我们的工作仅停止于一般的号召和情况的报道上；我们没有刊载反映抗美援朝、土地改革、镇压反革命的历史内容的较好的剧本，也没有对全国各地流行的此类剧本进行认真的推荐、批评与总结。这暴露了我们编辑工作上存在着脱离政治的倾向，从而减低了《人民戏剧》应有的政治性与战斗性。

第三，《人民戏剧》在组织戏剧创作上完全没有尽到它应负的责任。第一、二卷所刊载的剧本，选稿不够严肃，例如曾刊载《从头学起》《把炮弹打上去》（后者出单行本时有了修改）等思想内容有错误的剧本，以及《母亲的心》《人民的意志》等有显著缺点的剧本。三卷一期起又矫枉过正，除《龙须沟》外未刊载其他剧本，我们对全国严重的剧本荒的现象置若罔闻，已经引起不少读者的责难。我们不懂得：如果不进行组织创作和推荐创作，则关于剧本创作的思想性和艺术性的讨论，一定难免流于空谈，如果缺乏具有一定思想、艺术水平的上演节目，则关于表演艺术创造的讨论，也一定难免流于空谈；今后我们希望在《剧本》月刊的编辑工作上，能够在这方面作一些微薄的努力。

第四，我们对工、农群众业余的戏剧活动不够重视，在这方面很少刊载有价值的指导性的文章。土地改革后全国各地农村的业余戏剧活动，得到极大的开展，目前估计全国农村业余剧团至少在六万个以上，团员至少在二百万人以上；目前工厂的戏剧活动也发展到空前的规模，全国各大城市每一较大的工厂几乎都建立了工人的业余戏剧组织。工人、农民在艺术上也开始显露了自己的创造力。工农群众业余的戏剧活动是一支巨大的力量，是我们新民主主义国家值得严重看待的新事物。可是我们对这新事物却缺乏足够的敏感与重视，没有尽到推动与指导的责任，这就使我们的刊物失掉了广泛的群众基础。

我们没有把《人民戏剧》办好，没有使它成为全国剧协用来组织创作、组织学习的有力工具，没有使它成为生气勃勃的戏剧界的一面战斗的旗帜，其原因是我们编辑工作者缺乏认真学习、认真负责的精神，编者本身思想上还存在着脱离政治、脱离实际的倾向，没有坚持编辑工作上、也是文艺工作上的群众路线，没有经常征求读者的意见以改正自己的工作，因而使编辑工作失掉了准确的方向。

趁此宣告停刊的机会，我们谨向一贯热情支持我们的读者、作者和通讯员同志们表示衷心的感谢，并切望把这份崇高的热情用来继续支持今后的《文艺报》和《剧本》月刊。

一九五二年

《剧本》发刊词[①]

中央人民政府文化部艺术事业管理局和中华全国戏剧工作者协会为了有计划地组织戏剧创作、供应上演节目，以便进一步发展人民的新歌剧、新话剧、新戏曲，以爱国精神和革命精神教育广大人民；决定共同编辑这个《剧本》月刊。

《剧本》月刊的任务是：配合当前的革命斗争，经常地、有计划地选载具有一定思想内容和艺术水平的新歌剧、新话剧、新戏曲剧本，供应全国工农兵群众业余剧团和全国专业的剧院、剧团、戏曲团体采作上演节目。

我们伟大祖国的人民，首先是我们的工农兵群众，在共产党、毛主席的领导下，政治上、思想上的觉悟一天天提高，对文化、艺术的要求一天天迫切。目前全国大、中城市每一规模较大的工厂，几乎都建立了工人业余剧团或工人俱乐部的组织。全国农村业余剧团，据初步估计，总数在六万个以上，团员在二百万人以上。人民解放军战士业余的演剧活动，有着长期的优良的传统。工农兵群众业余的演剧活动，迫切要求及时供应一些较好的剧本，这些剧本必须紧密配合群众当前的革命斗争，描写群众中间的英雄人物和模范事例，用工人阶级的先进思想和革命的乐观主义的精神鼓舞他们的斗志。同时，群众在戏剧创作方面也经常表现着他们惊人的智慧；需要把从群众中选拔出来的剧本，经过专家的帮助，经过适当的加工，再推行到群众中去，用来鼓励群众艺术创造的热情。《剧本》月刊必须经常重视群众的这些要求，回答这些要求。由于群众业余的演剧活动是

[①] 本篇发表于1952年《剧本》创刊号，署名为本刊编辑委员会。未曾收入自编作品集和文集。

带有季节性的,特别是在每年的春节、五一、七一和国庆日这四大节日;这些节日也同时是专业剧团和文艺团体的宣传季节,因此我们把每年的一月号、四月号、六月号、九月号的全部篇幅用来刊载适合上述需要的小型剧本。全年计划刊载二十个这样的小型剧本。

为了响应增产节约的伟大号召,提高新歌剧、新话剧的思想、艺术水平,全国专业的剧院、剧团、文工团正在进行整编,准备加强自己的工作,并且在国家扶助下逐步走向企业化。剧院、剧团、文工团必须经常地、更好地为工农兵及其干部服务,歌颂人民群众的伟大斗争,歌颂我们伟大的祖国,把舞台当做宣传爱国主义、宣传共产主义思想的讲坛。为了这个,必须建设自己的新剧目,整理以往的保留节目,逐步做到可以定出经常上演的剧目;而这一点,恰好是我们以往重视得很不够的。《剧本》月刊必须经常认真地看待这个问题,把组织、选拔、推广优秀的上演节目看成自己的责任。除小型剧本外,我们今年计划刊载大型的新歌剧、话剧剧本六个至八个。

全国京戏和各种地方戏的艺人估计在二十万人以上,每天联系着数百万的观众。在"百花齐放,推陈出新"的方针下,戏曲改革工作已表现出相当的成绩。其中地方戏尤其民间小戏,形式简单活泼,正在向着表演当前革命斗争的正确道路发展。《剧本》月刊必须充分重视戏曲改革工作,组织专家和艺人合作,编写或改写反映当前斗争生活的剧本,和对当前斗争生活有积极作用的一部分历史传说题材的剧本,以供戏曲团体采作上演节目。今年计划刊载这样的新戏曲剧本四个至六个。

目前的情况是:剧本创作长期陷于自流,剧本荒很严重。因此,要办好这个刊物,必然会碰到很多困难。我们编委会和编辑部工作同志愿意加强学习,以谦虚谨慎的态度来对待自己的工作;同时,我们借此机会,向全国各地文艺领导机构、文艺创作机构、专业的和业余的戏剧团体、戏曲团体、剧作者、戏剧工作者、本刊读者和通讯员同志们提出以下的希望和建议:

一、希望各地文艺领导机构、文艺创作机构今后更有计划地组织戏剧创作;希望把组织创作的计划和重点创作进行的情况经常告诉我们,以便我们通过各种有效的方式,经常和各地组织创作的机构交换情况,交流经验，必要时提出我们的建议。希望各地文艺领导机构通过定期的评奖、会演和日常的组织领导工作，选拔较好的剧本，随时推荐给我们；希望随时注意从群众业余剧团的创作中选拔具有一定思想内容和生活气息的作品，组织专业的戏剧工作者帮助加工，或者把这样的剧本直接推荐给我们。

二、希望各地剧院、剧团、文工团、戏曲团体和群众业余剧团经常向我们推荐当地的新剧本，随时向本刊提出改进工作的建议；如果有具体的创作建议，我们也可转请创作机构或剧作者考虑采纳。凡在本刊上刊载的剧本，各地剧团上演后，希望把导演、演员的意见和观众的反映及时告诉我们；如果对某一剧本的某些部分或某些对话，负责地提出修改意见，我们特别欢迎，并将负责立即转请作者考虑处理。

三、希望全国各地的剧作者、戏剧工作者，特别是中华全国戏剧工作者协会的会员同志们热情地支持我们！经常对我们提出批评和建议！希望和我们建立亲密的联系，经常向我们投寄创作和推荐创作！希望把你们的创作计划和工作情况随时告诉我们；如果在创作过程中有需要我们协助的地方，我们愿尽可能地予以协助。

四、希望本刊读者和通讯员同志们大力帮助我们，督促我们，随时向我们提出批评和建议；如果发现本刊内容有不妥当的地方，哪怕是不成熟的意见，也请尽快地告诉我们！你们的意见，对我们、对作者都是非常宝贵的。你们的热情的督促，将提醒我们在工作中少犯错误，使我们在群众的支援和监督之下，满怀信心地把这个刊物办好。

坚持戏剧创作的群众路线[①]
——纪念毛主席《在延安文艺座谈会上的讲话》发表十周年

毛主席《在延安文艺座谈会上的讲话》，替我国文学艺术的发展开辟了无限光明的道路。十年以来，我国革命的戏剧创作者、戏剧工作者，在毛主席文艺思想的指导下，刻苦地向群众学习，产生了像《白毛女》《王秀鸾》《刘胡兰》《赤叶河》《王贵与李香香》《红旗歌》《反翻把斗争》《在战斗里成长》《龙须沟》《在新事物面前》……这些广泛流传的歌剧与话剧的优秀作品，以及若干比较优秀的戏曲创作，这些作品，以其先进的思想，现实的题材和生动活泼的艺术形式，教育了并且感动了千百万人民群众。这是我国戏剧创作者、戏剧工作者近年来贯彻执行毛主席文艺路线的初步成果，是值得我们重视的。

可是，从目前戏剧创作的总的情况看来，我们的成就，不但远远落后于现实生活的要求，而且由于新剧本的难产和创作质量的低落，严重地影响到我国剧场艺术和群众业余戏剧活动的顺利开展，引起广大群众经常的责难。十年以来，我们有一些成功的经验，也有很多失败的教训；兹当纪念毛主席《在延安文艺座谈会上的讲话》发表十周年的时候，把这些经验教训通盘考虑一下，对我们是很有好处的。

第一，大家知道，延安文艺座谈会以后，解放区文艺工作者经过思想的整顿，抱定决心，深入到部队、农村中去；后来解放了城市，和城市的工人阶级会师以后，他们也分批进入工厂；他们刻苦地向工农兵学习，参加了火热的群众斗争；在这些斗争中，例如在抗日战争、解放战争、土地改革、生产建设的斗争中，他们不是作为旁观者，不是为单纯搜集材料而

---

① 本篇发表于1952年《剧本》第5期，署名为本刊编辑部。未曾收入自编作品集和文集。

去的。他们作为群众的一员，作为战士的一员，实际地参加火热的斗争过程，和群众一同进行斗争，在斗争中获得了思想感情的逐步改造。这样，他们懂得群众的生活，懂得群众的愿望和要求。既然他们在实践中基本上达到了一个作家政治生活和艺术生活的一致，既然他们较长期地参加实际斗争，他们就不难发现现实生活中所要着重解决的根本性的矛盾，不难感受广大群众所感受到的根本性的问题，这样，他们在斗争实践中所摄取的主题，就有了比较坚实的思想内容和生活内容。和上述的成功经验相反，全国解放以后，不少作家严重地脱离群众，忽视本身的思想改造，不懂得群众的愿望和要求，他们尽管口头上谈论着政治性、思想性，在写作中却往往违反了政治原则，违反了政策，其作品缺乏思想内容，缺乏教育意义，甚至在作品中宣传了资产阶级和小资产阶级的错误思想或反动思想。近来各地文艺整风中暴露出来的许多严重现象，足够说明这一失败的教训。

第二，解放区文艺工作者在群众斗争生活实践中，积累了比较丰富的感性知识，这就帮助他们在摄取主题的同时，也摄取了艺术的形象。他们和群众一同生活，一同斗争，和群众交成了朋友。他们懂得群众想些什么，说些什么，怎样想的，怎样说的。他们和群众交熟了，摸住了他们的性情脾气，因之他们笔下所创造出来的群众中的代表人物，就有了比较鲜明的性格上的特征。群众对于喜儿、马芬姐、赵铁柱，这些舞台上出现的人物，感到确是他们生活中经常存在的人物，活生生的人物。这种艺术形象的真实性、具体性和亲切性，就大大增强了对观众感动说服的效果。同时，由于作者和他的人物一同经历了斗争生活，他不仅掌握了和写出了生活的基本矛盾，而且掌握了和写出了矛盾在特殊条件下复杂的、具体的进程，使剧情的开展符合于生活的真实，矛盾的解决完全使人信服。和上述成功的经验相反，许多作者脱离群众的斗争生活，不肯刻苦地向群众学习，不懂得群众的思想、感情、语言和心理，不懂得人们的生活实践在特定的环境下的复杂、具体的过程，因此常常把政治的原则庸俗化，把复杂的生活简单化，因而产生了大量公式化的、概念化的、反现实主义的作品。这些作品既然不为群众所喜爱，在群众中不能广泛流行，也就大大减低了它们的宣传教育的效果。

第三，许多成功的经验告诉我们，必须注意群众的爱好，必须重视民族艺术的传统。延安文艺座谈会以后，许多文艺工作者、戏剧工作者懂得了这点，他们和群众结合以后，更深切地感受到这一点。他们开始刻苦地向民间艺术学习，探求一种群众化的艺术形式——民族形式、地方形式，通过这个必不可少的桥梁，使艺术作品中先进的内容顺利地通达到群众中去。秧歌剧的尝试以及在地方戏曲的基础上创造新歌剧的尝试，就是这种严肃探求的初步成果。话剧在语言、结构和表演方法上的中国化，也是他们一向重视的课题。当他们为了广大群众艺术生活的福利进行这种刻苦学习和探求的时候，他们事实上在进行一种创造性的、建设性的严肃工作——创造一种新鲜活泼为群众所喜闻乐见的民族形式，创造一种中国作风、中国气派的人民艺术。这种刻苦的学习和探求，对艺术的普及和提高，都具有重大的意义。和上述的成功经验相反，目前许多戏剧创作者、戏剧工作者忽视群众的爱好，忽视民族的传统，对当地群众喜爱的戏曲形式，不加以研究和学习，不加以采用和改造，结果使口头上的普及与提高，往往成为脱离群众的空谈。

第四，过去许多成功的经验告诉我们：这些作品所以获得成功，是和作者善于集中群众的智慧，善于坚持创作的群众路线分不开的。同时也和领导同志切实有效的支持与协助分不开的。《白毛女》《红旗歌》等剧的作者，从群众中摄取了题材，写作前后经过反复地集体讨论，上演前后经过工人、农民反复地指点帮助，集中群众的意见进行反复地修改，而这一切都是在负责组织创作的领导同志切实支持帮助之下进行的。我们常说的"群众的考验""群众的批准"，也是指的这种创作与群众相结合的方式。和上述成功的经验相反，许多作者轻视群众的智慧，闭门造车，急于求成，其结果往往归于失败。同时，戏剧创作的分散自流与无领导的状态，以及某些领导对待作品的主观主义、官僚主义作风，也往往使不少作者的精力归于浪费。为了克服这些现象，应该宣传以往的成功经验，并在新的基础上发展这种与群众结合的工作方式。什么是新的基础呢？这就是群众的趣味好尚的提高，群众对创作的责任感的提高，特别是群众的创作兴趣和创作能力的提高。群众根据其丰富的生活体验，产生了浓厚的创作欲望，他们中间有不少人在艺术创作上开始显露自己的智慧与才华，他们渴望与作家合作。对于他们,生活的经历、印象不是太少而是太多了,反不知从何处写起;写作经验的缺乏,也使他们感到苦闷。这和有写作经验而缺乏生活体验的作家比较起来,恰成了一个对照。作家应该热情地、谦逊地到群众中寻求他的合作者,文艺领导机关、文艺刊物应该宣传这种合作的好处,多多促成这种合作。我们建议作家经常和工人、农民、士兵中的业余写作者进行集体创作,经常帮助群众创作的修改、加工。如果广泛地推广这种合作方式,使其成为一种习惯、一种风尚,对于提高戏剧创作的质量和提高群众艺术的水平,都会有很大的好处。同时,改变戏剧创作分散自流的状态,对剧作者的认真的领导与培养,使他们能以有计划地、长期地投入生活,在群众中建立他们的生活根据地,结识他们的知心朋友,也是十分必要的。

根本的问题只有一个:就是作家和群众的关系问题。十年来的经验告诉我们一条真理:戏剧创作者、戏剧工作者凡是遵循了毛主席的教导,密切联系群众的,就不难做出一定的成绩;凡是违背了毛主席的教导,放弃了或放松了和群众的结合,没有不走向失败的。当着纪念毛主席《在延安文艺座谈会上的讲话》发表十周年的时候,每一个戏剧创作者、戏剧工作者根据这一条基本的经验教训和自己的经历、和身边的事例对证一下,就会得到更多的有益的体会。

重视戏曲上演节目的审定工作①
——祝贺第一届全国戏曲观摩演出大会开幕

中央人民政府文化部主办的第一届全国戏曲观摩演出大会，以盛大的规模在首都开幕了。全国较为流行的二十三种戏曲形式的八十多个剧目，将在大会连续上演二十余天。大会将对参加演出的优秀剧目和优秀演员，分别予以评奖，并将总结三年来戏曲改革工作的经验，推动戏曲艺术进一步的发展。

三年来戏曲改革工作是有不少成绩的。由于全国戏曲工作者的共同努力，在戏曲内容和表演艺术上消除封建毒素的工作，已收到很大的成效。对于群众熟知的民间传说和历史故事的剧目，做了一些初步的整理工作。地方戏曲在表现现代生活题材方面，也尽了很大的努力，出现了一些较好的剧本；其中评剧、沪剧、江淮剧等年轻活泼的民间戏曲形式，在反映现代生活方面表现的成绩较为显著。

用正确的历史观点和艺术方法来整理我国传统的优秀剧目并大量编写反映现代生活的新剧本，使人民戏曲的上演情况纳入正轨、且日益丰富起来，这是当前戏曲改革工作的头等重要任务。以往的三年中，各级戏曲改革的领导机构没有抓住这一工作重点，没有用最大的努力为京剧及各种主要的地方戏曲安排出一定数量的、经过细心审定的优秀剧目，是戏曲改革工作中的重大缺点。京剧和地方剧旧有节目的审定和改编的工作，一向缺乏计划性，缺乏认真的领导；反之倒长期容忍了反历史主义的严重侵扰，致使这一工作迄今未获得显著的成效。反映现代生活的戏曲创作，也由于没有组织可靠的创作力量，以致作品的思想质量不高，取材的范围窄狭，

---

① 本篇发表于1952年《剧本》第10期，署名为本刊编辑部。未曾收入自编作品集和文集。

艺术上存在着粗制滥造的现象。戏曲节目的审定、整理与创作的情况既然不能使人满意，戏曲的上演情况就必然陷于混乱；建设剧目的工作既然没有做好，戏曲表演艺术的提高与发展也就受到限制；既然没有通过审定工作来树立对戏曲内容的正确的评判标准，则各地评判剧目的标准就很容易发生混乱，各地乱禁、乱改、乱演的现象也就很难根本地纠正过来。这是当前戏曲的改革工作中的根本问题之一，需要迫切加以解决的。

这次的戏曲观摩演出大会，是检阅各地的戏曲上演情况、审定与整理上演节目的良好机合。大会准备对参加演出的优秀剧目和优秀演员给予奖励；大会评奖委员会还设立了专门的工作组，准备对此次上演的剧目分别予以审定，并将其中比较优秀的剧本及时地加以整理和推广。希望全国戏剧界、特别是参加大会的各地戏曲工作者重视这一工作，使经过这次会演，为审定、整理和建设剧目工作奠定良好的基础，建立戏曲节目的管理制度和上演制度，以推进人民戏剧事业的健全发展。

谨此祝贺大会的胜利与成功！

戏曲遗产中的现实主义①

一

中央人民政府文化部主办的第一届全国戏曲观摩演出大会,展览了全国各地较为流行的二十三种戏曲的九十多个节目,这对于我们是一次很难得的学习机会。通过这次观摩学习,我们进一步认识到祖国戏曲遗产的无比丰富,和戏曲艺术的深厚的现实主义传统。这里,我想就大会上演的传统的流行剧目为例,试论戏曲遗产中的现实主义,并附带谈到旧有剧目的整理与修改工作的得失。

戏曲遗产中的现实主义,主要表现在它描写了封建社会的历史真实,揭露了封建社会生活的根本矛盾——人民同封建统治者、同封建制度的不可调和的矛盾;以生动的集中的艺术形象证明了:不管在哪个朝代,不管在怎样的黑暗统治下,人民的自由与正义的火焰是从不熄灭的。戏曲艺术在表现这一生活真理的时候,对当时的社会生活采取了精确的具体描写的方法,把当时的社会环境、世态人情、人物的性格与精神状态描写得活灵活现,使我们如临其境,如见其人,因而情不自禁地受到感动与启发。以这次上演的秦腔、晋剧与蒲剧《藏舟》为例(蒲剧演的是单出戏,晋剧则是《蝴蝶杯》中的一出,秦腔是《蝴蝶杯》前半部,即《游龟山》中的一出;这出戏完全可以作为一出精彩的独幕剧来表演的),在这一出戏里,生动地、集中地刻画了渔家女胡凤莲勤劳、勇敢、智慧、善良的性格及其悲哀、愤怒、恐惧、喜悦等各种复杂交错的心情;田玉川在月夜渔舟上的

---

① 本篇发表于1952年《文艺报》第24期,署名光未然。曾收入《戏剧的现实主义问题》《风雨文谈》和《张光年文集》(第二卷)。

情绪变化也刻画得真实而细致；甚至那搜查的武将的来势汹汹和败兴而返的神态也表现得入情入理。通过这种真实的、精确的具体描写，揭露了明代的封建统治和被压迫的人民之间的尖锐的矛盾，使观众情不自禁地对渔民胡氏父女的悲惨遭遇和田玉川的正义行动充满了同情，对卢林父子所代表的封建权威充满了憎恶和仇恨，这就是戏曲遗产中的现实主义的魅力。

在古代戏曲、民间戏曲、特别是民间传说与神话题材的戏曲中，现实主义和浪漫主义（理想的或幻想的成分）巧妙地结合在一起。《梁山伯与祝英台》就是这样的例子。这个著名的悲剧，以现实主义的方法，揭露了并且鞭笞了封建婚姻制度的罪恶与残酷性；指明在这个罪恶的制度下，善良的青年男女要想忠实于自己的爱情及其自由幸福的愿望，他们同封建社会制度的矛盾，最后只能以生命的毁灭来解决，但尽管如此，青年们还是宁死而不肯屈服的。艺术家在具体地、精确地描写了这一残酷的现实之后，为了使人们的自由的渴望在幻想的形式中得到鼓舞（这在当时社会条件下仍然是带有革命性的），于是便有了"化蝶"或"化鸟"的传说的收尾。在这里，现实主义和浪漫主义便有了巧妙的结合。"化蝶"或"化鸟"固然是现实生活中不存在且不可能存在的事物，但是通过这个幻想形式，表现了古代人民追求自由生活的真实的顽强的意志，因而在浪漫的色彩中仍然蕴藏了现实主义的核心。

同样的，在《白蛇传》这个几乎整个是幻想形式的悲剧里，不但白蛇、青蛇、许仙这些人物的性格是客观的真实的描写，而且通过这一幻想形式，把人民与封建势力的矛盾，以及人民要求摧毁封建势力的强烈愿望，作了真实的、惊心动魄的反映，因而其基本精神仍然是现实主义的。

在我国丰富的戏曲遗产中，经常可以看到那种异常简练的艺术手法，表现了古代艺术家对生活的高度集中、高度概括的能力；这是戏曲的现实主义的重要特点之一。像川剧《五台会兄》、闽剧《钗头凤》，都是在短短的一折戏里（前者剧本约四千字），刻画了人物性格及其复杂的精神状态，完成了主题的要求。江淮剧《蓝桥会》、湘剧《思凡》和《琵琶上路》等剧，经过长期的提炼，已成为一首一首精纯的民歌或深刻的剧诗；出场的演员不过一二人（《思凡》仅尼姑一人，剧本不过一千二百字），通过这些简练的、意味深长的唱词，描写了人物，抒写了感情，深深地打动了观众。这些剧本在艺术手法上的共同的特点,就是主题、人物、事件的高度集中和语言的精练。艺术家对现实生活的原料,根据主题的要求,挑了又挑,选了又选,淘汰了许多不必要的东西,腾出地位来,让那些最必要的东西得到充分发挥的机会。艺术家掌握了一条重要的原则,就是:应当发挥的地方发挥得淋漓尽致;应当舍弃的地方舍弃得毫不留情。像在地方戏曲的《梁山伯与祝英台》中,正是由于采取了精减节约的笔法来对待次要人物的描写和故事过程的叙述,于是就能够腾出地位和腾出手来,集中地刻画梁山伯与祝英台的性格,向观众展示了他们的灵魂,他们的喜悦、悲痛和性格上的矛盾,有了像《十八相送》《楼台会》《哭灵》等场那种淋漓尽致的发挥,不使观众感动,绝不罢休。这些地方,如果和目前常见的许多拙劣的作品那种冗长的、烦琐的、平铺直叙的手法对比起来,就越发显出古典戏曲和民间戏曲在艺术手法上的优越性。

古典戏曲、民间戏曲中善于运用夸张的手法,在喜剧中尤其如此。把生活的真理,生活中最真实、最典型的东西突出一些来表现它,使人们看得更清楚,接受得更强烈,这是艺术的夸张手法的长处。由此看来,在合理的、适度的艺术夸张中,也就表现了现实主义和浪漫主义的巧妙结合。以楚剧《葛麻》为例,农民的智慧、地主的为富不仁、落魄书生的软弱无能,这些都是生活常见的,生活中最真实、最带普通性的事物。艺术家怕人家看不清楚,怕人家忽视这类现象,于是有了《葛麻》这样的富于浪漫色彩的讽刺剧,把长工葛麻的热情、机智和傲视一切的性格,和作为讽刺暴露对象的地主的形象,以及作为同情的对象的落魄书生的性格上的弱点,夸张地对比起来,使人们对生活的真理认识得更加真切。剧情中许多细节,看来好像不够真实,而演来却处处令观众信服,乃是由于剧本抓住了现实生活中的核心部分,其基本精神仍是现实主义的。以同情的笔触批评了穷酸秀才的思想与性格的弱点的川剧《评雪辨踪》,在艺术手法上也具有同样的特点。

二

戏曲艺术的现实主义和它的人民性有着不可分割的关系。戏曲的人民性是其现实主义的基础。我国的戏曲艺术，绝大部分是人民或人民的艺术家所创造，因而具有不同程度的人民性。我国的各种戏曲，都是由民间戏曲、民间说唱文学发展而来的；这些民间文学艺术，都是历代劳动人民的集体创造。历代的民间艺人、戏曲艺人在形成戏曲艺术传统中的伟大作用，是我们大家所公认的。此外，元明以来的许多杰出的戏曲作家，他们当时在政治上是抑郁不得志的，对当时政治、社会情况是不满意的；他们冲破了封建士大夫阶级的艺术偏见，选取了人民喜闻乐见的艺术形式，创造了人民喜闻乐见的戏曲作品；他们和人民的心灵有了联系；他们在我国戏曲艺术的提高与发展上起了巨大的推动作用。因此，关汉卿、王实甫、高则诚、汤显祖、孔尚任等等杰出的剧作家是属于人民的艺术家。戏曲艺术既然是人民或人民的艺术家所创造，就不可能不表现人民的思想、感情和愿望，不可能不描写人民的生活并且以人民的眼光来观察和描写社会各阶层的生活，且通过人民的语言、人民喜爱的艺术形式来表现它们，这就是戏曲的人民性。同时，戏曲既然要表现人民的思想、感情和愿望，就必然要求忠实于生活，要求真实地反映生活。因此，人民的艺术往往要求一种适于反映人民生活的艺术创作方法，艺术的人民性往往要求艺术方法上的现实主义来适应它；而现实主义的方法也经常引导艺术家和当时人民的思想感情相结合。一条现实主义的红线贯串着民族戏曲艺术的整个发展过程，以至形成为一种牢固的、深厚的艺术传统，其根由就在于此。

从这次大会上演的许多优秀的传统剧目中，可以看出戏曲的人民性和现实主义有着不可分割的关系。例如楚剧《葛麻》、湖南花鼓戏《刘海砍樵》，这两出戏经过适当的修改，拂去了封建的尘灰之后，使它们原有的人民性和现实主义的光彩更加突出了。《葛麻》和《刘海砍樵》显然都是农民天才的艺术创造。从雇工葛麻的眼睛看来，地主是自私的、无情的，某些地方也是愚蠢的；地主的女儿是幼稚的、无知的；落魄书生是可怜的、软弱无力的。只有农民葛麻才是勇敢的、智慧的、富于同情心的，并且具有热心快肠和傲视一切的气概。这无疑的是最具有人民性的；剧中对各种人物的观察分析的方法，无疑的也是现实主义的。《刘海砍樵》的人民性，在于通过幻想的形式，歌颂了劳动和劳动人民的朴实、乐观的情绪，表现了劳动人民对于幸福生活的渴望，因此，这出浪漫主义的神话剧仍具有鲜明的现实主义精神。但是，可以看出，在这两出优美的民间戏曲里，现实主义还停留在素朴的、萌芽的阶段，民间戏曲艺术所掌握的现实主义手段还未充分满足其人民性的内容所提出的要求；这首先表现在它们对现实生活的矛盾的观察分析还是比较粗略的，对生活与人物形象的描写还不是非常精确的。现实主义的进一步的发展，只有当人民开始冲破了自己的比较单纯、狭小的生活视野，进而观察分析社会各阶级、各阶层的生活的时候，从这种较高的角度转而观察人民内部的生活的时候，并且当演剧艺术完全职业化的时候，才有了充分的可能。于是，我们就看到：那些历史比较悠久、在人民的支持下发展了自己的剧场艺术的京剧及各种地方剧，戏曲的题材大大地丰富了，视野大大地开阔了，人民随时要探索自己痛苦生活的根源，随时发现了并描写了他们和统治阶级的尖锐矛盾；人民并以其敏锐的观察力，观察和表现了统治阶级的内部矛盾。像在秦腔《游龟山》中，一方面把人民的痛苦和封建统治者的罪恶对比地表现出来，这是主要的；一方面也描写了统治阶级内部例如总督卢林和县官田云山之间的冲突；甚至于也精确地刻画了田云山、田夫人、田玉川之间的思想与性格的矛盾。人民的视野进一步地扩展，现在要平衡整个的历史和历史人物的得失；人民的智慧的目光，甚至于烛照到宫廷生活的内部。于是产生了大量的历史题材的剧目，其中包括了像这次上演的汉剧《宇宙锋》这样强烈的人民性和现实主义高度结合的产物。自然，人民对统治阶级内部生活的观察和刻画，不可能是非常准确的，其中带有很大的想象的成分（晋剧《打金枝》就是这样的例子，其中流露了人民的幽默的想象）；但是人民究竟是以自己的立场、观点来观察和描写封建统治阶级的人物，其爱憎分明的态度，对具体人物具体分析的方法，都说明了，戏曲的人民性的内容和现实主义，这时都有了进一步的发展。人民对整个封建阶级、封建制度及其代表人物是深恶痛绝的；对封建阵营中个别的有正义感的人物，或从封建统治阶级分裂出来的人物，却不是采取一概抹杀的态度。人民对杨家将、田玉川、赵艳容这类人物，是当做英雄人物来赞扬的；对《游龟山》中的田云山，《徐策跑城》中的徐策，只要在某一点上和人民的斗争有了联系，也就把这一点加以肯定。这样做，对人民是完全有利的。戏曲的现实主义的进一步的发展，突出地表现在京剧与各种地方剧中创造了许许多多深刻的、使人难以忘怀的各种典型人物，诸如宋江、林冲、鲁智深、李逵、诸葛亮、刘备、关羽、张飞、周瑜、廉颇、蔺相如、白蛇、青蛇、许仙……大大地丰富了我国现实主义艺术的宝藏。

三

在估计戏曲遗产中的人民性及其现实主义传统的时候，必须同时估计到它的封建性和反现实主义的一面，这也就是戏曲的不良传统的一面。我国戏曲遗产既然是在封建社会中形成的，封建社会的人民或人民的艺术家就不能不蒙受封建思想的影响。由于时代的和生活的局限，他们在观察和描写历史社会生活的时候，也就很难达到完全的准确性；何况封建统治阶级总是要利用戏曲形式来达到他们蒙蔽人民、麻醉人民的罪恶目的。戏曲遗产中的封建性和反现实主义的东西，以及在同一剧目中人民性与封建性、现实主义与反现实主义互相交错在一起的现象，就是由此而来的。旧戏曲中存在着许多封建迷信、色情和侮辱劳动人民的部分，这是大家所熟知的。中央人民政府文化部戏曲改进委员会宣布停演的《杀子报》《滑油山》等十二出严重的迷信、色情的剧目及中央人民政府文化部宣布禁演的《大劈棺》《全部钟馗》等，就是这一类最恶劣最有害的剧目。此类显著的反人民的剧目，在艺术上也莫不表现了显著的反现实主义的特点；主要的是，违反了历史生活的真实，颠倒了劳动人民在历史生活中应有的地位，掩盖了封建社会的内部矛盾，并掺杂了许多庸俗的、恶劣的、破坏艺术的东西。此外，在全部戏曲遗产中，人民性与封建性、现实主义与反现实主义在同一剧目中互相交错在一起的现象，是非常普遍的。甚至在民间戏曲中，例如在前述的《葛麻》和《刘海砍樵》中，其原来流行的剧目，也多少掺杂了一些不好的东西，经过稍加删改才使其原有的优点更加突现出来。这说明了，人民的现实主义的发展，在封建社会中是受到层层局限的；我们对戏曲遗产的清理工作，今后还需要作重大的努力。

可是，尽管封建势力对戏曲的影响是相当强大的，在戏曲遗产中，我们仍然感到了人民的现实主义的强大的精神力量。这一方面是由于前面已经说过的理由，戏曲是人民或人民的艺术家所创造，就有着表达人民的思想感情和真实地反映生活的必然要求；还由于戏曲的演出是一种社会性、群众性的活动，不能不受到广大人民群众的思想感情和爱好的支配，而群众，不管在哪个时代，不管是自觉地或不自觉地，他们总是现实主义的热情的拥护者。就因为这个道理，古代戏曲中许多优秀的剧目，尽管在旧社会得不到出版发行的便利，千百年来通过无数艺人的口传心授，终于很好地保留下来了。明清以来虽然有不少封建士大夫阶级的文人染指于杂剧、传奇的创作，却只有那些与人民思想感情有联系的杰出作家的现实主义的作品才能为人民所接受而保留下来。清代的御用文人虽然也费尽心机编写了《月令承应》之类的歌功颂德的戏曲，人民却根本不理会它，它们在戏曲艺术发展中不发生什么作用。而从今天看来，凡是在人民群众中久远流传和广泛流行的剧目，大部分都具有一定的人民性和现实主义精神；群众的支持作用和剧场的淘汰作用保卫了民族戏曲艺术的现实主义传统。这是我们绝不可以过低估计的。

四

旧有戏曲中既然存在着不良传统的一面，存在着封建性和反现实主义的部分，而且这些有害的部分还常常和它的优良部分糅杂在一起，因此，为了适合当前的人民的需要，对旧有剧目的整理与修改工作，就成为戏曲改革工作中的一项迫切任务。这决不是一件简单的工作。整理与修改者必须具备对遗产的规律性的认识。他本身必须首先是一个现实主义的拥护者。他必须尊重古代人民的智慧创造；他必须知道，传统的流行的优秀剧目，不知道曾经耗费了多少艺术家和艺人的聪明才智，在舞台上经过长期的考验和锤炼，经过一代一代的观众批准的。因此，我们决不能采取轻举妄动的态度。我们的任务是：必须考虑到古代艺术家或艺人的思想上的局限性，考虑到封建社会的剧场观众思想上和兴味上的弱点，特别是考虑到今天的工农兵群众的需要，因而慎重地选择剧目，慎重地进行修改，并且必须依靠艺人的合作来进行整理与修改的工作。我们必须具备正确的辨别能力，从丰富的遗产中，首先选择一批在群众中长久流传与广泛流行的、具有强烈的人民性和较高的艺术性的剧目，也就是不需要大改的剧目，进行适当的整理与修改，经过审定而予以推广。这次大会上演的旧有剧目中，有许多是只经过很少的修改，就马上点石成金的：如川剧《秋江》改了老艄翁的敲竹杠，湘剧《醉打山门》改了鲁智深的喝酒不付钱，湖南花鼓戏《刘海砍樵》改掉了色情的部分，这样，就立刻使人物性格变成更加完整可爱起来。此外像秦腔《游龟山》，是把《蝴蝶杯》的比较易于修改的前半部先行整理了出来，改掉了原剧一些宿命论与庸俗、色情的地方。所有这些，都替我们提供了整理与修改旧有剧目的成功的经验，都是值得参考的。

目前在许多地方盛行着对旧有剧目的粗暴的、简单化的修改，严重地损害了艺术遗产。最粗暴的例子是把我国著名的神话剧《白蛇传》《牛郎织女》等胡乱地改成现代生活题材，用来"配合"当前的斗争任务。例如有些地方随便修改《白蛇传》，把白素贞改为农家女，小青改为马戏班出身，法海改为地主，白素贞被地主压迫，最后翻了身等等；有些地方修改《牛郎织女》，也把神话部分全部删掉，改成了土改、反霸的情节。此类极端错误的、反历史、反艺术的修改方法，是绝对不能允许的。另一种粗暴的修改方法，是把传统的优秀剧目中的主要情节和主要人物的性格，毫无根据地加以篡改。例如随便把《秦香莲》（《铡美案》）中的包公的性格加以丑化，极力证明包公是并无任何正义感的人物，把剧情也改成"最后不铡陈世美，在太后讲情下，包公不敢不放陈世美，对秦之处理只得与秦盘川令其回家"云云。这样的修改，显然是错误的。因为第一，人民创造了《秦香莲》中的包公这样具有强烈正义感的人物，虽然带有很多幻想的、浪漫主义的成分，但是在这个创造中却表示了人民的愿望，表示了人民对黑暗统治的极度不满，恨不得把贪官、污吏、恶霸及陈世美之类的坏家伙一个个铡死；取消了包公的正义感，就是取消了这个艺术形象的人民性。第二，从元曲以来，包公这个人物以其刚直正义的形象在舞台上、在群众的心上生活了几百年，证明是群众喜爱的典型人物，是群众创造的优美的艺术形象之一。随便地修改它，丑化它，不尊重人民的创造、人民的喜爱，就是不尊重人民群众。这样的修改，群众也一定是难于接受的（附带声明一句：我不是说所有的包公戏都是好的，更不是说所有的公案戏都是好的）。这次大会上演的河北梆子《杜十娘》，就是以此类简单化的办法修改得失败了的例子。修改者单纯要求揭露李甲的罪恶,加强杜十娘对李甲的仇恨,却没有考虑到杜十娘对李甲等人的仇恨(这是剧情中已经显示出来的)应该"加强"到什么程度,对他们的罪恶"揭露"到什么程度,这只能决定于剧情中所规定的杜十娘思想性格的发展,而不是依靠简单的加法来决定的。对李甲这样贪财负义的男子,也仍然需要真实的、准确的描写,以便通过这种描写,使人们认识到整个社会制度的罪恶;而不是采取一味丑化或加重其罪恶的方法,连带地损害了人们对杜十娘的同情。上述的河北梆子《杜十娘》,把李甲这个人物修改得变成毫无理性,非常不近情理,使人们怀疑杜十娘为什么爱上了这样的人物,怀疑她是否咎由自取。这不但损害了人物,也损害了主题,破坏了人民的艺术创造。修改工作中最常见的反历史、反现实主义的方法,就是完全不从生活出发,把遗产中的各式各样的真实的艺术形象,简单化地分为"好人""坏人"两大类,凡是"好人"就一味地加以美化,不许说一句在今天看来稍带落后意味的言词;凡是"坏人"就一味地加以丑化,一味"加重"或"加强"其罪恶,必使其完全脸谱化与十分不近情理而后止。这显然都是对艺术遗产的严重破坏行为。

  对传统的优秀剧目的整理与修改工作,是一件严肃的历史性的任务。我们必须首先对今天的人民负责,同时必须对古代人民及人民的艺术家负责;必须以现实主义的方法,通过审慎的、细致的工作步骤,使古代人民的优秀创造得以去芜存菁而永远保留下来,使戏曲遗产中的现实主义的光辉,在新社会的条件下得以发扬光大。对遗产的任何片面性的理解以及由此而来的固守不前或粗暴作风,都是我们所坚决反对的。

1952 年 11 月

滇剧《闯宫》中的人物描写[①]

在各种地方戏曲的优秀的传统剧目中,有许多作品在人物性格的描写上是值得今天的剧作者效法的。这些作品,用生动、精炼的民间语言,像刀子一样剖析到人物灵魂深处的那种明快的语言,描写了旧社会各种各样的人物性格。通过这种描写,旧社会的深刻矛盾,旧社会制度的荒诞不经,都真实地具体地表现出来了。

试以滇剧《闯宫》为例,来说明我国戏曲艺术在人物描写上的这一特征。

《闯宫》是《铡美案》中的一折,剧中秦香莲被描写为一个正直的、坚强不屈的妇女形象,而陈世美则被描写为一个忘恩负义的人民的叛徒。剧中这两个人物性格的冲突,实质上是人民眼中的善与恶——人民的意识与反人民的意识的冲突。通过这一场戏的震撼人心的描写,人民宣布了陈世美之类的恶人的死刑,为陈世美后来之所以不能不被铡创造了充分的根据;秦香莲在这场戏里虽然处于不利的地位,但却获得了人民的正义与同情的充分支持。

《闯宫》按照生活的复杂性、曲折性,如实地刻画了剧中的人物性格。剧中对陈世美、秦香莲,乃至门官刘廷等人物都描写得入情入理。例如秦香莲最初来到宫门以驸马爷乡里名义求见,被拒绝了,剧本上这样写:

秦:(气愤)好一个当今驸马,哼!我千里到此,找寻于他,他!他!他!连乡里俱不认了!(沉思)待我说出香莲的名字,也许他想起十年夫妻恩爱之情,不会不认。(一惊)不妥!他既入赘宫中,

---

[①] 本篇发表于1953年《剧本》第4期,署名光年。曾收入《戏剧的现实主义问题》《风雨文谈》和《张光年文集》(第二卷)。

身为驸马,耳目甚众,说出我的名字,恐他不便。(领悟)我自有主意。烦劳门官与我二次通禀,我并非平常乡里,乃是冬哥之母,春妹之娘,一定要见。

这一段话,把秦、陈二人阶级地位的悬殊,夫妻感情的变化,秦对丈夫的气愤同时还寄托着若干希望,以及陈的不仁不义,秦的智慧与善良的性格,都生动地真实地刻画出来了。"连乡里俱不认了!"这句话包含了多少愤恨,多少眼泪,多少生活与心理的内容啊!之后,秦香莲终于讲出儿女名字,继之,并暴露出自己身份但仍然被无情拒绝之后,她只得情急智生,对门官"扎扎实实"地"发放他几句"。她的智慧的行动产生了效果。此时门官刘廷的心理被描写得很真实,他想到:"是呀!恩爱不过他们夫妻,我这小小门官当得成凭她一句话,当不成也凭她一句话!嗳呀!你叫我禀的好,不禀的好!"于是,当他对秦再作一度考验、证实了确是驸马爷前房夫人到了的时候,这位凶狠的势利的门官倒为难起来了。他要求夫人舍下半褶罗裙,以便驸马变卦问罪的时候也好回答:"把守在宫门,来了贫妇人,她往内面进,我往外面行,拉又拉不住,扯又扯不赢,驸马不肯信,现有半褶罗裙。"这些地方是非常符合于门官刘廷的身份与性格的;它表现了这位奴才的粗中有细,并预示了陈世美六亲不认的罪恶的黑影。

剧本描写陈世美的负义昧心,也不是采取简单化的潦草、粗率的描写方法,而是在一脚踢倒了秦香莲之后,这样描写:

陈:(见秦倒地,心中难过)秦香莲,我的妻。

刘:与驸马道喜。

陈:(惶急,大怒)还不快快出去。(刘下)世美观动静,来了贫妇人,明知香莲女,假意认不真,本待把妻认,公主知道不容情。袍袖展干腮边泪,世美做了……昧心人。贫妇人苏醒,贫妇人苏醒。

这以后在他威胁秦香莲不成,反被秦历数他三大罪过的时候,陈世美的内心矛盾越来越尖锐化了。剧本把这一个卑鄙无义的人的灵魂深处的东西,尽情地揭发出来了。秦香莲三大段唱词写得真是一字一泪,富有人间的至情，也是一字一刀，充满了正义的斥责，每一次都深深打动了陈世美，使他感到羞愧，以至于悲痛。但当他几乎要回心转意的时候，一摸到自己的纱帽锦袍，想到自己的荣华富贵，极端的自私自利的念头战胜了他的良心，终于心肠一硬，拳打脚踢，叫护卫把妻子拖了出去。这些地方，使人们憎恨这个禽兽不如的陈世美的同时，也不得不同时憎恨那个不仁不义败坏人伦的罪恶的封建制度。

在秦香莲的正义的斥责中，下面一段话表现了人民义愤的千钧之力，把这一场斗争推到白热化：

秦：……我问你还想做人么？
陈：怎的不想做人？
秦：既想做人，我劝你丢了乌纱，（去翅）撕碎锦袍，（扯袍）踩坏乌靴，（踏靴）随我回家去吧！走！
（唱）要做人丢了官随我回去！
　　　勤耕田苦种地少不了你吃的。

"做人"还是"做官"？这是人民与统治者的誓不两立的立场观点。这里表现了秦香莲性格中的人民意识的尊严，同时对比地表现了陈世美的灵魂的卑污与渺小。

剧本对店主人张三阳，这个非常次要的人物也写得入情入理，他本来兴致冲冲地替秦香莲带路入宫，一看到宫门口门官凶神恶煞的样子，这一深于世故的老人畏缩起来，他溜走了。后来，这善良的老人放心不下回到宫门寻找的时候，发现秦香莲已被打得昏死过去，这时他感慨万端地念出："富贵本是无情剑，斩断恩爱两分离。"而替这场悲剧作了意味深长的结束。

所有这些人物性格的具体描写，生动的朴实的语言，以及生活细节的真实性，都达到了一个总的效果，就是深刻地具体地表现了封建社会的历史真实，揭露了封建社会的内部矛盾，从而使人们对封建制度的"无情剑"产生了深切的憎恨与反抗的情绪。这就是我国戏曲遗产中的现实主义所具有的、非凡的艺术技巧与巨大的道德力量，值得我们认真学习。

一九五二年十一月

※ 一九五三年 ※

沿着戏曲的现实主义轨道前进①
——关于戏曲的民间传说与历史题材的创作和改编问题

在当前的戏曲改革工作中,除了应该以主要力量进行传统剧目的修订与整理,以及使有条件的剧种以很大的努力来反映当前的斗争生活以外,以新的观点进行古代民间传说题材与历史题材的创作与改编,也是一个应该注意的重要的方面。在这方面,三年来也取得了一些经验。一般说来,创作者或改编者凡是能够尊重人民的艺术创造,认真地向遗产的精华学习,沿着戏曲艺术的现实主义轨道前进的,就能够取得一定的成绩,受到人民的赞许;与此相反,凡是对戏曲遗产或戏曲传统的规律性认识不足,不肯认真地向遗产中的现实主义学习,而以反现实主义的方法与主观随意性来对待古代题材的创作与改编工作的,就必然归于失败。

以下,我想以第一届全国戏曲观摩演出大会上演的此类剧目为例,试论古代题材的创作与改编工作的得失。

一

第一届全国戏曲观摩演出大会上演了梁山伯与祝英台故事的越剧、川剧和京剧三种不同的改编本。越剧《梁山伯与祝英台》和川剧《柳荫记》的改编工作基本上是成功的;其共同的优点是:尊重民间艺术的优秀创造,运用现实主义的方法描写了典型环境中的典型性格,使主题得到具体的、深刻的表现。与此相反,京剧《梁山伯与祝英台》的改编者在这些重

---

① 本篇发表于1953年《文艺报》第2期,署名光未然。曾收入《戏剧的现实主义问题》《风雨文谈》和《张光年文集》(第二卷)。

要方面考虑得非常不够,结果就不免归于失败。

创作或改编的对象既然是像梁山伯与祝英台故事这样在民间广泛流传的题材,创作者或改编者就必须对有关这一传说题材的各种民间戏曲与民间说唱文学做一番研究整理的工作,把群众的智慧集中起来,把民间文学的优秀部分保存下来,以新的观点和正确的方法把它们在原有基础上提高一步。越剧《梁山伯与祝英台》和川剧《柳荫记》的改编者注意到了这个问题。他们尊重民间文学的优美语言,运用比较集中、简练的手法,着力地描写主人公的思想、性格与精神状态,借以深刻地揭露了这一对善良的青年男女同当时的封建社会制度间的尖锐矛盾。虽然越剧《梁山伯与祝英台》与川剧《柳荫记》的剧本目前还不是十分完善的,它们还互有短长,例如,越剧在艺术上更为集中、紧凑一些,川剧则有时不免于芜杂(四久、银心与媒婆的某些穿插);越剧在唱词上比较洗练,且有了集中的、淋漓尽致的发挥(十八相送、回十八、楼台会、哭灵等),川剧这些地方则发挥不够,且夹杂了许多陈词滥调("夕阳西下""皓月东升""连理并""结朱陈""鹊桥高架""银河候等""巫山锁愁云"之类);川剧比较更注意于人物性格的刻画(次要人物如祝母、媒婆等也写得比较生动、真实),越剧在人物的刻画上还不够细致(祝父多少有些概念化;梁山伯在《楼台会》中的告状、抬人等虚张声势的地方,和他的性格也不完全符合);川剧在故事细节上处理得更加绵密、合理(如《结拜》一场以二马同嘶引起梁、祝的结识,《书馆》一场写祝为梁答对、梁为祝解衣,《送行》一场写祝想起"父命三桩"故尔"话到舌尖暂隐藏",都是细针细线,有助于性格描写的),而越剧在情节上有时不免于疏漏(如第一场祝英台乔扮卜卦人居然骗过父亲,就是使人难以相信的)。尽管如此,越剧《梁山伯与祝英台》和川剧《柳荫记》基本上是成功的,它们保留了民间文学的许多优点,发挥了戏曲遗产中的现实主义的特点和长处,沿着遗产的现实主义轨道前进,并确实前进了一步。它们是文艺作家和精通戏曲遗产的艺人密切合作的产物。它们的成功经验是值得重视的。

京剧《梁山伯与祝英台》大体上是根据越剧《梁山伯与祝英台》的基本情节和结构而改编的。可是,改编者没有设法保存并发挥越剧的优点,却把越剧的某些缺点承袭下来并加以渲染了。例如,前面已经说过,越剧第一场祝英台乔扮卜卦人骗取父亲的信任，是写得不够真实的。越剧改编者大概考虑到了这个缺点，只让那"卜卦先生"说了几句，唱了一段，就赶快"卸去男装"，把这一场恶作剧收拾起来。在京剧《梁山伯与祝英台》的第一场，祝英台乔扮成看病的大夫，恶作剧与不真实的程度是有过之无不及了。又如，越剧对祝公远这个人物的描写，作者只考虑到他的封建性的一面（这当然是应该的），而没有考虑到父女关系的一面（尽管骨肉之情也免不了会做为封建思想的牺牲品），因而这个人物就不免有些概念化。在京剧中，这个缺点竟被渲染到完全不近情理的程度。试看祝公远和他的妻子滕氏怎样编成圈套来诳骗自己的女儿：

公：故意儿把马家财势夸赞。
滕：定巧计劝女儿乐配良缘。（故作未见英台）啊，员外，你说那马公子才貌如何？
公：那马公子名唤马文才，乃是天下第一名士，学富五车，出口成章，所作诗文，天下流传，这还不算呀。
滕：还有什么？
公：马公子乃是名门士族，他父官居太守职。
滕：真乃有财有势呀。
公：还有哇。
滕：还有什么？
公：那马公子年方二十二岁，有潘安宋玉之貌，许多官宦家的小姐与他提亲，他是俱都不肯。
滕：却是为何？
公：那马公子乃是天下有名才子，若无绝世的才女，怎能配呀？
滕：这样风流的名士，哪里去找绝世的才女呢？
公：只有英台女儿，才能与他相配，我就将英台许配他了。
滕：将女儿许配他了，不知你我女儿愿意不愿意呢？
公：这样的风流才子，哪里去找，英台又不是傻子，又不是疯子，怎能不愿意呀。（英台自始至终都听清楚，由吃惊而逐渐镇定，看破一切）

在这一段对话里，几乎看不出什么父女、母女的正常关系，改编者干脆把祝英台的父母写成一对恶毒的媒婆了。这还不够。等到这个"巧计"被拆穿，祝公远从银心的嘴里套出了梁、祝相爱的真情之后，他又生出一个狠毒的"妙计"，决意进一步陷害这一对青年人：

公：（哈笑）啊，哈哈哈。
滕：啊……你笑什么呀？
公：我有一绝妙的主意。
滕：什么主意？（公与耳语）好倒好，只恐伤了父女之情。
公：愿与高门结亲事，哪怕伤了父女情。
滕：员外主张太毒狠，怎不叫我挂在心。

这还不够。当祝父的恐吓手段发生了效果，祝英台怕她的爱人被马家害死，于是决意忍痛割爱，有了《楼台会》的诀别场面之后，且看祝公远是怎样地幸灾乐祸吧：

公：啊，贤侄，今日之事，令人心酸，有道是识时务者方为俊杰，来来来，这有纹银三百两，带回家去，另娶淑女孝养双亲，你的后福不小哇。
梁：（狂笑）山伯冻饿而死，也不受老伯的银两。
公：你还是用罢晚饭再走罢。
梁：告辞。
祝：兄长就要走么？
梁：我山伯此去决不忘三载之情。
公：待等她成亲之日，还要请你吃杯喜酒哇（山伯痛苦下）。山伯此去定无生理，三日之后马家迎娶，待我悬灯结彩，也好办这场热闹的喜事呀，哈哈哈！（笑下）

这样，在京剧《梁山伯与祝英台》改编者的笔下所出现的祝公远这个人物，就变成了完全不真实的人物。他在女儿身上所施用的威胁、利诱、明诳、暗害的诡计，在表明他不但不是一个父亲，甚至近于一个所谓恶媒婆或鸨母的恶毒程度。改编者的原意当然是为了使这个人物充分"代表封建势力"，因此要"暴露"或"加重"其罪恶，企图由此获得"反封建"的教育意义；但改编者从这一简单的概念出发，忽视了对具体情况的具体分析，忽视了普遍性的矛盾在具体情况下的具体的表现，于是达到了不真实的、反现实主义的描写，也就大大减低了作品的教育意义。因为作品的教育作用，必须依靠对生活的真实描写；首先要使观众信服它，然后才能指望他们从中受到感动与教育。

京剧《梁山伯与祝英台》的改编者对这一美丽的传说题材没有作认真的研究，甚至对越剧的《梁山伯与祝英台》在艺术方法上的某些长处，比如它的集中、简练的手法，优美的民间语言的运用等，也没有认真地参考借鉴，结果是信笔所至，使作品达到异常芜杂的程度。比如《草桥结拜》这一场，本来是相当美丽的场面，在越剧与川剧中，都作了比较简洁朴素的描写，而在京剧中，却被马文才的丑化描写浪费了过多的笔墨。同样地，《学馆》这一场，又让谢某、阮某这两个小丑的表演占去了不少的篇幅，对于这些丑角过多的描写，并没有产生有助于描写梁、祝性格的对比作用；相反地，在对马文才的歪诗的嘲笑中，多少表现出梁、祝的刻薄，而梁山伯一再拒绝为同学题字，倒显出他有些固执与不近人情了。这些地方，当然都是改编者始料不及的。京剧《梁山伯与祝英台》既然加进了许多此类不必要的东西，占去了宝贵的篇幅，结果对《相送》《哭灵》等这些重要场面，就不能不草草了事，变成为可有可无的部分了。这个剧本，既没有用深入的描写把悲剧的矛盾展开，也没有用优美的语言把悲剧的气氛渲染起来，尽管演员们作了一些努力，但看过戏后，并不能给人多少的感动。我们从戏曲遗产的现实主义的探讨中，懂得了简练、集中的手法是我国戏曲遗产现实主义突出的特征之一。那就是，应当发挥的地方发挥得淋漓尽致，应当舍弃的地方舍弃得毫不留情。与此相反，京剧《梁山伯与祝英台》对于应该舍弃的地方却没有舍弃，应该发挥的地方也没有发挥，结果就使这个剧本的主题思想陷于瘫痪状态。没有严格地遵循戏曲艺术的现实主义轨道，就是造成这个剧本失败的主要原因，这是应当引为教训的。

二

在处理古代历史题材的时候，我们也看到现实主义与反现实主义的两种根本不同的方法。同类的题材，由于历史观点和创作方法的不同，可以产生完全相反的效果。为便于说明这个问题，我们举京剧《将相和》和京剧《兵符记》为例。

《将相和》的改编者把京剧流行剧目《完璧归赵》《渑池会》《负荆请罪》三出戏很自然地组合起来，并予以适当的加工，描写了蔺相如威武不屈的精神和对同僚的谦虚忍让的美德，剧本通过蔺相如与廉颇这两个人物性格的鲜明的对照，展开了戏剧性的冲突，给人以一定的思想启发。改编者没有用今人的思想标准来强求古人，随便把古人丑化；也没有把他们过分理想化，对他们采取无条件歌颂的态度。《将相和》中的廉颇与蔺相如，在剧本中被处理为相当可爱的人物，但也并不避免描写他们思想性格上的弱点。改编者认识到这一故事题材的局限性，剧本没有牵涉到蔺相如、廉颇同当时赵国人民大众之间的关系，它也没有超出这一题材的范围，妄图全面地平衡当时的历史。由于题材本身的局限性，无法通过这一题材用来表现当时历史社会的根本矛盾，因此它的思想性不是很高的；但由于改编者的创作方法是现实主义的，对遗产采取了慎重的态度，沿着戏曲遗产现实主义轨道前进了一步，把原来的主题突出了，因而通过这一历史故事，仍然能够给予我们一定的思想启发。

几乎是同一历史时代、同一历史情况和同样的历史题材，《兵符记》的作者本来也可以采取现实主义的方法，把如姬"窃符救赵"的著名故事生动简练地描写出来。但作者不考虑到这一题材的限制性，硬要通过这一题材对当时的政治形势作全盘的分析和判断，并且在平衡历史人物的时候，把古代封建贵族人物过于理想化，结果就不可避免地发生错误。

《兵符记》的错误和缺点在于：第一，作者对当时整个历史情况的分析和判断是不正确的，态度是很不客观的，在描写秦与六国诸侯混战的时候，作者不自觉地卷入到历史的宗派成见中间，把秦国说成是残暴无比的侵略者（实际当时诸侯混战的各方没有不残暴的），把信陵君的抗秦援赵说成是"义薄云天"的正义斗争，把魏国人民写成是"今日里百姓俱愿把秦抗"，而魏国士兵均为"我等俱愿破秦"。而"秦兵虽然势大，却已外强中干"，"秦兵个个俱厌战，人马疲惫已不堪"，这显然是违反历史真实的主观的想象。第二，作者把信陵公子这一王公贵族人物，描写成魏国人民的代表，处处代表"全国百姓"发言，"为两国百姓请命"，把他写成人民的领袖，受到人民的拥护，百姓箪食壶浆为他送行，把赵国贵族和人民之间的关系也写成"上下一心，誓死守城"，这就把当时历史社会的真正矛盾——诸侯混战带给人民的极大痛苦、人民与封建统治者的尖锐矛盾——完全抹杀了。第三，剧本在许多地方，把当时历史社会情况和抗日战争期间国民党统治区的情况作了不适当的比拟。例如师昭父女的抗秦救亡的宣传，特务分子须客甲、乙的散布失败主义与抗秦有罪的谬论，群众主张抗秦同特务发生冲突等等。这些地方，如果不是有意的影射和比拟，至少是按照抗日战争时期国民党统治区的情况以概念化的方法想象出来的。这些地方，嵌在两千多年前的历史故事中，就特别显得生硬。由此看来，京剧《兵符记》的历史观点是不正确的，是反历史主义的，创作方法是反现实主义的。值得注意的是，在处理古代题材的时候，如果不坚持现实主义的方法，而采取概念化的、反现实主义方法，就往往容易堕入反历史的泥坑。（《兵符记》在写作技巧上仍然有可取的地方，后半部的戏是比较紧凑动人的，演员在后半部也有了精彩的发挥，它有可能经过压缩、修改成为一个较好的剧目）

同样的问题在豫剧《新花木兰》中也存在着。这个剧本，也是把封建的贵族王公过于理想化，把元帅贺廷玉写成代表着人民的利益。剧本模糊了封建社会的根本矛盾，把人民的利益和封建统治者的利益融为一体了。因此，这个剧本也就同样陷入反历史主义的错误。除此以外，豫剧《新花木兰》表现了严重概念化的毛病，突出地表现在对主人公花木兰缺乏具体的性格的描写（只是一般化地描写她的爱国热情、英勇、智慧、果敢之类，这当然是很不够的）以及语言的概念化上。自然，《新花木兰》中不是完全没有性格与心理的刻画，不是完全没有比较生动真实的语言，比如花木兰在军中的这一段唱词：

沿着戏曲的现实主义轨道前进——关于戏曲的民间传说与历史题材的创作和改编问题

众军士分赏品到后帐去了，花木兰在营外巡望一遭，猛抬头见天边新月斜照，照耀着连环甲闪放光毫，低头来自思想心中好笑，木兰女十二载未脱战袍，真木棣假木棣自己知晓，见明月想起了二老年高，俺立志平贼寇未扫，应把那儿女情抛向九霄。

可惜的是，像这样能够表现人物的具体的精神状态的语言未免太少了。相反地，那些一般化的、缺乏任何性格特征的、有些甚至是标语口号化的对话与唱词，却占去了剧本的大部分篇幅。例如下面这一段唱词：

劝爹娘放宽心开怀痛饮，为国家杀敌寇儿早有此心，眼看着吐力子大兵内侵，眼看着我中华难退敌人，众百姓被烧杀人人气愤，好江山怎能够拱手让人，守边疆保国土人人有份，儿虽是女流辈也应该尽力心。老爹爹无大儿前去上阵，花木兰我情愿替父从军。一来是为爹娘儿把孝尽，二来是为国家尽尽忠心，三来是为百姓雪仇报恨，四来是守边疆保国土人人有责任，保卫我大中华千千万万春。

豫剧《新花木兰》所存在的问题，也说明了：对古代题材的概念化的、反现实主义的描写，往往引导到反历史主义的错误。（豫剧《新花木兰》的演员在表演上是非常认真的，常香玉同志在这个剧本的演唱上是有杰出创造的，木兰从军这个题材又是在群众中广泛流行的，能够起积极的鼓舞作用的，希望在文艺作家的协助之下，能够把这个剧本改好）

三

在古代题材的创作与改编上，单纯注意故事情节，忽视人物性格、忽视语言的选择，已成为一种相当普遍的不好的倾向。京剧《宋景诗》就显著地存在着这种缺点。这个剧本的题材，无疑是值得着力描写的。创作者对这个题材也下了一番辛勤的调查研究工夫。这个工作是很有价值的。剧本揭示了近代史上觉醒的农民和封建统治集团的极其尖锐的矛盾和残酷的斗争，歌颂了农民的武装起义，由此看来，剧本的基本精神仍然是现实主义的，创作的意图是很好的。遗憾的是，创作者的主要兴趣集中在故事情节的描写上，它介绍了地主集团的各种阴谋诡计，介绍了宋景诗如何用计击破地主的阴谋、如何分化他们、如何将计就计地收拾他们、如何巧妙地进行转移，最后如何设计诱敌而出奇制胜等等。这些地方，固然写出了一些紧张的场面，获得了一定的剧场效果，可是对如何集中笔力以生动的性格化的方法来完成创造宋景诗的英雄形象的任务，却被创作者所忽视了。观众看了三四个钟头的戏，接受了一些紧张曲折的剧情，而对于宋景诗这个具体人物却始终感染不深，这当然不能使他们感到满足。宋景诗这个人物之所以没有矗立起来，当然不能归咎于演员和导演的缺乏才能，相反地，演员和导演是作了一番努力的。问题在于，剧作者对于宋景诗这个英雄人物究竟是怎样的一个英雄人物，也像《新花木兰》的作者对他满怀热情地歌颂着的英雄人物一样，是并没有想得很清楚的。这个根本性的弱点，也突出地反映在主人公的那些缺乏神采、缺乏性格特征的语言（唱词）上。事实上，过于一般化的语言，是无法完成创造人物性格的任务的。

主人公宋景诗从戏的第六场开始登场。这时黑旗军已受到地主阶级的各种残害，他的弟弟宋景礼已经气得吐血，勇士侯锦玉已被挖眼抽筋，观众急切盼望的宋景诗登场了。但我们从他登场的唱词中，只能感到一些斗争情绪，而没有感到任何性格的特征。唱词是：

大队人马出潼关，风云叱咤天地翻。当年黑旗被分散，万般无奈渡河南。今日回乡如我愿，重整旗鼓闻江山。不除恶霸非好汉，血债要拿血来还。王二香，定腰斩，柳林誓杀杨鸣谦……

第八场宋景诗回家，他接受了母亲与弟弟的哭诉，而回答的却是公文程式般的唱词。回答母亲的唱词是：

母亲面前听教训，冤头债主我记在心，重整黑旗与人马，要把民团一扫平。

回答二弟的唱词是：

> 一见二弟泪难忍，我咬牙切齿骂柳林。贼子害人我早料定，因此上千里迢迢回家门。……弟兄们今日回来了，龙入大海鸟归林……二弟休说伤心话，血海冤仇我报得清。

就是这样，作者轻易放过了在人物情绪激动的场合来刻画他们性格与精神状态的机会。那么，我们再等待别的机会吧！另一个机会是第十四场，宋景诗单刀赴会、深入虎穴的时候，我们希望从这里体会他的比较复杂的精神活动，但听到的却只是态度悠闲的唱词：

> 安排妙策赴会场，浑身是胆哪怕虎狼！这时候他那里还作梦想，怎知俺黑旗军早有提防，安然策马虎穴往。

经过一些战斗场面，他的主要将领杨殿乙已负伤了。"宋景诗见杨殿乙负伤，大惊。"而这时的唱词却是这样的平淡：

> 一见贤弟伤臂膀，血流过多非寻常。春姐快快取药上，我与贤弟裹金创。

情况对黑旗军不利，不得不忍痛转移了：这是叙写他的精神状态的另一机会，而唱词却是非常缺乏感情的：

> 将士纷纷上战场，少不经心有损伤，纵然围困也能闯，事急决策心意忙，那僧妖若用诡伎俩，挖壕放水怎能当，转败为胜仍有望，未雨绸缪须早防。罢罢罢离庄且他往，再选良地作战场，渡过黄河与太平天国会兵将，轰轰烈烈扫强梁，徘徊辗转心暗想，安排大计有主张。

最后一个刻画主人公思想感情的机会，是当他渡河之后，听到了老母被俘的噩耗的时候；作者却连这一个机会也放过了。剧中宋景诗这时的反应不过是：

> （又急又惊又恨）这个！（大丝鞭）好贼子！……且慢！我母被擒，定难生还，就在此处等候清军冲杀一阵，与我母报仇雪恨！

当我们跟随着主人公的脚步，大略地重温了一遍他的战斗历程之后，除了感受到一些抽象的勇敢、智慧、悲愤的概念之外，何曾感受到他的特定的性格与心理的活动？作者既然错过了描写主人公的心理、性格及性格发展的一切机会，要想真实地、具体地在舞台上矗立起这个英雄人物的艺术形象，当然是不可能的。作者既然没有完成创造主人公的艺术形象的任务，当然就不能指望这个作品在群众中产生应有的教育与鼓舞的效果。

创作者单纯注意故事情节、忽视性格和性格化的语言的倾向，就必然使作品中的人物概念化。宋景诗也好，花木兰也好，如果和戏曲遗产中的典型性格的生动描写比较起来，相距的道路是多么遥远呵！由此可见，认真地向遗产学习，切实地沿着戏曲遗产的现实主义轨道前进，对于提高戏曲创作的艺术质量说来，实在具有头等重要的意义。

沿着戏曲遗产的现实主义轨道前进，必然要求我们对遗产、它的规律性、它的创作方法的特点，进行一系列的刻苦的学习。但是，仅仅掌握了遗产中的现实主义方法，对我们说来，当然还是非常不够的。既然是创作或改编，哪怕处理的是古代民间传说或历史故事的题材，都是为了编演给今天的群众看的，为了在今天的工农兵群众中产生应有的教育效果的，我们就必须站在今天的思想高度，正确地观察分析和处理那些题材，把那些题材中间原有的民主精神和爱国精神充分发挥出来，把主题显露出来。这就需要创作者或改编者以历史唯物主义观点和社会主义现实主义创作方法的完备知识武装自己，使对于古代历史事变发展过程的生动的具体的描写，和"以民主精神与爱国精神教育广大人民"（见《中央人民政府政务院关于戏曲改革的指示》）的任务结合起来。创作者或改编者必须掌握了新的更加准确的思想武器，才能洞见古代历史事变的过程，才能达到对古代题材的正确的、真实的描写，才能完成以民主精神和爱国精神教育广大人民的任务。发扬古代人民的民主精神和爱国精神，用以激发今人的革命斗争热情与新爱国主义热情，是以社会主义思想教育人民的工作中不可缺少的一部分。发扬古代艺术遗产中的现实主义精神，借以丰富社会主义现实主义创作方法的内容，也是我们必须担负起来的任务。由此可见，沿着遗产中的现实主义轨道前进，就必然要求和社会主义的现实主义接轨。这一点，是必须附带加以说明的。

[附志]《戏曲遗产中的现实主义》一文和这篇文章，是根据在第一届全国戏曲观摩演出大会期间，对全体编导工作同志的报告的第一、第二部分整理而成的，原来的总题是《发扬戏曲艺术的现实主义传统》。由于作者对戏曲遗产的知识非常缺乏，发表意见时，错误在所难免，希望得到读者和专家的指正。

1953 年 1 月 19 日，北京

评老舍作话剧《春华秋实》[①]

老舍先生的三幕话剧《春华秋实》(人民文学出版社一九五三年八月出版，北京人民艺术剧院曾于四月一日至五月二十二日在北京演出)，以意义重大的"五反"运动为题材，描写首都某一私营铁工厂的工人，在党和政府的领导之下，对不法资本家的猖狂进攻展开了坚决的反击，并得到了胜利。老舍先生继《方珍珠》《龙须沟》之后的这一新的创作，进一步表现了他对当前的新旧斗争与社会改革运动的密切关注。老舍先生力求突破自己的生活限制，选取现实斗争生活中具有重大政治意义的题材，通过艺术创作，把工人阶级如何为保卫国家和人民的利益，向资产阶级反动思想展开尖锐斗争的重大事件及时反映出来，这种政治热情、创作热情是非常可贵的。老舍先生在和北京人民艺术剧院的密切合作下，对这个剧本进行了十次以上的反复修改。在目前剧本创作不够旺盛的情况下，老舍先生的勤劳、虚心和坚持不懈的毅力，是特别值得所有剧作家们学习的。

从话剧《春华秋实》中，我们可以看出作者力求以工人阶级的立场观点来分析自己所占有的材料，结合着自己平时的社会观察，把鲜明的政治感情渗透到对象的描写中去。剧本描写了工人阶级和资本家对待国家、对待生产上的两种不同态度的矛盾；描写了工人阶级为了生产更多更好的产品而忘我劳动的主人翁态度；描写了不法资本家为了追求非法利润而组织小集团、贿赂国家工作人员、偷工减料的猖狂行为；也描写了人民政府和工人阶级对资本家又斗争、又团结的限制政策和教育改造政策。资产阶级问题是我国在逐步过渡到社会主义社会的过程中的基本问题之一。《春华秋实》的作者在戏剧中负起了这样重要的任务，既划清工人阶级与资产阶

[①] 本篇发表于 1953 年 8 月 26 日《人民日报》，署名光未然。曾收入《戏剧的现实主义问题》。这里内容据初刊。

级的政治界限，把反抗国家领导、拒绝工人监督的资产阶级的丑恶面目暴露出来，粉碎资产阶级对自己的不法行为的诡辩，唤起工人阶级和人民群众的警觉和义愤，同时也指出资产阶级企业家在我国的正当出路。在这个目的上，这个作品还是今天我国文学界的第一次尝试，并且从主要方面说来，是一次成功的尝试。在揭露资本家的不法行为，提高人民的警惕性和工人的觉悟性方面，这个作品是有教育意义的。

老舍先生在这个剧本中所写的资本家的形象是生动的，能够给人以深刻的印象。他们的活动和他们的环境有浓厚的地方色彩。作者运用简洁的、性格化的语言，深入地刻画了这些人物的虚伪性、腐朽性和猖狂不法的思想行为。以主要角色丁翼平的活动为中心的戏剧的展开，在剧本的前半部，是很富于戏剧性的，有尖锐的冲突，紧凑的情节和迅速的（往往是意外的）变化。丁翼平的活动的不同方面（对待政府经济机关及其工作人员，对待其他资本家，对待本厂职员，对待本厂工人，对待自己的家庭，最后是对待"五反"运动的检查组）的机巧的穿插，整个戏剧一层一层地向冲突高潮的不可避免的前进，表现了作者的才能。作者安排在丁翼平周围的不多的人物，都是戏剧发展所必要的，并且是有代表性的。作者对不法资本家集团中某些次要人物的描写，确乎做到了如作者自己所说的"用三言五语使他们站立起来"。试看那位病病歪歪的钱掌柜，他"老怕一口气不来，就呜呼哀哉"，可还是"想乘着还没断气，多抓弄几个"。在这些地方，可以看出作家的解剖刀，已经刺进这类腐朽人物的灵魂深处了。又如胆小怕事的铁工厂厂主唐子明，泼皮大胆的五金行经理管清波，嬉皮笑脸的跑合商人王先舟，小心翼翼的账房先生李定国（他后来被争取回到工人阶级队伍了），他们的面貌和性格特征，也都得到恰如其分的描写。丁翼平的描写虽然还不够统一、不够完整，但他的思想和性格，一般说来也表现出来了。人们看到这些腐朽的唯利是图的人物，互相倾轧又互相结合起来进行非法盗窃的时候，看到他们在工人阶级的愤怒还击下还要进行千方百计地顽抗的时候，就不能不得到一种觉悟：工人阶级和资产阶级之间的斗争是必然的，是有深刻基础的；必须击退资产阶级的进攻，必须限制教育改造资产阶级企业家使他们不能再唯利是图，而在工人阶级领导下按照国家和人民的需要进行他们的合法的活动。

老舍先生在描写资本家方面的缺点是表现丁翼平的转变过多地依靠说理（这使戏剧后半部的发展陷于沉闷），特别是对于转变以后的丁翼平没有能作出适当地表现，以致整个作品在政治上和艺术上都不够完整。此外，老舍先生笔下的资本家集团的人物的言谈笑貌，虽然精确地反映出了古都工商业社会的习俗，反映出了北京老派的工商业资本家的分散性、保守性和落后性；但这些特征，用以表现作者所企图描写的似乎想独占钢铁生产的资本家，却不很相称。剧中主要角色丁翼平虽然表示了独占的雄心，并在戏剧的"尾声"中说他的工厂有承造三五万件七步犁的能力；但从整个剧本所表现出来的，他的气概，他的花样，他的社会关系，他和工人的关系等等看来，他究竟还是一个生产规模狭小的半手工业式的铁工厂的老板。

像作者自己所指出的，剧本的主要弱点是对于工人的表现。剧中对工人的形象的塑造、对他们的思想和性格的描写，在和资本家的形象对比之下，显然是平板，薄弱而缺少血肉。工会主席这个人物本应该是剧中的重心，应该是一个生气勃勃的、总领全局的、先进者的典型，现在却缺乏色彩和吸引力，显不出他的分量。剧本安排的"水车事件"在工人中的反应也不够有力。因为工人的家大都住在近郊的农村，他们大部分和农民是有联系的，所以，"五反"前丁经理在水车订货上严重的偷工减料，这会带给农民多大的损失，工人们当时是不难体会到的。可是甚至在工人姜二受伤之后，大家也只是从爱劳动、爱作"漂亮活"的高尚愿望出发，背后对经理发出了一阵抱怨。这些地方，削弱了剧本的思想和艺术的力量。

老舍先生在《春华秋实》剧本中，处理了像"五反"运动这样重大的题材，并比较稳当地掌握了国家的政策，由此可见作者对国家政策的学习与钻研精神，是值得称赞的。但文学艺术作品的政策性，是意味着作家依靠政策的指引，洞察生活的来龙去脉，同时仍然要求作家从生活的具体情况出发，严格地遵循现实主义原则，深入到生活内部和人们的灵魂深处，从事真实的、具体的描写，从而由事件的具体发展中，客观地显露出政策的精神和力量。

《春华秋实》还没有完满地达到这一要求。剧本关于工人的场面，情节很少，主要的是议论、辩论、演说、感想。在剧本的第三幕，人物的行动成了作家说明政策与斗争策略的图解。在"尾声"中,作家提出和解决了一系列的思想问题:如马师傅的消极思想:"咱们太热心改造机器什么的,是不是有点像勾着经理似的呢?"刘"大炮"的急躁思想:"积极完了,还不是叫经理赚钱?"姜二的容易满足:"我看他已经应下来一万部,就不错,总比没有强啊!"最后又是刘"大炮"、吕"二炮"的糊涂思想:"为什么不一下子改成社会主义呢?"作家在这里针对着一连串的糊涂思想问题依次加以解决,或许是为了借此阐明政策的精神,可是,实际的效果却不免把工人的思想及思想矛盾的解决过程简单化了,并且使人物成了作家交代政策、交代各种思想顾虑的工具。人物的行动和语言显出了作家有意安排的痕迹,不可避免地使真实性受到了损害。

创作上的问题,必须依靠作家在不断的生活实践和创作实践中,逐步达到完满地解决。以老舍先生的劳动态度和虚怀若谷的精神,今后一定能逐步跨过横亘在前面的障碍,创作出更多更好的作品。我们完全同意老舍先生的精彩说法:"优秀的作品不专凭愿望就能产生,而是最多最大的劳动的果实。"(见老舍先生写的《我怎样写的〈春华秋实〉剧》一文,载《剧本》月刊一九五三年五月号)北京人民艺术剧院对此剧的演出是很有成绩的。特别是饰演资本家集团的人物,一般都演得生动真实,其中有些人物甚至能够给人以经久难忘的印象。这里可以看出,演员在体验生活、研究生活方面所作的辛勤的努力,也可以看出导演在演出工作上所付的心血。没有这些是不能获得目前的成绩的。

戏剧创作的概念化倾向[①]
——1949年下半年到1953年上半年创作情况的总结

一

目前全国剧作者约计二百人。其中熟练的剧作家三十人（包括未丧失写作条件的老作家和抗日战争、解放战争时期写出了受人欢迎的作品的新进作家）；解放后开始显示自己的才能的青年剧作家三十余人；其余是初学写作者和职业的戏曲编剧者，这些初学写作者与编剧者分散在各地剧团或创作组，他们经常配合当地政治任务编写一些应时宣传的短剧或戏曲，或根据传统的戏曲题材进行一些改编工作。

熟练的剧作家中间，解放后经常从事创作活动并有成绩表现的不过三五人；大部分作家或因担任了行政工作或其他原因，长时期没有写出作品来。解放后迄今经常上演的新创作剧目，大部分是青年作家集体创作的产物；其中许多作品在思想上是有缺憾的，艺术上是不够成熟的；而且他们也不能经常有作品产生。

青年作家及熟练作家中的少数人——合起来大约四十个人，四年来支撑着戏剧创作的门面，担负着供应剧团新剧目的主要任务。这些作家保持着钻研生活的热情和强烈的创作冲动，在各方面的协助下写出了一些作品。可是，面对着伟大丰富的现实，和群众对戏剧艺术日益提高的要求，剧作家们痛感到自己生活经验的不足，思想能力的薄弱和艺术技巧的薄弱，在创作上有许多迫切的问题有待于解决。

四年来的戏剧创作还是有些成绩的。

---

① 本篇是作者在戏剧家协会会议上的发言稿。曾收入《张光年文集》（第二卷）。

戏剧创作的概念化倾向——1949年下半年到1953年上半年创作情况的总结

从第一届全国文艺工作者代表大会闭幕以后的四年来，戏剧创作状况有一些新的进展。四年来新出版的剧本约计六百种，其中话剧八十六种，歌剧十四种，独幕话剧二百零五种，中、小型歌剧一百五十六种，戏曲一百三十三种（现代题材与历史题材的各占半数）；成百的青年作者加入了戏剧创作的行列，尝试着运用戏剧形式反映新中国工农兵群众的伟大斗争。当前现实生活中许多具有重大意义的题材，如像抗美援朝、土地改革、镇压反革命、工农业建设以及城市与农村中新旧思想的尖锐斗争，都强烈地吸引全国剧作者的注意，成为近年戏剧创作中最为普遍采用的题材。

戏剧创作坚持着以往解放区文学艺术所开辟的正确道路，同时，较之解放区时期的戏剧作品，一般说来，在思想内容和艺术水平上，也确实前进了一步。这种进步，主要表现在戏剧作者已开始注意于新社会的先进人物或新英雄人物的描写，并获得了初步的成绩。就话剧来说，我们可以举出《战斗里成长》（胡可等集体创作）中的营长赵铁柱，《在新事物的面前》（杜印等集体创作）中的钢铁公司经理薛志钢，《四十年的愿望》（李庆升等集体创作）中的工会主席赵昆山，《游击队长》（邢野作）中的游击队长李向阳等。这些人物，虽然在艺术的成就上各有不同，但是我们从这些勇敢、坚定、乐观的共产党员形象中，可以感受到我们这个时代的先进人物精神品质的某些特征；他们的强烈的阶级感情，他们对革命事业的无限忠诚，他们饱满的战斗意志和克服困难的决心和毅力。在典型的环境和革命的斗争中真实地刻画出这些先进人物的精神品质，对于增强作品的思想效果，自然是很有帮助的。这里，我们乐于就《战斗里成长》多说几句。这个剧本，通过英雄人物的真实描写，突现了作品的思想力量。作者用了朴实而具有性格特色的语言，在斗争中和轮廓鲜明的行动中刻画出了赵铁柱这个人物。这是个普通的军事干部，可也是个杰出的干部。我们有成千成万的革命干部经历过赵铁柱的道路：他们和地主阶级结下了血海冤仇，从苦难的农村逃出来，怀着复仇的决心投入革命部队，经过长期的党的培养和革命斗争的锻炼，成为一个具有共产主义胸怀的坚强的斗士。在这样的人物身上，阶级意识、布尔什维克的原则性和纪律性，已经和自己的血肉融合在一起，简直成为自己性格的一个组成部分，他们的喜怒哀乐成为这个原则精神的极其自然的感情上的反射。他们能够随时用朴实的语言吐露出深刻的真理。我们试看赵营长在战地训诫自己相见不相识的儿子——通讯员赵石头的那一段戏,干部的原则精神和对战士的热爱,石头的单纯而强烈的复仇决心,这一对父子英雄思想和性格上的共同性和差别性,在那些简练的经过细心选择的对话中,都如实地表现出来了。剧本创造了活生生的、被革命思想所充实的英雄人物,甚至于从那位苦守苦熬十三年的石头母亲的身上,也让我们看出了中国劳动人民凛然不可侮的性格。剧本通过英雄人物成长过程的描写,反映了我国劳动人民的命运的历史性的变化,歌颂了被工人阶级思想武装起来的革命军队的伟大作用;同时通过主人公的切身感受,有力地突现了剧本的中心思想:农民求得彻底解放,必须依靠共产党和革命武装;敌人一天不消灭,一天就不能放下武器。剧本《战斗里成长》真实地表现了典型环境中的典型性格,以工人阶级的集体意识和顽强的战斗精神鼓舞群众。这说明了,社会主义现实主义的原则,已经开始在我国戏剧创作中发生作用了。

  中国人民的伟大胜利,中国社会的巨大变化、生活中的新旧斗争,激发了剧作家的热情,产生了一些好作品。这些作品,运用了人民的语言,人民的风格,真实地表现了生活的新旧变化。老舍的剧本《方珍珠》和《龙须沟》,通过新旧社会的对比,满怀热情歌颂了新社会和人民政权的道德力量;剧本以语言的精辟、隽永、充满了生活的幽默而受到观众的喝彩。老舍对劳动人民的语言的熟悉和恰当地运用,显然增加了他的作品的人民性,并使其作品具有鲜明的中国作风、中国气派和艺术家独特的风格。话剧《六号门》(天津搬运工人集体创作,王血波、张学新执笔)描写了天津搬运工人反对封建把头的斗争,反映了解放前后工人历史地位的变化。这个剧本,是剧作者和工人的经验与智慧结合起来进行创作的成功的例子。独幕话剧《赵小兰》(金剑作)和《妇女代表》(孙芋作)运用了新鲜活泼的、性格化的语言,刻画了新农村的新型妇女的形象,并且通过人物的行动,反映了农村中新旧思想的尖锐斗争,歌颂了新人物、新思想的胜利。这是四年来发表的二百个独幕话剧中不可多得的收获。根据李季的长诗改编的新歌剧《王贵与李香香》(于村改编),虽然在性格的刻画上不够深刻,但剧本歌颂了人民革命的激情,保留了原作的某些优美的民歌气息和革命传奇的色彩，仍然是受到群众欢迎的。在充满了公式化、概念化与粗制滥造的现代题材的新戏曲中，我们读到了评剧《小女婿》（曹克英作）、沪剧《罗汉钱》（宗华等作）这样忠实于生活、并且显示了作者的语言才能的作品，应该认为是可喜的收获。根据赵树理的小说改写的剧本《罗汉钱》，成功地塑造了小飞蛾这个过渡时期的妇女形象；从这个人物身上，我们可以感觉到作者对旧社会妇女命运的抗议，对新社会幸福生活的欢呼。

二

整个说来，戏剧创作的落后状况仍然是严重的。尽管剧作者在反映当前革命斗争的重大题材上怀有很大的热情，不少作者曾经在不同的程度上参与了这些火热的斗争，并已写出了几百个剧本，可是直到今天，比较深入，比较有分量地描写抗美援朝、土地改革、镇压反革命、知识分子思想改造的剧本，还是一个也没有！从这些伟大运动的某一侧面进行深入描写的剧本，至今也还是没有出现。当前伟大的工、农业建设，以及在祖国新民主主义建设事业中对资产阶级的思想斗争，对干部中的资产阶级思想影响及脱离人民的恶劣作风的斗争，这些在全国人民中发生了深刻影响的题材，在戏剧作品中也只是得到肤浅的、微弱的表现。在描写近三十年的伟大革命的历史题材上，也是不能令人满意的。这样，我们的戏剧，就没有担负起反映我们的伟大时代的任务。同时，戏剧创作的这种长期落后的状况，又严重地阻滞了我国舞台艺术的发展。

戏剧创作的概念化倾向，近几年越来越引起文艺界和广大群众的不满。所谓概念化，是指的作者在进行创作的时候，往往不能或不肯严格地忠实于生活，而是从某种政治概念或某种政策条文出发，让活生生的客观现实屈从于自己主观的说教，把作品中的人物当成论证某种概念或条文的工具，其结果是把一切复杂的生活简单化，形成了千篇一律的、枯燥乏味的、非艺术的、不真实的描写。值得注意的是，四年来出版的数百种剧本中，大部分是这种公式化、概念化的产物。其中许多作品，作者在对待生活、对待所描写的人物上，那种类似强迫命令的粗暴态度，是很可惊的。

概念化，作为一种流行病来说，目前就是有名的作家有时也很难避免。通常所说的概念化，把那些或由于思想薄弱、或由于生活空虚、或由于缺乏创作经验，总之是把复杂的生活作了简单化的、不真实的描写的作品一概包括在内，因此，概念化的倾向，就更加成为目前妨害戏剧创作健全发展的一个主要倾向了。

三

毋庸讳言，我们的有些剧作家在政治上是不成熟的，生活经验是不充实的。因此在研究生活、分析生活的时候，缺乏必要的政治观察力，缺乏独立的思考能力和对生活的独立的见解。在正常的情况下，作家总是透彻地熟悉了自己所要描写的对象，然后通过形象的刻画，表达自己对生活的见解。表达自己的社会见解和政治见解的。这种见解，集中地表现在作品的主题思想上。——主题思想虽然蕴藏在形象的肉体的内部，读者和观众仍然可以从全部剧情的开展中强烈地感觉出来。我们常见的许多剧本，稍微尖锐一点的主题，往往不是作家直接从生活的观察、感受，从自己的生活经验中得来的，而是在集体创作的反复讨论中逐渐明确、经过领导同志的大力协助而最后确定下来的。常有这样的时候，剧本已经写成了，发现主题思想不对头，就是说，作家对事情的见解是不通的、错误的。或者简直没有什么明确的见解，于是依靠党政领导同志的协助，重新确定主题，以致全部动摇了剧情结构和人物性格的设计。这样的事情发生得多了，作家为了避免错误，索性依靠政策文件和领导同志的具体指示来安排主题并结构剧情；这样从概念出发，事先确定了应该有某几种思想状态的代表人物登场，他们应该发生什么样的冲突，达到什么样的解决；作者大致确定了上述的"提纲"，然后选择一个"典型"的地方去"体验"一下，从某些"典型"人物的身上搜罗了一些言谈笑貌的材料，然后根据这些感性材料，在所有"代表人物"的身上涂上一层"性格化"的油漆，在正面人物的身上还特别加上一点"幽默""风趣"的色彩；这样，一个"典型"的概念化的剧本制造出来了！有的时候，作家对政策精神或上级意图（自己的主题、见解）还没有得到完全的消化，剧本在思想上、政策上不免出现

戏剧创作的概念化倾向——1949年下半年到1953年上半年创作情况的总结

某些错误，于是得经过反复的修改，有时还得临时更动主要人物的思想和脸谱，因此又得忍痛舍弃一部分辛苦得来的感性材料，而使剧本干枯的程度更见显著了。

话剧《思想问题》是前两年曾经风行一时的剧本。这个剧本，由于及时地反映了知识分子思想改造的题材，适合当时知识青年整顿思想的迫切要求，剧中某些次要人物的描写还比较生动，出版后曾在全国数百个地方上演，产生了一定的积极作用。今天看来，这个剧本的思想是肤浅的，对解放前后知识青年思想情况的估计是很不全面的，剧本反映的那种思想教育的方法，也带有不少主观急躁的情绪。剧本的创作方法，就是大体采取了前面说过的那种从主题出发的反常的方法，人物的安排粉刷的痕迹是很显然的。严重的是，剧本写好经过彩排之后，学校的负责同志忽然发现剧本的主要人物——一个深受国民党反动思想影响的"代表人物"，需要改成一个"民主个人主义思想影响下的""代表人物"，这自然使作者手忙脚乱起来，当然也就管不得什么真实不真实、艺术不艺术了。领导创作的同志，对于剧本达到概念化的结果虽然是不满意的，但在协助作者进行修改的过程中，却没有意识到自己实际上也是在提倡概念化，鼓动作者脱离现实主义的道路。

概念化的方法，实际上不能使作品中的某种概念（主题思想）得到完满的表现，剧本《在新事物的面前》虽然在创造先进人物形象上是有成绩的，但由于剧本存在着比较明显的从概念出发的痕迹，作者对人物的体验是不够深切的，主人公的精神世界没有得到充实的表现；剧本写了主人公刻苦学习、忘我劳动、联系群众、调查研究、重点领导、掌握政策、眼光远大、不怕困难等各种美德，并力求在行动中和人物的关系中表现这些美德，可是作者没有严格地从生活出发，集中地着力描写主人公主要的思想特征，并且赋予更多的生活和性格的光彩，使某种主要的思想特征得到突出的、多方面的表现；因此，就不能不多少减低了剧本的思想效果。

生活经验的不足，仍然是作品中的人物概念化的主要原因之一。《四十年的愿望》的作者们在比较长期的深入生活的学习过程中，熟悉了工人的生活、工人的思想、心理和语言，并且以亲切的、朋友般的热爱来对待自己所描写的工人中间的先进人物。因此剧本中出现的老工人赵昆山、梁树云的形象，就获得了显然的成绩。另一方面，作者们在下厂学习的时候，很少接近工厂的行政领导干部和高级技术人员，对这些人物很不熟悉，没有建立感情，等到在剧本中要描写他们的时候，就无法依靠形象的思维，而不得不借助于逻辑的推理（从概念入手、从理性的分析入手）来进行工作。其结果是：剧本中的军事代表的形象是不稳定的，缺乏性格特征的；工程师的形象——不管是作为批评对象的陈主任还是作为歌颂对象的冯工程师，都是不真实的，概念化的人物。

创作上的概念化倾向，就今天的情况看来，固然许多是根源于作家思想的薄弱，生活观察力的薄弱，对作品思想内容的消化不良，思想方法上的主观主义。但是，正如高尔基所说的："观察的广博，生活经验的丰富，是常常有一种力量克服艺术家对事实之个人的态度及他的主观主义，这样来武装艺术家的。"因此，要克服概念化倾向，必须在加强作家政治思想武装的同时，把生活经验的武装切实加强起来。

四

需要从以下几个方面改进戏剧创作的落后状况：

首先，必须加强作家的思想武装。

党和人民对剧作家提出了严格的要求，要求作家成为阶级的耳目，人民的代言人；要求他们深入到群众的火热斗争中去，描写生活的真实，以艺术形象的巨大的感染力量，赞扬那些具有先进思想和坚强毅力的英雄人物，表现他们如何和生活中的敌对力量、腐朽力量及一切前进的阻力进行不妥协的斗争，作家和作品中的英雄人物站在一起，情不自禁地用作品来支持他们的斗争。这样，作家就以自己的作品反映了并且参加了斗争，作品的思想力量显示了作家的思想力量。这样，作品的思想内容就不是临时捡来或勉强装进去的某种东西，而是作家从现实生活中概括出来的，并且溶解到作品形象的内部和每一细节的描写中的，一种坚实的、具有鲜明的党性的思想见解；作品的全部艺术结构以无比的真实支持作家的思想见解。倘使作家在剧本中发表的某种思想见解，不是从生活中观察体会得来的，甚至是临时捡来还未经自己消化的东西，那么，要使这个思想见解和

戏剧创作的概念化倾向——1949年下半年到1953年上半年创作情况的总结

作品的生活内容得到谐和的、入情入理的结合，当然是不可能的。倘使作家缺乏独立思考的能力，离开别人的具体帮助就不能发现生活本身的意义，或者只能看到普通的人民群众所能看到的东西，而不能在这个基础上前进一步，那么，要担当阶级的耳目、灵魂的工程师的任务，当然也是非常困难的。因此，作家在深入生活的同时，必须具备一双观察生活的慧眼，必须提高自己认识生活、解剖生活的能力。

作家怕犯错误，在处理重大主题时采取"但求无过"的消极态度，甚至有些青年作家在观察生活的时候"掩耳盗铃"，不敢正视生活中的尖锐矛盾，以至遁入"无冲突"的描写，这些现象的发生，当然不能解释为仿佛有某种客观的力量，剥夺了作家创作的自由。按照恩格斯的解释，自由是"被认识了的必然性"；那么，当作家对社会发展的法则、生活的革命发展的规律、以及所描写的生活对象的内部联系——这些必然性的东西还没有得到透彻的认识的时候，某种"不自由"的感觉，是难免发生的。问题是，采取怕犯错误的消极态度是无补于事的，作品在思想上是不能犯错误的，而降低作品思想性的任何意图，又是无法得到群众批准的。这样的时候，作家最好抛弃那种埋怨或叹息的声调，学习自己所要描写的英雄人物那种不怕困难的精神，坚决地猎取自己所未曾取得的东西。

我们的国家是一个大学校，党时刻关心着革命干部和全体人民的学习与提高，最近各级干部将在中央领导下展开一个全国规模的学习苏联社会主义经济建设的热潮，他们将从列宁、斯大林、毛泽东的精神宝库中汲取思想的力量，从而大大有助于认识当前历史生活的发展规律，我们国家各种政策的理论根据，以及我们伟大生活必然发展的前景。很有可能，我们的作家在辛苦地钻研某一具体生活内容的时候，却在系统的理论学习上经常掉队。作家和文艺创作的领导机关应该力求避免思想工作者在思想上落后于普通干部的可能性。

同时，必须大力提倡学习遗产，学习苏联社会主义现实主义的戏剧成果。

我们大部分作家，不熟悉自己民族的戏剧遗产，也不熟悉外国的古典戏剧；有些青年作者，对遗产采取了狂妄的态度；他们认为：民族戏曲——封建的！外国的古典戏剧——资产阶级的！这样，把学习的门户封闭了。他们不懂得，一切古代的优秀的现实主义作品，从来不被封建的或资产阶级的统治者纳入他们上层建筑的宝库，因此完全合理地被纳入人民的艺术宝库，永远向后代的艺术家放射着天才的光芒。我们的青年剧作家不熟悉民族戏曲，和它建立不起感情来，这就使自己的作品和人民的趣味与好尚老是格格不入。他们不肯刻苦地向一切优秀的戏剧遗产学习，对苏联的戏剧名作也未能认真地钻研，文学作品的阅读范围也相当狭窄，这种故步自封的危险倾向，就使我们许多有才能的作者艺术眼界日益贫乏，不能从一切优秀的艺术典范中吸取营养，艺术上难以突破低水平。近来剧作者已开始注意社会主义现实主义的理论学习了，这是很好的现象。但是，如果对遗产中的现实主义缺乏必要的知识，我们就很难深刻地理解社会主义现实主义的丰富内容，因为社会主义现实主义就是继承了过去的现实主义的优良传统、并在新的基础上发展了这个传统的。事实上，我们就是因为对传统的经验接受得非常不足，创作上许多最基本的问题，弄得长期的纠缠着不能解决。

　　从我们的戏剧创作中，可以清楚地看出来，现实主义传统的影响表现在我们的作家和作品中的，竟是何等的薄弱！谁都知道，古代的一切优秀的现实主义作家，都是以严格地忠实于生活，通过对生活的精确描写，创造出典型环境中的典型性格而见长的；可是目前，我们只要从作品中看到了生动活泼的性格，不那么概念化，已经对作者满怀着感激的心情了。谁都知道，一切现实主义的优秀作家，都是语言的艺术家。单从我国的小说、戏曲和民间文学中也可以总结出一条经验。没有得心应手的语言，就不可能创造明朗的艺术形象，甚至根本谈不上什么文学创作。可是目前常见的许多戏剧作品，语言的粗糙是很惊人的；拿我们某些新歌剧、新戏曲和古典戏曲、民间戏曲的语言比较起来，简直看不出其间有什么继承的关系。谁都知道，我们的民族戏曲、外国的古典戏剧都是很注意情节和结构的。人民很喜欢这种情节紧凑、结构严谨的作品。可是我们的戏剧创作，包括一些比较优秀的作品，其中绝大部分是谈不上什么情节，也谈不上什么结构的。有些作品，只是素材的堆积和现象的罗列；有些作品，可以随便增加一场或从中抽掉一场，而无损于剧情的发展。这表现了作者思想的疲塌、涣散与不负责任，不肯再三地咀嚼自己的原料，从中清理出一个戏

戏剧创作的概念化倾向——1949年下半年到1953年上半年创作情况的总结

剧化的条理来。

要消除这种轻视遗产、脱离传统的恶果，还必须系统地进行一些对遗产的清理、介绍的工作；目前这方面的工作做得很不够。

剧作者在学习社会主义现实主义理论的同时，应该认真地分析几个优秀的苏联戏剧作品。我们话剧的上演节目中，应该介绍一些优秀的苏联剧目。近年来《保尔·柯察金》和《曙光照耀着莫斯科》在我国广泛地上演，使我们的剧作家得到一些启发，对群众也产生了显著的教育作用。

最后，也是最重要的，必须改进戏剧创作的领导状况。

从全国范围来看，严格地说，戏剧创作是没有什么领导的。全国剧协事实上是一个不健全的组织，她并没有把组织与领导剧本创作的责任担负起来，她没有经常举行对戏剧作品的有益的讨论，没有逐年做出创作情况的总结。她只是通过《剧本》月刊和各地作家保持一些友谊的交往。从《剧本》月刊一年半来发表的创作剧本的一般质量看来，不能认为这个刊物已经做好了自己的工作。必须设法提高刊物所发表的作品的质量，不能让不真实的作品充塞篇幅。

目前各地专业的剧作者以创作组的形式附属在各地文化事业机构或文艺团体，受到各该机关团体及其上一级党政机关的领导。这种领导是需要的。许多领导同志表现了对创作的贤明的关怀，善于根据作者的具体情况给予一些有益的帮助。有些相当好的作品是在这种帮助下产生的。

也有一些领导是官僚主义的。他们只有在某种宣传任务来了的时候才想到创作。他们只会作大声疾呼的号召，而不考虑如何保证优秀作品的产生；等到作品自流地产生了，他们又不肯耐心地阅读，并帮助作者进行妥善的修改。有些领导同志对剧作者采取了"出题作文""限期交卷"的方法，事实上是鼓励作者伪造生活，在作品中进行概念化的、事务性的说教。许多青年作者长年地编造一些"打通思想""不许浪费""勿听谣言""多种什么好"之类的标语口号的剧本，是和这种主观主义的、反艺术的领导方法分不开的。这些作品，都是在"配合中心任务""普及宣传"的说法下，每年一批一批地产生出来。实际上，这种作品的宣传效果是值得怀疑的。群众对这种粗制滥造的作品已经很不耐烦了；工人对文艺界不断地提出抗议；农民的抗议方式是宁愿去看那些未经改革的旧戏曲；我们的文工团的活动方式之所以逐渐脱离群众以致必须及时改变作风，这些都是值得我们深切考虑的。问题是，如果为了某种临时宣传的需要，动员文艺工作者写作一些文艺性的大众化的宣传文字，就是有名的作家也是责无旁贷的。可是，既然是组织创作文学艺术作品，特别是戏剧作品，就不能不考虑文学艺术的特殊功能，群众的趣味与好尚。普及的作品和提高的作品固然是有区别的，但只是艺术上加工多少的区别，却不是创作方法上有什么根本的不同。毛主席在强调普及工作的头等重要性的时候，同时强调了作者必须到群众中去，到火热的斗争中去，通过观察、体验而达到真实地描写；并且也同时指出了空洞干燥的教条公式的反马列主义的错误。以为是对待工农兵群众进行普及宣传的作品，可以容许主观主义、公式主义的胡编乱造，这当然是文艺思想、领导思想中的轻视群众的错误观点。

官僚主义、主观主义的领导是需要改进的。同时，剧作者在处理比较复杂的题材的时候，必须争取当地党政负责同志、特别是和所写的题材有直接关系的党政事业部门的指导。不能要求所有的党政领导同志都是精通艺术创作规律的人，问题在从他们那里取得必要的政治上和政策上的帮助。

剧作者本身应该结合起来，结合在当地文艺作家组织的领导下，经常进行作品的讨论和有关创作问题的讨论，在相互的鞭策与帮助下求得逐步的提高。

青年剧作家是戏剧创作中值得特别重视的力量；他们在创作过程中有许多基本问题长时期不能得到解决。需要在适当的时候召开全国青年剧作家的会议，集中地讨论一下如何体验生活、如何学习遗产的经验；会议需要认真地讨论几个剧本，请老作家报告创作经验，并且相互间无拘束地交换学习生活、学习写作的心得。

戏曲作品具有最广泛的群众性。需要召开全国戏曲作家的会议，以历史主义与现实主义武装我们的戏曲作家。

目前特别需要老作家、熟练的作家写出一些优秀的作品，用他们精心结构的艺术成果来带动青年作家和彷徨歧路上的初学写作者。

批评也是一种领导。目前似乎有一种错觉，似乎是批评太多了，使剧作家束手束脚起来。在批评文字中，某种脱离实际的、武断的、盛气凌人

戏剧创作的概念化倾向——1949年下半年到1953年上半年创作情况的总结

的批评是存在的,批评文字的思想质量不高,这些都是需要改进的。但是,在对待戏剧创作上,严重的是简直没有什么批评。就像这个报告中所征引的二十来个剧本中(它们是四年来较好的或流行的或值得注意的作品),只有极少数的三五个剧本受到首都的权威报刊的注意。沉默,可怕的沉默!没有什么东西比这种冷淡态度更使剧作家惶恐的了!要知道,我们直到现在,还没有一个专门的、职业的戏剧批评家。需要改变这种无批评的冷淡状况。需要开始培养一批年轻的、热心的批评家,他们必须是乐于向作家学习。剧作家也应该发扬相互批评的精神;谁能比他们更懂得创作的甘苦;而对生活的任何矫揉造作乃至艺术技巧上的缺点,又怎能逃过他们的眼睛呢?

戏剧创作经过长期的停滞,今年有开始好转的迹象。许多熟练的作家已经动笔,以及今年上半年首都话剧演出的比较活跃,就是这种开始好转的迹象。只要我们肯于进行一些艰苦的工作,克服戏剧创作的落后现象是完全可能的。

1953年7月4日写完

改进京剧剧目的整理与审定工作①

一、最近期间（七月中旬），艺术事业管理局剧目审定组和中国戏曲研究院编辑处的工作同志们连续开了四次座谈会，并进行了小组讨论。座谈会的目的是总结经验，改进工作，以保证今年京剧剧目整理与审定计划的顺利完成。这次座谈会开的很好，发扬了民主，进行了批评和自我批评，明确了工作方针，研究了改进工作的具体办法，并重新讨论了今年的整理与审定计划。经过这次座谈，大大提高了同志们改进工作，完成计划的信心。

二、剧目审定组的人手很少，工作繁重，同志们对待工作比较认真、细致，重视每个剧目的思想艺术质量，这是优点。剧目组在第一季度和中国戏曲研究院密切合作下，初步审定了十几个剧本，当时还没有发生大的毛病。第二季度以来，逐渐发展了脱离实际的倾向。其特点是单纯注意剧本的文学方面的完整性，过分迷信案头的校勘工作，企图把同一剧目的各种本子的长处"统一""集中"起来，搞成一种"完美"的"集锦本"或"国定本"；这种主观主义的做法，自然是脱离艺人，脱离舞台；按照这种做法审定的结果，既不能反映舞台艺术发展的现状，也必然不能为演员所接受。

三、中国戏曲研究院编辑处在第一季度经过反官僚主义，检查并初步清算了反历史主义与脱离艺人的错误以后，同志们在思想上有显著的提高。编辑处上半年在和演员的合作下已整理出京剧三十二个，并整理出一部分出国节目和评剧剧目，这说明同志们是努力的，有成绩的。编辑处工作的缺点，在于对整理剧目的面向全国的方针不够明确，同时由于缺乏经

---

① 本篇是作者在文化部艺术局局务会议上的发言提纲。曾收入《张光年文集》（第二卷）。

常的业务学习，又单纯侧重于机关行政方式的领导，如对修改和改编的剧本，简单地分配任务，限期完成；对修改与改编单纯地依靠民主讨论、领导批准的简单方式，因此往往不能保证整理与改编工作应有的思想与艺术质量。

四、经过座谈，明确了工作中的缺点，深切认识了剧目组和编辑处必需紧密合作，互相学习，特别是进一步向艺人（演员艺术家）学习，切实依靠艺人进行整理与审定，才能把工作做好。经过讨论，提出了"依靠艺人，面向全国，分明责任，同改同审"，作为今后共同遵循的方针。

五、"依靠艺人"，这就是说，必须和艺人密切合作来整理剧目，必须依靠演员的智慧共同进行修改。过去的做法是干部改好了，拿去征求艺人同意，或说服艺人同意，这显然是不妥当的。今后必须发挥艺人的积极性、主动性，一般地应当以他们为主，在干部的具体帮助下共同磋商修改。这当然不妨害干部事先做一些初步的研究工作，使对每一剧目存在的问题，做到心中有数，而不是把工作简单地推给艺人，或"艺人说了就算"。以艺人为主，在整个修改整理过程中与艺人合作，这对干部、艺人的学习与提高，都有好处。我们的工作应当细致认真。应当要求审定本比较完满地反映舞台艺术发展的现状，并转而推进舞台艺术的改进，但也不是采取繁琐的事务主义的推敲字句，仿佛每一句都有了问题。应当坚持"可少改者少改、可不改者不改"的原则，这样就容易为艺人所同意。艺人的派别、路子不同，不能简单地列为"宗派"，强求"统一"，因为这里面也表现了艺术家的独创性，不可一笔抹杀。如果我们重视了最有影响的权威艺人的意见（有时锐意改革的有才能的青年演员也是应当依靠的），根据最流行的较好的底本，同时，重要的剧目，多征求几位艺人的意见，组织他们共同讨论，这样整理与审定的结果，就易于广泛推行。有时，个别的剧目，由于艺术流派显著的不同，又各有其显著的优点，也不妨同时整理出两种不同的本子。总之，我们的审定本是以其思想艺术的力量来影响舞台艺术的改革，争取具有最大的参考价值，而不是用行政命令强迫全国京剧艺人按照审定本一字不移地演唱，这样问题就比较容易解决。

六、"面向全国"，这就是说，我们整理与审定的结果，必须能够在全国推行，在全国的戏曲改革中起作用。因此，我们的审定本既不是"案头曲",也不仅仅是"院本"或"团本",中国戏曲研究院及其京剧团本身就是具有全国性的实验与示范的机构,她的整个工作应当面向全国。戏曲研究院本身集中了许多具有全国威望的艺人,这就是我们工作的便利条件;但是,也还有某些剧目,需要广泛征求院外的权威艺人的意见,使整理的结果更易为广大艺人所接受;这是绝不可以忽略的。

七、"分明责任",这就是说,在剧目组与编辑处密切合作的前提下,同时应当明确整理与审定的相对分工。过去剧目组也直接动手进行了少数剧本的整理修改工作,使工作重复,精力浪费,这是很不必要的。"分明责任",还意味着建立整理与审定工作的责任制。例如在编辑处,把下半年的整理计划核定以后,就按照各个同志的具体情况,根据自报公议、领导核定的方法,把全部剧目分别分配给适当的人,定期检查其执行情况,并随时予以具体的帮助。剧目组也是这样做。这样建立责任制的好处是:每个同志对自己下半年的任务很清楚,可以发挥同志们工作上的主动性、计划性和创造性,有从容研究的余裕,工作质量可以提高。领导上也便于检查。为了避免同志们各搞一摊,互不相谋,可以规定必要的会议汇报制度,便于交流经验,互相帮助。总之,我们进行的是艺术生产的工作,这工作有它的特点,在工作方法上要适应它的特点,不能完全用一般的机关行政工作方法来对待创造性的劳动。

八、"同改同审",这就是说,把每个剧目的整理与审定的过程密切地联系起来,把剧目组与编辑处的共同的纽带拴得更紧一些。这次我们讨论出一个"三人小组"的方法,就是某一剧目的负责整理者,负责审定者,加上所要合作的艺人结成一个小组(有时可以不止三人),从商讨修改方案到整理完毕,都在一块共同进行工作,整理的过程也就是初步审定的过程,重要的剧目以及有重大修改的剧目,经过实验演出,领导核定后就完成了一个剧目的审定。这样做,可以减少许多重复的工作,使工作的速度和质量都可以得到改进。这次同志们强调提出了应当简化审定手续,不要使每一剧目长期的审而不定,拖延时日,我们准备接受大家的意见,把领导核定的程序也适当简化一些。

九、剧本经过审定后,凡是中国戏曲研究院整理的剧本,以戏曲研究院的名义出版。今后各大行政区的剧本,经过审定后也由他们自己出版,中央文化部分批向全国推荐。凡审定本出版时，应在每一剧本前面写个简单的剧情说明，并说明修改了哪些地方，和哪一位、哪几位艺人共同修改的。剧目审定组人手太少，今年全力做好六十个京剧剧目的审定工作，暂不审定地方剧目，明年将把工作重点转移到地方剧的审定上。

十、剧目的整理与审定工作是戏曲改革工作的重要的一环，甚至是决定性的一环（因此，说它仅仅是戏曲工作的一个环节，说审定本不过是舞台演出的纪录，是不对的）。过去整理与审定工作缺乏成效，就无法澄清乱改、乱禁、乱演的混乱现象；第一届全国戏曲会演时审定了一批剧本，经过编辑出版发生了很大作用，在好些地方改变了舞台面貌；都可以证明这一点。整理与审定工作的意义与价值在于：对遗产进行初步的清理，帮助澄清剧目上演的混乱现象，并推动表演艺术的改进。这一工作受到广大群众和整个文艺界的注意，这也推动我们更加认真仔细地进行工作。整理剧目要有所选择，我们不能把京剧现存的数百种剧目不加选择地一一整理审定，我们首先选择那些流行的、比较优秀的剧目，比较有意义的剧目，经过整理审定而予以推广。先对付那些比较容易修改的，而把那些需要长期研究的剧目靠后一些来慢慢做。修改的原则主要是去芜存精，而动笔修改的部分必须十分审慎，不要加进一些不必要的东西，少做些翻案文章。整理改编与审定都是带有创造性的工作，都是思想工作，因此要不断提高马列主义水平和文艺修养，不断地总结经验。这次座谈会谈到了干部的业务学习问题，还需要进一步解决。戏曲的整理与审定是整个戏曲界的工作，我们希望演员艺术家们，艺人前辈们，专家们共同参加这一工作，协助和指导我们的工作，使我们的工作少犯些错误，少闹些笑话，使整理与审定工作在大家的监督下做出成绩来。

1953 年 7 月 22 日晚

❋一九五四年❋

总路线指引着新中国戏剧艺术前进的道路①

戏剧工作为总路线而奋斗

我国在过渡时期的总路线,是照耀各项工作的灯塔,也指引着人民戏剧前进的道路。

戏剧艺术是一种具有强大威力的思想武器。革命的戏剧工作者们,过去运用自己所熟悉的艺术武器,曾经为祖国做出了显著的贡献。新中国成立以来,戏剧工作者在历年社会的民主改革运动中,在以社会主义精神、爱国精神教育人民的事业上,也曾做了不少的工作。如今,当我们看清了祖国正在沿着社会主义工业化和社会主义改造的总路线稳步前进,我们现实生活中的社会主义力量正在一天天地成长壮大,社会主义社会的美好远景已经日益清晰地呈现在我们面前的时候,我们一面感到极大地振奋,一面不能不联系到自己的工作,考虑到如何更好地运用我们的艺术武器,向广大人民深入宣传国家总路线,宣传社会主义思想,借以帮助社会主义新基础的形成和巩固,帮助扫除一切妨害社会进步的旧思想;使我们一点一滴的努力,都能汇合在为总路线而奋斗的光荣任务上。

戏剧工作为总路线而奋斗,具体说来,首先就是通过我们的创作和表演,把过渡时期的伟大现实,真实地、多方面地在舞台上反映出来;就是要把全国人民特别是工人阶级为争取实现社会主义工业化而英勇奋斗的情景在舞台上表现出来;把国家对农业、对手工业、对资本主义工商业进行

---

① 本篇是根据在中华全国戏剧工作者协会全国委员会扩大会议上的总结发言改写,发表于1954年《剧本》第1期,署名张光年。未曾收入自编作品集和文集。

社会主义改造的复杂过程表现出来；把祖国人民为抗美援朝、保卫世界和平而奋斗的爱国主义与国际主义精神表现出来；把人民日常生活中社会主义新思想、新道德日益生长发展的先进事例多方面地表现出来。为了这个，就需要在舞台上创造出足以表现我国过渡时期社会特征的各种典型人物，特别是具有社会主义精神品质、值得千万人效法的正面英雄人物。

戏剧工作为总路线而奋斗，就是要求戏剧工作者运用社会主义现实主义方法描写丰富多彩的现实；要求我们坚持"五四"以来的社会主义现实主义戏剧艺术的战斗传统，并且学习苏联戏剧的先进榜样，以新的努力来光大自己的传统。同时，要求我们继续以社会主义精神改革并发展我们的民族戏曲艺术，使其更适合当前劳动人民的需要。

戏剧工作为总路线而奋斗，就是要求我们整个戏剧艺术切实做到社会主义化，使我们的舞台成为宣传社会主义精神和爱国精神的讲坛；而为了做到这一步，戏剧工作者本身力求提高社会主义觉悟，加强社会主义劳动精神，就是具有决定意义的事情。

以下，试分别提出一些初步意见，供同志们参考。

努力反映我国在过渡时期的伟大现实

我们要大力宣传过渡时期的总路线，最根本的方法还是用过渡时期的伟大现实，用当前现实生活的高度真实性的反映，来教育广大人民。大家知道，我们的现实生活在沿着社会主义工业化和社会主义改造的总路线向前迈进的过程中，是要碰到各种阻挠，碰到各种困难的；几乎每前进一步都要经过重大的斗争。这种斗争，就是组成戏剧冲突的社会基础。戏剧家如果运用适当的艺术技巧，把当前现实生活的斗争过程，把社会主义力量如何战胜敌对的、腐朽的力量而一天天壮大起来的发展过程，从各个方面真实地描写出来，用来鼓舞人民群众胜利的信心和前进的勇气，这就是对总路线进行了宣传，对社会主义工业化和社会主义改造的事业进行了有力的帮助。

话剧在及时地反映当前复杂的现实生活，细致地、准确地描写现实冲突上，有其便利的条件。近年来，话剧运用自己的优越条件，已开始注意于描写我国过渡时期生产战线上的现实题材。例如《在新事物的面前》《四十年的愿望》描写了我国开始实行社会主义工业化过程中的复杂斗争；《春华秋实》描写了对资本主义工商业的初步改造；《春风吹到诺敏河》描写了农业的社会主义改造中的新旧冲突。此外，描写抗美援朝斗争、描写城市与农村中社会主义思想和资本主义思想、封建思想进行尖锐斗争的剧本，也不断地产生了一些。这些剧本，虽然还存在着某些缺点，但是在向群众进行社会主义教育上，还是产生了显著作用的。

准确地反映了当前的社会冲突、表现了过渡时期的社会特征而又洋溢着社会主义精神的剧本，目前是非常需要的。例如，目前正在全国范围内大张旗鼓地向农民宣传总路线，宣传社会主义思想，就迫切需要适合向农民演出的剧本，包括直接间接配合这一宣传内容的话剧、独幕话剧、小歌剧、戏曲等；可惜这样的剧本太少了。并不是作家不热心于描写当前农村的社会冲突，不热心于对农民进行社会主义宣传；不是的，描写合作化题材、描写工农关系的剧本，至少就独幕话剧、小型歌剧和戏剧来说，为数还是不少的。问题是过去对社会发展趋向、对国家政策精神缺乏认识，对生活的理解也受到限制，因而在描写合作化题材时，有时流露了急躁冒进的情绪，对个体农民采取嘲笑打击的态度；有时歌颂了农民的自发势力，单纯鼓吹了发家致富的思想；有时把剧本写成合作社的某一工作经验、工作方法的记录，缺乏思想内容；在描写工农关系时，往往简单地歌颂工农的称兄道弟，亲密无间，仿佛再不必为巩固工农联盟进行严重的工作；在向农民进行社会主义教育时也不免流于肤浅，例如单纯地引诱农民羡慕社会主义社会的物质福利，或在作品中生硬地加上一个社会主义的尾巴，在言谈中不断地提到集体农庄、拖拉机等等。这些作品的失败，是剧作者没有注意到，他们的任务本来是应当用生活发展的必然逻辑来说服农民，用新生活的真实情景来教育农民，用工人阶级的社会主义思想为农民指出前进的道路。

描写过渡时期的伟大现实，不能不首先注意到过渡时期复杂的阶级关系，不能不接触到工人阶级思想和非工人阶级思想——其中主要是和资产阶级思想的斗争。在过渡时期中，工人阶级和资产阶级的斗争，社会主义思想和资本主义思想的斗争，形成当前最尖锐、最复杂、最主要的斗争；

这个斗争遍及社会生活的一切方面。这是因为，对资本主义工商业的改造，就是要在整个过渡时期内，通过国家资本主义，把资本主义的私人所有制最后改变为社会主义的全民所有制；同时，对农业、对手工业的社会主义改造，也不能不根本动摇了并且最后割断了农业经济、手工业经济和资本主义自由市场的由来已久的联系。所有这些，不能不遇到资本主义势力的激烈反抗。把一向高度分散的农业、手工业经济经过改造而纳入国家计划的轨道，对极大数量的小生产者也不能不进行严重的工作。工人阶级必须通过长期的繁重的工作，包括繁重的思想工作，用来克服资产阶级的抗拒，克服城乡资本主义自发势力的阻挠。整个过渡时期的最根本的任务，就是要把目前新民主主义的五种所有制最后改变为社会主义的两种所有制——全民所有制和劳动人民的集体所有制；要说这种变化不经过激烈的斗争，这斗争不涉及社会生活的各个方面，不冲击着各阶级人们的生活和思想，不在人们的思想心灵上产生深刻的影响，当然是不可想象的。这是一个产生最尖锐、最广泛的社会冲突、思想冲突的时代。戏剧家的任务，就是要经常考虑到当前阶级关系、生产关系必然变化的趋势，考虑到这种变化对各阶级人们思想意识的影响，抓取那些最足以表现过渡时期的社会特质的东西，组成具有深刻意义的戏剧冲突。如果不是这样，如果戏剧家完全脱离了任何阶级关系、阶级间的思想冲突（包括工人阶级内部对资产阶级思想影响的斗争）的描写，或者把生活中复杂多样的冲突描写成一成不变的公式，就必然造成对生活的歪曲，取消了作品的思想性和战斗作用。

创造具有社会主义精神品质的新英雄人物

现实生活中正面与反面的冲突，前进与落后的冲突，新与旧的冲突，都是通过活生生的人来进行的，通过被工人阶级政党所领导、被社会主义思想所武装的、群众中最有觉悟的新英雄人物而进行的。因此，戏剧家通过创作和表演，描写现实生活中朝气蓬勃的新英雄人物，把他们为社会主义事业而奋斗的高尚的精神品质，把他们的劳动精神、战斗精神、大公无私和不怕困难的精神真实地强烈地表现出来；用来吸引千千万万人，使他们受到感动，向新英雄人物学习；这样，我们的戏剧艺术一方面反映了向社会主义过渡的伟大时代，一方面也就发挥了以社会主义精神教育人民的效果。

正因为这样，通过我们的创作和表演，在舞台上创造出值得千万人效法的新英雄人物，就成为目前戏剧艺术、特别是话剧艺术的最中心的任务。

创造正面英雄人物的形象，是我国现实主义戏剧艺术传统中最值得注意的特点之一。我国封建社会中被压迫的人民和人民的艺术家，曾经在舞台上创造出水浒传中的革命英雄、杨家将等爱国英雄、花木兰等女英雄的形象，并且通过幻想的方式，在神话戏中创造了孙悟空、牛郎、白蛇等富于反抗性的英雄人物。人民在舞台上创造了自己的英雄人物，用来激发群众的斗争精神，冲击罪恶的封建制度，显示戏剧艺术的战斗功能。我们作为新中国的戏剧艺术家，应当更懂得创造新时代革命英雄人物的政治意义；何况我们当前现实生活的伟大丰富，英雄人物的思想品质的优越性，乃至戏剧艺术在群众精神生活中的地位与作用，都不是以往任何时代所能够比拟的。

英雄的时代，需要英雄的戏剧。

新中国的话剧，已开始注意于新社会的先进英雄人物的描写，并已获得初步的成绩。《战斗里成长》中的营长赵铁柱，《在新事物的面前》中的经理薛志钢，《四十年的愿望》中的工会主席赵昆山，《游击队长》中的游击队长李向阳，《春风吹到诺敏河》中的合作社主任高振林等，就是在新中国话剧舞台上出现的第一批具有社会主义精神品质的英雄人物。这些剧本在艺术上的成就虽然各有不同，但我们从剧本中所描写的勇敢、坚定、乐观的共产党员形象中，可以感受到我们这个时代的先进人物精神品质的某些特征。

我们非常需要这样的剧本。需要多方面地刻画足以代表我们这个时代的前进方向的英雄人物的思想性格的特质。正是依靠这些在群众中大量涌现的新人物的创造性的活动，推动着新生活前进，把社会主义的种子在全国范围内散播开来。

描写新英雄人物，就是描写在这些人物身上所体现的社会主义精神，描写他们和生活中的否定现象、落后现象的斗争。这种描写，在今天说来，就成为戏剧艺术家参加当前阶级斗争、思想斗争的有力手段，成为长社会主义志气、灭资本主义威风的有力手段。应当通过我们的创作和表演，热情地歌颂新英雄人物的劳动精神、特别是社会主义劳动精神，用来反对资产阶级的不劳而获的剥削思想；歌颂他们的集体主义和大公无私的精神，用来反对资产阶级的个人主义和唯利是图的思想；歌颂他们的英雄精神、和困难搏斗的精神，用来克服群众中苟且偷安、害怕困难的落后思想。

不能孤立地、静止地描写英雄人物的精神品质。必须在对否定现象、落后现象的生龙活虎地搏斗中来完成正面英雄人物的刻画。因此，不仅对正面人物，而且对反面人物也应当力求达到真实的深刻的描写，使肯定新思想的优越性和揭露旧思想的危害性的任务辩证地结合起来。同时，对正面或反面人物的表现，不仅应当注意到这些人物所代表的一般的社会现象的特征，而且应当把这种社会特征的描写通过细心选择的角色的个人的特点而表现出来，使思想冲突渗透在性格冲突的描写中。只有这样，我们的舞台上才会出现形形色色的具有鲜明生活色彩的性格冲突的图画，我们的艺术才会产生真正的激动人心的效果。

在创造具有社会主义的精神、性格的英雄人物的工作上，苏联的社会主义现实主义的艺术成果是特别值得我们学习的。在苏联的戏剧、电影、小说中，产生了大量的洋溢着共产主义的精神风貌、具有无穷的内在生命力的英雄性格，它们反映了苏维埃生活的真实，鼓舞了苏维埃人民高歌奋进的意志，并日益取得我国广大青年的钦佩和热爱。单就苏联作品在我国青年心灵中的地位与作用看来，创造新英雄人物性格的巨大的思想意义，是难以估计的；同时也说明了，在我国人民群众中首先是在我国青年中，已经产生了对社会主义文化艺术的强烈要求，并且对我国的文学家、艺术家提出了要求，要求在我们的作品中创造出同样深刻美好的、值得作为广大青年学习榜样的新中国的先进人物的艺术形象。我们应该逐步地回答这个正当的要求。

发扬社会主义现实主义的战斗传统

用过渡时期的伟大现实来教育群众，用现实生活中社会主义力量日益胜利壮大的必然趋势来教育群众，用现实生活中先进人物的先进精神来帮助提高群众的社会主义觉悟；这就是说，我们的新戏剧艺术应当采取社会主义现实主义的创作方法。社会主义现实主义的根本要求，就是通过对现实的高度真实性的描写，来对群众进行社会主义的教育。

社会主义现实主义，在我国新戏剧艺术的发展过程中，正像在整个新的文学艺术发展过程中一样，是有其一定的历史传统的。

我国话剧有将近五十年的奋斗历史，以反帝、反封建作为它基本的思想内容。"五四"以来，我国工人阶级及其政党登上了政治舞台，迅速地取得了文化艺术战线中思想领导的地位。在工人阶级思想的领导和影响下，在革命的和倾向革命的许多戏剧艺术家的共同努力下，使社会主义现实主义的成分在我国话剧艺术中居于主导的地位。"五四"以来各个时期的社会现实，群众的革命要求和对自由生活的渴望，在话剧剧目中曾经得到一定程度的反映。

"五四"以来话剧的社会主义现实主义，首先表现在当时进步的话剧作家、艺术家们一贯大胆地揭露帝国主义、封建主义、官僚资本主义的黑暗统治，唤起人民对旧统治、旧制度的仇恨心和反抗的意志；这一点，在大革命以后，特别是在左翼戏剧运动、救亡演剧运动兴起以后，表现得最为显著。进步的戏剧家们对民族资产阶级及其资本主义思想也并不是完全赞同的，相反地，一遇到机会，对他们的动摇性和消极作用也采取批判的态度。"五四"以来的进步话剧虽然主要是以小资产阶级知识青年作为其描写与服务的对象，并经常在作品中流露了小资产阶级的情绪，但究竟是引导青年们向前看，而不是引导他们向后看；引导他们和工人阶级的革命思想相联系，而不是引导他们和资产阶级的剥削思想相联系。而且，在左翼戏剧运动以至救亡演剧运动以后，在话剧舞台上，也开始出现了革命的工农群众的形象。"五四"以来现实主义话剧的革命性质，自然是革命的剧作家、艺术家接受了工人阶级的政治领导或接受了工人阶级思想影响的结果。工人阶级政党即使在革命最低潮的时期，也从来不放弃对于进步的话剧运动的领导，这曾使反动统治阶级对进步话剧产生极大的仇恨，不断地有禁止话剧上演和迫害话剧演员的事情发生。

正是因为这样，我们对"五四"以来话剧的社会主义性质，对社会主义现实主义在整个话剧艺术中的主导作用，应当有适当的估计。对前辈话剧作家们的艺术成就，也应当有正确的清醒的估计。他们在时代感情的掌握上，在世态人情的描绘上，在旧社会典型人物的塑造上，在戏剧艺术的技巧上，有些作品，在今天和今后仍然可作为青年剧作家学习的楷模。我们应当继承并发扬"五四"以来话剧艺术的战斗传统，应当学习前辈作家的创作经验。"五四"以来话剧的优良剧目，应当经过适当整理在舞台上保留下来；以便通过我们的舞台，向群众展示我们曾经走过的艰苦道路，坚定他们为新社会制度奋斗的决心。

我们同时也应当看到"五四"以来话剧的历史的局限性。在当时，社会主义现实主义还处于萌芽的状态，而且并不是所有的作家都掌握了社会主义的思想；这样，他们对社会现象的观察分析上，有时就不能达到完全的准确性。并且，以往的大部分作家，在长时期中无法获得和群众密切结合的社会条件，这就限制了他们难以正确地完满地描写当时革命现实的主要方面，特别是难以创造出正面的生动的革命英雄人物。因此，"五四"以来历经第一次国内革命战争、第二次国内革命战争、抗日战争、第三次国内革命战争各个历史时期中许多伟大的历史事迹，许多可歌可泣的故事，无数为工人阶级事业和人民解放事业慷慨献身的革命英雄人物，至今在舞台上还极少得到深刻的反映！这个严重的缺憾，需要戏剧家们在今天和今后以极大的努力逐渐地予以弥补。

一九四二年毛主席《在延安文艺座谈会上的讲话》中根据新的历史时期中文学艺术的战斗任务，提出了为工农兵服务的方针，指明了社会主义现实主义的道路，使中国的文学家、艺术家，首先是解放区的文学家、艺术家们得到极大的鼓舞。解放区的戏剧家、音乐家们在民间戏曲主要是秧歌剧的基础上，创造了社会主义现实主义的新歌剧，产生了《白毛女》《赤叶河》《刘胡兰》《王秀鸾》《王贵与李香香》等为群众喜爱的作品。新歌剧运用群众喜闻乐见的艺术形式，歌颂劳动人民的生活及斗争，歌颂人民新政权和共产党的领导,用工人阶级的革命思想鼓舞群众。解放区的话剧,也被同样明确地纳入了社会主义现实主义的轨道,产生了《把眼光放远点》《反翻把斗争》《炮弹是怎样造成的》《红旗歌》等具有深刻教育意义的作品。解放区的新歌剧及话剧,是解放区的艺术家实践毛主席文艺路线所获得的宝贵成果,是我国社会主义现实主义戏剧艺术的一个新的重大的发展。这个新的发展的显明的标志,一般说来,就是新社会的工农兵群众已确定地成为舞台上的真正的主人公;工人阶级思想已进一步地贯彻在戏剧的艺术实践中;以及戏剧艺术进一步地民族化和大众化。这当然是我国戏剧史上的一个伟大的胜利,值得我们引为光荣的。

在总路线的照耀下并且为总路线而奋斗的新中国的戏剧艺术,必须继承"五四"以来、延安文艺座谈会以来我国戏剧的社会主义现实主义的战斗传统,并且以新的努力来发扬这个传统。这在今天不但是必要的,而且是完全可能的。这是因为,现实生活中的社会主义力量已经空前地壮大发展;生活中的新人物、新事例已大量地涌现;总路线帮助我们透彻地理解今天并清醒地展望明天;我们有"五四"以来、延安文艺座谈会以来的宝贵的艺术经验;有苏联的社会主义现实主义艺术的成熟的经验;只要我们善于学习,我们的成功是可以预期的。

发展社会主义现实主义戏剧艺术的另一个必要条件,就是向古典戏剧遗产学习。首先是向我国现实主义的民族戏曲、民间戏曲学习。这就接触到另一个复杂的任务:以社会主义精神、以社会主义现实主义方法继续改革并发展我国戏曲艺术的任务。

以社会主义精神改革并发展民族戏曲艺术

在戏曲改革中如何贯彻社会主义精神、运用社会主义现实主义方法,是戏曲界同志们共同关心的问题。在描写现代题材特别是描写当前人民新生活题材的戏曲创作和表演中,这个问题还比较清楚。问题是如何依据新的精神、方法来处理历史题材。在这方面,苏联的小说、电影和戏剧如《彼得大帝》《苏沃洛夫元帅》等已为我们提供了优良的范例。其实,戏曲创作除了应当考虑到它本身艺术形式的特点以外,在处理历史题材时和小说、电影、话剧等处理同类题材时所运用的观点、方法，基本上是一致的。我们一贯主张戏曲创作中应当运用马克思主义的历史观点，反对反历史主义的错误观点；应当真实地揭露封建社会中的阶级矛盾，反对粉饰这种矛盾或把它描写得简单化；应当郑重描写封建社会中曾经推动历史前进的英雄人物，具有正义感、爱国精神和反抗精神的人物，以及在神话传说中历代劳动人民所创造的富于革命精神的理想人物，特别应当注意于描写近百年史中值得着重歌颂的革命英雄人物；我们反对任意歪曲或臆造历史人物的精神面貌，或把古代英雄人物过份地美化甚至现代化，或把统治阶级中压迫人民、阻碍历史进步的人物冒充为英雄人物来歌颂。所有这些，都是为了使戏曲创作遵循社会主义现实主义的轨道。因此，在戏曲创作和表演中，凡是能够坚持工人阶级思想、正确地运用历史主义与现实主义方法的，也就基本上符合于社会主义现实主义的要求。

各种戏曲中，存在着大量的传统剧目。这是我们宝贵的艺术遗产，但其中也夹杂着许多封建的毒素。我们主张批判地接受，主张按着正确的方法加以整理改造，发扬其思想内容上的积极性和艺术上的现实主义精神；这种现实主义精神主要表现在勇于揭露封建社会的矛盾和冲突，并且通过善恶分明的典型人物的塑造，特别是通过正面英雄人物的描写，表现了人民的正义和道德力量。旧戏曲经过正确的改革或改造，发扬出遗产中原有的现实主义的战斗精神，就能够激发今天人民群众的革命斗争热情和爱国热情，成为为社会主义而奋斗的人民文化中不可缺少的一部分。

除此以外，在民间戏曲的基础上，发展现代题材的、表现当前新生活题材的戏曲创作，在全部戏曲艺术中占有特殊的地位。近几年的经验证明，表现新生活题材的戏曲，是受到群众热烈欢迎的，并且显然是能够有助于社会主义宣传的。它们今后应当受到更多的重视。

以社会主义精神改革并发展我国民族戏曲艺术，换言之，就是运用工人阶级的观点和艺术方法来正确对待我国的戏曲遗产。这就是说，应当进一步贯彻毛主席指示的"百花齐放，推陈出新"的方针，进一步贯彻中央人民政府政务院关于戏曲改革工作的指示，使我们的戏曲艺术更适合于向社会主义前进的我国劳动人民精神生活的需要。

以社会主义精神改革戏曲艺术，这就是说，站在社会主义文化的高度来观察和分析我国丰富多彩的戏曲遗产，以正确的方法——社会主义现实主义的方法来清理遗产并以新的劳动创造来丰富它；把遗产中的一切积极精神诸如爱国精神、民主精神、人民的正义精神、追求自由的精神、对旧制度与恶势力坚决揭发、大胆嘲笑和奋勇冲击的精神充分地发挥出来，把历史上一切为社会进步、为人民利益、为民族自由而奋斗的英雄人物的真实形象推到舞台的前沿；并且相应地把戏曲舞台艺术上的某些单调、落后的东西加以适当的革新，使在艺术表现上更集中、丰富和完整。这样做的结果，就是使我国旧有戏曲经历了一番社会主义的改造，真正取得了"推陈出新"的功效。

不断地提高我们本身的社会主义觉悟

面对着当前新的繁重的任务，新中国的戏剧家们必须努力提高自己的社会主义觉悟，同时加强自己的社会主义劳动精神，逐渐满足人民对戏剧工作的要求。

总路线首先向剧作家们提出了繁重的任务。要多方面地深刻地反映过渡时期的伟大现实，离开了对马克思主义、对总路线、对现实生活的深入的钻研体会，当然是不可能的。要创造具有社会主义思想品质的新英雄人物，要站在社会主义的思想高度来观察并描写古代社会及其先进人物，要充分发挥艺术典型的政治意义和战斗意义，要通过自己的作品参加当前的国家建设和阶级斗争；那么，作家本身就必须具备一副先进的社会主义者的眼光和胸怀，必须力求提高自己作为阶级战士的道德品质，必须把自己的写作看成是一件庄严的工作。

总路线向演员、导演和所有戏剧艺术家们提出了严格的要求。要把我们的舞台变成宣传社会主义、共产主义的讲坛，要通过我们的表演创造出具有新社会崇高品质的光辉形象，要使观众受到新道德的鼓舞，引起对社会对人生的深刻的思索；那么，演剧艺术家们就必须不断提高自己本身的觉悟，通过工作、学习和日常生活的严格锻炼，使自己的人格品质日益社会主义化，使自己无愧为一个社会主义的演剧艺术家的光荣称号。

总路线向戏曲艺术家们提出了严格的要求。整个社会在进步，人民在进步，台下的观众在普遍地受到社会主义的洗礼，他们的思想、趣味、好尚正在发生变化，他们向台上的表演要求更高尚的、更优美的东西。要推动戏曲的社会主义改造，要使戏曲艺术成为我国社会主义文化中不可缺少的一部分，那么，戏曲艺术家本身就必须一刻也不要放松了对自己思想意识的改造与提高，必须对自己身上还存在着的旧意识、旧习惯作斗争，必须使自己成为人民群众中最有觉悟的一部分。

作家、艺术家应当是时代精神的标帜，新社会的新道德的标帜。这样，才便于通过他们的工作，打击旧的恶习，树立新的风尚，推动社会风气不断地进步。

作家、艺术家思想上的改造与提高，当然不能脱离了自己的艺术实践；相反地，应当加强自己的社会主义的劳动精神，在实践中不断地检验自己。当新的一年即将来临的时候，所有的剧作家都应当为自己订出切实可行的写作计划和深入生活的计划，准备为人民呈献出新的产品。所有的剧团都应当订出体现了增产节约精神的新的年度的剧目上演计划，准备为人民贡献出更多更好的演出。人民群众对新艺术的要求是若饥若渴的，他们对我们的剧团不能保证和观众建立经常联系的状态表示不满。我们应当从多方面来丰富我们的剧目，使剧场演出经常化。我们的演员存在着很大的苦闷，他们中间很多人不能经常得到在舞台上锻炼自己的机会。我们的剧团应当克服那种永无休止的忙乱现象，应当把排戏、演戏当成经常的压倒一切的任务。应当像管理生产一样地管理剧团。应当学习工人们那样不断发掘生产上的潜在力量。演员们应当积极参与艺术生产上的管理工作，积极地发挥社会主义劳动精神，帮助克服剧团在艺术生产上的保守倾向。应当把进一步努力艺术实践、发挥劳动创造精神看做是提高社会主义觉悟的主要标志。正像在生产战线上一样，在艺术战线上也应当首先实现社会主义的第一条要义：——劳动就是光荣！

给安波同志的信①

安波同志：

你在一九五三年内写了两个反映农业的社会主义改造问题的剧本，是很可感佩的。看了《十字路口》，觉得思想抓得很深，你写了农民对参加合作社的迫切要求，也写了自发势力的危害性；这种自发势力甚至反映到党内来，因而要克服它就不那么容易，要推行农业合作化就必须进行艰难的复杂的斗争。你的用意是很好的。你所看到的这一尖锐的现实也是应当得到反映的。

据说这个剧本是由于流露了"冒进"情绪而停演的。但以我的思想水平看来，还看不出作者在掌握政策上有什么过"左"的地方。相反地，从支部书记张林再三强调放债、雇工原是合法的；从尾声中群众要给犯错误的党员戴花（没有正面描写他如何改正了错误）；倒觉得多少流露了右倾的残余。当然，这些地方是很容易修改的。

一般地说，这个剧本是比较生动的。我特别喜欢三幕一场即张海拉马的那场戏。那真是一场表现了作者的才华的真正的好戏。这场戏集中写一件事情，就是张海财迷心窍，坚决拉马跑买卖，因而引起了冲突；这冲突被描写得花团锦簇、热火朝天，把许多人物的性格都烘托出来了。可惜的是，其他各场（三幕二场也是有趣的，虽然稍觉分散了笔力）相形之下都要减色得多。

论到全剧的修改，我以为可以基本上维持现在的结构，把序幕和尾声去掉，——因为序幕是某种道理的露骨的图式化，太像一篇论文的"引

---

① 本篇未在报刊发表。曾收入《戏剧的现实主义问题》。

论"了；而尾声，描写众人俱皆转变，一切皆大欢喜，似乎把现状描写得过于甜蜜。——请原谅我这样放肆地"攻击"你！——另外一场张林、张海兄弟之间在家庭中正面冲突（争辩或劝勉）的戏，——这是必不可少的，这样小改的方案是可以考虑的；因为就《十字路口》现在的样子，虽然艺术的力量薄弱一些，但基本上仍不失为一部比较生动的有宣传效果的剧本。

如果大动，也是有理由的。你已成功地写了《春风吹到诺敏河》，在那个剧本里，一幕二场集中地写了孙守山，二幕一场集中地写了高振林——这是精彩的；而另外一些戏热衷于某些事件情节、现象本身的比较表面的描写，思想的深刻性和艺术的感染力，就相对地减低了。我想，在修改《十字路口》的时候，你或许考虑到前一个剧本的经验，更多地追求形象（性格）本身的思想意义，而要求后一个剧本更具实、更深刻一些。如果是脱离实际的要求，可能反而会失败的。但如果在感性材料的积累上的确有些把握的话，那当然是值得作一番重大的努力。照我看来，现在的《十字路口》写的事情和人物都未免太多了。这是因为你首先有一个偏见，仿佛写合作社一定得从成立写到秋收的全部过程，方能把主题的教育意义暴露出来。这样一来，你就不可避免地要写许多不相干的事情和人物，使剧本臃肿到必须把重要的东西掩盖起来。《春风吹到诺敏河》就吃了这种写法的亏，《十字路口》的缺点更显著，以致主要人物张林、张海等都没有鲜明地创造出来。

按说，张林、张海是弟兄，住在一个家里，而彼此思想不同，性格不同，从思想本质上是互相敌对的，并且全家人都被牵连到了这个思想冲突中去了，这真是很好的集中描写的机会。我想，家庭中的冲突，就是写上三场戏也不算多的。可是，你只写了一场（第一幕），而这一场又开了两三个会，当场解决合作社成立过程中若干具体问题占去了大部分的篇幅。此外，张氏兄弟的冲突，都是在其他群众场合下零零碎碎地进行的，往往刚碰上又扯开了。这样全剧中就始终缺少张林一家中首先是兄弟、其次是父子、夫妻之间的正面的针锋相对的描写，性格的刻画也就受到严重的损失。

至于张海的性格，我觉得在描写中还掺杂了若干不合理的地方。现在过多地描写了他公开地为赵万福吹嘘，为雇工和放债辩护，并且在三幕二场即在供销社的院里，还当着老崔的面威胁实际上借了他的钱的王顺："你的东西不管卖给谁，你借人家的钱可非还不可，少一个子儿也不行！"这就写得浅了。按理说，这个蜕化的党员自己做了亏心事，在这类争论中可能力避嫌疑，甚至把自己装饰起来，至少也不会当着另外党员的面来暴露自己的。

至于是否把张海写成党员，我觉得可以这样写。只要正确地处理他和赵万福之类的联系（他是被拖下水的）就没有甚么副作用。这样揭露，是不大好看的，但我们是共产党，不怕揭露残酷的真实。当然，不写成党员，而写成一个非党的干部也是可以的，但如完全去掉了这种描写，而把全剧改成《人往高处走》的扩大，那就未免可惜了。

有人说，张林及其老母亲，缺少一点农民的气质。你看如何？

总之，这个剧本需要一些加工，小改也是有价值的；如果大动，最好是自始至终地描写张林兄弟的斗争，而以其他人物为穿插。着重地描写这个真理：必须通过对资本主义自发势力的复杂的严重的斗争，才能顺利地引导农民走上合作化的道路。剧本要是通过两个主要人物的斗争清楚地写出了这个真理，就很有价值，很有作用的了，不必再要求这个剧本解决有关合作社的其他问题。你说是吗？

我们的生活太伟大了，即令某些过程、事件现象的本身也是有吸引力的，有教育意义的。但是，刻画出能够表现一定社会现象的本质的生命充实的人物性格，正面的和反面的，他们的教育和说服的力量是难以估计的。你当然比我更懂得这点。因此，忍痛去掉一些无关重要的枝节，腾出地位来集中地描写主要的东西，你大概会乐于尝试的。

1954 年 3 月 15 日夜

谈独幕剧[①]

《剧本》月刊为了促进独幕剧剧本创作的繁荣，举办了1953年独幕剧征稿和评奖。这一工作，一年来在全国各地剧作者、剧团和各地文化艺术领导部门的热情协助下，已收到显著的效果。评选的结果已经正式公布，获奖的剧本已先后发表。这些剧本几乎都经过了舞台的考验。其中《妇女代表》《人往高处走》等剧近来在全国广泛上演，且被改编为各种地方戏曲形式演出。《妇女代表》和《赵小兰》（1952年的作品）已被拍摄为舞台纪录影片，受到群众热烈的欢迎。

相当长的期间，独幕剧创作没有受到应有的重视。虽然以往各地文工团和群众业余剧团为了配合当时当地的宣传任务，也临时编写一些小型剧本上演，这些剧本的数量很大，上演时也收到一定的宣传效果；可是，反映生活具有相当深度的可资在全国推广的独幕剧却是很少见的。职业剧团更很少把独幕剧列为正式上演节目；因为观众总觉得那些戏是所谓"宣传戏"，不愿意拿钱买票来看独幕剧的演出。最近一两年来，上述情况开始有了改变。我们逐渐产生了一些较好的、生动活泼的小型剧本，这些剧本已能够在全国工农群众业余演剧活动中逐渐推广了；这对于充实业余演剧的内容，提高业余演剧的水平，当然是很有意义的事情。同时，我们的职业剧团、包括大城市的剧院，已乐于把独幕剧采作正式的上演节目。他们看到，凡是经过精心排演的独幕剧节目，其受欢迎的程度并不减于一般的大型剧本。有些剧本在剧场中经过较长期的考验后，还被剧团列为自己的保留剧目。这些情况，转过来对独幕剧创作也产生了有益的刺激作用。

就《剧本》月刊这次的评奖结果看来，独幕剧创作已开始呈现活跃的

[①] 本篇发表于1954年《剧本》第5期，署名张光年。曾收入《戏剧的现实主义问题》《风雨文谈》和《张光年文集》（第二卷）。

气象。我们的剧作者已能运用独幕剧的体裁成功地塑造群众中的先进人物的形象（如《妇女代表》），描写目前农业和工业建设中的重要主题（如《人往高处走》《百年大计》等），抨击生活中的消极现象（如《夫妻之间》《开会》等），而且在艺术上也渐趋生动活泼了。有些剧本带来了相当浓厚的生活气息。

这些情况，说明一年来的独幕剧创作有了可喜的成就。

前面说过，我们的独幕剧创作还只是开始活跃起来，其中绝大多数还是青年作家的习作。目前还不宜于对独幕剧创作提出过高的要求。但是，根据独幕剧来稿中普遍存在着的某些缺点，对独幕剧作者提出几点希望和建议，还是很有必要的。

写得尖锐一些、单纯一些、活泼一些。——这就是我打算在这篇短文中向独幕剧作者提出的建议。

决不能因为独幕剧是一种短小的轻便的形式，就认定它不能表现比较重要的尖锐的主题。我们过去许多著名的独幕剧作品，就曾表达了相当强烈的政治内容。田汉在九一八以后创作了《乱钟》及其他独幕剧，反映了当时人民群众抗日救国的民族义愤，表现了沸腾的时代感情。洪深早期创作的独幕剧《五奎桥》，揭露了农村的阶级矛盾，歌颂了农民对地主阶级的抗争。解放区产生的优秀独幕剧如像胡丹沸的《把眼光放远点》，李之华的《反翻把斗争》等，都描写了当时重要的尖锐的主题，并在思想上和艺术描写上达到了相当的深度。

显然，独幕剧不能不受到它的体裁、篇幅和容量的限制。要处理线索繁复的情节，描写众多的人物和场面，独幕剧是难以胜任的。但这并不是说，短小的篇幅只能表现一些身边琐事，一些无关大体的琐屑的情节。独幕剧作者需要锻炼自己以最经济的篇幅来表现当代最尖锐的社会冲突的能力。需要选择最足以表现一定社会现象的特征的精彩的生活片断，通过尖锐的性格冲突的描写，指出生活发展的趋向。当然，这并不妨害作者从日常生活中常见的人物和事件来着笔，从生活的侧面表现重大的主题，从平凡的事物写出生活的真理。

就这次的评奖结果看来，我们作者的视野还是不够广阔的，思想的尖锐性还是受到限制的。我们的一部分作品已开始接触到当前重要的主题，可是我们还不善于从多方面来描写我国过渡时期的艰苦斗争，和人们思想、心理的巨大变化。描写工业建设题材的剧本还很少见。伟大的抗美援朝斗争，在独幕剧中还没有得到生动的反映。我们的独幕剧已开始能够塑造正面人物的典型性格了，可是大部分剧本，正面人物的面孔仍然是比较模糊的。我们的作者已开始掌握了讽刺喜剧的形式，可是我们对生活中的消极现象的揭发和抨击，还缺乏锋利的击中要害的描写。目前我们很需要从多方面揭露阶级敌人的阴谋活动，批判资产阶级唯利是图的腐朽思想，需要通过突出的描写，刺破那些官僚主义者、伪善者、居功自傲者、各式各样卑鄙的个人主义者的鬼脸，可惜这样的剧本还很难见到。这些都说明我们对独幕剧这一锋利的艺术武器的重要性还认识不足，我们还没有充分发挥独幕剧的战斗作用。

至于我们常见的有些独幕剧，完全忽视了对于生活的艰苦性的描写，作品中出现的不过是思想一致的人们偶然发生的细小的争论，"好的和更好的"人们之间一时的误会或毫无社会意义的冲突，这显然是受了"无冲突论"的有害影响，取消了独幕剧的战斗作用。

戏的大小是由生活素材的体积和艺术形式的容量来决定的。不能把独幕剧的材料勉强拉长为大戏，也不能把多幕剧的材料简单地压缩为一个独幕剧，使剧本里面只剩下一些干枯的故事轮廓。独幕剧并不是不需要细致的层次分明的描写，并不是不需要淋漓尽致的发挥。可是独幕剧的篇幅有限，因此情节就要单纯一些，人物少一些，使作者腾出手来，集中笔力描写主要的东西。

我觉得我们的短剧还可以写得更单纯、更简洁一些。像评奖中的《草苗争长》《和洪水赛跑》这样的剧本，固然都描写了当前重要的题材，艺术上也有其可取的地方，可都因为情节不够单纯、出场的人物较多，分散了笔力，使主要的东西未能突现出来。有的作者，希望在作品中多装一些东西，使内容全面一些，以为这样可能加强思想的效果，而效果却是适得其反。那些线索繁复、事件重叠且有了一个以上的所谓"副主题"的剧本，即令在多幕剧中，也很少有收到良好效果的。试想，在一个独幕剧中，装进那样多的东西，等到作者把事件、人物一一介绍清楚，已经费去大部分的篇幅，还哪有时间来描写和发挥呢？其实，不妨选取一件事情，着重描写一两个人物,这样倒容易写得深入一些,明朗一些。我觉得,与其复杂而单薄,倒不如单纯而深刻一些的好。

在我国戏剧遗产中,有许多精彩的单折戏,它们原来也多半是大戏中的一段,经过舞台上不断的补充修饰,变成一出一出完整的独幕剧了。像《白蛇传》的《断桥》一场,白蛇、青蛇和许仙的性格在对比的描写中表现得非常鲜明,舞台上的性格冲突产生了震撼人心的力量。像《秦香莲》的《闯宫》一场(在滇剧中写得最精彩),通过秦香莲和陈世美的层次分明的、越来越尖锐的性格矛盾,表现了一个具有深刻意义的社会冲突。我们也有像川剧《评雪辨踪》(原属《彩楼记》中的一段)这样非常有趣的讽刺喜剧,淋漓尽致地刻画了和嘲笑了人们某种性格上的弱点。这些剧本的篇幅都是短小的,人物都是很少的,故事线索都比较单纯,而性格的刻画和内心的发掘却是深入的、丰富多彩的。我们的作者需要从这些优秀遗产中学习有益的东西。

我们的独幕剧,现在有越来越长的趋势。像邢野的《开会》,在万把字的篇幅里,描画了一个主观主义的、专门把好事办坏的区干部的形象,这样比较简洁的剧本,已经很少看到了。通常的独幕话剧,往往超过了两万字,有的剧本还写成三四万字,分为若干景,在臃肿的篇幅里,仍然没有把主要的东西描写清楚。当然,字数并不是决定性的条件;可是,如果我们初学者不在独幕剧体裁中锻炼自己集中剪裁的能力,那么,在写作多幕剧的时候,我们又将臃肿冗长到什么地步呢?

我们希望独幕剧从内容到形式都写得活泼一些,多样化一些。

独幕剧本来是一种比较生动活泼的艺术体裁,便于及时地反映新鲜事物,也便于作者发挥其艺术上的独创性。可是目前独幕剧所反映的生活面,总的说来,还显着贫乏和单调;艺术的构思也显着平板呆滞,缺乏新鲜的东西。独幕剧作者似乎还不是主动地随时运用自己的武器参加生活的战斗。往往是,当一个社会运动或宣传运动来到的时候,编辑部忽然收到了同样题材、同一主题的大批剧本,这些剧本在思想、情节和艺术风格上的一致性是太可惊了;而在平时,编辑部很少收到新鲜题材的新剧本。我们有些作者的眼光和思路似乎受到了某种固定东西的束缚。举例来说,在描写工业建设和工人生活的许多剧本中,反对保守思想是大家习惯采取的主题；在这些剧本中，老工人总是有保守思想的，代表先进势力的一般总是青年工人，而且恰好是他的学徒。如果老工人是先进的，他的冲突对象一定是一位不相信工人智慧、不相信苏联经验的工程师。而支持工人的创造发明、促成冲突的解决的，则必然是一位党委书记。在描写农业合作化的许多剧本中，反对加入合作社的总是老年人，冲突的对方总是他的儿女，促成他的转变的则经常是天灾人祸等偶然事变的压力。自然，我们相信作者这样写也都是有一定生活根据的，而且有的剧本也还是写得相当动人的；可是大家都这样写，观众岂不是要感到厌烦吗？

  观众到剧场里来，总希望从舞台上看到一些新鲜的东西，从思想上得到一些新的启发。需要运用独幕剧这一灵活的武器，从各个方面来描写我们生活日新月异的变化。需要多方面地描写工人阶级的斗争和劳动农民思想上的变化。需要描写各个阶层、各种行业、各样工作岗位上的人们的生活和斗争，总起来汇成一幅新生活的灿烂的图画。

  对独幕剧特别不需要规定出一种固定的格式或规范。在这一灵便活泼的体裁中，有作者颇多的自由发挥的余地。作者可以根据素材的特点，根据自己的特长和爱好，各自发挥其艺术上的独创性。我们需要各种风格、各种样式的独幕剧。

  目前，独幕剧的样式还是过于单调了。我们需要一些深刻的耐人寻味的讽刺喜剧，为剧场带来一些健康的笑声。需要一些有趣的、适合儿童心理发展的儿童剧，这是值得为孩子们大声呼吁的。群众业余的演剧活动迫切地需要一些小型歌剧和表现现代生活的小型戏曲，可惜这样的作品太少了。

  我们希望熟练的作家也能看重独幕剧这一锋利的武器，用他们的作品来充实和提倡这一重要的艺术体裁，并带动青年作者提高写作的水平。

  有人说独幕剧需要更集中、更简练或更尖锐，因此说独幕剧是最困难的体裁，说小戏比大戏更难写。这种说法，曾经使有些初学者对独幕剧望而却步。其实，这说法是很值得怀疑的。难道说，果戈理的《巡按》和他的独幕剧《赌徒》比较起来，前者集中、简练的程度及其思想的尖锐性都比后者更差一些吗？同样的，在契诃夫的《樱桃园》《三姊妹》和他的独幕剧《蠢货》《求婚》之间，又怎样区别其高下和难易呢？每一种艺术体裁都各有其特点，因而各有其创作的甘苦。独幕剧和多幕剧都需要思想上的尖锐、明确和艺术上高度的集中和简练。但多幕剧所处理的矛盾冲突较之独幕剧总是要复杂和繁重一些。青年作者经常从独幕剧写作中来锻炼自己处理矛盾冲突和刻画人物性格的才能，在遇到处理比较复杂的题材的时候，就容易避免主题分散、事件繁杂和体态臃肿的毛病。显然，这种锻炼会有很多好处的。

1954 年 4 月 20 日

和苏联朋友们谈新中国的戏剧①

亲爱的同志们！请允许我代表中国的戏剧家们向亲如兄弟的伟大的苏联人民和苏联戏剧家们表示最大的敬意。

中国人民永远感激伟大的苏联人民在我国革命和建设时期给予我们的至高无上的援助。中国戏剧家们在建设自己的社会主义的戏剧文化的过程中，从苏联戏剧得到许多宝贵的帮助。新中国戏剧以苏联的社会主义现实主义戏剧艺术作为自己学习的榜样。

在我国，戏剧这个概念的涵义是比较广泛的。我们谈到戏剧，通常是包括了话剧和各种歌剧形式。我国戏剧家的团体——中国戏剧家协会，其成员就包括话剧、各种歌剧的演员、导演和剧作家在内。这一点，是和我国戏剧艺术的传统及现状有着密切关系的。

我国传统的戏剧形式是歌剧；严格说来，是包括歌剧、舞剧和话剧成分的一种综合的戏剧形式。这种综合形式，我们叫做戏曲。目前我国各种戏曲中流行最广的是京剧，这是一种古典形式的歌剧。梅兰芳、周信芳等是演唱京剧最著名的艺术家，他们从事舞台生活都已有五十年之久了。此外有各种地方戏曲，按它们所采用的方言和音乐的特色来区分，为数在一百种以上。其中有古典歌剧形式的汉剧、川剧、豫剧、粤剧、秦腔等；也有一些是民间歌剧形式，如越剧、评剧、沪剧及各种秧歌剧、花鼓剧等。抗日战争时期解放区的戏剧家、音乐家们在民间歌剧和民间音乐的基础上吸收了话剧和西洋歌剧的某些表现方法，创造了一种新歌剧，《白毛女》就是它的代表。话剧是近五十年来，特别是"五四"运动以后的三十多年来在我国流传起来的新形式；目前它已获得广大人民的喜爱。但是从数量

---

① 本篇是1954年5月在莫斯科全俄戏剧协会和全俄戏剧协会列宁格勒分会的报告。曾收入《戏剧的现实主义问题》。

上来说，传统的歌剧形式仍然在群众的文化生活中占有显著的优势。目前全国职业的歌剧演员为数在十万以上，而话剧演员还不到它的十分之一；此外数以十万计的工农群众的业余剧团，其演出活动也多半采取传统歌剧的形式。

大家知道，我国正处在向社会主义过渡的新时期。从党在过渡时期的总路线得到极大鼓舞的中国戏剧家们，决心进一步实践文艺为工农兵服务的政治方向，遵循社会主义现实主义的创作原则，力求真实地反映过渡时期的伟大现实，在舞台上创造具有社会主义精神品质的新英雄人物及各种典型人物，并且把我国戏剧遗产中一切健康的、积极的、有利于人民的因素发扬出来，鼓舞群众劳动建设的热情；同时，在为国家总路线服务的过程中，把我国社会主义的戏剧文化逐步地系统地建设起来。可是，要实现这样的任务和要求，我们是存在着很多困难的。我们的话剧过去主要是在战争环境的流动演剧状态中发展起来的，我们还只是开始着手建设自己的新的剧场艺术。我们的新歌剧还在摸索实验阶段。我们的戏曲遗产是非常丰富的。"戏曲改革"近年来在毛主席提出的"百花齐放，推陈出新"的方针下的确获得了显著的成绩；可是我们对遗产的清理工作还是刚刚开始，还远远落后于人民的需要。特别是，我们的戏剧创作还很不活跃，戏剧反映生活的广度和深度都非常不够。面对着当前繁重的战斗任务，我们中国的戏剧家们深感到自己在思想的武装和技术的准备上都很不够，我们不熟不懂的东西太多了。

目前摆在新中国戏剧家们面前的迫切的工作是：积极地发展新的戏剧创作，——这是一切戏剧活动的基础；大力地发展话剧艺术，——这是宣传社会主义的有力工具；以社会主义精神继续改革并发展传统的歌剧艺术，——这样就可以使我们古典的和民间的艺术财富更加适合当前人民的需要，且有利于创造新歌剧的工作；认真地并系统地向苏联的先进戏剧艺术学习，——这是我们能否有效地提高现有水平的决定性的环节。

新中国的戏剧家们怎样进行自己的工作，怎样克服自己的困难呢？想来这是一向热爱我们的苏联同志们所乐于知道的。

我想先就话剧的创作和演出的状况谈一谈。

话剧的创作和演出，得到党和政府不倦的关怀。党经常向剧作家指示创作的方向,并帮助解决创作上的疑难问题。各级政府的文化部门直接领导所属的四十几个国营话剧剧团,帮助剧团充实并改进上演剧目,使其更有效地为群众服务。人民解放军部队也把话剧看做对全军进行政治思想教育的有力武器之一。部队的演剧活动有长期的战斗传统,并培养出了不少有才能的剧作家和演员。

我们的剧作家对描写当前人民群众的斗争生活,怀有很高的热情,也产生了一些为群众热爱的作品。可是他们中间很大部分还是青年作家,他们的生活经验、观察生活的能力和艺术技巧都还在开始磨炼的过程中。除了少数成功的作品外,剧本中的人物性格往往不够鲜明,正面人物往往是平庸而缺乏朝气的。剧本创作中长期存在着简单化、刻板化的描写,引起了群众的责难。为了帮助克服文学艺术创作的落后现象,党号召作家深入生活,坚持社会主义现实主义的创作原则。在一九五三年九月举行的第二次全国文学艺术工作者代表大会前后,文学艺术界掀起了学习社会主义现实主义的热潮。我国作家从马列主义武库中汲取了力量,大大加强了事业的信心。

值得特别提出的是,我国青年一代的作家,主要是在俄国文学和苏联文学的教导和影响下成长起来的。我国剧作家除了从俄国和苏联剧作家的作品中学习外,当他们在创作上感到苦恼的时候,经常向苏联戏剧的创作经验寻求援助。一九五二年苏联《真理报》对"无冲突论"展开了尖锐的批评,这对我国戏剧创作也是有力的帮助。最近期间,我国剧作家对康·西蒙诺夫在苏联作家协会理事会第十四次全体会议上关于戏剧创作的报告和波·拉甫列乌夫的副报告,特别感兴趣;因为在这两个报告中所指摘的那些不能令人满意的现象,对我国的戏剧创作与批评说来,都是切中时弊的。

我们的话剧的创作和演出,近两年来已开始表现了活跃的气象。两年来在全国各地经常上演而受到观众欢迎的作品,有老舍的描写新旧社会的变化、歌颂人民政权的剧本《龙须沟》;有胡可的描写人民解放战争中的英雄人物的剧本《战斗里成长》及傅铎的描写抗日战争题材的剧本《冲破黎明前的黑暗》;描写工业建设的主题和工业中的先进人物的剧本,有杜印等集体创作的《在新事物的面前》和李庆升等集体创作的《四十年的愿望》;安波的描写农业的社会主义改造的剧本《春风吹到诺敏河》目前正在各地广泛地上演着。最近有两个描写中国人民志愿军的英雄事迹的剧本——胡可的《战线南移》和黄悌的《钢铁运输兵》正在由首都的剧院上演或排演中。此外在独幕剧创作中,也出现了几个比较生动活泼的作品,如孙芋的《妇女代表》、金剑的《赵小兰》等,也受到群众热烈的欢迎。

除了上述新中国的戏剧作品以外,我国近三十年来若干著名的话剧作品,像郭沫若的《屈原》、夏衍的《法西斯细菌》、曹禺的《雷雨》等,也已在首都上演或排演中。这些作品的现实主义精神,对新中国的群众仍然有很大的感染力量。

苏联剧本的上演,特别受到我国劳动人民的热爱。远在抗日战争时期的艰苦条件下,我们就曾在延安及其他根据地上演了考尔纳楚克的《前线》、包哥廷的《带枪的人》、西蒙诺夫的《俄罗斯人》等苏联名剧;这些剧本深刻的战斗性的内容,对我们的部队和群众起了很大的鼓舞作用。近两三年来经常上演的苏维埃作家的剧本,有西蒙诺夫的《俄罗斯问题》和《异邦暗影》、拉甫列乌夫的《美国人民的声音》、包哥廷的《密苏里旋舞曲》、屠尔兄弟的《冷战》、索弗洛诺夫的《莫斯科性格》和班达连柯改编的《保尔·柯察金》等。索弗洛诺夫的《非这样生活不可》和尤·波掠柯夫斯基改编的《尤利乌斯·伏契克》,目前正在首都和许多城市同时上演。我国人民在紧张地进行抗美援朝斗争的时候,上述的许多揭露美帝国主义的侵略实质、鼓舞人们为和平而奋斗的苏联剧本的普遍上演,对我们的正义斗争是一种有力的声援。描写苏维埃工农业建设题材的剧本,也受到我国人民的热烈欢迎。观众从这些剧本的演出中看到了共产主义的远景,因而加强了对苏联的热爱,加强了建设祖国的信心。描写英雄人物的传记剧本如《保尔·柯察金》与《尤利乌斯·伏契克》在我国各地广泛上演,对于在广大青年中进行共产主义教育,也产生了显著的作用。青年们普遍提出了向保尔·柯察金、尤利乌斯·伏契克学习的口号。

我们对苏联戏剧和俄罗斯古典戏剧的翻译介绍,已陆续进行了一些工作。根据中国戏剧家协会的不完全的统计,到今年四月底为止,我国已出版的苏联剧本的中文单行本共达一百三十一种;其中大部分是在新中国成立以后四年多的期间内翻译或重译出版的。俄罗斯的古典名剧,主要是果戈理、奥斯特洛夫斯基、托尔斯泰、契诃夫等现实主义大师的剧本的中文单行本，也已出版了七十一种。关于苏维埃演剧艺术理论的翻译介绍，已出版了二十二种单行本，其中包括史坦尼斯拉夫斯基的天才著作及苏联戏剧家研究史坦尼斯拉夫斯基的书籍。我们对苏联戏剧创作和苏维埃演剧艺术的介绍还不够系统化，这一工作今后必须加强；但就已经出版的这些书籍来说，它们对我国新的话剧艺术的成长已发生了极大的影响。我国的话剧作家一向把俄国和苏联名剧当做自己学习的榜样。我国的话剧演员和导演们若饥若渴地阅读和学习着苏联的演剧艺术经验。我国人民和我国戏剧界对俄国和苏联的作家、戏剧家充满了感谢的心情，他们对我国群众的精神生活、对我国戏剧创作与演剧艺术的帮助，是无法估计的。

我国话剧的演员和导演，从以往流动演剧的状态，面对着新的建设剧场艺术的繁重任务，特别需要系统地向苏联先进的演剧艺术学习。我国戏剧界以极大的兴趣研究着史坦尼斯拉夫斯基的天才著作，并开始在实践中产生了效果。可是我们过去对斯坦尼斯拉夫斯基的理论学习，究竟是谈论的多，做得太少，过去长期的战争环境和流动演剧的条件，使系统的学习也受到了若干限制。正因为这样，我国话剧舞台上的公式化的表演，自然形态的表演和形式主义的表演，至今还没有得到根本的克服。也正因为这样，我们特别感谢苏联政府派遣了你们优秀的艺术家来华讲学。我国戏剧家从苏联专家的热情和严肃的工作态度，获得了深刻的印象。

我国演员还经常从许多位从未到过中国的苏联杰出的演员艺术家们得到学习。这是因为，中国戏剧家协会的演员俱乐部在苏联对外文化协会和中苏友好协会的协助下，经常在北京组织苏联舞台纪录片的观摩放映；我们的演员和导演像上课一样，一遍又一遍地学习苏联艺术家的卓越的演技。中国演员从苏联艺术家的优秀表演看到了自己的未来，从苏联演员在舞台上的永不凋谢的青春得到激励，因而巩固了他们事业的信心。

在大力发展话剧艺术的同时，我国戏剧界另一个迫切的任务，就是以社会主义精神改革并发展自己的戏剧遗产，并从遗产中学习宝贵的东西。

封建时代的人民艺术家们，替我们创造和遗留了极其丰富灿烂的戏剧遗产。在我们的古典歌剧与民间歌剧中，保留了像《西厢记》《琵琶记》《白蛇传》《梁山伯与祝英台》《秦香莲》《打渔杀家》《群英会》《空城计》

等等大量的具有深刻的现实主义内容和不朽的艺术形象的上演剧目，在各种传统歌剧中都有许多杰出的演员艺术家，他们保存并发展了古代艺术家的优良的演技；所有这些，都是我们值得引以自豪的。我们对遗产的清理工作，首先从整理剧本开始。我们正在组织一批熟悉遗产的干部，和演员们亲密合作，首先把他们口头演唱的底本忠实地记录下来，然后与演员共同讨论，删去其中夹杂的封建说教的部分和艺术上芜杂的部分，使其人民性和现实主义的光辉突现出来。这是一项繁重的工作，我们还只是刚刚开始。同时，在传统的演剧艺术中，首先在表演艺术中，有非常精彩的，高度结晶化了的现实主义的演技；这是它的主要部分；但其中也往往夹杂着庸俗的、形式主义的、非现实主义的表演；此外，舞台艺术不够统一和谐；音乐比较单调；舞台习惯上还存在着某些原始性的遗留；所有这些，都需要进行重大的整理工作。

党和人民政府对我国传统歌剧艺术的改革，一向非常重视。各级人民政府的文化工作部门直接掌握戏曲改革政策的贯彻执行。在全国戏曲演员自觉的合作与努力下，我们的工作已表现了初步的成绩。目前国家设立的上演传统歌剧的剧团有七十多个；在各级政府领导下还有一千五百个民间职业剧团，也正在逐渐改革并充实自己的上演剧目，改进自己的表演，舞台上已开始出现了新的面貌。一九五二年十月中央人民政府文化部在首都北京举办了第一届全国戏曲观摩演出大会，大会奖励了一些优秀剧本、优秀的、具有改革精神的演出和演员，批判了对遗产的粗暴态度和保守思想，这对全国传统歌剧改革工作产生了巨大的推动作用。

我国各地的民间歌剧，形式比较自由活泼，宜于表现现代生活。描写现代生活的歌剧，像《罗汉钱》《志愿军的未婚妻》等，受到群众的热烈欢迎。可惜的是，熟练的有才能的作家还很少人参加写作这类剧本，以致新剧目的数量和质量都远不能满足群众的要求。

在民间歌剧的基础上创造文学上、音乐上、演唱和表演上都具有相当艺术完整性的新型歌剧，对我们的艺术家说来，是一个特别繁重的任务。目前首都的中央实验歌剧院和东北、上海等地的新歌剧剧团担当了这一光荣的任务。中央实验歌剧院近来上演了新歌剧《王贵与李香香》，目前正在排演描写抗日战争题材的剧本《刘胡兰》，他们并用新的手法整理和演出一些优秀的民间歌剧。

亲爱的同志们,当我谈论到新中国戏剧发展状况的时候,我无法述说对亲爱的苏联友人衷心感谢的心情。不论是话剧或歌剧,不论是剧本创作和演剧艺术,处处都可以看到先进的苏联戏剧的影响和帮助。而在今后,我们的戏剧在思想上和艺术上能否迅速地提高,关键问题之一仍在我们是否能够认真地勤恳地向苏联学习。我们热望并且确信,新中国的戏剧今后在苏联戏剧家们亲切的有力的帮助之下,定能逐步克服自己的缺点,不断获得新的成就,在国际艺术的大花园中放射出鲜艳的光彩。

苏中两国人民的伟大的牢不可破的友谊万岁!

1954 年 5 月

访问全俄戏剧协会[①]

六月一日晚上，我们访问了仰慕已久的全俄戏剧协会，剧协副主席波可罗夫斯基同志，苏联人民演员、话剧导演巴波金契金同志（他因主演电影《夏伯阳》而为我国观众所熟知），演员艺术家比尔曼同志（她的研究演员艺术的论文有的已被《电影艺术译丛》介绍过了），还有其他几位戏剧家参加了座谈。波可罗夫斯基同志根据我们提出的问题系统地介绍了全俄戏剧协会的组织状况和工作状况。我们一直谈到深夜。

波克罗夫斯基同志告诉我们，全俄戏剧协会是一八八三年成立的，当时的性质是俄罗斯的演员们保障自己的政治权益和物质福利的互助会的组织；因为在沙俄时代，演员们的演剧自由和社会地位都无保障，需要团结起来保护自己的利益。剧协在一八九七年举行了第一次代表大会，连斯基、史坦尼斯拉夫斯基建议剧协不仅是保护演员的利益，而且应当在艺术创造上帮助剧场的进步。伟大艺术家们的这一先进理想，只有在苏维埃时代才得到实现。

剧协的成员包括剧场艺术各部门的创造者。会员中有话剧、歌剧、舞剧的演员与导演，舞台美术家，为剧场工作的音乐家，戏剧理论家和少数剧作家。在全俄罗斯有六十七个分会，共有会员一万五千人。剧协在会员代表大会闭幕期间，由六十人组成的委员会领导会务。平时负责的是九至十一人组成的主席团。苏联人民演员雅勃洛契金娜同志是剧协的主席，她担任这个职位已三十九年了。波可罗夫斯基同志是第一副主席，他从事戏剧工作已四十年，现年六十八岁，做过演员，还做过全苏艺术工作者总工会的主席，一九一五年入党的党员，现在是剧协的担负实际工作的专职副

---

① 本篇发表于1954年《戏剧报》第5期，署名张光年。曾收入《戏剧的现实主义问题》。

主席。第二副主席连里切夫同志，专管财经工作。

剧协本身现有专职干部六十二人，大部分是各研究室的工作人员，此外是图书馆员、会计等。会计人员兼管着六十七个分会的账目。分会的专职人员只有一个秘书和一个图书馆员。分会有理事会，理事都是兼职。剧协这样的社会团体，主要是依靠团结戏剧家中的积极分子进行工作的。

我们问道：为什么没有建立全苏的剧协？波可罗夫斯基同志说：各共和国都有自己的剧协，我们在各方面帮助他们。我们的艺术是社会主义内容民族形式的艺术；不探取自上而下的领导而探取友谊协助的方式，也会产生同样的效果。

我们问剧协设有哪些工作部门？怎样帮助剧场（剧院）进行工作？波可罗夫斯基同志说：我们设有几个研究室：戏剧研究室（分苏维埃戏剧、俄罗斯古典戏剧、外国古典戏剧等组）、歌剧研究室、儿童剧研究室、传记研究室（专门收集整理著名戏剧家和演员的传记）。这些是帮助剧场艺术的主要工作部门。

如果剧场要上演一个古典剧，向我们请求援助，我们就把有关该剧演出的各种指导性的材料，包括时代背景的材料，建筑样式和服装形式，以及过去演出这个戏的照片，著名演员创造剧中形象的资料寄给他们，如果是现代剧，我们就请剧作者提出剧本的注解，请著名导演提出意见，寄给剧场参考。当然，像莫斯科、列宁格勒的剧院不需要这样的帮助，可是许多地方剧院缺乏足够的参考资料，他们很需要帮助。我们往往借助于莫斯科、列宁格勒剧院的经验，尽可能给地方剧院以协助，很多剧院来找我们。远至库页岛也有我们的意见。

不仅是通信，有时我们还派专家去讲。臂如派某一位艺术家去某地讲莎士比亚和奥斯特洛夫斯基的剧本。我们有时派导演去，有时派批评家去。讲演以外，还看地方剧院的演出，看了三四个戏以后，就和剧院举行友谊座谈，指出演出的优点，也指出缺点。不久以前，比尔曼同志就被派到乌克兰去了一趟。有时，我们不只派一个人，而是派一个小组去，其中包括演员、导演、美术家和批评家；这对地方剧院是很大的鼓舞。有时，我们被请求去解答美学上的专门问题，例如典型问题，这时我们不是请专家去上课，而是请切尔卡索夫、请苏波娃去讲他们在舞台上怎样创造性地对待这一个问题。这些人的发言,后来变成一本书了。我们碰到歌剧问题、现代题材的舞剧等各种大问题,我们把问题提到委员会讨论。报告人根据讨论的结果去讲,他自己也创造性地对待这一问题。我们用这样的办法去帮助演员、导演们同时成为理论批评家。我们派他们到各个城市去巡回演讲、看当地的演出,座谈,提意见。这些人都是莫斯科、列宁格勒各大剧院的艺术家。苏联的艺术家们把参加社会活动看做一种光荣的责任,他们都乐意这样做。

关于怎样贯彻史坦尼斯拉夫斯基的体系,波可罗夫斯基同志说:除了上面这些理论报告之外,我们派出去的艺术家或小组,还请当地剧院的导演讲他们是如何实践史氏体系的。讲过以后,往往引起争论,最后得出结果。我们还举办史氏体系的课堂讨论(习敏纳尔),莫斯科附近的各城市的演员、导演们每逢礼拜天、礼拜一来这里参加讨论学习。这一工作我们进行得不尽完善,也有人批评我们。

剧协有编辑出版工作,有编委会。编委会绝大部分是演员和导演,我们希望他们掌握理论,也希望他们都成为著作家;效果还不错。最近我们付印了帕审娜亚的一本书。比尔曼也在写书。关于如何表演苏维埃的英雄人物,我们已有两本书出版了。

我们有图书馆、录音室,这是研究工作所不可缺少的。

我们还附设了一个苏维埃歌剧团,专门实验排演苏维埃作家新创作的歌剧,有五十个专职演员,每年要排演五六个歌剧,每个剧要排演好几次,不断地修改、试演。作曲家协会也派人来听戏,实验成功的歌剧,就加以推广。

关于剧协怎样组织剧本创作以及和作家协会的戏剧创作委员会怎样合作的问题,波可洛夫斯基同志说:有一个措施是和作家协会共同进行的,就是在剧协每年举办的青年剧作家的课堂讨论,文化部或已往的艺术事业管理委员会也参加领导这一工作。我们每年一月举办课堂讨论,参加的是各地的青年剧作家,每次约有四五十人来学习。他们先期(十月、十一月)把剧本原稿送来,交给专设委员会审阅。许多剧本是没有希望改好的,我们不接受它们。如发现有好的苗芽,就请剧作者来共同研究,在课堂讨论中朗读讨论,批评并修改。老作家中参加这一工作的,有拉甫列乌夫、包哥廷等。经过讨论修改,许多剧本出版上演了。剧本《危险的旅件》《在天鹅村》等,还获得了斯大林奖金。

关于剧协的"演员之家"的组织与活动状况,波可罗夫斯基介绍说:"演员之家"主要是进行演员的群众工作的,经常组织报告和晚会,根据各剧院提出的要求组织报告,大部分是关于马列主义美学问题的报告。"演员之家"还经常举办戏剧生活的口头杂志,办法是,在上演一个新戏的时候,请导演讲话,还表演一段。他们还举办生活知识的口头杂志,这是由青年演员主持,为青年演员举办的。此外经常举办休息晚会和个别演员的晚会。"演员之家"是俱乐部性质的工作,但却是带创造性的工作。"演员之家"有自己的委员会,受剧协主席团的领导,委员会是在民主基础上产生的,委员都是著名的演员,主席是柴若夫。

剧协在高尔基大街一个高大建筑物中占有三层楼,"演员之家"附设有小剧场,有咖啡厅,楼下街面的房屋一面是奥斯特洛夫斯基博物馆,一面是剧协开设的戏剧书店。

关于会员福利工作,波可罗夫斯基介绍说:首先我们对老人们是关心的,我们为戏剧界的孤老们设立了两个"舞台老兵之家":一个家在莫斯科,现有三十三人;一个家在列宁格勒,有一百七十人。他们是从七十岁到一百二十岁的老艺术家,其中有俄罗斯第一个演塔吉亚娜(《叶甫格尼·奥涅金》中的女主角)的女歌手。他们住在漂亮的花园里,除供给他们衣食住外,还发给零用钱。老人们说:"我们在共产主义社会活着哩!"老人们写了很多书出版了,他们的工作就是写回忆录;这些回忆录不一定都出版,我们也都买下来作为资料。

我们有四个休养所:一个在克里米亚;一个在列宁格勒的芬兰湾;一个在伏尔加河畔;第四个在伏尔加河畔过去是奥斯特洛夫斯基的别墅里。

关于剧协的经费,波可罗夫斯基同志介绍说:我们是社会团体,不由政府拨款;钱从哪里来呢?他笑着说,如果靠会费,那是连补充图书也是不够的,我们有两个戏剧工厂:当然是不大的工厂,专为生产化妆品,做头套、假发、假花、有色的灯光玻璃及各种舞台用品。原料由国家供应,商品也是卖给国家。政府很照顾我们,把税收的百分之五十留给我们了。生产还有利润,这就是剧协经费的来源。

全俄六十七个分会,都由我们发给一定的经费。剧协供养着莫斯科、列宁格勒的协会的"演员之家""舞台老兵之家"及各分会的专职人员和领养老金的演员，总共一千多人的开支（工厂的职工不在内）。四十岁以上的芭蕾舞演员，我们也发给养老金。但是他们不肯完全休息，他们替工厂做假发，糊信封这一类的轻活。得养老金的演员们组织了一个互助会，管理自己的生活。

我们问到戏剧家们的斯大林奖金每年是否由剧协讨论提名。回答说：是的，我们提名。决定权在斯大林奖金委员会。委员会是个社会团体，过去长期由米洛维奇·丹钦科主持，现在是由法捷耶夫主持。

我们问剧协如何指导群众业余的演剧活动。回答说：我们有一个业余演剧指导委员会，管这方面的工作。在莫斯科，我们和人民艺术馆联合办了一个业余导演训练班，每届八个月毕业，每周在"演员之家"学习三次，我们常组织业余导演们和名演员见面。业余剧团有时也在"演员之家"小剧场表演。此外，夏天各剧院作巡回演出时，各地分会也组织演员们向当地的业余演员们作报告。各地举行业余会演时，我们派艺术家去帮助。分会也举办业余导演们的课堂讨论，帮助培养业余演员的骨干；同时也派批评家到已经巩固了的业余剧团去看戏，提意见。提意见要小心，防止发生消极作用。他们往往把意见暗示给剧团的领导者，让剧团自行展开讨论批评。

波可罗夫斯基同志说：党和政府关于艺术工作的决定，是我们一切工作的指导方针，例如十九次党代表大会决议中反对艺术创作中的灰暗的现象，我们对那些胡闹的灰暗的演出展开了批评。现在党和政府决定大规模开垦生荒地和熟荒地，我们设法给那些到开垦区去的剧团和开垦区的农村剧团以指导和帮助。我们问剧协最近开展了哪些原则性的讨论。回答是，去年讨论过典型问题、歌剧问题；今年讨论过俄罗斯古典剧问题，秋天准备讨论喜剧和讽刺剧问题。

无疑地，全俄剧协在推断全国剧场艺术的发展上，已产生了巨大的作用。全俄剧协全部成熟的经验，都值得我们认真地学习讨论，作为改进我国剧协工作的重要参考。全俄剧协对我国剧协的期望是非常殷切的，我们相约今后建立经常的工作联系，有问题不懂的就请教他们。全俄剧协已把他们二十五年来积累的一大批出版物赠送给我们。我们将组织翻译力量，很好地运用这一批十分宝贵的艺术财富。

一九五四年六月十六日，写于新西伯利亚

为社会主义现实主义而奋斗的中国话剧①

话剧的战斗传统

虽然我国古代已有了讽刺话剧的雏形，虽然我国由来已久的传统歌剧中也包含有话剧的因素，可是，作为表现现代人民群众思想感情的锐利工具的新话剧艺术，在我国却只有五十年的历史。我国早期的话剧运动先驱者们，在本世纪初开始运用话剧来传播新文化，宣传民主思想。欧阳予倩便是这些先驱者的代表人物之一。到了我国工人阶级及其政党登上政治舞台以后的三十多年来，在工人阶级先进思想的领导和影响下，新的话剧艺术逐步成长和发展起来，成为新民主主义文化艺术中一个重要的组成部分。二十年代到四十年代，出现了田汉、洪深、夏衍、曹禺、阳翰笙等许多进步的现实主义的话剧作家，出现了不少优秀作品，田汉的《名优之死》及许多独幕剧，洪深的《五奎桥》，夏衍的《法西斯细菌》《心防》等，曹禺的《雷雨》《日出》《北京人》等，阳翰笙、陈白尘等歌颂太平天国革命的剧本及其他进步作家的剧本，受到群众的热烈欢迎。这些作品表现了中国革命急剧发展时期的人民的意志和要求，以反对帝国主义、反对封建主义、反对官僚资本主义的黑暗统治作为它们基本的思想内容。诗人郭沫若也写了许多著名的历史剧，其中诗剧《屈原》一九四二年在重庆演出，由于剧本的磅礴的诗情和国民党统治区人民群众的革命激情相结合，曾经震动一时，成为当时政治生活上的重大事件。

年轻的话剧经历了一九二七年大革命，经历了土地革命战争、抗日战

---

① 本篇是为苏维埃《文化报》撰稿，发表于1955年《剧本》第2期，署名张光年。未曾收入自编作品集和文集。

争和人民解放战争的锻炼，同时，也为革命做了出色的工作。大革命失败后，以上海为中心展开了左翼演剧活动，戏剧工作者们不顾困难和危险，争取各种机会在产业工人中和学生中演出许多具有尖锐政治内容的剧本，不少人因此被捕和牺牲。一九三七年抗日战争爆发后，爱国的戏剧家们，演员们组成许多流动演剧队，到农村和部队中进行宣传活动，把话剧送到一向对它比较陌生的群众中去，收到了相当的效果。可是，艺术和工农兵群众相结合这一严重的任务，无论就艺术家主观的思想条件或客观的社会条件来说，都只有在工人阶级已经掌握政权的地方，才能求得彻底地解决。随着抗日战争和人民解放战争的迅速发展，在中国共产党领导下的人民解放区一天天强固和扩大起来。不少戏剧家们到解放区去工作。解放区的戏剧家们，在毛泽东同志提出的"文艺为工农兵服务"的方针指导下，一方面努力于创造新歌剧的尝试，一方面着手解决如何使话剧从内容到形式更加群众化这一创造性的任务。他们继承了土地革命战争时期红军演剧活动的革命传统，在教育群众、鼓舞士气以支援抗日战争和人民解放战争的工作上，做出了卓越的贡献。在创作上，像胡丹沸的《把眼光放远一点》、李之华的《反翻把斗争》、杜烽的《李国瑞》、陈其通的《炮弹是怎样造成的》、鲁煤等的《红旗歌》以及其他作品的陆续出现，标志了解放区新的话剧艺术的健康的成长。在这些作品中，新社会的工农兵群众已确定地成为舞台上的主人公，工人阶级思想在艺术上已得到进一步的贯彻，并以其新鲜活泼的语言显示了它们新的人民的风格。

新的话剧创作

新中国成立迄今五年来，话剧继承了以往的战斗传统，在新的条件下得到了新的发展，力求反映人民群众的伟大斗争，力求创造正面人物的英雄形象，力求艺术描写上的真实性和教育性的一致，这就是新中国话剧努力的目标。这种努力的初步成果，已在剧本创作上首先表现出来。

依靠剧作家们的辛勤的劳动，新中国成立以来的许多伟大斗争，人民生活与思想心理上的深刻的变化，在舞台上已得到初步的反映。老舍的《龙须沟》，生动地描写了我国新旧社会的变化。胡可的《在战斗中成长》，歌颂了人民解放战争中的英雄人物。胡可的《战线南移》，描写了中国人民志愿军英雄人物在反对侵略、保卫世界和平的艰苦斗争中的崇高的思想品质。夏衍的《考验》，打击了工人阶级队伍中的个人主义、骄傲自满的落后思想。曹禺的《明朗的天》，描写了某些旧知识分子如何摆脱深厚的帝国主义和资产阶级的思想影响而站到人民队伍中来。杜印等的《在新事物的面前》，李庆昇等的《四十年的愿望》，安波的《春风吹到诺敏河》，朱一震、陈侣白的《种橘的人们》等剧，描写了我国工业建设和农业的社会主义改造的题材，并且在创造正面人物方面获得了一定的成就。在表现我国伟大革命历史题材的剧本中，陈其通的新作《万水千山》描写工农红军二万五千里长征中的英雄人物，是一个很值得重视的新成就。此外，在独幕剧创作中，也产生了像孙芋的《妇女代表》等描写新农村与新人物的优秀作品。

在党和政府的关怀扶持下，新的创作一天天活跃起来。党教导作家深入生活，坚持社会主义现实主义的创作原则，并且帮助作家和一切离开社会主义现实主义的根本要求的错误倾向作斗争。在戏剧创作中，曾经存在着脱离生活、脱离政治的小资产阶级思想倾向；存在着用新闻报道代替艺术概括的简单化、表面化的描写。在批评工作中，曾经存在着对新作品要求过苛甚至是否定一切的虚无主义态度。在党的帮助下，这些错误倾向，如今已在很大程度上得到克服。特别值得提出的是，一年以来，剧作家和全国作家、艺术家共同响应党的号召，认真学习了列宁关于文学的党性的学说，学习了斯大林关于社会主义现实主义的指示，学习了马林科夫关于表现新型人物和创造艺术典型的理论，普遍在思想上提高了一步，大大加强了创作的勇气和信心。我国剧作家经常从苏联戏剧和俄罗斯古典戏剧中学习创作的经验。我国社会主义现实主义的戏剧，正是在光辉的苏联文学、苏联戏剧的影响下发展起来的。

演剧艺术的发展状况

人民政府把发展话剧艺术看作是向广大群众进行社会主义教育的重要措施之一，目前国家设立的话剧团共计四十二个。除首都的中国青年艺剧院、北京人民艺术剧院、上海人民艺术剧院等规模较大的话剧院外，全国各省省会和许多工业城市也都有国家设立的话剧团。他们除在城市的剧场演出外，并经常到工厂、农村和部队巡回演出。此外，在人民解放军部队中，还有许多话剧团组织，他们经常为部队和居民演出。

话剧的上演剧目，以现代题材的本国创作剧本为主体，同时也经常上演苏维埃戏剧和俄罗斯古典作家的戏剧。西蒙诺夫的《俄罗斯问题》、拉甫列乌夫的《美国人民的声音》、屠尔兄弟的《冷战》、索弗洛诺夫的《莫斯科性格》和《非这样生活不可》、苏洛夫的《曙光照耀着莫斯科》、班达连柯改编的《保尔·柯察金》和波掠柯夫斯基改编的《尤利乌斯·伏契克》，是近年来上演较多并受到观众热爱的苏维埃剧目。俄罗斯古典作家果戈理、奥斯特洛夫斯基和契诃夫的某些名作，也常在我国大城市的剧院演出。苏联戏剧和俄罗斯古典戏剧，以其深刻的思想性和艺术力量激动着我国观众的心灵。它们在促进我国现实主义演剧艺术的发展上，发挥了特殊的作用。

在长期的战争环境和流动演剧生活中，培养了我国青年一代的话剧演员。他们经历了一些生活锻炼和思想锻炼，肯于刻苦地向群众学习，能够体会人民的痛苦和欢乐。这是我国话剧演员艺术中很可宝贵的一个特点。可是，在过去的战斗环境中，演员们很难进行系统的业务学习，也不可能在固定的剧场经常演出，这使得过去的许多优秀演出和演员创造的经验很难保留下来；并且，在今天开始系统地建设自己的剧场艺术的时候，演员们和剧院工作人员们感到自己在艺术创造上的职业准备太不够了。因此，目前许多话剧团一方面是经常进行演出活动的剧团，同时也是进行一般演技训练的演员学校。演员们和艺术人员们若饥若渴地学习着史坦尼斯拉夫斯基的演剧理论和文学艺术知识，以求加强自己表现生活的能力。

为了培养话剧的演员、导演及其他艺术人才，人民政府在首都设有中央戏剧学院，在上海还设有它的分院，目前有三位苏联演剧艺术家在该院授课。戏剧界选派了一批优秀的青年导演和演员在他们的指导下学习。中国戏剧家协会在苏联对外文化协会和中苏友好协会的协助下，经常在北京组织苏联舞台纪录片的观摩放映，也受到戏剧界的热烈欢迎。戏剧界对史坦尼斯拉夫斯基体系、对苏联先进的演剧艺术的学习，正在一天天形成热潮。这对我国社会主义现实主义演剧艺术的发展与提高，将产生决定意义的影响。

我国人民在伟大苏联的无私援助下，正在满怀信心地建设社会主义的新生活。作为宣传社会主义思想的锐利武器的话剧艺术，受到党和政府进一步的关怀和重视。中央人民政府文化部已决定在一九五五年举行第一届全国话剧会演。戏剧界正在为了迎接这一具有重大意义的艺术检阅进行紧张的工作。话剧的创作与演出，已开始呈现活跃的气象。我们相信，新中国话剧艺术将继续发扬以往的战斗传统，努力学习苏联的演剧经验，在和人民群众的密切联系中一天天繁荣起来。

九月二十一日　北京

学习苏联戏剧工作的先进经验[①]

一

今年五六月间，我随中苏友好协会访苏代表团访问了伟大的苏联。我们在莫斯科红场参加了今年五一节的盛大庆典；参加了苏联人民庆祝俄罗斯和乌克兰合并三百周年的热烈场面；我们晋谒了伟大革命导师列宁、斯大林的寝陵；参加了苏联著名社会团体在克里姆林宫欢迎各国代表团的盛大集会。许多庄严伟大的印象，深印脑际而永远成为鼓舞我们前进的力量。我们访问了莫斯科、列宁格勒、斯大林格勒、罗斯托夫、巴库、新西伯利亚这些闪耀着共产主义光辉的名城，参观了作为向共产主义社会前进的标帜的苏联工、农业建设和文化建设的壮丽图景，亲身体验到苏联各界人民对我国人民那种深厚无比的友谊和热爱，大大加强了我们为社会主义、共产主义和为世界和平而奋斗的勇气和信心。在此期间，我们代表团中从事戏剧工作的同志们（阳翰笙、沙可夫、黄佐临、严正、傅铎、陈伯华、陈书舫、李和曾和我），曾就苏联戏剧工作方面进行了一些访问和学习，接触了一些著名的戏剧家和剧作家，欣赏了一些优秀的戏剧演出。苏联社会主义现实主义戏剧艺术高度繁荣的气象，苏联剧作家、戏剧家们的劳动精神和他们对中国戏剧的热情的关怀，很使我们感动和振奋。苏联戏剧艺术的辉煌成就和戏剧工作上许多成熟的经验，都值得我们切实学习，作为改进和发展我国戏剧工作的借鉴。以下，我就把有关戏剧方面访问学习的观感写出来，供大家参考。

---

① 本篇发表于1954年《剧本》第11期，署名张光年。曾收入《戏剧的现实主义问题》。

二

  苏联作家们三十多年来辛苦地劳动，已为苏联人民和全世界人民创造了大量的精神财富；其中戏剧创作占了相当大的比重。仅就我国已经翻译的苏联剧本的单行本来说，根据中国戏剧家协会今年四月间的统计，已达一百七十一种；这还只是苏联戏剧文学作品中的一小部分。苏联剧作家每年都把成批的新创作投入剧场，用来不断地充实苏维埃的上演剧目。据苏联文化部戏剧音乐管理局局长索洛多夫尼可夫同志告诉我们，该局去年经手交付出版的新剧本就有一百二十个，其中主要是话剧。因为全苏近五百个剧院中，话剧院约占四百个，他们对新剧目的需求量是很大的。目前在全部上演剧目中，苏维埃现代题材的剧目占百分之五十，此外还有百分之五是苏维埃古典作品，如《柳波芙·雅罗瓦亚》《暴风雨》等二十年代到三十年代苏联作家的作品。

  我们访问了苏联作家协会，和《戏剧》杂志编辑部举行了座谈，知道近年来已产生了不少好剧本，许多著名作家都写出了新作品。例如考尔纳楚克继《马卡尔·杜卜拉瓦》之后写出了新作《翅膀》，西蒙诺夫写了描写苏联新闻记者的剧本《好名字》，包戈廷写了表现科学界思想斗争的剧本《当戈矛折断的时候》。青年作家们写出了许多引人注目的优秀作品，这些作品生动地反映了沸腾的新生活和苏维埃人的新品质。《戏剧》杂志和各文学杂志发表新剧本的数量已日渐增多。西蒙诺夫同志和斯坦因同志热情地为我们推荐了一批适合我国上演的剧本，其中包括近年来在舞台上获得显著成功的新剧本和反映第一个五年计划期间苏联人民艰苦奋斗精神的早期的名作。这对我们自然是非常宝贵的。我们正在组织翻译力量，将陆续把它们翻译介绍出来。

  苏联作家们从来不满足于他们现有的成就。目前戏剧创作中着重解决的问题是：如何把苏维埃新型人物的光辉灿烂的人格更好地更多方面地表现出来，把新人物战斗的性格、心灵与情感表现得更加鲜明，更加饱满；同时继承果戈理、谢德林的传统，用讽刺的火焰烧毁生活中的一切垂死的腐朽的东西。根据生活本身的规律，这两个任务是有机地结合在一起的。

苏联作家们正在胜利地解决着这样在社会主义现实主义文学中具有头等意义的任务。

苏联作家协会在领导戏剧创作方面，进行了巨大的工作。他们设有戏剧委员会，作为指导和推进各共和国戏剧创作的常设机构；戏剧批评家斯坦因同志是这个委员会的领导人。委员会领导着一个习敏纳尔（讲习会），经常从各共和国抽调青年剧作家来参加学习。不久以前举行的一次习敏纳尔，专门讨论了独幕剧问题。斯坦因同志告诉我们，独幕剧的重要性很大，对业余演剧尤其重要，可惜近来真正好的独幕剧太少了。不久以前在共青团的代表大会上严厉批评了著名作家不写独幕剧的现象。苏尔科夫同志代表作家协会提出保证，要切实改变这个现象。在作家协会的帮助下，艺术出版社正在准备出版新的独幕剧集，已有好些作家预约以自己的新作来支持独幕剧集的出版。这使我想到我国独幕剧创作的弱点；我们的作家对这一重要文学体裁注意得太不够了。

戏剧委员会以外，莫斯科的剧作家们还成立了一个戏剧小组，专门指导莫斯科剧作家们的创作活动。小组每月举行一次或两次讨论会，主要是讨论原稿，提出修改意见。小组也经常为青年剧作家组织习敏纳尔，帮助他们修改作品，很有成绩。经过习敏纳尔的讨论帮助，已出现了像《春水》《良心》《达尼亚》等非常动人的作品，它们在舞台上已获得很大的成功。

全俄戏剧家协会在帮助青年剧作家方面，也进行了很有成效的工作。剧协在作家协会和文化部戏剧主管部门的帮助下，每年举办青年剧作家的习敏纳尔。每届有四五十位青年剧作家从各地方来到莫斯科参加学习。他们在老作家的指导下，在课堂中朗诵自己的剧本，展开讨论批评，进行修改加工。剧协副主席波可罗夫斯基同志告诉我们，经过这样的讨论修改，许多剧本出版并上演了。其中《危险的旅伴》《在天鹅村》等还获得了斯大林奖金。

组织创作的重要经验之一，就是促进剧作家与剧院的密切合作。在苏联，剧院一般直接向作家订货；作家往往把剧本直接送到剧院里去，和导演们共同商量修改，这样做是很有好处的，因为剧院每天和群众保持联系，他们懂得群众的爱好和要求；同时，剧作家艺术的构想不一定完全适合舞台的要求，经过与剧院的合作，就能够有效地改进这方面的缺点。在歌剧创作上，牵涉到舞台艺术的各种复杂问题，这种合作尤其越密切越好。大剧院院长阿尼西莫夫同志告诉我们：剧作家、作曲家们甚至在创作萌芽的时候就开始和剧院联系，提纲和初稿都在剧院讨论。在这样的密切合作下，产生了像《十二月党人》《宝石花》这些好作品。大剧院最近又在和剧作家、作曲家合作，组织歌剧《铁甲列车》《母亲》《布加乔夫》《大雷雨》等新剧目的创作与上演。

在党和政府的指导帮助下，苏联作家、戏剧家的团体、剧院、杂志和出版机关协同一致地发展戏剧创作，大力地培养青年剧作家，已产生很大效果。这些经验，很值得我们学习和吸取。

三

每一位到过苏联的同志，看到苏联人民那样丰富、那样高尚优美的文化生活，不能不从内心里发出赞叹的声音；同时，看到苏联社会主义文化艺术的高度繁荣，也仿佛看到了祖国人民明天的幸福生活，看到了我们努力追随的榜样，也就不能不从内心里感到极大的鼓舞。当我们在苏联从事戏剧访问和在剧院里坐着看戏的时候，随时都体验着这样一种兴奋和激动的心情。

目前全苏有将近五百个剧院。莫斯科著名的剧院有二十四个。其中有规模宏大、包括二千七百多艺术工作人员的世界歌剧权威——国立大剧院；有举世瞩目的现实主义演剧艺术的光辉旗帜——小剧院和莫斯科艺术剧院；有许多艺术创造性很强的话剧剧院、歌剧与舞剧剧院；专门上演喜剧与讽刺剧的剧院；专门为少年儿童服务的儿童剧院等。莫斯科的这些剧院每个戏剧季要上演二百五十个到三百个剧目。前面说过，表现苏维埃现代生活的剧目占到一半以上，这是全部上演剧目、特别是话剧上演剧目的主体。演剧艺术家们遵循着党中央关于话剧上演剧目的著名决议，以在舞台上反映苏维埃时代的伟大现实、刻画苏维埃新型人物的崇高品质、阐发苏维埃戏剧文学的深刻的思想，当做自己最光荣的职责。同时，俄罗斯现实主义大师们的古典作品，在话剧与歌剧上演剧目中也都占有重要的地位。俄罗斯古典作品，经过苏维埃演出家们的深刻的解释，加上舞台上的长期锻炼，许多已成为经典性的演出，古典作家们的思想光辉已被充分发挥出来。外国古典作家的作品，例如莎士比亚的作品，也成为苏维埃人民的宝贵财产。当莎士比亚的作品在资本主义世界遭到厄运的时候，我们看到，莎翁作品的思想力量在苏联舞台上放射出新的光辉。同样的例子还有贝多芬的歌剧。贝多芬的音乐在资本主义国家受到冷淡和歪曲，他的歌剧一直被认为是缺乏戏剧性而不适于演出的，这次我们看到大剧院演出的《菲得利奥》，从强烈的戏剧冲突中迸发出民主的火花，使我们对这位大音乐家的思想有了进一步的体会。我们还看到，各人民民主国家的戏剧，包括新中国的戏剧，也经常在苏联舞台上演出，表现了苏联艺术界对兄弟国家的深厚友谊。在莫斯科也可以时常看到资本主义国家的进步戏剧的演出，这对于资本主义国家的进步作家和进步力量，显然是一种有力的鼓励和支持。可以看出，被马列主义思想武装起来了的苏联戏剧界，在宣传人类的先进思想的工作上，在保卫人类进步文化、保卫世界和平的斗争中，发挥了何等的积极作用。

在苏联看戏，是一个很愉快的享受。莫斯科和列宁格勒许多著名的戏院，真是群星灿烂，人才辈出。几乎随便走到一个剧院，都可以碰到一些著名演员艺术家，一些我们过去在电影里面熟悉了的面孔。演员们都有很高的政治文化教养，他们创造性地运用史坦尼斯拉夫斯基的演剧理论，力求演出的真实性与教育性的高度结合。他们继承了前辈艺术家的经验，又把自己的经验传授给青年一代演员。在他们中间，许多人把自己的艺术经验写成了著作，许多人在戏剧学校里兼课，许多人在戏院内部担任训练青年演员的工作。在苏联，对培养青年一代的力量是非常看重的。戏院里是否重视培养青年演员的工作，被当做原则问题来讨论。我们看到，培养青年演员的工作已有了非常可靠的基础。政府在莫斯科和列宁格勒设有两个负有国际盛誉，戏剧学院；各共和国还有自己的戏剧学院；许多著名戏院都附设有自己的演员学校；各地还设有不少戏剧中学。

我们曾经参观了莫斯科的国立卢那卡尔斯基戏剧学院和列宁格勒的国立奥斯特洛夫斯基戏剧学院。这两个学院都以其历史悠久和教学的严格精神著称。他们历年来为苏联各民族培养了大量戏剧人才。各人民民主国家包括朝鲜、蒙古每年都成批地派留学生到这里来学习；可惜我国派去的留学生太少了。参观中印象最深的是，这两个学院都用很大力量为国内各少数民族系统地培养干部，协助少数民族建设剧场艺术。过去他们在这方面已经做出了很大的贡献。革命后原来文化较落后的各民族都有了自己最好的剧院和先进的戏剧艺术，就是和他们的成绩分不开的。这次我们看到，莫斯科国立卢那卡尔斯基戏剧学院的民族班，正在为哈萨克族、土克曼族、吉尔吉斯族和塔吉克斯坦共和国的阿瓦尔族、李士金族等小民族培养整套的戏剧人才。列宁格勒的奥斯特洛夫斯基戏剧学院正在为布里亚特蒙古族、卡累洛芬兰族、土瓦族（据说是住在帕米尔高原的、一个没有文字的、新参加苏联的小民族）、哈卡斯族和柯米族（东方的产皮毛的小民族）培养整套的小型剧院的各种专门人才。这些学生都是成批地挑选出来的，他们毕业时都可回到当地组成一个完整的小型剧院，带回去若干个经过精心排演的成套的剧目，包括俄罗斯古典剧、苏联名剧、一两个莎士比亚的戏剧以及本民族的创作剧目。许多小民族过去只有歌舞没有戏剧的，经过几年的培养，都有了先进的、社会主义内容与民族形式的自己的话剧、歌剧与舞剧；这是多么使人兴奋的事！

苏维埃剧场艺术的一个极其强大的后备力量，是高度繁荣的群众业余的演剧活动。政府、剧协和剧院都用很大力量来发展群众业余演剧。在这方面，文化部设立的专门推进群众艺术活动的各级人民艺术馆（全国共有一百四十个馆）进行了出色的工作。我们在莫斯科曾经参观了以克鲁普斯卡娅命名的全苏人民艺术馆，该馆为业余演剧供应剧目和编排剧目，举办函授班为业余剧团培养大批的导演人才，组织专家和著名演员指导业余演出，举办业余艺术会演等，均积累了丰富的经验。全俄戏剧家协会设有指导业余演剧的专门委员会，和人民艺术馆合办了导演训练班，他的六十七个分会以及各共和国的剧协及分会也经常举办当地业余导演的习敏纳尔，指导当地的业余演剧活动。在苏联，各剧院通常都和某一个企业的业余演剧组织建立了长期和固定的辅导关系，著名的演员们经常和业余演员见面座谈，担任某一演出的艺术指导。通过这些方面协同一致的长期的努力，出现了业余演剧高度繁荣的景象。我们在人民艺术馆看到他们指导业余演剧的函授讲义，其中有《导演教程》《史坦尼斯拉夫斯基体系在朗诵上的运用》等相当有分量的科学著作，用来把史坦尼斯拉夫斯基的方法普及到群众中去。业余剧团经常上演独幕剧，也上演许多著名的剧目。我们看到业余剧团演出《难忘的一九一九年》《夜店》《罗密欧与朱丽叶》《巡按》等名剧的照片；工人业余演员创造的列宁、斯大林的形象达到了形神酷肖的程度。值得注意的是，从业余演剧中每年涌现出大量的优秀人才，这些人才一批一批地补充到各剧院和戏剧学校中去。国立奥斯特洛夫斯基戏剧学院院长谢列布列考夫同志告诉我们，业余演员是他们招收学生的主要来源。他们每年到各城市去看业余演出，也到各学校去看学生的演出，从中挑选出优秀人才予以培养。我们在莫斯科和列宁格勒接触过好几位著名的歌剧与话剧演员，他们原来都是从工厂的业余戏剧小组中被选拔出来的，现在已成为全国知名的艺术家了。从这里我们看到普及与提高关系的正确解决，看到最先进的艺术有了最雄厚的群众基础。这一经验，是值得我们特别重视的。

全俄戏剧家协会在指导全苏的戏剧活动、发展苏维埃的演剧艺术上，发挥了巨大的作用。关于全俄剧协，我已另外写了一份详细的访问记录。剧协在培养青年剧作家和指导业余演剧方面的工作，我在前面已约略谈到了。现在我想谈谈剧协的中心工作，他们在研究戏剧艺术、总结演剧经验、帮助剧院提高演剧水平方面所进行的成效卓著的工作。剧协本身就是一个戏剧艺术的研究机关，设有以下的几个研究室：戏剧研究室——分苏维埃戏剧、俄罗斯古典戏剧、外国古典戏剧等研究组；歌剧研究室；儿童剧研究室；传记研究室——专门收集整理著名戏剧家和演员的传记。这些研究室有许多专家在进行工作，他们掌握了多年来许多重要演出的大量资料，包括许多著名艺术家的创作经验，并出版了很多专著。他们在总结莫斯科和列宁格勒各大剧院的艺术经验，帮助著名的演员、导演同时成为理论家和著作家的工作上，取得了很大成绩。剧协依靠自己的研究工作，依靠许多热心会务的艺术家们的合作，经常给予各共和国的剧院、各地方剧院以有力的援助。剧协副主席波可罗夫斯基同志告诉我们，地方剧院要上演一个重要剧目的时候，往往向剧协申请帮助。如果是古典剧，剧协就把有关该剧演出的各种指导性的材料，包括时代背景的材料，建筑样式和服装样式，以及过去演出这个戏的照片，著名演员创造剧中形象的资料等寄给他们。如果是现代剧，就请剧作家提出剧本的注解，请著名导演提出意见，或把莫斯科著名剧院上演该剧的各种材料寄给他们参考。必要时还派专家去讲或协助排演。剧协有时还派出一个包括演员、导演、美术家和批评家的小组，到某一共和国或某一地区去巡回讲学，看当地的演出，和地方剧院举行座谈，对他们的演出提出意见。莫斯科和列宁格勒各大剧院的许多艺术家，都乐于在剧协的组织下，参加这一光荣的社会活动。全俄剧协就是通过这一类创造性的活动，把会员中的积极分子紧紧地团结在自己的周围，对各共和国的剧院、各地方剧院经常给予艺术上的指导，并且通过它所领导的六十七个分会的工作，各共和国剧协及其分会的工作，把社会主义现实主义方法和史坦尼斯拉夫斯基体系贯彻下去，把先进的艺术经验在全国范围内传播开来。全俄剧协的这一重要经验，特别值得我们认真学习，作为改进我国剧协工作的依据。

四

我们在苏联访问的期间，处处都感受到伟大的苏联人民对我国人民的深厚的友谊和热爱。这种崇高的感情，我们从文学艺术界所感受到的，也是一样地深切。全俄戏剧家协会把他们的工作经验系统地告诉我们，并且把他们二十五年来艺术劳动的结晶、包括一百多种关于演剧艺术方面的专门著作赠送给我国剧协，并相约今后建立经常的工作联系。西蒙诺夫同志、波列伏依同志、斯坦因同志、包戈廷同志为我们解答关于文学创作上的重要问题，并且热情地推荐了一批好剧本。莫斯科和列宁格勒的戏剧学院都从他们图书馆中取出一些贵重的讲义和教学资料赠给我国的戏剧学院。可以预见，当这些著作经过翻译介绍而传播开来的时候，将在我国戏剧艺术的发展上产生很大的作用。我们在苏联各剧院看戏的时候，也都受到热情的接待。导演详细地为我们解释剧情和创作意图。我们接触的许多作家、艺术家，都恨不得把他们的全部经验无保留地告诉我们，并且常因缺乏充裕的谈话时间而感到遗憾。

我们在莫斯科期间，苏军中央剧院上演了我国剧本《战斗里成长》，瓦赫坦戈夫剧院上演了《白毛女》，叶尔莫洛娃剧院上演了《屈原》，这些演出都受到苏联观众的热烈欢迎，因而成为剧院的保留节目了。普式庚剧院还上演了《丁姑娘的绣鞋》，这是根据几个中国民间故事编写而成的一个很有趣味也是很有意义的剧本，受到少年观众格外的欢迎。在这个演出的影响下，列宁格勒话剧院也在排演根据中国民间故事编写的新剧目《金雨》，预计今年内可以上演。讽刺剧院去年曾用话剧形式演出《西厢记》，也很受观众喜爱。现在他们正在根据各方面的意见进行整理修改，使其成为剧院的保留节目。

苏联戏剧界很希望我们经常介绍一些适合他们演出的中国剧本。他们认为，新中国的戏剧反映了中国人民的伟大斗争，这是最大的优点。通过这些作品的上演，可以帮助苏联人民进一步了解我国人民的新生活。可是，他们觉得新中国的戏剧似乎还停留在"事实的文学"的阶段，对人物的性格、心灵发掘不深，戏剧性不强，因此许多剧本不完全适合苏联观众的兴味。这当然是一针见血之论，很值得我们注意改进的。苏联戏剧界也希望多了解我国戏剧工作的情况，在这方面，他们过去得到的材料太少了。根据《戏剧》杂志主编包戈廷同志的建议，将首先通过两国戏剧杂志来加强工作上的联系，例如互相推荐新作品，定期向苏联戏剧界报道我国戏剧工作情况等。同时，我们还需要采取各种有效方式来加强两国戏剧界的联系，需要系统地向苏联及各兄弟国家介绍我国戏剧的历史和发展状况。为此，我国剧协当在这方面进行一些工作。

当然，根本的问题还是我们应当更好地更系统地向苏联先进的戏剧艺术学习。不管在戏剧创作上，在演剧艺术上，目前我们的学习还是很不够的。苏维埃剧作中，还有很多重要作品没有介绍过来；根据苏联戏剧名作进行研究分析以吸取其创作经验的有益的文章，还很少看到。我们对苏联的演剧艺术著作，还介绍得太少；更少看到根据我国的演出实例来阐明史坦尼斯拉夫斯基理论的通俗的著作。我们的戏剧工作近年来虽然有了新的进展，可是，我们的戏剧创作还很不兴旺；话剧和群众的联系还不够密切；戏曲改革还只是做了初步的消毒工作，还很少运用现代的艺术经验来推动其发展；我们戏剧科学的研究工作还没有建立起来；群众业余演剧还基本上停留在自流的状态。总的说来，我们的戏剧文化还没有摆脱长期落后的状况；这是和我们的伟大生活、丰富遗产不相称的。我们必须急起直追，学习苏联戏剧的先进榜样，努力改进工作，为我国人民、为世界进步文化作出新的贡献。

一九五四年九月二十七日

从《文艺报》的错误吸取教训，切实检查并改进我们的编辑工作①
——十二月九日在中国戏剧家协会编辑出版部扩大会议上的报告

同志们！在座的不少同志昨天参加了中国文学艺术界联合会主席团、中国作家协会主席团扩大联席会议，听了郭沫若、茅盾和周扬同志的发言，今天的《人民日报》上发表了昨天大会上通过的《关于〈文艺报〉的决议》。《文艺报》的错误决不是偶然的，也决不是《文艺报》所独有的。作为中国戏剧家协会的编辑出版部门，我们特别需要深刻认识《文艺报》的错误性质，从《文艺报》的错误中吸取教训，切实检查并改进我们的编辑工作。

这里，我想根据《关于〈文艺报〉的决议》（以下简称《决议》），谈谈我自己对于《文艺报》错误的认识，同时联系到我们的编辑工作——特别是《剧本》月刊和《戏剧报》工作中存在的问题，提出检查工作的初步意见。

《决议》指出，《文艺报》的错误主要是："对于文艺上的资产阶级错误思想的容忍和投降；对于马克思主义新生力量的轻视和压制；在文艺批评上的粗暴、武断和压制自由讨论的恶劣作风。"并且指出，"这些错误的性质是严重的，是违背马克思主义的立场和党的文艺方针的"。

《文艺报》的错误，在有关《红楼梦》的问题上尖锐地表现了出来。《文艺报》对宣传胡适派资产阶级唯心论观点的错误著作"采取了赞扬和保护的态度；对青年的马克思主义者向资产阶级唯心论开火的正确的批评

---

① 本篇是1954年12月9日在中国戏剧家协会编辑出版部扩大会议上的报告，发表于1954年《戏剧报》第12期，署名张光年。曾收入《戏剧的现实主义问题》。

文章，却采取了轻视和压制的态度"。《文艺报》这一违背马克思主义立场的重大错误行为，引起了党报的干涉。十月二十八日《人民日报》发表了《质问〈文艺报〉编者》一文，不但对《文艺报》提出了严正的批评，并且对整个文艺界敲起了警钟。

对资产阶级思想的斗争是文艺战线上一个长期的严重的任务。目前，资产阶级的唯心论观点还根深蒂固地潜藏在人们的头脑中，甚至在许多共产党员的头脑中还保有强固的影响。文艺工作、文艺批评的战斗任务，应当表现在对资产阶级文艺思想的无情批判；对反动的唯心论哲学的誓不两立的精神；以战斗的姿态宣传马克思主义的文艺思想；通过不断的斗争来巩固和扩大工人阶级的思想阵地。同时，还必须看到，宣传工人阶级社会主义思想的新的文学艺术作品，目前不是太多而是太少；新的人民的文艺还很年轻，很需要保护和扶持；而另一方面，封建的、资产阶级的反动的、黄色的、腐朽的文艺作品还在人民群众中起着腐蚀作用。文艺工作、文艺批评的马克思主义立场，还必须表现在对封建的、资产阶级的反人民的文艺进行坚决的斗争；为社会主义新文艺的发展开辟道路，保护并扶持其成长。这并不是说不要批评新文艺的缺点，不要对新生力量提出严格的要求；而是说批评应该适当，应该满怀热情；不应对新事物采取苛刻的打击的态度。在批评工作中应贯彻党性原则。

《文艺报》偏偏在上述方针性、原则性的问题上违背了马克思主义的立场。正像文艺界所公正指出的，几年以来，《文艺报》发表了许多粗暴的批评，对正在成长中的工人阶级的新文艺采取了冷酷无情的挑剔打击的态度。以戏剧创作为例，还在一九五〇年初，当我国第一个描写工人生活的优秀剧本《红旗歌》开始在全国各地普遍上演的时候，《文艺报》发表了萧殷同志、蔡天心同志根据"无冲突"与公式化的奇怪逻辑写出的错误的批评文章，轻率地否定了这个剧本。这以后，对几年来出现的新的话剧、歌剧和戏曲创作，《文艺报》极少发表带有积极意义的评论。相反地，在一九五三年第十四号《文艺报》上，以显著地位发表了一篇叫做《"戏"从哪里来》的批评文章，这篇文章以"公式化""无冲突""脱离生活"等等大帽子以及从苏联报刊上摘拾来的理论词句，一下子否定了在《剧本》月刊先后发表的十几个剧本，这些剧本绝大部分是青年作者的独幕剧创

从《文艺报》的错误吸取教训，切实检查并改进我们的编辑工作
——十二月九日在中国戏剧家协会编辑出版部扩大会议上的报告

作；其中三个剧本还是工人业余作者的创作。它们固然不是完美的作品，可是它们被各地群众业余剧团采作上演节目，多少是能够产生一些教育意义的。但剧评者认定它们"不是如《真理报》指出的，'首先是要求对于人的精神面貌的丰富予以艺术的描写'"，或者不是如"爱伦堡曾说"的怎样怎样，不是如"叶尔米洛夫在《戏剧创作理论的若干问题》里""指出"或"要求"的怎样怎样，就把它们一股脑儿否定了。

《文艺报》过去曾经对资产阶级思想、对封建的、资产阶级文艺进行了一些斗争，做了一些对人民有益的工作。可是在最近一两年来，却完全迷失了方向，对封建的、资产阶级的反动的文艺和文艺思想不再进行甚么认真的战斗，却摩拳擦掌，对人民文艺的新生力量施展老爷式的威风。人们要问，究竟是在什么思想的支持下，使编者们走上这样错误的道路呢？

昨天周扬同志的发言中，曾经谈到《文艺报》的一篇社论来说明问题。现在，我想征引另外一篇社论。

我指出的是《文艺报》一九五三年第一号的一篇社论，题目是《克服文艺的落后现象，高度地反映伟大的现实》。这篇纲领性的社论，对文艺的落后现象没有进行什么科学的分析，只是空洞地大声疾呼："必须深刻地、痛切地、严重地看见我们的落后现象！必须提高对我们自己的要求，为改变我们的落后现象而奋斗，为提高我们整个文艺水平而奋斗，为达成人民的高度要求而奋斗！"

那么，社论问："什么是人民对文艺的高度要求呢？"

回答是："人民要求：文艺必须高度地反映我们伟大的现实！而不是低级的反映，更不是缺少反映。"

"人民要求，是充分真实地、生动地反映我们的现实、思想性和艺术性都高强的优秀作品，不愧于我们伟大现实的作品，而不是与此相反的作品。"

"人民已经日渐不能忍耐肤浅地、稀薄地反映我们现实的、思想性既低下而艺术也拙劣的作品。这样的作品，是不能认为已经反映了我们伟大的现实的。……"

表面看来，社论作者代表人民向作家们提出了"高度要求"，要求作家"高度地反映"，"充分真实地、生动地反映"，或如下文所说的，"最真

实、最生动、最完美地描写","十分真实和十分美好地描写",原是没有什么大错的。可是正如这篇社论所说,"必须深刻地、痛切地、严重地看见我们的落后现象!"而且"今天我们文艺工作者的马克思列宁主义的思想水平是如何普遍地低下!"既然如此,却又急躁地向正在成长中的新的文艺和作家要求"高度反映"的伟大作品,不是高度的就不要,这显然是一种主观主义的不切实际的要求,这和毛主席的普及与提高的原理是直接抵触的。

《文艺报》既然站在这样主观的理想的高度,俯瞰今天的新的创作,绝大部分当然就只能是"思想性既低下而艺术也拙劣的作品",是根本不合要求的"低级的反映",无怪乎它"已经日渐不能忍耐",而要毛手毛脚地予以打击了。

这并不是猜想。就在这篇社论里,《文艺报》提出了自己的战斗目标。社论说:"我们当然反对思想浅薄,内容贫乏的作品,但也反对艺术形式拙劣或陈旧而毫无创意的作品。我们反对一切的粗制滥造,反对作者们对于读者或观众的一切侮慢态度!"思想浅薄、艺术拙劣,当然不是好现象;也不是不可以批评的。问题是,在整篇社论里完全没有正面提到反对封建的、资产阶级的反人民的文艺和文艺思想,而是集中力量,对人民文艺在成长过程中不可避免的弱点和缺点表示敌忾同仇的决心,这难道是正确的吗?《文艺报》对资产阶级思想的妥协投降,对新生力量的轻视与排挤,从这篇社论里已经可以看出若干底细了。

《文艺报》的这种错误立场,是违反党的文艺方针、违反人民的利益和文艺事业的共同利益的。因此,在去年十月召开的中国文学艺术工作者第二次代表大会上,党和文艺界对《文艺报》提出了批评。大家还记得周总理在大会上的报告,他强调提出,在艺术水平上,我们目前的要求是优秀的而不是高度的。他告诉我们,没有量的发展,就没有质的提高。他说,批评家的水平要与观众的水平相结合,不要不顾实际,只是求高。他嘱咐大家对已有的成绩不应妄自菲薄,不能没有信心,没有信心就不能前进。我们还记得,这些话以及他的整个报告,给了全国文艺界多么大的鼓舞啊!周扬同志在大会上的报告,肯定了几年来文艺创作的成绩,指出对资产阶级思想的斗争是长期的任务,对创造正面英雄人物的问题作了正确

从《文艺报》的错误吸取教训，切实检查并改进我们的编辑工作
——十二月九日在中国戏剧家协会编辑出版部扩大会议上的报告

的阐解，对文艺批评中粗暴的、武断的作风提出了公正的指责。大会做出了决议，一致拥护周总理的报告，同意周扬同志的报告；实际上是对文艺界存在的、也是在《文艺报》显著存在的与上述报告相抵触的错误思想作风做出了否决。

可是，《文艺报》编者们这时候已经滋长了极端危险的骄傲自满情绪和腐朽的权威思想，听不得和自己的意见相反的声音了。大会闭幕后一年来，《文艺报》不但没有根据大会决议的精神来检查并修正自己的错误，而且也不肯积极宣传大会规定的正确方针。相反地，却采取了消极抵抗的态度。《文艺报》不听党的话，不听文艺界的话，就使错误发展到越来越严重的地步。

我过去曾经是《文艺报》的编委之一。《文艺报》的错误，像一面镜子一样，也照见了我自己的错误。尽管确如《关于〈文艺报〉的决议》所说，编委的工作没有受到尊重，编委会成了形同虚设的东西；但是，如果自己思想上不曾有过某些共同性的错误，如果有了对人民高度负责的精神，又怎么能够在相当长的期间，对《文艺报》的错误置若罔闻呢？

事实上，《文艺报》的错误，决不是《文艺报》所独有的。正像《质问〈文艺报〉编者》和《关于〈文艺报〉的决议》所指出的，许多文艺报刊和机关都或多或少地存在着宽容资产阶级思想、压制新生力量和阻碍自由批评和自由讨论的恶劣作风，存在着脱离实际、脱离群众的倾向。至于在编辑工作中违背集体领导、批评与自我批评的原则，更是司空见惯的现象。《决议》号召各文艺协会对自己的机关刊物进行同样的检查并改进工作，这是完全必要的，应当得到我们衷心地响应和拥护。

我们看看，同样性质的错误，在剧协的编辑出版工作中是否也存在呢？是的，我们也存在这些错误，并且还是相当严重的。

剧协机关刊《戏剧报》创刊以来，曾经发表了一些有益的文章。但是，正像《戏剧报》编辑部不久以前向剧协提出的情况报告所说，编辑部对刊物的战斗任务是茫然的，刊物严重地缺乏战斗性。《戏剧报》对戏剧界的资产阶级影响、对戏剧工作中存在的许多消极现象、对封建的、资产阶级的反人民的戏剧没有进行甚么严重的斗争。今年春天，艺术局的同志写了一篇短文批评反人民的坏戏《麻疯女》，我们组织了一篇短评，提出

了"反对演坏戏"的口号。可是这篇短文和短评在四月号《戏剧报》上发表时，编者看到它的作者不是名人，在目录和编排上都有意无意地贬低了这一批评的重要性。直到我们提出了意见，并且编辑部也看到了这一批评在群众中产生的积极影响的时候，才在以后加以弥补。但由于编辑部在思想上没有重视这一斗争，因而这一斗争是进行得很不彻底的。最近，《戏剧报》根据艺术局同志的来稿对私营剧场中的黄色戏曲和下流表演展开了批评，这是很好的，很必要的。但是也应当指出，编辑部开始对这一批评的意义也是估计不足的，艺术局同志的来稿曾经受到轻视。

《戏剧报》今年连续发表了张庚同志的《中国话剧运动史初稿》第一、二章。张庚同志企图通过这一著作，阐明近五十年我国话剧发展的道路，总结以往的成就与经验，这是一个很有意义的尝试。但是，张庚同志的这一著作，就已经发表的几篇看来，是有着重大的原则性的错误的。张庚同志离开了马克思主义的正确立场，离开了学术工作的阶级观点和党性原则，贬低了早期话剧运动中的革命性、进步性的东西，而对当时已经暴露了反动面目的胡适和胡适派的戏剧理论和戏剧活动却采取了赞扬和投降的态度。张庚同志在分析早期的戏剧活动的时候，没有着重分析和阐发早期人民戏剧的反帝、反封建的革命性及其现实主义精神，而是更多地从枝节上、形式上看问题。所有这些，说明在作者头脑中存在着资产阶级唯心论的错误观点，因而不可能对我国话剧的战斗历史作出正确的评述。关于张庚同志的错误著作，剧协话剧部已在组织讨论，张庚同志已开始认识并表示坚决修正自己的错误。下一期《戏剧报》上将发表张庚同志的检讨和有关的批评文章。

当张庚同志的《中国话剧运动史初稿》第一章开始发表的时候，我们曾经在发表前后指出过其中的若干错误，未被作者认真考虑。这以后，在相当长的期间，不管是剧协的负责同志还是编辑部的同志都没有认真细读并发现张庚同志著作中的重大原则性的错误，直到《红楼梦》问题的讨论展开以后，我们才开始警觉和组织讨论；这说明我们的阶级嗅觉已经麻木到何等程度了。

在《剧本》月刊上，我们曾经发表了歪曲社会真实、宣传个人奋斗的错误思想的剧本《杏林记》，事后虽经编辑部组织了讨论批评，在《剧本

从《文艺报》的错误吸取教训,切实检查并改进我们的编辑工作
——十二月九日在中国戏剧家协会编辑出版部扩大会议上的报告

创作通讯》上发表了讨论的内容,但却没有在《剧本》月刊上及时发表评论,提醒剧团在排演时作可能的修改。这使我联想到去年年初对《为了幸福》一剧的处理。这个严重地歪曲社会真实的剧本,由于文化部负责同志的及时提醒,才没有得到发表。但由于文化部和艺术局行政机构上的官僚主义,这一剧目竟被当做宣传婚姻法的优良剧目而列入向全国推荐的名单上了。归根结底,这仍然是我们的错误。当然,这两个剧本,在最初讨论的时候,我们也不是完全没有看出原稿中存在的问题;但在发表的时候,却采取了十分不负责任的态度,认为大概已经改好了;而且迁就作者,不再提出合理的严格的要求。我们知道,这两个剧本的作者,目前都正在进行认真的修改。我们热望他们把剧本改好。

《剧本》月刊主要是通过自己组织发表的剧本,在群众中发挥思想的战斗的作用。这一方面,我们还有很多值得检查的地方。同时,它也应当经常发表一些深入浅出的评介文字,帮助剧团和青年作者理解剧本,帮助业余剧团挑选上演剧目。不能说,这类文章不需要战斗精神。读者批评我们,《剧本》上刊载的评介文字缺乏计划性和目的性,有的太浅,有的太深,对象不够明确,这难道不是合乎事实的吗?编辑部始终缺乏专人来负责评介文字的编辑工作,这说明我们多么轻视这一工作的战斗意义啊!长久以来,《剧本》对宣传封建思想、资产阶级思想的坏剧本没有进行批评,对有关戏剧创作的粗暴批评没有进行反批评,这种可耻的休战状态可以继续保持下去吗?

《剧本》月刊发表的作品,绝大部分是青年作者的新创作,其中很多人是第一次发表剧本。《剧本》编辑部对帮助各地青年作者,是进行了一些工作的。可是,一年以来,这种热情已逐渐减退了。第一次文代会以后,有些同志误解了反对用行政方式干涉创作的这一正确方针,从此怕犯错误,怕负责任,看到本来花点功夫可以改好的剧本,也不肯组织力量加以修改,轻率退稿和轻率发表的例子,是并不缺少的。这方面应当进行认真的检查。

读者批评《戏剧报》有"名牌思想",我想这是值得考虑的。《戏剧报》是剧协的机关刊,它应当经常发表一些著名戏剧家们内容充实的文章,用他们的丰富经验来帮助青年的戏剧工作者。这是不成问题的。问题

是,《戏剧报》很少发表各地青年戏剧工作者的文章和意见;在各地读者为数不少的来稿来信中,难道没有经过删改而值得采用的吗?显然,《戏剧报》编辑部对扶持新生力量以壮大和更新我们文艺队伍的思想,是很不明确的。编辑部对戏剧界的新事物也非常缺乏敏感。举例来说,在戏曲舞台上出现了工农劳动群众中的新英雄人物,出现了人民志愿军的形象,这是多么值得欢迎的新事物!《戏剧报》受了《文艺报》的贵族偏见的影响,对这些新事物也不肯热情地加以支持。我们知道,《文艺报》对现代题材的新戏曲,从来是不屑一顾的。

脱离实际,脱离群众的病态,在我们两个刊物的编辑工作中都是严重存在的。两个编辑部的同志和艺术局戏剧处的同志合作关系不健全、不密切,不就是这个病态的一种表征吗?目前有不少艺术干部,狂妄而自满,看不起做实际工作的人。但是,难道不就是因为戏剧处的同志比较接触实际,一再地从实际中提出了问题,从而帮助了《戏剧报》的工作吗?难道不正是因为《戏剧报》的同志脱离实际,虽然也做工作,也很忙,却长时期不能发现问题吗?那么,还有什么理由轻视实际、轻视联系实际的人们呢?至于《剧本》月刊,必须坚决纠正一心想侪于权威的大刊物之列的腐败思想,纠正脱离实际,脱离群众的一切想法。《剧本》月刊今年有意识地提倡了话剧,这是必要的;但是一年以来,独幕剧、小歌剧、戏曲剧本特别是现代题材的戏曲剧本却刊载的很少。《剧本》月刊因此疏远了广大群众,群众也对它渐渐疏远了。刊物的销数不是增加而是下降着。

我们的两个刊物都应当特别地检查一下在编委会和编辑部里是否贯彻了集体领导的原则,是否贯彻了批评与自我批评的精神。显然,这是经不得检查的。我作为《剧本》月刊的主编人,平时依靠编委会的思想是不够明确的。只是由于编委们一向发挥了主动精神,热情地为刊物做了很多工作,才使编委会发生了作用。不用说,我们在对待编委会工作上仍然有很多值得指责的地方。至于《戏剧报》,它的编委会应当说是太不健全了,这是《戏剧报》工作中的一个极大的弱点。

我们编辑出版工作中的错误和缺点,还有很多可说,我暂时就谈到这里。

我们已组织了一个专门委员会,来领导这次编辑出版部的检查。我们

从《文艺报》的错误吸取教训,切实检查并改进我们的编辑工作
——十二月九日在中国戏剧家协会编辑出版部扩大会议上的报告

希望在全体同志和编委们的热情参加下,在作家、各地文艺团体和广大读者的大力支持下,把所有的错误彻底揭发出来,并且认真地改进我们的工作。

我们的刊物,应当是思想斗争的武器,应当是戏剧界的战斗旗帜。应当生气勃勃,目光四射,随时向敌对的思想保持挑战的姿态。刊物的编辑者,应当是阶级的耳目,人民的利益的守护者。应当对新事物保持敏感,帮助新生力量大踏步地前进。对一切违反人民利益的思想和行为,必须坚决战斗,毫不宽容。对错误宽容,就是对人民犯罪。对自己的错误,更应当本着严格的精神,依靠群众的帮助,彻底地检查、改进,把已经丧失了的战斗力恢复转来。

1954 年 12 月 9 日

一九五五年

排除戏剧界的庸俗空气[①]

最近期间，中国戏剧家协会就戏曲的艺术改革问题和话剧史问题组织了讨论，对话剧史研究中的错误观点进行了批评。这是戏剧界开展学术上的自由批评与自由讨论的一个良好的开始，值得予以重视的。

戏剧界过去非常缺乏自由批评、自由讨论的活泼空气。这并不是说，戏剧界在许多重大的学术问题或艺术问题上都是思想一致了，不存在甚么思想上、原则上的分歧了。当然不是那样。相反地，在许多学术问题、艺术问题上，大家的看法是很不一致的，存在着一些根本性原则性的分歧。只是由于戏剧界思想领导的薄弱，长期习惯于和错误思想和平共居，阻塞了健全的讨论批评的开展。戏剧界也有一些同志，看到别人的思想有错误，听到别人的意见不对头，但觉得对方是朋友，是名人；当真理与情面发生矛盾的时候，往往顾全了情面而牺牲了真理。戏剧界的这种庸俗的、腐朽的空气，助长了资产阶级思想的蔓延，妨害了马克思主义的传播，并使戏剧领域中许多重大的学术问题、艺术问题长期间不能得到正确的解决。

自从《红楼梦》研究中错误倾向和《文艺报》的错误被揭发以后，大家的眼睛开始亮了，脑筋开始灵活了，再不甘心和错误的思想和平共居，对长期存在的庸俗空气已经不能忍耐了。目前情况开始有一些改变。当然，还仅仅是开始。即以戏曲的艺术改革的讨论为例，许多作家、戏剧家们无拘束地发表了自己的意见，其中有不少精彩的中肯的意见，而且在某些问题上大家的意见已渐趋一致，如像艺术应当有改革有发展；改革不能

---

① 本篇发表于1955年《戏剧报》第1期，署名华夫。未曾收入自编作品集和文集。

脱离原有基础；传统的老戏一般不要大改等。但毋庸讳言，在许多重要问题上，还是存在一些原则性的分歧的。多数发言者还只是各抒己见，很少有针锋相对的批评和争辩。很少有人说在某个问题同意某人的意见；不同意某人的意见；为甚么同意或不同意；其间观点上、原则上的分歧在哪里？必须指出，不经过这样的讨论争辩，正确的意见就不能得到发扬，错误的思想就不能得到克服，就不容易求得深刻的、充实的结论。这说明，戏剧界庸俗的空气还没有完全突破，对真理的追求还不够迫切，讨论还需要继续深入下去。

庸俗的空气一经突破，许多过去没有受到重视的原则性的问题就会一个接着一个提到议事日程上来。如果剧协和刊物的编辑部自己不提，读者群众也会尖锐地提出来的。剧协及其编辑部当然不能重复以往的错误，它必须支持正确的东西，反对错误的东西，促使建设性的讨论批评得到正常的开展。批评与自我批评，本来是一切求进步的人们一天也不可缺少的东西。凡是虚心探求真理的人，一定会对健全的批评讨论采取欢迎的态度，乐于和持有不同意见的人们虚心商讨；如果自己有错误，也一定坚决站稳马克思主义的正确立场，和别人一起对错误的东西进行战斗。这样做，对学术的进步和个人的进步都是有利的。

当然，我们反对那种简单化的粗暴的批评。既然是学术批评，批评和讨论的对象是学术问题，那么，批评就必须有根据，必须讲道理，而不能指望用几顶大帽子把对方吓倒。同时，在学术问题上，应当容许被批评者进行反批评，容许持有不同意见的人坚持自己的意见。因为学术上思想上的问题，不是用少数服从多数的简单办法所能解决的。

开展学术上艺术上的自由批评和自由讨论，必将有助于清除戏剧领域内的资产阶级思想，有助于提高戏剧界的马克思主义思想水平，有助于培养戏剧艺术研究工作中的新生力量。庸俗的、腐朽的空气必须排除，而代之以生气勃勃的、富于青春力量的新鲜空气。

曹禺的创作生活的新进展[①]
——评话剧《明朗的天》

我以激动的心情看了曹禺的新作《明朗的天》的演出（北京人民艺术剧院演出），并且通过演出，兴奋地看到剧作家曹禺的创作生活中有着重要意义的新进展。

这是一个成功的、情绪饱满的演出，富于战斗性和说服力的演出，经过导演、演员及其他剧场艺术人员的共同创造，把剧本中蕴藏着的新的爱国主义和人道主义精神，作者对工人阶级及其政党、对新中国的新人物和新事物的强烈的爱，对美帝国主义和蒋匪帮、对美帝影响下的资产阶级知识分子的反人民思想的强烈的憎恨心，充分传达出来了。这种热烈的政治情感征服了观众，激发了人们心灵的共鸣。

我们先从几个次要人物谈起，看看作者怎样以爱憎分明的态度来描写他笔下的各式各种的人物。

首先引起注意的，是作者对工人赵树德、赵铁生父子的描写。作者以真挚的情感刻画了普通的产业工人的形象，歌颂了他们优良的阶级品质。在第一幕里，有一段赵树德夫妻求医的动人心弦的插曲。钢铁厂的老工人赵树德的眼睛被铁花烧伤了，他的妻子、儿女陪他到医院来求医，可是这个医院不是为穷人服务的，他的要求被拒绝了。卑鄙的内科大夫孙荣和眼科大夫尤晓峰，看到赵妻王秀贞正好是他们的主子美帝文化特务贾克逊大夫要作实验之用的病例，因此争先恐后地报告贾克逊，千方百计地诱骗王秀贞住院治疗。作者在鞭笞孙荣和尤晓峰的同时，以极大的同情对比地来描写这一工人家庭的夫妻儿女之间的互相爱惜、互相支持的自我牺牲的情

[①] 本篇发表于1955年《剧本》第3期，署名光年。曾收入《戏剧的现实主义问题》。

感；这情感被提到崇高的地步了。尽管王秀贞被威吓说她的病"重得很"，"半个月就会出毛病"，可是她还是一心一意地惦记着丈夫的眼睛，坚持说自己"治不治没关系"，再三再四地哀求孙大夫："不能让他瞎了！"并且不顾一切地恳求："您要多少，我们干甚么也给您多少。"赵树德自己的眼睛无望了，又听到妻子的病更危险，忧愤烦躁之余，恳切地劝告妻子："刚才我心里合计，前前后后我都想了。铁生的妈，还是你住在这儿吧，就在这儿治吧"，"人不是畜生，有病总得治啊！"赵铁生为父亲到工会领抚恤，挨了一顿打，带着工友们凑集的钱来到医院，听说父亲的眼睛瞎定了，而母亲又不能不住院的时候，几乎产生了绝望的情绪；但他仍然咬紧牙关，决心独力挑起生活的重担，并且安慰母亲："放心吧，妈，弟弟妹妹交给我了。（炮声隆隆）苦日子就快熬出头来了。"

可以看出，作者是带着痛苦和尊敬的情感写出这一段动人的插曲的。这里，作者在揭露那些卑污的灵魂的同时，和他心爱的人物共同体验了旧社会被压迫人民的共同的悲愤；而且指给我们看，工人阶级的心灵才是光明纯洁的。

赵树德的眼睛瞎了，他的妻子成了贾克逊的细菌实验的牺牲品。就在北平临近解放、贾克逊逃离中国的前夕，这位心地纯良的妇人，被野兽的实验活活折磨死了。美帝国主义的"慈善机关"欠下了中国劳动人民的血债。

北平解放了，医院被接管了，工人阶级当家作主了。赵铁生怀着正义的仇恨，要向孙大夫之流追究法律的责任。这时医院的党组织已经初步判明病人致死的原因，要动员孙荣说出真相，借此教育群众，推动医务人员的思想改造。在医院新来的支部书记董观山和赵铁生的一段对话里，我们看到这位热情的、精明的党组织的负责人如何站在工人阶级立场和党的立场，恳切地向赵铁生解释党的政策，帮助他提高认识，看到这位青年工人的大公无私的精神，对党的无限地信任；看到他一经接受了党的政策之后，他的觉悟水平和精神状态顿时提高了一步，这一段对话的表演也是动人的。我们从这两个人物的思想交流中间，看到他们阶级情感的交流，蕴蓄着一种精神的、道德的力量。语言本身是朴素无华的，却给人以深切的感动。

董观山这个人物的塑造,我想是给作者带来一些困难的,不能说作者完全不熟悉这类知识分子出身的党员干部;而是像许多好心的作者所经验过的那样,一碰到这类人物的时候,就容易产生一种紧张的心情,妨害了对这类人物的流畅的描写。自然,随着作家的政治锻炼的机会增多,对这类人物的里里外外都有了透彻的了解,这个困难就会顺利解决的。剧本中的董观山这个人,不能说是写得很好的;但到底还不是在某些剧本中常见的那种枯燥的、没有生命的人物。就在前面提到的那一段对话里面,董观山的朴素语言中,浸透着一种爱憎分明的阶级感情,一种对阶级兄弟推心置腹的亲切态度,对于董观山这个人物的站立起来,无疑地是有很大帮助的。这以后,从他对凌士湘、陈洪友的态度上,从凌士湘夫妇对他的尊敬和信任上,从他念念不忘于治好赵树德的眼睛并且最后促成了这一愿望的实现上,都可以看出,作者是带着何等深切的敬爱之情来刻画这一党员形象的。遗憾的是,董观山究竟没有被投入剧情冲突之内,没有展示他的心灵活动的机会;而且对于第二幕第二场的不恰当的描写,在损害凌士湘的同时,也多少损害了董观山这个人物,这是以后还要谈到的。

　　作者还以无限敬爱的心情描画了人民志愿军的党员干部庄政委的形象。这个人物,虽然只是在剧本的第三幕第二场彗星似的闪光一现,然而那是多么灿烂的道德的闪光啊!这个人物的出现,增强了剧本的道德力量,使人长久地不能忘怀。庄政委回到北京治眼病,人在病房,心在前线,他无时无刻不惦记着前方战友,惦记着深入敌后的侦察英雄的下落。不幸的是,眼睛开刀之后,忽然发炎了,在通常情况下这是要瞎的。为他施行手术的人,却是热爱志愿军、热爱自己事业的青年大夫凌木兰,当她确认出庄政委的眼睛情况恶化的时候,她难过得无地自容!庄政委觉察了这一情况,转过来劝慰小凌大夫,勉励她对事业前途不要丧失信心;并且劝告责任心不足的眼科主任陈洪友,要求他用高度责任心把技术传授给青年一代。这使陈洪友、凌木兰等受到极大的教育。跟着,电话传来了前方的喜讯,庄政委忽地喜笑颜开了,完全忘掉了自己的病情,像好人一样,盘算着早日离院回到前方了。作者为我们写出了这样一位具有共产主义品质的人物,即令他自己受到灾难性的袭击,也一刻不忘记鼓舞和帮助周围的人们(这一场有些小缺点:凌木兰在病人面前呜咽起来,庄政委解释自己方才半响无言并不是心里难过,而是要找话安慰别人,都是不必要的)。

应当指出:像青年工人赵铁生、党员干部董观山和庄政委这类具有工人阶级优良品质的新型人物的出现,在曹禺的创作中还是完全崭新的东西。虽然他们还没有达到呼之欲出的完美的程度,但却是一个重要的开始,值得特别予以注意的。

作者以切齿的憎恨描写了剧中的反面人物和某些人物的反动思想。美国文化特务和杀人犯贾克逊,是一个不出场的人物,作者通过这个人物,来揭露美帝国主义的穷凶极恶,揭露他们在我国某些知识分子中间的罪恶影响的。我们说,这个任务是成功地实现了,虽然这个人物始终没有出场,我们完全可以感到他的罪恶的魔手魔影的活动;直到最后,还可以从江道宗的身上感到他的阴暗的影响。自然,这只是附着在少数人身体上的绝望的幽灵;至于他的政治上的和思想上的统治权,随着全国的解放,随着抗美援朝和思想改造运动的展开,已经一去不复返了。

剧本描写了解放前蒋匪特务的横行和解放后特务的潜伏活动,这些描写都是很必要、很真实的。感谢导演,把第一幕特务捕人的场面处理得那么逼真,那么富于煽动性,勾引了人们的痛苦和仇恨;特别是当为首的特务临去时做出侮辱凌士湘的动作时,不能不激起人们极大的愤怒。特务的语言都是精选的,句句话都是真正刺痛了观众的心。潜伏的特务戴鹤飞(演出时他和C·C·戴合并成一个人了)。被赋予具体的历史和性格的内容,因之使人更加感到可信和可恶。

在尤晓峰、孙荣、江道宗等反面形象的创造中,体现了作者对那种中了帝国主义思想毒害的资产阶级知识分子的鄙视和痛恨。尤晓峰特别被写成了一个完整的典型,一个呼之欲出的活灵活现的人物。演员的创造也给人以深刻的印象。这个人,对一切有权有势的人是非常殷勤的;贾克逊的生日他记得比别人清楚;连对贾克逊的打字员也表现了殷勤服务的精神。但是对病人的服务精神却完全两样了。他是眼科大夫,对赵树德的眼睛,庄政委的眼睛,都表现了漠不关心的态度。他自己制造了一套特有的逻辑,洋洋得意地为自己反动的医疗思想辩护。三幕一场尤晓峰开导凌木兰、凌士湘痛斥尤晓峰的一段戏,是很精彩的,把尤晓峰、凌木兰、凌士湘、陈洪友四个人物的个性在冲突中表现得非常鲜明,可以感到,作者在现实生活中一定是对尤晓峰式的反人民的医疗思想久已不能忍受了，于是刻画了这一人物，并精心描写了这一段戏，帮助戏中的其他人物和这种恶劣思想展开无情的斗争，可以想象，当这个医院被接管之前，尤晓峰式的思想是通行无阻的，并且是受到赞许的；他自己对自己的奇怪逻辑也一向是深信不疑的。只是因为社会改变了，人们眼睛亮了，尤晓峰式的思想才显得这样的奇特，以致不能不成为讽刺和打击的对象。经过打击，尤晓峰转变了。有趣的是，他是带着自己的风格，按照自己的方式转变的。

现在应当来说，作者对自己的人物的爱和恨的交织，在主人公凌士湘的描写中得到正确的、现实主义的体现，当凌士湘在第一幕受到帝国主义分子和蒋匪特务的愚弄和侮辱的时候。作者同情他，热烈地同情他；当他的资产阶级思想和人民的利益处于对立地位而毫无自觉的时候，作者揭发他，无情地抨击他、讽刺他；当他经过痛苦的思索最后回到人民立场的时候，作者展开双臂欢迎他，为他唱出光明的赞歌，对于陈洪友这个具有代表意义的常见的人物（剧本成功地描写了他，演员的才能帮助充实了他），作者也采取了类似的公正不阿的态度。

作者通过尤晓峰、孙荣、江道宗、陈洪友，特别是通过凌士湘这个剧中主人公的形象，深刻地揭露了资产阶级思想的极大的危害性，像凌士湘这样一个有学问，有良心，有正义感的正直的科学家，如果获得了正确的立场和观点，该会做出多少对祖国、对人民有益的贡献啊！可是这位埋头苦干的细菌学者，自己头脑里却沾满了资产阶级思想的细菌，蒙蔽了自己的眼睛，看不清世界，认不清敌友，把自己埋头苦干的学术成果，拱手送给敌人，使它成为我们最凶恶的敌人美帝国主义战争集团屠杀我国同胞的武器！作者告诉我们，正直、良心、正义感，人道主义和对事业的埋头苦干的精神，这些都是好的，应当肯定的；但是，最后决定一个大的生活趋向和行为的善良与否的，是他的阶级立场和阶级观点。不管凌士湘的动机如何善良、纯正，只要他一天保持着他的资产阶级的立场和观点，他就不可能不做出有利于敌人、有害于祖国的行为；而他后来终于回到人民的怀抱，踏上了光荣的征途，乃是接受了工人阶级的领导、认清了自己错误思想的危害性的结果。作者告诉我们，在生活领域和学术领域，资产阶级思想都是极其有害的，和祖国社会主义建设的利益都是不可调和的，作者正

曹禺的创作生活的新进展——评话剧《明朗的天》

是根据这一正确的理解，观察并描写了现实，通过艺术形象内在的力量，和资产阶级思想展开了尖锐斗争。

剧本《明朗的天》也不是没有缺点的，前面说过，二幕二场在凌士湘客厅的戏，就显然是有缺点的。它多少损害了凌士湘、也损害了董观山的描写。这场戏，描写在群众运动的气氛中，主人公正在经历剧烈的思想冲突；许多人一个接一个地来说服他，而且都表现得那样急躁，似乎是负有某种使命，要当场等着他马上转变。这里，过分强调了压力，过分强调了外力推动的作用（剧本原来还写了窗外不断传来群众情绪激昂的口号声，演出时删去了）。这和前一场通过董观山的口所说："思想领域的事情是很复杂的。解放一个城市都比较容易，解放一个被美帝文化长期毒害了的头脑，那要困难得多，复杂得多。"比较之下，这场戏里所表现的领导水平，就未免太不成熟了。与此同时，这场戏也过分强调了思想改造中的痛苦的一面，渲染了一种过于低沉的情绪，难怪凌士湘的夫人痛惜地说："不要再跟凌大夫谈了，缓一缓吧。"顺便提到，三幕三场凌士湘转变时的痛哭流涕，以赎罪的心情要求上前线，似乎也表现得浅露一些。

从艺术上说，作者把凌士湘推入二幕二场这样被动的僵局中，对人物的描写也是不利的。事实上，后来凌士湘的转变，主要是由于在细菌展览会上看到了美帝的罪证，同时听到了孙荣对贾克逊杀人罪行的揭发；和这一场里容丽章、凌木兰、陈洪友、陈亮、何昌荃、董观山等人的说服工作关系是不大的。如果作者采取了这场戏里陈洪友的正当建议，不把座谈会搬到家里来，删去那些灰色的无益的争论，而代之以家庭式的夫妻、父女、师生、朋友之间的亲切的、意味深长的对话，那对于充实人物的心灵、性格，推动剧情的开展，或许会有更多的好处。顺便说一说，作者对凌士湘的妻子容丽章、女儿凌木兰、亲密的学生和助手何昌荃等正面人物的描写，是不能令人满意的，容丽章是一个可有可无的人物，凌木兰在有关庄政委的医疗事故中，被描写为一个心地纯良的、可爱的青年大夫，可是她对剧情的主要纠葛，没有起甚么积极的作用。至于何昌荃，这个年轻的共产党员，却不过是一个无足轻重的、缺乏神采的人物，而这三个人物，特别是凌木兰和何昌荃，是医院里的新生力量，凌大夫所钟爱的人，在全院的思想改造中，首先在凌大夫的思想改造中，是可以起较多的积极作用的。

前面说过，作者是以很大的激动来写他解放后第一部新作的。这几年来，作者对新事物的感受很多，下笔的时候，有一种抑制不住的情感要尽可能多方面地表现它们，这使《明朗的天》反映出丰富的生活色彩，使舞台通向辽阔的世界，但也因为这个缘故，使人觉得剧本装进的东西过多，曾经表现为某种程度的臃肿和芜杂。演出的时候，删去了Ｃ·Ｃ·戴、高有田、郭欣等人物及某些不必要的描写，使主线和主角的活动更为突出，这是适当的。排演过程中，作者还重写了第四幕，原来的第四幕太单薄了，只是一个皆大欢喜的尾声。新写的第四幕，凌士湘不是胜利归来而是整装待发，反映了自我斗争胜利后的喜悦情绪，改写本还写到江道宗，这个顽固堡垒已开始崩溃，但还没有自我奋斗的决心；显示思想运动并未结束，斗争还在继续着。改写的第四幕，虽然没有完全改变尾声式的结局，但较前确乎充实了。

有些人看到曹禺新作中的某些缺点，把这些缺点夸大起来，说他的新作没有旧作好，忽视了他的新作中含有的崭新的东西。有些人看到曹禺写出了带有尖锐政治意义的剧本，而且写得不坏，于是匆忙地得出结论，以为只要作家掌握了现实主义和艺术技巧，不必借助于思想感情的改造，一样地能够写出新生活的真理。关于这两点，觉得还有说一说自己的意见的必要。

曹禺的新作，写出了作者对工人阶级的热爱，对共产党的高度的敬爱和信任；满怀热情地歌颂了具有高尚品质的新英雄人物；以喜悦的心情描写了资产阶级知识分子经过曲折的、痛苦的道路而走到人民立场上来；作者喜爱一尘不染的红领巾，喜爱心灵纯洁的青年医生，喜爱解放后的明朗的天和一切明朗的新事物。这些地方，人们简直可以说，作者说出了他们心里要说的话，把他们心里的爱和喜悦提高了一步。至于恨，那也是热辣辣的，毫不留情的，对阶级敌人和敌对思想的切齿的痛恨。作者通过形形色色的剧中人物的创造，体现了现实主义的党性和爱憎分明的精神。这不是一般的抽象的爱和恨，而是经过锻炼，上升为阶级情感，政治情感了，作者力求站在工人阶级立场，用工人阶级的眼光来观察所要描写的对象；而这一点，作者确乎已经取得了初步的、但却是有重大意义的胜利。以此

曹禺的创作生活的新进展——评话剧《明朗的天》

为基础,《明朗的天》的现实主义,就显然有别于批判的现实主义,而是属于社会主义现实主义的范畴了。

由此可见,《明朗的天》的确带来了曹禺的创作生活中的异乎寻常的新东西,标志着他的创作生活中的有重要意义的新进展。

曹禺是我国群众喜爱的杰出的剧作家。就在他以往的作品里,也贯彻着浓厚的爱国主义和人道主义精神,革命精神和对于美好生活的渴望。他所创造的众多的光彩夺目的典型人物,至今对群众还保持强烈的吸引力,启发人们对生活的深刻的思索。曹禺过去的作品中间,是接受了工人阶级的某些思想影响的。但是还并不等于说,曹禺在那时候就已经获得了工人阶级的立场和观点。解放后,曹禺长期没有写出新作品。这一点,我们是感到遗憾的。曹禺曾经不公正地否定自己以往的作品,曾经不恰当地修改自己的旧作;要知道,这表现了一个作家在进步过程中的深刻的苦闷。但曹禺是一个热爱生活、热爱真理的作家,他的时间并没有白白浪费掉。这几年,他参加了广泛的社会活动,参加了保卫和平的斗争,下工厂,去淮河,参加了土地改革和文艺整风,若饥若渴地吸收并咀嚼自己的印象。曹禺是带着他特有的形象思维的头脑,沿着自己的道路逐步走向马克思主义的。曹禺之达到工人阶级的立场、观点,获取了洞察新生活的武器,抛弃了某些旧情感而建立了新情感——工人阶级的情感,并不是非常轻易的;那是经过参加现实生活的斗争和几乎是痛苦的思索而达到的,就在他写这个新剧本的过程中,他也参加了医院的思想改造运动。他又一次亲身体验到党如何正确地领导这一意义重大的群众运动,体验到资产阶级思想的可怕的危害性,产生了要用自己的作品参加这一斗争的正义的冲动。作者从实际生活斗争中受到教育和激励,经过综合和提高,变成作品,转过来教育和激励千千万万人。

由此可见,说是对于进步作家,只要抓住现实主义就行了,阶级的立场和观点是并不重要的;说是离开了工人阶级的立场、观点、保持自己的"二重人格",照样可以成为社会主义现实主义者;说是现实主义无所谓阶级性,批判的现实主义和社会主义现实主义之间无所谓根本区别;说社会主义现实主义不过是一个"广泛的概念",只要是有反帝反封建倾向的作家,不管是属于工人阶级,还是资产阶级、小资产阶级,都能够从自己身上找到实践的基础；说思想改造是并不重要的，只要依靠作家的善良动机，依靠他的人道主义，依靠他抽象的"爱爱仇仇"和"主观战斗精神"，单在写作实践中也照样可以达到马克思主义，达到社会主义现实主义；持有这些错误说法的人们，例如胡风，要想从曹禺的例子中找到有利于自己的佐证，我看是徒劳无益的。对于这些错误说法，凌士湘的例子倒是更富于启发性的。凌士湘在未经思想改造以前，对自己的人道主义的善良愿望是从不怀疑的。他从不考虑世界观的问题，一心一意沉醉在科学实践中。结果如何？他是否达到了马克思主义呢？答案在剧本里是写得很清楚的。

1955年1月14日

和戏曲作者们谈社会主义现实主义[①]

一　忠实地反映客观现实

1. 古今中外的一切优秀的现实主义作品，向我们展示了巨大而丰富的客观世界的真相，帮助我们扩大、加深对社会、对人生的认识。恩格斯说他从巴尔扎克的《人间喜剧》所学到的东西，"比从当时所有职业的历史学家、经济学家和统计学家那里学到的全部东西还要多"[②]。列宁曾说托尔斯泰是俄国革命的镜子，说这位伟大的作家和思想家"把整个第一次俄国革命的历史特点，它的力量和它的弱点，非常突出地体现在自己的作品里面了"[③]。我们所以提倡现实主义，就是因为它能够帮助我们认识客观现实，鼓舞我们去改造现实。

2. 我国古代的现实主义杰作，也都是忠实地反映了客观现实。例如《水浒传》，不就是把我国中世纪农民暴动的历史特点，它的力量和它的弱点，非常突出地表现出来了吗？例如《红楼梦》，不就是面临崩溃时期的我国封建社会的一部百科全书吗？它深刻而具体地揭露了当时复杂的社会矛盾，我们从它所能学习的东西不是比任何地主阶级、资产阶级历史学家们记述的东西还要真实和生动得多吗？至于我国的戏曲作品，就拿元人杂剧来说，它们合拢来表现了整整一个痛苦的变乱的时代，七百年前的巨大的社会矛盾，当时的民族矛盾和阶级矛盾，各阶级的生活状况，人民的痛

[①]　本篇是 1955 年 4 月在戏曲编剧讲习会上的讲授提纲。曾收入《戏剧的现实主义问题》《风雨文谈》和《张光年文集》（第二卷）。

[②]　《恩格斯致玛·哈克奈斯（1888 年 4 月初）》。——作者原注。

[③]　《列·尼·托尔斯泰》。——作者原注。

苦、愿望和追求，都突破纸面而矗立起来了。尽管有些不是描写当代题材而是描写历史题材的作品，也向我们曲折地表现了当时紧张的社会冲突和当时人民的情绪。目前，在舞台上保留下来的许多优秀的古典戏曲和民间戏曲，也都是封建社会的矛盾冲突的现实主义的反映。

3. 一切优秀的现实主义作品，不仅给我们以美的享受和情感上的满足，而且，这些作品通过生动的图画，反映出客观的真实——不仅是生活细节的真实，社会现象的真实，并且把生活的真理，生活的发展规律，生活中间具有历史意义、社会意义的矛盾冲突向我们展示出来了。这样的作品，是巨大的客观真实的缩影，是客观真理的体现，因此，就能够帮助我们更深刻地认识生活、认识社会，激发人们的觉醒和斗志，封建时代的劳动人民，从民间文学，民间戏曲中受到教育。优秀的现实主义作品，帮助他们开阔了眼界，帮助他们认识那个社会的不义和不合理，激发了他们的反抗情绪。我国"五四"以来许多青年知识分子，从中外的现实主义作品里面进一步认识到他们所处的社会，所处的时代，从而增强了追求真理的精神。这都说明，反映了客观真实的现实主义作品，是能够起到帮助人民认识生活的作用的。

4. 人类的全部文学艺术的经验，证明了：凡是忠实于客观现实，反映了生活的真理，符合于现实主义要求的，就一定获得成功，获得群众的欢迎；凡是违反了生活真实的反现实主义的作品，就一定脱离群众，就一定失败（优秀的浪漫主义作品，也是以现实主义为其核心的）。这是因为，人民在旧社会处于被压迫的地位，人民把满腔希望寄托于未来，人民从不害怕真理，不害怕面对残酷的现实。凡是揭露了生活真实，描写了社会矛盾、阶级矛盾的作品，对人民都是有利的，因而，必然受到人民的欢迎；相反地，统治阶级是害怕真理，害怕面对生活真实的，现实主义的描写，对他们是不利的。居于统治地位的封建阶级、资产阶级的作家而写出了杰出的现实主义作品的人，都是在不同程度上背叛了本阶级的利益，违反了本阶级的偏见，而在思想情绪上和人民群众建立了某种联系的人。中国的屈原、司马迁、杜甫、白居易、关汉卿、曹雪芹，外国的被高尔基称为"资产阶级的浪子"的批判的现实主义作家，都是这样的。

5. 由此可见，现实主义乃是历史上的一切进步作家们的创作方法，这种创作方法本身就是进步的，符合人民要求，符合客观要求的。不用说，工人阶级是现实主义的最热情的拥护者，因为工人阶级是最先进的阶级，最有远大前途的阶级，最不怕说出真实、最服从客观真理的人。工人阶级总结了人类文学艺术的经验，根据工人阶级的社会主义、共产主义革命事业的要求，制订了社会主义现实主义的创作原则，以便工人阶级的作家、艺术家用来肯定社会主义的现实，宣扬共产主义的真理，并用来彻底地批判一切腐朽的反动的旧事物。

6. 深入地研究现实，忠实地反映现实，这是现实主义的根本的要求。当然，也是社会主义现实主义的根本的要求。因此，社会主义现实主义特别重视对现实生活尤其是人民斗争生活的研究、学习、体验。毛主席说人民生活"是一切文学艺术的取之不尽用之不竭的惟一的源泉"，号召一切有出息的文学家艺术家到群众中去，到火热的斗争中去，就是这个道理。我们的戏曲作家，有很大部分是描写历史题材的。但是，一个戏曲作家如果没有丰富的生活知识、生活经验，不熟悉各阶级人物的思想和心理，不能和当前人民群众的思想感情打成一片，仅仅依靠对历史文献的研究，熟悉一些历史掌故，要想创造出真正生动的现实主义的历史剧，那是不可想象的。

7. 文学艺术对现实生活的反映，不是琐碎的、死板的、机械的反映，而是经过集中、概括、加工了的艺术的反映。按照现实主义方法所反映出来的真实性，是经过集中、概括、加工了的艺术的真实，它来源于生活真实，符合于生活真实，但和实际生活并不完全是一回事。对生活的观察、研究、分析和创作过程中的集中、概括、加工，都是经过作家的主观头脑来进行的。因此，就产生了一个主观与客观的关系问题。毛主席说："作为观念形态的文艺作品，都是一定的社会生活在人类头脑中的反映的产物。革命的文艺，则是人民生活在革命作家头脑中的反映的产物。"[①] 那么，如何保证作家所观察所反映确实符合于客观真实，而不是歪曲了客观现实呢？马克思主义者是这样看待这个问题的：作家必须和先进的人民群众（工人阶级）站在一起，和他们的思想感情打成一片，并经常用科学真

---

① 《在延安文艺座谈会上的讲话》。——作者原注。

理（马克思主义）和生活经验来修正和改造自己的主观；而在观察和描写现实的时候，应当力求忠于客观真实，力求在丰富的生活经验的基础上展开艺术的想象，但却坚决避免用主观的臆想来弥补生活的不足，用作家的主观世界来代替客观的真实。高尔基说得好："经验愈更广大——它里面的主观的、个人的地位就愈更狭小，一般的意义（客观的意义——光年注）就愈更灿烂地呈现出来，艺术家的社会形象就愈更鲜明地显示出来；作家愈更坚决地摈斥他的个性（主观——光年注）——他就愈更容易地抛掉他的渺小的、无足轻重的东西（主观偏见——光年注），他的在周围世界可接受的重要的、客观的东西就愈更深刻地、广大地展示出来。"①

二 按照历史观点观察和反映现实

1. 你们已经读了恩格斯给玛·哈克奈斯的信。恩格斯除了批评玛·哈克奈斯的小说现实主义不充分之外，还着重批评小说把英国工人阶级描写得太消极了。恩格斯说，"如果这是对1800年或1810年，即圣西门和罗伯特·欧文的时代的正确描写，那末，在1887年，在一个有幸参加了战斗无产阶级的大部分斗争差不多五十年之久的人看来，这就不可能是正确的了"②。

2. 你们读了恩格斯给爱恩斯特的信。恩格斯批评爱恩斯特在评价易卜生的戏剧的时候采取了机械唯物论的方法，把挪威的小资产阶级和当时德国的小市民阶层混为一谈了。而挪威由于生产方式的落后，中小资产阶级还在起着积极的、进步的作用，这和革命失败后已完全变成大资本的附庸的德国小市民阶层的畸形发展，"怯懦、狭隘、软弱无力、无任何开创能力"决不是站在同一水平线上的。

3. "一切都依条件、地方和时间为转移。"马克思列宁主义是这样教导我们的。玛·哈克奈斯把工人阶级已经登上国际政治舞台的历史条件忘记了，把工人群众描写成为半个世纪以前的消极状况，当然是不对的。爱

---

① 《俄国文学史·绪言》。——作者原注。
② 《恩格斯致玛·哈克奈斯（1888年4月初）》。——作者原注。

恩斯特也忘记了不同的历史条件、社会条件，把德国的小市民和挪威的小资产阶级放在同一历史水平上来衡量，对挪威小资产阶级及小资产阶级妇女的积极性感到奇怪，而要把历史的事实宰割和剪裁得适合于自己的固定的公式，当然也是错误的。

4. 像爱恩斯特那样的错误，在我们的戏曲创作戏曲理论中是否存在呢？存在的，大量存在的。许多同志，对待封建社会的封建阶级的积极人物，硬要把他们拉来和走向社会主义新社会的新人物放在同一个时代水平上来衡量，这自然会把所有的古人都比下去了。对古代的农民暴动中的英雄人物，例如对宋江，总是这样不对那样不对，恨不得在他脸上涂上污泥。对统治阶级中的正义人物，例如对《秦香莲》中的包公，不相信他会那么好，恨不得把他的黑脸改成白脸，把他"铡美"的正义行为改成是彼此利害冲突而挟嫌报复。对古代所有皇帝，不用说，更是不分青红皂白，一概加以否定。按照这样的观点，势必把全部古代人物，我们的全部祖先都看成是封建败类。这些人完全不懂，每一个时代都有人民群众，每一时代都有人民中的英雄人物；每一个时代的统治阶级内部都是有尖锐矛盾的，所以每一时代都有从统治阶级中分裂出来的人物，或虽属于统治阶级而在思想情绪上接近人民，同情人民的人物。统治阶级的所作所为，当其和人民利益敌对的时候，自然是反动的；但某一时代的统治阶级在某一件具体行为上确实保卫了民族利益，推动了历史进步的，我们也应当予以肯定，而不是一概反对。总之，"一切都依条件、地方和时间为转移"。"具体地分析具体情况"。硬套公式的办法是行不通的。

5. 带着反历史的眼光，不能正确估计古代正面人物在当时历史条件下的进步性，看不起他们的革命性，进步性，但又要利用他们的事迹来教育人民，这就发生了矛盾。解决矛盾的办法，就是说谎，就是给古人身上加上一点他不可能有的"革命性""进步性"，给古人派上一些他不可能解决的政治任务。于是白蛇参加土改，牛郎织女鼓吹抗美援朝，孙猴子夺取了玉皇大帝的政权……这一类的荒谬现象都在舞台上出现了。许多剧本，把悲剧的失败的结尾换成了虚假的胜利。许多人不听恩格斯的话，偏要"把他所描写的社会冲突的将来历史上的解决硬塞给读者"。他们不肯想想马克思的话："人类始终只提出自己能够解决的任务，因为只要仔细考察就可以发现,任务本身,只有在解决它的物质条件已经存在或者至少是在形成过程中的时候,才会产生。"① 在反历史主义者看来,真实性是没有价值的,只有说谎才是有教育意义的;客观世界是不可信的,只有主观臆想才是合情合理的。反历史主义者在这样做的时候,他自然就和唯物主义、现实主义结成了冤家对头。

6. 另一方面,把封建贵族阶级的人物、那些垂死阶级的人物加以理想化,拼命在他们脸上贴金,也是反历史主义者的一种可耻的行为。马克思、恩格斯给拉萨尔的信,不约而同地批评了拉萨尔的这一错误。拉萨尔把一个骑士阶级的领袖人物济金根当做革命英雄人物来加以歌颂,而济金根不过是那种唐·吉诃德式的"可怜的人物",正像马克思所说,"他的覆灭是因为他作为骑士和作为垂死阶级的代表起来反对现存制度,或者说得更确切些,反对现存制度的新形式"。"他以骑士纷争的形式发动叛乱,这只是说,他是按骑士的方式发动叛乱的","革命中的这些贵族代表——在他们的统一和自由的口号后面一直还隐藏着旧日的帝国和强权的梦想",那是不值得在一个革命作家的剧本中"那样占去全部注意力"的②。何况,为了美化那位贵族骑士,作者又毫无根据地假定他与农民有某种联系,把他扮演成农民的解放者,而实际上,从他的阶级地位来说,他本是"坚决地反对解放农民"(恩格斯语)的。何况剧本对农民运动的描写,又是很不充分的,照恩格斯说,是"忽视了农民运动"。这样,怎么不造成严重的错误呢?

7. 这样的错误,在我们的戏曲中也是存在的。许多描写信陵君窃符救赵的剧本,除了更荒唐地用来影射抗美援朝以外,错误的性质基本上是相同的。也是错误地歌颂了一个垂死阶级的代表人物,也是假定他和人民有某种联系,硬把他们扮成人民利益的保护者,而人民——主要是农民的革命要求(大家知道,在战国末期,农民暴动是帮助摧毁了封建诸侯的统治的),又受到严重的忽视和歪曲。怎么能期望这样的剧本会对群众产生正面的教育作用呢?

---

① 《〈政治经济学批判〉序言》。——作者原注。
② 《马克思致斐·拉萨尔(1859年4月19日)》。——作者原注。

8. 斯大林说得好："不是要指靠社会里已经不再发展的阶层，哪怕这些阶层在现时还是占优势的力量，而是要指靠社会里正在发展，具有远大前途的阶层，那怕这些阶层在现时还不是占优势的力量。"① 何况，像济金根和信陵君那种垂死阶层的人物，就是在当时也不算是"占优势的力量"呢？

9. 反历史主义的最突出的表现，是居然公开地维护旧制度、旧统治，否定阶级斗争，歪曲农民革命，鼓吹起投降主义和改良主义来了。这使我联想到电影《武训传》，联想到有名的《人民日报》社论《应当重视电影〈武训传〉的讨论》对这种错误思想的谴责："在许多作者看来，历史的发展不是以新事物代替旧事物，而是以种种努力去保持旧事物使它得免于死亡；不是以阶级斗争去推翻应当推翻的反动的封建统治者，而是像武训那样否定被压迫人民的阶级斗争，向反动的封建统治者投降。我们的作者们不去研究过去历史中压迫中国人民的敌人是些什么人，向这些敌人投降并为他们服务的人是否有值得称赞的地方。我们的作者们也不去研究自从1840年鸦片战争以来的一百多年中，中国发生了一些什么向着旧的社会经济形态及其上层建筑（政治、文化等等）作斗争的新的社会经济形态，新的阶级力量，新的人物和新的思想，而去决定什么东西是应当称赞或歌颂的，什么东西是不应当称赞或歌颂的，什么东西是应当反对的。"

10. 反历史主义者在处理历史上的涉及民族问题的题材的时候，最容易陷入资产阶级的民族主义的错误。他们或者在作品中宣传大汉族主义，盲目歌颂封建统治者对少数民族的侵略；或者把少数民族的封建贵族人物理想化，在作品中宣扬狭隘的民族主义情感，挑起民族仇视，揭开了过去封建统治者造成的民族间痛苦的伤疤。他们在这样做的时候，不但把工人阶级的历史观点、把党的民族政策抛在一边，而且把民族问题和阶级问题也分割起来了。他们不懂得："把民族问题从阶级问题分开来看，把民族的斗争从阶级斗争分开来看，乃是完全错误的，有害的，乃是地主资产阶级反动派的一种欺骗。"② 近年来各地编演的以香妃——伊帕尔汗为题材的

---

① 《论辩证唯物主义和历史唯物主义》。——作者原注。
② 刘少奇：《论国际主义与民族主义》。——作者原注。

剧本，往往发生上述的错误，是不能不予以注意的。

11. 由此可见，我们在观察和描写历史现象的时候，为了力求符合历史的真实，为了在政治上不犯错误，必须掌握马克思主义的历史观点，必须掌握历史发展的规律，必须根据当时的历史条件对具体事物进行具体的分析，必须善于分辨何者是旧的、垂死的东西，何者是当时新生的进步的力量，必须根据阶级斗争的学说，观察和描写历史的革命性的发展，必须揭露当时社会的各种矛盾，而不是掩饰这些矛盾，必须认识人民群众是历史的动力，从人民的利益出发来决定什么是应当歌颂的，什么是应当反对的。

三　典型问题

1. 生活是具体的，文学艺术对生活的反映，也必须是具体的。文学（戏剧也是一样）的具体对象是人。高尔基说文学就是"人学"。作家对客观现实的反映，对生活现象的解释，作品的思想性和教育作用，都是通过人物的描写来完成的。单是写出了事实的现象、过程，这还不是艺术。写戏，这就是说：写人。

2. 古今中外一切优秀的现实主义作品，留给人们的最直接、最深刻的印象，就是这些作品中创造出了各色各样的活生生的人物。拿我国戏剧为例，我们一提起《西厢记》就想到张生、莺莺、红娘；一提到《梁山伯与祝英台》就想到它的男女主人公；一提到《白蛇传》，就想到白蛇、青蛇、许仙；一提到《秦香莲》，就想到秦香莲、陈世美、包拯这些人物。我们看见，剧本的思想性不是另外加进来的某种东西，它恰好是由剧中人物、人与人的关系、人物的行动所自然流露出来的。

3. 作品中的人物，通常叫做艺术形象。它们是作家根据对现实生活的观察、研究、分析，经过艺术的集中、概括、加工而创造出来的。生活是具体的，人是具体的，具体的人是各有特色的，因此，真实的人物形象不能不是精确的个性描画。没有个性的人物，是死板的、没有生命的东西，这样的人物在生活中是不存在的。但是，仅仅描写了个性还是不够的。作品中的人物形象，还应当有社会意义，有典型的意义，使人们感到这个人物不是偶然的、个别的现象，这个人物是到处存在的，或可能到处存在的。这样，人们才真正相信这个人物，对它发生情感。从它吸取思想的、教育的意义。因此，现实主义形象创造的要求是："每个人都是典型，但同时又是一定的单个人，正如老黑格尔所说的，是一个'这个'。"①

4. 人是社会的人，历史的人，阶级的人。人的个性或性格，不能不受到他所处的时代、社会、阶级的决定性的影响，时代的、阶级的条件通过他的具体的生活教养、生活历史等而发生作用；人的个性或性格是在一定的社会环境的影响下形成起来的。要描写人，写出他的典型性与个性，就不能离开他所处的社会环境而孤立地描写他。所以恩格斯说："现实主义的意思是，除细节的真实外，还要真实地再现典型环境中的典型人物。"②

5. 举例来说，在封建社会中，妇女受压迫的现象是到处存在的。古代戏曲艺术家观察、分析了他们所看到的现象，把它集中、概括起来，创造了崔莺莺、祝英台、白蛇、秦香莲、萧桂英、赵艳蓉、陈妙常……这些艺术形象。我们看见，她们每一个都是具有一定社会意义的典型人物，而每一个又有独特的性格。典型是具体的典型，性格是典型的性格。我们还看见，人物的典型性和她的性格特征，又是和她们所处的时代社会环境有机地结合在一起的。崔莺莺、祝英台、白蛇、秦香莲、萧桂英、赵艳蓉、陈妙常等所处的环境是各不相同的，这些环境本身都是各有特点的，但是被描画出来的这些不同的环境又有其总的共同之点，这就是共同的封建时代、封建社会的条件，这和今天新社会的条件是完全不能混同的。

6. 我国古代优秀的现实主义戏曲作品，都是人民和人民的艺术家所创造，他们的政治倾向性是鲜明的。他们对被压迫人民充满同情，对压迫者充满仇恨，他们带着爱憎分明的情感、高度正义的裁判的精神来创造自己的典型人物（正面的和反面的人物）。作者创造这些人物是有目的的，就是说，要你同情他或反对他。你们刚看了《宇宙锋》《乌龙院》和《二堂放子》。在《宇宙锋》和《乌龙院》里，倾向性是很鲜明的。人们感到

---

① 《恩格斯致敏·考茨基（1885年11月26日）》。——作者原注。
② 《恩格斯致玛·哈克奈斯（1888年4月初）》。——作者原注。

赵高父女的性格冲突是有社会意义的，赵高实在可恨可厌，赵高的女儿实在可敬可爱。宋江和阎惜姣的性格冲突也是有尖锐的社会意义的，在剧情进展中，人们不能不越来越同情宋江，越来越觉得阎惜姣是一个没有生命的危险的生物，人们觉得宋江杀死她是可以理解的，不杀是不对的，这样的人物是可杀的。这样，典型的思想意义就突出了。可是，在《二堂放子》一剧中，倾向性很不明显，在夫妻二人性格冲突中，观众不知道应当同情谁，反对谁，虽然冲突是尖锐的，戏剧性是很强的，表演是卓越的，但观众无法得到情感上的满足，也无法吸取形象的思想的意义。由此可见，"纯客观"的态度是无法创造典型的。倾向问题就是立场问题。没有倾向性就没有现实主义。

7. 从作家的倾向性出发，从热烈的爱与憎出发，爱之深而恨之切，产生了对典型的夸张的描写。这个特点，在我国小说、戏曲里表现得非常突出。平庸的、死板的描写，在我国小说、戏曲中是没有地位的。试看《三国演义》与三国戏里的人物，《水浒传》与水浒戏里的人物，《西游记》与西游戏里的人物。凡是群众印象深刻的，哪一个不是夸张的典型？在戏曲舞台上，凡是观众印象深刻的人物，印象深刻的场面，几乎无一不是典型化的夸张的描写。当然，艺术的夸张必须是抓住了事物本质的适度的夸张。

8. 社会主义现实主义强调用工人阶级的眼光，观察和描写生活的革命性的发展，高度发挥以社会主义精神从思想上教育和改造人民的作用，因此，典型化的意义比以往任何时期都提得更高了。毛主席说："革命的文艺，应当根据实际生活创造出各种各样的人物来，帮助群众推动历史的前进。例如一方面是人们受饿、受冻、受压迫，一方面是人剥削人，人压迫人，这个事实到处存在着，人们也看得很平淡；文艺就把这种日常的现象集中起来，把其中的矛盾和斗争典型化，造成文学作品或艺术作品，就能使人民群众惊醒起来，感奋起来，推动人民群众走向团结和斗争，实行改造自己的环境。"①

9. 社会主义现实主义的奠基人高尔基谈到典型问题时说："当一个文

---

① 《在延安文艺座谈会上的讲话》。——作者原注。

学家在写他所熟悉的一个小店铺老板、官吏、工人的时候，他或多或少都能创造出这一个人的成功的肖像，但这只是一个失掉了社会意义与教育意义的肖像而已，在扩大和加深我们对人和生活的认识上，它几乎是毫无用处的。"①

但是胡风的所谓典型论，把典型和个性完全混同起来，宣传"任何一个人都是一个典型""从一粒砂里看世界"，实际上取消了文学的典型性和思想性，是根本错误的。

10. 另一方面，不普遍不常见的事物也可以构成典型。果戈理的《钦差大臣》和《死魂灵》、我国戏曲《炼印》等所描写的都不是最常见的事物；《秦香莲》中的包拯，《木兰从军》中的花木兰，《白毛女》中的喜儿的典型，都不是最普遍、最常见的人物，但是通过这些不常见的事物，仍然表现了普遍的社会意义。社会主义现实主义要求肯定社会主义的新现实，肯定生活中的社会主义因素，肯定当前现实和过去现实中的一切新生力量；而生活中的新生力量，既然是新生的，刚刚出现在地平线上的，那就不一定是最普遍、最常见的事物。新人物身上的社会主义精神及其他优良品质，可能暂时还不是普遍的存在，也可能是分散在许多正面人物身上，很容易被人忽略的。作家需要把他们集中、概括起来，创造出新的典型人物。这样做是可能的，也是必要的。高尔基说得好：人在自己的身上极慢地、煞费苦心地……培养起来的这些优点，有时必须加以美化、夸大，以便提高它们的意义，使善良的幼芽繁荣滋长，我们相信，这些幼芽会随着时间的推移长得更加鲜艳夺目。

11. 创造具有社会主义精神品质的新英雄人物的艺术典型，也是我国社会主义现实主义文学头等重要的任务。要表现正面英雄的典型，必须大胆地表现生活中的矛盾和冲突。英雄人物，任何时候都是在斗争中产生出来的。描写英雄人物，就是描写他们怎样生龙活虎地同生活中的敌对力量、腐朽力量进行不妥协的斗争。如果掩饰生活的冲突，如果把反面力量描写得不真实，如果把正面人物的胜利描写成不经过严重斗争而轻易取得的，那就既不符合于生活真实，也创造不出任何有生命的、典型的英雄形

---

① 《我怎样学习写作》。——作者原注。

象。我们目前的话剧和现代题材戏曲中,许多剧本冲突没有充分展开,事实、材料压倒了人物,使正面人物的描写受到损害。

  12. 运用社会主义现实主义方法描写历史题材,创造古代人物的典型形象,必须运用历史唯物主义的世界观,正确地观察分析当时的历史情况,确定何者是应当歌颂的正面力量,何者是应当批判的反面力量。我国的戏曲舞台上,创造了大量的正面的和反面的典型人物,帮助教育了人民群众,表现了现实主义的光辉成就。但是,古代的戏曲家由于历史的、阶级的局限,就是在观察他们当前现实的时候,也不可能达到完全的准确性。我们看到,就是像《白蛇传》《梁山伯与祝英台》《秦香莲》这一类优秀的现实主义杰作,其中也掺杂了许多唯心论成分,只是在新社会,经过现代人用新的观点加以整理修改,才使他们的现实主义光辉更鲜明地放射出来。我们古代戏曲的现实主义,虽然基本上属于批判的现实主义范围,可是我们看见,他们是有批判也有肯定的。在我们的戏曲舞台上,创造了众多的正面的典型形象,这是我国古代戏曲的一大特色。社会主义现实主义在描写古代历史题材的时候,在马克思主义历史观点的照明之下,对于同样一段历史现实,应当比古人看得更准确、更透彻,因而肯定的时候,能够肯定得更确切,批判的时候,批判得更彻底。特别是,古代戏曲中对劳动人民的描写,是很不充分的;在许多戏里,表现得是不正确的。今天的作者,对这一点必须充分注意。同时,也应当知道,"古代人的性格描绘在今天是不再够用了"①。戏曲舞台上曾经创造了许多生龙活虎的人物,但也有一些人物,在性格刻画上是过于粗略了,过于单纯了,需要演员的补充强调才使观众感到人物的具体性,这在描写武将、武夫和劳动人民的时候,特别给人以这样感觉。戏曲还有许多著名的女英雄的性格——例如花木兰、梁红玉等,基本上还没有创造出来。另外还有些人物,例如岳飞、关羽等,在封建思想影响下,他们的性格被描画得过于理想化了。

  13. 以社会主义现实主义方法来描写历史题材,应当着重描写历史上的人民斗争,把古代人民的爱国精神、民主精神、人民的正义感和反抗精神充分地发扬出来。应当创造历史上一切为社会进步、为人民利益、为民

---

① 《恩格斯致斐·拉萨尔(1859年5月18日)》。——作者原注。

族自由而奋斗的英雄人物的典型形象,特别应当努力创造历代农民起义中的英雄的典型形象,包括近百年史中的革命英雄人物的典型形象。这一方面的典型创造,在我们的戏曲舞台上是出现很少的。这个光荣任务,落在今天的戏曲作家的身上。

14. 我们也需要创造讽刺的典型。在我国戏曲的舞台上,主要在丑戏里面,曾经创造了许多讽刺的典型。绝不可低估了这些讽刺的典型的意义,例如《打渔杀家》中教师爷的典型,在今天的政论文章中还不断地引用着,继续在起着讽刺的战斗作用。讽刺剧的传统,在新戏曲中几乎中断了,这是不应当的。需要发扬我国戏曲中讽刺剧的传统,在话剧中,在现代题材的戏曲中,要学会创造讽刺的典型来参加新生活的战斗。在学习传统的讽刺艺术用来表现现代生活的时候,值得严重注意的是过去的讽刺作家的任务是用火辣辣的讽刺来否定当时不合理的社会制度,否定当时的统治阶级和统治思想;今天的讽刺作家却是用讽刺典型来烧毁我们新社会中的旧的残余和一切垂死的东西,用来巩固我们的新制度和新思想。把过去讽刺剧的题材、结构硬搬过来是会发生错误的。在描写当前现实题材的讽刺剧中,应当使观众感到社会的正面力量的强大存在,因为这是新社会的基本真实。在新社会,坏人坏事是不会不受制裁而长期逍遥自在的。

15. 创造典型的最基本的材料是语言。我们看到,古典戏曲中总是用最精炼的富于生活特色的语言来创造典型人物的。我们要学习古人用最经济的笔墨创造最生动的人物的本领。我们的戏曲剧本中,习惯用陈词滥调来描写人物,现代题材的戏曲中,习惯用很多别人不懂的方言土语,这些语言不能给人以新鲜的形象的感觉,因而不能完成创造典型的任务。毛主席在谈到文艺的时候,非常重视语言。他认为作品的语言无味,是作家脱离群众、生活空虚的结果,而要熟悉群众,熟悉群众的语言,首先要和工农兵群众的思想感情打成一片。可见语言问题,也不是和作家的倾向性、党性毫无关系的。

16. 社会主义现实主义要求在作品中发挥以社会主义精神教育人民的作用,这就是要以工人阶级的劳动创造精神,集体主义精神,为集体事业奋不顾身的精神,生气勃勃的不怕困难和克服困难的精神,来鼓舞人民群众。这种革命精神不是在作品中临时加进去的东西,而是作家根据自己的工人阶级的世界观观察和研究了现实,真实地描写了革命发展中的现实,以艺术典型的巨大感染力量,赞扬那些有先进思想和坚强毅力的英雄人物,表现他们如何同生活中的敌对力量、腐朽力量及一切前进的阻力进行不妥协的斗争。这样,作家就以自己的作品反映了并参加了斗争,作品的思想力量显示了作家的思想力量,作品的真实性和教育性因而得到完满的结合。要做到这一步,作家艺术家必须不断地改造自己提高自己,使自己本身成为优秀的阶级战士。我国戏曲作家,比较说来,思想改造问题是带着更大的迫切性的。要知道,马克思主义历史观点,工人阶级的世界观,社会主义现实主义,这些都不是现成的技术,任何人可以拿来就用的。工人阶级的观点、方法,只有站在工人阶级立场才能正确地完善地运用它。不站在工人阶级立场而能正确运用工人阶级的历史观点和社会主义现实主义创作方法,乃是不可想象的事情。立场问题,思想改造问题,永远是首要的问题,我们的戏曲作家要经常注意这一点。

1955 年 4 月

给《巴音敖拉之歌》作者的信[①]

超克图纳仁同志：

你的剧本《巴音敖拉之歌》，我和《剧本》编辑部的两位同志都看过了。我们认为这是一个好剧本。昨天我在医院里又重读了一遍。伸出你的手来，超克图纳仁同志！为了我们亲爱的兄弟民族出现了有才能的剧作家，我应当向你祝贺哩！

从你的剧本里，看到了我国内蒙牧区在党的领导下发生的一些新的变化。遗憾的是，关于这方面的生活知识，我知道得太少了；这大大限制了我对你的剧本的分析能力。但是，通过你的描写，我们看到了在边远的畜牧地区，新的事物在成长，旧的东西在衰亡；社会主义的因素，像三月的牧草，在你们的春营地上欣欣向荣地繁殖起来。在一向被认为荒凉、落后的畜牧区，出现了像巴特尔、敖其尔、阿日巴基这样的洋溢着社会主义精神的人物。通过他们，可以看到党的坚强的手，也像在祖国其他地方一样，奋勇地推动着生活前进。所有这些，都是真实的，可信的，能够鼓舞人心的。

我还应当说，在巴特尔、吉尔格拉及其他人物性格的刻画上，可以看到这些性格的鲜明的民族特点。语言，有一种朴素的、豪放的调子，散发出草原牧歌的特色。当然，这是一首新的牧歌。社会主义的内容，通过民族的特点，表现出一种强烈的吸引力。民族的特色，不是人为地故意地装饰起来的，而是通过人物性格的冲突，自然地散发出来的。我以为，这是这个剧本特别值得重视的地方。

以下，对剧本的两个主要人物，说一点意见。

[①] 本篇发表于1956年《剧本》第2期，署名张光年。后改名为《给超克图纳仁同志的信》，收入《戏剧的现实主义问题》《风雨文谈》和《张光年文集》（第二卷）。

我想先谈谈吉尔格拉。这个个人主义、骄傲自满的人物，这个犯错误的共产党员，被你成功地描画出来了。在剧本的第一场、第二场，特别是第二场同巴特尔正面冲突的地方，你写得有声有色。后两场，吉尔格拉的面貌忽然模糊起来了。我想，这是由于你对这个典型人物的态度，还不够明确。你不想把他写成一个坏人，而写成一个由于思想意识特别是思想水平的弱点而发生错误的党员，这当然是可以的，并且是正当的。可是缺点在于：第一，你对他的错误和缺点描写得很生动，却没有稍微花那么几笔，写出他曾经忠心为党工作，曾经得到牧民的爱戴。这样，当错误完全暴露之后，你才借旗委书记之口，肯定他过去的优点；说是"你对党的事业很忠实，并且做出了一定的成绩，为了这个人们尊敬你"等等。这使观众很难接受，脑筋一时转不过弯来。第二，后来吉尔格拉的亲信萨木斯仍如何弄计破坏牧场，这个罪行与佐长吉尔格拉的关系如何，剧本里写得不够清楚。这是个关键问题。如果萨木斯仍是瞒着他搞的，按照他的性格，他知道之后是会暴跳起来的；看出自己受到坏分子的利用，闹出了这样的祸事，对萨木斯仍之类会非常痛恨的。可是剧本却避免了这类明确而有力量的描写，把吉尔格拉放在不可原谅的地位中了。第三，你把吉尔格拉的性格处理得过于单纯了。他在一切场合，对他的战友巴特尔，对二佐的人们，都没有表现出任何的善意。例如，对巴特尔，尽管立场、作风是对立的，但看到对方那种不辞劳苦的精神，难道一点也不受感动吗？在和二佐代表的联席会议上，吉尔格拉公开坚持自己见死不救的立场，公开地叫喊："我光负责五佐的事情，别的我不管。""我再说一遍：我是第五佐佐长，不管二佐的事！"这些话都过于开门见山了。要知道，在我们新社会，坏人、坏事、坏思想，总想找些似通不通的理由为自己辩护，一般是不敢公开在群众面前这样叫嚷的。

可见，吉尔格拉这个人物，虽然总的说来是写得成功的，但还有不完善的地方。其所以不完善，除了对这类人物的观察不够全面以外，态度不明确是很大原因。你带着充分的热情和自信暴露他的思想、性格上的毛病；可是，当你接触到他曾经对党忠实，工作有成绩，得到群众尊敬的地方，你却并不是那样自信了。我看出来，你在情感上觉得吉尔格拉这人是不能挽救的，在原则上又觉得这人应当挽救；情感和原则没有水乳交融地结合起来。结果你让旗委书记说了空话。观众可能认为这位旗委书记有意袒护犯错误的党员。

现在说说巴特尔。这个新人物的创造，当然是你的剧本的重要成就。巴特尔给人的印象是一个聪明的、热情的、坚强的人。这是一个有生命、有理想的人物，不是某种概念或原则的化身。剧本告诉我们，巴特尔从革命部队中锻炼出了他的集体意识和不怕困难的精神，这也是使人信服的。随着剧情的开展，人们一定会觉得：我们牧区的工作，掌握在这样的共产党员手里，是完全可以信托的。这就说明，剧作者的企图是达到了。巴特尔的形象，也有使人感到不满足的地方。巴特尔性格的鲜明性似乎不及他的对手吉尔格拉。在吉尔格拉的进攻下，巴特尔常处于防御的地位。如果说在第二场的会议中（这个会议是写得生动的），巴特尔显得有些被动，那么，在第三场用牧民的哭叫和小羊的尸体来推动他下最后的决心，就更使他处于被动的难堪的地位了。同时，你描写巴特尔对吉尔格拉的错误进行不妥协的斗争的时候，把巴特尔的性格也处理得过于单纯了。除了正面的驳斥和在群众中公开争论以外，按照巴特尔的支部书记的地位以及和吉尔格拉的友谊关系，也还可以采取一些恳切劝勉的方式，而这一点却被你忽略了。我觉得，如果在适当场合为这两个党员提供出披肝沥胆的恳谈机会（可能是谈得没有结果，可能是谈崩了），这对丰富这两个人物的思想和性格的内容，一定会有帮助的。

顺便谈一谈，在戏的第三场或第四场（尾声）的开头，当吉尔格拉的错误直接间接造成灾害性的后果的时候，不论是巴特尔或是吉尔格拉，都不会不感到震动的。我觉得不妨通过一两段独白或其他方式，展示人物在重要关头时候的心理活动。观众很希望知道，在主人公的情绪受到冲击的时候，他的心里想着些什么。

谈到独白，我觉得在我们目前的戏剧创作中，把这个武器几乎丢掉了。这是可以理解的：如果作家追求的不过是事实原料的自然形态的真确性，如果整篇作品是缺乏诗意的，那么，一两段富有诗意的独白插在中间，就会特别地显得不调和。前面说过，你的剧本有牧歌似的情调。大概正是这个缘故，虽然你也偶尔用了几句独白，却不产生不调和的感觉。我并不是主张剧本里非用独白不可；我只是说明，适当地运用独白，对展示人物的内心世界，是很有帮助的。

你的剧本，整个说来是简洁的、流畅的。但第三场却显得眉目不清，有些零乱。这一场戏，似乎主要是为了演给吉尔格拉看，用来促使他的觉悟和转变的。因为这一场戏，性格的东西太少，教训的东西太多了。我想，在这场戏里，如果通过敖其尔、奔巴、吉米洋这类人物，突出一下两个佐的群众互相体贴、互相帮助的精神，而不只是强调他们之间的利害矛盾，教育的意义还可能大一些。第四场即尾声，看来是太单薄了。

你把你的长达四万五千字的剧本当成独幕剧，分为三场和一个尾声，这是不能使人同意的。它实际上是一个三幕剧（如果把第三、四场并为一场）或四幕剧（如果把第四场充实一下）。就字数说吧，也够得上一个多幕话剧，或者说中型的多幕话剧了。我们现在的独幕剧或多幕剧，有越来越长的趋势，这只能说明作者对生活原料的加工不够，不能认为是正常的现象。我劝你大胆地把你这个剧本称为三幕剧或四幕剧。

从你这个剧本的汉文稿，看出你对汉文有很好的修养。我读的时候，发现其中个别字句运用得不够恰当。这些地方，我在原稿上随手用铅笔划出来了。定稿的时候，需要在文字上再作一次校订。

剧本只读了两遍，又没有看演出，我提的这些意见不一定对。最好是听过观众的意见，经过深思熟虑之后再来修改你的剧本。

编辑部的同志告诉我，他们在一九五六年新年号《剧本》上将要发表你另一个独幕剧本，我真感到高兴。亲爱的同志，努力吧！就像你的巴特尔所说的那样，"把咱们这辈子碰到的新鲜事都编成歌子"，"像民歌那样流传下去吧"！

紧紧地握手！

一九五五年十二月二十四日·北京

✳一九五六年✳

话剧的节日[①]

当本刊这一期和读者见面的时候,首都出现了我国话剧运动空前的盛举:中华人民共和国文化部主办的第一届全国话剧观摩演出大会隆重开幕了。这个演出大会,有着丰富的、生动的内容。从全国各地四十一个专业话剧团选拔出来的四十九个话剧节目,将在首都各剧院连续演出一个多月。我们都记得,两三年以前,话剧的创作和演出还是不多的。那时就像北京、上海这样的大城市,每年演出两三个新创作的剧目,已经很不容易了。近两年来,情况有了显著的变化。这次参加观摩演出的四十九个节目,大部分都是近两年来的新创作(还没有包括近两年流行的优秀剧目的全部),半数是最近一年来新产生的剧本。参加演出的许多剧本,反映了我国社会主义建设和社会主义改造进程中人民生活的新变化,歌颂了工农群众的革命精神和劳动创造的毅力;人民解放军部队话剧团参加演出的描写革命历史题材和当代军事题材的剧目,用它们的乐观精神和英雄气概充实了我国话剧艺术的战斗性的内容。独幕话剧近几年来有了可喜的收获,喜剧、讽刺剧和儿童剧也开始引起了剧作家们的注意。在这次观摩演出大会中,大家可以看到,话剧的剧本创作和表演艺术的水平正在逐步提高,出现了一批有才能的青年剧作者和青年演员,导演艺术和舞台美术方面也有了显著进步。这次参加大会的还有内蒙古戏剧工作者们创作和演出的蒙语话剧,新疆维吾尔族戏剧工作者们创作和演出的维语话剧。我们多才多艺的兄弟民族在话剧方面的第一批艺术花朵,特别值得我们欢呼和祝贺。新中国的话剧工作者,已经形成了一支六千人的艺术队伍。六年以来,全

[①] 本篇是为1956年《文艺报》第4期所写的社论。曾收入《张光年文集》(第二卷)。

国专业的话剧团演出近六万场，观众约四千万人次。话剧工作者们通过剧场演出和到工矿、农村、部队巡回演出，用他们的洋溢着社会主义精神的节目鼓舞了工农群众劳动建设的热情，鼓舞了国防战士保卫祖国、保卫和平的意志，并且直接间接推动了工农兵群众业余的演剧活动。应当说，在丰富人民的文化生活、激发群众的爱国心和阶级觉悟上，我们的话剧工作者为祖国立了功。

话剧战线上取得的这些新成就，全国话剧工作者们为准备这次演出大会所表现出来的蓬勃的进取精神，把有些人散插的"话剧衰落"的谰言一扫而空。从这次大会可以看出，在我国社会主义革命高潮的鼓舞下，我国话剧工作者们的精神是焕发的，斗志是昂奋的。大会将通过群众性的讨论评比，奖励优秀的剧本和演出，交流艺术工作的经验，解决话剧工作中某些重要的迫切的问题，从而把话剧艺术大大地推进一步。我们说，这样做是很好的，很必要的。我们预祝这次演出大会的成功，并借此机会提出我们的期望。

剧本创作仍然是第一位的问题。自从第二次文代大会鼓励了创作，宣传了社会主义现实主义，打击了粗暴批评以后，话剧创作也像其他文艺创作一样，一天天活跃起来了，出现了一些优秀的受到群众欢迎的剧本。这是事实，而且是话剧发展状况中主要的方面。可是，也不能不说，我们的话剧创作还存在着带有很大普遍性的缺点。剧作者们还很少把创造生动的艺术典型、特别是社会主义新人的典型性格当成自己首要的任务。我们新生活的壮美性，我们社会主义的思想光辉，还很少通过富有生命力的人物形象在舞台上强烈地展示出来。要说剧作者们完全不注意描写人物，不注意描写具有社会主义精神的先进人物的形象，那是不公平的。常见的许多剧本，一般都有一两个比较生动的人物。近几年创作的不少剧本，在人物表上都还是把正面英雄人物排列在第一名的。可是，一放到舞台上，观众立刻发现，某种事件过程的繁琐的描写，某种工作经验、工作方法的争论，甚至工农业上某种技术问题的描写，把作家笔下的人物淹没了。在有些剧本中间，某种工作过程的描写，某种工作经验的现成的解答，几乎形成了一种固定的框架，人物在这些矮小的框架里面，伸不开手脚，喘不过气来。我们不少的剧作者，还不善于通过高度集中的、典型化的方法来表现当前激动人心的主题，不善于通过朝气蓬勃的新人物新性格的淋漓尽致的描写来表现我们新生活的优越性和壮美性。有些剧作者把事实的报道或工作经验的图解当成了第一位的任务，把创造具有时代意义、社会意义的典型性格当成了附属的工作，其结果是放松了通过艺术特点用社会主义精神教育人民的职责，使作品内容芜杂，枯燥乏味，引起了群众理所当然的不满。话剧创作中的这个重大的缺点，束缚了作者的创造力，妨害了作者才能的发挥，并且影响了舞台艺术的健康发展。是时候了，在话剧队伍决心大踏步前进的今天，在肯定我们已经取得的显著成绩的同时，应当把问题提出来，用积极的精神探求解决的途径。在我们的话剧创作中，在创造艺术典型方面，并不是没有成功的例子。把优秀的东西推在前面，把先进的经验加以推广，把先进的东西和落后的东西对比地分析一下，对解决问题就会有很大的帮助。

我们话剧的演出还不够普遍，某些剧团不经常演出，话剧和人民的联系不够密切，还没有在人民的文化生活中经常起到它应有的作用。过去曾经有人武断地说，工人不喜欢话剧；又有人说，话剧不能下乡，因为农民不看话剧；前两年有些地方的文化部门的负责同志嫌当地话剧团的编制是多余的，希望把话剧团改成歌舞团或戏曲剧团；直到今天，还有人自作聪明地说，在少数民族地区不能发展话剧。如此等等的武断说法，如此等等的一心要贬低话剧这个社会主义艺术武器的作用的企图，如今在事实面前，显然是站不住脚了。但是，我们的话剧工作者也要清醒地估计到，话剧和群众的联系还是很不密切的，话剧在群众中的影响还是很不广泛的。为了群众的利益，为了社会主义的利益，我们的话剧团应当多多地经常地演出，应当加强艺术实践，努力扩大话剧在群众中的影响。话剧场中也应当能够经常地吸引一些"戏迷"。让我们优秀的话剧演员的名字为众多的观众所熟悉，就像他们熟悉戏曲名演员的名字一样。让观众走出剧场之后，还不断地和家人朋友谈到我们的戏，引用我们戏中的人物和情节来帮助处理他们的人与人之间的关系。应当抛弃那种离开舞台、关门提高的倾向。要知道，话剧的创作和演出这两年来所以取得了现在的这些成绩，是和第二次文代大会时中央提出的"努力艺术实践"的指示分不开的。那么，剧团在今后要进一步提高自己的艺术水平，当然更不能离开经常的艺术实践。在这方面，除了批评剧团领导者的保守思想以外，还需要一些适当的制度和措施来保证。剧团企业化的经营制度应当坚决地贯彻执行。保留剧目轮换演出的经验，一面坚持剧场演出、一面派遣艺术轻骑队进行巡回演出的经验，应当在凡是有条件做到的剧团中加以推广。大城市的剧团，应当尽可能做到有固定演出的剧场，做到剧团、剧场统一经营管理。如今有些地方还保留着剧团剧场分立门户，剧团由艺术部门管理，剧场由财务部门管理，剧场赚钱，剧团赔本，演得越多，赔钱越多的极端不合理的现象，这是和鼓励艺术实践的精神背道而驰的，这种奇怪现象不应继续存在。此外，有些大城市的剧团编制过于庞大，有些省、市剧团人员过于缺少，都妨害了剧团艺术工作的健康发展，需要尽可能地加以调剂。

为了更有效地服务于社会主义建设，话剧工作在今后若干年中应当有很大的发展。这就需要结合远景计划，把重大的注意力放在培养干部的工作上。我们知道，政府在这方面已经有了初步的规划。目前需要同时考虑的，还有六千在职话剧人员如何在工作中学习和提高的问题。他们的政治学习，已经开始有了制度了。问题是如何在繁忙的排演和演出工作中坚持不懈。演员们必须看重政治学习。在我们这个时代，演员们如果没有一个新中国公民的政治眼光，没有马克思列宁主义的基本知识，要创造完美的具有深刻思想意义的艺术形象，是不可能的。在业务学习方面，目前还没有一套制度和办法，这是话剧演员们长期感到苦恼的问题。政府委托中央戏剧学院、委托有条件的剧院、委托中国戏剧家协会经常举办各种专门、专题的短期训练班或讲习会的办法，是可以经常采用的有效的办法。在剧团内部组织业务学习的成功经验，也需要加以研究和推广。剧团的业务学习，应当考虑到剧团各种成员的文化程度上的差别和艺术工作上的特点，应当鼓励他们养成按计划自修的习惯，不要强求整齐划一。应当指出，在有些剧团里面，艺术的空气是非常稀薄的。剧团的领导干部忙于各种会议，放弃了艺术领导，并且把演员们拖进各种各样的永无休止的会议中。领导同志不去帮助演员们扩大政治眼界和艺术眼界，不善于采取灵活的、有效的方式帮助演员的思想改造，可是，为了某些细小的非原则的问题，例如某个团员开了一句不恰当的玩笑之类，也要夜以继日地举行会议，力求从中找出重大的原则意义。久而久之，会把舞台形象创造者们变成胸怀狭窄、眼光短浅的政治上的庸人，失掉了艺术创作的锐气。值得注意的是，在我们的话剧团里，一方面在学习或谈论斯坦尼斯拉夫斯基，一方面却流行着关于生活、关于艺术、关于创造典型人物的非常简单化、庸俗化的理解。按照这种理解，在分析人物性格的时候，经常繁琐地重复着那些庸俗社会学的陈词滥调，妨害着演员们正确地理解人物，走进现实主义的创作过程。这种错误理解也妨害演员们向生活汲取营养，因为在生活中看到的新人物和自己被灌输的一套"新人物应当是如何如何"的概念化的幻象不尽相同，往往感到失望。应当经常向演员们进行现实主义的教育，进行马克思主义美学的教育；但这不是单靠文件、大报告所能奏效的。演员应当经常阅读有益的文学读物，开阔自己的艺术眼界；应当经常地多方面地丰富自己的生活知识和文化知识。生活知识和文化知识贫乏的人，是最容易充当教条主义的俘虏的。

我们希望话剧观摩演出大会在展开火热的艺术竞赛的同时，话剧工作者们在欢度自己的艺术节日的同时，将切实考虑和解决话剧工作上的关键问题，使这次大会成为我国社会主义现实主义话剧进入繁荣兴旺时期的一个新的起点。

为了在舞台上创造社会主义新人的典型性格而奋斗[①]

写人,写社会主义的新人

我们正在经历着一个伟大的社会主义革命,经历着社会生活的全面的改造过程。我们社会生活的变化太大了,其中最重要的是人的变化。社会主义的新人物、新性格在各个战线、各个岗位上涌现出来,这就是我们新生活的真正的动力。群众要求我们把日常生活中经常碰到的散见在许多先进人物身上的社会主义优良品质和美好的性格,集中起来,加以典型化,在舞台上创造出多种多样的社会主义新人的典型性格,作为群众、特别是广大青年学习的榜样。我国剧作家们正在实现着这一光荣的任务。前面说过,我们舞台上已经出现了一批生气勃勃的正面英雄人物,他们正在千千万万人的心灵中发生影响,鼓舞群众同一切敌对的、落后的事物作斗争。舞台上的新人物、新性格,在不同程度上起着指导生活、移风易俗的作用。

我们可以举《万水千山》的成绩作为例子。在这个剧本中,作者创造了工农红军中英雄人物的群像,特别着力刻画了营教导员李有国的典型性格。作者在主人公的战斗历程中,在他和罗顺成、赵志方、李凤莲等人物的关系中,刻画出了这个精明干练、具有高度政治水平和革命热情的英雄人物的基本特征。在第四幕藏区和第五幕草地这两幕戏里,在严峻的考验

[①] 本篇是第一届全国话剧观摩演出大会上的总结报告,发表于1956年《剧本》第6期,署名张光年。后改名为《在舞台上创造社会主义新人的典型性格》,收入《戏剧的现实主义问题》《风雨文谈》和《张光年文集》(第二卷)。

下面突出描写了这个人物的光辉灿烂的品格。李有国的高度的党性，伟大的自我牺牲精神，对革命的无限忠诚，对同志对群众深厚的阶级感情，体现了中国人民优秀儿女——中国共产党人的优秀品质。在第五幕中，我们看到李有国忍受着伤口溃烂的痛苦，并且战胜精神上和肉体上的痛苦，在临终之前拿着手枪为保卫党中央而指挥作战的场面，怎能不为这个英雄人物的崇高品质而流出敬佩和感激的眼泪呢？从李有国这个人物身上，可以看出我们这个时代的伟大——她锻炼出多少这样的英雄人物！可以看出我们中国共产党的伟大——她培养出多少用特殊材料制成的人！李有国的形象，将要通过舞台长期影响千千万万青年的心灵。

我们还可以举《战斗里成长》为例。在这个剧本里，作者写出了营长赵铁柱的典型形象。贫农的儿子赵铁柱，在地主的压迫下逃出家乡，投奔了八路军，在革命的熔炉里锻炼成为一个赤胆忠心、具有高度阶级觉悟、高度组织性纪律性的英雄人物。赵铁柱有着铁一般坚强不屈的性格，同时也是一个热情的、明朗的、天真的人。作者通过他和教导员的关系、和战士的关系的描写，通过他和儿子石头关系的描写，说明他是一个心灵充实的人。赵铁柱一家的命运是典型的，它说明了工农群众和革命部队的血肉联系。赵铁柱这个人物是典型的，我们多少革命干部经历过和他大致相同的锻炼成长的道路。《战斗里成长》这出戏所以受到国内外观众的欢迎，决不是偶然的。

在独幕剧创作中我们也有了像《妇女代表》《刘莲英》这样成功的例子。《妇女代表》的作者，把他在生活中看到的在共产党教育和影响下的农村中许多新型妇女的共同特征——她们的勤劳、朴实，刻苦学习的精神，对新生活、对集体利益的热爱，她们的人格的觉醒，以及对落后现象的不妥协的精神，概括在张桂蓉这个典型人物身上。作者通过女主人公对待丈夫、婆婆、接生婆牛大婶这几个不同人物的不同态度，以及她对家庭、对社会、对各种不同事物的态度，写出了这个人物的性格特征。张桂蓉对落后的丈夫是有耐心的，体贴入微的，对婆婆是孝顺的，对落后的产婆采取宽容的帮助教育的态度。张桂蓉对她周围的一些落后人物并不是摆着一副斗争面孔，可是在原则性的问题上，在落后势力的反攻下，她却表现了凛然不可侵犯的立场。当人们看到她不得已而拿出地照的那个场面，人们就会感觉到整个社会在支持着她的斗争，她也是在充满信心地为着新社会新制度的胜利而奋斗。这个普通的谦逊的妇女形象，在观众眼前突然地变得高大起来。作者通过张桂蓉这个典型性格的创造，热情地歌颂了我们的新生活、新制度，千千万万的妇女观众从这个戏里得到有力的鼓舞。

青年女工刘莲英的形象也是有鼓舞作用的。刘莲英对待劳动竞赛、对待自己的爱人和同志都采取的是社会主义的态度，如果集体利益和个人利益发生了矛盾，就断然地服从集体利益，这一切在她看来都是理所当然的。人们从刘莲英这个典型人物，可以看到在共产党教育下的千千万万青年工人的社会主义新性格的成长。

在这次会演中，我们高兴地看到《归来》这个动人的独幕剧。《归来》的作者选取了一个带有普遍社会意义的主题。剧本通过一场家庭冲突，不仅写出了一个新人的成长，而且写出了帮助新人成长的新社会。女主人公童蕙云是合作社生产队长。剧本写出了她是一个热心公共利益，为群众所爱戴的人。童蕙云的个人生活是很不美满的，丈夫离家四年，几乎是忘掉了她；她爱自己的丈夫，不断地给他写信，经常向小女儿描画她丈夫的模样；但是童蕙云并不是沉浸在个人的苦恼里，她的胸怀是开朗的，她把全部热情寄托在工作和学习上。她的丈夫，一个披着共产党员称号的老干部，在她心灵中的地位一向是很高的，她希望赶上他，真正地配得上他。可是，一旦发现她的丈夫已经是一个蜕化变质的人，并且用残酷的态度来对待她的时候，她心中的偶像崩溃了，爱情的花朵摧折了，童蕙云经历了一场严重的精神上的考验。当童蕙云从痛苦中站立起来，坚决鄙弃自己的忘恩负义的丈夫，说出"我不会把自己的一生系在一个自私自利人的腰上"的时候，她得到了台上台下群众一致的精神上的支持。人们不能不为这个新人物的精神力量和新社会的道德力量，受到深深的感动和鼓舞。

写人，写社会主义的新人，对群众进行革命精神的教育，革命品质的教育，这样的剧本是我们今天特别需要的。

近几年来，剧作家们在克服公式化概念化倾向上作了很大的努力，彻头彻尾的公式化的作品是不多见了。常见的剧本中间，一般都写出了几个比较生动的人物，作者对正面人物的刻画，特别花费了心力。这说明我们的剧作已普遍前进了一步。可是也不能不说，在有些剧本中间，社会主义精神是很不充分的,现实主义也是不够充分的。通过艺术典型来传达生活的真理——现实主义的这个最根本的要求,在戏剧创作中还没有得到普遍的尊重。从许多剧本中间可以看出来,通过人物描写来反映生活的真实,还是在事实纪录中附带地写几个人物?是给群众进行政治思想的教育,还是进行工作经验的传播?是通过艺术典型对群众进行生活的教育,还是用剧本代替新闻报道或政治论文的作用?这些问题,在许多作者思想上还是有动摇的。这种矛盾现象,不仅在许多青年作者的习作中经常看到,而且在一些优秀的剧本中也可以看到。

这里,我们举近年来在舞台上流行甚广并产生了显著教育作用的《春风吹到诺敏河》作为一个例子。

《春风吹到诺敏河》这个剧本,从其主要倾向来说是现实主义的。作者努力表现了农村生活中的社会主义趋向,宣传了社会主义思想。剧本反映了农业社会主义改造中复杂的矛盾冲突,创造了高振林这个朴实而精明的农村干部的正面形象。剧中孙守山这个中农的性格也是有典型意义的,作者在第一幕第二场对这个人物作了生动的刻画。作者在掌握群众的语言上是很有才能的,花了很少的笔墨就把于荒地、韩四这类农民性格活灵活现地描画出来了。剧本展开了农村生活的一幅多彩的图画,预示了农民幸福生活的远景。所有这些,都是这个剧本受到广大群众欢迎的原因。但是可以看出,作者的创作方法是有矛盾的,现实主义是不充分的。作者花了过多的笔墨描写合作社从建社、巩固社,到秋收扩社的各个阶段的工作过程,描写了车马分红、小包工责任制以及如何团结单干户、如何改造二流子等一系列的工作方法。作者既然要把各个阶段的工作情况做到生动如实的描写,这就把剧本写得繁琐而又冗长,占去了大量的宝贵篇幅,束缚了作者的手脚,使他无法腾出手来描写主要的东西。正面人物高振林的性格,在戏的前半部刚刚树立起来,在第二幕第一场有了一段动人的描写,以后便不再有所发展了。冲突的对方崔成的性格被处理得片面化了,这个人物照理本来可以早些转变的,可是为了服从全剧的预定的框架的要求,不能不推迟这一主要矛盾的解决,因而崔成的固执变成难以理解的了。中农孙守山的性格虽然是写得好的,有内容的,但这个人物的思想变化似乎是用来证明高振林的正确和崔成的错误。所有这些,都是这个剧本现实主义不足的地方。作者的很大的一部分兴趣似乎是在介绍怎样办好一个合作社、怎样正确地团结中农的工作经验，而工作经验、工作方法总是要随着具体条件的变化而变化，随着生活的发展而日新月异的。这就难怪有些观众要提出这样奇怪的问题，说是东北地方的经验对我们不适用，埋怨说这个戏已经过时了。如果作者以他对农村的丰富的生活知识，以他驱使语言的才能，集中笔力来刻画高振林这个先进农民的完整形象，用他在不必要的现象罗列中所花费的笔力，细致地多方面地刻画主人公在矛盾冲突中的思想动态和心理内容，通过人物的性格发展来表现生活的革命性的发展，那么，这个剧本的政治思想的分量和艺术上的成就，岂不是比现有的水平高出许多吗？

我们还可以举会演中的新剧本《瓦斯问题》为例。

《瓦斯问题》基本上是一个好剧本，作者还没有完成自己的创作过程，我们相信经过适当的修改加工，还可能成为一个很好的剧本。就剧本的现状看来，作者以很大的热情描写工业上的现实题材，描写了先进思想如何战胜以陈矿长为代表的安于现状、保守不前的落后思想，使煤矿的生产得到根本的改革，使工人的安全问题得到根本的解决。剧本通过何大嫂母女的戏剧穿插，表现了解放前后矿工新旧生活的革命性的变化，何大嫂是这个矿山巨大变化的见证人。剧本中描写鲁万春与何大嫂这两个人物，给人以深刻的印象。鲁万春是一个可爱的社会主义新人，他利用了休假的时间改善了并且提出了他酝酿已久的解决瓦斯问题的合理化建议，并且为实现这个建议而斗争。鲁万春是一个热情的豪爽的人，把矿山当做自己的家，他过去的全部痛苦的经历，他的阶级觉悟，激发他为矿山的技术改革和工人的福利献出他全部的热情。剧本通过他和苏副矿长、姜工程师的合作态度，他在斗争中不怕困难不怕打击的态度，也通过他和老工人王守义及其义子江明"家庭生活"的描写，他对江明婚姻问题的关怀，以及他和何大嫂的爱情线索的描写，突出了这个人物的性格特征。作者写出的鲁万春的性格，是这个人物的性格的总体，是他整个的生活态度和为人处世的态度，作者就他的对待各种人各种事物的不同态度，做了多方面的富于特征的刻画，而不只是把他写成为某一种工作方法、某一种思想的赞成者或反对者，不是单调地描写他性格的某一片面，因此这个人物就有了生命，这个人物的精神内容就能够起到一定的推动生活前进的作用。何大嫂的描写固然是有缺点的，缺点在于何大嫂这个典型人物和她所处的新社会的典型环境不能完全吻合，但是这个戏剧线索基本上是动人的，有社会意义的。通过这个旧社会瓦斯爆炸的受害者性格的描写，把观众的想象力带进一幅广阔的历史画面，并且通过何大嫂的戏剧线索说明了剧中人物为解决瓦斯问题而进行的斗争，同时也是为工人的幸福而斗争。经过这个戏剧线索的暗示，不能不使人联想到千千万万的矿工为了祖国的社会主义建设，日日夜夜地在地下岩层深处所进行的英勇斗争，而产生无限的敬佩之情。何大嫂和鲁万春的幸福的结合，使人得到一种安慰和鼓舞：我们为新中国的矿工永远摆脱了奴隶命运而感到自豪。

可惜的是，剧作者在处理这个剧本的主要冲突——苏副矿长和陈矿长的冲突上，没有达到深刻的艺术描写，以致大大降低了这个剧本应有的思想意义。人们希望看到在剧情规定的范围内，剧中主要正面人物苏副矿长如何以高瞻远瞩的精神，为祖国的社会主义建设，为从根本上解决历史上遗留下来的威胁工人生命安全的瓦斯问题，而进行满怀热情的斗争；在这一场斗争中，表现出他比别人高出一头的社会主义新人的精神品质。在处理瓦斯问题这个题材上，最适宜于突出正面人物社会主义品质的一个基本特点，那就是对人的关怀。可是苏副矿长和陈矿长之间的冲突和争论，只是围绕在是否能够完成生产任务，工人和老工程师的合理化建议是否切实可行，以及对合理化建议应采取怎样的态度这一类行政性的问题上，甚至当戏的前半部瓦斯一度爆炸以后，当旧社会瓦斯爆炸受害者——何大嫂这个人物经常在他跟前出现的时候，也没有看到这个新人物为矿工的生命安全表现出高度的关怀，没有看到他把为生产上、行政事务上的斗争和为了从根本上改善工人命运的斗争很好地结合起来，这就削弱了这个新人物的政治思想水平，不能把观众的情感激发起来，不能把观众情绪卷进舞台上激烈的斗争中去。附带说一说，鲁万春这个老工人，应该是更懂得为合理化建议的斗争就是为工人幸福而斗争，可是舞台上没有突出他的道德品质的这一个方面。剧本中的主要冲突——关于合理化建议的斗争——和何大嫂的命运这两个线索未能水乳交融地结合在一起，不也就是这个原因吗？

苏副矿长这个主要人物所以没有写好，还由于他的冲突对方陈矿长这个人物被处理得过于片面化和不合情理。陈矿长对待正面人物解决瓦斯问题的一切努力，似乎是为反对而反对的，人们就看不出这个人物的思想的逻辑性，看不出他具体的性格内容。英雄人物如果不是同他活生生的对手作斗争，而不过是和另一种思想倾向的体现者作斗争，那是不能激发出思想感情的火花的。同时，作者过多地描写了解决瓦斯问题的工作过程，展开了两种工作方法的枯燥无味的争论，束缚了作者的手脚，使他不能从容地描写主要东西。通过瓦斯问题描写人是怎样生活怎样斗争的，还是通过两种思想的争论，说明瓦斯问题是怎样解决的？看来作者在这个问题上没有解决得很好。如果瓦斯问题的解决过程表现了英雄人物的战斗道路和战斗性格的发展，人们就不会感到这种描写是多余的；如果人物的活动不过是为了论证解决瓦斯问题的社会意义，正反面人物就只能是围绕着瓦斯问题转动，人物就只能变成事实过程的俘虏了。

我们还可以举《扬子江边》作为例子。

《扬子江边》的主要内容是描写汉口某机车车辆修理工厂推行先进作业计划的过程，通过两种领导方法、工作方法的矛盾，着重宣传了苏联企业经验——先进的作业计划的优越性。剧本的第一幕写出了这个工厂在没有贯彻作业计划之前的种种混乱状况，情况的介绍是相当生动的。为建立生产秩序，厂长兼党委书记游志学打算推行作业计划，副厂长靳贵群却习惯于老一套的工作方法，轻视作业计划。两个领导者为此发生了矛盾。第二幕第一场，写游厂长从他的没有成效的忙乱中，感觉日子过不下去，在市委书记的鼓励下决心到北京去学习作业计划。第二幕第二场游厂长在北京长辛店机车厂厂长办公室里，亲眼看见该厂推行作业计划的种种好处。在这场戏里，形象化地说明了长辛店万厂长先进的领导企业的方法，总工程师正确的工作方法，介绍了这个工厂的日常生产会议的开法，介绍了编制生产动态表的好处。第三幕第一场，游志学回到自己的工厂，决心推广作业计划，同靳副厂长老一套的经验主义的做法发生了冲突。为了和前一场先进的生产会议相对比，这一场表演了在靳副厂长领导下的老一套的生产会议的开会情况，会议的描写是有声有色的。第三幕第二场，通过一个落后的老工人家庭中的一场戏，说明在推行作业计划过程中碰到因难和阻力，少数工人反对它，但多数工人拥护它，上级党委支持它。第三幕第三场写出作业计划行之有效，准备进一步贯彻关于作业计划的新措施；在党的教育和事实的教育下，落后的老工人转变了；靳副厂长的行为受到上级党委和群众的指责。最后有一场尾声，说明作业计划贯彻后生产上做到"头头是道，井井有条，月月超额完成计划"，受到铁道部的奖励；靳副厂长转变过来；戏在群众欢呼和跳舞中闭幕（演出时删去了尾声）。

《扬子江边》全剧的基本章法和结构，就是这样的。作者的目的，似乎是为铁道部关于推行作业计划的"三〇一部令"做出形象化的阐释。可以看出，这种写法是有很大局限性的。

当然，就是按照这种写法，这个剧本也还是反映了一定的生活真实，并且也是有一定教育意义的。新中国的工业干部，就是在党和政府的坚强领导下，依靠工人和技术人员的共同努力，不断地学习先进经验，改进领导方法，克服保守思想，逐步提高了领导水平，把建设事业推向前进的。从剧本所反映的事实看来，是符合这个基本的生活真实的。剧本描写了游志学这样一个废寝忘食、热心学习、忠实于"三〇一部令"的领导干部，使人可以看到他的工作能力、工作经验的成长过程。靳贵群的片面的"群众路线"和老一套的工作方法，也是有典型意义的。老工人赵师傅是写得好的，赵师傅给游厂长的临别赠言以及他给闻师傅打通思想的场面，都表现出这个老工人的高度觉悟和可爱的性格。可是，既然作者的主要目的不在于写人，不在于发掘我们这个时代的工人阶级的精神宝藏，剧本中人物的活动就只能被局限在非常狭小的范围内，只能为论证作业计划的重要性而服务了。在剧本里，人们的精神内容是不够丰富的；人们围着作业计划进行各种解释和争论，他们和广大的沸腾的社会生活似乎没有多大联系。拿游志学说，这个人物忘我的劳动精神固然是可贵的，但是另一方面，他却是一个愁眉苦脸、废寝忘食、只会埋头于行政事务的人，除了他的工厂和作业计划之外，他的作为一个革命者的思想感情，却没有得到充分表现的机会。这个工厂的生活，这个工厂内人与人之间的关系，都被描写得单调了一些，这里只存在一个问题，一个工作方法问题，似乎只要贯彻了"三〇一部令"，这个工厂就万事大吉了。

这个戏是值得研究的。不能说作者的政治思想水平不高，生活知识不丰富，因为作者本人就是置身在生活激流的前面，直接推动着现实生活的变革的；不能说作者没有才能，因为像剧中赵师傅这样的人物，作者花了不多的笔墨，就把他的性格勾画出来了；也不能说作者不懂戏，因为剧本的另一位作者吕西凡同志还是演出这个剧本的剧院副院长，并且是这个戏的导演，从演出看来，导演和几个主要演员都是很有才能的。可惜作者没有切实考虑文学艺术的特点和戏剧的特点，使剧本变成了推行作业计划过程的图解，变成了工作经验、工作方法的形象化的总结。剧本中所有人物只是围绕着作业计划转动，他们似乎是为了论证作业计划的重要性而存在的。作者的创作方法束缚了自己的才能，使得深刻的思想内容，丰富的生活内容，以及真正的戏剧内容的表现，在这个剧本里受到极大的限制。作者以很大的热情描写作业计划的种种优越性，希望通过这个剧本起所谓典型示范的作用，使别的工厂都从中得到学习。可是，如果把关于作业计划的工作经验、工作方法编成一本报道性的小册子，那是比编成一个剧本更能解释得详尽精确得多，而在一个剧本里面，是很难完成这个任务的。

新人物的新性格

从以上几个剧本的优点和缺点的分析中间，我们能吸取什么有益的经验呢？

一、我们的剧本，应当是生活的教科书，通过人物性格及其精神活动的描写，告诉人们怎样生活，怎样做一个真正的人，怎样正确地处理人与人之间的关系，个人和集体的关系，并且通过各种人物的矛盾冲突的描写，使观众从中认识我们新生活的某些特征。我们的创作是从生活出发的，用我们伟大生活本身，经过艺术概括，经过典型化，来对群众进行生活教育的。可是，关于"生活的教科书"这个概念，常常被理解得简单化了。有些剧本，把某种政策条文的图解、某种事实的报道、某种工作经验、工作方法的描写当成了主要的内容，而真正的生活内容、政治内容和思想内容，却被事务性、技术性的烦琐描写所淹没了。前面所举的三个剧本，虽然不是这类公式化剧本的典型例子，但是从它们创作方法的矛盾中，看出它们在不同程度上也表现了这一方面的缺点。前面说过，《春风吹到诺敏河》所给人的印象，似乎是在传播怎样办好一个农业生产合作社的成功经验,可是剧本把主要冲突围绕在是否争取富裕中农孙守山入社的问题上,赞成者是正确的,反对者是落后的,单就这一点说,从今天看来,这个合作社的经验就是带有很大片面性的。《瓦斯问题》这个剧本,受到解决瓦斯问题这一事件的局限,作者没有突出正反面人物精神品质上的矛盾,多少采取了就事论事的态度,把赞成或不赞成从矿井里抽出瓦斯作为决定正反面人物的标准,也使这个剧本的冲突建立在不巩固的基础上。看戏的时候,人们担心万一像陈矿长所估计的,在那个风雨之夜,发生了瓦斯总爆炸的事故,那么,很可能正面人物一下子变成反面人物了。《扬子江边》以宣传先进的企业管理方法作为剧本的主要内容,可是人们花了三个多钟头的时间看过这戏以后,对先进的作业计划究竟是怎么一回事,还是不能得到清楚的了解。这说明,根据文学艺术的特点,我们的戏剧在宣传工作方法、工作经验与特定的生产技术问题上,并不是令人愉快的。在一个剧本里面,受到舞台条件的种种限制,是不能把它们解释得清楚明白的。其结果是,内行人看了不满意,外行人看了不感兴趣,作者往往吃力不讨好。作者努力要把问题说得全面些,就不得不对实现这项工作的各个过程作出巨细无遗的描述,并且通过枯燥的对话作出种种解释和说明,这就把剧本写得冗长无味,淹没了主要的东西。我们看到,这几个剧本在主人公思想感情的刻面上,都是很不充分的。

并不是说,文艺作品一般地排斥涉及人们的工作经验、工作方法和科学技术方面的任何描写,问题是,这种描写是不是为表达作品的主题和人物的思想感情所绝对必要的,是不是广大群众感兴趣的。首先,作家选择的应当是具有普遍社会意义的主题,剧作家的群众观点,不允许他把注意力放在只有少数人才感兴趣的问题上。

二、就《春风吹到诺敏河》和《瓦斯问题》这两个剧本看来,要说剧作者只是在作事实的报道与工作经验的介绍,那是不公平的。作者是想通过两种思想倾向的斗争,通过对某一工作某一问题的两种态度,对比地表现出两种不同性格的人,特别着力于刻画正面英雄人物的性格。可是作者作了种种努力,实际的收获是不大的。前面说过,作品中的事实材料的堆积,束缚了作者的手脚,固然是重要原因,但不是惟一的原因。在描写工农业题材的同类的作品中,正面人物为什么总是不够生动,总是缺乏鲜明的性格，这是很值得研究的。在剧本中间，新人物新性格是怎样形成的呢？我们前面曾经提到张桂蓉和鲁万春，知道他们的性格是在对待各种事物各种人物不同的态度中表现出来的。现在我们还可以谈谈，高振林的性格是怎样出来的。高振林的性格，在剧本里的第二幕第一场描写得比较生动，在这一场戏里，写出了高振林对待崔成、王永（共同工作的同志）、韩四、铁柱子、孙有才（不同类型的群众）、高妻、栓儿（家庭中的成员）的各个不同的态度，写出了他对工作、对友谊、对个人生活的态度。并且通过他和崔成、王永、高妻等人的矛盾冲突中，在层出不穷的困难考验中，作者为我们打开了一扇窗户，透露出这个人物过去的经历，未来的理想，当时在困难面前的内心活动。高振林的性格就这样写出来了。遗憾的是，在以后的几场戏里，我们只看到高振林如何正确地进行工作，正确地进行争论，却没有看到他性格的继续发展。在《瓦斯问题》中，苏副矿长的性格没有突现出来，就是因为作者只是描写主人公在支持瓦斯问题的合理化建议上，如何正确地进行工作，如何正确地进行争论，而没有多方面描写他的为人处事的态度。作者并不是没有考虑到这一点，剧本中有四场戏特为选择在苏副矿长家庭中进行的。可是在主人公家庭里展开的戏剧情节，对何大嫂与鲁万春的描写带来了好处，对主人公本人的性格描写却是好处不大的。作者虽然把苏副矿长的爱人接回家来，对主人公的描写也没有什么帮助。我们的主人公忙于工作，忙于争论，竟然分不出片刻的时间和久别重逢的妻子谈到他胜利的愉快，失败的苦恼，流露出战斗中的饱满的情感。我们只要把苏副矿长家里的四场戏，和鲁万春家里的一场戏，或者和高振林家里的一场戏比较起来，就知道作者如何白白放过了刻画主人公的机会，让行政事务性的争论贻误了大好的时光。

  一个人的性格是他全部社会经历的产物，是他的全部世界观、人生观、为人处世的态度、方法、习惯的多样的统一体。一个人的性格，总是在对各种事物各种人物的不同态度中展示出来的。我们描写一个新人物，特别是当他是剧中主人公的时候，写的是这个人物性格的总体，是一个完整的性格，而不只是他对某件工作的看法和做法，不只是他性格的某一片面。在实际生活中，我们如果只根据某人在一项工作上、一个技术性的问题上的一时的表现，就来判断这个人的性格的好坏，就来轻易地贴上先进分子或落后分子的标签,这是很容易造成片面性的;文学中的描写也是这样。因此应该有选择地通过主人公对各种事物各种人物的态度,多方面描写它,突出他性格中主导的东西,也不忽略能够暴露他的性格总体和思想特征的某些从属的东西。性格这个概念,常常被理解得简单化了。有的作者把性格单纯理解为某种脾气和怪癖,他们在人物表上加上了各种性格的标签,如某人性宽厚,某人性狡诈,某人固执,某人多疑,某人急躁,是炮筒子脾气等等,剧本里面也按照这种标签,作了表面化的描写,这是不能充分表现性格内容的。性格也不是某种思想倾向的符号,不是某种单调的、片面化的东西。固然我们要极力突出新人物的思想特征,但是像有些剧本中所做的那样,单只表现新人物在某一个问题上的观点,单只是把新人物写成反对封建婚姻的人,反对保守思想的人,反对压制合理化建议的人,反对某种错误的工作方法的人,并且主要是在枯燥的争论中来表现他,这就不能暴露出人物性格的总体,人们不能看出他的思想活动、他的生活态度、他的为人处世的态度和特点。不能把新人物写成思想感情贫乏的人,我们这个时代的社会主义新人,关心的更多的是公众和集体的利益,整个工人阶级的事业,以及全人类的未来,他的胸怀比一般人要广阔得多。因此,一个新人物总是有充实的性格内容和丰富的心理内容的。剧作家应该在剧情规定的范围内,揭示出人物丰富的心灵世界,不要把新人物写成只会忙于行政事务,不问国家大事的政治上的庸人。

必须严格地从生活出发,而不是从新人物应该如何如何的主观概念出发。有的作者单纯从新人物的阶级本质出发,把新人物应当有的各种优良品质,例如他的忘我的劳动精神、大公无私的精神、不怕困难的精神、善于学习、善于联系群众等等拼凑在一个人物身上,用各种方法把概念的东西形象化,但是,正像不能根据化学的配方在实验室里创造出有生命的生物一样,从概念出发也不可能创造出有生命的人物性格。为什么许多作者在创造正面的党政领导者形象的时候,精神上顿时紧张起来,笔下感到异常的沉重,写作的时候,步步设防,把领导者写成四平八稳毫无性格特点的人?我想除了作者政治思想水平的原因以外,创作方法上的某种概念化的束缚,也是重要的原因之一。

三、我们的许多描写工业题材的新剧本,抓住了有社会意义的主题,表现了工业战线上新旧思想尖锐的冲突,这是值得欢迎的新现象。但是,关于戏剧中的矛盾和冲突,常常被理解得简单化了。戏剧中的矛盾冲突来源于生活中的矛盾冲突,正像艺术真实必须建立在生活真实的基础上一样。可是,艺术中的矛盾冲突和生活中的矛盾冲突不完全是一回事。生活中的矛盾冲突,必须概括成为人物性格的冲突,并且通过性格冲突,才能得到艺术的表现。

两种思想的争论、两种工作方法的争论,不一定构成戏剧的矛盾冲突;如果不把这种思想斗争概括为两种性格的斗争,那么体现着两种思想倾向的概念化人物之间的永无休止的争吵,也不能算做是戏剧性的冲突。观众是不会对这种化妆讲演感兴趣的。还是拿《瓦斯问题》作为例子,这个剧本,有生活的、艺术的部分,这就是鲁万春和何大嫂的性格矛盾。剧本也有它的生活内容艺术内容稀薄的部分,这就是苏副矿长和陈矿长之间两种思想方法、两种工作方法的争论。这种争论固然是有尖锐的社会意义的,但争论的双方,两种思想概念的体现者,人物的性格特征都是模糊的,因此这种争论就很难构成戏剧性的情节。这就可以解释为什么鲁万春、何大嫂一上场,虽然没有任何争吵,戏剧的进行是顺畅的,观众对这两个人物的命运总是表示关心,而两个矿长的激烈争吵,虽然达到面红耳赤的程度,但是戏的进行是不顺畅的,观众总是觉得他们的戏太长了。可惜的是,观众感觉太长的戏,并不只是这两个矿长的争吵,在其他的描写工业题材的剧本中,这种情况也是经常碰到的。如果作者把两个矿长的冲突,描写为两个具有完整性格的人与人之间两种不同的生活态度的冲突,效果可能就会不同一些。

如果我们的话题不限于《春风吹到诺敏河》《瓦斯问题》这类比较优秀的剧本,同时联想到常见的某些概念化成分更多的剧本,我们就会看到,有些描写工农业的剧本,实际上是把生活中的矛盾冲突的原始形态直接搬上舞台,把实现某种工作经验、工作方法各个过程的摹写,代替了艺术的构思,把某种生产工作、行政工作的阶段、进度代替了戏剧的结构和情节。在这些剧本里,真正的艺术结构和戏剧性的情节是看不见的。戏剧情节是人物性格矛盾的表现形式,戏剧的情节和结构是剧作家根据生活真实进行艺术加工和表现了艺术独创性的结果。剧本的内容如果只是两种思想倾向的代表者的争吵，如果没有两个活生生的人物性格的矛盾冲突，如果把工作过程、工作阶段的摹写代替了艺术的构思，这实际上是取消了艺术的情节和结构，取消了艺术的独创性，因而取消了戏剧艺术本身。这些剧本的作者并不是完全没有意识到这一点，他们也感到在这种格式的束缚下，能够装进的生活内容和戏剧内容是稀薄的，正面的人物往往是概念化的，反面人物往往是片面化的，枯燥的行政性和技术性的争论是难以吸引观众的，为此只好在正面人物的身上增加一点幽默感，在反面人物身上增加一些喜剧的笑料，在枯燥争论的中间穿插一些与主题无关的生活花絮。经过导演演员的苦心弥补之后，有时也可以换得一定的剧场效果。但是，这种剧本既然缺少真正的戏剧性的内容，不能对群众进行真正的道德教育和美感教育，观众谦逊而理智地在看戏，老是感觉这个戏太长了，太长了。

没有性格的矛盾冲突就没有戏剧。没有新旧性格的尖锐冲突，在舞台上就不能激发出革命思想的火花。

打破公式化的束缚，描写社会主义新人

近几年来，剧作家们注意了工业建设的题材，努力表现工矿企业领导中的新旧斗争，揭露工业战线上的矛盾冲突，这是非常可喜的现象。可是，描写工业题材的剧本，逐渐形成了一个固定的格式，大部分剧本，主题、情节和结构的轮廓几乎不约而同，正反面人物的面貌也逐渐定型化了。有些剧本几乎可以归纳为如下的格式：工业部门的两个领导者，一个是正确思想的代表，一个是错误思想的代表。在工人和技术人员的合理化建议的问题上，或者在管理生产的方法上，两个老战友发生了争论。工人和技术人员也分成两派，多数是正确的，少数是错误的。合理化建议的实验或推行开始遇到失败，错误者振振有词；但是正确者在上级的支持下再接再厉，最后取得胜利。错误者在事实的教育下觉悟过来，或因不觉悟受到处分。斗争胜利的结果是，这个生产部门由不能完成生产任务而超额完成生产任务，戏在皆大欢喜中闭幕。

工业战线上沸腾的生活被写成这样千篇一律的格式，观众对这一点感

到不满，作家也为此感到苦闷，这种格式能不能打破呢？有的作者发出了悲观的论调，他们认为这个格式是很难打破的。他们说，工业中的新旧斗争和新事物的最后胜利，大致是沿着这个路线进行的，这就是生活发展的规律，是一定社会现象本质的东西，就是到了共产主义社会，这个规律仍然是发生作用的。显然，这些同志的看法是过于悲观了。

新旧斗争固然是事物发展的规律，而且遍及生活的一切方面，可是，前面所说的这个格式，不过是工业中新旧斗争的一种表现形式，不一定就是规律本身。或者，这个格式就算是生活的规律，就算是一定的社会现象的本质吧！可是，文学艺术的特点是通过个别表现一般，通过特性表现共性，通过个性化的典型人物表现生活的普遍真理的。文学艺术绝不是直接搬弄社会发展的规律，不是替某种共同的规律和工作经验作出形象化的论证。规律是从生活中抽象出来的，作家的任务是从生活出发，从各个不同的角度来表现生活发展的规律，而不是直接图解这些规律，否则艺术家的独创性还表现在什么地方呢？如果按有些同志的说法，那么描写工业规律的剧本，只要写一个就可以了，何需乎大家写而又写得千篇一律呢？而且根据这些同志的说法，按照这个格式，要一直写到共产主义社会，这是不可想象的。

问题是，如果剧作者满足于事实的报道者和工作经验的图解者的地位，那么同一个时期的推行合理化建议的事实，同样性质的工作经验，同时同类的群众性的运动，在各个地方所表现的过程，大致上是一致的，而且不能不是基本上一致的。土改、五反、办合作社、工业上的反对保守思想、推广合理化建议等，基本的过程就是这样的。人们如果只是图解这些工作经验、过程本身，他们写出的内容自然就会不约而同。正因为这样，每次大规模的群众性运动之后，编辑部收到数以百计的来稿，其中绝大部分稿件的主题、人物、冲突、情节的雷同，往往达到可惊的地步。但是，如果作者们严格地从生活出发，着眼于描写在各个运动中各个战线上人的思想动态，着眼于描写人的变化，人的成长，人的命运，人的力量，人的品质，集中力量描写人，即通过艺术典型来表现重大社会意义的主题，那么，尽管同在一个时期、一个战线、一个岗位上，人的性格是千差万别的，性格冲突的表现形式也是千差万别的，由性格冲突表现出来的戏剧性的情节自然就不会雷同了。

目前许多描写工农业题材的剧本，过分拘泥于事实的报道与工作过程的描写了。描写农业合作化的剧本，往往把主要的注意力放在表现从建社到秋收扩社的过程。描写工业生产的戏，写的往往是一个工厂从没有办好（不能完成生产任务）到怎样办好了（超额完成任务）的过程，或者写一个合理化建议如何推广收效的过程。当然，这些决不是不可以写的，人们不需要回避描写某种工作进行的过程，如果这种描写表现了生活的真实，表现了英雄战斗的道路，有什么不好呢？问题是，工作过程的各个阶段的描写变成了一个预定的框架，排斥了对生活的生动描写，作者的才华和艺术创造性一开始就受到这个预定的框架的束缚，作者所能做的，就是在这个框架所指定的范围内，努力刻画出几个人物，让这些人物发生这样或那样的争论，以便把这个戏维持到皆大欢喜的收场。这样的剧本，不过是在对群众进行个别事实的教育，怎样做好某一件工作的教育，而不是进行生活的教育、道德品质的教育、社会主义精神的教育。在这种情况下，作者往往是苦恼的。作者不得不把他在生活中看到的新鲜活泼的东西，削足适履地来迁就这个固定的框架，作者很想写好自己的人物，并且用很大的努力来刻画剧中的正面人物，但是他的努力往往得不到预期的效果。固然有些作者自己降低了对自己的要求，他们满足于一个工农业生产经验的宣传员的任务，认为只要在这个框子里写出几个比较生动的代表各种不同的思想倾向的人物，就算完成一个剧作家的职责了。但是，许多作者感到苦恼，他们不能满足于这种状况，他们读了一些中国和外国的古典剧本，读了一些苏联和我国现代的优秀剧本，发现别人都不是这样写法的；他们努力要突破这一种束缚，但是一时还没有做到。相反地，因为他们在剧本里着重描写了特定的工作经验、工作方法，在剧本里描写的不是国家的总政策、基本政策的精神在生活中生动复杂的表现，而是直接搬弄了某种政策条文，这些内容既然不能在剧本中得到准确的、全面的描述，就往往发生错误，受到了专家和群众的理所当然的指责。作者为了对群众负责，进行了反复的修改，可是改来改去，生活的内容更加稀薄，人物的面貌更加模糊了，只剩下一个空洞的框架。为什么框子架子本身就应该是颠扑不破的呢？为什么作者不能从一个事实的报道者和工作经验的宣传员的地位，达到应有的艺术概括的高度，真正担负起一个灵魂工程师和艺术典型的创造者的职责呢？从这个现象上，可以看到我们对文学艺术的作用理解得多么不够，看到我们对社会主义现实主义的宣传和学习还是多么不够啊！我们确乎看到了一些这样的戏，在三个多小时的长时间里，作者无非是告诉了人们合作社是怎样办的，合理化建议是怎样推广的，基本建设是怎样进行的，三反、五反运动是怎样开展的，婚姻法是怎样贯彻的，渠是怎样开的，堤是怎样修的……作者对事实的过程和各种经验作了巨细无遗的描述，却不肯多花些笔墨来描写人的成长和变化。这些剧本演过一阵，后来就不再有人提起了。作者付出的宝费的精力，就这样浪费了。同时，还有成千的业余的初学写作者，还在向这些剧本学习写作的方法，编辑部每月收到几百个稿件，却只有很少数是可以发表的。公式化和自然主义的倾向，束缚了作者的才能，浪费了作者的精力，妨害了新生力量的成长，影响了演员艺术的健康发展，事实难道不是这样的吗？

戏剧的作用，不是直接地告诉人们怎样做好某一件具体工作，而是通过艺术典型的创造，特别是通过社会主义新人的典型性格的创造，帮助人们认识生活的真理，影响千千万万人的心灵。我们的戏，应当不是通过说教，而是通过人物的命运、人物的遭遇、人物的革命精神和道德品质来感动人，在人们的心灵深处起潜移默化的作用。我们的剧本，应当告诉人们怎样生活，怎样正确地处理人与人之间的关系，告诉人们在新社会中的立身处世之道。广大青年要求从我们的舞台上得到革命精神的鼓舞。青年们喜欢读《青年近卫军》《钢铁是怎样炼成的》《真正的人》《保卫延安》《把一切献给党》这样的书，喜欢看《保尔·柯察金》《尤利乌斯·伏契克》《万水千山》这样的戏，我们的描写了新人物、新性格的成长的像《妇女代表》《刘莲英》《归来》这样的独幕话剧，也受到广大群众的喜爱，这些成功的经验，都值得我们重视。

我们的戏剧，应该通过各种典型人物的描写，特别是通过正面英雄人物的描写，反映当前的火热斗争。社会主义现实主义者不能不关心具有重大现实意义的题材，不能不关心重大社会意义的主题，不能因为描写工业题材的剧本出现一些缺点，以后作者在选择题材上就采取避重就轻的道路。我们认为，这些缺点的产生，主要是因为剧作者没有切实发掘题材的社会意义，没有经过艺术的方法把主题鲜明地突现出来，作者把主要的注意力放在工作过程、工作方法和生产技术的描写上，实际上是就事论事地、表面化地处理了所选取的题材，降低了作品的社会意义和教育作用。只有打破公式化的束缚，严格地从生活出发，通过艺术典型的创造，才能把我们今天各个战线上的火热斗争生龙活虎地表现在舞台上。

在我们剧作家笔下，能不能创造典型，能不能创造社会主义新人的典型性格呢？我们是能够的，而且已经有了一些成功的经验。我们应当宣传戏剧创作中已经取得的先进经验，用来克服创作中落后的东西。关于典型问题、关于创造艺术典型的经验，我们长时间没有进行认真的宣传，使青年作者们产生一种误解，以为创造典型人物不过是古代的和外国的艺术大师们的事情，对于我们，那是可望而不可即的。这是把典型问题神秘化了。典型概括的广度和深度，决定于作家思想修养、生活修养和艺术修养的高低，这三个方面，我们今天的作者们都是深感到不够的。但这不等于说，新中国的革命的青年剧作家们从现有的水平出发，不能创造出有一定概括意义的典型人物。生活本身已经驳斥了这一种说法。如果我们大胆打破公式化的束缚，把我们成年累月所浪费的精力，在社会主义现实主义的轨道上正确地施展出来，我们一定能创造出更大更多的成绩。为了切实担当灵魂工程师的职责，为了在舞台上创造社会主义新人的典型性格，毫无疑问，应当努力提高我们的政治品质和思想水平。剧本中新人物政治思想水平的高低，决定于作家的政治思想修养和他整个的世界观的水平。作家本身如果修养不足，就很难探索一个英雄人物的全部心灵活动，很难写出他的广阔的胸怀和丰富的情感，很难抓住他们在什么场合说出什么样的话，很难把英雄人物的台词写得准确、生动而充满情感。应当努力丰富我们的生活知识、社会知识，不是作为生活的旁观者，而是作为一个生活的战士，在实际生活的战斗中不断地观察、体验、积累丰富的感性知识。作为一个剧作家，一刻也不要放松了向我国古典的戏曲遗产学习，向外国的古典艺术和苏联、各兄弟国家社会主义现实主义的成功经验学习，向现代各国进步文学的优良成果学习。我国的古代戏曲家们，是真正懂得戏剧艺术特点的；他们通过艺术典型的强大力量，用潜移默化的方法，达到移风易俗的目的。这个经验就是特别值得我们学习的。在我国戏曲舞台上，曾经创造了丰富多彩的各式各样的艺术典型，其中包括许许多多正面英雄人物的生动典型。我们这个时代的社会主义新人，在政治觉悟水平和思想感情的丰富性上，比中国和外国的古人不知道要高出多少；我们这个时代的剧作家们，有马克思主义和马克思主义美学的指导，如果我们善于运用中外古典艺术的经验和苏联的社会主义现实主义的经验，我们一定能突破公式主义和自然主义的束缚，在舞台上创造出各式各样生动的典型人物，特别是各式各样正面英雄人物的典型形象。我们剧作家们笔下诞生的一批一批的思想健全、心灵充实的英雄人物，将要在全国的舞台上到处感动人们，教育人们，鼓舞人们同一切邪恶的事物、消极的现象作斗争。

1956 年 2 月

※一九五七年※

片面性的论断[①]
——评《电影的锣鼓》一文

去年《文艺报》第23期上，刊载了一篇《文艺报》评论员所写的文章，题目是《电影的锣鼓》。这场锣鼓的节奏是混乱的。

这位评论员敲起锣鼓来，为的吸引大家的注意，好来听他讲解："电影——这一群众性最广泛的艺术，究竟应当怎样才是。"可是他的片面性太大了，他的讲解是不正确的。

这位评论员着眼于"电影与观众的联系"，他要求为工农兵服务的动机和受工农兵欢迎的效果统一起来，要求在注意影片的社会价值、艺术价值的同时，也得注意影片的"票房价值"，这听来好像是不错的。

我们今天的工农兵观众和旧社会的"影迷"大不相同，从这个意义说来，影片的"票房价值"也是未可忽视的。农村放映队五分钱一张票，也未尝不是一种"票房价值"。在工矿和农村放映好的国产片时那种人山人海的盛况，难道可以排除在我们的视野之外吗？

可是这位评论员的眼光看不到工厂、矿山、农村和部队，他只根据上海、北京影院某些影片上座率不佳的材料，就匆忙地得出了悲观的结论，说什么为工农兵服务的结果"成了抽象"了！他不肯想一想，例如单就农民来说吧，在北京的首都电影院、大华电影院，上海的大光明、国泰戏院等等，在最理想的情况下，每年又能吸引多少农民观众呢？郊区的工人，部队的战士，进城来看电影的机会也不会很多吧？

当然，北京、上海的观众多数也是劳动人民，他们的趣味与好尚也是

[①] 本篇发表于1957年《文艺报》第1期，署名黎青。曾收入《文艺辩论集》。

应当尊重的。但是这位评论员引用的材料还是有偏向。像《白毛女》《董存瑞》《智取华山》《渡江侦察记》《梁山伯与祝英台》《天仙配》……这些受到京、沪观众热烈欢迎的影片他一个也不提,单举那些平庸的、上座率不佳的影片为例,认为"这就找到了检验问题的标准";你说:公平呢?还是不公平呢?

这篇文章的作者把影片的社会价值、艺术价值和影片的"票房价值"互相对立起来,而把"票房价值"当成了检验问题的唯一标准,根据片面的材料,得出片面性的结论,说什么电影为工农兵服务,岂不成了"抽象"?跟着又把造成这个"抽象"的原因归罪于所谓"尽量地描写工农兵"!这就使他从歧路上越走越远了。

这位评论员质问道:"电影为工农兵服务,是否就意味着在题材的比重上尽量地描写工农兵,甚至所谓'工农兵电影'!"问得好奇怪!文学艺术——包括电影在内要反映我们这个时代复杂的阶级斗争、新旧斗争,自然可以描写一切阶级、一切人,题材也自然是非常广泛的;如果把工农兵方向说成只能描写工农兵,为反对题材广泛而随便加上"题材广泛论"的恶谥,当然是不对的。文学艺术要描写阶级斗争,就不可避免地描写到对立面。可是,文学艺术——包括电影在内为了反映我们这个新时代,因此努力地描写新时代创造者的形象,因此"尽量地描写工农兵",这又有什么不好呢?工农兵(这就是我国人民的绝大多数)希望从我们的文学、电影里面看到各阶级的动态,看到生活各方面的新变化,他们更希望从文学、电影里面看到他们自己。在描写工农兵的电影中,有些描写得好,像《白毛女》《董存瑞》等等,因此受到群众的欢迎;有些描写得不好或不大好,像《一件提案》等等,因此受到群众的冷淡,"票房价值"因此减低了。如果写的不是工农兵,如果写资产阶级而写得公式化概念化,难道说就会受到群众的欢迎吗?

我不知道什么叫做"工农兵电影",如果它的含义是"电影只能描写工农兵",那当然是错误的口号。可是,这篇文章的作者还告诉我们:"它可以解释做电影为工农兵服务",那么,为什么又匆忙地把它和教条主义、宗派主义混为一谈呢?作者说,他是"按其实践效果检验"而得出结论的。可是他明明告诉我们,这个口号,至今还是"查无实据"的;关于它的宗派主义,作者"检验"的结果,也无非是它曾经有过宗派主义的"企图";既然是"查无实据"的"企图",作者又是怎么"按其实践效果检验"的呢?

可能,作者在生活中确实看到了一些教条主义、宗派主义的现象,他要对这种现象开火。可是他的片面性太大了,在否定生活的消极面的时候,连它的积极面也一同否定了,流露出对执行工农兵方向的怀疑和动摇的情绪。这使他写文章的时候,思想上条理不清,逻辑上陷于混乱。他抓不住要害。

在这位评论员的文章里,谈到了电影事业部门领导工作中的一些缺点,例如说,以行政的方式领导创作,有辛辛苦苦的官僚主义,和作家的合作关系没有搞好,导演的制度不够健全,不少演员因积压而"失业"而苦闷的现象很严重等等,虽然有些问题也提得不恰当(我只举一点,例如把一年一度的业务学习,讽刺为"一年一度的传道方法",又拿它来和"持久的、日积月累的学习"相对立,就是毫无道理的),提出这些问题来讨论当然是可以的。但就在指责电影领导的时候,这篇文章的片面性也特别大。它不加分析地说:"管的人越多,对电影的成长阻碍也越大。事实证明,当1951年文化部门成立电影指导委员会时期,领导力量比任何时候都强大,但结果,却是全年没有一部故事影片!"过去电影领导的多头现象,的确给电影工作造成一些困难;对过去的电影指导委员会的工作提出批评,也是可以的。可是评论者对这些没有说出什么道理,他给人一种印象,似乎对于电影这个影响千百万群众的强大工具,党和政府还是少插手为妙。这自然是极其错误的。

《电影的锣鼓》的作者抚今追昔,谈到了解放前电影的传统和经验。可惜,他对这个问题也没有达到正确的理解。解放前的进步电影,是"五四"以来革命的文学艺术的一个强有力的组成部分。我们所说的电影传统,指的是电影的革命的民主主义传统,从艺术上说,一般地又可说是现实主义传统。我们今天的文学艺术,从根本上说,是继承了"五四"以来文学艺术的革命传统的。文艺的工农兵方向,就是"五四"传统在新的历史社会条件下的一个新的发展。我们今天的电影也并不例外。可见,怀疑过去电影的革命传统(尽管它时间不长吧),拒绝承认这个传统(尽管它不够深厚吧），那是完全错误的，对我们的事业是很不利的。同时，过去电影生产的大权长期操在资产阶级的手中，一部分还操在帝国主义和官僚资本主义的手中，他们搞出了很多不好的、麻醉人民的东西。这就不能不看到，电影还有另外一个传统，那就是反动的、唯利是图的传统，这个传统在我国大陆上已经被我们割断了。是不是这样：前一个好传统是在和后一个坏传统的战斗过程中发展起来的；而前者还多少受到后者的一些消极影响？美国电影的形式主义和低级趣味的影响更是人所共知的。

《电影的锣鼓》的作者在谈到过去的传统和经验的时候，却丝毫没有运用阶级的分析和历史的观察。他在文章前一段谈到"过去的经验"的时候，强调"其中最主要的是电影与观众的联系"，说是"丢掉这个，便丢掉了一切"。他所说的"联系"，实际指的是所谓"票房价值"。他没有看到两种传统、两种经验的区别，没有看到过去进步电影的经验，最主要的是时代精神、人民精神的反映，即反映了人民群众革命的愿望和要求，因此才受到人民的热爱。丢掉了这个，才真是"丢掉了一切"。文章后段谈到传统问题时，仿佛主要指的是进步电影的传统，但也没有做出分析。相反地，他在指责了"把过去一脚踢开"的宗派主义情绪之后，断言"过去的一古脑儿都对"。

这位评论员就是这样对比地提出问题："过去的一股脑儿都对"；现在呢，看来是一股脑儿都错了！——难道不是这样的吗？为工农兵服务的效果等于零，"成了抽象"；"尽量地描写工农兵"引起了"不景气"；领导越强越糟糕；弄得艺术家"畏首畏尾"，"如何谈得到电影艺术的创造？""如何谈得到电影艺术事业的繁荣！"

过去都对；现在都错了！那么，出路何在呢？"电影——这一群众性最广泛的艺术，究竟应该怎样才是"呢？右倾机会主义者的答案是不说自明的，那就是倒退到"一股脑儿都对"的过去去！

我们的电影事业真会发生这样的悲剧吗？不！新电影的成绩是人所共见的，是任何人抹煞不了的，它将沿着自己的正确方向、在不断克服错误和缺点的过程中大踏步前进。

如果说是悲剧，那是片面性的悲剧，失掉逻辑能力的悲剧，在困难前面惊慌失措的右倾机会主义的悲剧。

我还要对这位评论员同志提一点意见。

你看到我们好的国产片这样少,看到电影工作中有许多消极现象,群众的意见一大堆。你着急了,匆忙地敲起锣鼓来。你的锣鼓敲的是虚无主义的节奏,不是鼓舞人家前进的。你没有看到,我们社会主义的文学艺术,包括电影在内,都是我们生活中的新生力量。它还有些幼稚,没有成熟。它将在百花齐放的锻炼和竞赛的过程中逐步成长起来,在量的基础上逐步达到质的提高。已经有些质量较高的东西出现了,这是值得欢呼的。代表事物的主流,代表前进的趋向的,正是这些少数具有较高水平、较高质量的东西。文艺评论的任务就是发现这些好东西,发扬这些好东西,吸引平庸的向优秀的看齐,推动优秀的向更高水平前进。当然要批评缺点,不批评是不行的,有时还需要非常尖锐的批评。但批评的尖锐性和片面性不是一回事。你总要肯定正确的方向,说:某些地方你走对了,继续走下去;某些地方你走错了,赶快回头。而片面性的虚无主义的批评,却散播失望的情绪,模糊前进的道路,窒息了新生力量的成长。评论者要吸引群众来帮助我们文艺事业的成长,而片面性的虚无主义的批评,不能向群众真实反映文学艺术的发展情况,它一味地把我们新生的文学、新生的艺术在群众面前搞得声誉扫地。要是群众听信了假报告,印象坏了,看到我们的新文艺就掩鼻而走;试问,这对我们的事业有什么好处?对群众有什么好处呢?

和吴祖光同志辩论[①]

提出了两个重大问题

吴祖光最近发表的《谈戏剧工作的领导问题》一文（见《戏剧报》第11期），引起了戏剧界和文艺界的注意。这篇文章向文艺界提出了两个互相关联的重大问题，那就是：社会主义制度在文学艺术方面究竟有没有优越性？文学艺术工作究竟要不要党的领导？

作者对这两个问题的回答都是否定的。

这位作者是从解放后文艺工作上"培养新人"的状况提出问题的。在他看来，所谓"培养新人"，不过是"经常挂在口头上的字句"；而"眼前的事实"呢？无论在戏曲和话剧的舞台上，无论在电影的银幕上，"谈到新人，那真是寥寥可数，少得可怜"的！作者问道：在今天的舞台和银幕上，"那些活跃着的，留给观众比较深刻的印象的，也就是说有声望、有成就的演员，有几个是解放八年'培养'出来的新人呢？""不仅演员，作家、导演，新起来的又有多少？"

作者对新社会培养新人的成绩提出了根本性的怀疑，紧接着就把这种"新人寥落"的现象归咎于制度和领导。他质问道："我们谁都会谈所谓'社会主义制度的优越性'，可是它在培养文学艺术人才这一方面表现了什么呢？"在他看来，我们的社会主义制度的优越性只表现在文艺工作以外的别的方面，至于在文艺工作方面——首先在培养新人方面，我们新制度的优越性是什么也没有表现出来的。作者认为，"这是一个值得思索的有

[①] 本篇发表于1957年《文艺报》第14期，署名张光年。后改名为《和吴祖光辩论》，收入《文艺辩论集》。

趣的问题"。而思索的结果呢？作者说："造成这样的后果的原因可能很复杂；但是我想，总的说来，这是一个领导问题。"

关于培养新人

领导工作有问题。就是说，有不少的错误和缺点。不然的话，为什么要整风呢？单就培养新生力量来说，可以指责的地方也是不少的。对党和政府的实事求是的批评，哪怕再尖锐一些，也是会受到欢迎的。但是像吴祖光所指责的那样，文艺界"培养新人"不过是一句空话，社会主义制度的优越性在培养文学艺术人才方面没有什么表现，请问，这种指责究竟有多少事实根据呢？

吴祖光不会不知道，单就培养戏剧电影人才来说，解放后设立了戏剧学院、电影学院；为了培养京剧演员，在北京就设了两个戏曲学校；在各省市还设立了培养地方戏曲演员的学校；我们的数以百计的剧院和剧团也都附带担当了培养青年演员的任务；如果再加上中央和地方设立的音乐学院、美术学院、舞蹈学校、为数不少的艺术专科学校和高等学校的艺术教育部门，可以看到党和政府花了多大力量在努力地培养新的艺术人才。尽管这些学校的教育工作还有不少的缺点，可是在解放后短短几年中间形成的艺术教育的初步规模，显然是在半封建半殖民地的旧社会制度下所不能想象的。只有在新的社会制度下，在共产党领导下的新中国，才会对培养新的艺术人才这样地关心和重视。事实难道不是这样的吗？

是的，我们培养新演员的成绩还没有在舞台和银幕上充分表现出来。作为内行人的吴祖光，难道不懂得要培养出一个"有声望、有成就的演员"，需要长期的多方面的学习和艺术实践，甚至需要演员付出毕生的努力吗？一个京剧学校的学生要九年才毕业，而新中国成立到现在不是还不到八年吗？为什么硬要党和政府在不到八年的期间必须培养出一大批"有声望、有成就的演员"，否则就是社会主义制度在文学艺术方面没有优越性的证据呢？

不知道在吴祖光看来，像袁雪芬、常香玉、陈伯华、杜近芳、陈书舫、彭利侬、魏喜奎、丁是娥……这些戏曲舞台上的年轻的女演员们（还有同命运的许多男女演员们）算不算是受到了党和政府的培养？这些演员各有自己的师承，也各有自己的才能，可是她们每每感慨万端地谈到解放前的悲惨遭遇，她们的才能被埋没了。直到解放以后，党从政治上帮助了她们，从思想上鼓舞了她们，从文化上提高了她们，她们的才能得到了新的发展，成为举国闻名的艺术家。她们每个人走过来的艰苦道路，都体现了新的社会制度的优越性和党的领导的正确性。难道这些都是吴祖光所不知道的吗？

"不仅演员，作家、导演，新起来的又有多少！"（这里，我引用的是吴祖光的原话，只是把他的问号换成了惊叹号）我不说话剧和电影方面涌现出来的新生力量了。我想单谈谈青年作家。茅盾同志在中国作家协会第二次理事会会议上报告说："在文学战线上也和其他战线上一样，大批的新生力量已经涌进我们的作家队伍里来了。"（见《中国作家协会第二次理事会会议〔扩大〕报告、发言集》第39页）这和吴祖光得到的结论是完全相反的；但是茅盾同志的话是正确的。1956年3月在北京召开的全国青年文学创作者会议，检阅了解放后培养青年作家的显著成就。到会的青年代表数百人，包括许多青年的电影和戏剧剧本作者，都是党所培养出来的新生力量。电影《董存瑞》的作者之一董晓华同志在会上谈到自己的文学道路说："在这条不算短的路上，每一步都有我们永远感激的、伟大的党的无微不至的关怀。党用她珍贵的奶汁哺育了我们，党在我们这每一棵幼苗上，曾花费了辛勤的劳动，现在还在花费着。"（见《全国青年文学创作者会议报告、发言集》第336页）李希凡同志说，他"能够真正受到文学教育、以至于今天能够站到这个讲台上来，这都是解放以后的事情，是几年来在党的关心和培养下才实现的事情。我相信这是我们大家共有的一种感触和体会，没有党，没有新中国，也就没有我们的文艺生命"。（见《全国青年文学创作者会议报告、发言集》第378页）

可惜，这些真挚的感情的流露，是吴祖光所未能理解的。

"总的说来，这是一个领导问题。"——这话是吴祖光从否定的意义上说的；让我们相反地从肯定的意义上引用它。

关于戏曲改革

要否定党的领导,不能不首先否定领导的成绩。在培养新人的问题上,吴祖光用的这个办法。在谈到戏曲改革的时候用的也是这个办法。

在戏曲改革工作上(这个工作是没有甚么现成的经验作为依据的),我们的确走过一些弯路,做过一些蠢事。我们戏曲改革的队伍是一面工作、一面整顿的,我们戏曲演员的队伍是在自我改造的过程中逐步提高的。谁都可以看到,戏曲工作这几年在不断纠正错误的过程中大步前进。现在还有错误,还有三害,因此要整风,因此欢迎大家的批评。

而吴祖光的批评倒是怎样的一种批评呢?他认为在整个文艺工作上,同样在戏曲工作上,都是"外行领导内行";戏改干部"成事不足,败事有余";他危言耸听地说:"……这些年来把拥有几万出戏的古典戏曲生生挤兑得只剩了寥寥几出戏在舞台上苟延残喘,这种大杀大砍的手段真是令人惊佩。"

要说整个文艺工作上都是"外行领导内行",我看这是闭着眼睛瞎说的。至于在戏曲改革工作上,"外行领导内行"的现象是存在的。这里且不说提出"百花齐放,推陈出新"的方针、向全国发布戏曲改革指示的中央负责同志,就说他着重指责的是"几乎绝大多数都是新文艺工作者作了民间艺人的领导,领导行政,亦领导艺术"的现象吧。那么,在推动戏曲改革的过程中,这种现象是不是可以理解的呢?譬如说,解放以后,党和政府根据广大艺人的要求,派出了一批干部去推动戏曲改革工作,他们帮助把艺人的政治觉悟激发起来,把戏曲的队伍组织起来,帮助斗倒了骑在艺人脖子上的封建把头和坏分子,帮助提高了艺人的文化知识,建立了剧团的工作秩序,帮助整理旧剧目,介绍新剧本,帮助清除了封建毒素和舞台上的恶习,帮助推动了舞台面貌的革新……所有这些,难道都是"成事不足,败事有余",难道一点好事也没有做出来吗?八年以来,戏曲演员们的政治觉悟、思想和文化水平都普遍地大大地提高了,有些演员还成为光荣的共产党员和共青团员,成为人民中间的先进分子,难道说,这和剧团的政治领导、思想领导都是毫无关系的吗?不错,在这些干部中间,并不是没有"颐指气使，发号施令"，"把自己的一知半解硬去套人家的脖子"的人。但是，难道党和政府不是一贯地和这种粗暴现象作斗争，难道这类粗暴现象到如今不是大大减少而是大大增加了吗？可见，吴祖光提问题的态度，不是鼓励戏曲演员和新文艺工作者们的互相尊重，互相学习，互相团结和进步，而只能挑起这两部分人的互相不尊重和不团结，对整个戏曲工作，对戏曲工作者的进步，都是没有好处的。

吴祖光对于戏曲改革工作的写照，说甚么"这些年来把拥有几万出戏的古典戏曲生生挤兑得只剩了寥寥几出戏在舞台上苟延残喘，这种大杀大砍的手段真是令人惊佩"，是不是合乎事实呢？我所知道的是，例如在解放前的北京，在反动统治的摧残之下，拿京戏来说，当时演来演去，不过是充满了色情渲染的《大劈棺》《纺棉花》以及演得不成样子的《红娘》之类，真是"挤兑得只剩了寥寥几出戏在舞台上苟延残喘"，这种情形一直继续到北京刚解放的时候，至今许多演员们谈起来还是非常痛心的。解放初期，一方面是很大的革新，一方面是反历史主义和轻视遗产的逆流。党起来号召打退这种逆流，号召尊重戏曲遗产和整理传统剧目。文化部委托北京、上海的戏曲研究院及其他戏曲团体协助戏曲演员，整理出版了几百出京戏，几十种评戏，几百种地方戏。自然，当时思想上的清规戒律还没有打破，还不懂得放手发动群众来做好这个工作，已经整理出版的剧本也有不少可以指责的地方，但无论如何，当时初步清理出来的流行剧目总是数以千计，而不是"寥寥几出"。人们总是慢慢变得聪明起来的，去年6月，文化部召开了第一次全国戏曲剧目工作会议，号召破除清规戒律，挖掘传统剧目。今年4月，文化部又召开了第二次全国戏曲剧目工作会议，总结了十个月来剧目工作的成就。《文艺报》记者叶群报道说："……剧目挖掘工作，十个多月来已获得很大成绩。据统计，现在已经初步挖掘出来的传统剧目，有5万1千8百多个。这在中国戏曲史上也是空前的。"又说："随着传统剧目的挖掘，1万多个戏又重新在舞台上出现了。'1万多'这个数字，除了丰富上演剧目外，还有些内容是数字所不能表达的。"（见《文艺报》今年第5期《放，才能带来繁荣》一文）单说数字吧，这里是"1万多"和"5万多"，为甚么还说是"只剩了寥寥几出戏在舞台上苟延残喘"呢？请问：是谁在"大杀大砍？"是领导和干部在"大杀大砍"呢？

是有人面对着党和政府领导下的戏曲改革工作"大杀大砍"呢？

究竟要不要党的领导？

如果吴祖光的意见到这里为止，我们也就不想多说了。可是在他的文章里，明明白白地主张取消党对文艺工作的领导，包括组织领导、政治领导、思想领导、行政领导和艺术领导；那么，我们也就不能不再多说几句。

吴祖光对组织领导是非常不满的。在他看来，似乎别的革命事业应当有组织工作，独独文艺工作不应当有强有力的组织领导。据说："……就文学艺术的角度看来，我以为组织力量的空前庞大使个人力量相对地减小了。"据说艺术家们"由于长期地'依靠组织'的结果；长期地被粗暴压制和干涉的结果；小心翼翼，顾虑重重，金人缄口，寸步难行"了！据解释："所谓'组织'亦就是指的领导。"并且还是党的政治领导、思想领导、行政领导、艺术领导的统称。自然，他也谈到了党如何"受到人民的衷心爱戴"；但是何以"就文学艺术的角度看来"，党的领导的强大是有害无益的？艺术家依靠组织的后果是那样不堪设想的？作者并没有给我们说得很清楚。是不是这样：从集体主义者看来，组织起来力量大，在戏剧、电影工作上正好证明这一点；可是从个人主义者看来，组织和领导相反地成了"粗暴压制和干涉"的代名词。他总是埋怨"个人力量相对地减小了"？

作者对党的政治领导也是不满的。据说，领导人物都是要不得的，"他们不估计到：任何艺术品都有它的政治性，都有政治倾向。每一个艺术家都从生活里斗争过来，也都有他的政治内容和政治倾向。"这样看来，政治已经不少了，政治领导当然是多余的了。可惜作者没有告诉我们，像《杀子报》《黄氏女游阴》这样的"艺术品"（作者自己也是不满意的），它们的"政治性"和"政治倾向"是怎样的；他也没有告诉我们，是否"每一个艺术家"都同意他的说法，大家都有了无产阶级的"政治内容"，因此再不需要甚么政治领导了。

要不要思想领导呢？也不要。虽然作者有时也谈到思想领导的重要性，可是他认为，"从文艺工作说来，谁都懂得'为人民服务'的道理，但是今天无数的艺术团体的领导，偏偏就从不估计人民群众的需要，认为群众浑噩无知。对群众喜爱的东西，用无数的清规戒律斩尽杀绝，把群众不喜爱的东西塞给群众作为对群众进行教育"。你看，谁都懂得毛主席的"为人民服务"的文艺思想，只有"无数的"领导人物是不懂得的，并且是反其道而行之的！当然，问题只不过是对领导进行思想教育，无需乎对广大文艺工作者进行思想领导了。请问，按照吴祖光的说法，"每一个艺术家"在政治上、思想上都已经解决问题了，不再需要改造和提高了，这究竟是鼓励大家的进步，还是想拉艺术家的后腿呢？

政治、思想领导不要了，那么，搞点行政领导好不好呢？也不好。这位作者说："……在过去这些年的文艺工作当中，我总感觉到所谓领导常常只是行政的、事务的、物质的、团结、统战一类的领导。假如是这样，对于文艺工作者的'领导'又有甚么必要呢？"你看，领导上帮助搞点行政事务工作，帮助提供一些为发展文艺事业所必需的物质条件，帮助文艺家们搞好团结……这样做也是不受欢迎的。

最后，要不要艺术领导呢？回答是：更加不能要。因为那是"外行领导内行"，"甚至于仗恃权势强词夺理来领导内行"，据说"在我们的文艺工作里，这也是一个严重的问题"。这个"理由"是否站得住，我们在前面谈论戏曲改革的那一段里，已经解释过了。

党对文艺工作的组织领导、政治领导、思想领导以至于行政领导、艺术领导，都是不受欢迎的，那么作者有时也谈到的关于党的领导的好话，究竟还有多少具体的内容呢？

或者可以说，作者着重谈到的是党的领导的缺点，其目的也许是为了加强领导，改进工作。但是这样的话如何解释呢？"领导的权限无限扩张的结果，必然是日深一日的目空一切、自以为是。从主观主义开始，教条主义、宗派主义、官僚主义必然接踵而来。"这是说，领导加强了反而坏事：领导——这就是三害的根源！但是，吴祖光难道不懂得，主观主义、教条主义、宗派主义这些旧社会的遗毒，和党的领导的概念岂不是根本不相容吗？至于官僚主义的产生，难道不正是放弃领导的结果吗？

或者可以说，他所反对的是"无数的艺术团体的领导"，他对中央的领导还是尊重的。那么，吴祖光未尝不知道，各地方剧团都想到北京来旅行演出，都希望中央检阅一下他们的成绩，这并不是坏事情；为甚么硬把这说成是"对中央的迹近迷信的崇拜"，并且"必需要把这种对中央的迹近迷信的崇拜予以消减"呢？为甚么无中生有地创造出甚么"大都主义"，"大官主义"，而且也要列为"消灭"的对象呢？

在吴祖光看来，对文艺工作，最好是不要领导。党不来领导，反而是"福"；领导了，反而是"祸"。他谈到戏曲剧团的时候说："根据许多具体事实，被国家重视的在某些方面却并不见得有甚么好处；而被国家冷淡了的在某些方面也未见得有甚么坏处。'塞翁失马，安知非福；塞翁得马，安知非祸？'"可惜他并没有拿出"许多具体事实"来证明他这个极端错误的观点。

在吴祖光看来，甚么领导不领导！作家艺术家是根本不需要甚么领导的！他以挑战的口气质问道："谁能告诉我，过去是谁领导屈原的？谁领导李白、杜甫、关汉卿、曹雪芹、鲁迅？谁领导莎士比亚、托尔斯泰、贝多芬和莫里哀的？……"那么，我想转过来问一问吴祖光：难道可以把旧时代的作家和社会主义时代的作家混为一谈吗？难道作为社会主义作家智慧的源泉的马列主义思想是古已有之的吗？难道共产主义者的鲁迅后来不是紧紧地依靠党的领导吗？党，这就是今天的时代精神、人民意志和阶级利益的集中表现；难道可以提倡今天的作家离开自己的时代、人民和先进阶级而孤军奋斗吗？古代作家的进步性表现为对当时统治者的不屈不挠的斗争；难道说今天的作家和统治者的关系也是这样吗？当然，作家接受党的领导是完全出于自愿的；但是，难道说社会主义时代的屈原、李白、杜甫、关汉卿、曹雪芹可以在离开党的思想、党的立场、党的领导的条件下产生吗？

在吴祖光看来，今天的问题不是如何加强领导，而是如何取消领导。看到取消不了，就赶忙来散布悲观失望的情绪了。当他渲染了领导的种种恶行以后，接着说："作为新文艺工作者，这样的一些事实是我们深刻的教训。因为今后领导恐怕还是领导，领导的一言一行还是有举足轻重之势。而且吃过亏的被领导者今后还是尊敬领导，服从领导的。严重的问题亦正在这里。"经过整风，领导还是领导，领导愿意改过，但是不肯下台，在吴祖光看来,这就是"严重的问题"。怎么办呢?以下的几句话的意思就相当阴险了。他说:"生活会教育得我们更成熟,失败会教育得我们更聪明;通过这些,我们应当有决心,非把工作做好不可。"真的,这几句话是不大好懂的;但是,"严重的问题亦正在这里"。

1957、7、1 之夜。

杨角的个性是怎样解放的？[①]

去年秋天，我看到一本中国作家协会沈阳分会出版的《文学月刊》九月号，其中开宗明义第一篇，是一位杨角先生写的叫做《解放个性，放宽尺度》的妙文。这个题目本身已经使人感到奇怪了，而内容也是不弱的。我来征引一下这篇文章的第一段吧：

"百花齐放，百家争鸣"，在文艺界要能搞起来，搞得好，我觉得首先要解决三个问题：第一，要解放个性。这是个社会问题，不是文艺界特殊存在的问题，但在文艺方面很重要。目前很多作品说明，作者不注意表现个性，或者是不敢表现个性，看不出作者的个性。也看不出作品中人物的个性。喜欢什么？不喜欢什么？很模糊，结果就是千篇一律。我们现在像鲁迅先生说的那样"敢说、敢笑、敢怒、敢骂……"的人还不多……，都学的很圆滑。也难怪，例如我们学校，谁说了不合乎纲领的话，就有受到批评或者写在鉴定上背一辈子的可能。有些批评也是使作者哭笑不得的。像安波的《春风吹到诺敏河》按照批评家的意见改了几次，结果到处上演，电影也拍了，红运也走了，可是全国话剧会演时竟被当作概念化的典型批评了一顿。可惜的是它还未参加会演，据说批评家的理由是参加会演的剧本不适宜批评，因为：老作家不好批评，新作家不能批评，还有某作家的作品应该批评，但他是位负责干部，因而就不便于批评了。更奇怪的是当初提了许多修改意见的是光未然同志，这次提出批评的也正是光未然同志，而他所指责的概念化又不少是按照他的高见修改的地方。这真是一幅很好的漫画，使我们看到了批评的庸俗。我知道对这种不公平的

[①] 本篇发表于 1957 年《剧本》第 12 期，署名张光年。曾收入《文艺辩论集》。

批评有意见的人很多，但是直到现在未见到反批评的文章，可见顺风旗是好打的，这里使我们又看到了个性受着某种束缚。

以下还有好些有趣的话："第二要放宽尺码。"其警句曰："编辑的尺码不放宽，百花很难齐放，言论的尺码不放宽，很难鼓励想要争鸣的百家。"又说甚么"只提倡一家言，异己者一概不听不印，这言论就可能像死水一潭，过些时候就会有味儿使人厌其闻了"。还有："第三，要扩大园地。"是抱怨刊物太少，退稿太多的。据说"结果退件很多，给作者带来很多苦恼。有关方面应该注意解决扩大发表园地的问题"云云，我就不想再征引下去了。

看到这篇文章，的确使我感到奇怪。奇怪的是，这位杨角先生生活在我们新社会，而且据说还是一位共产党员，但他硬说在解放后的新社会里，人们的个性不得"解放"，"受着某种束缚"，连作家也"不敢表现个性"；他说现在"敢说、敢笑、敢怒、敢骂……的人还不多"，"都学的很圆滑"（即很虚伪）；为甚么人们不敢说、不敢笑、不敢怒、不敢骂（真是比封建统治下的敢怒而不敢言还可怕得多）呢？为甚么人们都这样恐惧而又虚伪呢？据杨角说："这是个社会问题，不是文艺界特殊存在的问题"！你看，这位作者得出的结论真是惊人的。从他的控诉性的言词里，使我们看到了一个和新社会格格不入的人的悲苦的、充满敌意的嘴脸！那么，杨角先生的"个性"究竟是怎样的一种"个性"，他所要求的是甚么样的"个性解放"，他的"个性"要向甚么方向去求"解放"，我们就可以不必追究下去了。

能够说杨角谈到的不过是文艺问题吗？单就文艺问题来说，杨角指责的那种"看不出作者的个性，也看不出作品中人物的个性"的作品当然是存在的；但这难道都是作者"不敢表现个性"的结果吗？难道说，任何一个作者，只要他愿意表现个性，"敢"于表现个性，个性的语言就会像泉水一样淙淙地流泻出来吗？而按照杨角的逻辑，他要是写不出个性来，那就是"社会问题"，是社会使他"受着某种束缚"。这种常识上的混乱，说明他丝毫无意郑重地对待文艺问题。他谈文艺问题，不过是醉翁之意不在酒而已（顺便说一下，把人物的个性笼统地理解为"喜欢什么？不喜欢什么？"这也是违反常识的说法。在这篇文章里，这位冒充内行的作者闹出的笑话还有不少。例如说"在真实地,历史具体地描写现实……这个含意中,我认为自然地就包括了艺术的技巧问题";又说"民族的形式,就是提倡多种多样的形式"等等。这位作者望文生义的能力是惊人的)。

奇怪的是,共产党员的杨角,居然伤天害理的硬说我们新社会言论不自由,"可能像死水一潭";说是人们只能背后说论,而且"谁说了不合乎纲领的话,就有受到批评或者写在鉴定上背一辈子的可能"。原来,杨角要求的是那样的"自由"和"解放":他们可以自由地说任何"不合乎纲领"(即无原则)的话,别人却是不能自由批评的;否则就是言论不自由!是的,我们的社会是有人们共同承认的"纲领"的,例如,国家有建设社会主义的纲领,党有党的纲领,文艺界有文艺工作的纲领,任何一个革命集体也有它集体生活的纲领或原则。你赞成不赞成这些纲领或原则,是你的自由。你认为你有反对这些纲领的自由;你应当知道,别人也有起来保卫这些纲领或原则的自由。你有放毒的自由;别人也有消毒的自由。这也是我们新社会人所共知的纲领或原则。当然,你是不满意我们的纲领的。你说我们"只提倡一家言,异己者一概不听不印";这话上句说得对,下句是不合事实的。在我们看来,"百家争鸣"实际上是无产阶级、资产阶级两家争鸣,这个争鸣是不可避免的。我们"只提倡"无产阶级的"一家言",用它来和另外的"一家言"据理力争,以便在争鸣中长无产阶级志气,灭资产阶级威风。你希望我们对资产阶级一视同仁,这个希望注定是要落空的。尽管是这样,我们对"异己者"也不是"一概不听不印"。你杨角先生的这篇文章,明明是阶级异己分子的声音,明明是"有味儿使人厌其闻"的,岂不是照样发表在《文学月刊》最显著的地位上,替你印发了一万六千多份,让你的反党、反社会主义的声音到处流传吗?

杨角认为,"百花齐放,百家争鸣,在文艺界要能搞起来,搞得好……首先要解决三个问题":要解放个性;要放宽尺度;要多办刊物,少退稿件。——这就是他向党提出的三个先决条件。其中第一个条件,"是个社会问题",照他看来,是很难按照他的愿望解决的。第二个,又碰到"只提倡一家言"这个"教条的"束缚。因此,他对党中央提出的"百花齐放,百家争鸣"这个方针能不能"搞起来,搞得好",明明是抱着怀疑和悲观情绪的。一篇明明是对党的方针、纲领采取怀疑态度、实际上是嘲讽态度的文章,一篇不仅是缺乏理性,而且是缺乏常识的文章,居然在我们的刊物上标榜"百花齐放,百家争鸣"这个栏目里以最显著的地位刊载出来,而且长时间没有看到有力的反驳,还能说刊物的"编辑的尺码"放得不宽?还能说我们的刊物退稿过多吗?

奇怪的是,照杨角先生的说法,我的一篇文章居然也变成了"解放个性"的障碍,使得某些人"个性受着某种束缚"!他指的是1956年2月间我在全国话剧观摩演出大会上的一个专题报告:《为了在舞台上创造社会主义新人的典型性格而奋斗》这篇文章(发表在《剧本》1956年6月号,还收在《全国青年文学创作者会议报告、发言集》中;发表时并没有用"光未然"这个笔名)。这篇文章哪里讲对了,哪里讲得不对,我是很希望听到同志们的指教的。例如,我的文章对文学艺术的鼓舞作用谈得较多,而对艺术的认识作用谈得很少,谁都可以从这一点提出补正的。遗憾的是,杨角先生对这些地方毫不感兴趣。他所感兴趣的,仅仅是无中生有的造谣和恶毒的人身攻击。只要是读过(哪怕是随便翻过一遍)我那篇文章的人,谁都可以发现杨角像煞有介事地指责的甚么"参加会演的剧本不适宜批评""老作家不好批评""新作家不能批评""负责干部"的剧本"不便于批评"云云,完全是毫无根据的谣言,连一点影子也不存在的。杨角的"个性"竟然"解放"到这种程度,为了急于破坏一个新中国公民的名誉,连最起码的事实根据也管不得了。

是的,我的文章也一再谈到了安波同志的《春风吹到诺敏河》,那也正像谈到其他几个剧本的时候一样,都是在肯定的基础上指出缺点的。哪些地方谈对了,哪些地方谈得不对,我也是欢迎同志们的指正的。杨角先生不是抱怨"看不出作品中人物的个性"吗?那么,对于我这篇用较多的篇幅从几个剧本的比较分析中试图探讨描写新人物的新性格的经验的文章,应该可以提出一点甚么意见吧?遗憾的是,杨角对这些也是毫不感到兴趣的。他感到兴趣的是:"当初提了许多修改意见的是光未然同志,这次提出批评的也是光未然同志,而他所指责的概念化又不少是按照他的高见修改的地方。"由此得出结论:"这真是一幅很好的漫画,使我们看到了批评的庸俗。"而且"又看到了个性受到某种束缚"。

需要揭露一下杨角这段谣言的彻头彻尾的虚伪性。

在1956年2月我的那篇文章里，我对《春风吹到诺敏河》曾经说过这样一段话：

  《春风吹到诺敏河》这个剧本，从其主要的倾向来说是现实主义的。……剧本反映了农业社会主义改造中复杂的矛盾冲突，创造了高振林这个朴实而精明的农村干部的正面形象，剧中孙守山这个中农的性格也是有典型意义的，作者在第一幕第二场对这个人物作了生动的刻画。作者在掌握群众的语言上是很有才能的，花了很少的笔墨就把于荒地、韩四这类农民性格活灵活现地描画出来了。……所有这些，都是这个剧本受到广大群众欢迎的原因。但是可以看出，作者的创作方法是有矛盾的，现实主义是不充分的。作者花了过多的笔墨描写合作社从建社、巩固社到秋收扩社各个阶段的工作过程，描写了车马分红、小包工责任制以及如何团结单干户、如何改造二流子等一系列的工作方法。作者既然要把各个阶段的工作情况作到生动如实的描写，这就把剧本写得繁琐而又冗长，占去了大量的宝贵篇幅，束缚了作者的手脚，使他无法腾出手来描写主要的东西。

  关于高振林、崔成、孙守山这几个主要人物在艺术处理上的得失，在文章的其他部分还谈了一些意见。但对剧本的基本估计就是这样的。

  现在我不妨引用另一个材料。这是1954年3月写给安波同志的一封信。《春风吹到诺敏河》是1953年12月发表的。剧本发表以后不久，安波同志来信和我商讨关于他另一个剧本《十字路口》的修改问题。我回了信，其中谈到对《十字路口》的意见，也谈到对《春风吹到诺敏河》的意见——对后者的意见反映了在剧本修改（也只是一次、而不是几次修改）过程中我所提过的主要意见。下面是我的信中一段（这封信曾经发表在《剧本》月刊社编印的《剧本创作通讯》第1期上）：

  ……你已成功地写了《春风吹到诺敏河》。在那个剧本里，一幕二场集中地写了孙守山，二幕一场集中地写了高振林——这是精彩的，而另外一些戏热衷于某些事件、情节、现象的比较表面的描写，思想的深刻性和艺术的感染力，就相对地减低了。我想，在修改《十字路口》的时候，你或许考虑到前一个剧本的经验，更多地追求形象（性格）本身的思想意义，而要求后个剧本更真实、更深刻一些。……照我看来，现在的《十字路口》写的事情和人物都未免太多了。这是因为你首先有一个偏见，仿佛写合作社一定得从成立写到秋收的全部过程，方能把主题的教育意义显露出来。这样一来，你就不可避免地要写许多不相干的事情和人物，使剧本臃肿到必须把主要的东西掩盖起来。《春风吹到诺敏河》就吃了这种写法的亏……

不管这些意见对或者不对，有一点是清楚的：1954年3月的信和1956年2月的文章，事隔两年，对《春风吹到诺敏河》这个剧本的意见（杨角讥讽为光未然同志的"高见"）并没有发生突然的、根本上的变化。但是杨角先生一定要津津有味地在别人的脸上画上"一幅很好的漫画"，一点也不觉得他那样做有悖于一个中国人的为人的道德。

并不是说，我过去在帮助别人讨论剧本原稿的时候没有犯过错误。不是的。我读过不少原稿，往往情不自禁地钻进某些人物的关系中去，自以为是地向作者们提出这样或那样的主张。这一类的蠢事做过不少，也曾不止一次地公开检讨过自己的错误。合理的批评，哪怕是来自杨角这样的人，——尽管他现在已经露出原形，成为江丰反党集团的一员健将，成为可耻的右派分子（这是他按照资产阶级的方向"解放个性"的必然结果，而且在去年9月的那篇文章里已经暴露出他的右派立场了）。尽管这样，也还是值得考虑的。但是杨角的意见，如像我们刚才领教过的，能不能算是郑重的批评呢？对这样的"批评"，难道可以长久地保持缄默吗？

但是对待杨角的诽谤，我仍然缄默了一年多。当时我想，为自己作辩解是很不值得的，事情的真相是不难了解的。这样，为了表示自己的宽容，我就逃避了一个有关大是大非的辩论，逃避了对于"不合乎纲领的话"——反党、反社会主义和反道德的言论的揭发和批评；而这正是一个新中国公民不可逃避的责任。让这篇文章为我补过吧！

1957、11、11。

关于剧本《茶馆》的即兴发言[①]

　　这个戏在写法上使人联想到《夜店》。所不同的,《夜店》是往人物内心深处挖,而《茶馆》却伸展到更广大的社会面。打开演员表,就可以看出反映幅度之广,真是五颜六色,使人目不暇接,看出作家社会知识的丰富。整个看来,虽然贯穿线差些,但生活潜流还是看得出来的。人物很多,也很难让作者甩掉几个,因为是茶馆。有些人虽然有名有姓,其实就是群众。所不同的,每个不重要的人物,上得场来,也带上了他们各人的历史、甜酸苦辣。通过茶馆,使人引起了生活联想,想到更广大的社会面。作者写这些人物是有困难的。这些人都不是处在时代漩涡的中心。大时代的风浪却天天冲击着他们。他们不都是劳动人民,是帮忙的或帮闲的人物。劳动人民除非卖孩子,求爷爷告奶奶,是不会到这里来的。这里对劳动人民来说,是可怕的。作者写的是漩涡边缘和漩涡外边的东西。即使这样,也给了你联想,可以看见当时的阶级关系:皇族、爪牙、资本家、善良的小市民、被压迫的农民……触及时代的主要东西。洋人虽未出场,人们对之却都表示了态度。第一幕是英、法;第二幕是日本;第三幕是美国。这几个时代,中国政治舞台上的阶级力量的变化,剧本都接触到了。

　　焦菊隐同志说,作家开始想把秦仲义作为主人公,后来改变了主意。等到第三幕,这个人物再出场时,仅仅是为了说明一种社会现象(民族资产阶级的处境)。我看,不一定把秦仲义当做主要人物。像他这种人,在近五十年来,不是有那么大的决定力量的。如果同时批判他,又不是这个剧本的任务。

　　印象最深的,还是常四爷。老舍同志对这种人物付出了最大的感情。

　　[①] 本篇是作者在1957年12月19日《文艺报》主办的剧本《茶馆》座谈会上的发言。曾收入《张光年文集》(第二卷)。

可以看出他对这人物的同情和寄托。这个人物原来不是劳动者，后来才下降、破落了，是个封建意识相当浓厚的城市贫民。作者在好几个地方着意写了他：被抓，看不起洋货，个性坚强，有民族气节，耿直。老舍同志在别的作品里也写过这种人。对这种人，他虽然也有批判的地方，但总是怀着满腔热情的。从这种人身上，可以看出老北京和满族贫民的特点。也有我们各民族共同的东西。这个人物站得住。王利发，很善良，基本上属于消极的性格。像他这样逆来顺受，总赔笑脸，也是活不下去的。康顺子、李三等，是值得同情的劳动人民，都是作为陪衬的。

　　这个戏所反映的，是荒唐的时代，荒唐的人物。对旧社会的批判效果，喜剧效果，似乎没花费很大力气，在舞台上就会爆发出来。看得出来；剧中是有着一条潜伏的红线的，如谭嗣同的死，常四爷的参加义和团，一直到康大力的参加游击队。问题是怎样贯串下来。同时，也不妨提一下，作者对社会力量的积极方面，是估计不足的；尽管不一定正面地表现它。我想，最好是在第二幕里再暗示一下五四运动前夕的时代波澜。正好茶馆改成了公寓，是有可能住学生的。这样，这条潜伏的红线就连下来了。最好是形象的，哪怕是过场戏也好。不一定去描写那些知识分子。从公寓抓出一个学生来，过一下场就可以了。在生活中，有比较激烈的浪花往茶馆带一下，就不能不冲击一下茶馆里的王利发、常四爷、康顺子、李三等人，从而波动他们的情感。……这样冲击一下，尽管没有一句话，就给观众很多联想，戏的内容也更丰富些。我甚至想到，后来在第三幕里罢课的小学教员原来就在公寓里住过。这当然是属于胡思乱想之类的。

❋一九五九年❋

新的高度[1]
——在电影《风暴》座谈会上的发言

我是来贺喜的。我要利用这个机会向我们的电影工作者们致敬！最近产生的一批优秀影片，大大突破了我国电影艺术的水平，这是我们文艺界共同的荣耀。昨天我刚和《文艺报》编辑部的同志们谈道：我们一定要重视近来我国文学艺术上的两大突破，充分估计它们的意义。所谓两大突破：一个是最近两年来产生了一批很好的长篇和短篇小说；另一个就是这次国庆献礼的一批很好的影片。它们都显而易见地突破了自己的水平。当然，我们在别的方面也有突破。譬如从群众创作来说，新民歌和革命回忆录的丰收，这也是大的突破；从艺术工作来看，戏曲改革和话剧的表演艺术，也有大的突破。文学艺术的各个方面，都在跃进。所有这些，都必须充分予以重视。可是，从专业的创作来看，从反映革命时代的深度和广度来看，小说和电影终于突破了自己现有的水平，这是很不容易的，是可喜可贺的。这是开国以来最显著的一项大突破；可以断言，今后还将有更大的突破。

我看了《林则徐》《老兵新传》《青春之歌》和《林家铺子》，今天看了《风暴》，觉得我们的电影，思想性和艺术性上都跨进了一大步。看了《林则徐》，使人扬眉吐气，这自然是因为影片内容有巨大的鼓舞力量；同时，从它的艺术成就来看，也增强了我们对中国艺术的信心。这部影片应当是能够传之久远的。《老兵新传》中老战这个人物的创造，我看是电影

---

[1] 本篇是作者在1959年10月30日由中国电影工作者联谊会研究部举行的关于电影《风暴》座谈会上的发言，发表于1959年《电影艺术》第6期。后以《突破了现有水平》为题收入《风雨文谈》和《张光年文集》（第三卷）。

艺术上的一个重要贡献。这是社会主义建设初期一个具有强大生命力的典型人物。艺术家们发现了、创造了这个人物，它不会轻易在人们心头消失的。《青春之歌》也是一部好电影，它定然会激动千百万青年观众的心。《林家铺子》忠实地保持了，并且发扬了小说原著的现实主义精神。我们看到艺术家们的解剖刀，一层一层地在解剖着那个荒谬的社会。关于这几部影片的成就和缺点，我不想多谈了。现在谈谈看过了《风暴》以后的感想。

我不是作为一个批评家，而是作为一个观众来欣赏这部影片的，可以说，从头到尾被卷进了影片描写的革命风暴中。这是一部很好的影片，有强烈的感染力量。特别感到群众场面的处理和主要演员的表演，是这部影片最突出的成就。

群众场面处理得很真实，很紧凑，很有热情，并且很有诗意。通过这样大的群众场面来反映阶级斗争的风暴，帮助人们认识了时代，给观众情绪上以巨大的冲击，这方面，充分发挥了电影艺术的优越性。关于群众场面的处理，很值得总结一下成功的经验。

更大的成功当然还是主要演员表演艺术的感人力量。施洋、林祥谦、孙玉亮的形象都是那么充实，那么真实可信，而且情感充沛，很好地传达了早期革命者们惊天动地的革命气概。

金山同志的表演，更是从容不迫，层次分明，把人物的内心节奏掌握得恰到好处。江岸车站当众控诉反动派的长篇演说，是大胆的、富有独创性的表演，精彩得很。总的说来，几位革命烈士的精神状态是传达出来了，也都感动人，可是人物性格的特点还表现得不够十分突出。也有相当突出的地方，那是演员的表演技巧多少弥补了剧本的缺陷。可以看出来，剧本在人物个性化上，没有替演员们提供充分便利的条件。如果英雄人物的个性更突出一些，影片的感染力就会更加强烈一些。

再一点不满足的是：尽管从头到尾都很紧张，革命风暴浑然一体地征服了观众，但是中间还是有断线的地方。所有的群众斗争的场面，短兵相接的场面，壮烈牺牲的场面，都是情绪异常饱满的，但是碰到布置工作，领导同志开小组会的时候，导演就捉襟见肘了。这些地方的描写，并不都是充满了情绪，充满了生活特点和性格特点的。往往在这些地方，生活的气息不浓了,情绪的线中断了,画面上缺乏匠心和诗意。这是什么道理呢?我看是作为编剧和导演的金山同志,过去没有处身在群众运动漩涡的中心,对于革命者们如何领导群众斗争,他感受得少。导演缺乏这方面的感性知识,缺乏可资挪用的情绪记忆;在处理这类场面的时候,用的是叙述的笔而不是描写的笔,成为非艺术的、简单的交代。这是影片的一个弱点。

反面人物的描写虽说不是很出色的,但却是恰当的、可信的。我听出来,反面人物的有些语言相当考究,简洁而引人深思。吴佩孚、参谋长都演得不错。过去的戏剧和电影,往往反面人物写得好,正面人物不出色。新中国的电影和戏剧,在创造正面人物方面大大突破了以往的水平;可是青年作家对阶级敌人或旧人物缺乏知识,有些作品就出现了相反的缺点。《老兵新传》描写的是人民内部矛盾,正面英雄人物是很出色的,这是主要方面,可是对立面很不成功,就大大影响了这部气概不凡的优秀影片的完整性。

总之,最近一批优秀影片的问世,是我国文艺界的一件大喜事。我们当然不会满足于已经取得的成就;但是有了这一次突破水平的壮举,就会鼓起我们的信心,力争在更大范围、更高程度上的突破。若干年以后,在座的很多同志可能是须发皆白了,那时我们的事业在各方面都有惊人的发展,我相信我们还是会津津有味地谈起建国十周年的这一批优秀的影片!

一九五九年十一月

一九六〇年

从一个人表现一个时代[①]
——《文艺报》座谈彩色故事片《聂耳》

时　　间　1960年10月13日
地　　点　《文艺报》编辑部
出 席 者　田　汉　严文井　陈荒煤
　　　　　马　可　刘白羽　张光年

张光年：

　　看了电影《聂耳》，大家非常高兴。应该说，这是一部具有高度思想性、艺术性的好作品。这部作品把一个革命音乐家的道路，把孕育他、培养他的那个时代，十分鲜明地表现出来了。影片所反映的生活虽然离开现在已超二十多年，看起来还是非常亲切，使人激动。这样好的影片，是不可多得的，值得鼓吹。我们召开这个小型座谈会，谈谈这部影片，也可以谈谈音乐。今年恰好是聂耳逝世二十五周年和冼星海逝世十五周年，文艺界要举行纪念活动。我们纪念这两位革命音乐家，对今天的音乐家更抱有无限热望。田汉同志，你看了这部影片，一定感到特别亲切，请你先谈谈吧！

　　聂耳的歌曲，回答了时代的问题，表达了亿万人民的要求；这种革命音乐战胜了封建法西斯的反动音乐和资产阶级的靡靡之音。在纪

[①] 本篇发表于1960年《文艺报》第20期，是1960年10月13日在《文艺报》编辑部举行的关于电影《聂耳》座谈会的记录，会议由张光年主持。后曾以《火热斗争锻炼出好作品》为题收入《风雨文谈》和《张光年文集》（第三卷）。这里内容据初刊。

从一个人表现一个时代——《文艺报》座谈彩色故事片《聂耳》

念聂耳和冼星海的时候,希望在音乐上能掀起一个新的高昂时代。

田汉:

聂耳初到上海时,还只是一个不满现状的青年,年纪很轻,却有着一段不平凡的经历。中学毕业后,他离开家乡,闯荡江湖,在湖南一带当过一阵子大兵;还在广东考进过欧阳予倩同志主持的戏剧研究所。后来,和一个云南同乡又一道跑到上海来了。和电影里的那个郑雷电的地位相当的,实际上并不是一个漂亮的女孩子(虽然这种虚构是完全容许的),而是一个男的,姓张,他的同乡。这个人在政治上给他的影响很大,使得聂耳从个人奋斗,开始走向革命。那时,正当大革命失败以后,他从广东来,受到革命气氛的感染,有着一股子要求革命的劲儿。我最初和他谈的时候,他的情绪很高,要求革命很迫切。后来他参加了"苏联之友社"。这是当时一个进步的文化团体,团结了很多进步的知识分子,有很多组,还有经济、教育等组,聂耳参加的是音乐组。这个组人数不多,阵容很强,大部分是党的优秀的音乐工作者,有张曙、吕骥、任光、安娥等。我为什么提这个?因为聂耳的成长和发展,跟音乐组的同志是分不开的。张曙在政治上给他的影响很大,影片把张曙突出,是对的。聂耳参加党也是在音乐组。我对现在影片稍有不满足的地方,就是觉得在这方面写得还弱一些,看起来好像他一个人在那里摸索。其实,聂耳每一个曲子出来都经过大家的讨论。任光家里有架钢琴,音乐组也就经常在他家开会,聚在一起互相推敲作品。为了帮助作曲者改正缺点,还常常有争论,闹得面红耳赤,但达到共同承认的结论后,又为在艺术上有所进步而心平气和……

马可:

现在从影片看来,聂耳在政治上还是有许多同志在帮助,在艺术上的帮助少一些。

田汉:

他没有受过正规的音乐教育,开始连和声、对位都不大懂,在这方面,大家对他帮助很大。他当然是天才,但也要靠大家帮助他锻炼。在大家的帮助下,他不但在政治上找到了出路,在艺术上也迅速地成长起来了。不然的话,就神秘了。当时他们的斗争也不是一帆风顺的。反对他们的有两套音乐倾向,一套是封建法西斯的,像给国民党作《党歌》和《新生活运动歌》的那些人;另一套是黎锦晖的黄色音乐。斗争很尖锐。在一次年终音乐赛唱会上,聂耳他们的充满战斗激情的进步歌曲战胜了那些靡靡之音,也击败了国民党法西斯的可耻的叫嚣,赢得了广大听众的赞赏。正因为这样,百代公司觉得有利可图,才出片子。任光那时是百代公司的音乐部主任,像《义勇军进行曲》等歌子,在电影出来以前,通过唱片就已经流行各地了。当时日本帝国主义趁国民党忙于反革命,长江一带又有严重灾情,加紧向中国进攻,人们都在问:还是对日本帝国主义屈服,还是起来反抗?聂耳的许多曲子有力地回答了这个问题,代表了亿万人民的内心要求。人民欢迎的曲子,人民在推广。当时有些会议,一开头就先唱《义勇军进行曲》,很快就流传开了。当时还没有抗战,聂耳这一派的音乐家就鼓吹抗战。在当时,是唱《义勇军进行曲》?还是唱"三民主义,吾党所宗"?就是一个政治上的分界线。音乐对政治会起这样大的作用,是聂耳他们始料所不及的。所以,应当对聂耳的贡献给以充分的估价。

有人承认聂耳有革命感情,但说他没有技术。他是不是有技术呢?所谓技术,不能单纯指和声、对位之类。有谁像他对劳动人民的感情掌握得那么准确呢?谁能像他那样把劳动人民的音乐语言处理得那么有力呢?他的曲调的确是表达了劳动人民的语言,中国人民的语言。正像影片里所描写的,他为歌剧《扬子江暴风雨》谱曲时,每天早晨都跑到码头上去。他年纪虽然轻,却是有生活的,闯荡过江湖,接受了人民中间健康的东西,却没有感染什么坏影响,这恐怕和家庭有关系。他家里很正派,他母亲很好,我见过。他所在的团体真是脂香粉腻,而聂耳到二十四岁似乎没有恋爱过,在那样的环境里是很不容易的。影片写他反对"五花歌舞班"时,是在汉口,我觉得不是时候。他反对黎派歌舞,还是在上海,黎还得意的时候。

这部影片整个说来既符合历史真实,鼓动性、战斗性又很强。修改以后更好了。我提的这两点小意见,是九个指头和一个指头的问题。局部真实再注意一下,会更好一些。

看了电影《聂耳》,联想到目前好的歌曲还不够多。按说,今天更应当有许多好的歌曲。《社会主义好》也是回答问题的。今天全国人民正在自力更生,发愤图强,勤俭建国,应当出现很多好的歌曲。趁着电影《聂

从一个人表现一个时代——《文艺报》座谈彩色故事片《聂耳》

耳》的上映,纪念聂耳和冼星海这两位革命的音乐家,希望在音乐上能掀起一个新的高昂时代!

聂耳的歌曲,谱出了中华民族不甘心做奴隶的吼声,谱出了中国人民革命的精神,这些歌曲鼓舞过一代人,还要继续鼓舞着我们;《聂耳》这部影片,对聂耳的音乐和他的道路作了很好的解释。

严文井:

近年来我看的电影不多。《聂耳》是光年同志邀我去看的。去以前,也知道这是部好片子,心里有些主观的估计。看过之后,印象非常好,大大超出了我的想象。我这人容易感动也不容易感动,即使在感动的时候,也像昆曲《夜奔》中林冲所唱的:"男儿有泪不轻弹。"这次看《聂耳》,我是"弹"了。其中好多场面使人控制不住自己的情感。看影片的时候,我仿佛回到了自己的青年时代。那个时代,那个时代的青年人,他们的愿望和理想重又浮现在我的眼前。我们当年在北平唱的许多歌曲就是聂耳的歌曲。聂耳的歌曲表达了当时我们很多人的内心的声音。我还记得,卢沟桥事变后那几天,宋哲元想要打一打,广播电台里整天播送的就是《义勇军进行曲》。从那时唱起,唱过了整个抗日战争时期,唱过了整个解放战争时期,一直到今天成为代国歌。聂耳的作品能够有这样强的生命力,决非偶然。他的歌曲,谱出了中华民族不甘心做奴隶的吼声,谱出了中国人民革命的精神,这些歌曲鼓舞过一代人,还要继续鼓舞着我们。近来好久我没有创作什么了,看过影片之后,我很激动,好像有一个声音不断在我耳边说:写点东西吧,写点东西吧!

对聂耳,不仅应当从政治上充分肯定,也应当从艺术上充分肯定。像《义勇军进行曲》这样的歌,歌词当然好,如果只有这个好歌词,而没有聂耳的曲子,也不见得一定能普及。这个进行曲充分传达出了永远不会屈服的中国人民的思想感情,气魄很雄伟,节奏很鲜明,这是中国人民革命的气魄和节奏!他的歌曲容易入耳,动听,容易唱,可又健康、明朗,这就是艺术。

《聂耳》这部电影,许多方面都有独特的创造,从整个风格上说是高的。我过去看过一些别的国家拍的音乐家传记影片，其中当然有一些好的，但也有一些就不怎么好，风格不高。他们喜欢过分渲染一些琐碎的生活。他们对不论什么音乐家，都强调恋爱对于创作的影响，好像作曲家的灵感都是这样产生的。这其实也是一种公式，非常庸俗的公式。《聂耳》这部影片，对聂耳的音乐和他的道路作了很好的解释。它抓住了主要的东西。像《义勇军进行曲》的创作，影片表现出这就是聂耳参与火热的革命斗争的结果，画面上处理很恰当，很动人。除了主要的东西外，我们同时可以看出聂耳之所以形成为聂耳的其他许多复杂的因素。作为一个伟大的革命艺术家的聂耳，有许多地方仍值得我们今天从事创作的人来学习。反映了这个艺术家的精神面貌，反映了这个艺术家之所以产生的时代的影片《聂耳》，对我们这样的人有许多直接的启发，希望电影界的同志能够好好总结一下拍摄这部思想性和艺术性都很强的片子的经验。

影片通过聂耳的道路，概括了一个时代，反映出高昂的时代精神；影片通过聂耳的成长，表现了革命文艺在革命斗争中的巨大作用，这是过去电影没有表现过的主题；影片成功地运用了革命现实主义和革命浪漫主义相结合的艺术方法。

陈荒煤：

这部影片我看了好几次，每次都很激动，都有一些新鲜的感觉。我搞电影工作七八年了，像这样的情况是很少的。文井同志说"弹"出了"男儿之泪"，这是不容易的。我想，这种激动是有道理的。可能是因为我们这些人都曾经经历过影片所反映的那个时代。

我们常说，一部优秀的影片往往是概括了时代。我看《聂耳》这部影片的确是概括了那个时代。这部影片最大的特点，就是有时代感，浓厚的时代气氛，反映了三十年代的时代特征：民族危机激荡着各个阶层，救亡运动风起云涌，国民党反动派一方面疯狂地进攻红军（当时，红军离开了江西苏区，开始了二万五千里的长征）；一方面疯狂地向我们党所领导的左翼文化运动进行残酷的镇压，企图扑灭人民群众中任何一点革命的火焰。广大群众的反帝斗争和反对国民党反动统治的斗争是这样错综复杂、又这样紧密地联系起来。而苏区的反对军事"围剿"的斗争和白区的反对文化"围剿"的斗争，也是息息相通、紧密相连的。这个时代，是一个人民要革命、要反帝，革命情绪最高昂的时代。

这部影片是描写聂耳这样一个人，但是通过聂耳这个人的成长，表现了这个时代。影片表现聂耳怎样从一个个人奋斗、爱好文艺的青年，在民族危机中走向革命的道路，找到了党，在党的领导和培养下，把音乐当作斗争的武器，把自己投身到火热的斗争中去，锻炼成为一个无产阶级的文艺战士。这里面有许多是我们有共感的东西：从一个爱好文艺的知识青年的彷徨、苦闷，找寻出路，到慢慢觉悟到要把文艺作为斗争的武器，终于投身到革命的洪流里来。所以看起来特别亲切。看影片的时候简直在影院里坐不住了，好像又回到那个时代里去了。正是因为影片概括了时代，虽然相隔二三十年的时间，还能激动我们。

所以，我说这部影片最大的成功，就是它能鼓舞人的革命斗志，把你吸引到革命风暴的漩涡里去了。

其实，也不仅是我们这一代人很感动。我问过许多年轻人，他们也很喜欢这部影片，看了也很感动。影片所反映的那个时代的时代精神，要战斗，唤起了人们革命的高昂情绪，对于我们今天这个时代的人们，不能不引起共鸣，这种革命热情也自然打动了我们。有些作品之所以不能打动人，恐怕就是不能深刻地反映时代的特征，不能在主人翁身上体现出时代精神。

影片表现的是这样一个主题：描写革命文艺家的成长过程，通过聂耳的成长，表现了革命文艺在革命斗争中的巨大作用，把文艺运动和民族解放斗争、反对帝国主义侵略的斗争、反对蒋介石反动统治的斗争，这样紧密地结合在一起，这是过去电影没有表现过的主题。

因此，我觉得这部影片使人感到新鲜的另一个特点，就是它形象地、使人信服地证明了毛泽东文艺思想的正确与伟大。

毛主席在《在延安文艺座谈会上的讲话》中曾经指出："文艺是从属于政治的，但又反转来给予伟大的影响于政治。"① 又说："如果连最广义

---

① 《毛泽东选集》第三卷，人民出版社 1953 年第 2 版，867 页。——作者原注。

最普通的文学艺术也没有,那革命运动就不能进行,就不能胜利。"① 过去,还没有人这样明确、充分地对革命文艺的巨大作用,给予这样高、这样正确的评价。自然,脱离政治、脱离群众地过分强调文艺的作用也是错误的。但是正确地掌握这个武器,和革命斗争相结合,文艺为革命事业服务,反映人民革命的情绪,一定会积极地、大大地推动革命运动。毛泽东同志文艺思想的伟大,就在于从革命斗争的需要,从人民的需要,从革命文艺必须与革命运动相结合,革命文艺工作者必须与群众相结合,投身到火热的斗争中去,才能够真正反映人民的呼声这一辩证的关系中来评价文艺的作用,提出了彻底解决文艺与革命关系的最根本的关键:为工农兵服务,和群众相结合。影片所描写的聂耳的创作道路,就是这样的道路。聂耳的歌声,就是人民要反抗、要革命、要反帝的呼声。他的歌曲的作用是非常大的。三十年代里,我当时在上海不止一次亲眼看到青年男女工人、学生,在南京路上游行,就是手挽手,唱着聂耳的歌曲,向巡捕的警棍冲过去。"起来,不愿做奴隶的人们!"这种歌声,就是当时整个中华民族不能不发出的雄壮的吼声!

这部影片对今天的知识分子的改造,对青年文艺工作者的改造,也是很有教育意义的。当时,有些文艺青年对文艺与革命的关系、革命文艺运动的作用、文艺工作者与群众相结合这些观念,在思想上还不是很明确,有的人是随着时代慢慢明确的。我们那时写东西,有时还是为了反映个人的东西。

要充分估计革命文艺的作用。我们看到,有一大批青年就是从文艺走向革命的。在救亡运动中间,确实有一大批青年知识分子是从爱好文艺、受文艺的影响然后走向革命的。影片描写聂耳如何参加革命斗争,把创作和群众斗争相结合,以及征求群众对作品的意见,表现得很好。田汉同志方才提的一些意见,影片中还是有所表现的,像在匡先生家里那场戏,就写了他怎样在大家帮助下进行创作,并且表现了他到码头上去观察生活,唱给工人听等等。特别是描写《义勇军进行曲》的创作过程,尽管谱曲时是在他自己的亭子间里,影片表现他的灵感的基础还是

---

① 《毛泽东选集》第三卷,人民出版社1953年第2版,第868页。——作者原注。

在于群众斗争。

严文井：

《义勇军进行曲》的第一句，在影片里是埋伏得很早的。

陈荒煤：

聂耳的道路，也反映了中国革命的一个特点：一个革命的民主主义者、爱国主义者如果坚决地要寻找出路，最后终于要找到共产党的。否则就不可能有真正的出路，不论这道路怎样曲折。鲁迅、闻一多、邹韬奋等所走的道路就说明了这样一个问题。《聂耳》这部影片，很突出地表现了这一点；同时，还表现出，只有在党的领导下成为一个无产阶级战士，他的创作道路才能广阔，才能大大发挥他的创作天才。

影片创作本身，也是有很多长处的，它运用了革命现实主义和革命浪漫主义相结合的方法。对于聂耳本人，我不像田汉同志那样熟悉他，也还认识。根据我的印象，现在银幕上的聂耳的形象，还是真实可信的。我觉得这部影片对历史的真实和艺术的真实，都掌握得很好。是否真实，最主要的，还是看它是否通过这个人物反映了那个时代的时代精神，不在于个别事实和生活有无出入。比如，看样片时，也有人曾提出聂耳和郑雷电等贴完标语后，三人在月光下手挽手散步那场戏，是否有小资产阶级的情调；也有人提出来，郑雷电这个人物是否合乎事实。其实，这些生活情景与人物，在当时都是常常可以遇见的，是真实的。因为，这的确反映了当时革命知识分子的一种革命热情——一种在白色恐怖的极端压抑下不可抑制的情绪。如果脱离了当时具体的斗争环境、条件、水平来要求这些人物，笼统地指摘为小资产阶级知识分子的"狂热"，要求把聂耳和他的同伴们表现成今天我们所见到的完全成熟的革命领导人物式的形象，恐怕反而不真实了。现在看来，写郑雷电这个人物还是好的，尤其是修改以后，显得很健康。特别是郑雷电出现在铁索桥上那个镜头，一下子就把《义勇军进行曲》的创作跟整个革命斗争联起来了。事实上，在上海的革命斗争中，是有些人到苏区去了，有的坚持文艺工作岗位，有的人搞工人运动去了，这是符合历史真实的。

严文井：

这样，把白区和苏区的斗争就联系起来了。

陈荒煤：

其实，这两个地方是息息相通的，斗争的总方向是一致的，不过是正如毛主席在延安文艺座谈会上所指出的："这是因为当时的反动派把这两支兄弟军队从中隔断了的缘故。"①

张光年：

影片这样解释，也更符合于历史真实。

陈荒煤：

在某种意义上说，这部影片是很大胆的，它并不是把聂耳这个人的生活平铺直叙一番，拘泥于一些生活的事实，当做聂耳小传来写；而是从时代的特征，从民族危机、救亡运动、阶级斗争之中来看聂耳的作用，反映聂耳的革命精神和理想，从而反映了那个时代的精神。光讲现实主义，不讲革命浪漫主义就不能鼓舞人。完全局限在当时琐碎的事实上，革命浪漫主义不但出不来，反而是陷入自然主义的表现，甚至会损害聂耳的形象。革命的现实主义一定要和革命的浪漫主义结合起来。历史的背景、时代气氛、生活场景、细节的描写、人物内心活动的表现等等，都一定要真实，可是这种真实如果不和人物的理想——革命精神结合起来，不能反映时代的最大真实——革命主流，就不可能创造出生动鲜明的英雄人物。这部影片创造英雄人物的成功，正是因为作者们大胆创造、敢于运用革命现实主义和革命浪漫主义相结合的方法。

影片对音乐处理得也很好。它不是简单地把聂耳的一些歌曲拼凑在一部影片里，表示他制作过这些歌曲，而是通过聂耳自己的经历、觉悟的提高，表现他在参加革命斗争过程中逐渐发展了他的天才，在不同的时期中，创作了许多有代表性的作品，而把长期孕育的《义勇军进行曲》作为聂耳创作的高潮和结晶。这更加有力地肯定了聂耳的创作道路。可以说，通过电影，对聂耳的音乐给予非常全面、公正、历史的评价。他的确是一个时代的歌手。有许多外国朋友看了影片之后，都想买聂耳的唱片……

---

① 毛泽东：《在延安文艺座谈会上的讲话》，《毛泽东选集》第三卷，人民出版社1953年第2版，第850页。——作者原注。

张光年：

对了，请荒煤同志介绍一下这部影片在国外的反应吧！

陈荒煤：

参加这次卡罗维·发利国际电影节的，有各种各样的艺术家，对《聂耳》的反应自然也是多种多样的。但是有两点意见是比较一致和普遍的：第一，肯定这部影片的战斗性、思想性强；第二，音乐动人。许多人表示，多少年没有听到过这样好的电影音乐了，赞扬影片音乐非常优美。也还有的导演专门为影片处理唱《马赛曲》这一段细节向我表示祝贺，说他作为一个欧洲人，看到这一场戏非常激动，认为导演处理得非常巧妙、有意义，使他更加理解聂耳的音乐。印度《两亩地》的男主角（这次参加电影节的印度影片《哑脸》的主角）向我表示，他很喜欢《聂耳》这部影片，他相信印度电影工作者今后总有一天会有这样的幸福，能像中国电影艺术工作者一样，拍摄《聂耳》这种影片。有人认为这部影片表现文化斗争和民族解放运动相结合，这是过去电影所没有表现过的主题。意大利、印度的创作人员在发言中都强调他们国家的人民正在进行斗争，电影应该表现人民的斗争，因此他们喜欢中国影片《聂耳》。可见，在斗争中的人民和艺术家，是能够理解和欢迎《聂耳》的。自然，也有一部分人认为这部影片是"概念化、公式化"的。他们对《聂耳》，对阿尔巴尼亚的《风暴》都不感兴趣，都认为没有什么"新的东西"——凡是反映革命斗争、反映人民反抗帝国主义侵略战争的英勇顽强意志的影片，他们都认为没有什么"新的东西"。相反，只要影片反映了战争的恐怖、革命战争带来个人的不幸、伤感、苦痛，甚至描写一点日常生活中卑微的"人性""人道主义"，都被他们推崇备至，好像是发现了"新大陆"。所以，这些把资产阶级的和平主义、人性论、人道主义认为是"新东西"的人——修正主义思潮下的应声虫，他们当然厌恶革命的艺术，不能欢迎《聂耳》和像《聂耳》这一类的影片。这一点是毫不奇怪的，我们也绝不希望拿我们的影片去迎合他们的口味。

总之，我认为，影片既给聂耳这个人物以正确的评价，又把他的作品经过选择、解释、发挥，也给予正确的评价，是不容易的。就这方面说，这部影片做的也很好，完成了它的任务。

《聂耳》也还是有缺点的。正像白羽同志对我谈的，现在影片中的聂耳表现的思想深度还不够。聂耳确有活泼的一面，但他也是个思想家、政治活动家。他如果不是思想家，就写不出那样的作品来。另外，就像田汉同志所说的，写他周围的同志对他的影响和帮助还不够生动有力。把聂耳及其伙伴们作为左翼音乐运动的领导核心的力量，还没有写得很好，显得弱一些。对张曙，应当再给他几笔，更突出地显出党的力量、集体的力量，就会更好一些。

　　最后，我想讲一点，通过这部影片，也说明了我们在创作上的群众路线的胜利。许多同志在看样片的时候，提出了很多很好的意见和建议。现在看影片，有些一闪就过去的细节，往往是许多人的智慧的结晶。这部影片的成功，因素是很多的。首先，证明了一个我们常讲的真理，创造一个英雄人物，首先应该理解这个英雄人物，熟悉他的斗争和他在斗争中的思想感情，然后才有可能去创造他。这部影片的编剧、导演、主要演员都是聂耳生前的战友，都是同时代斗争过来的人，对于时代有共同的感受，有共同的思想基础。其次，就是主题抓对了，抓住了文艺和革命息息相关这条线，反过来又表现了聂耳的音乐推动了革命，表现了革命文艺的巨大作用。

　　　　聂耳正确地解决了音乐和政治的关系、音乐和生活的关系、音乐和群众的关系；他的歌曲都是在革命斗争的漩涡中产生的；聂耳逝世二十五年了，但他的道路和作品仍是我们的范例。

马可：

　　我是七月间看的，很激动，流了泪，有很多感受。一方面，抗战前后的生活，自己有感受；另一方面，这是一部写音乐家的片子，感受更深。写音乐家的成长，不大好写，这是个新问题，不能完全虚构，也不能拘于当时的某些琐碎事实。过去看过一些资本主义国家的音乐家传记片，他们从唯心史观出发，宣扬音乐是虚无缥缈的东西，把音乐家表现为生理上、性格上和一般人不一样的人物，创作灵感也都是偶然来的。我们有些同志受了资产阶级音乐美学观点的影响，对音乐和政治、和人民的关系，始终没有摆好。学习了毛主席的文艺思想，一些原则问题好像是解决了，但一碰到具体问题——例如生活与技术的关系、作者与群众的关系，常常摆脱不了旧的影响。电影《聂耳》在这方面，对我们音乐工作者有很大启发。当然，这部影片首先是对广大群众有教育意义。它描写了抗战前夕党所领导的革命运动，使我们看到了共产党员、革命群众的英勇斗争，看到了中国革命曾经经历了多么艰苦的道路，等于进行一次革命的传统教育，在今天全民自力更生、勤俭建国的形势下，更有意义。这一方面，我就不多说了。

我觉得，在我们的时代，一个人能不能成为革命的音乐家，要过好几关。第一关就是音乐和政治、和革命的关系。拉琴、作曲都是为了什么？聂耳开头也只是从爱好出发，像影片所描写的，不能吃饭也要买把提琴，这个细节很生动，学音乐的人没有不迷上音乐的。但在学习过程中，人人都会碰到学音乐是为什么的问题。影片中描写聂耳一面练琴，一面感于形势而苦闷，他在日记上写：再过几年，成为提琴家，又能怎样呢？群众迫切要求的是什么呢？怎样才能对革命有更大的帮助呢？这个问题提得好，他解决得也好。他自觉地意识到自己是一个革命者，从这立场来考虑怎样做对革命最有利，如果需要，不当提琴家也可以。当然，拉琴和革命不是对立的，事实上聂耳一直没放松业务上的锻炼，但这里有个政治和艺术谁服从谁的问题，以什么为主导的问题。当时一些资产阶级音乐家攻击聂耳的作品没有艺术性，不懂技巧，只会用阿拉伯数字作曲。他不管这些，坚定地掌握群众歌曲这一武器为革命服务。用阿拉伯数字写革命歌曲有什么不好呢？那些大谈艺术性的资产阶级音乐家并没有给我们留下什么艺术性很高的作品。我们要学习聂耳这种精神，宁可作不成"音乐家"，也要革命，做党的驯服工具。这是一个首先要树立无产阶级世界观的问题，这是一个基本关。

还有一个生活关。即使愿意把艺术当做革命的武器了，但灵感从哪里来，使作品成为群众的声音，是只凭技术？还是首先要投入到群众斗争生活中去？哪一方面是主导？现在，说劳动锻炼、深入生活，有人也举双手赞成，但行动不是那么坚决，劲头不是那么大，浮光掠影，"感染气氛"，虽然他们的技术条件是很优越，但就是写不出好作品来。我个人也是这样。关在房子里是写不出好作品来的。抗战期间几首比较流行的歌曲都是跟着演剧队跑时写出来的……

张光年：

那是在时代漩涡中间。

马可：

聂耳的《义勇军进行曲》《码头工人歌》《毕业歌》《开路先锋》等歌曲就是这样在斗争的漩涡中写出来的。影片所写的是这样，他生前的生活真实也是这样。通过形象，把艺术家怎样创造形象写出来，很好。

再一个是群众关。专业音乐创作是个体劳动。但，是不是说只依靠个人灵感就行了呢？聂耳和冼星海就不是这样，他们从不把作曲神秘化，总是虚心听取群众意见，不断进行修改，把个体劳动和集体结合起来。这里还包括对群众艺术（民间的和民族传统的）的看法问题。有的资产阶级艺术家出于猎奇，追求形式的新颖，也搞搞民间的东西，但他们并不是真爱群众的作品。一种是像黄自那样，不喜欢民间生动活泼的东西，只推崇典雅的东西；另一种就像黎锦晖那样，歪曲民间音乐，把它庸俗化了。聂耳就不同，他尊重群众，不是把自己放在英雄的地位，高高在上，指导群众，而是立足于群众之中，用群众爱好的语言表现他们。电影里，他一出场，到上海下船时就带着他那把月琴，以后用它为工人演奏……

张光年：

月琴也是被人家看不起的乐器。

田汉：

聂耳继承了传统音乐中的健康部分。

马可：

影片所展现的聂耳的道路，证明了毛主席文艺思想的伟大。这是一条很明确的大路，只要沿着这条路走，就能成为革命的音乐家；离开了这条路，就不能成为革命的音乐家。谁过了这三个关，解决了这个问题，群众才承认他是革命的音乐家。一心想做音乐家，过不了这三关，只能成为悲剧人物。我们说聂耳是天才，首先在于他第一个解决了这个问题。到现在已经二十五年了，他的行为和作品还是我们的范例。他为我们树立了榜样：在民族危亡的关头怎样做个有骨气的人，怎样做个无产阶级战士，做个革命的音乐家。

从一个人表现一个时代——《文艺报》座谈彩色故事片《聂耳》

这部影片突破了我们现有文学艺术水平,其中最大的突破,就是在它所具有的强烈的艺术感染力上。不用革命浪漫主义很难解释这部片子为什么这样打动人;影片把聂耳的个人命运和时代的、人民的、民族的、革命的命运融合在一起了。艺术家要敢于写激动人心的东西,敢于叫人激发革命感情,敢于反映时代精神。

刘白羽:

《聂耳》是我所看的电影中最受感动的一部。像这部影片感染力量这样强的作品,还很少。这是我们电影艺术创作上的一大收获。

我看这部影片时,最初的一个直感,好像一下子回到自己二十岁的年代去了。当时在封建家庭里,那股要冲出去,打破黑暗,追求光明,走向社会,走向挽救民族危机的斗争的要求,像海一样,在心里汇集在一起了。特别是影片中的音乐,那些歌子,把我的青春年代的记忆完全唤起来了。后来冷静想一想,受感动的恐怕不光是像我们这样年纪的人,对于年青的一代也会有感动力和教育作用的。我们和聂耳的年纪也差不多,而我们当时是唱着他的歌子前进的。就这一点已足够使我们估价聂耳这一伟大音乐家的成就了。想一想:一个音乐家,有那样多的同时代人唱着他的歌子,是不简单的。

这部影片突破了我们现有文学艺术水平,其中最大的突破,就是在它所具有的强烈的艺术感染力上。它为什么打动人?从文学剧本、导演、表演处理,到电影音乐,很值得研究一下,总结一下。在艺术欣赏上,我一直追求着一种东西,那就是真正激起革命感情的东西。我觉得不用革命浪漫主义很难解释这部片子为什么这样打动人。影片的作者没有局限于个人传记,而是通过一个人概括一个时代,而且反映了那个时代最激动人心、震撼人心的深处。关于聂耳,可以搞出两部完全不同的影片,也可以写成一部简单的、剖析式的个人的传记,这样的作品,我是不投票的。因为一部电影,它不仅是历史的,特别应当是艺术的。不然的话,不能打动人,也就达不到深刻的思想教育的目的。

我想谈谈艺术的真实问题。这部影片打动人,就是因为它真实。我们反对修正主义者以所谓的"写真实"来歪曲现实生活的"真实"。但我们绝不因此忽视真实性这个问题，我们主张革命的现实主义就是主张革命的真实。我们所要求的真实，是除了细节的真实外，还要求典型环境与典型性格的真实。我不熟悉聂耳，为什么也受到如此强烈的感动，就因为它在艺术上是真实的。作者不仅仅表现聂耳的个人命运，而是把聂耳的个人命运和时代的、人民的、民族的、革命的命运融合在一起了。电影鲜明、突出地通过聂耳回答了亿万人的命运问题，就是"起来！"这正好表达了中国人民最深刻、最优秀的品质。影片写的是一个人，所涉及的却是整个民族危亡的问题。因此电影艺术家的大胆的想象、穿插，丰富了聂耳的内心世界，也就丰富了时代的色彩，丰富了这部电影。我现在闭上眼睛，还想得出当时每天在报上寻红军长征的消息的情况，今天说被"消灭"了，明天又出来了，真像不灭的光芒一样一闪一闪的。

　　这部影片的经验很宝贵，它告诉我们：艺术家要敢于写激动人心的东西，敢于叫人激发革命感情。我为什么特别提出"要敢于"这三个字呢？文艺作品是上层建筑，要这种上层建筑起作用，不打动人是不行的。我们看到一些作品，道理讲得还清楚，就是不感动人。这没有掌握艺术的根本特征。感情问题，不是个次要问题，一定的阶级立场、世界观表达出一定的具体感情。问题在于作者表达什么感情，唤起什么感情。是革命的感情，还是没落颓废的感情？马克思给拉萨尔信中曾谈到强烈的感动、强烈的效果问题，他认为这是很重要的方面。这是很值得我们深思的。

　　我们再谈谈时代精神问题。我们的文艺作品应当敢于反映时代精神。仅仅把时代精神解释为亘古不变的现实的本质反映是不够的。《列宁主义万岁》中谈到这个问题，我觉得对文学艺术工作者有重要启示。时代，是哪一个阶级的运动是推动社会进步的主要动力的问题。我以为，要把革命精神与时代精神联系起来看。而不同时代的文学作品，表达了不同时代前进的革命的精神，例如《马赛曲》反映了资产阶级革命时代的精神；《国际歌》则反映了无产阶级革命时代的精神。巴黎公社虽然失败了，《国际歌》却留了下来，鼓舞着全世界无产阶级的革命斗志，这就是艺术的力量。《祖国进行曲》反映了十月革命后的精神，一唱这个歌，立刻就使你想起伟大的十月社会主义革命。聂耳的《义勇军进行曲》就反映了中国人民战斗的一代的声音。

这部影片和聂耳的音乐创作就是抓住了我们的时代精神,对当时的非常尖锐的历史革命问题,作了坚定、有力的回答:是起来,还是屈服?正因为这样,这歌子到今天,到将来还有意义,就是它永远能够唤起我们正视困难、战胜困难的感情。1949年毛主席宣布中华人民共和国成立,《义勇军进行曲》成了我们的代国歌的时候,不只我一个人,我看到很多老同志的眼里都噙着泪珠。那时我想:能不能选择另外一个声音代替我们的声音呢?我想不能。为什么这样?就是它抓住了时代的核心。在敌人用刺刀顶在我们的胸口时,回答了:"起来!"这支歌到今天还能代表我们的时代精神,而且能够代表东方的、亚洲的,代表一切"不愿做奴隶的人们"的战斗前进的精神。

　　影片的缺点,我对荒煤同志谈过,就是深度还表现得不够,我指的是聂耳的性格的深度、感情的深度、思想的深度。从聂耳的作品看来,这个人是极为深沉的。对民族、对革命如果没有那么深的感情,是不能写出那样的作品的。他在生活中可能有像现在影片所表现的性格活泼这一面,但也还是应该有其深度的。什么是深度呢?换句话说,也就是这一个杰出的无产阶级革命音乐家的伟大的程度。聂耳是伟大的天才。不要怕讲天才,全世界最伟大的天才应该是无产阶级的天才。

　　通过电影,聂耳将要起个新的作用。那就是鼓舞我们的文学艺术更好地反映我们所处的新的时代,要更充分地发挥我们时代的革命精神。

　　我们应当有反映我们这个时代的歌曲,反映我们亿万人的声音。现在有些歌子劲头不够,比较平庸,也就是革命精神不够。聂耳那时,时时在斗,处处在斗;其实,现在和平建设时期也有斗,主要是艺术家抓的不够。我们在对大自然斗,也还要同资产阶级思想影响斗,我们还要同美帝国主义斗。国际上——像古巴、刚果、日本,也在斗。需要这样斗的歌子。在音乐中我是喜欢进行曲的。有一种感情,没有这种歌子就很难表达出来。建国初期,我们唱《歌唱祖国》,"五星红旗,迎风飘扬";抗美援朝时,我们唱"雄赳赳气昂昂"的《志愿军战歌》;"大跃进"时,我们唱《社会主义好》。现在,我们要自力更生、发愤图强,就需要更大的歌声,可以鼓舞士气,提高战斗热情。

　　毛主席提出革命现实主义和革命浪漫主义相结合的艺术方法。开始时讨论得比较抽象，现在再讨论就好了。理论家可以通过具体的文学艺术作品，如像电影中的《聂耳》、小说中的《红旗谱》等来好好探讨一下革命浪漫主义这个问题。发现一些好的作品，剖析一些好的作品，推荐一些好的作品。使大家对于什么是革命的现实主义和革命的浪漫主义的结合，有一正确、深刻的了解，这对于文学艺术的发展、提高有巨大意义。

这部影片的难能可贵之处，是从一个人表现了一个时代，既有很高的认识作用，又有很高的鼓舞作用。聂耳是我国革命音乐的开路先锋，这部影片也可就是我国革命传记片的开路先锋，这些"开路先锋"的经验值得好好总结。

张光年：

这部影片的难能可贵之处，是从一个人表现了一个时代。很感谢创作这部影片的作家、艺术家们的辛勤劳动，使得这部影片不但表现了一个伟大的、革命的作曲家的成长道路，而且把那个时代的重大矛盾，孕育、培养、锻炼作曲家聂耳的广阔的时代背景，火热的时代场面反映出来了。因此，既有很高的认识作用，又有很高的鼓舞作用。像我们这些多少参加过影片所反映的同类活动的人，看过电影，对于革命文艺和革命时代的关系，也得到不少启发。青年同志们看过影片之后，如果肯于思索一下，也会认识到作为一个革命的文艺工作者，必须投身到火热的斗争中去，和群众的思想感情打成一片；火热斗争锻炼出好的文艺家，锻炼出好作品。荒煤同志、马可同志都说影片证明了毛主席文艺思想的伟大。这都是它的认识作用。我看了两次，每一次都被吸引到影片展开的场景中。从影院出来，很难立刻分析它……

刘白羽：

看了几天之后，还念念不忘。

张光年：

看过之后，产生一股劲头，总想做点什么事情，总觉得惭愧……

刘白羽：

想多做点，感到我们做得太少，聂耳做得太多了。

张光年：

这就是它的鼓舞作用。这是因为，在艺术方法上，把革命的现实主义和革命的浪漫主义结合得相当好。热烈的反抗精神、高昂的革命理想一直贯串到底，能够提高人的精神境界。真实性是很强的，做到了忠实于生活，忠实于时代，不是把只有今天才有的时代、生活的特色强加在三十年代的人物身上。影片经过修改后，把时代的场面拉开了，去掉了若干琐碎的、没有多大意思的镜头，补上了几个火热斗争的镜头，突出了文艺斗争的革命意义、革命作用，增强了思想性和革命气派……

陈荒煤：

这并不在于篇幅的多少。在电影厂激怒了文化特务之后，原来只写了唱片店放着许多聂耳的唱片，被特务砸碎了，现在加上到处都是聂耳的歌声，就显示了它的力量，也反映出了时代的气息。

张光年：

还有最后他写作《义勇军进行曲》时，郑雷电随红军塞上出征、冒着炮火前进的场面，十分动人。

刘白羽：

真的聂耳可能没有想到，但影片所表现的却使观众相信它是真实的。

张光年：

把聂耳的几首歌曲的孕育过程表现出来了，很聪明，也很可信。这些歌曲本来是从那个时代的生活矿藏中提炼出来的，现在把最有时代意义的、最可能激起作者灵感的感性材料巧妙地复现出来，这也是一个贡献。不只是《义勇军进行曲》，影片中的《大路歌》，那种要轰开一切障碍，那种要做开路先锋的雄心壮志，今天也有鼓舞人心的作用。

陈荒煤：

音协应该做个工作，请最好的合唱团把聂耳的许多有代表性的作品都灌成唱片，出选集。

严文井：

我们现在还要唱。

张光年：

聂耳（还有冼星海）是我国革命音乐的开路先锋。这部影片也可说是我国革命传记片的开路先锋。这些"开路先锋"的经验值得好好总结一下。我想顺便谈谈群众歌曲问题。我们主张艺术上的百花齐放。比起聂耳的时代来，今天的作曲家们的才能向着音乐领域的各个方面发展，都取得了新的成就。这是好现象。但是今天必须充分估计群众歌曲的意义，不可以把它当成"小形式"而等闲视之。革命的群众歌曲是革命的群众运动的产物。没有革命的群众运动，就不会有革命的群众歌曲。如果作家不是投身于群众运动的漩涡中，不善于感受和提炼群众的革命情绪、革命要求，那也不会产生出好的群众歌曲。所以，群众歌曲是最富于时代特色、革命特色的一种艺术形式，也是最能考验一个作曲家的革命意志和群众观点的一种艺术形式。而且，我还要说，它还是最能够考验作曲家的其才实学的艺术形式，因为它要把时代的、阶级的、群众的情绪通过个人的才智熔铸为单纯的、强烈的、最有独创性、最有生命力的旋律，从而集中地传达出广大群众的心声。《马赛曲》《国际歌》，苏联的革命歌曲，聂耳、冼星海的许多歌曲以及新中国的优秀歌曲，都是从革命的群众运动中提炼出来的珍宝。

刘白羽：

写革命历史的时候，最好每一卷的卷首能够选载一首这样的歌曲。

张光年：

群众的情绪要通过作曲家个人的情绪表现出来。只有个人情绪和群众情绪真正融为一体的时候，才能够得到鲜明有力的表达。《马赛曲》《国际歌》《义勇军进行曲》的作曲者尽管都不是在专业技术上有足够装备的人，但是写出了那样的不朽之作，这是值得思考的。拿聂耳、冼星海来说，当时帝国主义、封建主义、官僚资本主义三座大山压在人民头上，也压在作曲家的头上，他们没有屈服，他们在共产党的领导下，在革命的群众运动中间，他们和人民群众生死同心，血管里奔流着对于敌人的切齿痛恨，奔流着革命反抗的热情，这样写出来的歌曲，就真切动人。只有深深打动了自己的东西，写出来才能打动别人。而且，要革命，就要看到革命的对立面，看到革命的敌人，每时每刻感受着敌人的可恶，可憎，有切身之感，切肤之痛，切齿之恨，才能唱出深刻的、响亮的革命的曲调。现在是社会主义建设时期，要是我们只是一般地"热爱"社会主义，可是对社会主义建设中的火热斗争没有切身之感，对损害社会主义的事情没有切肤之痛，对社会主义的敌人没有切齿之恨，有时还不知道敌人在哪里，这样唱出的对于新生活的赞歌，自然就有气无力了。社会主义建设，也充满着斗争，在建设时期，也要有"冒着敌人的炮火前进"的革命气概。现在炮火看不见，作者的感受不具体……

刘白羽：

这个问题不解决，若干年后革命情绪就要衰退。

张光年：

这方面很值得警惕。从过去的经验得出一条，火热的斗争锻炼出好作品。歌曲是这样，别的文艺创作也是这样。聂耳的歌曲证明了这一点，电影《聂耳》也证明了这一点，我们今天文学艺术创作中许多成功的作品都反复证明了这一点。

时间不早了，今天就谈到这里，很感谢大家。

《甲午海战》气魄大 《红珊瑚》时有警句[①]
——在《戏剧报》座谈会上的发言

我前几天看了《甲午海战》,昨天晚上又看了《红珊瑚》。这是海政文工团的两个新贡献,很值得注意。两个戏都是鼓舞人心的好戏,演出也是很成功的。我在这里向海政文工团的同志们表示祝贺。近两年来我们的戏剧工作有很大跃进。我们的路子走对了,大家干劲又很高,一定会产生好作品。文艺界也憋了一股子劲,无论戏剧、电影、文学各个方面,都正是要出东西的时候了。这是非常值得高兴的事情。

关于甲午之战这一段历史,刚才几位历史家都谈得很好,给我们上了一课。田汉同志早就对我国海战史做过专题研究,掌握了大量材料;在这些方面我没有发言权。我想就戏论戏,谈谈观后感。《甲午海战》写出了帝国主义侵略中国的穷凶极恶的面目;写出了清廷的腐败无能;写出了中国人民的反抗精神和不可侮的性格。这个戏艺术地再现了上个世纪末叶中国人民反对帝国主义的可歌可泣的英雄事迹,歌颂了邓世昌和当时海军战士中间、渔民中间的英雄人物。他们都是我国近代史上的民族英雄,他们的光辉形象,能够鼓舞斗志,振奋人心。这个戏好些场面很感动人。邓世昌在舰上誓师向敌舰冲去的那场戏,是惊心动魄的。据说海政文工团的演员并不多,好些战士临时参加演出。可是观众却看不出来。

我大胆地对这个戏提出八个字的评语,就是:"气魄很大,针线较粗。"这个戏气魄很大,表现了半个世纪以前的时代特征,写出了中国人

---

① 本篇发表于1960年《戏剧报》第20期,是1960年10月18日在《戏剧报》编辑部举行的关于话剧《甲午海战》和歌剧《红珊瑚》座谈会的记录,会议由田汉主持。后曾以《争取高度的真实性》为题收入《风雨文谈》和《张光年文集》(第二卷)。这里内容据初刊。

《甲午海战》气魄大 《红珊瑚》时有警句——在《戏剧报》座谈会上的发言

民和帝国主义的矛盾，和清朝政府的矛盾，这是当时东方世界最尖锐的矛盾。作者的这种概括时代的雄心壮志，很值得学习。看了戏以后，对于那个时代的重大矛盾确实得到形象的感受，并且受到教育。不够满足的是针线粗了一些，没有做到粗细结合。好比一个高大的建筑，气象雄伟，轮廓鲜明，基础和栋梁也还坚实，但还有门窗有待于修整，还有砖瓦有待于补缀，扫尾的工程也做得草率。剧本总的说来是忠实于历史真实的，但作者如果深入情况，在某些细节的真实和人物性格的真实上再用一些功夫，使得主人公邓世昌及其他正面人物的形象更充实一些，它的真实性和说服力还可以更高、更强一些。

邓世昌是写得好的，有两场戏是闪闪发光的；可是对这个人物挖得不深。他的有些语言也还不够充分性格化。丁汝昌、刘步蟾的面目比较模糊。几个外国帝国主义分子写得不够好，这些人物的语言，听起来好像不是那么回事。他们一出场。就把舞台上的真实感破坏了。这方面也值得加工，如果拿不稳，宁可把有关洋人的正面描写减少一些。

针线还可以拉得更密一点。这就牵涉到如何运用革命的现实主义和革命的浪漫主义相结合的艺术方法问题。刚才吕振羽同志提到这个问题，我也想接着谈几句。我这两年看戏不多。看了几个，觉得戏剧界自"大跃进"以来进展很大。前几年我看戏较多，看到我们的戏剧家忠实于生活，舞台上充满了生活气息，这是极可贵的；可是有时比较拘谨，有时把生活真实和艺术真实混为一谈，要求和生活原型一模一样。不善于概括，提炼，舞台上缺少诗意，缺少浪漫主义气概。这几年，特别是"大跃进"以来，跟全国人民一同前进，戏剧界胸怀开阔了，舞台上的精神状态更见昂扬了。这也反映出剧作家的胸怀开阔了，站得更高了，更加往前看了，革命的理想、革命的热情更加昂扬了。这是可喜可贺的。另一方面值得提出来的是，舞台上的高度真实性的追求，在严格地尊重生活逻辑、生活真实的基础上创造更高更美的第二现实的追求，在有些戏里，似乎有些放松了。革命的浪漫主义一定要和革命的现实主义相结合；革命的现实主义是基础。我们不能用主观的良好愿望代替客观的生活逻辑。即使一个戏的局部露出这种破绽，也会损害全剧思想上、艺术上的完整性。无论历史剧或者现代剧，要把雄心壮志、高昂的理想、热烈的诗意和对生活的深刻钻研、对人物性格的深刻分析、对生活逻辑的一丝不苟的态度结合起来。我们不仅要表现出根本的真实、重大的真实，而且对于同表现主题、人物有重大关系的细节真实，也要给予必要的注意。再突破这一关，我们的戏剧质量就会有更大跃进。

我希望话剧《甲午海战》参考一下电影《林则徐》的成功经验（那里肯定有值得借鉴的东西，特别是在主人公林则徐的创造上），经过不断的加工而臻于完善。多么重大的题材！多么悲壮的史诗！值得在这上面多花些功夫。现在这个戏假定达到了七分的话，再加把劲使它达到八分、九分，就可以放出很大的光彩来。《甲午海战》现在已经是打动人心的好戏，再加把劲，多找些人来"挑剔"一下，特别是语言上和某些情节上再"挑剔"一下，把剧本的文学水平再提高一步，戏的分量会大不相同。一方面多征求别人的意见，一方面对这些意见又不要都听，要加以批判地吸收。也不要听了就改，要酝酿成熟了再改。

黎澍同志和齐燕铭同志都提到这个戏里的人民群众觉悟程度的问题，这个问题提得很好。这个戏所以能打动人，就因为人民群众（包括反映人民抗战要求的海军官兵）可歌可泣的反抗精神，在强大的外国敌人面前，在清朝卖国政府压力下面，宁为玉碎，不为瓦全，正是这种当时所有的高度觉悟和牺牲精神，感动了今天的观众。问题在于，正像黎澍同志所说的，戏里缺乏对群众觉悟提高过程的描写，就显得不够深刻。（田汉插言：群众觉悟写得太整齐了些。《红珊瑚》也存在这个问题）倒不一定写得很多，能写它几笔，层次分明，就有更大的说服力。

我想谈谈关于这个戏的结尾问题。刚才吕振羽同志说，他对这个戏的结尾比较满意。我想说，我对这个结尾是不够满意的。现在的戏，好像是在胜利的气氛中结束，这样处理不见得有深刻的教育意义。现在不止这个戏存在结尾的问题，有相当多非常好的电影和戏剧，却带着个不好的或不够好的结尾。这是可惜的。齐燕铭同志提出如何处理类似《甲午海战》这类题材的戏剧结尾问题，这确是值得讨论的问题。把历史上人民斗争的失败硬写成胜利的结局，固然不能使人信服；要是写成抗战军民全部牺牲，斗争完全失败，这样处理不但不能鼓舞群众的斗志，而且也不符合历史的根本真实。历史的根本真实，那就是历史上的群众的革命斗争一浪接一

《甲午海战》气魄大 《红珊瑚》时有警句——在《戏剧报》座谈会上的发言

浪,这些斗争没有得到很好的领导,也不可能得到很好的领导,斗争总是失败的,这固然是事实;但是,正如毛主席所说的:斗争,失败,再斗争,再失败,再斗争,直至胜利——这就是人民的逻辑。历史上群众的斗争失败了再起来,失败了再起来,革命的火焰总是不会熄灭的。正确地处理《甲午海战》这类题材的结尾,应当反复地思考毛主席指出的这个逻辑,这个规律,做到既忠实于历史真实,又富于鼓舞性。这个问题,值得做专题研究。

《红珊瑚》虽然不像《甲午海战》那样有概括时代的宏大气派。但也是鼓舞人心的好戏,是对英雄人民、对党、对革命军队的热情的赞歌。

《红珊瑚》最难得的是唱词写得好。唱词写得好坏对于歌剧是生命攸关的问题。有一些歌剧情节很动人,演员唱得也不坏。可是字幕打不得,一打(田汉:就暴露了!)就露丑了。很少看到像《刘三姐》那样,幻灯字幕上的唱词使人神往,大大帮助了舞台上的表演。而《红珊瑚》的唱词也写得不错,有些唱词美化了人物的内心世界,有些唱词美化了口语,并且时有警句,许多唱词是性格化的。看起来,剧作者是熟悉生活,并且对传统戏曲的唱词是花过功夫的。

我感到不满足的是这个歌剧的一头一尾。最好一头一尾要有点匠心独运。一头是指第一场《逼债》。这一场写渔民珊妹父女还不起账,渔霸七奶奶要拉珊妹做抵押。这种情节的开头在过去好些戏里都用过了,看起来就觉得平常。第二场《纵海》倒是很有独创性。这戏结尾的艺术处理也缺乏新鲜感。另外。第四场《返岛》,王参谋和孙富贵发生纠葛那一场戏,误会和愚弄搞得太多了一点,有点为了戏剧性而损害了真实感。有几处珊妹的大段唱词写得好,唱得也好;七奶奶也演得生动,唱得出色。别的几位演员也给人以鲜明印象。演出是成功的。

一出好戏不要停止在已有的成绩上,要百尺竿头更进一步。要突破尖端,这倒是一条办法。有些戏经住了群众考验,有生命力,有比较扎实的生活内容和比较强的思想内容。就要抓住不放,不断加工。要在现有的基础上再突破一步,的确是困难的。像《红珊瑚》的开头、结尾就需要突破一步,并且是可能突破的。《红珊瑚》这个戏,照说演完了应该让人热烈鼓掌,可是现在这种比较平庸的结尾就等于拒绝了很多人的鼓掌。电影、戏剧的结尾问题很可能是艺术上有待突破的尖端问题之一；那么就在结尾问题上多花点功夫，突破了这一点以后，取得的经验就不是一个戏的经验了。

这个歌剧采用了很多戏曲表演艺术和声乐艺术的东西，看起来听起来都很舒服，不别扭，这是很大的进步。现在已经有很多话剧、歌剧在朝这方面努力。从戏曲里吸收一些东西运用到现代题材的戏里，融化得较好，很不容易。这是有关话剧和歌剧进一步民族化、群众化的问题，戏剧界每天在创造新的经验。当然，这个戏在运用民族传统经验上，也还有融化得不够的，显得比较生硬的地方，比如在第八场在珊瑚岛龙王庙前，群众提刀下山，这个舞刀的动作，就太生硬了。最好不要硬搬，还是要花点匠心，要创造性地运用。有些场面本应当使人感动，但是硬搬露了痕迹，就让人从这个动作联想到戏曲某一个戏相类似的场面。这就会影响戏的效果，破坏了真实感。

看了《甲午海战》和《红珊瑚》这两个戏，我对海政文工团的同志表示感谢。这两个戏的演出不只是海政文工团的贡献，而且是戏剧界的新贡献。我在这里做了过多的挑剔，可能说错了，请同志们指正！

昨天,今天,明天①
——剧本《以革命的名义》中译本题记

回顾昨天,为的是激励今天的斗争;而今天的斗争,是为了争取更光辉的明天。

所以我们重视革命传统的教育,把它看成是向广大人民进行共产主义教育的一个重要方面。

《万水千山》《红色风暴》等等优秀作品以及许多革命回忆录,受到了广大群众的欢迎,成为向青年一代进行革命传统教育的生动教材。

我们还特别欢迎那些描写十月革命初期艰苦奋斗精神的、具有强大革命性和鼓舞性的苏联作品。

不久以前,我们在首都上演了《带枪的人》和《克里姆林宫钟声》,这都是苏联老剧作家包戈廷的名作。今年,又演出了苏联青年剧作家米·沙特罗夫的剧本《以革命的名义》,并且拍成了舞台纪录影片,受到了我国观众——包括大人和孩子们的热烈欢迎。

苏联人民热爱列宁,我国人民也热爱列宁,也和苏联人民一样地渴望从舞台和银幕上经常看到伟大列宁的深刻而完整的艺术形象。

剧本《以革命的名义》写的是 1918 年 8 月列宁被刺前后的一段故事,写的是列宁和孩子们的一段故事。舞台上展开了十月革命初期苏联布尔什维克党人、苏联无产阶级、苏联劳动人民克服困难、战胜困难的惊心动魄的图画。

1918 年,对苏联人民是何等严峻的考验!布尔什维克刚刚赢得了十月革命的胜利,还没有从革命分娩的剧痛中摆脱出来。这时候,照列宁所描

---

① 本篇发表于 1960 年《剧本》第 11 期,署名张光年。未曾收入自编作品集和文集。

写的，正是"……我国革命发展过程进入最危险最困难的阶段的悲惨时刻"（《列宁全集》第27卷第211页）；是革命的"生死关头"（《列宁全集》第27卷第373页）；而"1918年的夏天，我们面临的也许是我们革命中一个最困难、最艰苦和最危急的过渡阶段"（《列宁全集》第27卷第397页）。饥饿；瘟疫；土匪；到处是富农的暴动；孟什维克和社会革命党人背叛了革命；帝国主义者组织了捷克斯洛伐克兵团的哗变；英、法、日、美帝国主义开始了凶恶的武装干涉，要把新生的苏维埃共和国扼死在褓襁中！"苏维埃俄国的敌人铁桶般地紧紧包围着我们，想从工人和农民的手里夺去十月革命的一切果实。"（《列宁全集》第28卷第23页）俄国人民刚刚摆脱了四年战争的折磨，又被迫拿起反抗的武器。"不是灭亡，就是胜利！"就是列宁当时提出的战斗口号（《列宁全集》第28卷第22页）。8月30日，反革命分子用上了毒药的枪弹刺伤了列宁……

正是这种最严酷的考验，显示了新事物的强大生命力，显示了无产阶级非凡的革命毅力和革命勇气。且不说革命舵手列宁在惊涛骇浪中表现出来的惊人的智慧、魄力和乐观主义，且不说列宁及其战友捷尔任斯基的艰苦卓绝精神和伟大、崇高的无产阶级革命品质，这些，剧本里都有了动人的描写；单从剧本里青少年的一些言行，也可以看出苏联人民在严重时刻所表现出来的共产主义风格：

谢尼亚，这个年轻的肃反工作人员，父亲被白匪打死了，他忍住悲哀，忍住饥饿，忍住一身的病痛，日夜不停地和反革命分子作斗争，说是"即使在地狱里也要打倒上帝，建立苏维埃政权"。谢尼亚和冬尼娅都舍不得吃那一块得之不易的饼干，而要留给自己的同志，留给比自己饿得更厉害的孩子。看到这场戏，谁能不流下激动的眼泪？

冬尼娅家里断粮已经三天了，母亲对新政权发起牢骚来。冬尼娅劝告自己的母亲说："我们可以饿一个月、一年、五年，只要人们以后能自由自在地过日子就行！资本家到处在骂我们，现在你也跟着乱说一通，这对什么人有利，想过没有？"

不顾饥饿、寒冷、困苦和危险，共产主义的火焰在年轻的心胸里燃得更高了。不管是坚强的少女冬尼娅，不管是青年工人斯捷潘，不管是那个快乐的歌手亚什卡，不管是那个佻皮的小彼嘉，他们想到的是美好的未来，想到的是五十年后苏维埃人的幸福生活，想到的是世界革命，想到的是共产主义在全世界实现。

列宁的被刺，在少年们的心胸里引起多么大的震动呵！仿佛他们每一个人都被有毒的枪弹刺伤了！但是引起的不是悲观失望的感情，而是复仇的火焰。他们争先恐后地报名上前线去，用自己年轻的血肉保卫年青的共和国。

所以剧本中的列宁给了这些年轻的英雄们以很高的评价，他说："整个青年一代给我很大的鼓励……尽管饥寒交迫，尽管没有衣服，他们还是勇往直前，准备为新生活牺牲生命。"

从这些青少年的风格可以想见当时布尔什维克党人和无产阶级的风格。从剧本中的描写可以想见当时苏联的情况。依靠列宁的革命天才，依靠布尔什维克党的领导，依靠革命群众，依靠无产阶级专政的宝剑，年青的苏维埃共和国度过了最严重的时刻，从狂风暴雨中锻炼成长起来。当年的革命婴儿长成了今天的社会主义巨人，这就是伟大的苏联，全世界劳动人民正在欢呼它的建国43周年。

但是苏联的革命人民没有忘掉自己的过去，因为没有过去就没有今天，而今天正是向着更伟大的明天跃进的一个过程。剧本里反复强调"以革命的名义，想想过去"，提醒人们不要忘掉过去，"因为忘记，这就意味着背叛"。这是何等严正的布尔什维克原则性啊！

"……忘记，这就意味着背叛，"——为什么把问题提得这么尖锐呢？

革命导师们常常提醒我们：不要老是向后看，应该向前看。可是，正如前面已经说过的，我们回顾过去，是为了今天的斗争和未来的事业，所谓"前事不忘，后事之师"，这样的回顾是必要的。而且，如果我们忘掉的不是一般的东西，普通的东西，而是主要的东西，根本的东西，那就成为严重的问题了。

"以革命的名义，想想过去"，我想，就是要经常想到那些主要的东西，根本的东西。从剧本所提示给我们的，如像前人的艰苦奋斗精神；革命的坚定性和彻底性；永不褪色的共产主义和国际主义理想；这就是最主要、最根本的东西。

要革命，就有敌人。要建设，就有困难。革命越深入，敌人的反抗越猛烈。建设的雄心越大，碰到的困难就越多。任何改变现状，改造世界的革命举动，都会碰到意想不到的阻碍；而且，困难和阻碍的大小，总是和改造世界的规模如何成正比例的。具体说来，我们今天的社会主义建设事业，在三面红旗的照耀下，年复一年地取得了伟大胜利；但也有不少困难摆在前面，等待我们去克服它。无论如何，我们今天的困难，比之十月革命初期的困难，比之我国红军长征时期的困难，是不可同日而语了。正像苏联作家用十月革命的故事来激励今天的苏维埃人那样，我国作家也常用红军爬雪山，过草地，用井冈山的红旗，延安的窑洞来激励群众的斗志，使得我们的人不会被暂时的困难所吓倒，不会被帝国主义的战争讹诈所吓倒；反而发扬革命的坚定性和彻底性，从战略上藐视敌人和困难，从战术上认真地对付它们。

剧本中的捷尔任斯基说道："我们的孩子一定要有共产主义的理想，这会给他们力量，这会照亮他们的一生。"这些孩子们正是为共产主义国际主义的理想所照耀，所以表现出那样坚韧不拔的精神力量。经常想到共产主义的明天，为争取最美好的明天而奋斗，并且把自己的斗争和全世界人民的解放斗争紧紧联成一体，就会觉得今天的工作十分有意义，就会激发出无穷的信心和毅力来战胜今天的一切困难和阻碍。这也是我们从剧本中得到的启发。为此，我们要像列宁那样，要像捷尔任斯基那样，十分重视以共产主义精神教育青少年一代的工作，通过文学艺术做好这项工作。针对当时社会革命党人以花言巧语欺骗青年的罪行，剧本中的列宁说："现在正在进行争夺青年的战斗，所以我们一定要赢得胜利。"苏联无产阶级和布尔什维克党果然赢得了胜利，培养出一代又一代崭新的苏维埃人，直到今天，被共产主义思想武装起来的很多加干诺娃式的工作者和工作队，在宏伟的共产主义建设中起了重大作用。今天，就我国的情况来说，广大青年的革命觉悟空前提高，从青年中间涌现出无数具有共产主义风格的先进人物，这是党的政治思想教育工作——包括文艺工作在内的伟大胜利；但是我们一刻也不能放松以共产主义精神教育第二代的任务，因为凡是无产阶级思想教育所不及的地方，就是资产阶级思想俘虏青年的地方，从思想上保护青年、教育青年、争取青年的工作，在今天和今后都有十分重大的意义。

"以革命的名义,想想过去",就是要经常想到这些最主要、最根本的东西,而不要轻易忘掉它。

昨天,今天,明天,是互相结合的三个历史环节。今天是从昨天发展而来的,又向着明天运转而去。鞭策我们的是昨天的血迹。鼓舞我们的是明天的远景。继往开来的是今天的斗争。1918年那个最严重的时刻早已成为历史的过去了。今天,已经形成了以苏联为首的占全人类三分之一以上人口的伟大的社会主义阵营,形成了东风压倒西风的大好革命形势;十月革命开辟的道路日益吸引着全世界被压迫的人民;亚、非、拉丁美洲的民族解放运动有如山呼海啸,一浪高过一浪;旧世界总崩溃的日子已经不远了。但是,当年无产阶级革命分娩时期辐射出来的那些共产主义、国际主义的思想光辉,那些最主要、最根本的东西,今天仍然鞭策着、激励着我们。它们将长久地激发我们的革命志气,督促我们做好今天的工作,争取共产主义的明天。

写于十月革命43周年纪念日前几天。

一九六一年

《胆剑篇》的思想性[①]

我想谈谈《胆剑篇》的思想性。

在历史剧的创作上,怎样正确地处理历史题材,艺术地总结历史经验,既忠实于历史真实,又富于思想教育作用,使今天的观众从中得到新的启发,收到温故而知新的效果,这的确是一个难题。针对这个问题,不久以前戏剧界展开了"古为今用"的讨论,不少同志发表了很好的见解。在创作实践上,我们也取得了一些成功的经验。不仅是描写近代革命史方面,曾经产生过一些好剧本,就是处理古代题材的剧本,有些也成功地表达了具有重大意义的主题。

京剧《三打祝家庄》的出现,曾使人耳目为之一新。记得新中国成立后不久,我第一次看到李少春、袁世海主演的京剧《将相和》。整个戏都很吸引人,特别是看到廉颇负荆请罪的那一段,深受感动。京戏,花脸的戏,演的是两千多年以前的故事,舞台上能够迸发出那样强烈的思想感染力量,是难能可贵的。一九五六年,昆曲《十五贯》来京演出,又一次打开了人们的眼界。那样古老的剧种,古老的剧目,经过推陈出新,能够表现出那样尖锐的、发人深省的主题,这增强了我们对于戏曲改革的信心。这两个戏的特点,都是主题集中,人物集中,情节集中,语言好,真实感很强,主题思想是靠演出来的,不是靠说出来的。此外,近年来历史剧的佳作还有不少,例如话剧和粤剧的《关汉卿》,都是以舞台上的热情和真实感打动了观众,收到启发人、鼓舞人的思想效果。

我以为,《胆剑篇》的可贵之处,正是通过历史真实的艺术描写,表

[①] 本篇发表于1962年《文艺报》第1期,署名张光年。曾收入《风雨文谈》和《张光年文集》(第二卷)。

现了尖锐的、重大的政治主题，从而为历史剧的创作提供了新的经验。

越王勾践卧薪尝胆、发愤图强的故事，曾经一代一代地激励了很多奋发有为的人，对今天的人们仍然有参考借鉴的作用。我们知道，好些戏曲剧团把它编写为剧本，好些同志在这个题材上发挥了创造，可也有不少同志走了弯路。《胆剑篇》的创作态度是严肃的。作家在遵循历史逻辑、人物性格逻辑的基础上驰骋自己的艺术想象。在剧本里，许多重要情节乃至若干细节都是有史料根据的。这倒不是拘谨，作家正是凭借这些材料进入形象思维，从每一个材料看到一片广阔的空间，经过调整、补充和伸展，合起来构成一个完整的形象世界。通过人物的性格，风貌，言谈，行动，关系，冲突，共同形成一种特定的古代历史的气氛。这些都是真实的，或者说，能够让你信以为真的；因为它们已经形成这样一个生活整体，其中有自己的秩序，自己的规律，规矩，法度，自己的内部联系，而不是凭空的、主观随意性的编造。虽然不是毫无疏失（例如群众的觉悟程度略高一些），但是总起来说，舞台上再现出来的历史画面，能够使你相信具有春秋时代的历史特点，它不像是汉代的，唐代的，更不会同汉、唐以后的社会风习相混淆。即此一端，可以看到《胆剑篇》的作者在保持历史真实方面，的确花了很大功夫。

《胆剑篇》的思想性，正是通过历史真实的艺术描写而实现的。剧作家无需乎乞灵于廉价的影射，借助于空泛的说教，也不要任意地"拔高主题"或"拔高人物"；而是经过尖锐的戏剧冲突和冲突的解决，把历史的经验教训突现出来，把英雄人物的美德刻画出来，把古人在政治斗争中的智慧表现出来，由此帮助观众对舞台上的历史事件得出正确的认识和评价，从中吸取有用的东西。这就有了思想教育作用，并且间接地闪耀出新的时代精神的光彩。对于历史剧，时代精神不是外加的；时代精神首先表现在剧作家根据当前的时代需要，阶级需要，正确地选择题材，处理题材。我们的话剧舞台，自然是要着重描写当代的革命、建设的题材，表现出强烈的时代气息。同时，如果剧作家自己身上充溢着时代精神，掌握了正确的观点、方法，那么当他处理历史题材的时候，也会刻上时代精神的烙印。

被压迫的小国，因失败而发愤图强，能够转弱为强；压迫者的大国，因胜利而骄傲麻痹，必定一败涂地。——照我看来，《胆剑篇》通过艺术的描绘，正是这样总结了吴越两国那一段兴亡成败的经验教训，而这，也就构成了这个剧本的主题思想。《胆剑篇》固然也是着重表现了小国的发愤图强，那是作为这一段历史经验的正面，是在同反面经验的相比较、相对立的过程中表现出来的，这就使得剧本的思想内容得到扩大和加深，剧本的现实意义更加突出了。范钧宏同志曾经写过京剧《卧薪尝胆》，颇不自满，写了一篇文章总结自己的创作经验。他说："《卧薪尝胆》的确相当突出地体现了发愤图强的精神"，但是他引为遗憾的是，当初没有考虑另一个写法："从吴越两国强弱、胜败矛盾转化的过程中，给人以相当深刻的双重历史教训。"他说，如果那样写，"它告诉人们，越王勾践吸取了失败的教训，不为暂时性的困难所吓倒，下定长期建设的决心，激励意志，排除万难，动员群众，生聚教训，终于由弱转强，雪耻兴国。这是一个正面教材。那个反面教材——吴王夫差，胜利冲昏头脑，穷兵黩武，恃强凌弱，骄奢淫逸，拒忠谏，近谗佞，上下交怨而不知警，众叛亲离而不自觉，于是一战而亡，终致覆灭。这个强烈的对比，正是一幅'生于忧患，死于安乐'的鲜明写照"。他认为这样写法，比之他原来的主题，"概括生活的幅度就更为广阔"①。固然同样的题材可以表现各种不同的主题，写得好都有价值，但是范钧宏同志的说法是很有道理的。

谈到正面英雄人物优良的精神品质的刻画，那么最重要的，当然是那种不畏强御、敢于斗争、特别是刻苦自励、发愤图强的精神。这都是值得后人继承和光大的。

照吴王夫差看来："越国不过巴掌大的地方，几只蛤蟆一样的人。你竟敢不听大国君王的号令，还不是罪有应得吗？"可是勾践不但不知"罪"，而且不知"恩"，偏要以卧薪尝胆的决心，为雪耻兴国而奋斗。当年的这种精神，是感天地而动鬼神的。除此而外，剧本还写了范蠡同伍子胥、夫差面对面的斗争，写了苦成的生为人杰、死为鬼雄的牺牲精神，都是可信而且动人的。可惜的是，关于越王勾践刻苦自励、发愤图强的描写，显得过于分散，零碎，缺乏动作性，比起表现越国臣民勇敢精神的拔

---

① 《剧本》1961 年 9 月号。——作者原注。

剑、献剑、护剑、磨剑的戏，就不那么鲜明有力。一个非常好的设计是，把越王自警自励的话"汝忘会稽之耻耶"改为勾践让卫士用戈矛敲打竹阁高声提醒他。可是剧本没有交代清楚，容易使人误认为勾践的善忘，卫士的呵责，那就无助而有损于人物的精神品质的描写了。

在敌大我小、敌强我弱的条件下进行生死存亡的斗争，越国君王运用了一套斗争的策略和智慧。《史记》谈到文种的"伐吴七术"（《越绝书》说是九术）；谈到逢同主张越人不可轻举妄动，要学那"鸷鸟之击也，必匿其形"；主张"结齐、亲楚、附晋"；利用吴国的"名高""怨深""志广""轻战"而"承其弊"①。《史记》还谈到子贡说勾践："无报人之志而使人疑之，拙也；有报人之意使人知之，殆也；事未发而先闻，危也；三者举事之大患。"他劝勾践利用吴国的内部矛盾，助长它的主骄、兵疲而制其弊②。剧本里的灭吴三计，以及"不可硬拼，利在智取""猛虎是不把牙齿露在外面的""在敌人面前，深思熟虑，知机观变，要沉静"……很可能是从这类史料得到启发。此外，第二幕西施劝勾践逃跑的时候，范蠡同勾践考虑他们的生死去留怎样才能"大有用于越国"；第四幕被离要求越国拆城的时候，范蠡主张拆去城门，说是"不死不生，不断不成，这是置之死地而后生的道理。拆去城门，叫夫差不生疑虑，不把越国看成眼中钉，肉中刺。拆去城门，才更叫我们君臣上下不能高枕无忧，知道吴兵随时打得进来。……"这些都充满了斗争的勇气和智慧，说明范蠡不愧为智勇双全的人。

《胆剑篇》用新的观点来评判历史；通过历史真实的具体描绘，帮助我们认识二千四百多年以前的那个千奇百怪的时代。它艺术地总结了那一段可资借鉴的历史经验，描绘了历史人物的可资继承、发扬的英勇精神和发愤图强的精神，再现了古人在政治斗争中创造出来的、值得今人参考、吸取的谋略和智慧。这个剧本表现了尖锐的思想内容，对于今天正在坚持反对帝国主义、为崇高的目的发愤图强、建设祖国的人们，是有启发和鼓舞作用的。因此之故，这个描写古代题材的剧本，同当前的时代精神有了

---

① 《史记·越王勾践世家》。——作者原注。
② 《史记·仲尼弟子列传》。——作者原注。

密切联系。

  重大的主题，丰富的内容，强烈的冲突，悲壮的面面，应当产生何等的征服观众的力量啊！看戏的时候，尽管许多地方是动人的，许多地方是引人深思的，可是没有感到那种震撼人心的强大力量，这是什么原因呢？我以为，并不是剧作家缺乏热情，而是吃了笔力分散的亏。首先，作者在把勾践作为历史上的发愤图强的英雄人物加以歌颂的时候，表现了某种踌躇，使得观众对主人公的命运未能引起充分的关怀和同情。与此有关的是，人物不集中，情节不集中，损害了对主题思想的集中描写。第三幕、第四幕都有这个弱点，第三幕尤其如此。台上的感情线索一经打断，台下的注意力一经分散，再把它连贯起来，就不大容易了。我感觉，作者约束了自己的感情，没有放开笔来写；同时想得太多，又没有大力割爱，这就影响了这个剧本的首尾一贯的完整性和强大的感染力量。关于这个问题，何其芳、张庚同志的文章已经做了深入的分析，我在为《戏剧报》所写的一篇文章里也曾有所涉及，这里就不再重复了。

一九六一年十二月二十五日

《胆剑篇》枝谈[①]

火

大幕拉开,舞台上一片火光。

"火光烧红了半边天。""远处不时有杀声、哭声传来。"

火中的大禹庙。"已经被俘的越王勾践正在大禹庙里辞别祖宗。沉重的钟声、磬声一阵阵响着。"

"大禹庙外,跪着一群越国百姓,都是老弱妇孺。""她们呆呆地望着对岸熊熊燃烧着的田里的稻子和村落。"

"灭了,完了。抢光了,烧干净了。"这是开幕后群众中有人低声说出的第一句话;大概观众是听不见的。

这是怎样的一幅大悲剧的场面!怎样的一种亡国之痛啊!

"发兵的时候,吴国三军立下誓言:攻下越国,要烧尽越国的田地,杀尽越国的人民,抓住越王勾践,定要割下他的头颅,快马轻车带回姑苏……"

当时战败国的命运就是这样的。通过舞台上正在形成的特有的历史气氛,剧作者一下子把我们带到了二千四百多年以前的那个奇怪的年代。

不过,越国人并没有被斩尽杀绝。那是吴王夫差为了争霸中原的政治目的,终于改变了主意。于是越国君臣,面临着另一种难堪的命运。

也是因此之故,在大火的背景下,出现了刀光剑影,吴国的左军士兵同右军士兵在大禹庙前格杀起来。

[①] 本篇发表于1962年《戏剧报》第1期,署名张光年。曾收入《风雨文谈》和《张光年文集》(第二卷)。

灭越，还是存越？尖锐的矛盾冲突，把吴国的两派人物一个个地带到舞台上。每个人脸上一团火。

越国忠勇的君臣也被一个个地推到舞台前沿。每个人胸中一团火。

有人要搜庙，有人不准搜；有人要杀进去，有人就挡过来。有的怒气冲冲，有的杀气腾腾；有的瞋目相对，有的目眦尽裂：——这样登场的是被离、希虎、王孙雄、范蠡、伍子胥。

有人立碑，有人反对；有人夸耀自己的威武，有人诅咒对方的残暴。有的险言恶语，有的愤怒填膺；有的强行抑制，有的目若耀火：——这样登场的是夫差、伯嚭、伍子胥、范蠡、文种、勾践。

有人制止群众诉苦，有人痛恨吴兵屠城；有人舍命救护幼女，有人申请决一死战。有的沉痛，有的激愤；有的大声疾呼，有的低声请命：——这样登场的是苦成、鸟雍、西施、无霸。

剧作家一下子把人物推到矛盾的尖端，情绪的顶点，推到烈火般的悲剧气氛中。

可以说，就在这第一幕的大禹庙前，在层出不穷的矛盾斗争中，在人与人、火与火的相激相荡中，《胆剑篇》好几个重要人物的性格都基本上矗立起来了。凡是置身在冲突的火焰中心的，就得到更多的刻画自己的机会。

火，烧炼着失败者的复仇决心，预示着来日的火山爆发。

火，助长了胜利者的骄横气焰，使得夫差情不自禁地唱出了火的礼赞："好一片大火啊！烧得多么畅快！就像我心中的大火一样！……"

骄兵必败；何况内部的矛盾是不可调和的。

就在人物开始登场的时候，潜伏着强弱转化的契机。

所以，到第五幕，会稽江边再一次出现黑烟冲天、一片火海的时候，双方的形势完全改观了。

搜庙，杀庙，辞庙。远处的火，近处的火，心中的火。性格，造成了气氛。气氛，烘托了性格。《胆剑篇》第一幕渲染出一幅悲壮、雄强的历史画面。

剑

舞台上多少回剑拔弩张，我特别要说的，是第一幕里吴王夫差刺进石崖的那一剑。

我到过苏州，访过剑池。相传那是秦始皇为求专诸的鱼肠剑，求之不得，反把自己的宝剑刺进石中、陷而成池的。记得在附近的道旁，另有顽石一块，当地同志指着石头的裂缝说："看，这是吴王的试剑石。"

我同曹禺同志谈起他的剧本。我说："真亏你想得出来！你把姑苏的试剑石搬到会稽的大禹庙前了。"

他说："真有这样一个试剑石吗？我没有看到过。我只觉得在当时的情况下，夫差一肚子火要发泄，他必定会一剑砍在崖石上。"

于是，我重新打开剧本。

要知道，当夫差做出这个惊人动作之前，他心里至少憋了三把火。一把火：伍子胥打击了他立碑纪功的豪兴，还当着众人教训他。二把火：勾践不但不谢恩，反骂他不义不勇。三把火：消息传来，已被团团围住的越国五千壮士，居然杀出重围；这特别是不能容忍的！

于是，他"顿时心中恼怒起来，忽然立起，拔出了剑"——

剑已出鞘，杀气腾腾，谁是他发泄的对象呢？

难道要除掉那刚愎自用的老相国？这还不是时候，何况那人一怒而去了。

难道要诛灭这"大禹的末代子孙"？不行，这等于向伍子胥投降；何况刚刚说了"寡人愿以仁义服天下"……

难道要惩罚那报忧不报喜的使者？后来被离曾因此受到惩罚；但这次低声道出真相的是伯嚭。

恨不得把这耸入云霄的大石碑一剑劈为两段！但这恰恰是为自己立下的纪功碑，应当传之千秋万世的。

石碑旁边的崖石伸起头来望着他。

要知道，这是一位骄横恣肆、好大喜功、孔武有力的青年君王啊！

所以，在当时的情况下，"他必定会一剑砍在崖石上"。

"谁敢不听吴国号令的,就如同这顽石一样!"他挥剑刺进石崖里。

他听到大臣歌颂他的"神力惊人"。他看到武士们相顾失色。大家簇拥着他扬长而去。

这就是所谓"镇越宝剑",任何人都不准碰它一碰的。

到底有不怕诛灭九族的人,这就是苦成。他被吴兵砍伤了臂膀,还是奋力拔下剑来,并且执剑高呼:"越国是镇不住的!"几年以后,他把这剑献给了越王。

刺剑、拔剑、献剑而后,产生了一系列文章:有吴兵的搜剑,苦成的殉剑,越王的舞剑,鸟雍的磨剑,而最后,吴王夫差用自己的这把"镇越宝剑"结束了自己的性命。

一个灵感产生了另一个灵感,一个波澜产生了另一个波澜,一个动作产生了另一个动作,一环扣一环,每一环都是有声有色的。

这是艺术家深入形象世界的结果。他得到了一个好的意念,跟踪追击下去,由此浮想联翩,连类而及地发现很多有价值的东西。

这当然不是凭空的胡思乱想。这是以丰富的生活知识、艺术知识、文献知识为后盾,根据生活逻辑、性格逻辑、艺术逻辑的指引,经过深思熟虑而得到的,正像地质学家从地面的矿苗发现地下的矿藏一样。

这是不是玩弄戏剧性?不能这样说。难道吴王的刺剑,越王的舞剑,苦成的殉剑,鸟雍的磨剑,不是因此而突出了这些人物的思想和性格吗?

说到这里,顺便举出另外两个有关于剑的小插曲:其一,吴兵抢牛,青年们要冲杀过去,范蠡大喝一声:"刀剑收起,仇恨记下。"其二,越王发兵,泄皋问卜,范蠡拔剑而起,一剑将龟甲砍成两半。这两个小插曲,不也有助于突出人物的思想和性格吗?

艺术的想象继续伸展开去,剧本的思想内容更加丰富起来。你看,当年夫差插剑的顽石,现在变成了"苦成崖",变成了青年战士们磨砺武器、磨砺斗志的地方。你听,鸟雍率众在崖前祷告:——

"这十五年,越国人每年都要在你的苦成崖上磨一次刀剑。你看崖石都磨了深沟。崖石啊,你好比苦成老爹铁硬的骨头!这剑上的钢锋啊,你好比苦成老爹望着我们的眼睛!……"

剑和石头,成了英雄的化身,复仇意志的化身。

可以说，吴越双方围绕着"镇越宝剑"形成的一系列戏剧情节，帮助扩大和加深了剧本的主题思想：大国因胜利而骄横恣肆，小国因失败而发愤图强；最后是对立面的互相转化。

能够说情节是不重要的吗？生活冲突变成戏剧冲突，要通过情节来实现。情节是性格矛盾的艺术体现，是对于生活现象的一种艺术加工。剧本的思想内容，经过情节和语言，得到确定的艺术形式的表现。

胆

《史记·越王勾践世家》说勾践从姑苏返国后，"乃苦身焦思，置胆于坐（座），坐卧即仰胆，饮食亦尝胆也。曰：女（汝）忘会稽之耻邪（耶）？"

"卧薪尝胆"，说明勾践是如何的刻苦自励，不忘雪耻。重要的是充分表现这种刻苦自励的精神，当然不是要死抱着"仰胆""尝胆"来做文章，就像小学教科书上的一幅插图那样。

在剧本里，胆是苦成献给越王的。这胆成为苦成老爹人格的化身，又成为越王刻苦自励的警钟，起了让卫士不时提醒自己"你忘了会稽之耻吗"的同样作用。

第四幕，苦成殉难后，有一大段勾践仰胆的独白。这是胆的颂歌，苦成精神的颂歌，从各方面颂扬了胆的美德："你性寒，你苦而涩"；"可你是清心明目的，你叫我们眼亮耳明"；"你叫我不焦躁，不慌张"；"但是你能教人胆壮，叫人勇敢"；"你是驱毒的，除不洁。你教我们把一切懒惰、苟安的毛病都一起抛却……"

要知道，胆的这些特性和美德都是有医学、药物学上的根据的。《本草纲目》列举各种动物胆的特点和作用，说它们："苦入心，寒胜热，滑润燥，泻肝胆之火，明目杀疳"；"苦寒，凉心平肝，明目杀虫……性善辟尘"；"治二十年老聋"……《素问·灵兰秘典论》说："胆者，中正之官，决断出焉。"细心的读者如果把这些资料同上述那一段抒情独白加以对照，定会叹服于剧作家需要何等广博的知识！需要何等的慧眼从这些枯燥、零散的古代医药文献资料中发现诗意！需要何等的手腕把它们转化为文学的语言！

要知道，《胆剑篇》中许多重要情节、人物性格乃至某些细节、某些语言、语汇，都是有古代文献资料的根据，通过复杂的挑选、改造、酿制过程而出现在剧本中的。上面所举的不过是一个不重要的小例子而已。

现在我们看看，《胆剑篇》怎样突出了胆的美德，特别是勇敢决断、清心明目、润燥泻火、茹苦含辛这几个方面。

在吴王的刀斧前面，不肯低头谢恩，反责其"不义不勇"，"断难立足于天下"。——这是勾践的胆。一身抵挡住伍子胥搜庙的暴行，大喝一声："谁敢进去？""不然，五步之内，……二人同尽！"——这是范蠡的胆。冒死拔剑，临危献胆，生为人杰，死为鬼雄。——这是苦成的胆。赤手抗吴兵，窃符救勾践。——这是西施的胆。

所有这些，都是"教人胆壮，叫人勇敢，敢于面对一切残暴和不平"。

听逆耳的忠言，用谋臣的良策；强弱悬殊，利在智取；促成夫差的骄狂，麻痹敌人的戒心；待其空虚，攻其后背；联结齐晋，动员人民；"个个执剑，人人扶犁，就在这方圆不满百里的疆土上，也要兴起一片腾腾的王气"。

这都是眼亮耳明、胆大心细、有胆有识、有勇有谋的方面。

"刀剑收起，仇恨记下。""我们要打，但不是现在；要动，但不是今天。""图大事的人，应该山崩于前不动色，海啸于后不变声。"看他痛心疾首，捧出了木简；忍辱饮恨，握断了玉圭！因为"猛虎是不把牙齿露在外面的"。"你要衔枚疾走啊。""快快做，莫作声。"

这就收到退热、定神、润燥、泻火的功效。

"我要天天尝它，夜夜尝它，日夜不离它。""勾践，你忘了会稽之耻吗？""这一鞭一道血痕，打在我的心上。"夫人星夜纺织，越王闻鸡起舞。没有犁，用手刨！没有牛，用人拉！"我们定会苦尽甘来，我们要赢得这千古的胜负。"

这就是卧薪尝胆、茹苦含辛、苦身焦志、刻苦自励的突出表现。

一部《胆剑篇》，就是这样在"胆"字上做文章的。文章做得有虚有实，有擒有纵。它多方面地突出了胆的美德，也多方面地突出了剧本的思想。

马

写马,自然是为了写人,写人的思想、感情、性格。

这里谈谈第二幕。这幕戏以马始,以马终。其实并没有着重写马,写马也是虚笔而非实笔。不过许多戏是由马引起、与马有关,或者以马为线索而贯串起来的。

勾践在吴宫养马三年。马肥了,人瘦了。馆娃宫畔三间矮矮的石室,是勾践君臣三人的栖息之所,跟前就是马槽。其实这石室本身也就是马槽,其中拴着三匹千里马。或者说,人不如马,比起马来,他们更难得到纵横驰骋的机会。

正是江南初春的破晓,遥望着南方的晓星,怎么不引起思归的梦想呢?所以戏的开始,就是夫人说梦:"我梦见大王骑着一匹高大的骏马飞奔。"越王的回答是:"我也真想骑着一匹骏马回去啊!"

可是他并没有沉醉在梦想中。他机械地把饲料倒进马槽里。他整夜未能入梦。他焦虑的是"这一夜吴宫外面,马声不断,过了一夜的战车",不知道又会有什么新的厄运临头。

果然,范蠡带回消息,越国君臣三人面临着严重关头。他们的生死存亡,正决定于吴国两派斗争的结果。事情很危急。西施盗来验关金符,无霸备有快马三匹,可以实现骑着骏马飞奔的梦想了。这其间,西施叩拜越王的一段戏,范蠡、勾践考虑生死去留如何更有利于越国的一段对话,都是动人的。

事情急转直下,伯嚭宣布了释故越国君臣的诏命。但释放前还要羞辱勾践一番:"大王移时就要召请各国使臣一同打猎,着令越王勾践前去谢恩,并作前马。"

幕落以前,我们看到:"伯嚭给勾践披上王服,范蠡把马鞭献与勾践。勾践迟疑了一下,庄严地接着马鞭走下。"

这一幕戏,着重写勾践的忍辱负重,心在越国,身在马槽,而且"三年了!三个春夏秋冬,三个三百六十个痛心切骨的日子!"每一天都是"在夫差的骄狂和轻视当中"度过的。

这一天，他受到王孙雄和各国使臣的嘲笑，"让这些鸡狗猴子观看赏玩"，真教他痛心疾首，愤不欲生，无怪乎他"压抑不住的躁怒，止不住地在石磴上猛抽着马鞭，高声疾呼"起来。

而最后，为吴王行猎作前马，"庄严地接着马鞭走下"，这又是何等心情？我们可以设想：这时候，他当然感到极大的屈辱，同时也看到更大的希望；因为纵马回国的日子已经不远，复仇的火焰在胸中燃烧，他满可以把这些骄狂的敌人和势利眼的各国使臣们，看做是一群暂时得意的"鸡狗猴子"，从而保持着"山崩于前不动色，海啸于后不变声"的庄严情绪。

但这是很不容易的。如果若干年后，他曾强抑怒火，握断了玉圭，像第五幕所描写的，那么，披着王服在仇人马蹄前左右奔走的这一天，焉知道他不曾几度握断了马鞭呢？

这一天，直到伯嚭宣布吴王诏命之前，勾践几度面临着死亡的威胁。夜来的马嘶，范蠡的回报，西施的告警，被离的冲杀，每一回都把这个人物的神经刺激到极端紧张的程度。这样的日子也过了三年了。

忍辱负重的描写，是发愤图强的衬托。古人说："越王勾践霸心生于会稽。"① 我们也可以说，越王勾践霸心生于石室，生于马槽。可以设想，三年的日子不是白过的，越王君臣三人天天在看，夜夜在听。他们看清了敌人的虚实，看透了吴国的主骄、民疲、上上下下不团结，从而看出了希望，找到了对策。

越是羞辱，越是嘶笑，越是激起了发愤图强的志气。"哦，我要回去！摩顶放踵，粉身碎骨，我也要越国成为富强之邦，天下景仰！"这岂不是勾践的霸心吗？

"我是在想，时常在想，我昼夜地想！"从王孙雄的笑骂，想到了"十年生聚、十年教训"的木简。从这片木简，想到了未来广阔的前程。从布谷鸟的叫声，想起越国烧焦了的田地。从吴国的一把铁犁，想起越国他日的五谷丰登。

可以设想，越国君臣在吴宫养马三年中间，已经千百次地想定了兴越灭吴的大计。

---

① 《荀子·有坐篇》。

米

这一则谈米，想借此挑一挑剧本的缺点和弱点。

剧本的第三幕，写了越国的大旱，吴兵的填井，群众的饥饿，求雨，越王的运米，赈饥，着重写了群众拒绝吃吴米，苦成指责越王饮鸩止渴，主张"非自耕者不食"，总之在"米"字做了一大篇文章。固然群众求雨的场面，越王祈雨的台词，是动人的，但是我以为这幕戏可能是全剧中的败笔。

"寡人怜恤百姓困苦，用宫中珍宝籴来白米……"越王听到百姓指责时的委屈情绪，可能是有道理的。群众责备越王运来了"仇人的米"，批评他"没有骨气"，可能是过当的。第二幕无霸告诉越王：越因"连年饥荒，只靠吴国运来的烂米活着，吃得人都生了病，不吃又不成"。可见这样的米已经吃了几年了。

为了写米，远在第一、二幕就埋下了伏线，这就是那一束烧焦了的稻穗，可是并没有产生很大作用。

不错，第三幕写米，是为了写百姓的骨气，写自强不息的精神。我以为，在第四幕里，也有充分的机会突出这种精神。

比起第一、二幕，第三幕是缺乏戏剧性的。虽然许多事情以米为线索而贯串起来，但是求雨、运米、填井、谏米、迁都、献剑……仍然显得是一小块、一小块，没有融为一体，扭成一根绳，形成真正戏剧性的情节。看戏的时候，观众容易看出某一段文章正在说明某一个问题。

但是其他几幕里面很多好戏，观众都是不知不觉地投入情况之中，与剧中人物同忧共乐，只是事后才发现作者深刻的用意和艺术上的苦心。

这一幕，登场的人物也嫌多一些。观众还来不及记住他们的名字，摸清他们的脾气，对他们的命运也就难以产生深厚的同情。

当然，其中突出了苦成。我对此也有点小意见。

苦成这个人物，是《胆剑篇》中突出的创造之一。他在我们头脑里留下了深刻的印象。但是，为了突出苦成，过多地抢去了主人公的戏，掩盖了主人公的光彩，这合适吗？

在《胆剑篇》里，胆，是苦成的化身。胆是苦成献的。是苦成启发勾践认识了胆的美德。没有苦成就没有这个胆。剑，也几乎是苦成的化身。剑是苦成拔的，苦成献的，用苦成的性命保住的，所以插剑、拔剑的地方叫做苦成崖。没有苦成就没有这把剑。而"自强不息"（"这四个字真像天上的响雷一样"）的精神，照第三幕所描写的，似乎也出于苦成的启发。

如果想到范蠡的性格也在某种程度上掩盖了勾践（他们本来应当是互相映发的），以致越王勾践卧薪尝胆、发愤图强的精神似乎不是出于本人强烈的、内心的要求，这就不能不减低了观众对于主人公命运的同情，减低了艺术形象的感人力量。

剧作家完全正当地避免了对于古代英雄人物的过分美化和现代化，可是产生了另一方面的缺点。这多少给演员的表演造成困难，使他不容易从勾践这个人物性格的全部复杂性中清理出一条明朗的线索来。

我觉得，无需乎在勾践作为古代英雄人物这一点表现任何踌躇。勾践是春秋时代的英雄人物。一切英雄都属于自己的时代。无妨描写这个人物的缺点。他的倔强自负、刻薄寡恩本来不下于伍子胥。周秦诸子介绍他那残忍的练兵方法，是可信的。可是无论如何，卧薪尝胆、发愤图强的精神，是这个英雄性格的主要内容。

但是我们再回到米的题目上来吧。关于米，有一段有趣的史料。《史记·越王勾践世家》说勾践归国九年后，吴王夫差伐齐大胜，俘虏了齐国的两员大将。这年轻的君王越发骄傲起来。伍子胥事前曾力谏吴王不可伐齐，因此这时受到吴王的责难。伍愤不欲生。吴国的内部矛盾越发尖锐了。文种看出了吴王的骄气，建议向吴国贷粟，以麻痹敌人，助长他的骄狂。"请贷。吴王欲与。子胥谏勿与。王遂与之。越乃私喜。"《吕氏春秋》《吴越春秋》，关于这件事也有大同小异的记载。

如果写米，这段材料可能是有参考价值的。吴王之败，跟他的骄横、麻痹，很有关系。通过借米，写越人如何伺其骄，试其骄，促其骄，成其骄而乘其骄，对于丰富剧本的思想内容，吸取历史上的经验、教训和智慧，也许有些好处。至于吴王借或不借，那倒是次要问题，反正错误的估计定会产生错误的结果。

但是，我怎么在这里指手画脚起来？我所接触的史料，比起剧作家所掌握的大量材料，不过是很少一部分而已！我所认为有趣的，很可能是剧作家经过全面而深刻的考虑以后，看出是一堆烂米，或者虽非烂米，却塞不进去，才断然予以抛弃的。

而且，在写米的问题上借题发挥，挑出了这样那样的缺点，对于长年为脑病所苦、仍然以卧薪尝胆的精神执笔献出了《胆剑篇》的曹禺同志，岂不是太不公平了吗？可是你要知道，曹禺谈起自己的剧本的时候，对于其中的部分缺点，常常做了夸大的描写；而对于其中的生花之笔，却很少涉及。这个人啊，对自己的要求是严格的。

一九六一年除夕

❈一九六二年❈

关于戏剧语言的杂感[①]

说来惭愧,我是个多年的戏迷,可是长期间没有摸到戏剧艺术的门径。记得二十多年以前,初次读到高尔基的《论戏剧》,看见他把语言问题提到那么重要的地位,当时很难充分理解。那时也曾偶尔涉猎一些我国明清人的曲话,其中很大部分谈的是语言和声腔,我也不大感兴趣。有什么办法呢?要想从前人的艺术经验中吸取营养,到底还需要起码的水平啊。

解放以后,我编过几年戏剧创作的刊物,同剧作家们接触较多,读过不少好的、不大好的、已发表的、未发表的剧本。这才越来越强烈地感觉到,光是一般地强调思想、典型和个性是不够的;思想要化为语言,化为有内容、有光彩的语言,化为打动人心的佳句;而要写出惟妙惟肖的人物,语言是基本的手段。生活的丰富必须表现在语言的丰富上。才能和经验也要表现为驱使语言、挑选语言、提炼语言的能力。

老一辈的剧作家们在语言的运用上各有独到之处:郭沫若的语言热情而豪放;田汉的语言圆熟流畅而长于抒情;老舍的语言干脆利落而富有幽默感;曹禺则是用性格化的语言刻画人物的能手……最近重读《胆剑篇》,觉得它在历史剧的语言上提供了新的经验。教我们看到,尽可能不用或少用现代化的政治术语,从古语和戏曲语言中吸收某些有用的东西而加以改造,有助于创造一种古代的历史气氛,并且同样能够表达今天剧作家的新的思想。像"刀剑收起,仇恨记下","崖石啊,你好比苦成老爹铁硬的骨头!这剑上的钢锋啊,你好比苦成老爹望着我们的眼睛!""好一夜透雨啊,每一滴都仿佛滴到我的心里。"……这类的句子,是有思想,有感情,有形象,有动作

[①] 本篇发表于1962年2月20日《人民日报》,署名张光年。曾收入《风雨文谈》和《张光年文集》(第二卷)。

的，都是打动人心的好句子。它们也许是作家深入形象世界的时候信手拈来的，但也很可能是花了很大功夫，从很多句子里挑选出来的。

我们的话剧，当然要着重描写新时代的劳动建设和革命斗争。怎样抒写新生活的诗意，怎样把无限丰富的劳动人民的语言提炼为鲜明生动的戏剧语言，这是更困难的任务。我们已经取得了一些成功的经验，用活生生的群众语言创造出了一系列活生生的工农兵形象，这些经验值得加以总结。现在，衣服是工农兵的而说起话来是学生腔的剧本，不常看到了，这不能不说是剧作家们实践工农兵方向的重大成果之一。现在我们感到很不满足的，是不是这样几个问题：一个是，近几年有些剧本中，概念化说教的毛病重新抬头；再一个是，有些青年作者，往往把自然形态的语言直接搬到舞台上，而不善于挑选和加工；同时，不少剧作家渴望提高创作质量，因此也渴望提高语言的质量，他们感到自己写的对话缺乏表现力，缺乏诗意，很想在这方面有所突破。

这几年我读剧本不多，因此必须声明，我对于这个问题没有多少发言权。

概念化说教的重新出现，恐怕跟这几年有些青年剧作家写得多、接触生活少很有关系。我所指的并不是完全概念化的剧本，那种剧本不容易得到发表和上演的机会，有些剧本，多少有点生活，有点人物，某些部分还是比较生动的。可是在表现尖锐的思想内容、也就是在"点题"的时候，作者没有充分的感性材料艺术地把思想描写出来，表现出来，或者烘托出来，而只好采取最简便的办法，通过正面人物的嘴巴把思想直说出来。这样，正是在画龙点睛的地方把龙的眼睛涂黑了，自然使全剧受到极大的伤害。如果事情是这样的，那么对症下药，治疗艺术上的贫血，只有深入生活，增加营养。当然，语言的概念化，也还有关艺术思想、艺术趣味、艺术技巧等问题；但是，很难设想一个剧作家故意抛弃他所掌握的生动活泼的语言，而宁愿保持对于概念化说教的酷爱。

把自然形态的语言不加酿造地直接搬到舞台上，使得话剧的"话"像平常说话一样的烦琐、零乱和冗长，使得舞台上无法形成一个美好的、比现实更高的艺术境界，这恐怕是青年剧作家的通病。艺术家的头脑是一个工厂，它把从现实生活吸收的大量原料经过反复的挑选、酿造、浓缩、提炼而再现出来。正是在这个意义上，我们说艺术真实比生活真实更高更美。如果创造形象的基本材料——语言是没有经过高度提炼的,那种比现实更高更美的艺术境界便无法创造出来。观众感觉我们某些话剧淡而无味,看了不想再看,同这一点很有关系。要改进这个工厂的成品,使其在竞赛中立于不败之地,除了在生产过程、生产技术上的不断更新以外,更重要的还是要有充足的、头等的原料。如果剧作家知道的东西,比他写出来的东西要多得多,这才谈得上挑选和加工。如果搜集的材料只够写成一篇特写,却硬要拉成一个四幕剧,那就谈不上什么浓缩或提炼了。除此而外,把生僻的方言、俚语不加挑选地写到剧本里,是不足为法的;为了猎奇,把类似"搞对象""耍态度"这些劳动人民语言的糟粕拿到舞台上去推广,是应当受到指责的。

  语言的刻绘力、表现力是长期磨炼的结果。语言的诗意是内心的诗意的自然流露。新生活的诗意,首先是在对于新生活、新人物的热爱中产生的,它表现出了一个共产主义者对于新鲜事物的不可抑制的情感。剧作家不只是一个职业的编剧家,他也是一个文学家,是一个舞台诗人。他的兴趣不能太窄狭,他应当全面地提高自己的政治修养、哲学修养和文学修养,熟悉古典文学和现代文学的新成就。单从提高戏剧语言的技巧来说,一个青年剧作家如果从古今中外的戏剧名作中挑选出他最为喜爱的若干本,自己试着来做一个新的评点家,把人家的好句子圈点出来,批上自己的心得,揣摩人家怎样用很少几句话刻画出一个人物,怎样把语言写得有形象、有情感而又富于动作性,怎样通过语言概括生活的哲理和诗意,乃至怎样写得简洁,含蓄,句子短而有力,用了哪些既不太熟、又不太生的形容词,如何调理平仄和韵律,使人读起来爽口,听起来够劲……这样在读戏的时候,听戏的时候长期留心,形成一个习惯,一个嗜好,日常生活听人谈话的时候,也能别具心耳,久而久之,自己笔下的对话一定有所长进。

  我觉得,我们的很多青年作家是有才能的,对语言的吸收能力是很强的,只要今后多注意这一方面,养成钻研语言的习惯,一定大有希望。戏剧界大家来提倡,批评家多做些艺术分析;但也不要一下子把调子提得过高,造成压力。提高质量非一日之功,重要的是创造条件,指引门径,交流经验,鼓励青年作者踏踏实实地工作。艺术上的问题是急躁不得的。作者本人也不要急躁。倘使急于求成,硬要在一个剧本里出现奇迹,难免劳而无功。还是要勤学苦练,在长期的艺术实践中解决问题。

❋一九六三年❋

关于电影创新的几个问题[①]

文艺,是阶级的号角,是时代的风雨表。一个新的阶级登上历史舞台,一种新的革命思潮和革命运动如火如荼,一个新时代的帷幕被揭开的时候,总要给文艺带来新的变化,对文艺提出新的要求。从文艺创作本身的要求而言,守旧因袭是与它格格不入的;文学艺术的发展,就是以不断创新为前提的。从这个意义而言,一部文学艺术史就是一部创新的历史。

文学艺术的发展有它的一般规律,我们无产阶级的文艺,在创新问题上,和过去的文学艺术也有共同之处,我们应该吸取文学艺术历史上一切宝贵的创新的经验。但是,无产阶级文艺的创新,毕竟由于阶级不同,时代不同,而有别于文学艺术历史上的创新。这是我们谈电影创新时,必须弄清楚的前提。这里,试作一点极为粗浅的探讨。

《共产党宣言》中讲道:"共产主义革命,是和现存的财产关系之最急进的破裂;它是以最急进的方式,和传统的思想实行破裂。"像这样一次人类历史上最伟大的革命,一次在政治、经济、文化上与"传统的思想"之"最先进的破裂",不可能不在文艺领域中引起剧烈的变革,不可能不对文艺提出崭新的要求。正是我们这个时代,无产阶级的以马克思列宁主义为指导思想的文艺给文学艺术带来崭新的生命。而真正的马克思主义者,从来是认为无产阶级必须而且完全能够创造出为资产阶级文艺所不可比拟的、光辉而伟大的新文艺的。无产阶级的革命导师,总是从革命的利益、从阶级和人民的要求、以时代的特点出发,要求文艺要有创新的精神的。

[①] 本篇发表于 1963 年《电影艺术》第 4 期,署名黎青。未曾收入自编作品集和文集。

早在上一个世纪,恩格斯在《给哈克纳斯的信》里就指出:"工人阶级对于压迫他们的环境的革命的反抗,他们想恢复自己的人的地位的紧张企图……可以在现实主义的领域中要求一个地位。"恩格斯又指出,在《城市姑娘》这个中篇小说里,伦敦东头的"工人阶级显得是消极的群众,不能够帮助自己,甚至不企图帮助自己",认为这样的描写"不能够说是典型的"。恩格斯的这段话里,包含着两个重要的论点:第一,文艺必须开拓新的题材,应该给一个已经登上政治舞台的新兴的工人阶级在文艺中以应有的地位。这种要求是以历史的发展,时代的变化作为无可争辩的依据的。第二,作家艺术家应该从整个时代的脉搏来把握这种新题材,应该善于发现工人阶级在经过几十年斗争之后的新的变化。这里也就包含着表现工人阶级中的新人物,新思想——"半自觉或自觉的"的"革命的反抗"——的要求。《城市姑娘》正因为没有能够表现出生活中的这种积极的新的因素,所以就"不能够说是典型的"。显然,恩格斯的这两个重要的观点,是对文艺提出的一种创新的要求,是对当时尚未成长起来的无产阶级文艺的一种热切的期望。

1905年,列宁在《党的组织和党的文学》一文中,第一次提出了无产阶级文学的口号。提出文学艺术应该成为党的事业的一个组成部分:"打倒没有党性的文学家!打倒超人的文学家!文学事业应当成为无产阶级总的事业的一部分。"列宁从思想上明确地划清了无产阶级文学和资产阶级文学的界线,驳斥了资产阶级作家创作"绝对自由"的虚伪性,提出了文学的党性原则这一鲜明的新的思想要求。列宁还指出无产阶级文学服务的对象不应该是那些"百无聊赖、胖得发愁的'几万上等人'",而是"千千万万劳动人民"。这就使得,文学艺术和无产阶级的事业及其政党的关系,有了进一步的联系,将它放到了一个明确的地位上。正是这个无产阶级的党性原则,使得文学艺术的历史,发生了一个极大的变化,给无产阶级的文学艺术,提出了一个崭新的与以往的文学艺术不同的崇高任务。还应该说明,正是列宁在提出这个鲜明的党性原则时候,同时指出党的文学事业不能同无产阶级的党的事业的其他部分刻板地等同起来,他说,"无可争论,在这个事业中,绝对必须保证有个人创造性和个人爱好的广阔天地,有思想和幻想、形式和内容的广阔天地"。这就说明:无产阶级文学艺术的党性和党性原则指导下的独创性（艺术家的创作个性），是完全可以一致的、统一的。

毛泽东同志发展了列宁的党的文学原则，《在延安文艺座谈会上的讲话》中，明确地提出了文艺为什么人服务的问题，即文艺为工农兵服务的方向，而且从根本上解决了如何为的问题。毛泽东同志把文艺为工农兵服务的问题的中心放在文艺工作者同工农群众结合、并改造自己的世界观这个根本问题上。指出文艺工作者只有和工农群众打成一片，才能找到最丰富的创作源泉，这就为新时代的文艺家指出了一条同旧时代的文艺家根本不同的新的生活和创作的道路——同工农群众结合的道路。只有这样，才有可能使文艺家树立共产主义的世界观，才有可能创作出真正的无产阶级的文艺。

毛泽东同志还全面而深刻的阐述了对待民族文化遗产和向外国学习的问题。"我们必须继承一切优秀的文学艺术遗产，批判地吸收其中一切有益的东西，作为我们从此时此地的人民生活中的文学艺术原料创造作品时候的借鉴。"为此，必须要对民族文化遗产进行科学的分析，以便"剔除其封建性的糟粕，吸收其民主性的精华"。对于外国的一切好的东西，也要批判地吸收和融化。毛泽东同志指出文艺应该有"自己的创造"，反对无批判地硬搬和模仿古人与外国人，把那种做法称为"最没有出息的最害人的文学教条主义和艺术教条主义"。这就辩证地说明了批判、继承和创新的关系。

建国初期，毛泽东同志提出了"百花齐放，推陈出新"的革新和发展我国戏曲艺术的口号；1956年，又将"百花齐放"和"百家争鸣"并列提出，作为发展文艺和科学的方针；实践证明：在为工农兵服务、为社会主义服务方向下的"百花齐放、百家争鸣、推陈出新"，是发展我国社会主义文艺的最正确、最广阔、最富于创造性的道路。在1958年的"大跃进"中毛泽东同志又提出了革命的现实主义和革命的浪漫主义相结合的创作方法，这是既总结了文学艺术的历史经验又切合表现人民新时代的需要的方法。这种创作方法要求我们既从文学艺术历史中吸取最优秀的经验，又在马克思列宁主义的世界观指导之下，加以创造性的发挥。这就使得我们的艺术品，具有最大的可能，去获得最新的深刻而丰富的革命思想内容和最新最优美的艺术形式。

　　上述的毛泽东同志对文艺的一系列指示，就为我们文学艺术和电影的创新指出了明确的方向和道路。新中国的电影艺术就正是遵循着毛泽东同志所指出的方向和道路，创造了从《白毛女》到《李双双》这样一系列的创新之作，在中国电影艺术的发展史上，写下了最光辉的篇章。

　　既然马克思列宁主义者从来就要求文艺要有创新精神，既然我们的电影艺术已经涌现了不少创新之作，那么现在有什么必要进行电影创新问题的讨论呢？这种必要性首先在于：马克思列宁主义所指出的文艺道路，只能给我们以方向、原则，而不能代替我们去解决在实践中存在的具体而专门的理论问题。因此，按照马克思列宁主义所提出的文艺道路、方向和原则，对电影艺术的创新问题进行专门的探讨，是十分必需的。同时我们的时代，对文艺提出了新的任务和要求，我们的电影艺术，虽然已经取得了很大成就，但为了更好地肩负起我们伟大时代和人民交给我们的任务，就还需要我们作更多的努力，更好地提高我们影片的思想艺术质量。现时代是世界各国人民革命空前有利的时代，各国人民的革命斗争，尤其是亚洲、非洲、拉丁美洲人民反对帝国主义及其走狗的斗争，正蓬蓬勃勃，风起云涌。中国人民在社会主义革命和社会主义建设中，在反对帝国主义、现代修正主义和各国反动派的斗争中意气风发，斗志昂扬，取得了辉煌的胜利。我们的电影艺术还没有充分地用生动的艺术形式反映出这样的时代的精神，反映出革命人民的新的精神面貌；我们有一些影片，在内容和艺术形式上都还有些不足之处，有些影片，在艺术的表现形式上不够新颖，因此，目前根据马克思列宁主义的美学原则，结合电影的创作实际，探讨电影的创新问题，是有助于提高我们电影的思想艺术质量，使我们的电影艺术更好地适应我国人民和世界革命人民的要求的。

＊　＊　＊

　　讨论电影艺术的创新问题，既有上述的必要性；瞿白音同志响应党的提高电影艺术的质量的号召，发装了《关于电影创新问题的独白》（载于《电影艺术》1962年第3期）一文，这是切合时宜的。文章提出了问题，抒发了自己对创新问题的见解。瞿白音同志以文学艺术发展的历史为依据，把电影创新区分为"一代之新"和"一片之新"，并提出了创"一代之新"的三个基本要素,即"新的思想""新的形象"和"新的艺术构思"。文章指出:"创新终究不只是一个形式问题。终究应该从内容与形式统一的要求着眼。"并对内容与形式的关系有所阐述。文章认为电影艺术家要有所"创新",就应该练好"多方面的基本功"和"独特的基本功",应该"博观"和有"勇气"。文中也简略地涉及我们要求的创新与目前资本主义国家的电影和现代修正主义电影的"革新"的区别,反对把主观随意性与独创性混为一谈。……应该肯定,文章中有许多好的见解,文章是一年以前写的,今天看来这些见解虽然不尽周全,却是有助于大家对电影创新问题的探索和推动电影创新问题的讨论的。

但是,《关于电影创新问题的独白》一文中,也有一些缺点甚至较严重的缺点。如上所述,恩格斯、列宁、毛泽东同志在提到无产阶级文艺的创造性时,总是从时代的要求,从整个无产阶级革命事业的根本利益出发提出问题的;这既是文艺创新的指导原则,也是文艺创新的最终目的。瞿白音同志正是由于没有着重地从这样一个根本性的立脚点出发,就不可能把电影创新问题阐述得精确和透辟,也就不可避免地带来一些含混和不明确的弱点。此外,由于作者对电影创作中的某些状况和问题,作了一些不全面的估计和理解,文章中便有一些片面性的意见,并反映出某些偏激的情绪。

瞿白音同志文章的核心论点,是创"一代之新"的"三个要素"。作为对文学艺术发展历史的考察,这个见解是有价值的。但是,在我们这个时代,无产阶级的文艺对于"新的思想""新的形象"和"新的艺术构思"有什么具体的要求,就语焉不详。如所周知,不同的时代,不同的阶级,对于艺术作品的思想、形象以及与之相适应的艺术形式是有着不同的标准和要求的。在我们论述电影的创新时,就十分必要提出我们的时代和阶级的要求,与过去的时代、其他的阶级特别是资产阶级严格地划清界限。我们所要求的思想新是马克思列宁主义思想之新,无产阶级的思想之新;我们要求的新的形象,首先是我们时代的先进的英雄人物形象;我们要求的新的艺术形式,是适应这样的内容并为群众所喜闻乐见的。因为瞿白音同志没有把这些问题阐述清楚,就容易引起各种误解。

《关于电影创新问题的独白》发表之后,关于"新的思想"引起了一些争论。一种意见认为，应该对文艺作品提出"新的思想"要求，但必须明确，这种"新的思想"就是马克思列宁主义思想。另一种意见认为，新的思想是不必要也不可能的，提倡"新的思想"就意味着超脱马克思列宁主义。这个问题是创新中的一个带有根本性的课题，因此有必要加以论述。

文艺作品是反映生活的，是用来教育人民的，那么，就必然要求文艺创作对生活的真理不断地作出更深入、更新颖的反映，要有新的光辉思想。无产阶级文艺要具有这样新的思想光辉，就决不是离开、超脱马克思列宁主义，恰恰相反，必须遵循马克思列宁主义的观点去认识生活和反映生活，才能获得这样的思想光辉；因为马克思列宁主义是我们认识世界、解释世界和改造世界的唯一正确的犀利的思想武器。然而，生活本身是在不断发展、不断前进着的，"客观现实世界的变化运动永远没有完结，人们在实践中对于真理的认识也就永远没有完结，马克思列宁主义并没有结束真理，而是在实践中不断地开辟认识真理的道路。"（毛泽东：《实践论》），毛泽东同志在《关于正确处理人民内部矛盾的问题》中也指出："马克思主义必须在斗争中才能发展，不但过去是这样，现在是这样，将来也必然还是这样。……当着某一种错误的东西被人类普遍地抛弃，某一种真理被人类普遍地接受的时候，更加新的真理又在同新的错误意见作斗争。这种斗争永远不会完结。这是真理发展的规律，当然也是马克思主义发展的规律。"文艺作品，我们的电影，既然是反映生活的，也就应该反映出这种在斗争与发展中的新的真理，以便帮助广大群众更好地、更深入地认识它，使它成为一种物质力量，协助人民推动历史前进！

而在文艺创作的观察、体验、研究、分析、构思和表现的全部过程中，都必然贯串着文学艺术家自己的思想，熔铸着他的世界观和美学观。这里不只是一个思想观点是否正确的问题，而且还包括一个思想深度的问题。只有具有高度思想素养的文艺家，才能有锐敏的洞察力，才能发掘生活中深刻的矛盾，把握生活中新的动向，辨别生活中萌芽状态的具有无限生命力的新因素。然后将这种新的认识通过典型化的方法渗透在艺术形象里，使反映出来的生活"比普通的生活更高，更强烈，更有集中性，更典型，更理想，因此就更带普遍性"；这样的文艺作品就能"使人民群众惊醒起来，感奋起来，推动人民群众走向团结和斗争，实行改造自己的环境"①。凡是这样创造性地依据了马克思列宁主义观点，揭示出新的生活内容，给人民对生活真理以新认识的作品，就是创无产阶级思想之新的作品。

高尔基的《母亲》，正是在文学史上第一次以鲜明的无产阶级的思想和崭新的艺术形象反映了俄国工人阶级的斗争和觉醒，才为无产阶级的文学奠定了第一块基石。《战舰波将金号》以炽热的无产阶级革命激情和历史唯物主义的观点歌颂了起义的水兵，在艺术上有杰出的创造，才成为无产阶级电影的典范之作。《白毛女》以鲜明的阶级观点深刻地揭示了地主阶级与农民的矛盾，展现了农民只有在无产阶级先锋队的领导下才能获得解放的真理，并以艺术上的独特成就，成为中国新歌剧的奠基著作和社会主义电影的里程碑。这些都是创"一代之新"的作品，也是创无产阶级思想之新的作品。这些作品的创新，首先在于作者深刻地把握而不是超脱了马克思列宁主义的思想。

历史上伟大的文学艺术家，往往是他所处的那个时代的杰出思想家。无产阶级的伟大的文学艺术家，也应该同时又是马克思列宁主义的思想家。如果认为无产阶级文艺不需要在思想上创新，那么合乎逻辑的推论是：创新问题只是一个形式问题，一个单纯的属于艺术形式范畴的问题。后面将提到的羽山同志的文章就具有这种观点。我们认为这种观点是错误的、有害的。瞿白音同志把"新的思想"列为创"一代之新"的第一要素是很有见地的，但是没有论述清楚"新的思想"与马克思列宁主义的关系，则是一个明显的缺陷。

如果说瞿白音同志对创新三要素的论述只是不明确，那么在论述创新的阻碍"陈言的由来"时，则是不正确了。瞿白音同志把"陈言的由来"主要归之于所谓"三神"："主题之神""结构之神"和"冲突之神"，并在理论上和对当前电影创作实际发表了一些片面的、偏激的意见。

瞿白音同志说："作品必须要有一个主题，主题又必须突出，原是至理名言，无可驳难的。于是，主题之神便伸出巨霸之掌，一把抓住不放，

---

① 毛泽东《在延安文艺座谈会上的讲话》。——作者原注。

快刀斩乱麻，三下五除二，把形象剥得精光，使主题成为光秃秃的一株枯木，名之曰突出。"这里的逻辑就是这样：正是要求主题突出，才使得"主题之神"如此这般，"把形象剥得精光"；前者是因，后者是果。瞿白音同志又说："主题必须清楚、明确，原也无可驳难。主题之神便以直露为上品，排斥一切义深意远的作品……"这里的逻辑也是如此：正是因为要求主题必须清楚、明确，"主题之神"才"以直露为上品，排斥一切义深意远的作品"……瞿白音同志还说："主题应力求深刻，主题之神便施展法力，予以拔高，'说'主题之风，乃大行其道！"在此，便直接把"'说'主题之风"，归咎于要求主题深刻了。

　　瞿白音同志的这些议论，没有把是与非、因与果的关系分辨清楚，因此造成论点上的自相矛盾。既承认要求主题突出、清楚、明确、深刻是无可驳难的，又把这种要求描绘成给电影创作带来了各种各样的可怕的灾难；这样就只是抽象地承认对主题的这些要求是应该的，而认为在实际上、在具体的作品的创作时则是绝对不可以实行的。这种逻辑当然就是不能成立的。如果说瞿白音同志是反对要求主题的突出、清楚、明确、深刻，那么创新三要素之首的"新的思想"，如何在作品中体现呢？如果说瞿白音同志赞同这种要求，那么为什么又给它列出各种"罪状"，斥之为"陈言的由来"之首要根源呢？在这里，瞿白音同志显然把对主题的正确要求与不正确的要求混为一谈，把某些由于不正确的要求而产生的创作上的某些缺点，一股脑儿都记在正确要求的账上，那就必然会混淆是非、颠倒因果。

　　瞿白音同志还非难"结构之神"要求"故事必须有头有尾交代清楚"，非难"冲突之神"要求"反映主要矛盾"，说那样的作品就会是"盲者可以听懂，聋者可以看懂，但不盲不聋者却对之兴趣索然"。很难理解，要求故事有头有尾交代清楚，鼓励电影反映生活中的主要矛盾斗争，这种从文艺的任务和群众的需要和喜爱提出的要求，有什么可以非难之处。难道应该提倡故事无头无尾混乱缠杂，提倡电影不去反映主要矛盾吗？瞿白音同志在这里的片面观点同样地由于没有划清正确要求和不正确要求的界线。

　　在某一个时期里，在一部分的电影创作中，存在着某种对主题、结构、冲突的简单化的理解和处理，对这种现象是应该批评的。但是批评缺点不应该把正确的东西也一起反对掉，锄杂草的时候不应该把庄稼给锄掉。这是一。瞿白音同志对个别的部分的缺点，作了很不恰当的夸大，说"诸神各显神威，满天撒下应该怎样、不应该怎样的符箓和咒语"，说得那么可怕！这是不符合电影制作的实际情况的。此其二。最后，由于作者夸大了这种现象，自然也就不恰当地把"陈言的由来"主要地委过于"三神"。我们认为，某些影片之所以有"陈言"，原因是比较复杂的，瞿白音同志自己也说过："陈言的由来，相当复杂，有内因，有外因"，而在具体探论"陈言的由来"时，却放弃了全面的分析，作了片面的论断。我们认为，所谓"陈言的由来"，究根结底，还在于创作者没有很好深入生活，对生活缺乏深刻的观察理解和艺术修养不足。而解决创新的问题的关键，就在于深入生活，在于电影艺术家与工农兵的结合和加强艺术实践。恰恰在这个带根本性的问题上，瞿白音同志虽然稍有涉及，但却没有充分地加以论述。而没有论述清楚这一根本问题，就简单地把"陈言的由来"只是归于对作品的主题、结构、冲突的要求，显然是片面的，对于排除"陈言"，对于创新是不利的。

从上述情况看来，《关于电影创新问题的独白》一文，虽有不少可取之处，但应该说仍然是一篇有较重大缺点的文章。这些缺点，使文章的思想倾向的鲜明性受到了影响，但仍然不能说其基本倾向是错误的。

而羽山同志的说是读了这篇文章之后而"触发了试笔的激情"的文章《续貂篇》，问题就比较严重了。

* * *

羽山同志在《续貂篇》一文（载于《电影艺术》1962年第5期）中，提出了一系列自己关于创新的见解。他拿出了自己衡量创新的原则；评定了什么是"'创新'之作"什么不是创新之作；指出了什么是"'创新'之道"，什么是创新的"规律"；也指出了什么是"陈言"，什么是"'创新'的主要障碍"……他在创新问题上是有一整套看法的。但是，他的一整套论点，在行文中是支离破碎的，为了能实事求是地与羽山同志探讨他的创新见解，我们得将他的论点整理一番，排列一下：

第一，羽山同志说："思想新，人物形象新，确系创新中的两大重要课题，只是因为缺乏研究。我暂时还讲不出什么高明的道理。另一方面，我有个偏见，认为创新是一项严重的任务，还是先易后难，先从小处着手好。"羽山同志所谓"小处"，从文章中表明，亦即指艺术形式（而且更多地只限于反映生活的角度、结构和表现手法）。不谈思想和人物形象，而从艺术形式着手，是羽山同志写这篇文章的出发点。

第二，羽山同志说："有时主题、人物形象并不十分新，由于反映生活角度、结构、表现手法新，也能达到创新的结果。"（黑点是本文作者加的，下同）这是羽山同志在文章中对自己论点的最后的概括，也是他论述创新的主导原则。

第三，羽山同志说："《白毛女》全新吗？不尽然。它的结构和表现技巧，继承了中国戏剧传统，曲调不少脱胎于陕北秧歌和秦腔。影片《夏伯阳》被认为是苏联电影的里程碑。全新吗？未必。"

又说："同样描写失业，《凡尔杜先生》《罗马十一点钟》《恐怖的代价》三部影片采取了三个不同的角度，三种构思。然而却都是'创新'之作。"

而他在肯定了卓别林的《淘金记》《城市之光》《摩登时代》《一个国王在纽约》和《凡尔杜先生》五部影片均是创新之作之后，又说："这些，说明什么呢？我以为卓别林的'创新'之道，首先是他反映现实的角度不同凡响。其次作品的结构也自成一格。最后便是那些永远让人难忘的、既巧妙新颖、又意味无穷的表现手法。"在这里，羽山同志在衡量上述这些影片是否为创新之作时，都不指出其思想内容，而"首先"是"角度""结构""表现手法"。

第四，羽山同志批评某些以反映中国现实生活为题材，如反映工人阶级的创造性劳动和党教育改造富农为题材的作品的结构为"陈言"，并说："类似这种结构，固然正确，也可能从中产生成功之作。然而，总觉其为'陈言'，缺乏新颖独到之处。"在这里，他认为上述题材的作品，即使是"正确"的"成功之作"，因为"结构""缺乏新颖独到之处"，也仍然是"陈言"。

第五，羽山同志说："反映生活的角度刻板化、公式化，才是真正的'陈言'，是'创新'必须扫除的主要障碍。"在这里，羽山同志认为"真正的'陈言'"和"'创新'的主要障碍"是"反映生活角度的刻板化、公式化"。而不是别的原因。

第六，羽山同志说："在艺术史中，我们不难看出有些表现手法有着丰富的生命力，人人都用，年年都用，并无陈旧之病。有些表现手法，却显得苍白无力，人人不愿用，却又时常看见。前者也许可以说是表现手法中的精髓，后者已变成僵化了的陈套。分别两者的优劣，对'创新'大有好处。"

第七，羽山同志说："作品的开头使人觉得奇怪，冲突的展开好像不合常理，结尾又出人意料。这是不是使结构新颖独到的几条规律呢？"羽山同志是把这当成"创新"的"规律"的。

从上列论点中，我们就可以明显看出羽山同志的主要观点和理论的逻辑：

第一，羽山同志在创新问题提出之初，在关于电影创新问题的方向、内容、方法等重要问题还未很好探讨之时，就从"小处"，从艺术形式问题来探讨创新。当然，我们并不强求人之所不为。正如羽山同志在文章中说的，他的"续貂"，是"只想就兴趣之所在，选而续之"的；而且，关于创新，在艺术形式方面，也是理应加以探讨的，我们决不否认羽山同志谈论艺术形式问题的必要性。但是，羽山同志是用什么样的观点来谈艺术形式问题的呢？在文章中，羽山同志不论是否定《白毛女》和《夏伯阳》是"全新"之作，还是否定某些反映现实生活的"正确"的"成功之作"，把它们称为"陈言"；抑或是肯定卓别林的"'创新'之道"，肯定某些新现实主义的作品是"创新"之作，作法都是一致的。那就是首先排除这些作品的思想内容，而以其"反映生活的角度、结构、表现手法"和"表现技巧"为标准来衡量这些作品。他既不看《白毛女》《夏伯阳》这些作品的革命的、十分深刻有力的思想内容，和相应的新颖的艺术表现形式，也看不到卓别林和某些新现实主义的作品在揭露资本主义社会时的进步思想意义和它的思想局限性。

总之，是不论其思想内容，抛弃其思想内容，而专就其艺术形式来评判它们，衡量它们是否为"创新"之作的。这样的从"小处"着手，这样的肯定或否定文艺作品、衡量创新的标准难道是正确的吗？

文艺作品的内容和形式应该是统一的。一部优秀的、创新之作，总是有着它的高度的思想性以及与之相适应的艺术性的。我们决不忽视作品的艺术形式，忽视技巧。没有高度的艺术技巧，不可能充分地体现出高度的思想内容。但是，在任何具体的文艺作品中，艺术技巧只有在它正确地体现了作品的思想内容时才有它的作用和意义。在评判任何一部作品的艺术性时，都不应脱离它所体现的思想内容，不应将艺术性与思想性割裂开来。具体的，我们就以羽山同志所推崇的几个新颖独到的艺术手法来说吧：“如《摩登时代》中，他（指卓别林饰演的工人——引者）被传送带搞得昏头转向，竟将女人裙子上的扣子当成螺丝钉，用两把钳子去拧。”我们也承认这种表现手法确实有独创性，但这种独创性首先是由于它深刻地揭示了垂死的资本主义社会的阶级矛盾，有力地控诉了垄断资产阶级对工人的无比残酷的压榨和剥削。试设想，如果有一部电影表现一个色情狂用钳子去拧女人裙子上的扣子，那么这种表现手法又有什么值得称道的呢？《续貂篇》的另一个例子：“《大独裁者》中，希特勒玩气球（这是一个重要的笔误，希特勒玩的不是一般的气球，而是一个像气球似的地球仪，这个道具是具有很重要的思想内容的。羽山同志产生这样的笔误，是可以理解的），捉住帘窗像猴子似地爬上去。”试设想，如果这种表现手法不是为了隐射地嘲讽希特勒那种妄想征服全世界的狂人，而是表现一个顽皮的孩子玩地球仪、爬帘窗，又有什么意义呢？

可见，像羽山同志那样，不论否定某些作品或赞扬某些作品，都撇弃其思想内容，只从角度、结构和表现手法等等着眼，是不能正确地衡量艺术作品的。羽山同志的评判文艺作品的标准，并不是内容与形式相统一的标准，而是使内容与形式相割裂的标准，并且是以形式为唯一标准的。羽山同志是显然地违反了毛泽东同志提出的以政治性为第一艺术性为第二，政治性与艺术性相统一来评价文艺作品的正确批评标准的。

第二，羽山同志从他的批评标准出发，在论述什么是"陈言"的时候，于是便只是认为"反映生活的角度刻板化、公式化，才是美正的'陈言'，是'创新'必须扫除的主要障碍"。我们认为，羽山同志指出的"反映生活内度的刻板化、公式化"，的确是"陈言"之一种，的确是创新的障碍之一（可是，即使在这一点上，其造成的原因及克服的办法，羽山同志也未说清楚)。但并不能把这视为创新的主要的障碍。请问，除此之外，作家对生活观察得不全面，不深刻，对生活作了片面的或肤浅的理解和表现；某些作品中的陈旧、错误的思想，算不算是"陈言"和创新的障碍呢？而羽山同志则正是排斥了这些，排斥了对作家深入生活的要求，排斥了电影创作和客观现实的关系，排斥了对某些陈旧的、错误的思想的批评，而只是把着眼点放在"反映生活的角度"上的。在这里，羽山同志对"陈言"的论述，是与他评论作品的标准一脉相通的。同样地羽山同志的这种关于"陈言"的观点也贯彻在他对某些以反映中国现实生活为题材的作品的批评中。他认为，那些作品"固然正确"，也可能是"成功之作"，但因为"结构""缺乏新颖独到之处"也"总觉其为'陈言'"。我认为，既然是"正确"的"成功之作"，总是应该在内容及形式上有其良好的或新的因素的吧，我们总不能找到一部内容和形式都是"陈言"的"成功之作"吧？但羽山同志把这些作品斥为"陈言"，原因是什么呢？就在于它的"结构""缺乏新颖独到之处"！也就是说，它是以"结构"为第一，来排斥了作品的正确的、成功的内容的。这仍然是他的以艺术形式为第一的原则的运用！

第三，羽山同志还把它这一公式作了更"高"的发挥，他把艺术发展中所积累的技巧固定地分为两种，分为"精髓"和"陈套"两种，而且说"精髓""人人都用，年年都用"，都是"精髓"，也就是说，这些技巧不论什么人用，不论具有什么世界观和美学观的作家用，不论什么时代用，不论表现什么样的思想内容，它都是"精髓"，年复一年，代复一代，永远是"精髓"，永远"并无陈旧之病"；而"陈套"，则不论什么人用，不论具有什么世界观和美学观的作家用，不论什么时代用，不论表现什么样的思想内容，它都是"陈套"，永远是"陈套"，永远"苍白无力"！在这里，羽山同志不仅把所谓"精髓"和"陈套"固定化起来，完全不从事物的发展变化的观点去看问题，并把艺术发展中所积累的艺术法则、基本技法与一般的技巧混为一谈，而且是脱离时代、脱离作家的世界观和美学观、脱离作品的内容来看待技巧的。与此同时，他提出了"作品的开头使人觉得奇怪，冲突的展开好像不合常理，结尾又出人意料"的"规律"，并且显然是把这样的"规律"看成为"精髓"的。这是什么样的"规律"和"精髓"呢？羽山同志的规律果真是"艺术史中"的客观规律吗？众所周知，艺术作品根据不同的内容，结构是千变万化的，各种作品的结构，都会随其不同的内容、题材、体裁、形式而有不同的变化，不同的作家艺术家，也总是根据不同的内容和自己的美学观与风格去结构作品的。长篇小说与短篇小说不同；同是长篇巨著，《红楼梦》和《水浒传》其结构也显然不同；同是短篇，不同的作家的作品也有所不同；各种电影作品，不同的样式也都各各有所不同。艺术史上不乏结构新颖的作品，其中有一些也的确看来是"开头使人觉得奇怪，冲突的展开好像不合常理，结尾又出人意料"的，但那毕竟只是某一部分作品的现象，并不是什么普遍"规律"。难道说艺术史上一切新颖的作品都是符合于羽山同志的"规律"的吗？我们从《白毛女》到《李双双》的一系列优秀影片，其中包括《董存瑞》《上甘岭》《风暴》《聂耳》《青春之歌》《林则徐》等等，这些新颖的影片的结构，都是符合于羽山同志的"规律"的吗？显然，这些影片都是羽山同志的"规律"框框规范不了的。难道可以因此而把它们都当成是"陈言"？羽山同志是以固定化的、脱离作品内容的观点来看待"艺术史中"的技巧，是以对某些作品的结构的直观感受、以某些部分的现象来当"规律"的。羽山同志并未从艺术史中总结出什么真正的规律，而是沿着他那以艺术形式为第一，割裂形式与内容的联系的原则，作了更离奇的发挥，提出了原则性的极其错误的怪论而已。

从上述互相联系的三个方面可以看出，羽山同志违反了批评文艺作品的正确标准，而以形式为文艺批评的唯一标准；不论论述"'创新'之道"还是"陈言"，都只从形式上去看问题；并且脱离内容去提出所谓表现技巧的"精髓"和"陈套"，提出所谓结构的"规律"。这一系列观点，都是将文艺作品的思想内容和文艺形式割裂开来，并且完全撇弃了作品的思想内容的。这样的观点是什么呢？我看，应该说是一种形式主义的观点。

羽山同志的这种形式主义观点，就并不像他自己说的，"对'创新'大有好处"，而倒是也像他自己说的一样，是创新所必须"扫除"的一种"障碍"。

从这一形式主义的观点出发，羽山同志在《续貂篇》一文中也涉及了对待我国的文艺遗产和向外国学习的问题。在对待文艺遗产方面，他有这样几个论点：第一，他认为影片《白毛女》的"结构和表现技巧，继承了中国戏剧传统，曲调不少脱胎于陕北秧歌和秦腔"，因而就使得它不能成为"全新"之作。也就是说，继承民族的戏剧传统，会妨碍一部作品的"全新"。第二，他又硬要提出自己关于继承传统的"理论"：羽山同志在文章中谈到了毛泽东同志所提出的"推陈出新"这一口号，我们知道，"毛泽东同志用'推陈出新'这一句话，最概括、最生动地表现了批判、继承和革新、创造的辩证的关系"①。但是，羽山同志在文章中，则对毛泽东同志提出的"推陈出新"的口号，作了一大段烦琐庸俗的解释，而最后得出结论却只是说："推陈出新"就是"从'陈'中推出'新'来"，怎样"推"出新来呢？他却一字不提，这就根本歪曲和抛弃了"推陈出新"这个口号所包含的批判、继承和革新、创造的辩证观点。更甚的是，他在"举例"解释"推陈出新"时，便拿"推陈出新"与"各种牌号的牙膏几乎用同样的材料，竟能翻出众多的花色品种"来作庸俗的类比。第三，他最后便得出结论，说："古往今来……'旧套子'层层翻新……也会给人'新'的感觉。"这些就是羽山同志对于民族遗产的主要观点。羽山同志一方面是认为批判地继承民族文艺的优秀传统是没有益处，没有意义的，是妨碍作品的"全新"的；一方面，却认为继承民族文艺传统只要把"旧套子""层层翻新"就行了。他的观点是混乱的，但是不论哪一个观点，实质都表现他对民族文化遗产是不尊重的，对批判地继承民族文化传统的理解是庸俗的、错误的，是违反辩证法的。

与对民族文化传统的态度作为一个鲜明的对照，羽山同志对外国电影却是采取一种毫无批判的拜倒的态度。他强调外国电影中"一鳞半爪的表现手法"都是"突出的'创新'手法"，外国电影中即便是"陈旧的手法，予以翻新，仍可赋予新鲜之感"。诚然，我们应该学习外国一切有用的东西。对于电影这种外来的艺术形式来说，这种学习是重要的。但是这种学习同样地应该采取批判的态度，而且，对外国的有用的东西，在学习中也应该加以融化而不是硬搬。而羽山同志却是与此相反，他对于资本主义国家中的某些进步的影片，和新现实主义的影片，既未着重地看到其思想上

---

① 林默涵：《更高地举起毛泽东文艺思想的旗帜》。——作者原注。

的进步性，又根本没有看到其思想上的局限性。而是拜倒于他所看重的那种"技巧"的石榴裙下，并且由此而把这些资本主义国家里有思想局限性的影片，置于无产阶级电影里程碑的头上，其形式主义观点之严重，亦于此可见了。

除了观点上的问题之外。《续貂篇》的格调也是不足取的。文章中把一些不相干的琐事如吃饭有无辣椒、穿鲜艳的游泳衣的姑娘等等都扯了进来，不伦不类，而且有些油腔滑调。这种低下的格调，是不可取的。

《关于创新问题的独白》和《续貂篇》已经发表一年左右了；现在来讨论这两篇文章，其目的无非是想澄清和分辨电影创新讨论中的一些问题，肯定正确的意见，补充不完善的意见，和扬弃错误的意见。这种清理工作是完全必要的。我这篇文章，也可能还有错误和缺点，希望得到大家的批评和指正，特别欢迎瞿白音同志和羽山同志的批评。我相信，这些问题的讨论，是有助于我们电影艺术的创新向更健康的道路发展的。

我们的电影已经取得了巨大的成就，我们有马克思列宁主义的文艺的党性原则为指导；我们与广大的劳动人民结合在一起，有无比丰富的人民革命斗争的生活作为创作的源泉；我们有悠久的民族文化传统可以批判地继承；党的"百花齐放、百家争鸣、推陈出新"的文艺政策，革命现实主义和革命浪漫主义相结合的创作方法，为我们电影艺术的创新开辟了无限广阔的途径，将使我们的艺术作品，具有最大的可能，去获得最新的深刻而丰富的革命思想内容和最新最优美的艺术形式。

正是因为如此，我们是信心百倍的。只要我们加强马克思列宁主义的学习，加强和劳动人民群众的结合，进行思想改造，永远做一个彻底的革命者，而又努力提高自己的艺术水平，我们是一定可以创作出更多的具有社会主义新思想和民族独创性的电影的。让我们高举起马克思列宁主义的旗帜，进行战斗吧！在马克思列宁主义的旗帜指引之下，在毛泽东文艺思想的指引之下，我们无产阶级的电影一定会光耀于天下，无往而不胜！

一定要做戏曲改革的促进派[①]

最近期间，中央文化部、中国戏剧家协会和北京市文化局共同召开了戏曲工作座谈会。参加座谈会的首都戏曲界同志们，正在就戏曲工作进一步贯彻执行"百花齐放，推陈出新"的方针，特别是戏曲艺术进一步推陈出新问题，进行热烈的讨论。讨论的情况，正在《光明日报》陆续发表，引起了大家的注意和重视。

戏曲改革工作，在党的"百花齐放，推陈出新"方针的指导下，已经取得了辉煌的成就。这是有目共见的。可是，戏曲艺术的"百花齐放，推陈出新"——改革和发展民族戏曲艺术，在批判地继承传统的基础上创造社会主义的新戏曲，是长期的、根本的方针。戏曲艺术必须随着社会的发展而不断地革新和发展，才能更好地适应社会主义新时代人民群众的需要。

回顾近几年的戏曲工作，有些现象是不能令人满意的：新剧本的创作（现代题材的剧本和用新的观点创作或改编的富有教育意义的历史剧）不够活跃。对优秀传统剧目的继续整理、选拔和推广工作，缺乏计划性的、坚持不懈的努力。在各地上演剧目中，一度存在着混乱现象，有些因内容不好早已停演的剧目，又被一些人翻出来重新上演。在戏曲评论中间，曾经出现了把糟粕当成精华来赞扬、从封建思想中寻找人民性以及"有鬼无害论"等错误宣传。文艺界、戏曲界对于促进戏曲进一步地推陈出新，显得劲头不大。在有些同志看来，似乎戏曲改革已经搞得差不多了，就靠前人遗留下来的丰富遗产和十多年来戏曲改革的初步成果，也很可以过日子了；而另外一些同志，把正确的改革同对遗产的粗暴态度混为一谈，对任

[①] 本篇是作者为 1963 年《文艺报》第 9 期写的专论。未曾收入自编作品集和文集。

何革新的尝试都加以嘲笑或反对。尽管戏曲界锐意改革的有志之士大有人在，但是在这种保守思想的影响下，戏曲改革工作在最近几年中间，曾经表现出某种停滞不前的状态。戏曲舞台上缺乏强烈的时代气息，缺乏前些年的那种生气勃勃的革新精神。

我们的戏曲舞台，应当是宣传社会主义、爱国主义、革命思想、进步思想的阵地，而不是散布封建思想、资产阶级思想的场所。为此，戏曲应当努力反映革命的、社会主义的新时代，并且用新的观点表现我国各族人民英勇斗争和艰苦创业的历史，鼓舞人民群众的战斗意志和进取心；同时应当帮助观众正确地领会我国戏曲遗产的精华，帮助观众培养高尚的艺术兴趣。现代题材的戏曲，新编的历史剧，优秀的传统剧目，三者应当同时并举，不可偏废。由于各个剧种的情况不同，在各类上演剧目的比例上，不宜作硬性的规定。但是，具有革命精神、社会主义精神的新剧本的创作和上演，从内容出发进行的严肃认真的艺术革新的尝试，应当受到鼓励和重视。舞台是时代的镜子。戏剧要得到人民的喜爱，总是要努力反映当代人民群众的思想、感情、愿望和要求。社会主义时代的新戏曲，应当寻求各种途径同今天的工农兵群众通心，而不是在思想感情上落后于群众，或者同他们的思想感情格格不入。我们的戏曲，不仅要帮助老一辈的观众得到精神上的满足和提高，而且要努力争取为越来越多的青年一代劳动人民所喜闻乐见，为此就要同青年人的思想感情相沟通。戏曲为青年一代服务，这不但关系到青年的教育，而且关系到戏曲的将来。这是值得戏曲界同志们认真考虑的。

在戏曲改革工作中，我们一向反对对待遗产采取粗暴态度，同时反对保守倾向。粗暴和保守，都是妨碍推陈出新的。持有粗暴态度的人，认为遗产都是糟粕，不相信在批判地继承传统的基础上可以推陈出新，因此大砍大伐，乱改一通，这自然是脱离群众的。坚持保守倾向的人，认为遗产都是精华，动也动不得，他们实际上不赞成推陈出新，把正确的批判和改革也当成是粗暴行为来反对，这就阻碍了戏曲艺术的发展，阻碍了戏曲同新时代人民群众的结合。正因为要进行正确的改革，就必须同时防止粗暴；但是决不能借口反对粗暴而根本拒绝改革或革新。就目前的情况看来，保守倾向是戏曲艺术进一步推陈出新的主要障碍。

戏曲的推陈出新，是在批判地继承戏曲遗产、改革并发展戏曲传统的基础上，创造社会主义的新戏曲。这就是说，要按照马克思主义的观点和方法，按照党的文艺政策和毛泽东文艺思想，推动民族戏曲传统不断地改革和发展，使得旧时代遗留下来的同人民群众有密切联系的优秀遗产和优良传统，经过社会主义的改造，变成充分适合新时代人民群众需要的、具有社会主义精神以及在社会主义思想指导下的民主精神、爱国主义精神的新戏曲。推陈出新，这就是推动旧事物向新事物的转化，促进旧戏曲向社会主义新戏曲的辩证发展。因此，既不是脱离传统，割断传统，也不是做传统的奴隶，而是继承传统而又突破传统，把改革传统艺术作为攀登新时代艺术高峰的基础和起点。延安文艺座谈会以来，特别是建国以来，戏曲改革的丰富经验和重大成就，充分证明了"百花齐放，推陈出新"这个马克思主义方针的正确性。但是对旧时代遗留下来的艺术传统进行社会主义的改造，是一项十分艰巨的工程；创造为新时代人民群众喜闻乐见的新戏曲——既能够用新的观点反映旧时代的社会真实，又能够得心应手地歌唱新时代的伟大现实，这需要较长时期的努力。现在，面临着戏曲改革的新阶段。戏曲艺术进一步推陈出新的经验，必将对整个文艺工作产生巨大影响。文艺界、戏曲界的同志们，应当群策群力，坚持不懈，做戏曲改革的促进派。任何因循守旧的态度都是不对的。

戏曲的百花齐放和推陈出新，是互相结合的一个完整的方针。通过百花齐放，把戏曲传统的一切积极因素、戏曲界的一切积极力量充分发挥出来，才更有利于推陈出新；通过推陈出新，促进戏曲艺术不断地改革和发展，才能使戏曲百花放出新的光彩。任何时候，都不应当把"百花齐放"、"推陈出新"互相割裂、互相对立起来。戏曲工作中曾经发生过这样的偏向：有些同志错误地理解百花齐放，片面地强调所谓"开放剧目"，为封建性的糟粕大开方便之门，而不考虑对人民群众的消极作用。有些同志借口"百花齐放"而放弃推陈出新的努力，或者阻碍推陈出新的尝试。这都是对百花齐放的曲解，曾经造成了不利的影响。我们在克服上述偏向、强调推陈出新的同时，也必须继续鼓励百花齐放，在不违反毛主席提出的六条政治标准的原则下，提倡各种题材、各种艺术风格的自由竞赛，促进戏曲上演剧目多样化的发展，使得戏曲的路子越走越宽，戏曲的内容和表现手段越来越丰富。总之,"百花齐放,推陈出新",是戏曲工作的根本方针,必须坚决地贯彻执行;至于戏曲改革中的是非问题,则应当通过自由讨论和艺术实践来逐步解决。经过这次戏曲界的广泛讨论,通过今后艺术革新的不断试验,通过艺术工作的群众路线,我们的戏曲工作一定会取得更大的胜利。

现代修正主义的艺术标本[①]
——评格利高里·丘赫莱依的影片及其言论

一、问题的提起

一年以前，苏联电影界的一位代表人物格利高里·丘赫莱依写了一篇文章，题目是《他们故步自封》，发表在英国电影杂志《电影和电影制作》一九六二年十月号上。在这篇文章里，丘赫莱依标榜所谓"人道主义"和"人性"哲学，鼓吹各阶级之间的共同的人性和人情。他攻击马克思列宁主义的思想意识是"教条主义"的"老一套"，因为这种"思想意识和人性之间不统一"。他要求"思想意识和人性变成同义语"。他在英国公众面前，申诉苏联无产阶级专政的社会主义制度"不人道"，说是"我们所经历的共产主义是没有人道主义的，这是决不应该的"。他攻击过去的苏联社会主义艺术"不真实"，说是"当时要在艺术中表现人民的真实生活是障碍重重的"。他攻击他的艺术前辈，说是"老一辈的导演浸透了教条主义思想"，"他们至死都是以老一套的方式来想老一套的东西"。丘赫莱依表示要"为电影艺术的新概念而斗争"，因此仿"西方新浪潮"[②] 的先例，打出了"苏联新浪潮"的旗号。他表示要用这个"新概念"来"革新"苏联电影艺术，并且"影响其他社会主义国家"。在这篇文章里，格利高里·丘赫莱依还由于他所鼓吹的"新浪潮"未能在我国电影界施展影响而深表不满，为此大肆攻击新中国的电影艺术，诬蔑"中国电影是教条主义和反艺术的思想方法的标本"，说是中国电影不表现"感情"，"中国艺术家

[①] 本篇发表于1963年《文艺报》第11期，署名张光年。未曾收入自编作品集和文集。

[②] 西方国家资产阶级电影艺术的几个时髦流派的统称。——作者原注。

光靠教条主义和推理是不可能拍出好片子来的"，等等。

不难看出，格利高里·丘赫莱依这篇文章表现出来的一些政治观点、哲学观点和艺术观点，是同马克思列宁主义的根本原则、同无产阶级的文艺思想相对立的。一位社会主义国家的自称是共产党人的艺术家，在西方资产阶级报刊上发表文章，这样露骨地攻击马克思列宁主义、社会主义制度和无产阶级的文艺思想，很值得注意。这个怪现象，似乎只有苏联青年诗人叶甫杜申科今年二三月间在法国《快报》上发表的反苏、反共的自传和在法国、西德发表的其他反动言论，才可以同它相比。西方报刊称赞这两个人物是文学艺术上的"苏联新浪潮"的健将，并且把二者相提并论，这不是偶然的。

现代修正主义者为了贬低马克思列宁主义在各国人民中间的革命影响，他们咒骂马克思列宁主义是"教条主义"。这一回，中国电影也被加上了"教条主义"的罪名，这并不奇怪。现在，我们倒要借此机会，讨论一下格利高里·丘赫莱依的三部影片，讨论一下他的所谓"反教条主义"的"新浪潮"的实质，看看到底是别人"故步自封"呢，还是他自己沿着现代修正主义的政治路线、现代资产阶级的艺术方向跑得太远了；看看他所标榜的电影艺术上的"新概念"，到底是为什么样的政治目的服务的。

格利高里·丘赫莱依是莫斯科电影制片厂的导演。最近几年中间，他先后拍摄了《第四十一个》《士兵之歌》《晴朗的天空》这三部影片，因而名噪一时，成为苏联电影界的一面旗帜。他的三部影片曾经获得各种奖励，包括西方国家的各种奖赏①。配合这些奖赏，是某些社会主义国家和

---

① 描写红军女战士和白匪军官的恋爱悲剧的影片《第四十一个》，曾经由于"电影剧本的独创性、人道主义和高度的诗意"（导演格利高里·丘赫莱依同时是这部影片的编剧顾问），在法国戛纳国际电影节上获得特别奖（一九五七年）。谴责反法西斯卫国战争破坏了苏联人民的个人幸福的影片《士兵之歌》，曾经获得全苏电影节最高奖——一等奖（一九六〇年）。作为这部影片的创作者，格利高里·丘赫莱依获得了列宁奖金（一九六一年）。这部影片还曾经在捷克斯洛伐克劳动人民电影节上获大奖；在戛纳电影节上获得最佳选片奖和青年导演奖；在美国旧金山电影节上获大奖和最佳导演奖（以上均一九六〇年）；并且获得了美国制片商赛尔兹尼设立的金桂奖（一九六二年）。谴责卫国战争和"个人迷信"破坏了个人幸福的影片《晴朗的天空》，曾经在莫斯科国际电影节上获大奖；在旧金山电影节上获最佳导演奖；在墨西哥电影节上获金像奖（以上均一九六一年）。——作者原注。

现代修正主义的艺术标本——评格利高里·丘赫莱依的影片及其言论

西方资本主义国家此唱彼和的喝彩声。以《士兵之歌》为例，格利高里·丘赫莱依从国内报刊上赢得了多么热烈的赞扬啊！评论家们把"青年大师""银幕诗人""人道主义的光辉战士""艺术革新的杰出战士"等等漂亮的桂冠堆在他的头上。西方国家的资产阶级报刊也一反常态，唱出了对于苏联电影艺术的赞美诗：法国天主教报纸称赞《士兵之歌》是"惊人的杰作"，有"伟大和崇高的感情"。英国报刊称赞它是"人道主义的卫星"。美国报刊对它也是一片歌颂，其中《纽约时报》特别热情，它赞叹这部"电影诗""令人激动的程度达到了最高点"……

格利高里·丘赫莱依的作品如此地激动了某些社会主义国家和西方资本主义国家许多人士的心肠，而美帝国主义的御用文人受到激动的程度竟然"达到了最高点"，这就使我们有必要来窥探一下这些作品的秘密。除了作品以外，格利高里·丘赫莱依还发表了不少文章，进一步阐述了他的见解。这些作品和言论，涉及一系列重大问题，诸如：他对战争与和平问题的看法，对无产阶级革命和无产阶级专政的看法，对革命队伍中个人与集体的关系的看法，对革命斗争中的革命人民和革命英雄主义的看法，对无产阶级革命艺术和现代资产阶级艺术的看法，等等。这些看法的思想实质如何？它们究竟对谁有利？对谁有害？这是必须加以分析和讨论的。在这篇文章里，我们把讨论的范围集中在艺术作品如何反映战争与和平的问题上；这是因为，格利高里·丘赫莱依的三部影片，都描写了战争的题材，表现了与战争有关的主题，他对上述一些问题的看法，他的政治观点、哲学观点和艺术观点，通过他对于战争题材的处理，表现得最为鲜明。弄清了他关于战争与和平问题的看法，别的问题不难迎刃而解。更重要的是，格利高里·丘赫莱依描写战争题材的影片，这些影片中间散发出来的资产阶级人道主义、和平主义的气味，正是从艺术领域、从意识形态领域中反映了现代修正主义的政治路线，反映了从社会主义向资本主义"和平演变"的政治要求。格利高里·丘赫莱依的影片反映得比较完全，并且鲜明突出，可以当之无愧地被视为现代修正主义的艺术标本。分析和研究这个标本，能够从中领会许多东西，而且不限于艺术方面。

我们正是从这个意义上，来分析和研究格利高里·丘赫莱依的三部影片。我们在评论这些影片的时候，除了参考格利高里·丘赫莱依本人的文章和言论，还不免要借重一些苏联影评家和其他国家影评家的论述。这些影评家主要是格利高里·丘赫莱依的支持者、拥护者或崇拜者，他们的热情喝彩的文章，时时吐露出一些惊人的妙语，有助于我们理解这些影片的思想实质。

二、革命战争的忏悔录

在格利高里·丘赫莱依所标榜的"苏联新浪潮"的影片中，特别是在格利高里·丘赫莱依自己的影片中，反复宣传了这样一种思想：无产阶级和革命人民被迫进行的革命战争，是同人民群众的个人幸福不相容的，革命的集体利益是同个人利益不相容的。战争破坏了个人幸福、战争破坏了爱情这一公式，在这些影片中得到了最突出的表现。一位苏联女影评家曾经以无限赞佩的笔墨指出："爱情和战争的悲剧性冲突，在《第四十一个》中带有非常尖锐的对立性质，它成了丘赫莱依后来的作品的深刻基础。"①

我们现在就来看看，格利高里·丘赫莱依是怎样表现这些"悲剧性冲突"的。

影片《第四十一个》是一九五六年问世的。这是格利高里·丘赫莱依自称同"教条主义"作斗争、同"偏见"作斗争的产物，而且"这部影片对苏联电影起了相当的影响"，我们应当把它看成是"苏联新浪潮"的先驱。这部影片的女主人公玛柳特卡，是苏联国内战争时期一支红军游击部队里的唯一女战士。她出身于贫苦的渔家，参军后练成一手好枪法，先后击毙了四十个敌人。但当她举起枪来，射击她的第四十一个目标的时候，似乎有命运在播弄她，她没有击中。——一个蓝眼睛的白匪中尉（他是白匪统帅高尔察克派驻邓尼金将军伪政府的全权代表，负有重大的秘密使命），举起白旗投降了。玛柳特卡奉命押解这个重要俘虏。途中小船遇到风暴，他俩被飘流到一个没有人烟的荒岛上。于是，"人性"战胜了阶级性，他俩由敌人变成情人。蓝眼睛中尉"本应是玛柳特卡的死亡簿上的第四十一名，可是他却成为她的处女欢乐簿上的第一名了"。而红军的女英

---

① 《幸福的现实性》。见苏联 1961 年《电影艺术》杂志第 8 期。——作者原注。

雄，变成了白匪军官的保姆和情妇。"他已经控制了她，一切都可以依他的心愿了。"他俩在荒岛上忘掉一切，过着没有战争、没有阶级斗争的"幸福生活"。直到一艘白匪船只向小岛开来，中尉欢呼着奔向海滩的时候，玛柳特卡的幻想破灭了。她终于举起枪来，射死了她的爱人，跟着奔向海滩，搂着中尉的尸体悲泣。影片的故事情节，就是这样。

　　提起玛柳特卡同白匪军官的爱情，教人联想起随后拍出的"法国新浪潮"的代表作《广岛之恋》里的法国少女同德国士兵的爱情。那个法国少女（影片女主人公的青年时代）偏偏热恋着一个德国军人，而当时希特勒的军队正践踏着她的祖国。当她跑到郊外赶赴约会的时候，发现她的爱人已被愤怒的法国人民所击毙，她也只得搂着敌军的尸体悲泣。在影片中，女主人公疯疯癫癫地回忆着她早年的"爱情悲剧"，控诉着她的个人幸福被战争摧毁了。两国"新浪潮"的艺术家都爱上了类似的情节和主题，真是英雄所见略同，而格利高里·丘赫莱依的政治目的却要强烈得多。如果说，《广岛之恋》描写的还是一个普通的小资产阶级的法国少女的"悲剧"，那么，《第四十一个》的女主人公，却被描写为无产阶级革命部队的一个出人头地的"女英雄"；这位"女英雄"所热恋的那个"蓝眼睛"，是她奉命押送的俘虏——白匪统帅的全权代表。《广岛之恋》的女主人公满不在乎地说："我的爱人是法国的敌人。"玛柳特卡也可以满不在乎地说：我的爱人是阶级的敌人，人民的敌人，苏维埃的敌人。实际上，她连这一点起码的敌我观念都抛诸脑后了。据说"她忘记了这一点"。怎么会"忘记了"呢？前面谈到的那位女影评家向我们解释道："玛柳特卡是个纯朴的姑娘，她并没有感到这个害了感冒、同她一样破衣烂衫的中尉是个敌人。她忘记了这一点。情况就是这样：现在他们只是人，正是现在，他们首先是两个人。"（男人和女人！）说得真好啊！"他们只是人"！"他们首先是两个人"！你还要去分什么无产阶级的人或资产阶级的人，革命的人或反革命的人，那还不是"浸透了教条主义思想"？那还不是"教条主义和反艺术的思想方法"在作怪吗？要知道，"忘掉你的敌人"，"爱你的敌人"——这正是格利高里·丘赫莱依追求的"人道"和"人性"。正是现在，我们才算懂得了格利高里·丘赫莱依所说："当思想意识和人性变成同义语时，导演就拍出了好片子！"随后，那位女影评家就完全沉醉于女游击队员同白匪军官的"美好姻缘",她说:"这两个主人公认为,如果没有战争,这种相互关系'是可能的',但是对观众来说,这种关系已经存在了。爱情的美被揭示得达到了真正的诗意的高度。"

"如果没有战争,这种关系是可能的。"——影片着重表现的政治思想内容,正是这样。这就是说,如果没有十月革命和国内战争,这两个"人"本来是可以相亲相爱,可以得到幸福的。这样,影片不但严重地歪曲了生活,而且实际上诅咒了革命和革命战争的"不人道"。格利高里·丘赫莱依曾经谈到他拍摄这部影片,意在"表现革命如何把人分为敌对的阵营"[①]。这就是说,生活中间的阶级对立和革命斗争本来是可以避免的;是革命(十月革命)强使人们互相敌对起来;影片《第四十一个》就为的表现这个"不人道"的现象。这部影片被一些人认为具有"独创性,人道主义和高度的诗意"而予以特别鼓励和重视,正是因为这个缘故吧!

影片《士兵之歌》是怎样表现战争与个人幸福的矛盾、战争与爱情的悲剧性冲突呢?反法西斯卫国战争期间,十九岁的通信兵阿廖沙,在敌人坦克的追逐下惊慌逃命,由于极其偶然的机会,他击毁了两辆坦克,被评为"英雄"。但是他并不想得到这个荣誉。他宁愿得到几天假期,回家去看看母亲,顺便修补家里的屋顶。上级批准了他的要求。在回家的路上,他看到卫国战争带给人民的种种不幸。他把自己仅有的时间,用来帮助那些被卫国战争剥夺了个人幸福的人们。他在车厢中结识了美丽的少女舒拉。他俩发生了感情,却始终没有得到表白爱情的机会。爱情的萌芽未经出土便夭折了。由于路上的种种耽搁,阿廖沙到家的时候,发现他的假期已满。母子二人在村口的片刻欢聚,变成了悲惨的泣别。他来不及修理屋顶,便匆匆赶回前线。这一去,便不再回来。年年月月,母亲在乡村大道上伫立遥望,但是儿子已埋骨在远离故土的他乡!多少母亲哭干了眼泪!多少青年被卫国战争葬送了!这就是导演着意渲染的"诗意"!

在影片《士兵之歌》中,出现了一个善良、天真、富于同情心的通信兵阿廖沙的形象。阿廖沙在车厢中同少女舒拉萍水相逢而又匆匆分手的那一长段戏,曾经受到很多影评家的赞扬。影片仿佛告诉观众:这一对年轻

[①] 《丘赫莱依访问记》。见法国 1960 年《电影》杂志第 47 期。——作者原注。

现代修正主义的艺术标本——评格利高里·丘赫莱依的影片及其言论

人本来可以相亲相爱，结成夫妻，生儿养女，享受他们的个人幸福，就像格利高里·丘赫莱依所说："他本来可以成为一个好父亲，一个多情的丈夫"①；可是由于战争——倒霉的反法西斯卫国战争，他的个人幸福破灭了！再想想影片的一头一尾，阿廖沙的母亲在乡村大道上伫立遥望的镜头吧，她既没有盼回她的丈夫，也没有盼回她的儿子。反法西斯的卫国战争，夺去了"她的一切"！想想那位自己前脚上前线、妻子后脚觅新欢的前方战士的悲剧吧，他徒然地托人带回了肥皂，他的幸福就像肥皂泡一样地破灭了！（影片这时特为插进了肥皂泡破灭的镜头）

《士兵之歌》的编剧和导演的巧妙之处，还表现在他们抓住阿廖沙回家省亲的机会，插进了一连串诸如此类的小插曲。除了刚才谈到的以外，还可以举出自惭形秽的残废军人准备同妻子诀别的情节，难民收容所的老大爷同阿廖沙见面的情节，敌机轰炸火车、美丽的乌克兰姑娘被炸死的情节，以及后方的混乱和贪污成风、群众的厌战情绪，等等。从艺术结构上说，这些情节彼此之间很少有内在的联系。这些情节的妙用在于：通过阿廖沙一路上的所见所闻所遭遇，随时随地暴露反法西斯卫国战争如何破坏了人们的幸福生活；阿廖沙如何同情这些受苦受难的人们；尽管他自己也是这个"不人道"的战争的牺牲品。阿廖沙足迹所到之处，几乎每一步都碰到了卫国战争带给苏联人民的悲惨后果。这或许可以解释一位批评家对于这部影片的高度评价："《士兵之歌》——这本身就是一首人道的诗篇，其中每一个情节都贯串着人道，影片主人公的每一步都伴随着人道。"②

影片《晴朗的天空》描写的是青年女工萨莎·里沃娃和她的爱人飞行员阿斯塔霍夫的不幸遭遇。战争破坏了萨莎的幸福生活，夺走了她的父亲，她的爱人。她曾经期望在一个小火车站上同父亲见一面，可是军用列车从一大群军属面前飞驶而过，不让她们会见自己的亲人。她的爱人在空战中阵亡的消息，带给她更大的打击和痛苦。战争结束后，阿斯塔霍夫忽然从德国战俘营中回来了。这意外的喜事，变成了新的痛苦和折磨。原来这位飞行员被俘后曾经在德军机场上工作过，因此引起人们的怀疑。影片

---

① 《关于〈士兵之歌〉》。见 1959 年 12 月《苏联电影》杂志。——作者原注。
② 《在新阶段》。见 1961 年 9 月 26 日苏联《文学报》。——作者原注。

着重描写斯大林时代的党组织是如何如何地"教条主义"和"无人性",使得这位飞行员失掉了继续飞行的机会。阿斯塔霍夫为此苦闷,酗酒,自杀未遂;而萨莎分担了这一切不幸。直到斯大林死后,"冰河解冻","天空放晴",阿斯塔霍夫才得到信任和关怀。他重新得到了金星英雄勋章,驾驶着现代化的飞机,在"晴朗的天空"中自由翱翔。

《晴朗的天空》不限于描写革命战争同个人幸福的不可调和的冲突。但是在影片的前半部,这个冲突也得到有声有色的表现。十六岁的少女萨莎同飞行员阿斯塔霍夫在社会主义祖国的危急关头建立了他们珍贵的爱情,这爱情很快地被"不人道"的战争摧毁了。关于这部影片前半部的思想内容,这里不妨借用一位苏联影评家的评述。这位影评家自问自答道:"他们——萨莎和阿历克塞——用什么'抓住了'我们呢?和格利高里·丘赫莱依两部影片的主人公一样,是用他们追求幸福的能力。"举例来说,他俩在市内花园的射击场旁边互相抛掷雪球,在雪地里胡闹的时候,就"抓住了"所有正在受训的女兵:"在射击场上有一些穿着短大衣的姑娘在受射击训练,忽然一刹那间队伍停住了,有人把枪掉了,原来那些姑娘们都在羡慕地观望着别人的幸福。这些浅头发、蓝眼睛的士兵也知道人的幸福的价值……"而当他俩"从车站上偷了一些木柴,拖了一些劈柴到萨莎那没有生火的房间里,把劈柴投到炉子里——于是在他们的脸上便辉映起欢乐的火光,这就和《第四十一个》中的完全一样。在世纪的风暴中间的短暂的安宁,在凶暴的海洋中间的孤独的小岛……"① 被我加上了着重点的最后的这两句话,确乎道破了格利高里·丘赫莱依的幸福观。在格利高里·丘赫莱依看来,时代的革命风暴,是同人们追求幸福的愿望相对立的;只有从凶暴而残酷的革命风暴中逃脱出来,才会有暂时的幸福;而这短暂的幸福,仍然会受到革命风暴的冲击和破坏;在《第四十一个》中间,只有当红军女战士和白匪军官逃离阶级斗争、在荒岛上和平共处的短暂时刻,才是幸福的!在《士兵之歌》中间,幸福的时刻,也只是阿廖沙和舒拉在车厢中含情脉脉的短暂时刻!在《晴朗的天空》中,幸福也只存在于暂时逃离革命战火的"孤独的小岛"中!除此以外,凡是受到革命斗

---

① 《晴朗的天空》,见 1961 年 4 月 20 日《苏维埃文化报》。——作者原注。

争波及的一切场合，人们遭遇到的都是不幸！

格利高里·丘赫莱依曾经明确地谈到他的幸福观。他说："我认为人的幸福有三个要素——爱情、和平和真理。"① 他的作品和言论，帮助我们理解了这句话的涵义。原来，这里所谓爱情，就是从"世纪的风暴"逃向"孤独的小岛"的爱情；所谓和平，就是不受革命的风暴和人民的海洋干扰的和平；所谓真理，就是以资产阶级的人道主义代替"没有人道主义"的共产主义。所以，他所说的人的幸福的三要素，用我们的话翻译出来，就是：资产阶级的个人主义、和平主义和人道主义；它的核心就是同革命的集体主义相对立的极端个人主义。这种极端个人主义的幸福观，构成了格利高里·丘赫莱依的人生哲学的主要内容。按照格利高里·丘赫莱依一派人的看法，在艺术作品中强调革命的集体主义，强调人民群众的革命精神和革命英雄主义，这都是"教条主义"的"老一套"，完全要不得；应当强调同集体主义相对立的那种个人幸福，个人利益，个人理想；应当强调革命的集体事业如何"破坏"了个人的幸福；"折磨"了个人的理想，造成了个人的"悲剧"：这才是"全新的人道主义"！一位苏联影评家果然得出这样的结论："在丘赫莱依的影片中，对人道主义的理解是全新的。"据说，"这是我们的时代——对人民的爱清楚具体地体现在对个人的爱上面的时代。""苏联的年轻电影大师们——而首先是格利高里·丘赫莱依，坚定地信任个人。"② 按照这种"全新的人道主义"哲学，什么人民、群众、集体、阶级、集体利益、阶级利益等等，全都是一般的、抽象的、不清楚、不具体的概念，它们是不可信任的；一切都是假的，只有个人、个人幸福才是真的，可信任的，至高无上的！这真是一种明目张胆的极端个人主义。

个人的幸福是值得重视的，但是这种个人幸福应当同革命的集体利益相结合而不是相冲突。社会主义革命和建设，使亿万工农群众的幸福生活得到最可靠的保障。他们从饥寒交迫的奴隶变成了世界的主人。所以每一

---

① 《我们的道路》，见《德国电影艺术》杂志 1961 年 7 月号附刊《电影学报》第 2 卷第 2 期。——作者原注。

② 《幸福的现实性》。见苏联 1961 年《电影艺术》杂志第 8 期。——作者原注。

个有觉悟的劳动者，都是自觉地维护革命的集体利益，把个人利益融汇到集体事业的大海中间，必要的时候，甚至牺牲个人的一切服从集体事业的需要。因为他们知道，离开了革命集体，就根本谈不上个人的幸福。他们当然知道，战争会破坏人们的幸福生活，夺去人们的宝贵生命；因此，他们对于一切非正义的、侵略性的战争，总是采取坚决反对的态度。但是，当帝国主义者和反动派把反革命战争强加在人民头上的时候，向敌人乞求和平是不会有任何结果的；只有拿起武器，把革命战争进行到底，才是保障革命利益、争取幸福生活的唯一出路。对于他们说来，那种厌恶革命斗争，逃避革命风暴，一味地追求"在世纪的风暴中间的短暂的安宁，在凶暴的海洋中间的孤独的小岛"的极端个人主义的幸福观，乃是一种可耻的市侩主义哲学。如果听任这种哲学在工农群众中散播开来，听任它"抓住了"社会主义的各个战线上的青年男女，其后果是不堪设想的。同这种极端个人主义的幸福观相对立，我们提倡马克思主义的幸福观。马克思是怎样理解"幸福"的呢？马克思的女儿曾经就这个问题请教过她的父亲。马克思的回答是："斗争。"马克思还联类而及地回答了另外两个问题："您对不幸的理解——屈服。""您最不能容忍的缺点——奴颜婢膝。"今天，一些自称马克思主义者的人们，却放弃革命斗争，屈服于帝国主义的压力。在美帝国主义者面前，表现出奴颜婢膝的媚态。这些人津津乐道的所谓"幸福"，同马克思关于幸福的理解，岂不是恰恰相反吗？大家知道，早在一九〇一年，当俄国人民呻吟在沙皇统治的白色恐怖之下的时候，无产阶级的伟大歌手高尔基就通过暴风雨中的海燕的勇敢形象，热情地歌颂了革命者的战斗的欢乐；而嘲笑了那些"在世纪的风暴中"寻求"暂时的安宁"的人们，把他们比做"蠢笨的企鹅"和"可怜的潜水鸟"。这样的革命胸怀，同今天那些在社会主义国家里宣扬极端个人主义哲学、用个人幸福同集体利益相对立的"悲剧性冲突"来瓦解工人阶级和革命人民的集体主义思想的言行对比起来，其精神境界之高下，真是有如天渊之别！

以格利高里·丘赫莱依为代表的"苏联新浪潮"的描写战争的影片，反复宣传那种极端个人主义的幸福观，极力渲染个人利益同集体利益相对立的"悲剧性冲突"，极力模糊战争的性质，丑化苏联人民，谴责革命战争的"无意义"和"不人道"。从这些影片中间，你根本看不到苏联人民为什么打仗，打的什么仗，根本看不到对于阶级的敌人、人民的敌人、和平的敌人的革命义愤。《士兵之歌》等影片，充分证明了这一点。然而正是这一点，却受到一些影评家的高度赞扬。一位捷克斯洛伐克的影评家在歌颂格利高里·丘赫莱依的"伟大而复杂的艺术"时写道："《士兵之歌》谴责战争，揭露它的残酷无情的面目。阿廖沙和他那纯洁的童心，舒拉和她那天真稚气的爱情——这是反对没有意义的战争所引起的祸害的抗议和呼声。"① 这位捷克斯洛伐克影评家公然认为苏联人民进行的反法西斯卫国战争（这个战争也曾帮助了东欧广大地区的人民从法西斯奴役中解放出来）是"没有意义"的，是值得谴责和抗议的！而格利高里·丘赫莱依的"伟大"之处，就在于他对这个"没有意义的战争所引起的祸害"，发出了谴责和抗议！

在《他们故步自封》一文中格利高里·丘赫莱依曾经向我们郑重推荐了"一部极其成功的影片《伊凡的童年》"。我们不打算在这里评论这部影片，只想征引两段关于这部影片的绝妙的评语。一位评论家写道："在影片《伊凡的童年》中，说来也和《士兵之歌》一样，没有人格化的敌人，敌人就是战争。……在我们的眼前，是人和战争的'伟大对立'。"② 而格利高里·丘赫莱依的一位老师，特别称赞了这部影片的爱情场面（在卫国战争最前线争风吃醋的场面）。这位老师在答记者问时说道：这部影片的导演"塔尔柯夫斯基仿佛告诉观众：瞧，这些年轻人，一男一女，如果没有战争，他们本该彼此相爱，一切都会非常美好……"③ "敌人就是战争"，"人和战争的伟大对立"，这是什么话！难道说，在反对希特勒侵略的苏联卫国战争期间，苏联人民的敌人就是正义的卫国战争？苏联人民是同卫国战争相对立的吗？"如果没有战争，一切都会非常美好"，这又是什么话！难道说，如果苏联人民不进行反对法西斯侵略的卫国战争，没有取得这个战争的伟大胜利，"一切都会非常美好"吗？

在以格利高里·丘赫莱依为代表的"苏联新浪潮"的影片中，正是充

---

① 《士兵之歌》。见捷克斯洛伐克1960年《电影与时代》杂志第11期。——作者原注。
② 见1962年9月25、27日《苏维埃文化报》。——作者原注。
③ 见1962年9月25、27日《苏维埃文化报》。——作者原注。

满着对于粉碎反革命复辟的国内战争和反法西斯卫国战争的对立情绪。许多影片通过"战争破坏了个人幸福"的公式化的、千篇一律的描写，谴责这种战争，后悔不该进行这种战争。人们唠唠叨叨地抱怨说："如果没有战争，一切都会非常美好！""如没有战争，这种相互关系是可能的！""他本来可以成为一个好父亲，一个多情的丈夫"，如果没有战争的话！事情果然是这样的吗？老实说，如果没有消灭白匪、打退外国干涉者的国内战争，十月革命的果实就根本保不住；如果没有革命先辈的艰苦奋斗和英勇牺牲，就根本不会有社会主义的幸福生活；如果没有伟大的反法西斯正义战争，今天的整个欧洲很可能还继续呻吟在法西斯统治的人间地狱中；那些阿廖沙也罢，阿斯塔霍夫也罢，舒拉或萨莎也罢，就根本谈不上什么个人幸福，而那些个人幸福形象的创造者和讴歌者们，也未必有可能在今天的安宁、舒适的环境中，大谈其"如果没有战争"的"哲理"！

格利高里·丘赫莱依写道："美好的和平要比可怕的战争好。建设要比破坏好。每一个诚实的人都懂得这一点。"这话表面看来是不错的，可惜经不住具体的分析。因为这里谈论的是抽象的和平，抽象的战争，抽象的建设和破坏，而拒绝说明什么和平，什么战争，建设什么，破坏什么。难道说，在第二次世界大战爆发以前的一段和平时期，即希特勒统治下的和平，对于德国工人阶级、对于德国犹太人来说，也是"美好"的吗？难道说，在十月革命以前的一段和平时期，即沙皇统治下的和平，对于俄国人民、俄国的工农群众来说，也是"美好"的吗？如果没有对于俄国旧社会的彻底破坏，对于希特勒的"欧洲新秩序"的彻底破坏，如果没有赢得苏联建国初期的国内战争和后来的反法西斯正义战争的彻底胜利，就不可能进行社会主义的和平建设，不可能有美好的和平；这才是"每一个诚实的人都懂得"的。今天，世界和平的最凶恶的敌人美帝国主义，还在世界上横行霸道。资本主义世界广大地区的劳动人民，特别是亚洲、非洲、拉丁美洲广大地区的劳动人民，还在遭受着帝国主义、新老殖民主义的侵略、威胁、压迫和剥削（这些被压迫人民懂得外国闯入者在他们国土上强自推行的"建设"意味着什么），他们还谈不到什么"美好的和平"。和平是要争取的，那是要依靠社会主义国家、国际工人阶级、反帝民族运动和爱好和平的各国人民的联合斗争；而决不是依靠某些人对于革命斗争的诅咒和忏悔。

现代修正主义的艺术标本——评格利高里·丘赫莱依的影片及其言论

以格利高里·丘赫莱依为代表的"苏联新浪潮"的描写战争的影片，几乎每一部影片都是一篇革命战争的忏悔录，一份悔过书。好像这些战争根本不应当进行，好像过去的苏联党、苏联政府领导苏联人民起来消灭白匪军，消灭法西斯侵略者是犯了什么滔天大罪，现在必须通过这些电影向全世界公开作检讨似的！格利高里·丘赫莱依在《艺术家的责任》一文中，谈起《雁南飞》《一个人的遭遇》等影片时说道："看过这些影片的西方国家的人民，很难再相信苏联人民要战争。受过这种沉重考验的，为和平流了这么多血的人民，除了建设幸福、安宁的生活以外还能渴望什么呢？"大家知道，战争是帝国主义政策的产物。苏联人民要和平。中国人民要和平。世界人民要和平。这个愿望是一致的。艺术家的责任，应当是通过自己掌握的艺术武器，不倦地揭露和平的敌人美帝国主义的罪恶企图，唤起群众的革命警惕心和革命英雄主义，为反对美帝国主义的侵略政策和战争政策，为保卫世界和平而奋斗；而决不应当用对于革命斗争和正义战争的诅咒和忏悔，来证明苏联人民要和平。难道说，只因为英雄的苏联人民曾经拿起武器反抗侵略和压迫，这就证明"苏联人民要战争"吗？无怪乎一些现代修正主义的英雄们，恶意地诽谤坚持革命路线、坚持反对帝国主义的中国人民"要战争"，原来他们对于革命的苏联人民，也是这样诽谤和污蔑的！这些英雄好汉，竭力诽谤过去的苏联人民和今天的中国人民"要战争"，以便为好战的帝国主义者解脱责任；同时竭力证明今天的苏联人民除了个人幸福以外，不再渴望任何东西，以便乞求帝国主义者的怜悯。所以说，格利高里·丘赫莱依这段话，表面上是说给"西方国家人民"听的，实际上是向西方国家的统治阶级表明心迹的。格利高里·丘赫莱依认为："今天各国之间的巨大障碍在于他们互不信任"，因此他就采取了这种十分奇怪的办法，以求博得西方国家掌握战争机器的垄断资产阶级老爷们的信任和谅解。但是，这除了表明自己在美帝国主义的核讹诈政策面前的投降主义以外，还会有什么别的效果呢？

以格利高里·丘赫莱依为代表的"苏联新浪潮"的艺术家们，是多么奇怪的一些"和平战士"啊！在他们看来，和平的障碍不是帝国主义的战争政策和侵略政策，而是什么"各国之间的""互不信任"！他们不反对帝国主义，反而要求人民群众同帝国主义建立"信任"和"谅解"！他们不谴责帝国主义、法西斯主义侵略战争，反而谴责苏联人民反对资产阶级复辟、反对帝国主义干涉、反对法西斯侵略的正义战争！他们不揭露帝国主义和资产阶级的罪恶，反而揭露社会主义和无产阶级的"罪恶"，硬说无产阶级革命和革命战争是"不人道"的！他们不但不帮助唤起社会主义国家人民群众的革命警惕心，反而从社会主义的内部来挖社会主义的墙脚，瓦解人民的革命斗志，软化人民的战斗力！他们不但不帮助唤起各国人民对于美帝国主义和新老殖民主义的神圣愤怒，反而"用歌颂和平的靡靡之音来安慰怨气冲天的群众"（列宁的话），用革命战争的"恐怖形象"来吓唬群众，用"人与战争的伟大对立"的恶劣宣传来转移群众的斗争目标！"苏联新浪潮"的艺术家们！尽管你们完全抛弃了革命的立场，这样虔诚地来祈祷和平，但是必须提醒你们：你们的所作所为，恰恰是从精神上来瓦解世界人民保卫和平的斗争，为帝国主义的战争政策鸣锣开道！老实说，你们并不是什么和平战士！你们演的是帝国主义卫士的角色！

三、同革命英雄主义唱反调

现代修正主义者是脱离人民群众，驾凌于人民群众之上的。他们根本不相信人民群众改造世界的伟大力量。轻视人民，丑化人民，否定人民群众的英雄行为，否定革命的英雄主义：——这是以格利高里·丘赫莱依为代表的"苏联新浪潮"影片的又一个明显的标志。这些影片的创作者们，竭力避免关于苏联人民的革命精神、爱国精神和英勇精神的正面描写，而专门去搜罗一些阴暗面来示众。苏联人民或者被描写为麻木的、被动的、听凭某种命运拨弄的小人物；或者被贬低为毫无阶级觉悟、毫无爱国思想、只知道寻求个人幸福的可怜虫。看了这些影片，人们不禁产生疑问：既然当时前方、后方如此地糟不可言，这个正义的人民战争是怎么取得胜利的！

例子是举不胜举的。我们已经指出，格利高里·丘赫莱依在《士兵之歌》中间，创造了一连串人民群众的可怜形象。现在就谈谈《晴朗的天空》中那个很不寻常的群众场面吧：士兵的家属们成群地拥挤在一个小火车站的月台上，期待着同过路的军用列车上的亲人会见。但是列车从军属们面前急驰而过。车厢中战士们绝望地呼喊。月台上人群绝望地嘶叫。骚

现代修正主义的艺术标本——评格利高里·丘赫莱依的影片及其言论

动的人群扑向列车。列车怒吼着带走了他们的亲人。导演和摄影师挖空了心思，突出人们惊愕如狂的表情和生离死别的惨状。仿佛战士们是被敌人抓去送死的，而决不是自愿出征打击侵略者。然而，正是这个完全歪曲了苏联卫国战争的正义性质的群众场面，却受到许多苏联影评家的赞赏，硬说这是"战争的形象"，"战争的象征"，表现了"美好的诗意"。这些人一点也不肯想一想，诸如此类的歪曲描写，只会使苏联人民的朋友看了痛心，教敌人看了拍手称快。

格利高里·丘赫莱依在《关于〈士兵之歌〉》一文中写道："我们抛弃了战斗场面，抛弃了战争影片一般会有的点缀，我们寻找着能够谴责战争的情节。"固然艺术家有权利选择自己心爱的题材，有权利从各个不同的角度来反映卫国战争的各个方面；但是他没有权利把积极的、本质的东西当成"一般会有的点缀"而予以抛弃；他没有权利谴责国内革命战争和卫国战争的正义性，否定人民的英雄主义；更没有权利把消极的、反面的东西当成"美好的诗意"来夸耀。格利高里·丘赫莱依表面上不是还承认《夏伯阳》《我们来自喀琅施塔得》《战舰波将金号》等优秀作品是饱含思想性的好片子吗？想想看，这些影片是怎样热情地歌颂了人民群众，歌颂了革命的英雄主义的。它们也表现了反面事物；不是欣赏它而是断然鞭笞它。它们也表现了流血牺牲；唤起的不是恐怖、感伤而是对敌人的愤怒。今天的以格利高里·丘赫莱依为代表的"苏联新浪潮"的艺术家们，离开这个光荣传统多么远！他们完全背叛了这个传统！

格利高里·丘赫莱依口头上标榜"英雄主义"，硬说他的影片都是"英雄的悲剧"。我们看看他到底歌颂的是什么样的英雄，什么样的英雄主义。

就影片《第四十一个》而论，难道说，那个政治上、精神上堕落得不成样子的女战士形象，不是对于苏联的革命人民和革命英雄的污辱吗？导演先把这个人物处理为比周围的英雄伙伴都更为坚强，随后就放肆地糟蹋她。在荒岛上，这位押解俘虏的女英雄忽然变成了一个多愁善感的少妇，一个善于撒娇的妻子。她一度同白匪中尉发生了口角之争，她哭哭啼啼地向这个白匪的秘密使节倾吐自己的伤感："唉，我为什么要爱上你呀。把我害苦了！我的心都折腾出来了！""我以为你坚强，懂事，会明白道理的"，"我难受的是为什么你的思想那么糊涂"……影片把女战士置于革命叛徒的地位；同时把白匪军官打扮成一个"曾经像盼望未婚妻似的"盼望革命、"从来不曾用一个指头碰过一个士兵"的善良人物，充分发挥了他精神上、智力上的优越感，从而把正面的东西当成反面的东西来表现，把反面的东西当成正面的东西来讴歌。难怪法国的反动文人克劳德·摩里亚克对于《第四十一个》这部影片如此满意，在《费加罗文学报》上为它捧场。他说："这部影片的优秀射手玛柳特卡就是共产主义的真理和力量的化身。可是她却成为她的俘虏的俘虏。""在一部俄国影片里，第一次把一个白匪军官描写成一个值得了解、值得喜爱的人，而不是一个坏蛋，一个怪物……"他鼓励格利高里·丘赫莱依："有胆量的就是不要再以义务的名义来否定幸福，……必须战胜那些四十多年来一向否定个人的想法是合法的人。"（这里所说的"义务"，指的是党性、集体性，"个人"，指的是个人主义）我们知道，格利高里·丘赫莱依并没有辜负这位捧场者的好意。他发表声明："我决定必须与这种教条主义进行斗争。我必须与偏见作斗争。"这一场斗争，也体现在他对于英雄人物的描写中。

格利高里·丘赫莱依认为，在自己的作品中间，"最成功的影片是《士兵之歌》。我作为艺术家在这部影片里最清楚最充分地表现了自己"①。在这部影片中，我们看到，同马特洛索夫式的英雄、青年近卫军式的英雄相对立，他创造了阿廖沙式的英雄。这位英雄被敌人的坦克吓昏了。他在战场上抱头号啕起来。只是在缩头待毙的当儿，他恰好发现了别人丢弃在地上的反坦克枪，枪膛里又恰好是装满子弹的；巧上加巧，他从胆小鬼一变而为"英雄"。固然战士们往往要经过由恐惧到无畏的过程，但那是依靠精神上的武装和战斗中的锻炼，而不是依靠某种偶然的机缘。导演绝对避免表现这位青年战士政治上的觉悟和精神上的成长，却大力渲染他的恐怖心理和死里求生的本能，这就使"英雄"的美名成为一个讽刺。固然导演也表现了他的善良、纯朴、富于同情心等美德，但这些并不能说明一个革命英雄、战斗英雄的基本品质；而且不要忘了，这些美德的表现，是以

---

① 《维尔普莱镇的一次讨论》。见苏联1962年《电影艺术》杂志第5期。——作者原注。

现代修正主义的艺术标本——评格利高里·丘赫莱依的影片及其言论

对比地揭露群众的麻木,后方的混乱,谴责正义战争的"不人道"作为代价的。整个电影散发出对于伟大的反法西斯卫国战争的忏悔情绪和嘲弄味。要是西德的进步艺术家们创作了这样一部影片,用来控诉法西斯侵略战争给本国人民和青年男女造成的悲惨后果,那倒可能是一部有一定积极意义的作品。现在由苏联艺术家们拍出这样一部描写卫国战争的影片,那就只能说明编剧和导演是在蓄意地糟蹋伟大的反法西斯卫国战争,糟蹋伟大的苏联人民。

格利高里·丘赫莱依认为:"对我说来,英雄是……《晴朗的天空》的萨申卡(即萨莎),或者阿斯塔霍夫、年轻的谢尔盖。"① 我们倒要看看,这是几个什么样的英雄。

银幕上的萨莎,表面看来,是如此的天真,善良,心地单纯。她爱自己的父亲,在困难的处境下能够忠实于自己的丈夫。这样一个好人儿,却被剥夺了享受幸福的权利:战争夺去了她的父亲;又一度夺去了她的丈夫;战后,她同丈夫阿斯塔霍夫一起,又遭到党组织的冷遇。她劳动——希望在劳动中忘掉自己的痛苦;她耐心地等待——等待幸福重新回到怀抱中;她在困难中不失掉信心——相信丈夫对她所说的一切,相信他的厄运一定能够好转:——据说,这就是她的"英雄主义"!可是,在她的精神世界中间,除了个人幸福以及同这个幸福不可分开的她的丈夫、她的孩子以外,还有什么呢?影评家强调她那"追求幸福的能力",那么,她顶多是一个追求个人幸福的英雄罢了!但是,问题还不这么简单。如果说,导演在《士兵之歌》里创造阿廖沙的形象,是为了谴责卫国战争的"不人道";那么,同一个导演,在《晴朗的天空》里创造萨莎和阿斯塔霍夫的形象,就不仅是谴责卫国战争,还为的控诉斯大林时期的苏联共产党和无产阶级专政的"无人性"。要知道,《晴朗的天空》中的这一对男女,是作为卫国战争和所谓"个人迷信"的受难者的形象而出现的。

同萨莎比较起来,阿斯塔霍夫的内心世界是"复杂"的:当他在德国俘虏营中的表现引起人们的怀疑;他的个人命运受到严重挫折的时候,他酗酒;他自杀;他满腹牢骚无处发泄。他强自压抑住他对于党组织的愤

---

① 《维尔普莱镇的一次讨论》。——作者原注。

怒。他向他的内弟谢尔盖讲了些表面正确的话，反而受到这个"愤怒的青年"的恶意讽刺；后者无情地嘲笑了他口头上的"生活目的、理想、公道"、他口口声声谈到的"共产党"和"共产主义"。以至同谢尔盖吵过以后，这一对夫妻私下里不得不承认："他有许多话说得对。""他比我们好！他比我们诚实！"所以一位苏联影评家这样分析阿斯塔霍夫的内心生活："他在说那些似乎很正确、但实际上却是虚伪的话来试图欺骗自己时的困惑心情是真实的。"① 这种强自压抑的、自欺欺人的状况是不能维持长久的。"斯大林死了！""时代变了！""英雄觉醒了！"他们"内心的反叛""酝酿成熟"了！一位保加利亚评论家写道："生活的逻辑很自然地促使阿斯塔霍夫和里沃娃得出正确的结论：他们谴责关于道德和党性行为公式的无人性与教条主义，这种公式是作为正确无误的和唯一的党的路线而强加给他们的。明白这个道理可不是件容易的事。共产党的纪律性……完全克制了他们内心和理智中酝酿成熟的反叛……"② 这位保加利亚评论家公然认为：什么道德、党性、党的路线、党的纪律等等，全都是一些"无人性与教条主义"的"公式"！使他高兴的是，萨莎和阿斯塔霍夫终于能够"明白这个道理"，他俩到底从对共产党的"迷信"中间"觉醒"过来了！这位评论家很可以称得上是阿斯塔霍夫和萨莎的知心朋友，也可以称得上是格利高里·丘赫莱依的知心朋友。多亏他把格利高里·丘赫莱依及其英雄人物的"内心的反叛"解释得这样透彻！

倘使阿斯塔霍夫夫妇从对共产党的"迷信"中间"觉醒"过来，是值得歌颂的"英雄行为"，那么谢尔盖这个人物，当然就更值得歌颂了。要知道，谢尔盖比他俩"觉醒"得更早。他早就谴责了道德与党性的"无人性与教条主义"，早就否定了党的路线、党的纪律……这些共产党人引以自豪的东西。这个谢尔盖，对社会主义、共产主义的一切都是保持怀疑态度、并且怀有愤怒情绪的。他否定一切，嘲讽一切，厌恶一切，只除了跳舞。"不，跳舞也不能使我满意。但是那里总算没人教训我。"波兰的电影刊物上，认为这是"一个反叛的青年垮掉分子"，那是说得对的。这个在

---

① 《人与时代》。见苏联1961年《电影艺术》杂志第7期。——作者原注。
② 《晴朗的天空》。见1961年11月4日保加利亚《人民文化报》。——作者原注。

画面上出现不多的反社会主义的"英雄"形象，是很值得注意的。它是一定的社会现象的反映。它是阿斯塔霍夫的"内心的反叛"的反映；这个人物说出了阿斯塔霍夫当时想说而未说的话。除此而外，导演在这个人物身上寄托了自己的"理想"。格利高里·丘赫莱依认为："这是概括了当代青年的典型人物。他有他自己的哲学。……他将为真理而奋斗，不会比阿斯塔霍夫差些。他是未来的英雄。"① 你看，又是"当代的典型"，又是"未来的英雄"，谢尔盖们的责任是多么重大啊！但是，按照这样的说法，一个伟大的社会主义国家的今天和明天，竟然属于谢尔盖之类的反社会主义的"垮掉的一代"，这岂不是太骇人听闻了吗？

摄制影片《晴朗的天空》，据说是为了所谓"反对个人迷信"，然而，正是那些大喊大叫"反对个人迷信"的人们，却把个人的作用夸大到真正的迷信的程度。影片从谢尔盖说了一声"斯大林死了"，紧接着，天空放晴了；冰河解冻了；工厂里立刻换上了最新的技术装备，零件在自动线上加工，工人只需要按按电钮；萨莎"变得更漂亮了"；党变得"有人性"了，因此苏联科学家的物理学著作得以在伦敦用英文出版了：——"说老实话，我简直太走运了。""可以说一切都走运！"——影片中的科学家这样总结了"解冻"后的幸福生活。这类粗俗的概念化的图解手法，使得一位法国影评家不禁提出怀疑："是否只需一个人的死就能使一切迎刃而解获得完全的幸福呢？"② 其实，这个问题是不难理解的。中共中央《关于国际共产主义运动总路线的建议》指出："有些人大肆进行所谓'反对个人迷信'，而在实际上竭力丑化无产阶级政党，丑化无产阶级专政；同时，却大肆渲染某些个人的作用，把一切错误推给别人，把一切功绩归于自己。"影片《晴朗的天空》，正是为这样的政治目的服务的。因此之故，这个在艺术上显然是粗制滥造的影片，仍然受到高度的推崇和重视。苏联最高领导人竟然称赞这部影片是"真实地、从党的立场来阐明那些年代苏联真实情况的作品"，显然是看中了这部作品的颠倒黑白、蛊惑人心的作用。这再一次证明了毛泽东同志指出的文艺批评的客观规律："……任何阶级社会中的任何阶级，总是

---

① 《维尔普莱镇的一次讨论》。——作者原注。
② 见1962年11月22日《法国文学报》。——作者原注。

以政治标准放在第一位,以艺术标准放在第二位的。"

现在大家可以看到,格利高里·丘赫莱依在自己的影片中间,究竟歌颂了一些什么样的英雄。那就是:同阶级敌人讲爱情、"成了她的俘虏的俘虏"的玛柳特卡,"善良"的、"曾经像盼望未婚妻似的"盼望革命的反革命英雄蓝眼睛中尉,由于胆怯而糊里糊涂地成了英雄的阿廖沙,在祖国的危急关头全心全意地追求个人幸福的女英雄萨莎,自欺欺人、压不住"内心的反叛"的飞行员阿斯塔霍夫,"反叛的青年垮掉分子"、青年工人谢尔盖……。在格利高里·丘赫莱依的影片中出现的苏联工农兵的英雄人物,竟然都是这一路的货色!试问:如果不是故意地同英雄的苏联人民唱反调,同真正的革命英雄、革命英雄主义唱反调,这将如何解释呢?而且,这些"英雄"的"悲剧性"在于:他们都是具有"追求幸福的能力"的好人儿,都是"本该得到幸福的",但是,正像艺术家和影评家所解释的,他们或者成为"没有意义"的革命战争的牺牲品,或者成为"没有人道主义"的社会主义制度的受难者!试问:如果不是故意地同无产阶级革命、无产阶级专政唱反调,同社会主义、共产主义唱反调,这又将如何解释呢?

格利高里·丘赫莱依抹煞了革命斗争中的苏联劳动人民的阶级性和革命性,渲染了生活的阴暗面和工农兵人物的阴暗心理,在苏联革命人民、苏联革命英雄的脸上涂抹黑泥,在个人主义者、虚无主义者、反革命英雄、反社会主义英雄的脸上涂抹脂粉,以致在影片中间,造成了是非颠倒、敌我不分。可是,照格利高里·丘赫莱依说来,他之所以采取这种奇特的方式描写他的英雄人物,正是为了表现阶级斗争的"复杂性",使青年人从影片中"受到教育":"它们(这类影片)理应教导说,一切都是复杂的,一切都不那么简单。这才是真正的教育。"① 这真是修正主义的诡辩。固然,阶级斗争的过程是复杂的;如果把复杂的斗争简单化,那就违反了生活真实,不会有甚么教育意义。可是,人们对待阶级斗争的复杂性,可以站在不同的立场,采取截然不同的观点和方法。如果是站在无产阶级立场,采取马克思主义的阶级斗争的观点和阶级分析的方法,实事求是地进行观察、分析和研究,那么,尽管斗争过程是十分复杂、曲折而微

---

① 《我们的道路》。——作者原注。

妙的，人们也终于能够透过现象认识事物的本质，掌握这个斗争的来龙去脉，对于斗争的意义给予正确的评价，对待斗争的双方采取鲜明的态度。当无产阶级的革命作家、艺术家处理无产阶级同资产阶级斗争的主题的时候，这种敌我分明、爱憎分明的态度，是十分自然的和必不可少的。无产阶级文学艺术的许许多多优秀的范例，都反复证明了这个真理。正是这类好作品，在群众中间产生了强大的教育作用。但是，在无产阶级队伍、无产阶级文学艺术队伍中间，也有一些十分奇怪的人。他们强调阶级斗争的"复杂性"，说什么"一切都是复杂的，一切都不那么简单"；其目的决不是帮助青年人正确地理解生活，对待生活采取明确的态度；而是要把事情搞得非常混乱，以便于他们用资产阶级人性论（各阶级的人们有共同的人性，互相敌对的阶级应当互相爱，等等）来模糊和歪曲阶级斗争，从而否定阶级斗争；用极端个人主义者的"内心的复杂性"（在阶级斗争中的内心的空虚，内心的恐惧，内心的苦恼，内心的反叛，等等），来歪曲和顶换革命英雄人物思想感情的明朗性和丰富性，从而否定革命英雄主义和革命英雄人物。照他们看来，"这才是真正的教育"！这种反动教育，已经在各国人民中间，产生了腐蚀人们思想感情的危险作用。

以影片《第四十一个》为例，我们来看看格利高里·丘赫莱依之流怎样对待艺术作品的教育作用这个十分严肃的问题。我们知道，关于这部影片的"教育意义"问题，曾经是有过争论的。格利高里·丘赫莱依曾经谈到在制片厂的艺术委员会的一次大会上进行辩论的经过。他说："我的对手们还提出说，作品的中心主题——一个游击队姑娘爱上一个白卫军军官——没有教育意义。关于这一点，我的老师米哈依尔·罗姆——我非常爱戴他，他是个伟大的辩论家——回答说：'好极了。要是每个人都爱上一个敌人，然后把他枪毙了，那该多好。'"据说，问题就在"一场哄堂大笑"中解决了[①]。真是好极了！我们不能不佩服一位老师的非凡的想象力！更不能不佩服一位学生的非凡的创造性：——他的影片的"真正的教育"意义，就在于"教导"青年人：最好"每个人都爱上一个敌人"！至于说"然后把他枪毙了"，这不过是一句笑话罢了。难道说，玛柳特卡当初爱上那个

---

① 《我们的道路》。——作者原注。

"蓝眼睛",其目的就是"然后把他枪毙了"?何况,这种"不人道"的事情,现在就断然不会发生的。据说"时代变了",现在"人和人是同志、朋友和兄弟"了。现代修正主义的领袖们正在同美帝国主义的头子拥抱接吻。正是以身作则地提倡玛柳特卡精神,只怪那个蓝眼睛中尉死的太早了!

在《他们故步自封》一文中,格利高里·丘赫莱依把艺术创作中的思想和感情的关系机械地割裂开来,强调感情而贬低思想,实际上是排斥无产阶级思想而宣扬资产阶级思想,美化资产阶级感情而否定无产阶级和劳动人民的感情。有什么样的思想,就表现出什么样的感情。作为资产阶级个人主义思想的狂热的传播者的格利高里·丘赫莱依,通过他的"英雄人物"的描写,表现了什么样的"感情",什么样的"激情"和"人情",什么样的"爱"和"恨",我们已经领教过了。他说他的影片同"西方新浪潮"的影片在感情上"有许多东西是共同的";这话固然不错,因为共同的思想基础产生共同的感情。不过,就拿"愤怒"这种感情来说吧,同样在思想上是个人主义者,同样是"愤怒的青年",同样是从极端个人主义立场产生的愤怒,在不同的社会条件下,愤怒的对象是不同的,愤怒的性质和作用也不会完全相同。在社会主义条件下,以社会主义的一切作为愤怒的对象,就像格利高里·丘赫莱依所创造的"当代青年的典型人物"和"未来的英雄"谢尔盖那样(这个谢尔盖同时又是创造者的思想感情的"自我表现"),就只能具有反社会主义的性质,发生反社会主义的作用。在格利高里·丘赫莱依的影片中间,这一类的感情是相当丰富的。他认为"在任何一部影片中间,这些都是最重要的东西";因此党同伐异,攻击中国电影不表现"感情"。在格利高里·丘赫莱依心目中,中国电影《白毛女》《红旗谱》等片所表现的劳动人民对于封建地主阶级的神圣愤怒;《董存瑞》《上甘岭》等片所表现的革命战士对于帝国主义和反动派的深刻仇恨;他们的阶级友爱和伟大的自我牺牲精神;《风暴》《革命家庭》等片所表现的工人阶级和共产党员不屈不挠的革命意志和英雄气概;《聂耳》《青春之歌》等片所表现的革命知识分子和青年男女投身于人民群众的革命斗争的高度热情……这些感动了、振奋了、鼓舞了千千万万人民群众的革命感情,都不算是感情;只有像在"苏联新浪潮"的影片中所表现的:对于革命和革命战争的忏悔情绪;对于阶级敌人的爱情;对于社会主义、共产主义的愤怒……这才算是

"英雄主义"的感情！那么，这一类反社会主义的"感情"，在中国影片中间，是断然不会作为正面事物来表现的！现在，中国影片由于它的崇高的革命思想和革命热情，正在亚洲、非洲、拉丁美洲广大大地区的人民群众中间，日益受到热烈的欢迎。群众把新中国的影片看成是帮助他们争取民族解放、争取美好未来的艺术武器。中国电影正在同各国进步电影一起，为世界和平和人类进步献出自己的力量。格利高里·丘赫莱依对于中国电影的攻击，是徒劳的。这更加暴露了他自己的思想感情的真面目，这种思想感情同无产阶级和劳动人民的思想感情，是不可调和的！

格利高里·丘赫莱依以资产阶级思想感情的自我表现，代替了对于社会主义现实的真实描写。他在《艺术家的责任》一文中，曾经提出这样一个公式："真正的艺术——它永远是自我表现。"现在我们终于看到了，在他的影片中间，这位艺术家怎样通过他的人物，充分地表现了他的"自我"，从而创造了"真正的艺术"！他的三部影片，真是一部赛过一部。直到《晴朗的天空》，格利高里·丘赫莱依把他的反苏、反共、反社会主义的"自我"的原形，确乎"表现"得淋漓尽致！他企图通过影片向全世界申诉："我们所经历的共产主义是没有人道主义的"；为此他把斯大林领导苏联共产党和苏联人民坚持无产阶级专政、进行社会主义建设、消灭法西斯侵略者和战后继续推进建设事业的整个历史时期，当成"冰河时代""阴暗的天空"而予以全盘否定。这就不只是全盘否定了斯大林个人，而且是全盘否定了同斯大林的生平和事业密切联系而不可分割的伟大的苏联、苏联共产党和苏联人民的英雄事业。因此之故，这位否定者也就进一步地暴露了自己：让大家看到，他已经完全站在同社会主义、共产主义相敌对的立场了。能够指望这些人创造出表现革命英雄主义时代的革命英雄人物吗？不，他们根本不可能这样做。他们只乐于表现"自我"；而他们所能够"自我表现"出来的，只能是革命的反面，革命英雄主义的反面。"什么藤结什么瓜，什么树开什么花"，真是一点也不错啊。

四、这不是一个偶然的、孤立的现象

我们花了这样多的篇幅来谈论格利高里·丘赫莱依的哲学和他的"新

浪潮",是不是小题大做,是不是过分看重了这位苏联电影导演的作用呢?要知道,我们谈论的这种怪现象,并不是一个偶然的、孤立的现象。这种哲学和"新浪潮"不只是存在于苏联电影界。单从电影方面来讲,有人就曾经做过这样的估计:"现在,可以肯定地说,苏联电影艺术生活中很多重要的本质的东西都和丘赫莱依的创作联在一起。正是联在一起,因为丘赫莱依不是孤立的。"① 按照格利高里·丘赫莱依自己的估计:他的"新浪潮"不仅包括"一批强有力的青年导演",而且,"苏联新浪潮对于老一辈的导演起了显著的影响"。果然,有些过去曾经拍过好片子的老导演,现在也拼命地赶时髦,"拍出了一些与人们意料中的截然不同的新片"。如果再加上一批为这类影片热心捧场的影评家等等,那么这股"新浪潮"的波及面是相当广的,未可轻视的。有些著名的老导演运用他们的全部影响,鼓励以格利高里·丘赫莱依为代表的电影界的"青年巨流"同以叶甫杜申科为代表的文学界的"青年巨流"竞赛,共同"走向严肃的战略立场"②。当然,这个"青年巨流"不会辜负他们的期望。格利高里·丘赫莱依——这是电影界的叶甫杜申科。叶甫杜申科——这是文学界的格利高里·丘赫莱依。他们真是一对难兄难弟!

经过批判性的考察,现在可以清楚地看到,格利高里·丘赫莱依的哲学和他的"新浪潮",到底是怎么一回事了。格利高里·丘赫莱依主要的哲学概念,他所鼓吹的"苏联新浪潮"的哲学基础,是抽象的、抹煞阶级性的人道主义,实质上是以极端个人主义为核心的资产阶级的人道主义。这种人道主义是用来代替所谓"没有人道主义的共产主义"的。根据资产阶级的人道主义立场,在观察生活、观察人的时候,他所采取的基本的哲学观点,是彻头彻尾唯心主义的、资产阶级的人性论。这种人性论是用来代替马克思列宁主义的阶级论的。他要求用资产阶级的思想意识——资产

---

① 见苏联1961年《电影艺术》第8期。——作者原注。

② 苏联电影界的一位权威人士写道:"非常有才能的青年诗人罗日捷斯特文斯基、叶甫杜申科和沃兹涅森斯基(他们的人数并不这样少,我是随便举出的)已经突破了微小战术成就的喜悦而走向严肃的战略立场。看来,电影界的青年诗人,根据自己的才能也会这样做。"(《和时代在一起》。见1962年10月21日苏联《消息报》)——作者原注。

阶级的人道主义和人性论，来顶换无产阶级的思想意识——马克思列宁主义的革命学说，以达到他所期望的结果："思想意识和人性变成同义语。"格利高里·丘赫莱依同马克思列宁主义者、同无产阶级的革命艺术家们没有共同的语言。但是他却发现，他的人道主义和人性哲学，他的"激情和人情"等等，同西方的"新浪潮"之间，"有许多东西是共同的"，或者说，"这一切对我们说来都是共同的"。因此他宁愿同现代西方的资产阶级艺术浪潮合流，并且以"西方新浪潮"为榜样，打出了"苏联新浪潮"的旗号，宣称这是"电影艺术的新概念"，是"出现在苏联电影中的……一种不可扭转的发展过程"。

同样是宣扬资产阶级的思想感情，以格利高里·丘赫莱依为代表的"苏联新浪潮"同"西方新浪潮"之间，也不是完全相同的。当然，事情并不是像格利高里·丘赫莱依所说，因为他是"马克思主义者"，别人不是，所以"在思想意识上是有差别的"。实际上，在"苏联新浪潮"影片中大肆宣扬的极端个人主义、虚无主义、和平主义的思想意识，在"西方新浪潮"影片中同样样都有。不过，"西方新浪潮"的某些比较进步的影片中间，到底还表现了对于资本主义社会病态的轻微讽刺，对于帝国主义、殖民主义的微弱抗议；而"苏联新浪潮"的艺术家们，连这点兴趣也是没有的。格利高里·丘赫莱依一派人的主要兴趣在于：戴上他们的特种"人道主义"的有色眼镜，专门去"发现"无产阶级革命和革命战争是如何如何的"不人道"，社会主义和共产主义事业是如何如何的"不人道"或"无人性"，然后通过他们的影片，发出他们愤怒的谴责和控诉；而这一切，又都是在"马克思列宁主义""社会主义"或"共产主义"的名义下进行的，从无产阶级内部、社会主义社会内部进行的。这些人真是：挥起"人道主义"的刀剑，对准革命的阶级。——这就是他们所说的"严肃的战略立场"！

以格利高里·丘赫莱依为代表的"苏联新浪潮"，完全背叛了苏联电影艺术的革命传统，心甘情愿地追随在"西方新浪潮"的后面，实际上变成了现代西方资产阶级艺术的附庸。电影艺术上的这种"和平演变"的过程，曾经引起一些艺术家的忧虑。例如，一九六〇年秋天，在苏联影协筹委会艺术电影部导演委员会的一次会议上，一位导演曾经表示，他为苏联电影是否正在丧失自己的战斗精神、丧失那给它带来世界荣誉的崇高的革命传统、是否尽量想达到同西方艺术相像的效果而担忧。这本来是很值得认真讨论的问题；但是格利高里·丘赫莱依紧接着发言，用十分简单化的态度把问题顶回去了。他的唯一理由就是："我曾到国外去过，结识了外国的新闻界。我觉得，今天外国的报刊说，苏联电影正在经历着复兴的时期，这不是没有根据的"云云①。显然，他是被西方新闻界的别具用心的捧场所陶醉了。

格利高里·丘赫莱依谈到外国报刊的赞扬，读到《雁南飞》等片在国外取得的"伟大胜利"，为此他感到"非常乐观"。他是否注意到美国《电影季刊》上的一篇评述：这篇文章认为《雁南飞》《一个人的遭遇》在西方国家上映的时候，确乎"在票房上和批评界都获得极大的成功"，其故在于，"右翼报刊的批评家由于被这样一种感觉：'原来跟我们一样'弄得头晕眼花，因而他们对这两部影片的赞扬几乎超过了共产党的报纸"。他是否注意到：美国《星期六评论》杂志在一篇推荐《士兵之歌》的文章里，赞扬这类电影"可能是目前所能找到的进一步使铁幕软化的最好的方法"（"铁幕"是帝国主义者对于社会主义制度的诽谤性的说法）。他是否注意到：西德《电影回声》杂志赞扬《晴朗的天空》的时候，首先发现"这部俄国影片的思想立场是值得注意的：影片对党的学说的'正确性'提出了怀疑，而且这是被新的一代的代表提出来的。"接着还发现了"其中有令人惊讶的自我批评"，即对于正义的卫国战争、对于社会主义制度的自我暴露和检讨。他是否注意到美国《电影季刊》对这部影片的评论："《晴朗的天空》所包含的道德价值和好莱坞的标准产品惊人的相同"。他是否注意到：英国《电影和电影制作》的主编人曾经这样赞扬他的影片："再也没有比格利高里·丘赫莱依的《第四十一个》这部苏联影片令人震惊的了。我惊奇的是因为我过去从来没有看过一部俄国片像这部影片那样几乎是彻底模仿环球公司的妇女爱情片。"② 可以看出，这些西方报刊对于马克思列宁主义思想和社会主义制度都是不怀好意的，它们按照自己反动

---

① 见1960年《苏联影协通报》第11期。——作者原注。
② 环球公司是好莱坞八大电影公司之一。——作者原注。

的政治标准和艺术标准来衡量某些苏联影片。我们读到这些"好评"的时候,感到十分厌恶和难受。而格利高里·丘赫莱依一谈到西方报刊的"好评",却那样眉飞色舞;这究竟说明了什么问题呢?

格利高里·丘赫莱依的"新浪潮",格利高里·丘赫莱依为之斗争的"电影艺术的新概念",是作为社会主义电影艺术的革命方向、革命传统的尖锐对立物而出现的。这种"新浪潮""新概念"受到西方资产阶级的热烈欢迎,自然也不会不受到南斯拉夫的英雄好汉们的热烈赞扬。一位南斯拉夫电影界的代表人物欢呼格利高里·丘赫莱依是"一艘冲破陈旧的电影概念冰块的破冰船"[①],是不为无故的。要知道,铁托集团统治下的南斯拉夫电影界,早就"冲破"了社会主义、共产主义、马克思列宁主义的一切革命概念;在追随西方艺术的"新浪潮""新概念"方面,他们也是走在现在的一些赶时髦的人们前面的。中国古话说:"物以类聚,人以群分。"他们现在看到了所谓"苏联电影中的……一种不可扭转的发展过程",怎么能够不欢呼雀跃呢?但是,这些人且慢得意!反社会主义的浪潮纵使可以喧嚣一个时期,却断然是不会长久的!一切反社会主义的东西都是不会长久的!

在社会主义土地上出现这样一股"新浪潮",是令人痛心的。社会主义为文学艺术的发展开辟了最广阔的天地。可是,文艺工作者们,包括那些自称"在马克思主义下培养出来的""吸着社会主义乳汁长大的"人,如果脱离人民,脱离群众的生活和斗争,成为高踞于人民之上的精神贵族,那是十分危险的。他就会听不见人民群众的革命要求,经不住资产阶级的种种诱惑,对无产阶级的一切越来越感到厌烦,对资产阶级的一切越来越发生好感,最后从思想感情上完全蜕化变质,成为反动资产阶级的代言人。一遇到适当的气候,这些人就要配合社会上的其他反社会主义力量,在革命队伍里兴风作浪,从社会主义内部破坏社会主义的堡垒。革命的人民和革命的文艺工作者们,将要从这类消极现象中充分地吸取教训。

不难看出,我们现在谈论的这种艺术上的"新浪潮",是政治上"和平演变"的"新浪潮"在艺术上的反映,同时又是这种政治上的"新浪潮"的一个先锋。换言之:艺术上的修正主义是政治上的修正主义在艺术

---

① 见1961年7月20日《苏维埃文化报》。——作者原注。

上的表现，同时又是政治上的修正主义的一个支柱。毛泽东同志早就指出：文艺从属于政治，从属于一定的政治路线，又反转来给政治以影响。艺术上的"苏联新浪潮"的恶性发展，正是苏共第二十次代表大会以来政治上的现代修正主义逆流愈演愈烈的必然结果，它从属于现代修正主义的政治路线，又是这个反动政治路线的积极支持者和推广者。因此之故，尽管苏联人民和苏联文艺界中间许多人对于苏联电影的堕落很不满意，但是这类反动作品仍然得到苏共领导人的赞扬、保护和提倡，而正确的意见却受到压抑。可见，政治上的反动浪潮同艺术上的反动浪潮，是相依为命的。还必须看到，政治上的"新浪潮"也罢，艺术上的"新浪潮"也罢，它们在社会主义土地上泛滥开来，又都是帝国主义的反共潮流推波助澜的结果。美帝国主义者在世界各地革命风暴的沉重打击下，妄想从社会主义国家内部刮起一阵"改变之风"，卷起一股"自由之浪"，同他们的反共潮流里应外合；因此不惜采取一切阴谋诡计来策动这种或那种"新浪潮"的出现。今年一月十四日肯尼迪在他向美国国会联席会议提出的《国情咨文》中说道："我们并不由于海洋上一时的平静或是出现略为晴朗的天空而麻痹。我们知道海面下有翻腾的暗流（按：指各国人民的革命要求），地平线上有风暴（按：指亚、非、拉美的革命风暴）。但是现在，改变之风在共产主义世界似乎像在我们自己的世界一样吹得比以往任何时候更加强劲。……今天我们仍然欢迎这种改变之风——我们完全有理由认为，我们的潮流正在汹涌澎湃地流着。"听听这个帝国主义头子得意忘形的腔调！他公然把某种"改变之风"、某种"新浪潮"看成是他们的潮流，而寄以殷切的期望！这个阴谋，在肯尼迪后来发表的关于"和平战略"的演说中，暴露得更加清楚了。但是，肯尼迪高兴得太早了！他把自己的赌注押在违反人民意志、违反时代发展规律的现代修正主义逆流上，这会有什么好结果呢？帝国主义和一切反动派都是纸老虎，现代修正主义也并不例外。尽管修正主义妖风暂时地可以"吹得比以往任何时候更加强劲"，终归掩盖不了它们实质上的虚弱。人民群众一旦认清了这种政治上、艺术上的反动浪潮的真面目，就会激发出无穷的革命义愤。反革命浪潮在哪里出现，那里的人民终归要坚决打退它！

一面镜子 三种人物 两条道路[①]
——漫谈话剧《三人行》

看了中央实验话剧院演出的《三人行》,随手写下几点感想。

三人同行,他们何去何从呢?

他们是三个大学教授,三个老朋友,在全国解放后不久,一道下乡去参加土改。剧本写的是这三个人物在这一场火热斗争中的思想变化,写的是知识分子道路问题,思想感情的改造问题。

愿不愿意在群众的火热斗争中进行思想改造,能不能够同工农群众的思想感情相结合,这是考验知识分子是否真正革命化的试金石。经过一场考验,有的人善于总结经验教训,决心改造自己,因此走上了同群众结合的正确道路。这就是剧中的工学院院长赵文浒。有的人一脑子糊涂观念,可是在事实的教育下,开始清醒过来了。这就是剧中的地质学家吴思贤。有的人经不住考验,反而进一步暴露了自己的反动立场,更深地陷入危险的泥坑。这就是剧中的物理学家石人俊。

一面镜子,三种人物,两条道路。

石人俊是一个彻头彻尾的个人主义者,走的是同时代背道而驰的资产阶级专家的道路。这条路在新社会是走不通的,违反社会发展规律的。无怪乎解放后人人高兴,独有他成天价愁眉苦脸,牢骚满腹。社会越是向前发展,这种人同新社会的矛盾越是尖锐。他自命清高,表示不问政治,实际上却站在资产阶级和地主阶级的反动立场,诽谤农民的翻身运动。这种人随后堕落到包庇地主、破坏土改、欺骗组织、欺骗朋友的地步,是合乎生活逻辑的。剧作家拿他做反面教员,剖析了他的肮脏灵魂,让人看到,

---

[①] 本篇发表于1963年《文艺报》第11期,署名华夫。未曾收入自编作品集和文集。

一个人如果坚持反动立场，拒绝思想改造，到头来还是自己害了自己。

吴思贤虽然政治觉悟不高，到底不失为一个爱国的知识分子，有一定的进步要求。他热爱自己的专业，愿意以自己的所长为新中国服务。可是他一向忽视政治，把业务与政治的关系摆得不对头，因此在土改工作中，几乎铸成大错。他把地主的爪牙当成好人，引为知心朋友。这个情节富于喜剧效果，同时有尖锐的思想意义。在严酷的事实教育下，他开始懂得了看人"得有阶级观点"，遇事"得走群众路线"。可是在一件事情上清醒了，在另一件事情上又糊涂了。他看不出石人俊的一些表面言词的虚伪性。这说明资产阶级的立场、观点、方法的改造，无产阶级的阶级观点、群众观点的掌握，是很不容易的，必须经过长期的努力。好在吴思贤这种人，是尊重事实，愿意改正错误的。观众相信他能够逐步走上正确的道路。

剧作家着重描写的赵文浒，在反蒋的民主运动中，是一位坚决、勇敢的进步人士。他在斗争的重要关头挺身而出，义无反顾。他当时就看清了解放区是光芒四射的灯塔，鼓励青年走向革命。解放后，他老当益壮地热心于工作，心悦诚服地接受党的领导，因此赢得青年人的爱戴。剧本提供了这样一位爱国的革命民主主义者在群众斗争中接受新的锻炼、决心把自己改造成为共产主义战士的生动榜样，对他寄托了殷切的期望。

赵文浒开始并不意识到自己有投身于工农群众中彻底改造自己的必要。后来听到一些谣言，说是土改工作有这样那样的一些偏差，他抱着满腔热忱和高度自信，决心以自己的学识经验，下去帮助群众把工作搞好。可是一到农村中去，就暴露出他对群众的无知，对阶级斗争的无知，简直是帮了倒忙，成了工作上的累赘。并不是他不肯同群众共甘苦，这方面，他的刻苦自励，倒是令人感动的；而是正像他的儿子一针见血指出的，他"只差一双劳动人民的眼，一颗劳动人民的心"，因此在复杂的阶级斗争中，就分不清是非，看不见真假了。认识到这一点，是痛苦的，而认识自己就是改造自己的开端。

给赵文浒以更大震动的，是石人俊包庇地主、欺骗组织的卑劣行径。那人不但不接受老朋友的热情帮助，还反咬一口，诬蔑赵文浒是为了讨好组织、讨好群众而出卖朋友！观众或许会怀疑：赵、石二人是多年的朋友,而思想上的距离是如此遥远,这友谊的共同基础何在呢?剧本在这一点确实交代得不够清楚。可想而知的是,当一个人对于自己的资产阶级意识还缺乏自觉的时候,他是很难帮助别人认清错误、改正错误的。长期以来,赵文浒甚至没有帮助自己的妻子打开眼界,不也很可以说明问题吗?石人俊的女儿晓芬批评这位老前辈对待她父亲的错误一向采取姑息、容忍的态度,那是说得很对的。正因为这样,当石人俊的问题彻底暴露的时候,赵文浒受到的震动也就非同小可。他痛感到自己连这个多年相处的老朋友的真面目也看不清楚,这才进一步地对于自己老一套的立场、观点、方法,发生了根本怀疑,因而坚定了他那寻求革命真理、彻底改造自己的决心。

可见,观众能够从这三个人物身上,吸取一些可贵的经验教训。

三个人物,三种不同的心理状态,对待生活的三种不同的态度,表现出三种不同的性格,碰到一起,就要发生矛盾。正像赵文浒的妻子顾淑珍所描写的:"一碰头又你一嘴我一嘴的啄起来了。"

这三个人物,又有他们的共同之处:都是旧型的知识分子,背上背着不同分量的资产阶级包袱。石、吴二人就不必说了。这赵文浒也深自慨叹:"我身上背的肮脏的包袱实在是太沉重了。"

这样,三个人物又面临着共同的矛盾:他们同无产阶级领导的阶级斗争要求的矛盾;他们同劳动人民的思想感情的矛盾;他们同掌握土改工作的青年干部的矛盾……这些,又都是在土地改革这一场轰轰烈烈的敌我矛盾的基础上表现出来的,而三个人的表现形式又各不相同。

矛盾的交错,深化了性格冲突的内容,表现出层出不穷的戏剧性的波澜。

导演致力于演出的思想性和真实性的追求,丰富了舞台上的生活气息,使得人物性格的互相衬托和互相对比,性格冲突的思想根据和生活根据,更为鲜明突出。舞台上有张有弛,亦庄亦谐。庄严处使人振奋,流畅处令人愉悦,谐谑处发人深省。

结合演出来看,三个人物的性格都相当鲜明。其中吴思贤这个人物,最为生动自然。看来作家、艺术家在塑造这个人物的时候,确是得心应手,游刃有余。舞台上的石人俊,外在的东西多于内在的东西。

赵文浒的性格，有较为丰富的内容。演员掌握这个角色，很有分寸，在剧情发展的几个重要关头，表现出了一个追求真理的老年知识分子的美好气质，产生了动人的效果。可是这个人物的行动，不像吴思贤那样首尾呼应，线索分明。

剧本的第一幕，单独看来，非常激动人心。可是它并没有替后来的剧情发展提供思想准备。观众看完了第一幕，对主人公赵文浒临危不惧的悲壮性格，已经产生了深刻印象，引起了崇敬的情绪，随后再看到这个人物的一些喜剧化的表现，就感到一时转不过弯来。

导演对第一幕的悲剧风格也可能是着色太浓了，就显得同后来的一些场面不那么调和。

赵文浒后来在土改中间同儿子伟森的矛盾，本质上是资产阶级思想同无产阶级思想的矛盾。可是作为阶级性质的矛盾，正面的力量不够旗鼓相当。赵伟森是一个好干部，但他究竟也还是一个有待继续改造、锻炼和提高的青年知识分子。可惜剧中提到的郑觉人这个党组织的领导人物，始终退居幕后。要是他走出来，进入斗争漩涡中，那该多好啊。

要是正面力量增强一些，那么在第三幕中间，土地改革的时代气氛，可能得到更充分的表现。

《三人行》是老剧作家阳翰笙同志解放后的新作。这个新作是成功的，可贵的，值得祝贺的。剧本艺术地总结了有关知识分子思想改造的一些经验教训，令人感到十分亲切。

话剧重新活跃起来了，出现了几个具有尖锐现实意义的新剧本。剧作家凡是善于抓住当前具有尖锐现实意义的主题，抓得准而且抓得深，他就能抓住观众的心。

《三人行》已经赢得了观众的喜爱。观众也许还希望知道：这三个人物，在随后的社会主义革命和建设中间，他们的表现如何呢？如果剧作家乐于进一步回答这个问题，那时，必定另有一番好戏可看！

❋一九六四年❋

咒骂也是枉然[①]
——驳斥帝国主义者、现代修正主义者对我国戏剧工作的诽谤

我国的戏剧舞台,正在适应着时代的要求和人民的要求,进行着全面而深刻的社会主义改造。话剧、京剧和各种地方戏曲,都在努力反映革命的、社会主义的新时代,大演革命的、社会主义的现代戏。戏剧界的方向对,干劲高,虽然为时不久,已经收到显著的成效:舞台上的时代气氛、革命气氛增强了;戏剧同人民生活的联系、戏剧工作者同工农兵群众的联系增强了;戏剧的社会主义教育作用增强了;戏剧界的艺术革新精神、艺术创造精神增强了;艺术上的新生力量一批一批地出现;新创作一批一批地出现;许多精心结构的好戏受到群众的热烈欢迎,看了的还想看,没有看的争着看,真是盛况空前,为多年来所未有。新中国的剧场,充满了欣欣向荣的新气象。

这种新气象,我们认为是大喜事,敌人却认为是坏消息。近几个月来,帝国主义者、现代修正主义者在他们绝望的反华叫嚣中,忽然抓住我国戏剧界的这个革命变化,大做文章,此唱彼和,极尽造谣诬蔑之能事。这一场滑稽双簧,很值得我们大家见识见识。

大家知道,帝国主义者一向看不起中国的传统戏曲,嘲笑它是"原始的、野蛮的东西";尽管为了猎奇,他们有些人也搜罗几件老戏用的龙袍、绣鞋,用来点缀自己的客厅。可是,一听到中国人要按照社会主义精神来改革戏曲,他们就愤愤不平起来。美帝国主义者近来把自己打扮成一个中

---

① 本篇发表于1964年《文艺报》第7期,署名华夫。未曾收入自编作品集和文集。

国传统戏曲的保卫者，接连通过美国新闻处向世界各地发出电讯，攻击我国的戏曲改革工作和大演现代戏的革命活动。

美国新闻处三月八日的一则电讯，以十分担忧的口吻写道："在戏剧方面，极其流行的以帝王将相为题材的旧戏，以及比较现代的像那些所谓鸳鸯蝴蝶派的剧本"，都将被《年青的一代》等新戏所挤掉了。"龙袍、朝靴、传统的姿势和动作不复存在了，取而代之的是有意布置得很单调的工人阶级的环境和现代的演技。"电讯说："于是产生了一个大问题：谁去看这种单调的新的社会主义现代戏？"

过了一个星期，即三月十五日，美国新闻处又发出一则电讯，它耸人听闻地说：中国的京剧，"具有异国情调的美"的京剧，将很快成为"一种稀罕的样品"了；因为中国人发动了一个大演现代戏的运动，用来"改造中国的戏剧，包括舞台剧、电影和同类的各种艺术，使它们丢掉非常流行的'封建和资产阶级'的情节，而把'阶级斗争的精神'和所有其他毫无艺术性的宣传成分灌输到戏剧里"。因此，中国的戏曲工作正在"产生可怕的后果"。

美国的官方宣传机构这样热切地关怀中国戏剧的命运，真是一件稀罕事，但是请问：既然照你们说来，我们的戏曲改革工作搞得一团糟，而"单调的新的社会主义现代戏"又是谁也不看的，革命的、社会主义的戏剧战线即将垮台了，中国人民再也无法通过戏剧舞台进行反对帝国主义、反对资本主义的宣传了，这对于你们——中国人民的死对头说来，岂不是妙不可言的好消息，为甚么还不胜惋惜之至呢？

原来美帝国主义者所真正关心的，并不是什么"龙袍、朝靴、传统的姿势和动作"之类；而是生怕我们的戏剧界丢掉了封建主义和资本主义的东西，生怕我们的戏剧家突破了帝王将相、才子佳人和鸳鸯蝴蝶派的陈旧公式，在舞台上表现出生气勃勃的兴无灭资的阶级斗争精神。要是在一个六亿五千万人的大国里，在城市、乡村的所有舞台上，都不再替封建主义、资本主义做义务宣传；要是全国城乡数以千计的剧场，都变成了兴无灭资的思想阵地；要是所有的文化武器都动员起来，连一些历史悠久的古老剧种也都推陈出新，日日夜夜地向广大群众进行反对帝国主义、封建主义、资本主义的阶级教育，那还得了！帝国主义者天天盘算的中国社会将来有朝一日向资本主义"和平演变"的幻想，岂不是越发落空了吗？这对于帝国主义者和一切反动派说来，岂不是要"产生可怕的后果"吗？

美国佬担心中国的传统戏曲将要绝种，真是太可笑了。对于旧时代遗留下来的文化遗产和艺术传统，我们从来是一分为二的：是糟粕，断然地抛弃；是精华，坚决地继承和发扬。解放以来，我国戏剧界在党的戏曲政策指导下整理、改革和发展传统戏曲的光辉成就，为举世所共见。亚、非、拉美广大世界的进步艺术界，为了发扬自己民族的传统文化，抵制帝国主义的文化侵略，对于我国艺术界在传统艺术的基础上推陈出新的经验，发生了越来越大的兴趣。这件事情，不也正引起美国佬的无穷忧虑吗？这些美国佬也不肯稍微调查一下，就在我们大演现代戏的同时，北京和其他城市的剧场，不是也在照常演出《杨门女将》《白蛇传》等优秀的传统剧目吗？当然，这些经过整理的、发扬民主主义、爱国主义精神的传统剧目，也并不适合帝国主义者的胃口。但是，我国戏剧界决不以对戏曲传统的初步改革为满足；我们决心在这个优良传统的基础上，不断地推陈出新，编演出生气勃勃的社会主义现代戏，创造出光辉灿烂的工农兵形象，让它们在舞台上发生强大的战斗作用。最近的京剧现代戏观摩演出大会，就是一个非常好的开端。

美帝国主义者首先发动了对于我国社会主义现代戏的攻击。作为帝国主义的应声虫的现代修正主义者们，怎么能够不同声相应呢？果然，为时不久，苏联《文学报》和修正主义的评论家们，就扮演了这个可耻的角色。

就在美国新闻处发出诽谤我国戏剧的电讯大约一个月以后，四月十一日苏联《文学报》发表了一篇反华文章，题目是《应当推倒的墙》。在这篇文章里面，除了堆砌着一些"教条主义""民族主义""新托洛茨基主义"……这些早已破产了的反华咒语之外，有一两段话是专门攻击我国现代戏的。我们把其中的一段抄录在下面：

> 一个刚从中国回来的朋友告诉我，他在中国的剧院里看到一个最时髦的戏。这出戏的揭露性的高潮是攻击剧中的主人公，因为他在生日接受了岳母送给他的一套新衣服。

紧接着,作者就以此为例,证明中国的艺术政策是如何的"极端简单化",如何地"幼稚粗浅",对革命真理如何地"重复"到"迷信"的程度,等等。

要批评人家的艺术政策,或者对一出戏发表意见,首先总应当把事实弄清楚吧?说甚么"这出戏的揭露性的高潮是攻击剧中的主人公,因为他在生日接受了岳母送给他的一套新衣服"。——哪里有这样一出"最时髦的戏"呢?我们确实有这样一出戏:戏里的男主人公曾经送给他的女友(不是"岳母送给他")一件新衣服,用来祝贺她的生日(不是"他"的生日)。——这就是美国新闻处造谣诬蔑过的话剧《年青的一代》。我们还有这样一出戏:一位青年工人在他岳母的怂恿下,以不正当的方法弄钱购置了一套新衣服(不是甚么"他在生日接受了岳母送给他的一套新衣服"),因此受到他的父亲(一位老工人)的严正批评。——这就是西方报纸一再攻击过的话剧《千万不要忘记》。《文学报》的编者及其反华文章的作者过于性急又过于无能了,他们只会重复美国新闻处的歪曲报道和西方报纸的谣言攻势,根据牛头不对马嘴的捏造作为"证明",就来攻击马克思列宁主义的艺术政策,以致闹出这种极端简单化、极端幼稚粗浅的笑话!

这种牛头不对马嘴的捏造,是用来为他们自己可耻的现代修正主义的政治路线和文艺路线作辩护的:——你看,在中国,一个人"在生日接受了岳母送给他的一套新衣服",就造成了"揭露性的高潮",这还不是"教条主义"?那么,对我们现代修正主义者的种种批判,不是"教条主义"又是甚么呢?——《文学报》的反华作者,就是这样做文章的。请看:

> 当苏联人——战士们和劳动者们——被中国领导人责难为有"太平观念",责难他们好像完全醉心于创造自己的幸福时,他们不能不感到蒙受了极大的耻辱。……

这又是居心险恶的挑拨和捏造!把所有马克思列宁主义者对于以赫鲁晓夫为首的现代修正主义集团的批判,硬说成是对于苏联人民的批判;把全体中国人民和各国革命人民对于现代修正主义者的一致唾弃,硬说成是对于苏联战士们和劳动者们的"责难";把赫鲁晓夫集团在美帝国主义战争政策和核讹诈面前的投降主义行径,仅仅说成是"太平观念";把他们麻醉苏联人民和各国人民的"个人幸福至上"的欺骗宣传,包括文艺上的欺骗宣传,偏偏说成是苏联人民"醉心于创造自己的幸福":他们把自己的一切罪恶都硬栽在苏联战士们和劳动者们的身上,真是使苏联人民"蒙受了极大的耻辱"!

除此而外,还有些修正主义的评论家,亦步亦趋地跟在美国新闻处和苏联《文学报》屁股后面,鹦鹉学舌般地攻击我国社会主义的现代戏,说这种现代戏"鼓舞观众今天去发展工业和农业生产,明天去发展渔业生产,而一般说来,在任何时候都教导群众进行尖锐的阶级斗争",因此是"教条主义"的、"公式主义"的,咒骂它是"谁也不看"的"短命的戏剧"。如此等等,更加是不值一驳的。

帝国主义和现代修正主义老爷们!你们非常讨厌我们把各种艺术武器动员起来,通过活生生的艺术形象,鼓舞群众发展生产建设,随时随地教导群众进行阶级斗争;你们害怕我们把反对帝国主义、反对现代修正主义、反对封建主义和资本主义的阶级斗争精神"灌输"到观剧事业中;因为你们知道,这对你们不是一件好事情。你们干着急,没有办法,只好采取泼妇骂街的战术,咒骂我们的现代戏是寿命不长的、幼稚粗浅的、谁也不看的等等。试问:这会有甚么结果呢?乡下的地主婆往往用"短命的""挨刀的""要死的"这类下流咒语来发泄她们的阶级仇恨,被骂的人并不因此短命而亡;相反,那个反动的地主阶级倒是落到可耻的下场。你们能否从这里吸取一点教训呢?你们害怕事实,丝毫不肯做调查研究,阶级仇恨冲昏了头脑,闭着眼睛瞎说。事实是怎样的呢?请看日本共产党中央机关报《赤旗报》的忠实报道吧。今年二月二十日的《赤旗报》上刊载了一篇《中国戏剧界竞演现代戏》的报道,正确地描述了我国戏剧界创作和上演现代题材的话剧和戏曲的盛况,并得出结论说:"总而言之,反映现实的蓬勃生活和斗争的现代戏正在广大中国的一切地方获得数百万,数千万观众,引起他们的共鸣;而且对中国社会主义建设确实起了巨大的鼓舞作用。"这个结论,是根据该报驻华记者和日本蕨座的艺术家们在我国进行了认真的调查研究而做出的。事实胜于雄辩。咒骂也是枉然。帝国主义者和现代修正主义者的谣言攻势,只不过引起人们的耻笑。

我们从来不曾说，我们的现代戏已经十全十美，都是不朽的杰作；不，我们从来不满足于现有的成就。但是必须看到，凡是革命的新事物，适合时代和人民需要的，它就必然有远大的前途。我国戏剧家们只要保持深入人民的生活和斗争，继续坚持又红又专的道路，他们的艺术创作就会愈来愈深刻有力，在舞台上长葆其美妙之青春。这同帝国主义者提倡的诲淫诲盗的戏剧，现代修正主义者提倡的向资本主义"和平演变"的戏剧，怎么能够同日而语呢？美国的百老汇，现在衰落成甚么样子了！美国正直的戏剧家们，靠演戏吃不饱肚子，许多人纷纷改行或经营副业，这是众所周知的。苏联的戏剧，曾经走过光荣的道路，受到各国艺术界的重视；但是曾几何时，在现代修正主义政治路线、文艺路线的折磨下，舞台上变得乌烟瘴气；革命的现代戏受到排斥；而许多按照修正主义公式粗制滥造出来的现代戏，却遭到人民群众的唾弃。去年五月，《苏维埃文化报》曾经报道苏联文化部第一副部长库兹涅佐夫在全苏话剧剧院上演剧目讨论会上的报告说："有一个情况是非常值得注意的——单是有一家剧院就上演过将近八百个现代剧本，而这些剧本都只演了寥寥几场。"（见《苏维埃文化报》一九六三年五月二十一日的报道：《戏剧——是党的助手》）这些"现代戏"、这些"党的助手"的生命，为什么如此短暂呢？苏联《消息报》（一九六三年十月十一日《教堂里惊慌失措》一文）透露了这样的消息："观众已经越来越不留情了"，他们"不再去看戏，作为对剧院的回答"：

尽管有些批评家急急忙忙地称颂剧本和演出的思想、人物形象、语言、风格、创造和发现——观众却警告他的亲朋好友："别去，这个戏枯燥无味！"

于是，照戏剧家们的语言公式，就开始了口头宣传。这就完了。演出可以停止，观众不再去看戏，戏的一切优点也就白费。……

"观众不再去看戏"——这怎么办呢？"老弟，该勤换剧目。"据说，"各剧院摆脱困境的办法很不相同"；"这些剧院的观众厅都是空一半的，为了搜罗观众，他们把剧团分成几个部分，找一些轻便的、粗制滥造的戏在两个或三个观众厅里演出……"这样就造成了恶性循环，使得那些本来

咒骂也是枉然——驳斥帝国主义者、现代修正主义者对我国戏剧工作的诽谤

寿命不长的剧本受到更大的冷遇："这些剧本都只演了寥寥几场"，"这就完了"！

现代修正主义的反华英雄们！你们用尽了一切下流词句，咒骂我们的党对戏剧工作的领导，这是白费力气的。有马克思列宁主义党的领导；有现代修正主义党的领导。前一种领导的结果，是舞台上欣欣向荣；后一种领导的结果，是剧院里冷冷清清。你们嘲笑《文艺报》社论歌颂了我国现代戏"欣欣向荣的新气象"；那是你们根据你们的狭隘经验，根据修正主义路线领导下的许多剧院冷冷清清的事实，完全不能设想现代戏的活动怎么会"欣欣向荣"。殊不知这是两种性质不同、性质相反的现代戏，这是两种性质不同、性质相反的领导，因此必然产生完全相反的结果。

在苏联《文学报》和修正主义控制下的其他报刊上，近来发表的反华文章，单就涉及文艺方面的来说，为数也不算少了。说来可笑，竟没有一篇写得稍微像样的！现代修正主义老爷们！你们既然下定决心，走上了反共、反华的道路，并且舞文弄墨，表示你们反华的勇气，为甚么这样低能，除了歪曲事实，造谣诬蔑以外，就写不出一两篇比较像样的文章来？这是因为：你们害怕事实。如果你们面对大量事实，进行分析研究，我们这里的每一件活生生的事实本身，都会起来驳斥你们的武断宣传；这就迫使你们除了造谣诽谤之外，别无其他出路。你们心虚。你们多少意识到了你们的反共、反华事业是不得人心的，没有前途；理不直而气不壮，因此在舞文弄墨的时候，就激发不出真正的信心，真正的灵感；你们只好胡诌一阵，敷衍交差。这就是你们的不可解决的矛盾，无法摆脱的困境！你们不是歌颂"物质刺激"的吗？刺激来，刺激去，到底刺激不出一篇稍微像样的货色来！

咒骂也是枉然。美帝国主义者和现代修正主义者对我国的戏曲改革和社会主义现代戏的咒骂，丝毫不会使我们感到烦恼；相反，正像陆定一同志在一九六四年京剧现代戏观摩演出大会开幕式上的讲话中所说的："他们一骂，我们就高兴，因为这证明我们的路走对了。我们走这条路，对于帝国主义者和现代修正主义者不利。如果不是对他们不利，为什么要咒骂我们呢？根本的问题是，他们希望我们的艺术像他们的一样，向堕落腐化的方向发展，可是我们却偏偏向革命的健康的方向发展。我国有六亿五千

万人口，占世界人口的四分之一。在这样一个人口众多的国家里，居然兴起社会主义的革命文艺，这对于帝国主义老爷们，对于修正主义老爷们，岂不是很可怕的么？"事情正是这样。我们文艺界、戏剧界的同志们，从国外敌人的咒骂声中，进一步认识到我们的工作的重大意义，远远地超出了自己的国境。同帝国主义、现代修正主义的反动文艺相对立，我们高举起马克思列宁主义的文艺大旗，毛泽东思想的文艺大旗，信心百倍地建设着革命的、社会主义的新文艺。好好干吧！我们的每一个优秀作品，每一个优秀剧目，都是建设社会主义的砖石，都是兴无灭资的武器，都是射向国内外阶级敌人的炮弹！

1964 年 6 月 27 日

❉一九九三年❉

《钟惦棐文集》序言[①]

今年5月间,亡友钟惦棐同志的夫人张子芳偕长子里满过访,携赠惦棐的文集《陆沉集》《起搏书》《电影的锣鼓》《电影策》等;各书均注明"遵惦棐遗嘱"赠我。因华夏出版社要出三卷本《钟惦棐文集》,要我写一篇序言,给了我相当宽裕的时间。我满口应承下来,感到同志友谊的重托,也感到自己心情的沉重。因为惦棐长期落难的起源,是1957年春天以"本报评论员"的名义在当时的《文艺报》上发表了题为《电影的锣鼓》的文章,惹出一场大祸。我当时是《文艺报》总编辑,对于这篇文章的见报与"消毒",都是责无旁贷。"反右"开始,我以黎青的笔名发表的批判文章,虽然用一分为二的笔法妄图大事化小,仍然蛋里挑刺,强词夺理,最后加上"右倾机会主义"的罪名!我为此(当然远不只此一文一事)长期负疚。而惦棐每忆及当年旧事,总对我采取谅解甚至维护的态度。这越发增加我的不安。我要先把这不安的心情写在前面,以下的话才可能写得顺畅一些。

这几天来,我阅读了惦棐同志的几本文集,细读了《电影策》一书(可惜他没能等到这书的出版)中的几篇。当我读到他蒙难22年后重返文坛的第一篇力作《电影文学断想》时,为之惊叹不已!这是一篇总结过去、面对当前、展望未来的呕心沥血之作,时时迸发出智慧的火花。譬如说:

在涉及新中国文艺工作的评衡标准时,他说:"我不以为把三十多年的事情概括为'左'或'右'就足以说明它的正确或不正确,而是看它所

[①] 本篇发表于1994年《大地》第10期,署名张光年。曾收入《江海日记》和《张光年文集》(第四卷)。

倡导的作品是否根植在风云变幻的土壤之中？看它作用于人们的思想品质、道德情操至何种程度。"就是说，判断一个时期文艺政策的正确与否，要看它倡导的作品是否经得住实践的检验，时间的检验。

在谈到左倾思想（实质是某种封建思想的变形）的因袭积弊时，他写道："老一代的'因袭'，除了旧的，还有新的，而新的'因袭'每胜于旧的，因为它曾以革命之名行世。"要知道，这话是1979年4月间说的。

谈到文艺为社会主义事业服务，他说："我的理解，就是电影必须和社会主义革命、建设组成一个和弦。既不能全是'最强音'，也不能全是最弱音。强弱长短是有机的配合，而不是机械的一致……"

谈到题材、风格的多样化，他说："文学现实主义原不发生什么题材多样化、少样化的问题，它原本来自生活，来自作家对生活的真切感受，来自他坚定不移地推动生活前进的激情和决心。""真正的现实主义创作方法，题材必然多样。不仅题材如此，风格也是如此。"又说："题材、风格、样式的多样化问题，自然首先和政治民主有关。"

谈到艺术民主，他以为："在提到艺术民主之前，首先要肯定艺术本身就是民主的，尤其是电影。""人民不爱看、不爱读的东西，创作过程即使是享有无边无际的民主，也是没有意义的。艺术家争得艺术民主，是为了更好地为广大群众服务。"

他十分强调创造新英雄人物的重要性。他写道："'十年树木，百年树人'这样的话，对电影来说，正是非常合适的比喻。百年能塑造出共产主义的一代新人，从董存瑞、琼花这样一直排下去，形成一个足以留在人们记忆中的'凌烟阁'，电影作为文艺的一翼，它的功绩，便将永垂不朽。"对于英雄形象的感染作用，他说得好："银幕前的啜泣，适足以缩短观众和英雄间的距离，使人对刚刚开始的新时代有个真切的认识。"显然，这话也首先适用于文学。

他也十分强调艺术上的创造性。他颇为惋惜地写道："多年来我们在创作上裹足不前，习惯于向阻抗力量小的方向'前进'！……而文艺，何时没有创造，没有独出心裁，没有出奇制胜，没有匠心独运，也就没有了它的生命力。"

早在1979年，他预见"中国将会出现一种'反思文学'，也就是对过去的年代来一次再认识。而这样再认识，对我们的党和国家是绝对必需的"。稍后，他的话应验了。有的写得好，有的差些，但总算有过良好的开始。

同年发表的《对当前电影工作的十项建议》一文中，惦棐同志提出文艺体制改革问题。当时着重提出："改革制片体制。前提是相信经过 30 年同甘共苦的电影艺术家，放手让他们出主意，想办法。"在健全电影协会的建议中，实质上也包含了各文艺协会体制改革的基本要求。他希望影协"成为名符其实的电影工作者之家，使电影工作者乐于在此汇集；应当经常举行电影方面的各种学术交流，成为电影工作者交流经验、汲取知识的场合，也成为观众与电影艺术家的桥梁，举行各种形式的会见。座上客常满，杯中水不空。协会本身除了看电影方便之外，既无爵禄可营，更无权势可夺"。——想想看，这些建议。难道仅仅适用于影协吗？再想想看，十几年过去了，这些初步的改革意见，何以迄今还有很强的针对性呢？要真心从事文艺协会的体制改革，如果不依靠文艺界大家出主意，想办法，使这些协会彻底摆脱官场衙门气，真正成为作家艺术家交流经验的文艺之家，从体制上根本杜绝某些人争权夺利的一切可能……；如果不是这样，文艺上的体制改革岂不是一句空话吗？

惦棐同志的这些话，都写于1979年春天。我此刻征引了这么多，我还想再征引一些；就因为，他在 15 年前说过的这些话，今天听来还非常新鲜，没有失掉它的现实性和针对性。这是怎么搞的？我们不是在党的领导下，在十一届三中全会精神鼓舞下，曾经闯进一段文学艺术百花齐放、争奇斗艳的新时期吗？难道我们清醒一阵又糊涂一阵，不觉又走上回头路吗？文艺的道路从来不是平直的。我们还得多多努力啊！

读其书，读其文，如见其人。惦棐同志对于新中国的电影事业，怀着无限热忱。只要发现了优秀的新人新作新经验，就不惜笔力，一评再评三评，恨不得一下子帮它们推向广阔的世界。而看到文艺工作上阻碍新生事物健康成长的消极面，总是毫不含糊地指出来，期待它早日改进。这些都出自他对党对革命事业的无限忠诚，出自革命文艺家的磊落胸怀。他相信党，相信同志。他是口不设防、笔不设防的。他有时不免于疏漏。在长期落难、接受劳动改造期间，他挤出时间精力，潜心读马、恩，读黑格尔，读《庄子》《史记》《资治通鉴》……思考文艺上、美学上一系列根本问题，为的一旦复出，能够更好地献身于社会主义的电影事业、文艺事业。我们看到，22年后重新操笔，较之过去，看问题更为深透，说理更见精确，笔锋更加锐利，言词更显得亲切、泼辣，往往涉笔成趣，引人深思。思想解放导致文风的解放。他常以散杂文的笔调写影评，使人读之有味，读之有益，受到广大读者喜爱。钟惦棐同志留下大量光彩的篇章，是对于我国文艺事业的宝贵贡献。现在汇编成新的文集传世，是一大好事。希望这些寄托深远的文章，能够深入人心，产生更大更多的精神效益。

1993.11.30. 北京

❋一九九七年❋

谢晋巨片迎回归①
——祝贺影片《鸦片战争》问世

看了谢晋主持并导演的新片《鸦片战争》，感动、感奋与感激之情，促使我写几句表示祝贺。

这确是不可多得的艺术巨片。大手笔，大气派，高度的爱国热情和艺术真实，使观众感奋不已。

这些历史人物，历史场景，跟我们很有一段历史距离了。经过导演、剧作家、演员和幕后艺术家们的精心塑造，几个主要人物，一个个带着独特的灵性、独特的言语、独特的内心世界和行为方式走出来，离我们越来越近了。林则徐的形象，尤其深印心头。银幕上波澜迭起，有力地抓住观众的心，也抓住我这八十多岁老人的心。两个半小时的戏戛然而止，我还不大相信全剧已经演完了。

虎门炮台的戏，使我感触很深。早在我十来岁刚懂点事，在鄂北故乡国民小学和初中一年级上学时候，就记住了鸦片战争、虎门炮台、《南京条约》及此后一系列使人饮泣不已的国耻纪念日。这些深仇大恨促使我们一批少年同学投身"五卅"运动。大革命及其后的地下斗争，不少同志壮烈牺牲了。如今从电影上看到虎门炮台感人的历史场面，怎能不老泪纵横？环顾身前身后一大批建国后成长起来的年轻观众，我对摄制这部影片的艺术家们，更怀有衷心的感激之情。

想起1985年春天，我曾偕友人访问虎门炮台，听到当地老军人回忆五十年代末期赵丹同志一行来虎门拍摄影片《林则徐》的情景。赵丹辞世太

---

① 本篇发表于1997年7月3日《文学报》，署名张光年。曾收入《张光年文集》（第三卷）。

早。他的不朽的艺术贡献，国人长记心上。要是他看到九十年代晚期又拍出同一题材的这么出色的巨片，他也会大声喝彩的。

我还想到一向关怀电影艺术的夏衍同志、荒煤同志，想到新近逝世的于伶同志，他们都没能等到谢晋的新片问世！这不是一般的新片。这是他们渴望已久的艺术精品。它将随着香港的回归，感奋全中国的人心；并且推向全世界，感奋遍布五大洲的炎黄子孙，叩击世界上一切爱自由、爱正义、爱和平人们的良心。

载 1997 年 7 月 3 日《文学报》